Christine Feehan vit dans la belle région montagneuse de Lake County, en Californie. Elle adore la randonnée, le camping, le rafting et la vie en plein air, pratique également les arts martiaux depuis plusieurs années. Mère de onze enfants, ce sont ses filles qui relisent ses manuscrits et l'aident à les corriger. Pour en savoir plus, n'hésitez pas à consulter son site web : www.christinefeehan.com.

De la même autrice :

GhostWalkers :
1. *Jeux d'ombres*
2. *Jeux d'esprit*
3. *Jeux nocturnes*
4. *Jeux interdits*

Léopards :
1. *Rio*
2. *Jake*
3. *Conner*

Chez d'autres éditeurs :

Le royaume des Carpates :
1. *Le prince de l'ombre*
2. *Sombres désirs*
3. *Désirs dorés*
4. *Désirs magiques*
5. *Désirs suprêmes*

Sœurs de cœur :
1. *Rikki*
2. *Judith*
3. *Airiana*

CE LIVRE EST ÉGALEMENT DISPONIBLE AU FORMAT NUMÉRIQUE

www.milady.fr

Christine Feehan

Jake

Léopards – 2

Traduit de l'anglais (États-Unis) par Tristan Lathière

Milady

Milady est un label des éditions Bragelonne

Titre original : *Burning Wild*

ISBN : 978-2-8112-3241-2

Bragelonne – Milady
60-62, rue d'Hauteville – 75010 Paris

E-mail : info@milady.fr
Site Internet : www.milady.fr

À Jack et Lisset,
qui savent mieux que personne ce qu'est l'amour

Chapitre premier

Premier souvenir

Il faisait bon dans son cocon douillet. Il n'était pas seul. L'autre, en lui, poussa de petits grognements d'encouragement. La soif de liberté, la promesse d'une vie qui avait déjà duré tout un cycle… Un cycle incroyable. Puis vinrent les soubresauts, la poussée brusque des parois de son cocon, qui se tortillait afin de l'éjecter. Fini la tiédeur, bonjour l'air froid et la lumière crue. Les odeurs l'assaillirent. Il n'était pas capable de faire le tri, mais l'autre oui. Sang. Humains. Hôpital. L'autre s'en souvenait alors que, lui, non.

Il sentit des mains se poser sur lui, le secouer, le tâter, le pincer, ouvrit les yeux sur ce nouvel environnement.

— Merde alors ! Ryan, on dirait un rat écorché. Affreux. Tout maigre. Aucun intérêt.

La voix était chargée de mépris.

Il avait compris les mots, à moins que ce soit l'autre, et savait que c'était une femme parlant de lui. *Il* avait l'air d'un rat. Pas bon, ça. *Idem* pour le ton.

— Pas si fort, Cathy, fit une autre voix. On pourrait t'entendre.

— On ne va quand même pas ramener ça à la maison…

— On ne peut pas le laisser ici, rétorqua l'autre voix, plus grave.

— Foutons-le à la poubelle en route, cracha la voix haut perchée. Je refuse de me retrouver avec ce truc affreux.

— Ne sois pas ridicule, Cathy, gronda Ryan. C'est trop risqué. On le ramène à la maison et on engagera quelqu'un pour s'en occuper. Tu n'auras pas à le faire.

— C'est ta faute, aussi ! Papa m'avait bien dit de ne pas t'épouser. Que tes gènes n'étaient pas assez forts pour produire un sujet spécial. Je ne voulais pas être enceinte avec ce truc dans le ventre, et, toi, tu as insisté pour que je le porte. Alors tu te *démerdes*.

— Entendu. Appelons-le Jake, comme ton grand-père, proposa Ryan sur un ton rogue. Ton père ne m'a jamais cru à la hauteur et ça va le foutre en rogne que je file le nom de son paternel au petit au lieu du sien.

— Donne-lui le nom que tu veux, ça m'est égal tant que je n'ai pas à m'en occuper.

La haine et le mépris que contenait cette voix sans chaleur firent frissonner le nouveau-né, tout juste baptisé Jake Bannaconni, qui refusa cependant de pleurer.

Deux ans

La pointe de la chaussure trouva l'estomac de Jake, qui se plia en deux. Il n'avait pas été assez rapide. Malgré ses réflexes. L'autre l'avait prévenu, pourtant, mais il avait eu envie d'être tenu dans les bras. Elle était sa mère, après tout. Les mères, à la télé comme au jardin public, cajolaient leurs fils. Tandis qu'elle le dérouillait en hurlant après Agnès.

— Dégage, affreux petit morveux ! Tu es trop moche.

Cathy le souleva de terre par un bras et entreprit de le frapper à coups de talon aiguille, au visage, au ventre, à l'entrejambe, aux cuisses... partout où elle pouvait meurtrir ce petit corps qui gigotait. Les traits tirés par une rage et une colère froides.

Sentant au fond de lui quelque chose de sauvage se dérouler, il serra les poings et crispa les orteils. L'autre le mit en garde : *Encaisse. Laisse-la te frapper. Cache ce que tu es. Elle cherche à te démasquer. Ne montre rien. Rien.* Il souffla le feu qui lui brûlait les entrailles et fit taire le picotement sous sa peau.

Les mamans n'étaient pas comme ça à la télé et dans les films. Lui n'avait pas droit aux câlins, aux bisous. Les gifles et les coups de pied étaient tout ce qu'il recevait de sa mère. Il la voyait parfois aux infos, lors des grandes fêtes et des événements caritatifs. Elle avait l'air si différente, souriant aux caméras, pendue au bras de Ryan, se frottant à sa joue comme si elle l'adorait. Sauf qu'en privé ses parents n'étaient que cruauté, haine et fourberie. Il avait appris avec le temps à faire le tri entre mirage et réalité.

Cinq ans

— On ne peut pas garder cette gouvernante, ou quel que soit le titre que tu donnes à cette nana qui maltraite le gamin ! Elle écrase ses cigarettes sur lui, protesta Ryan. Il a des brûlures sur les mains. Tôt ou tard, un prof s'en rendra compte et nous dénoncera.

Jake resta parfaitement immobile. Il avait peaufiné l'art de se glisser sans bruit dans le salon à leur insu afin d'épier leurs conversations. Si beaucoup de ce qui se disait lui passait encore au-dessus de la tête (des histoires de boulot où il était question d'acheter telle ou telle société), il avait capté les sujets centraux de toutes leurs entrevues : l'argent. Le pouvoir. Ils n'en manquaient pas… et il en fallait à Jake. Ce n'était pas Agnès qui écrasait ses mégots sur lui mais Cathy. Ses amants aussi, parfois, pour lui faire plaisir. Elle les menait tous par le bout du nez, même quand il s'agissait d'être cruel ou d'humilier. Il avait retenu leur physionomie, leur odeur… et, un jour, il leur ferait payer, à tous. Argent. Pouvoir. Tout cela changerait de mains.

— Tout le monde s'en fout, Ryan, maugréa Cathy, agacée.

— Quelqu'un finira par remarquer ses brûlures. Imagine qu'un journaliste l'apprenne, on sera bons pour la une des journaux.

Ryan fit volte-face, pointa un doigt accusateur sur elle et reprit, le timbre plus dur :

— Je t'ai laissée libre d'agir à ta guise dans la limite du raisonnable, Cathy, mais il n'est pas question que tes petits jeux nous coulent, c'est bien compris ?

Cathy écrasa son mégot dans le cendrier.

— Sans blague ? dit-elle en arquant les sourcils avant d'arborer un sourire machiavélique qui fit froid dans le dos à Jake. En s'y prenant bien, Ryan, on peut en tirer une publicité du tonnerre. Imagine notre pauvre petit garçon molesté, abusé par l'une de nos employés. Nos larmes devant l'objectif, moi prenant appui sur toi. Notre couple rend super bien en photo. Un gros plan sur le môme à l'hosto. Tout chétif. Ça nous fera de l'usage ! Je pourrais créer un machin caritatif pour enfants battus. Les possibilités sont énormes, imagine les retombées dans les médias…

— Agnès sera poursuivie. C'est la prison assurée pour elle. Or elle en sait long sur nous deux…

— Ne sois pas idiot. Si on fait ça, Agnès doit disparaître.

— Cathy, tu n'es pas sérieuse, là !

L'intéressée leva les yeux au ciel.

— T'es vraiment une larve, Ryan. Qu'est-ce que tu crois, que je vais la laisser tout balancer aux flics ? ou aux médias ? Pas question.

Ryan tourna lentement la tête, une lueur de prédateur féroce dans le regard. Cathy se raidit et baissa les yeux.

— Notre arrangement me convient très bien, ma chérie, mais peut-être as-tu besoin d'une autre leçon pour apprendre à respecter ton mari.

Jake sentit son cœur battre la chamade. Il n'avait jamais considéré son père comme un danger, mais ce regard, ce mouvement lent, à peine un frisson musculaire, tout indiquait que, sous l'apathie de surface, Ryan était aussi cruel que Cathy. Voire davantage… Il s'était trahi.

Cathy se passa la main dans les cheveux.

— Non, trésor, bien sûr que non. Excuse-moi.

Elle était morte de trouille. Depuis sa cachette, Jake sentit l'odeur aigrelette de sa peur se répandre dans le salon.

Ryan, détendu, afficha un sourire forcé qui n'apporta aucune chaleur dans ses yeux.

— Et le gamin, comment tu comptes t'y prendre pour l'empêcher de bavarder ?

Cathy se détendit à son tour. Malgré la distance et le peu de lumière, Jake perçut le mal sourdre en elle.

— Sois tranquille, il ne parlera pas. Il va falloir tout bien planifier. On a besoin de deux ou trois signes avant-coureurs avec traces écrites indiquant qu'on en a parlé à un toubib, qu'on s'inquiétait mais qu'on n'avait rien de tangible. (Elle se frotta les mains.) C'est bon, ça, Ryan. Le petit rat maigrichon pourrait nous être utile, après tout.

Jake sut d'instinct qu'il allait déguster. Il s'était déjà promis de survivre, de les battre à leur propre jeu. Il faudrait qu'il soit plus fort. Il avait vu comment. Plus malin, plus rapide et plus impitoyable qu'eux. C'était prématuré, bien sûr, l'heure était à tenir le coup. À s'endurcir. Ce qu'il allait subir y contribuerait.

Il ouvrit la main et contempla les brûlures dans sa paume. Jake avait *laissé faire* sa mère et son petit ami avec leurs sales cigarettes. Esquiver aurait été facile tant il était rapide mais ç'aurait été idiot. Non, il fallait qu'il garde une trace de cet instant, sa victoire à lui viendrait après. En son temps. De retour dans sa chambre, après s'être assuré qu'il était seul, il prit un couteau et s'entailla la cuisse. Ce fut sa première marque d'une longue série à venir. Pour se souvenir qu'il avait délibérément *accepté* leur punition.

Six ans

Jake assista, impuissant, à l'assassinat d'Agnès par Cathy et Ryan. Ils y prirent grand plaisir. La tourmentèrent longuement avant d'enfin l'achever. Attaché et forcé de regarder, Jake les vit battre à mort, méthodiquement, la femme qui l'avait élevé. Oh ! Agnès avait été méchante à ses heures, elle aussi, et insensible à d'autres, mais elle s'était occupée de lui. Il savait ce qui allait suivre parce que Cathy le lui avait dit. En souriant.

Quand ils eurent fini de le massacrer, Jake passa deux semaines à l'hôpital sans jamais nier les accusations portées contre son ex-nounou. Qui s'était volatilisée après s'être acharnée sur leur fils, avaient prétendu Cathy et Ryan.

La police voulut lui poser des questions mais il était brisé. Au physique et même moralement, pour une fois. Il était alité, sans force, terrassé par la douleur et par tant de cruauté, mutique, certain qu'ils le tueraient s'il pipait mot. Il n'était pas encore assez fort. Attendre. Creuser plus profondément. Il lui restait beaucoup à apprendre et, condamné comme il l'était au repos forcé tandis que ses côtes et ses bras se ressoudaient, il eut tout le temps de façonner un plan.

Les journalistes vinrent et repartirent. Docteurs et infirmières s'inquiétèrent pour Cathy en la voyant pleurer devant les caméras, superbe et silencieuse, accrochée à son bel époux adoré. Elle joua son rôle, prostrée devant ce fils muet. Riches et célèbres, ils eurent le privilège de s'épancher en *prime time*. Elle chercha tous les angles d'attaque possibles pour en tirer profit, multipliant les apparitions lors des événements de bienfaisance dès que cela garantissait un passage télé. Tout le monde la crut, non en raison des preuves sur le corps de Jake mais parce qu'elle était pleine aux as et surtout très bonne actrice. Elle était magnétique, admit Jake. Irrésistible. Son cap bien défini, il lui fallait acquérir ce talent de société.

Huit ans

Cathy était sur les nerfs. Jake Fenton, son grand-père, leur rendait une autre visite. Il insistait chaque fois pour parler en tête à tête avec Jake junior et ça ne plaisait pas du tout à Cathy. Elle détestait cet aïeul au point d'évoquer parfois l'idée de le tuer ; il lui faisait peur. Jake junior ne comprenait pas l'origine de cette frousse. Fenton vivait à plusieurs États de là, au Texas, or elle l'habillait toujours différemment, comme pour faire croire au pépé qu'elle s'occupait bien de lui.

Elle cracha ses mises en garde au petit Jake, lui rappelant de bien se tenir, de fermer son clapet, de ne répondre à aucune question relative à elle et Ryan ou à leur vie privée. Puis elle menaça de le châtier durement s'il osait désobéir. Jake, lui, trouvait très intéressante cette histoire d'arrière-grand-père. Pourquoi diable Cathy avait-elle peur de ce vieillard ? Qu'attendait-elle de lui pour se montrer sous son meilleur jour, respectable, gentille ?

Fenton n'était pas dupe. Il souriait à Cathy et Ryan, mais Jake junior humait le parfum du bobard qui fleurissait tous azimuts et voyait l'éclat de mépris dans le regard acéré du vieil homme. Fenton voulait toujours lui parler et Jake adorait ces longs entretiens… même si la suite était invariablement l'enfer. Cathy et Ryan se servaient d'un fouet pour le contraindre à avouer ce qui s'était dit, mot pour mot, entre lui et l'aïeul. Jake était devenu un as, tant pour inventer des histoires que pour les raconter sans se trahir, en regardant ses parents droit dans les yeux. Puis il retournait dans sa chambre et inscrivait cette victoire dans sa chair, au prix d'une douleur qui purgeait la rage et la colère dans son ventre. Et les remplaçait par une froide résolution.

Dix ans

DES LIVRES. L'énorme bibliothèque de la maison, presque toujours déserte, était un trésor inestimable. Jake passait tout son temps à lire dans ce havre de paix où ses parents ne venaient jamais. Il dévorait tous les ouvrages, faisant fi du sujet. Sa mémoire photographique absorbait le savoir, et son cerveau classait les informations en vue de consultations futures.

Il avait appris à lire en silence et à se faire oublier. En faussant compagnie à Bridget, sa nouvelle nounou, et en marchant à pas de loup dans la maison pour savoir où chacun se trouvait. Puis il s'approchait à les toucher sans jamais se faire repérer.

Sa découverte de taille : des infos de première main sur le marché des actions. Ryan, très intelligent, était passé maître dans l'art de dénicher les faiblesses d'autrui. Jake avait beaucoup appris en l'observant lorsqu'il affichait ce demi-sourire que ses interlocuteurs prenaient pour argent comptant, mais que son fils avait identifié comme un signe avant-coureur de rétorsion. Implacable. Issu d'une famille puissante aux relations innombrables dans les milieux banquiers, Ryan avait le chic pour gérer les nombreuses sociétés sous son contrôle et mettre à profit ses précieux « amis » politiciens. Grâce aux infos sur les actions et obligations glanées lors de ses échanges avec pépé Fenton et aux ouvrages consacrés à la finance qu'il avait lus à la bibliothèque, Jake était en mesure de comprendre et de digérer ce qu'il apprenait en espionnant son père.

Ce jour-là, en sillonnant la maison, il était tombé sur Cathy en compagnie de son coach personnel dans la salle de sport. Ils utilisaient rarement le matériel *ad hoc*, préférant jouer avec leurs corps respectifs. Jake avait beaucoup appris sur le sujet dans cette pièce et parachevé son éducation sexuelle dans certains bouquins de la bibliothèque et sur Internet. Le cul n'était qu'un outil parmi tant d'autres, notamment l'argent, pour accéder au pouvoir. Il avait décidé d'acquérir un maximum de connaissances à ce propos afin d'être le plus doué possible au lit : à quoi bon disposer d'un tel levier si c'était pour ne pas savoir s'en servir correctement ?

Le garçon commença à s'entraîner, les muscles puissants qu'il sentait dans ses bras et ses jambes grêles avaient grand besoin d'être développés. Il utilisa toutes les machines à sa disposition en ayant pris soin d'étudier la marche à suivre sur les manuels et les VHS, et en faisant très gaffe de ne pas se faire surprendre. Jour après jour, Jake rôdait dans la maison familiale, observait, écoutait, lisait… accumulant toujours plus d'informations. Qu'il organisait dans sa tête. Pour plus tard.

Un jour, le moment venu, il battrait ses parents à leur propre jeu. Il s'emparerait de toutes leurs sociétés et les mettrait sur la paille. Le monde entier saurait qui ils étaient vraiment. Quant à eux, ils découvriraient – mais trop tard – que le môme qu'ils avaient si souvent roué de coups, cette misérable victime, était le prédateur ultime.

Treize ans

Jake, immobile comme une statue, vit Josiah Trent, meilleur ami et partenaire occasionnel de ses parents, lui tourner autour en reniflant bruyamment. Son *alter ego* réagit en lui. Rugissant de rage, griffant Jake, plus près de la surface que jamais, exigeant d'être enfin libéré. Sa peau le démangeait. Ses muscles étaient douloureux. Sa mâchoire lui parut petite, comme s'il manquait subitement de place pour ses dents, mais il tint bon et ordonna à l'autre de se tenir tranquille.

Il s'était forgé un mental fort et discipliné, et sut d'instinct qu'il courait un danger supérieur à tout ce qu'il avait connu. C'était l'autre que cherchait Trent. Ce regard acéré, ce nez bulbeux s'efforçaient de débusquer la bête qui vivait en Jake. Cathy respirait par à-coups, visiblement excitée, tandis que Trent continuait à tourner autour de l'adolescent.

Jake avait commis quelques erreurs, bougeant trop vite, sautant trop haut, faisant étalage de ses talents naissants au lieu de se terrer derrière l'étiquette de rat de bibliothèque faiblard et inutile que sa mère lui collait volontiers. C'était pourtant la base, merde ! Ne surtout pas éveiller leurs soupçons. Sauf qu'il s'était dévoilé. Ils avaient aussitôt appelé Trent à la rescousse, espérant contre toute attente que Jake était en définitive un rejeton digne de leurs efforts. Plutôt crever que de les laisser savoir. Que de les laisser gagner.

Les dents serrées à s'en faire mal, il subit sans broncher ce géant qui le tâtait, le sondait. Un type immense, tout en muscles, avec du venin dans les yeux. Qui regardait tout le monde de haut, surtout lui, et se fendit d'un grognement de dégoût.

— Bon à rien, décréta-t-il. Ce petit merdeux ne vaut pas un clou, Cathy. Je te l'avais dit de ne pas perdre ton temps à faire un môme avec ton merveilleux époux la chiffe molle.

— Ryan a le fric, les relations et la lignée qu'il faut, cracha-t-elle. Et tu n'as pas fait mieux : ta gamine n'a pas de talents particuliers, je te rappelle.

— Elle vaut toujours mieux que cet avorton de merde, glapit-il en poussant durement Jake. Elle produira un chiot à terme, au moins. Quand je lui aurai trouvé le mec qu'il faut.

Jake s'autorisa à trébucher alors qu'intérieurement il triomphait. Josiah Trent n'avait rien détecté de l'autre qui enrageait pourtant, à quelques millimètres de la surface. Ce grand nigaud n'avait rien du type puissant rêvé par Cathy et Ryan. Sa famille avait beau être l'autre lignée dite « supérieure », Trent était tout aussi incapable de renifler la vérité que ses parents qui, pour leur part, vivaient sous le même toit. Quelle leçon ! Trent était du vent. Avec ses grands airs, il dupait pourtant les deux individus que Jake estimait puissants.

— Il nous faut un métamorphe, dit Trent. Un vrai, avec le nez et le sens des affaires, pas un machin tout rachitique qui va se faire marcher dessus.

Un métamorphe. Voilà ce qu'ils veulent, songea Jake. Il ne restait qu'à savoir ce que signifiait ce terme puis, étant donné que c'était hyper important à leurs yeux, faire en sorte qu'ils ne se doutent jamais qu'il en était un… si tel était le cas. Il allait passer tout le temps qu'il faudrait à la bibliothèque. Jusqu'à ce qu'il sache au juste qui était cet autre en lui. Et pourquoi ça comptait tant pour ses parents et Trent.

Cathy caressa l'avant-bras du géant de façon suggestive.

— On aurait peut-être dû essayer ensemble, minauda-t-elle.

Trent la détailla des pieds à la tête, l'air dédaigneux, et fit la moue.

— Je ne vois pas l'intérêt si tu n'es pas capable de produire mieux que cet avorton.

Sur ces belles paroles, il fit volte-face et partit en trombe.

Cathy se retourna vers Jake, furieuse qu'il ait assisté à son humiliation et qu'il ne soit pas l'enfant qu'elle avait rêvé d'avoir. Elle voulut le gifler mais, par pur réflexe, il esquiva. Le visage de sa mère s'assombrit. Cathy était très en colère à présent ; la puanteur de sa haine irradiait de tous les pores de sa peau, se mêlant à son parfum capiteux. Il avait bougé trop vite, par instinct, pour échapper à la gifle. Il encaissait stoïquement la plupart du temps mais, parfois, ses réflexes le trahissaient.

Elle enrageait qu'il se soit montré si vif. Tout au fond de lui, il sentit son *alter ego* s'étirer et sortir les griffes, lutter pour prendre le contrôle alors qu'ils savaient l'un et l'autre qu'il ne fallait surtout pas qu'il se montre. Cet autre était le trésor après lequel Cathy courait depuis toutes ces années. Si jamais sa mère découvrait le pot aux roses, Jake était cuit. On le collerait au trou et jamais, au grand jamais, il n'aurait l'occasion de s'évader. Aussi repoussa-t-il la bête au plus profond de son être, prêt à subir le courroux de Cathy, à apparaître faible. C'était le prix à payer. Le bout du tunnel était à sa portée. Encore quelques années, beaucoup de connaissances, et il serait libre. Enfin.

—Alors, Cathy, qu'est-ce qu'il a dit ?

Ryan entra benoîtement dans la pièce. Le cœur de Jake battit plus fort : son père affichait ce demi-sourire qu'il avait appris à redouter.

—Ce petit merdeux m'a manqué de respect, grinça Cathy. Il ne nous sert vraiment à rien, Ryan.

Jake fut traîné dans sa chambre, à la cave, et attaché à un poteau. Ryan fut le premier à le frapper avec une épaisse badine. Puis, toute à sa fureur, Cathy prit le relais. L'autre grogna, lutta pour prendre le contrôle, jusqu'à ce que Jake suffoque tant les grondements lui remontaient dans la gorge. Sa peau le démangeait ; c'était pire que la douleur atroce dans son dos et ses jambes.

—Ça suffit, décréta enfin Ryan. Tu vas le tuer. Et, cette fois, on n'a plus Agnès pour porter le chapeau.

Après un dernier coup vicieux, Cathy jeta la badine et partit comme une furie, suivie par son mari, laissant Jake en sanglots, à bout de souffle… et bien incapable de contrôler la bête. Après avoir fait glisser ses mains jusqu'au pied du poteau, il parvint à extraire le couteau caché dans sa botte et trancha ses liens, puis pratiqua une profonde entaille sur la face interne de sa cuisse. Il s'était *laissé* bastonner. C'était *sa* décision, pas la leur. Il était plus grand, plus fort et plus malin qu'eux. C'était par choix qu'il ne le leur montrait pas. Sanglotant toujours, il enfouit le visage dans le matelas et tenta désespérément de respirer malgré la douleur cuisante.

Ses muscles se crispèrent. Les démangeaisons s'intensifièrent quand quelque chose se mit à bouger sous sa peau. Ses doigts lui firent mal au niveau des jointures. Il regarda ses mains : des nœuds s'y formaient, épais et douloureux. La souffrance gagna la pulpe de ses doigts. Son dos se voûta, et il fut bientôt au sol, à quatre pattes, tête baissée, la mâchoire endolorie. Une nouvelle contraction musculaire le fit se tordre en tous sens. Un truc bizarre se passait au niveau de son visage, son maxillaire s'allongeait et il sentait ses dents pousser.

Son nouveau gémissement résonna comme un grognement bestial. Une fourrure brune fleurit sur son épiderme, tachetée de sombre sur le dos et les jambes. Des muscles noueux cascadaient sous ce… pelage… tandis que sa boîte crânienne devenait plus large et s'épaississait. La sauvagerie enfla en lui, une sensation qu'il reconnut et accueillit avec joie, n'en ayant plus peur. Jake accepta cette autre moitié de lui-même, s'y ouvrit et se laissa absorber.

Il crut qu'il allait disparaître puis comprit qu'il n'était ni humain ni léopard mais un être distinct, spécial, doté des caractéristiques des deux origines et apte à réfléchir en humain dans un corps de félin. Sous-tendu par un réseau de muscles aussi durs que l'acier. Il s'étira. Tout son squelette lui fit mal, sa colonne vertébrale craqua... puis la souplesse lui vint. Son corps souffrait du double assaut, d'abord la rossée puis la transformation, mais la puissance qu'il éprouvait dans chaque fibre de son corps valait largement ces instants de douleur intense.

Le léopard leva la tête et huma l'air ambiant. Il perçut des voix qui murmuraient, l'odeur du sang et du mal, et sut alors qu'il était dix fois plus dangereux que les deux autres, au rez-de-chaussée ; qu'il était capable de les tuer, qu'ils avaient engendré un monstre sans avoir la plus petite idée de ce qu'ils provoquaient en lui avec leur haine et leur cruauté.

Jake redevint lui-même et tomba par terre, nu, le dos à vif, le visage strié de larmes brûlantes, sanglotant tel le petit garçon qu'il n'avait jamais pu être. Effrayé par ce qu'il était devenu et par le champ de possibles. Un bras levé, il tenta d'agripper le matelas... et laboura l'étoffe du drap avec des griffes aussi tranchantes que des rasoirs.

Quinze ans

— Heureux de te voir, Jake, dit Jake Fenton en lui tendant la main.

Le sourire était sincère. Son arrière-grand-père était vraiment content de le voir. Les mensonges s'accompagnaient d'une odeur distincte que le jeune homme avait appris à déceler. Jake Fenton mentait quand il souriait à Cathy ou Ryan ; jamais quand il disait avoir envie de passer un moment à discuter avec son arrière-petit-fils. Lequel l'aimait bien. Et s'inquiétait beaucoup. Son aïeul était le seul adulte qui soit gentil, qui semble s'intéresser à lui… et il puait la mort. Ça l'embêtait de se faire du souci pour ce vieil homme, ce sentiment-là ne lui disait rien qui vaille. Il ne faisait confiance à personne mais c'était plus fort que lui, Fenton était un type *bien*. Il aimait ces brefs tête-à-tête en dépit de la tannée qui suivait immanquablement.

Fenton fronça les sourcils, retourna la main du jeune homme et lui examina le bras avant que Jake puisse réagir.

— Qu'est-ce qui t'est arrivé ? D'où diable tiens-tu toutes ces marques que tu n'avais pas la dernière fois, mon garçon ? Ne me dis pas que c'est dû à ta maladresse, Jake. Tu n'es *pas* maladroit.

Le regard du vieil homme était toujours aussi pénétrant. Jake se retourna afin de s'assurer qu'ils étaient seuls. Précaution superflue : si un ennemi était proche, il l'aurait détecté à l'odeur. Cathy méprisait son grand-père et Ryan se gardait de l'approcher. Le fait que l'aïeul ne fasse le voyage que pour le voir, lui, était son plaisir secret. Il vivait au Texas et n'avait rien à faire à Chicago hormis, de temps à autre, rendre une visite à son arrière-petit-fils.

C'était Fenton qui avait insisté pour que le jeune Jake ait les meilleurs profs particuliers. Fenton encore qui lui parlait librement des marchés financiers. Qui avait tenu à ce que Jake apprenne les langues étrangères dès son plus jeune âge et qui lui parlait dans ces mêmes langues, au prétexte que, pour faire des affaires dans le monde entier, il fallait en connaître les usages. Il était souvent question de sa propriété texane dont le sous-sol, selon lui, était gorgé de pétrole. Un or noir que personne n'avait encore trouvé. Cathy et Ryan se moquaient de lui et avaient baptisé ce terrain la

« Folie de Fenton ». Jake, pour sa part, aimait entendre le vieil homme s'exciter tout seul à propos de cette fortune à venir. Ce n'était pas l'argent qui intéressait Fenton, plutôt cette bonne vieille fièvre de l'or. Jake était sûr que ses parents se trompaient, car le vieillard n'était pas homme à jeter son fric par les fenêtres, un fric dont il était riche à millions.

—Alors, Jake, ces marques ? Qui t'a fait ça ? Ce bon à rien de Ryan ? Ma petite-fille ? Elle a quelque chose de cruel. Je n'ai jamais mordu à cette histoire de nounou sadique qui te battait. Et, mieux encore, je n'imagine pas quoi que ce soit se passant chez elle à son insu.

—Ne te bile pas pour si peu, papy, lui assura Jake en soutenant le regard du vieillard. Ce n'est rien.

Fenton secoua la tête puis se laissa choir dans un fauteuil de la bibliothèque, dont il contempla les rayonnages. Jake, qui connaissait déjà la valeur du silence, attendit patiemment la décision de l'aïeul. Quand celui-ci leva les yeux vers lui, il accusait ses quatre-vingt-sept ans.

—As-tu déjà entendu parler du peuple léopard ?

Le cœur de Jake bondit dans sa poitrine. Il ne répondit pas tout de suite, craignant un piège. Il pouvait renifler l'odeur du mensonge… et peut-être son arrière-grand-père le pouvait-il aussi.

—Je t'écoute.

—Ce que je vais t'apprendre, tu ne dois jamais le répéter. À personne. Surtout pas à tes parents ni aux Trent.

Jake inspira à fond, le cœur battant. Le moment était venu d'en savoir plus, de devenir plus puissant.

—Promis.

Fenton se pencha en avant et dit à voix basse :

— Le peuple léopard n'est pas plus un mythe que le pétrole de ma propriété. Je sais que ce pétrole est là sans savoir où au juste, tout comme je sais qu'il y a des métamorphes dans notre famille sans pouvoir me transformer moi-même. J'en ai rencontré un. C'est une espèce à part, à mi-chemin entre l'humain et l'animal. Ou les deux à la fois.

Jake sentit sa bouche s'assécher. Le vieil homme savait ? s'en doutait ? Cherchait-il à le piéger ? Il pinça les lèvres pour s'obliger à garder le silence, le cœur battant à tout rompre, sous le regard acéré de l'aïeul.

— Il reste quelques métamorphes dans la forêt pluviale de Bornéo. Des hommes et des femmes qui vivent dans l'honneur, gardiens des traditions. Va les voir, Jake. Apprends auprès d'eux. Eux sont fidèles à leur nature, à mille lieues des individus corrompus et malades que notre lignée engendre. (Fenton poussa un gros soupir.) C'est la faute de mon grand-père. Il a enlevé une femme de la forêt et l'a épousée de force. Les femmes avaient peu de droits, à l'époque. Personne ne l'a secourue. Il avait découvert le secret et savait que, grâce aux talents de l'espèce, il allait faire fortune et devenir puissant. C'était un ambitieux, vois-tu. Du genre féroce. (La tête penchée, le vieil homme se passa la main sur la figure.) Notre lignée est porteuse de cruauté, Jake. Ne deviens pas comme eux. Prends garde à rester quelqu'un de bien. Les gènes du peuple léopard sont forts en toi, et avec eux viennent de lourdes responsabilités.

Jake, offusqué, sentit son estomac se nouer.

— Je suis prêt à tout pour me libérer d'eux.

Fenton soupira en reprenant appui contre le dossier de son siège.

— La génétique, ça te dit quelque chose ? Les croisements au sein de n'importe quelle espèce, vache, mouton, chien ? Les lignées assimilent tout très facilement. Les qualités comme les tares… Fais très attention à ce que tu fais, mon garçon. Surveille tes moindres gestes. Sinon ça ira très mal pour toi. Les léopards sont des animaux très rusés. Ceux qui les ont chassés sont formels : c'est l'un des rares prédateurs à se retourner contre celui qui le traque. Une bête cruelle, sanguinaire, avec un très mauvais caractère. Mais aussi très retorse. Documente-toi, Jake, ça te donnera une idée de ce que signifie être un métamorphe. Il n'est même pas nécessaire de se transformer pour en sentir certains effets.

— C'est vrai que tu ne peux pas te transformer, papy ? demanda Jake, tête baissée, le visage de marbre, effrayé à l'idée de trahir son émoi. Tu l'as dit, je sais bien, mais tu sais tellement de choses…

Le vieil homme secoua la tête.

— C'est vrai, j'en suis incapable. Le léopard est là, en moi, mais, chaque fois que je le cherche, il m'échappe. Je me suis rendu en forêt de Bornéo quand j'ai découvert le carnet de mon grand-père et j'y ai rencontré des membres du peuple léopard. Ils ne sont pas comme nous. Nous sommes des monstres par rapport à eux. Des abominations. Cathy, ma propre petite-fille, est un être torturé, malade et cruel. Par ma faute, car j'ai à mon tour épousé une femme apte à renforcer la lignée. Ne le fais surtout pas, Jake. L'expérience a fait assez de dégâts. C'est dangereux. Les gens que nous créons sont dangereux.

— Comme moi, dit Jake à mi-voix.

Fenton le dévisagea.

— Tu sais ce que c'est qu'être enfermé, et pourtant tu me laisses ici avec eux, accusa le jeune homme, avouant ainsi la raison de sa méfiance envers l'aïeul. Ils m'auraient laissé partir si tu l'avais demandé.

— Jamais de la vie. Ils se seraient battus pour te garder, mon garçon. Afin de présenter l'image publique que l'on attend d'eux.

— Ils me détestent.

— Ils ont peur de toi.

Le regard aux reflets d'or de Jake bondit sur le visage de son arrière-grand-père et s'y riva, brûlant, tandis que son cœur battait toujours la chamade. C'était vrai. Ils le craignaient. À juste titre : un jour il serait plus fort, plus rapide, plus malin et beaucoup, beaucoup plus cruel que ce qu'ils rêvaient d'être – et leur petit monde s'écroulerait, taillé en pièces.

Dix-huit ans

Jake Fenton était mort et le jeune Jake avait le sentiment d'être le seul à le pleurer. Cathy et Ryan n'avaient même pas daigné se rendre aux obsèques. Ils étaient juste venus chez le notaire, avides d'hériter même si l'un comme l'autre ne s'étaient pas privés de railler le vieil homme, probablement lessivé à force d'acheter des terres sans valeur. Ils furent abasourdis mais ravis d'apprendre que l'aïeul possédait plusieurs sociétés et un gros paquet d'actions. Ils héritèrent d'emblée de deux sociétés de BTP avec, en prime, l'apparente majorité des parts d'une grosse chaîne hôtelière.

Le jeune Jake hérita quant à lui de trois sociétés : une usine de plastiques médiocre, à peine rentable, une holding baptisée Actifs Uni-Diversifiés et une autre, parente de plusieurs boîtes de moindre importance. Sans oublier la Folie de Fenton, à savoir un immense morceau de Texas dont personne ne voulait, deux exploitations de maïs et plusieurs autres terrains dans d'autres États, *a priori* des marécages. Enfin des actions à son nom et un joli paquet de fric, même si Cathy et Ryan héritaient de l'essentiel du cash.

Le notaire exposa ensuite certaines clauses à caractère obligatoire. *Primo*, contester cette répartition de l'héritage entraînait un renoncement immédiat à sa part. *Secundo*, Cathy et Ryan ne pouvaient pas hériter de Jake, même s'il venait à mourir, et ce dernier ne pouvait pas davantage leur vendre ou leur donner tout ou partie de son héritage. S'il mourait avant son cinquantième anniversaire et sans enfants, les terres, l'argent et les actions seraient versés à un fonds destiné à alimenter diverses bonnes causes et une enquête serait lancée sur-le-champ afin de déterminer les causes du décès. Auquel cas, deux lettres écrites par Jake Fenton seraient ouvertes et remises aux enquêteurs.

Le jeune Jake vit que sa mère était blême et ne pipait mot. La tension était palpable : Cathy et Ryan venaient de perdre leur souffre-douleur. Il avait quelque part où aller, de l'argent et il était majeur. Ils étaient pieds et poings liés, Fenton s'étant montré le plus malin. Ses parents et ennemis quittèrent l'étude sans un mot.

Jake resta, accepta la lettre que Fenton lui laissait et lut avec attention l'avenir dressé pour lui : les champs de maïs étaient destinés à alimenter l'usine de bioplastiques qui, bientôt, promettait d'être florissante. Cerise sur le gâteau, Actifs Uni-Diversifiés détenait des actions qui, couplées à celles de Jake, faisaient du jeune homme l'actionnaire majoritaire des boîtes de ses parents. La troisième société, enfin, abritait plusieurs firmes étrangères très juteuses. Jake était multimillionnaire… et en bonne voie pour son premier milliard.

Dix-neuf ans

Le ranch texan fit l'effet d'un petit paradis à Jake. Son léopard était libre de courir au milieu de l'épais couvert végétal que l'aïeul avait incité à pousser. La maison était énorme, un manoir immense même selon les standards texans, avec une bibliothèque à faire pâlir d'envie nombre de patelins. Décidé à poursuivre ses études de langues et d'économie, il engagea des professeurs privés, passa au crible les sociétés qu'il possédait et écouta avec soin les dirigeants choisis par Fenton.

Il sortait toutes les nuits, courant sous sa forme de fauve, son secret protégé par l'immensité du domaine. Heureux de goûter au parfum de la liberté pour la première fois, il perçut aussi… celui du *pétrole*. L'odeur était forte en plusieurs endroits précis ! C'était sûr, dès que les forages commenceraient, l'or noir coulerait à flots.

Jake ne se satisfaisait pas de voir d'autres gérer ses affaires. Aussi étudia-t-il les plans de Fenton concernant chaque entité afin de se faire une idée des développements attendus. Et parvint à la conclusion qu'en assistant aux réunions des directoires sa capacité à renifler les menteurs pourrait s'avérer précieuse. Très vite, Jake devint l'homme avec lequel il fallait compter. Il parlait peu, se contentant d'écouter. Mais, quand il voulait quelque chose… rien ni personne ne lui résistait.

Le magnétisme personnel qu'il peaufinait et son aptitude à captiver l'auditoire lui permirent rapidement d'obtenir de nombreuses infos utiles. Tel cercle influent résistait à son charme ? L'argent lui en ouvrait les portes. Se découvrant irrésistible auprès des femmes, il cultiva ce petit talent de société en s'assurant qu'il maîtrisait toutes les ficelles permettant de rester désirable et maître du jeu.

Vingt-trois ans

Le premier forage fut un succès immédiat. Dans le même temps, l'aventure des bioplastiques démarra sur les chapeaux de roues, faisant de lui un acteur-clé du secteur. Ceux qui le sous-estimaient à cause de son jeune âge révisaient bien vite leur jugement. Jake était implacable, calculateur et nullement effrayé à l'idée de se faire des ennemis, bien qu'il fasse très attention à cultiver les amitiés et les alliances.

Fidèle à la tradition lancée par l'aïeul, il acheta des terres, visitant toujours les parcelles afin de recourir à ses sens de léopard pour y détecter la présence de pétrole ou de gaz. Il fit l'acquisition de vastes domaines dans le Dakota du Nord, où il avait flairé des dépôts d'or noir, et dans les Appalaches, où la terre dégageait un fumet de gaz naturel. Peu lui importait que l'on croie à de mauvais investissements ; gaz et pétrole étaient là, attendant de fuser à l'air libre le moment venu.

Il agrandit aussi le ranch, rachetant du terrain pour sanctuariser l'aire de jeu de son félin qui courait chaque nuit ou presque, heureux d'être libre et non plus en cage. Et toujours il étudiait, accroissant sa somme de savoir dans un unique dessein : le pouvoir. L'argent. Afin de devenir si fort que plus jamais personne ne pourrait lui faire du mal. Attendant le moment idéal pour abattre ses ennemis.

Vingt-cinq ans

— Bonjour, Alice, glissa Jake à voix basse, très basse.

L'intéressée poussa un hoquet de surprise et fit volte-face. Sa secrétaire. Une putain d'espionne. L'odeur de Ryan était partout sur elle. Assise à son bureau, elle essayait d'accéder à son ordinateur. Il s'en était douté à l'instant où il l'avait recrutée tant la puanteur paternelle était tenace.

— J'avais besoin d'un truc dans le dossier Kalwaski, s'empressa-t-elle de répondre, les joues empourprées. Vous m'avez demandé le rapport et je l'ai écrasé par mégarde.

— Vous n'avez pas pensé à m'appeler ? insista-t-il en humant l'odeur du mensonge.

Prudent par nature, il ne lui avait rien confié de compromettant ni d'important. Il ne faisait confiance à personne, surtout pas à cette nouvelle recrue. Il tenait désormais la preuve qu'elle travaillait pour la partie adverse. Aussi fit-il le tour du bureau à grandes enjambées.

Alice tenta d'éteindre l'ordinateur mais Jake était plus rapide – et considérablement plus fort.

— C'est très vilain, ça, Alice. L'espionnage industriel est une affaire sérieuse.

La jeune femme fondit en sanglots, se jeta dans ses bras et fit courir une main baladeuse jusqu'à son entrejambe.

— Je ferai tout ce que vous voudrez, lui souffla-t-elle.

Jake lui gifla la main, écœuré.

— Je n'en doute pas, c'est dans les habitudes de filles comme vous, mais je ne suis pas tenté le moins du monde, désolé. Surtout pas avec la sale odeur d'un autre homme qui vous imprègne des pieds à la tête.

Elle blêmit, les yeux écarquillés sous le coup de l'effroi.

— Qu'est-ce que vous allez faire ?

Il était conscient d'avoir l'air d'un assassin. Et pas que l'air… l'envie aussi. Ce n'était pas dirigé contre cette pauvre fille qu'un maître en la matière manipulait. Ryan et Cathy se servaient du sexe pour contrôler autrui et Jake lui-même, pour tout dire, ne dédaignait pas non plus le procédé. Mais pas avec cette traîtresse sous la coupe de son paternel. Non, il existait d'autres moyens.

— Vous livrer à la police, mademoiselle.

Il laissa sa menace faire effet. Bingo ! ses sanglots redoublèrent. Alice perdit les pédales à mesure que le silence s'étirait.

— Je vous en prie, monsieur Bannaconni, ne faites pas ça. Je suis désolée. Vraiment. C'est votre père…

— Appelez-le Ryan ou Bannaconni mais *jamais* mon père, la coupa-t-il, cinglant.

Alice tressaillit.

— Je… je n'ai pas su lui dire non.

Il savait son géniteur passé maître dans l'art de fasciner les gens, surtout les femmes, en mêlant sexe et cruauté de manière à les hypnotiser. En effet, elle n'avait pas dû pouvoir lui dire non. Ryan était un fourbe, un requin au beau visage et au portefeuille bien garni. La petite secrétaire de Jake n'avait pu que fondre et s'avouer prête à tout.

— Je m'en doute, marmonna-t-il.

Alice s'effondra dans le premier siège venu.

— Je n'avais jamais fait un truc pareil de ma vie, monsieur Bannaconni. Je vous le jure. Et je ne suis pas près de remettre ça…

Ces paroles-là avaient l'odeur du vrai.

— Ryan manipule les femmes, lui exposa Jake à mi-voix en relevant la tête de la jeune femme afin qu'elle le regarde dans les yeux.

Il la dévisagea sans ciller, entièrement concentré sur elle, et poursuivit sur un timbre bas, apaisant :

— Il s'en prend aux jeunes femmes vulnérables, par dizaines, et recourt au sexe pour arriver à ses fins.

Elle épongea les larmes qui lui striaient la figure.

— C'est un homme marié. Il m'a dit qu'il lui était impossible de la quitter mais qu'il était malheureux avec elle.

— Bien sûr, c'est ce qu'il raconte à toutes. Et, « hop », comme par enchantement, elles se mettent à espionner pour son compte.

— Son propre fils ?

— Nous n'abusons pas de cette relation père-fils, déclara Jake en posant une fesse sur le bureau. Vous pourriez peut-être lui transmettre certaines informations.

— Monsieur Bannaconni ! s'indigna Alice en secouant la tête. Il n'en est pas question ! Je regrette, vraiment.

Il pianota sur le bureau comme s'il réfléchissait à la question.

— Je vous crois, mademoiselle. Je ne vais pas vous dénoncer… et il y aurait un moyen de sauver à la fois votre job et votre réputation. En lui transmettant certaines infos non compromettantes, mais qui le satisferaient. Cela étant… (il lui lança un regard glacial) je vous suggère de cesser de coucher avec lui et de lui soutirer une jolie somme à la place.

Jake s'autorisa un mince sourire qui, à l'insu d'Alice, n'atteignit jamais ses yeux. C'était sa première recrue d'une longue série à venir.

Vingt-huit ans

Jake entreprit son premier périple dans la forêt pluviale de Bornéo afin de toucher du doigt son héritage génétique. La canopée lui fit l'effet d'une maîtresse envoûtante, lourde de mystère et de promesses. Lui qui s'attendait à ne jamais faire l'expérience de la paix et du réconfort, il découvrit que les plus hautes branches formaient une sorte de réseau autoroutier où son léopard pouvait courir en peaufinant son sens de l'équilibre. Les arbres se livraient une compétition pour conquérir un peu de ciel dégagé. Le sol était étonnamment clairsemé entre ces colosses dont chaque brancheétait enroulée de lianes et couvertes de fleurs avec, tout autour, des oiseaux multicolores en mouvement perpétuel.

Qu'il lui était difficile de contenir la sauvagerie qui bouillonnait en lui dans cette forêt ! La métamorphose se produisit sans qu'il y pense. Sitôt libre, le dangereux prédateur étira ses muscles noueux et s'élança à l'assaut des cimes. Les rais de lumière qui filtraient tombaient à l'oblique comme de l'or liquide, venant lécher jusqu'aux immenses racines. Le sous-bois n'était pas un lieu silencieux, contrairement à ce qu'il avait cru. C'était une symphonie de cris, d'appels et de chants. Les autres créatures avaient senti sa présence, celle d'un étranger, et, presque aussitôt, il fut rejoint par les gardiens de la forêt.

Le peuple léopard, pour discret et territorial qu'il soit, le reconnut comme un des siens. L'un d'eux – un certain Drake Donovan, récemment blessé et s'appuyant sur des béquilles – marcha vers lui. Jake ne se berça pas d'illusions, il n'allait pas s'en faire un ami. Drake était un type puissamment bâti, à l'image de ses semblables, tous très développés au niveau du torse, des bras et des épaules. Il possédait un regard perçant, apte à juger un homme au premier coup d'œil. Jake ne tenait pas à ce qu'il contemple son âme car Drake verrait très vite qu'il n'était pas comme ceux de son village. Le jeune héritier était un être vicié, dont l'enfance avait fait un monstre.

Habitué de longue date à subjuguer son monde, il joua de son caractère dominant pour puiser les connaissances dont il avait grand besoin. Le peuple léopard vivait selon un code moral hyperstrict, et ce en dépit d'une animalité très prégnante. Jake s'en voulut presque de les admirer. Prompts à s'emporter, jaloux au point que le jeune homme croisait très rarement les femmes et les enfants du clan, ils étaient aussi des hommes qui risquaient leur vie pour délivrer des victimes d'enlèvement le long des cours d'eau, victimes qu'ils reconduisaient ensuite chez eux.

Jake découvrit qu'il n'avait pas envie de partir. Il était désireux de nouer des liens avec cette communauté pour, à terme, les aider financièrement en injectant des fonds dans leur réseau d'entreprises, ce qui les aiderait à se doter d'un arsenal dernier cri et de l'indispensable matériel médical. N'ayant que son fric à offrir, il se sépara avec joie des sommes nécessaires à ce que les portes lui restent ouvertes.

Il avait tout… et rien à la fois. *Que dalle*. Tout était en place, pourtant. Quelques ordres à passer et les actifs de ses ennemis tomberaient dans son escarcelle. Quitte à ce qu'il les revende en touchant une fortune au passage. Installé dans son jet privé, Jake songea à tout le luxe qui l'entourait et jugea ce cliquant sans valeur. Il était seul. Désespérément seul. Oh ! certes, toutes les nanas étaient à ses pieds mais il ne voulait d'aucune d'elles. Pas pour de bon. Sa vie était vide de sens. Alors, certes, il pouvait ruiner les ennemis qui avaient fait de son enfance un enfer, mais, sitôt cet objectif atteint, que lui resterait-il ? Absolument rien.

L'attrait de la forêt pluviale était irrésistible. En dépit de ses virées nocturnes au ranch, Jake devenait insomniaque. Il passait l'essentiel de ses nuits dans son bureau, à travailler ou à faire les cent pas dans le manoir après sa course folle à quatre pattes. Il lui manquait quelque chose, mais quoi ? Même s'il l'avait su, il ignorait comment accomplir certaines choses dont il avait été question avec Donovan. Aussi retourna-t-il à Bornéo avec l'intention de parler du sens de la vie avec un parfait inconnu.

Il remonta le fleuve jusqu'au cœur de la forêt pluviale et respira à fond sitôt descendu du bateau. La faune locale était déjà en train d'annoncer son arrivée aux autres… mais quelque chose allait de travers.

Renonçant à prendre son sac à dos, Jake s'élança au pas de course sous la canopée, sautant par-dessus les souches, esquivant les lianes chargées de fleurs enroulées autour des fûts. Il se déshabilla sans cesser de courir comme il avait appris à le faire au fil d'années de pratique. Ses muscles roulaient tel de l'acier en fusion, courant sous sa peau ; la bête sauvage se libérait déjà. Il accepta de grand cœur les sens de l'autre, heureux de cette métamorphose, balança ses chaussures et s'arrêta le temps d'ôter son jean.

Le corps penché, dans un fracas d'os et de tendons qui s'allongeaient, il se changea en fauve et courut bientôt à quatre pattes, gavé d'adrénaline et tout à la joie de l'instant. L'envie de rester à jamais léopard était plus forte que jamais. Il n'aurait plus à s'inquiéter de prendre les bonnes décisions ni du type exact de monstre qu'il pouvait être. Il courrait, libre, menant une vie simple dans cette forêt si belle. Quitte à ne plus être que l'autre.

L'odeur du sang et de la fumée assaillit ses nasaux tandis qu'il trottait. Ses moustaches étaient de vrais radars qui transmettaient les infos à son cerveau. *Donovan*. Le relent de peur qui flottait dans la nuit ne venait pas de Drake : l'homme irradiait le mépris, la rage, la fureur. Jake entendit des rires moqueurs, le son mat d'un poing frappant la chair, renifla le sang frais qui coulait tandis que la forêt bruissait de hurlements d'alerte.

Jake courut sur l'autoroute des cimes, loin au-dessus du sol, sourd aux cris des singes et des oiseaux. Il toussa à deux reprises afin d'avertir Drake de son arrivée. C'était la toute première fois qu'il volait à la rescousse d'autrui. Toutes ses batailles, il les avait livrées sans demander ni attendre le moindre soutien. Il n'avait pas d'amis et ne faisait confiance à personne. Drake lui avait fourni des informations mais ne lui avait pas proposé son amitié, que Jake, de toute façon, n'aurait pas acceptée. Et pourtant il n'hésita pas plus que son léopard à se jeter sur trois hommes armés.

Le premier se tenait au-dessus de Drake, déjà en sang, qu'il rossait méthodiquement à l'aide d'une badine de forte section.

— Où sont-ils ? Dis-moi où les trouver !

L'homme flanqua un méchant coup de pied à la jambe blessée de Drake qui, pour la première fois, poussa un cri. Sentant quelque chose de laid surgir des profondeurs de son être, Jake bondit sur l'agresseur. Tout à son instinct de tueur, il laboura à grands coups de griffe la jugulaire du type, qui s'effondra.

Des coups de feu claquèrent. Une douleur cuisante à l'épaule n'arrêta pas le félin qui, d'un mouvement fluide, prit appui sur le cadavre pour cueillir le deuxième homme au flanc avant de lui planter ses crocs dans la gorge. Le dernier assaillant, terrorisé, fit une culbute arrière alors qu'un autre léopard surgissait du couvert. Un troisième fauve lui bondit sur le dos et le massacra.

Jake reprit sa forme humaine, s'agenouilla devant Drake et palpa son corps ensanglanté, meurtri. Pour la première fois, un autre que lui-même comptait pour le jeune homme sans qu'il comprenne pourquoi. Seule certitude : il fut heureux de se découvrir capable de compatir.

Chapitre 2

Deux ans plus tard

Jake Bannaconni poussa un juron bien senti tandis qu'il négociait une embardée rageuse au volant de sa Ferrari racée, juste à temps pour esquiver la Buick qui venait de déboîter devant lui. Après avoir rétrogradé, il fit parler les chevaux du bolide, qui fila telle une flèche argentée sur la route de montagne sinueuse. Devant lui, à la faveur des rares tronçons rectilignes, apparaissait la Porsche qu'il poursuivait. Aussi basse que la Ferrari, l'allemande lancée à fond de train faisait des embardées sur toute la largeur de la route. Jake, nanti des réflexes de « l'autre », poussait son véhicule jusqu'à l'extrême limite dans l'espoir de combler son retard sur ce ruban d'asphalte étroit et tortueux.

Rapide coup d'œil dans le rétro : son visage était un masque de granit, creusé de profonds sillons. Ses yeux, deux blocs de glace aux reflets d'or où brûlait une lueur de menace. Peu importait qu'il puisse flanquer la trouille à n'importe qui ; à cet instant, il était *vraiment* d'humeur massacrante. Même chose en ce qui concernait le sort des deux occupants de la Porsche. Après s'être copieusement soûlés, puis tripotés d'obscène manière devant tout le monde à la fête donnée par le sénateur, ils pouvaient bien crever. Mais pas si cela coûtait la vie à son enfant.

Shaina Trent, jet-setteuse en vogue, coqueluche de toutes les fêtes et fille-prête-à-tout-pour-plaire-à-papa, alias Josiah Trent, était enceinte de ses œuvres. Comment avait-il pu être con à ce point ? Il avait su très précisément ce qui l'attendait en couchant avec Shaina. Leurs deux familles rêvaient de cette alliance. Toutes deux le soupçonnaient d'être ce qu'ils attendaient depuis si longtemps, un métamorphe, et souhaitaient que son sang puissant régénère une lignée décadente. Et, par-dessus tout, ils voulaient reprendre le contrôle du petit Jake. Il aurait dû se douter de quelque chose quand Shaina s'était jetée sur lui alors qu'elle l'avait toujours regardé de haut, le saluant à peine lorsqu'il leur était arrivé de se croiser à des fêtes. Le paternel avait dû insister auprès de sa fille chérie afin qu'elle le séduise et fabrique ce qu'ils voulaient tous : un bébé.

Il rétrograda et prit de la vitesse en voyant une nouvelle fois la Porsche tanguer dans un virage. Son cœur rata un battement. Le petit ami de Shaina était tellement bourré qu'il négocia la courbe dans la file opposée. Avait-il seulement remarqué que Jake le talonnait ?

Jake se maudit d'avoir été idiot au point de se retrouver dans un tel merdier. Désespérant de le coincer, les deux familles avaient fait cause commune, et lui, comme une buse, était tombé dans le panneau. Il s'en voulait tellement qu'il songea un instant qu'il ne l'avait pas volé.

Il avait délibérément couché avec Shaina alors qu'il méprisait son clan, croyant l'utiliser… alors que le contraire exact s'était produit. Sans être crétin au point de la croire sur parole quand elle avait prétendu prendre la pilule, il avait eu la faiblesse d'utiliser les capotes qu'elle lui avait proposées.

Ce qu'aucun de ces fumiers n'avait pas encore compris, c'était qu'il préférait rôtir en enfer à entrer dans leur jeu. Elle allait voir, cette traînée.

L'enfant dans le dos. La ficelle la plus usée de l'histoire. Il était trop tard, désormais, Jake allait devoir assumer les conséquences… et eux avec. Les deux familles, comme Shaina, l'avaient gravement sous-estimé. Sa vengeance, il l'ourdissait depuis des années. Tout était en place. Ruiner ses parents serait une formalité, et il était prêt à tout pour s'assurer la liberté de l'enfant à naître.

Jake donna un grand coup sur le volant. Pourquoi diable avoir fricoté avec Shaina ? Il ne l'aimait pas, ne *l'appréciait* même pas. S'il l'avait fait, c'était uniquement pour dire merde à Josiah.

Il leur avait donné ce bébé par imprudence mais jamais, au grand jamais, ils ne le garderaient. Jake se fichait de savoir s'il s'agissait ou non d'un métamorphe. Il trouverait une nurse, une *vraie*, pour l'élever et s'en occuper. Aimer le môme était exclu, car cela faisait des lustres qu'il était incapable d'un sentiment si doux, mais trouver quelqu'un qui le fasse à sa place paraissait jouable.

Un muscle de son maxillaire se crispa. Sauvage, il l'était depuis toujours. Luttant bec et ongles pour s'extraire de la cage où ses parents l'avaient enfermé. Ils n'auraient pas son fils. Jamais de la vie. Le gamin allait échapper à cette existence en cage, contre nature, semée de pièges effroyables. Une nounou n'était pas la panacée, évidemment, mais Jake n'avait pas d'alternative en vue.

Comme l'insouciante et égoïste Shaina était incapable de veiller correctement sur la petite vie à naître, Jake était en Californie, lancé à ses trousses. Le jet privé attendait de la conduire au ranch, dans le lointain Texas, où ses vigiles allaient la protéger du monde extérieur, des drogues et de l'alcool jusqu'à la naissance du bébé. Toute une escouade d'excellents toubibs se tenait à disposition. Jake se faisait fort de donner à l'enfant le moins mauvais départ possible.

Il poussa un nouveau juron. Peu lui importait que Shaina saute d'un pont après la naissance, mais il avait joué cartes sur table : il s'était rendu acquéreur de la société du paternel et les mettrait tous sur la paille s'ils avaient le culot de le doubler. L'enfant était à lui et cette pétasse osait se mettre en danger ? Jake avait renversé le jeu à sa manière habituelle, brutale et imparable, goûtant un plaisir amer à voir leurs mines déconfites.

Shaina, le diable l'emporte, n'avait *pas le droit* de mettre en péril la santé de son fils en se soûlant à mort. Et encore moins de rouler à tombeau ouvert dans le bolide d'un abruti encore plus soûl qu'elle à quelques jours de l'accouchement. Comme Jake vivait dans un autre État, à près de deux mille kilomètres de là, cette écervelée s'était crue libre de déconner à pleins tuyaux sans se douter que le futur père, inquiet pour l'enfant à naître, la suivait pas à pas.

La distance se réduisait inexorablement entre la Porsche et la Ferrari à chaque kilomètre. Il distinguait nettement la décapotable, à présent, qui mordait sans cesse sur la file opposée et prenait les virages en faisant crisser la gomme. Arrivé à leur hauteur, il vit Shaina caresser la cuisse de son petit ami d'un soir qui pilotait sa Porsche à contresens.

Jake eut un coup au cœur et des frissons : une Coccinelle Volkswagen arrivait en sens inverse deux lacets plus loin, soit pile sur la trajectoire de l'autre abruti. Il eut beau klaxonner comme un fou, l'inévitable se produisit.

La collision frontale fut terrible. Le fracas de tôles qui déchira le silence nocturne s'imprima à vie dans le cortex de Jake. Hurlement des freins, grincement de métal torturé, véhicules pliés tels deux accordéons. Son et lumière infernal, geyser d'étincelles, tonneaux multiples de la décapotable dont le carburant giclait tous azimuts. La petite Volkswagen, plus écrasée encore que la massive voiture de sport qui venait de la percuter de plein fouet, n'était plus qu'une carcasse informe qui alla heurter le flanc de la montagne. Avec, dans son sillage, une traînée d'herbe sèche en feu.

Les odeurs d'essence, de flammes et de sang l'assaillirent. Jake hésita quelques secondes à signaler l'accident au moyen de son téléphone avant de bondir de la Ferrari et de s'élancer vers l'épave la plus proche, celle de la Coccinelle. La route était jonchée de verre brisé et de bouts de métal. Shaina et son petit ami gisaient plus loin, inertes et en sang, éjectés de la Porsche pour n'avoir ni l'un ni l'autre attaché leur ceinture. Doutant que quiconque ait pu survivre au terrifiant choc frontal, il insista néanmoins malgré les flammes qui progressaient très vite vers la Volkswagen fracassée.

Il y avait du carburant partout, jusque sur le flanc de montagne où la voiture s'était encastrée, cul par-dessus tête. Les deux occupants étaient retenus la tête en bas par leur ceinture, les bras ballants. Il voulut ouvrir la portière. Le métal était brûlant, car les flammes léchaient déjà la carcasse métallique. Jake usa de sa force surhumaine pour décoincer la portière et arracher la ceinture de la passagère, dont le corps lui tomba dans les bras.

Une jeune femme, couverte de verre pilé et de sang, mais vivante. L'incendie d'essence qui couvait ne lui laissa pas une seconde pour l'examiner. Il se dégagea de la carcasse et resta sourd aux cris de douleur que poussa la malheureuse. Puis il s'éloigna à vive allure de l'épave et déposa la blessée sur l'herbe. Découvrant qu'elle saignait abondamment d'une vilaine entaille à la jambe, il défit sa propre ceinture et pratiqua un garrot de fortune juste au-dessus de la plaie.

Quand il se retourna, la Coccinelle était la proie des flammes. Trop tard pour l'autre passager. Il espéra qu'il ou elle ait été tué sur le coup et se dirigea d'un pas résolu vers la décapotable. Il avait couvert la moitié de la distance quand retentit un cri d'agonie qui se cristallisa dans sa mémoire.

— Andy !

La jeune femme avait réussi à se redresser, ce qui tenait du miracle. Elle clopinait en direction de la Volkswagen. Jake resta quelques secondes à l'observer, incrédule. Elle devait souffrir de fractures multiples, était en sang de la tête aux pieds et se ruait cependant vers un mur de flammes à une allure… improbable.

Une fraction de seconde supplémentaire, Jake resta figé, sous le choc. L'essence répandue sur l'asphalte s'était embrasée. Les flammes léchaient les jambes de la blessée, qui continuait malgré tout à se ruer vers le véhicule en feu. Elle devait se douter qu'il risquait d'exploser à tout moment et n'en avait cure.

Jake l'intercepta à un mètre à peine de l'épave, la souleva de terre et s'éloigna du brasier intense. La blessée se débattit comme une tigresse, griffant, frappant, tellement ensanglantée qu'elle lui échappa à plusieurs reprises. Chaque fois qu'il la lâchait, elle faisait demi-tour sans hésiter et rampait vers la Coccinelle en feu.

— C'est trop tard, gronda-t-il. Il est mort !

Il la plaqua durement à terre et lui fit un rempart de son corps. Juste à temps… Le sol trembla sous la violence de l'explosion.

— Andy…

Elle avait murmuré ce prénom. Une plainte déchirante, surgie du fond du cœur. Ayant cessé de lutter, elle n'était plus qu'un petit corps inerte entre les bras puissants de Jake, totalement vulnérable et brisée, les yeux grands ouverts mais incapable de le voir. Le temps se figea. Plus rien n'existait que le regard de la blessée. Des yeux immenses, couleur aigue-marine, hagards mais envoûtants. La jeune femme lui fit – étrangement – l'effet d'une proche. Qu'il connaissait sans la connaître.

Pour la toute première fois de sa vie, Jake sentit enfler en lui, comme surgi de nulle part, un besoin pressant de la protéger. Il prit conscience des badauds qui commençaient à faire cercle autour d'eux, dont quelques autres participants de la fête à laquelle Shaina avait assisté. Il fit écran d'instinct, ordonna qu'on aille s'occuper de la Porsche et qu'on s'assure que les secours étaient bien en route.

Puis il s'attela à endiguer les flots de sang qui sourdaient des plaies de la jeune femme à la tempe et à la jambe. La raison lui dictait d'aller s'occuper de Shaina et de l'enfant qu'elle portait, mais son attention restait rivée sur l'inconnue qu'il protégeait. Il pria en silence pour qu'elle tienne bon alors que, de toute évidence, elle souhaitait ardemment lâcher prise.

Les grands yeux bleu-vert emplis de chagrin de la jeune femme l'imploraient de la laisser. Où diable les avait-il déjà vus ? Il s'y replongea, happé par quelque puissance invisible.

En amande, pupilles rondes et noires, iris aigue-marine cerclés d'or. Pas courant, ça. Et étrangement familier à la fois.

— Laissez-moi partir.

Jake se pencha sur elle, l'effleurant de son souffle chaud. Il soutint son regard, inflexible, lui faisant comprendre qu'il n'en était pas question, qu'il allait la maintenir en vie par la seule force de sa volonté.

— Non. (Le ton était sans appel.) Vous m'entendez ? C'est non.

Ce second refus, plus catégorique encore, fut ponctué par un claquement de dents tandis qu'il accentuait la pression sur la plaie à la jambe de la jeune femme.

Elle ferma les yeux, vaincue, et se détourna. L'ambulance pila. Les infirmiers arrivèrent, le poussant pour la prendre en charge. À quelques mètres de là, des pompiers recouvraient d'un drap le corps du petit ami de Shaina. Jake éprouva une joie mauvaise : cet accident-là, le père de Jake ne pourrait pas l'effacer à coups de dollars.

D'autres infirmiers s'affairaient autour de Shaina. Il mit une minute à comprendre qu'ils étaient en train d'extraire le bébé… son fils. Une boule dans la gorge, il attendit jusqu'à ce qu'éclatent des cris de joie. L'enfant était vivant – à défaut d'avoir pu sauver la mère. Jake resta à l'affût d'une émotion, n'importe laquelle. En pure perte. Rien ne vint, ni pour la mort de Shaina ni pour la naissance miraculeuse du bébé. Rien qu'un profond mépris pour la façon dont Shaina avait vécu et était morte. Maudissant en silence sa nature insensible, il contempla la femme étendue et immobile qui n'avait d'yeux que pour la voiture incendiée. Il se décala légèrement pour lui boucher la vue tandis que les infirmiers s'occupaient d'elle.

Jake suivit jusqu'à un petit hôpital les ambulances qui transportaient son fils et la blessée. Un rien rustique, jugea-t-il, mais le personnel débordé paraissait compétent.

— Agent Nate Peterson, se présenta un policier en lui tendant une tasse de café.

Il l'accepta et vit que sa main était rouge de sang. Le sang de la femme aux yeux envoûtants. Il en était couvert. Accablé par une fatigue immense, il sentit ses épaules s'affaisser mais il fallait à tout prix qu'il sache si elle était vivante.

— Pouvez-vous me dire ce qui s'est passé, monsieur ? demanda l'agent. (Le malheureux tremblait si fort qu'il avait peine à tenir son stylo.) Andy et moi, on est… on était très proches, admit le jeune flic, la gorge serrée par l'émotion.

— Parlez-moi de lui, rétorqua Jake.

Il était curieux d'en savoir plus sur celui qui inspirait tant de loyauté à une femme au point qu'elle se rue vers une voiture en feu, même grièvement blessée. Qui faisait trembler un policier au bord des larmes. Jake le *savait* bouleversé. Il regarda alentour et vit que d'autres personnes, dans l'hôpital, partageaient cet émoi.

Il s'appelait Andrew Reynolds. Vingt-cinq ans, meilleur mécano de la ville, il savait réparer tout ce qui fonctionne avec un moteur. J'ai été témoin de son mariage, il y a seulement cinq mois. Il était fou de joie qu'Emma ait accepté de l'épouser. Ils nageaient dans le bonheur.

Emma. C'était son nom.

— Elle vit toujours ? demanda-t-il en retenant son souffle.

Le policier opina.

— Autant que je sache, oui. Elle est au bloc. Vous avez assisté à l'accident ?

Jake broya le gobelet ayant contenu le café et le jeta à la poubelle.

— Shaina et son ami étaient soûls. Je les suivais depuis qu'ils avaient quitté la fête donnée chez le sénateur Hindman. Shaina Trent était enceinte de mon fils. Je ne sais pas qui était l'homme au volant, désolé.

Il compléta sa déclaration de façon aussi claire que possible. L'esprit tranquille, car les traces de dérapage allaient l'innocenter. Un sanglot de femme, dans le couloir, lui fournit le prétexte d'aller réconforter la jeune infirmière.

— Ça va, mademoiselle ? dit-il en usant sans vergogne de son intonation captivante et autoritaire à la fois, conçue pour mettre l'auditoire à l'aise.

L'infirmière renifla à plusieurs reprises, les yeux brillants et animés d'un intérêt certain quand elle le vit. Jake lui toucha l'épaule dans un geste fraternel.

— Je suis Jake Bannaconni. (Il se savait connu et fut satisfait intérieurement de la voir écarquiller les yeux.) Pouvez-vous me dire si la blessée vit toujours ?

Coup d'œil rapide à son badge : elle s'appelait Chelsey Harden.

Chelsey hocha la tête.

— Elle est au bloc. Elle n'a que vingt et un ans, merde… Je n'arrive pas à y croire. Ce matin même, elle m'a appelée pour m'annoncer qu'elle était enceinte ! Elle était si contente à l'idée de l'annoncer à Andy ce soir. M'étonnerait qu'elle ait eu l'occasion…

Le visage enfoui dans ses mains, elle éclata en sanglots. Jake renouvela son geste de réconfort.

— Vous étiez très proches, j'imagine.

— Très, abonda Chelsey après s'être mouchée. J'étais en classe avec Andrew, c'est lui qui nous a présentées. Elle n'a plus personne à présent. Les parents d'Andy sont morts l'année dernière dans un accident de voiture et je sais qu'Emma a perdu les siens quand elle était môme. Ils n'avaient plus que l'autre. Ça ressemble à une malédiction, tous ces accidents… (Soudain devenue livide, elle se couvrit la bouche.) Oh ! je suis désolée. Votre femme aussi a été tuée dans l'accident. Navrée, vraiment.

Jake secoua la tête.

— Nous allions avoir un enfant mais n'étions pas mariés.

— Le bébé est en pleine forme, s'empressa d'annoncer Chelsey. Un peu en avance mais très robuste.

— Combien de temps va-t-il devoir rester ici ?

Soit, en langage clair : de combien de temps disposait-il pour passer à l'action ? Il avait une vague idée mais pas de plan précis. L'équipe de l'hôpital compatissait, c'était criant. Sa petite amie, enceinte, filant avec un autre… Shaina était depuis toujours la proie rêvée des paparazzis. Elle adorait être dans la lumière, et ses frasques faisaient les choux gras des tabloïds.

Le public était convaincu qu'elle avait brisé le cœur de Jake, ce qui les avait arrangés l'un et l'autre et, de ce fait, dissuadés d'apporter un démenti. Le décès de Shaina allait susciter un élan de compassion dont Jake comptait tirer parti.

— Il faut voir ça avec le docteur mais pour un prématuré, franchement, il m'a eu l'air en pleine santé. Une semaine ? Ce n'est pas à moi d'en décider… (Chelsey poussa un gros soupir.) Emma tenait tellement à fonder une famille. C'était super important, pour elle comme pour Andy. Seuls au monde comme ils l'étaient, ils répétaient tout le temps qu'ils allaient faire plein de gosses.

Jake se passa la main dans les cheveux. Le plus sûr aurait été de faire transférer son fils sur-le-champ à Dallas avant de l'installer au ranch. Ce n'était pas son merdier, après tout. Sauf qu'il n'en ferait rien. Pas après s'être plongé dans les yeux bleu-vert d'Emma Reynolds, qui avaient remué quelque chose en lui. Un truc mystérieux, insondable. Il n'était pas question de se défiler.

Un homme approcha. À côté de lui, Jake vit Chelsey se reprendre et arborer son air le plus professionnel. Très certainement un ponte de l'hôpital, genre administrateur. Quelqu'un avait dû identifier Jake ; ils envoyaient une huile pour s'assurer que le client VIP était satisfait de la façon dont son fils était pris en charge.

— Vos mains et vos bras sont brûlés, monsieur Bannaconni. Laissez-nous nous en occuper.

— Je n'avais pas remarqué, répondit Jake, sincère, qui se laissa néanmoins guider jusqu'à une salle d'examen.

Il observa l'administrateur tandis qu'on soignait ses brûlures. Un type digne. Franc. Très fier de son établissement – Jake s'en rendit compte quand il le lui fit visiter –, et ce bien que l'hôpital manque cruellement de moyens pour s'équiper en matériel dernier cri.

L'homme d'affaires qu'il était sauta sur l'occasion et fit allusion à la somme rondelette qu'il se proposait de donner en gage de sa gratitude pour les soins prodigués à son fils. Il posa ensuite des questions sur l'enfant : combien de temps allait durer son séjour, quelles étaient les répercussions à craindre en raison de sa naissance prématurée, que pouvait-il faire pour aider l'établissement à s'occuper de lui ? Puis il parvint à orienter la conversation vers Emma Reynolds en jouant à merveille l'homme navré pour elle. Était-elle grièvement blessée, fallait-il l'intervention de spécialistes ? Rien n'était plus simple que d'en faire venir, par jet privé si nécessaire.

Le docteur John Grogan, directeur de l'hôpital, tenta de le convaincre qu'il n'était nullement responsable d'Emma Reynolds.

Jake prit un air très sérieux.

— J'ai parfaitement conscience que c'est ce que le reste du monde pourrait penser, mais il se trouve que la mère de mon enfant est coresponsable des blessures d'Emma et de la mort de son mari. Comme, apparemment, Emma n'a personne d'autre, prendre les frais à ma charge et m'assurer qu'il ne lui manque rien est le moins que je puisse faire pour elle.

Après un regard alentour, il ajouta à mi-voix :

— Ce serait bien si les journalistes étaient tenus à l'écart de mon fils.

Grogan hocha la tête.

— Notre hôpital est de taille modeste, monsieur Bannaconni, et très discret.

Jake poussa un soupir de soulagement et se tassa un peu pour montrer à quel point il était épuisé et bouleversé.

— Veuillez dire aux médecins qui s'occupent d'Emma que je suis disposé à l'aider. Et maintenant, si c'est possible, j'aimerais beaucoup voir mon fils.

Le premier pas visant à se faire une place dans la vie d'Emma était franchi. Il se laissa conduire à la nurserie où il dut enfiler surblouse, masque et gants pour contempler un petit garçon tout fripé et nu, étendu dans un incubateur, sous l'éclairage cru de l'hôpital.

— Comment va-t-elle aujourd'hui, Chelsey ? demanda Jake en voyant la jeune infirmière approcher dans le couloir. Je viens de voir mon fils et j'envisageais de passer la voir.

La chambre d'Emma était la première en sortant de la nurserie. Comme elle était enceinte, l'obstétricien avait fait en sorte qu'elle soit au plus près de son service au cas où elle ferait une fausse couche consécutive à l'accident. Cette proximité arrangeait Jake, qui ne se privait pas de passer la voir « en voisin ». Consciente mais éteinte, la jeune femme restait sans réaction en présence des médecins et des infirmières. Mais, quand il arrivait, ses yeux émeraude ne le quittaient plus.

— Elle ne parle à personne, monsieur Bannaconni, soupira Chelsey. On s'inquiète tous pour elle. Mais j'ai entendu dire que votre fils allait mieux. Il respire déjà sans assistance alors que ça ne fait que trois jours.

— C'est vrai, il m'a paru beaucoup mieux même s'il ne gagne pas assez de poids, à ce qu'on m'a dit.

Jake s'immobilisa, la main sur la poignée de la porte d'Emma. Personne, jusqu'ici, ne lui avait interdit d'entrer. Son objectif du jour : convaincre la jeune femme d'autoriser l'administration de l'hôpital à ce qu'il prenne tous les frais en charge.

— Aujourd'hui, je vais essayer de lui redonner goût à la vie. C'est vous qui m'en avez donné l'idée, l'autre jour.

Chelsey lui posa la main sur l'épaule et se fendit d'un sourire aguicheur.

— J'espère que vous parviendrez à l'atteindre.

Jake lui rendit son sourire en laissant son regard de mâle s'attarder sur sa silhouette. L'infirmière, le souffle court, lui adressa un petit signe avant de s'éloigner en roulant des hanches plus qu'à l'accoutumée. Jake ouvrit la porte de la chambre d'Emma et entra. Il entendit Chelsey glousser dans le couloir et souffler à une collègue :

— Il est chaud comme la braise, Anna ! J'en trempe ma culotte quand il me sourit comme ça...

Un coup d'œil à Emma suffit à lui faire comprendre qu'elle avait entendu la tirade de Chelsey. Il referma la porte sur les deux infirmières hilares et vint se placer à sa hauteur.

Emma retint son souffle. Il était de retour. Face à tous les autres, la jeune femme était capable de se réfugier en elle-même pour échapper à la terrible réalité de sa solitude extrême, à la mort de son bien-aimé Andrew, à la crainte de perdre son bébé... mais, dès que cet homme venait s'asseoir à côté d'elle, il occupait tout l'espace, elle n'avait plus en tête que son odeur, sa présence et l'envie étrange de reprendre le cours de sa vie. Il l'obligeait chaque fois à revenir au monde, en prise directe avec un chagrin accablant.

Elle le supplia en silence de la laisser replonger dans cet état de semi-coma, à l'abri de la douleur. Peine perdue : quand il la tenait sous son emprise, il ne la lâchait plus.

— Comment vous sentez-vous aujourd'hui, Emma ?

Il lui parlait toujours sur le ton de l'intimité, comme s'ils étaient bons amis... voire davantage. Très proches. Du bout des doigts, il lui caressa les cheveux.

— Il y a du mieux ?

Chaque fois qu'il l'effleurait, ne serait-ce qu'à peine, elle ressentait comme un courant électrique qui la dynamisait, ressuscitant du même coup ses peurs et son chagrin. Puis il insistait, doux et ferme à la fois, l'obligeant à contempler le vide abyssal qu'était devenue sa vie, prisonnière comme elle l'était d'un malheur indicible.

Elle ne répondit rien. Comme d'habitude. Se contentant de le dévisager, muette, afin qu'il la laisse se réfugier dans son cocon.

Jake empoigna la chaise à côté du lit, la retourna et s'installa à califourchon.

— Ce matin, j'ai donné un nom au bébé. Je n'y avais jamais vraiment réfléchi mais c'est important qu'il porte un prénom qui lui plaira quand il sera devenu adulte. Heureusement que j'ai trouvé un bouquin sur les prénoms dans la salle d'attente.

Elle garda les yeux rivés sur son visage, incapable de regarder ailleurs. Il s'était exprimé d'une voix douce, avec beaucoup d'intensité… mais quelque chose clochait. Quoi ? Mystère. Lui aussi la dévisageait sans cesse. Il avait l'air d'un fauve avec ses yeux verts cerclés d'or qui ne cillaient jamais, concentrés sur elle, sans échappatoire possible.

Il se pencha en avant.

— Il est si minuscule, Emma. Il tiendrait au creux de ma main. Ça me flanque la trouille, l'idée de le ramener chez moi alors que je ne connais rien à la façon de m'occuper d'un bébé. Et vous, ça vous effraie ? Vous allez être mère, ils vous l'ont dit ? L'enfant que vous portez a survécu. Ça vous fait peur, la perspective d'être seule à veiller sur lui ou elle ?

Le souffle coupé, Emma porta la main à son ventre. Était-ce vrai ? Elle sentit son cœur battre la chamade, au point d'en avoir des bourdonnements d'oreilles. Elle s'était pourtant juré de mourir, quitte à ce que le bébé – le bébé d'Andy – meure avec elle. La jeune femme ferma les yeux un court instant, craignant d'avoir mal entendu.

Jake poussa un demi-soupir et se passa la main dans les cheveux, comme sous le coup d'une vive agitation.

— C'est ça, ma plus grande crainte. Il n'y a que moi comme parent pour m'occuper du bébé et je suis loin, très loin du compte…

Cet aveu-là était sorti de sa bouche avec l'accent de la sincérité. Emma déglutit avec peine. Ses lèvres sèches s'entrouvrirent au prix d'un gros effort, et elle dut se faire violence pour parler d'une voix tremblante qu'elle ne reconnut pas comme la sienne.

— C'est… c'est vrai, pour mon bébé ? Que je ne l'ai pas perdu ?

Il se pencha plus près encore. Jake Bannaconni. Un nom qu'on chuchotait avec admiration, qui lui disait quelque chose mais qu'elle n'arrivait pas à situer. Qu'y avait-il de si familier en lui, et pourquoi diable se sentait-elle sous sa coupe ?

— Votre bébé va bien, Emma. Le docteur a dit qu'en dépit de la perte de sang le fœtus lui a paru en pleine forme. (Il lui couvrit la main.) Il n'y a aucun signe de fausse couche. Vous allez être mère.

Nouvel afflux de larmes. Son bébé. Son précieux bébé n'avait rien ! Elle n'était pas seule, après tout, un petit bout d'Andy s'obstinait à pousser dans son ventre.

— Merci, merci. Je n'osais pas demander et personne n'a songé à me le dire. Il n'a été question que de ma tête, ma jambe, d'un million d'autres bobos, et…

Elle n'acheva pas sa phrase, les yeux rivés au plafond, le visage strié de larmes.

— … et d'Andrew, compléta-t-il avec douceur. Je suis désolé, Emma. Il va falloir qu'on apprenne à vivre malgré tout. En s'occupant seuls de nos enfants. (Il afficha une ombre de sourire.) J'ai le sentiment que vous serez nettement meilleure que moi dans ce domaine.

— Vous allez être un bon père, lui assura-t-elle distraitement. Ne vous en faites pas.

Comment diable allait-elle s'occuper seule de son enfant ?

Jake souleva délicatement la main de la jeune femme et en caressa le dos avec le gras du pouce. Un contact douloureusement familier.

— Ils vous ont indiqué quand vous alliez pouvoir sortir ?

Emma secoua la tête.

— Pour aller où ?

Retourner dans l'appartement où elle avait vécu avec Andrew ? Trier ses affaires ? Tout simplement inimaginable.

— On verra ça plus tard, quand vous vous sentirez plus forte, déclara Jake. J'ai appelé mon avocat pour lui dire de s'occuper de l'assurance à votre nom et d'arranger un règlement à l'amiable. Ça ne vous choque pas, j'espère ? C'est le moins que je puisse faire. Je me doute que vous avez autre chose en tête que l'argent, mais ça va compter quand le bébé sera là.

Emma souleva les paupières et s'autorisa à le regarder. Il dégageait une autorité, un magnétisme qui empêchait la jeune femme de songer à être seule. À disparaître. Jake était le seul à lui faire cet effet-là. Avec tous les autres, elle pouvait aisément rentrer dans sa coquille sans avoir à penser à ce que serait la vie sans son bien-aimé Andy. Mais, dès que ce diable d'homme était là, c'était comme s'il prenait les rênes. En outre… elle le connaissait. Il était là, dans quelque recoin perdu de sa mémoire.

Elle se rappelait nettement tout ce qui avait précédé l'accident. Son excitation quand, assise dans la voiture, il lui tardait d'annoncer la grande nouvelle à Andy. Mais elle avait tenu à attendre qu'ils soient au resto pour mieux voir la mine de son chéri, l'éclat dans ses yeux, le pli de sa bouche au moment où elle lui dirait qu'ils allaient avoir leur premier enfant. Il était mort sans le savoir. C'était affreux. Elle se concentra de nouveau sur le visage de Jake.

L'accident en lui-même, en revanche… rien. Puis la douleur atroce, le feu, Jake la dévisageant, l'empêchant de rejoindre Andy. Ce regard fascinant, irrésistible, celui d'un prédateur guettant sa proie. Pénétrant jusqu'à la mettre mal à l'aise et, bizarrement, la rassurant du même coup. Si sa tête cessait de l'élancer et si les toubibs diminuaient la dose d'antidouleur, peut-être parviendrait-elle à penser plus clairement mais là, tout de suite, il la bloquait avec sa personnalité écrasante.

— On… on se connaît ? Je ne me rappelle pas à quelle occasion et pourtant, quand je vous regarde dans les yeux, j'ai l'impression très nette de vous avoir déjà vu.

— Je suis celui qui vous a extirpé de la voiture.

Baissant les yeux, il retira sa main et se massa les tempes, comme s'il souffrait du même mal de tête qu'elle.

— Je suis désolé de n'avoir pas pu sauver votre mari. L'incendie était trop violent.

Elle vit alors les traces de brûlure sur ses mains et sentit son cœur bondir. Le saisissant par les poignets, Emma lui tourna les paumes vers le plafond et observa les chairs meurtries.

— C'est en m'arrachant aux flammes que vous vous êtes fait ça ?

Jake rétracta ses mains, un peu ébranlé par ce contact peau contre peau. Ce n'était pas sexuel. Cette approche-là, pourtant, était son habitude avec les femmes. Il prenait aisément le contrôle d'une nana quand l'attirance était mutuelle et qu'il couchait avec… sauf qu'avec Emma il se passait autre chose. Un truc très différent dont il se méfia d'instinct.

— Oui, répondit-il sur un ton plus bourru qu'escompté.

Elle poussa un petit soupir.

— Je suis désolée…

— Emma, glissa-t-il, l'important, c'est que vous ayez survécu, vous et le bébé.

Jake regretta d'avoir retiré ses mains alors qu'elle s'était volontairement tendue vers lui. Chelsey ouvrit la porte et passa la tête dans l'embrasure.

— Emma ? vous avez besoin de quoi que ce soit ? demanda-t-elle en dévorant Jake des yeux.

Le visage de la jeune femme se referma, son regard se troubla. En l'absence de réponse, l'infirmière fronça les sourcils et tourna la tête vers Jake, qui se leva et flatta la main inerte de la patiente.

— Je compte justement passer prendre quelques affaires chez vous, Emma, dit-il délibérément. Je repasserai ce soir.

Il désigna le couloir d'un hochement de tête et rejoignit Chelsey.

— Il va me falloir ses clés et son adresse, dit-il à l'infirmière.

— C'est un truc à m'attirer des ennuis…

Jake se pencha sur elle comme pour empêcher qu'on intercepte leur échange. Il s'était exprimé avec sa voix envoûtante mais comptait surtout sur sa chaleur corporelle et la fragrance de son eau de toilette pour faire la différence. Chelsey inhala, et un léger frisson lui échappa.

— Je ne veux surtout pas vous faire d'ennuis. Il faut qu'Emma se ressaisisse et quelques objets personnels pourraient l'y aider. Elle ne s'y est pas opposée, vous l'avez vu.

Chelsey hocha la tête, partit d'un pas vif, puis revint avec les clés et un bout de papier où figurait l'adresse.

— Vous êtes une chouette amie pour Emma, lui assura-t-il en empochant le trousseau et en filant avant que l'infirmière se ravise.

Jake trouva sans problème l'immeuble d'Emma. Debout sur le seuil, il embrassa du regard le petit appartement. Petit ? Franchement minuscule, plutôt. Mobilier vieillot et défraîchi, vaisselle ébréchée… le couple ne possédait rien. Il arpenta les quatre pièces. La surface totale était inférieure à celle de sa chambre au ranch… Sa frustration augmenta à chaque pas qu'il faisait dans un sens, puis dans l'autre, tel le fauve en cage qu'il était. Un truc lui échappait. Qu'il *fallait* qu'il capte. À tout prix. Cet objectif-là lui brûlait les entrailles.

Tout était tellement propre et rangé qu'il se surprit à jeter les roses qui avaient fané dans le petit vase, car elles faisaient tache dans cet appartement nickel. Il fit les cent pas à vive allure, aux abois, conscient de passer à côté d'un élément crucial. Et s'immobilisa brusquement. Il y avait des photos partout, aux murs, sur le bureau, dans l'album qui trônait sur une table basse.

Il étudia l'un des clichés. Emma et Andrew se regardaient, sur cette image comme sur toutes les autres, n'ayant d'yeux que pour l'autre. Leurs expressions ne faisaient aucun doute : ils s'aimaient, c'était palpable.

Il caressa les lèvres d'Emma du bout de l'index. Jamais il n'avait vu deux personnes aussi heureuses. C'était gravé sur leurs traits, dans leurs regards. Emma était à couper le souffle. Sur presque toutes les photos, pourtant, elle ne portait pas de maquillage.

Elle était en outre toute petite et d'aspect frêle, avec une profusion de cheveux roux autour d'un fragile minois en forme de cœur. Jake, qui n'avait jamais été attiré par les femmes maigrichonnes, préférant les courbes voluptueuses, ne pouvait s'empêcher d'observer ce minois, ces yeux. Il effleura de nouveau le cliché, cette fois autour du visage, étreignant le cadre de la photo à s'en blanchir les phalanges. Il reposa l'objet avec brusquerie.

Dans la cuisine, il découvrit beaucoup de choses cuites au four dont un pain durci qui, d'évidence, avait été fait maison. Dans la salle de bains, deux brosses à dents, l'une blanche, l'autre bleue, côte à côte. Ainsi qu'un test de grossesse près du petit porte-savon. Sur le miroir, dans l'angle, « Oui ! » était tracé au rouge à lèvres.

Arrivé dans la chambre, il fouilla sans vergogne les affaires du couple. Les chemises d'Andrew étaient usées mais il n'y manquait pas un bouton et tous les accrocs avaient été reprisés avec soin. L'ensemble était propre et repassé. Il trouva un blouson avec, brodé à l'intérieur, une inscription minuscule : « Quelqu'un qui t'aime ». Ces quelques mots creusèrent un vide béant en lui.

Jake Bannaconni appartenait à l'élite. Il jouissait d'une intelligence supérieure. *Idem* pour la force physique, la vue et l'odorat. Les muscles roulaient sous son épiderme, fluides comme de l'eau, tout en contrôle. Il était l'un des plus jeunes milliardaires de l'histoire selon *Forbes* et pesait très lourd en politique. Il possédait en outre le magnétisme animal propre à son peuple et cette logique implacable nécessaire aux batailles entre décideurs. Et que dire de sa personnalité envoûtante, qui l'autorisait à séduire les plus belles femmes du monde, ce qu'il ne se privait d'ailleurs pas de faire ? Sauf qu'il ne pouvait pas s'en faire aimer. Tandis que ce… ce *mécanicien* avait suscité l'amour dans tout son entourage. Ça n'avait aucun sens !

Qu'est-ce qui avait rendu Andrew Reynolds spécial au point d'inspirer un tel déferlement de passion ? une loyauté indéfectible ? Jake, pour sa part, ne pouvait même pas prétendre à l'amour ou à la loyauté de ses propres parents ! Alors tous les autres… Sauf erreur, Reynolds n'avait jamais rien offert de précieux à sa femme, et pourtant, où qu'il porte le regard, Jake voyait des preuves de leur bonheur sans nuage.

Il toucha la brosse d'Emma, où quelques cheveux roux luisaient comme des fils de soie. Son estomac se noua. Le désir s'empara de lui. Plus que de l'envie : un terrible accès de jalousie. Il savait les siens détenteurs de ce trait de caractère dangereux sans jamais l'avoir éprouvé. L'émotion était si forte qu'elle lui laissa un goût de bile dans la bouche, lui noua un peu plus l'estomac et teinta sa mauvaise humeur d'une envie de meurtre. L'histoire d'Emma et Andrew s'apparentait à un conte de fées. Un putain de conte de fées. Impossible, c'était impossible. Elle n'avait même pas de tenue correcte ! Tous ses jeans étaient usés jusqu'à la trame et seules deux robes étaient rangées dans la penderie.

Il trouva partout des livres sur les oiseaux, puis un croquis d'amateur représentant une volière, tracé par une main de femme. Il plia avec soin les dessins, qu'il glissa dans sa poche de manteau. Un carnet de croquis le fascina : toute une collection de dessins au fusain représentant des léopards dans diverses postures, certains à peine esquissés, d'autres très détaillés. La couverture était ancienne et usée, comme si quelqu'un l'avait souvent feuilleté.

Jake passa une heure de plus dans l'appartement sans trop comprendre pourquoi ni pouvoir s'y arracher. Il n'aimait pourtant que la liberté, les grands espaces. Hypersexué, il usait de son charme sur les nanas et les sautait à sa guise, n'importe où, n'importe quand. Jamais il n'avait songé à se caser. Et pourtant contempler ce petit appart de rien du tout lui donna l'impression que tout son fric, tous ses appuis politiques, tous les secrets concernant qui et ce qu'il était n'étaient rien par rapport à ce que cet Andrew Reynolds avait eu.

Jake sortit et ferma à clé. Il fallait qu'une femme le considère ainsi… Pas n'importe quelle femme. Emma. Il était exclu de partir sans elle. L'idée qu'un autre homme la découvre, la fasse sienne, le mettait en rage. Il rugit intérieurement. Emma aurait dû n'être rien pour lui et voilà que sa silhouette et son odeur accaparaient toutes ses pensées.

Il voulait vivre ce satané conte de fées. Et saurait se montrer patient. Méthodique, implacable. Une fois qu'il était fixé sur un objectif, rien ne pouvait plus l'arrêter ni le faire dévier. Rien, ni personne, ne se mettait longtemps en travers de son chemin. Un sourire cruel naquit à la commissure de ses lèvres. Il jouait pour gagner et gagnait toujours. Peu lui importait le temps que cela prenait. Jake gagnait toujours. Or il voulait ce qu'Andrew avait eu. Emma Reynolds. Pas une autre, rien qu'Emma Reynolds, et il l'aurait. Coûte que coûte.

Chapitre 3

— J'ai trente-trois ans aujourd'hui, Emma, annonça Jake en débarquant dans sa chambre d'hôpital.

Il déposa les objets qu'il avait pris dans son appartement sur la table de chevet. Il avait délibérément attendu trois jours avant de repasser tout en discutant de temps à autre dans le couloir, assez près pour qu'elle l'entende. Chelsey s'était plusieurs fois inquiétée de ce qu'Emma ne mangeait rien et paraissait très agitée.

La jeune femme le dévisagea, les mains crispées sur le drap qui la couvrait.

— Trente-trois balais et un nouveau-né sur les bras, vous vous rendez compte ? J'ai appris toutes sortes de choses, dont plusieurs langues étrangères, sans jamais m'imaginer qu'il allait falloir que je sache changer une couche. Comment je fais faire d'ici quelques jours, quand ils vont me le confier ?

Jake prit la brosse à cheveux d'Emma et traversa la chambre jusqu'à elle.

— Vous êtes pâlichonne. Ils vous font encore avaler ces antidouleur ?

En voyant la jeune femme s'humecter les lèvres, il plongea la main dans sa poche de pantalon et en sortit un tube de baume qu'il lui tendit.

— J'ai trouvé ça dans votre salle de bains, je me suis dit que ça vous serait utile.

La jeune femme s'empara du baume d'une main tremblante en lui effleurant la paume. Il attendit qu'elle s'en soit servie sur ses lèvres gercées avant de reprendre la parole :

— Vous pouvez vous redresser seule, ou vous avez besoin d'aide ?

Emma, déconcertée, fronça les sourcils.

— Pour quoi faire ?

— Pour vous brosser les cheveux. Je ne suis sûrement pas plus doué pour ça que pour changer une couche mais, l'essentiel, c'est que ça vous apaise un peu.

Jake avait mis de l'autorité dans sa voix tout en s'exprimant simplement, comme s'il était habitué à lui brosser les cheveux.

La gorge serrée, Emma regarda autour d'elle, l'air effrayé, un peu prise au piège. Il ne lui laissa pas le choix, la ramena avec douceur en position assise puis se glissa derrière elle, assis sur le matelas, les cuisses calées autour des hanches de la jeune femme. Il eut un flash violent, comme si cette scène se répétait pour la millième fois. L'impression de déjà-vu se reproduisit quand il passa la main dans sa masse de cheveux emmêlés.

Jake inhala l'odeur de cette femme qui avait été celle d'un autre et qu'il comptait fermement garder pour lui – quitte à la voler à un mort.

— Emma ? lança-t-il sur un ton plus inquisiteur. Tout va bien ?

Il posa les mains sur les épaules de la jeune femme, qui secoua la tête.

— Dites-moi ce qui ne va pas, proposa-t-il en commençant à lui brosser ses longues mèches rousses, attentif à ne pas tirer trop fort.

Jamais il n'avait brossé les cheveux d'une femme et pourtant l'impression de déjà-vu persista. Il retenait d'instinct les touffes de cheveux juste au-dessus des nœuds afin de les démêler sans douleur. D'où savait-il qu'elle avait le cuir chevelu fragile ? Un court instant, il perçut l'écho de son explication entrecoupée d'éclats de rire, comme si Emma lui disait à voix haute comment s'y prendre avec ses cheveux bouclés. Jamais ils n'avaient abordé ce sujet, bien sûr. Et pourtant ce souvenir était gravé dans sa mémoire.

Emma sentit les mains de Jake dans ses cheveux et ferma les yeux en prenant conscience qu'elle l'avait attendu, par besoin d'éprouver sa force. Elle n'en revenait pas d'avoir besoin de qui que ce soit et eut honte de ne pas pouvoir s'en sortir seule. Incapable de se lever sans aide, de retrouver l'appartement sans Andy, et pour couronner le tout… Son cœur se serra. Il lui parut peser des tonnes, au point qu'elle craignit de suffoquer.

— Emma, lui ordonna-t-il. Dites-moi ce qui cloche.

— C'est… c'est le médecin, il m'a dit… qu'il fallait que je reste alitée. Que le bébé est en danger sinon.

Voilà. Elle l'avait dit à voix haute. Faisant enfin front à la terrible nouvelle parce qu'il était là, avec elle. Lui, un parfait inconnu. Pourquoi l'avait-elle attendu ? Elle s'était sentie en colère et blessée qu'il soit resté si longtemps sans venir la voir. Médecins et infirmières s'étaient efforcés de l'égayer, de la faire réagir. En vain. Mais chaque fois qu'il était dans les parages, venant voir son fils à la nurserie, Emma s'éveillait à la conscience. Et avait entendu les infirmières s'extasier sur son côté sexy.

Il n'était plus question de pleurer. En avait-elle encore la force ? De jour comme de nuit, elle pensait à Andy, qui lui manquait terriblement, priait pour qu'il soit mort sur le coup, sans souffrir. Et, désormais, elle était terrifiée à l'idée de perdre le bébé, de ne pas pouvoir s'en occuper seule. Personne ne serait là pour l'aider. Elle était seule au monde. Désespérément seule.

— Quel est le problème, selon lui ?

Sa voix était calme, posée, apaisante. Ses mains allaient et venaient dans ses cheveux, et le léger tirage de la brosse avait un effet réparateur sur ses nerfs éprouvés. Elle prit une grande goulée d'air et découvrit qu'en sa présence elle était plus apte à réfléchir.

— Je souffre de blessures internes, mon corps risque de ne pas pouvoir garder le bébé quand il grandira. Il va falloir que je reste alitée jusqu'au quatrième mois.

Jake passa la brosse à plusieurs reprises sur sa chevelure avant de reposer l'accessoire et de diviser les mèches en trois.

— Demandons un deuxième avis, Emma. Il est très facile de faire venir un autre toubib. Libre à vous, ensuite, de suivre le traitement qu'il propose.

— Comment ? réagit-elle en tournant la tête vers lui. Je n'ai plus Andy pour m'aider. Ma jambe vient d'être opérée, je ne peux ni marcher ni travailler. Comment je vais m'y prendre ? dit-elle en détestant s'entendre geindre.

Il tira doucement sur ses mèches jusqu'à ce que la jeune femme se retourne vers lui, les épaules tombantes.

— Continuons à nous entraider. L'argent n'est pas un problème pour moi et ma maison est grande si vous avez besoin d'un toit.

— Je n'ai pas besoin qu'on me fasse l'aumône, mentit-elle.

C'était cela, le plus humiliant : en être réduite à presque supplier un inconnu qu'il la prenne à sa charge. Mais qu'il était difficile de lutter avec ce type ! Qui était-il ? Pourquoi avait-elle l'impression de le connaître, et d'où lui venait cette force intérieure ?

Elle se couvrit la figure d'une main. Lui aussi avait perdu quelqu'un. Shaina. Un nom qui lui laissait un goût de cendre dans la bouche. Shaina et son petit ami bourré avaient tué son Andy. C'était étrange : elle lisait parfois de la douleur dans le regard de Jake sans qu'il paraisse en éprouver alors qu'elle-même était ravagée par le chagrin. Un truc si violent qu'elle doutait de goûter un jour au bonheur de nouveau.

— Il va y avoir une conciliation, vous savez, déclara Jake. Vous allez toucher pas mal d'argent. Mes avocats peuvent continuer à s'en occuper. Ça devrait vous mettre à l'abri pendant un bon moment. Le temps de vous occuper de vous et de l'enfant à naître.

— De l'argent taché de sang. Jamais ce fric ne remplacera Andy.

Elle voulut mettre fin à leur contact physique, pour réconfortant qu'il soit. Il refusa de la lâcher. La pression sur son cuir chevelu lui arracha un petit cri.

— Du calme. Ce n'est pas après moi que vous êtes en pétard, lui fit valoir Jake. Et, quelle que soit son origine, cet argent vous sera utile pour le bébé. Vous en aurez besoin. Alors, si ça ne vous fait rien, laissez-moi m'occuper de ce petit détail le temps que vous vous fassiez à l'idée.

— Entendu…

Elle avait rendu les armes à mi-voix, ce qui n'empêcha pas Jake de triompher intérieurement. S'il tenait à l'aider, c'était pour qu'elle ait moins de chagrin même si, en parallèle, il n'en revenait pas qu'elle ressente une telle émotion. La mort de son aïeul lui avait fait de la peine, mais ce n'était rien par rapport à ce qu'Emma vivait avec le décès de son mari. Quel délire ! Emma adorait son Andrew. Au point d'être anéantie par sa disparition. Tandis que lui n'éprouvait rien ou presque quand il songeait à la mort de Shaina.

Il se surprit à honnir sa propre froideur. Comment pouvait-il être insensible au point de manipuler un être aussi authentique qu'Emma ? Le peu d'informations qu'il avait glané auprès du personnel de l'hôpital et chez elle lui avait fait comprendre qu'elle était une femme indépendante, aux opinions bien tranchées et aimant rire. Sauf qu'à cet instant elle était brisée, écrasée par le poids du chagrin. Une telle candeur était impensable dans le monde impitoyable où Jake avait évolué. Et pourtant il ne parvenait pas à la piéger. Si elle lui jouait la comédie, cela méritait un oscar.

Il la sentit se crisper, tous les sens en alerte, et la vit tourner la tête vers la porte.

— Le bébé pleure, dit-elle. Vous pouvez me l'amener ?

Jake fronça les sourcils. Son « autre » le rendait apte à percevoir et analyser les sons bien mieux qu'un humain normal, et il reconnut d'ailleurs instantanément le timbre de son fils. Facile : son cerveau de léopard enregistrait automatiquement les bruits et les conversations, opérant un tri express. Et pourtant Emma s'était d'instinct tournée vers l'origine du cri *avant* lui.

Le cœur près d'éclater, il en eut brusquement des bourdonnements d'oreilles. Jamais sa propre mère n'avait réagi à ses cris, ni quand il était nouveau-né ni après. Et cette femme, cette inconnue, se faisait plus de souci que lui pour son propre fils ! Il en conçut une honte mâtinée d'incompréhension… et ce n'était pas la première fois en présence de la jeune femme, loin de là.

— Si vous y tenez, murmura-t-il en se relevant, renonçant à la chaleur de leur promiscuité.

— Oui, s'il vous plaît.

Comment une nana qui avait tout perdu, qui souffrait dans sa chair, pouvait-elle réagir positivement au fils de la femme responsable de l'accident qui avait coûté la vie à son mari ? C'était à n'y rien comprendre. Elle lui flanquait presque la frousse, pour tout dire, alors que Jake ne redoutait ni la douleur ni le reste. Mais cette Emma le remuait dans des registres dont, jusqu'ici, il ignorait jusqu'à l'existence. Or il ne faisait confiance à personne. Et surtout pas aux gens qu'il ne pigeait pas.

Alors qu'il portait avec précaution l'enfant vers la chambre d'Emma, il tenta de cerner en elle une éventuelle autre facette que cette chaleur humaine d'apparence authentique. Lui avait une raison objective de lui amener le bébé. Il voulait qu'elle entre dans sa vie, qu'elle l'aime, qu'elle aime son fils. S'il pouvait se servir de l'intérêt qu'elle portait au môme pour l'inciter à emménager chez lui, il ne s'en priverait pas. Mais quel était son intérêt à *elle* ? Certainement pas lui en tant qu'homme : elle ne le calculait même pas. Ni son argent. Rien, en fait. Il ne l'intéressait en rien.

Quand il ouvrit la porte, elle le dévisagea d'une manière qui le fit réviser son jugement. Il se passait quelque chose entre eux : une histoire de force, de pouvoir. Il la fascinait. Elle était vulnérable et avait besoin d'un type solide, capable d'assumer, jusqu'à ce qu'elle puisse affronter la vie sans Andrew. Elle percevait cette énergie en lui, la puissance de son léopard, l'acier dont il était fait, et, comme elle avait besoin de ces qualités, il l'attirait comme un aimant. C'était un bon début.

Elle contempla le bébé qu'il tenait maladroitement, à bout de bras. Il se fendit d'un sourire contrit.

— Sa couche a besoin d'être changée. J'ai voulu le faire faire aux infirmières mais elles m'ont dit qu'il fallait que je me fasse la main. C'est flippant de tenir un bébé qui s'agite à bout de bras…

— Ce n'est pas comme ça qu'il faut le tenir, Jake, le conseilla-t-elle avec douceur. Collez-le à vous pour qu'il se sente en sécurité.

— Mais il est trempé, rétorqua-t-il avec une grimace.

— C'est lui le bébé, pas vous. Posez-le sur le lit pour le changer.

Jake, qui doutait d'y arriver même si sa vie en dépendait, posa la couche propre sur le lit, à côté de l'enfant, puis y logea le mouflet et s'efforça de maintenir la protection en place. Mais, à l'instant où il soulevait légèrement son fils, ce satané truc glissa. Le bébé se mit à geindre en fouettant l'air de ses bras minuscules tandis que le père mimait le type dépassé qui se gratte le crâne et a le souffle court.

— Vous vous y prenez mal, glissa-t-elle, espiègle.

Il jubila sans l'afficher, arborant toujours sa mine déconfite.

— Je m'en rends compte, admit-il en grinçant des dents. Un secret m'échappe, on dirait…

Tout en gardant une main en appui sur le ventre du bébé pour l'empêcher de tomber du lit, Jake tourna la tête vers la jeune femme.

Plus le nourrisson criait fort et s'agitait, plus les couleurs semblaient revenir sur son visage pâlichon. Il vit qu'elle flippait de le découvrir à ce point incapable.

— Laissez-moi faire, dit-elle en se penchant vers le bébé.

Jake se laissa choir sur le matelas à côté d'elle.

— Est-ce bien raisonnable pour vous de bouger ainsi ?

— Le vrai souci, c'est ma jambe.

Elle grimaça un peu en s'efforçant de faire glisser sa jambe opérée sous le drap de manière à pouvoir s'asseoir.

— OK, soupira Jake. Occupez-vous du petit pisseux pendant que je déplace votre jambe.

Il lui cala l'enfant dans les bras, couche qui bâillait comprise, puis glissa un bras sous la couverture et la souleva à demi jusqu'à ce qu'elle se retrouve dans une posture plus confortable.

— C'est mieux ?

Emma hocha la tête sans répondre, préférant contempler les traits du bébé. Tout le portrait de son père, jugea-t-elle. Surtout les yeux. Pas le bleu clair propre aux nouveau-nés mais ce regard cerclé d'or, sévère, ne riant jamais. C'était cela qui la dérangeait chez Jake : sa voix était expressive, il lui arrivait de sourire ou de froncer les sourcils, mais ses yeux restaient de glace. *Idem* chez son fils. Comme s'il avait déjà trop souffert… Elle connaissait ce sentiment et refusait de voir ce petit bout démarrer sur d'aussi tristes bases.

— Là, tout va bien, murmura-t-elle. Personne ne te fera jamais de mal.

Jake tourna brusquement la tête.

— Ne lui promettez pas ça. Il ne faut pas lui mentir.

Sa voix était dure ; il tendit les bras vers l'enfant et le lui reprit.

Emma l'observa et vit quelque chose. Enfin. Une vraie émotion dans ses yeux. Un bref éclat douloureux qui disparut à la faveur d'un clignement de paupières, comme s'il n'avait jamais existé. Un truc profond, presque méchant, une lueur de menace. Le cœur de la jeune femme s'emballa. Jake Bannaconni était un type dangereux, très dangereux.

Alors qu'il observait ce petit bonhomme qui gigotait, pour la toute première fois, Jake le *vit*. Son fils avait ses yeux et une touffe hirsute de cheveux noirs. Il y avait de l'intelligence dans ce regard aux reflets de vieil or, à tel point qu'il se surprit à lui tâter le bout des doigts en quête d'un indice concluant sous cette peau souple de bébé. R.A.S. au niveau de ces os minuscules, rappelant ceux d'un oiseau. L'enfant cessa de geindre et l'examina avec ses yeux de chat qui ne cillaient pas.

— Les gens mentent, dit-il, le ton rauque. Je ferai de mon mieux pour te protéger mais sache qu'on ne peut faire confiance à personne.

— Jake, intervint Emma d'une voix douce, compatissante, c'est un peu tôt pour ce genre de leçon. Tout ce dont il a besoin pour l'instant, c'est de se sentir en sécurité, d'une couche propre et de nourriture dans son petit ventre. Et surtout d'être entouré d'amour.

Ce mot déclencha un nœud à l'estomac de Jake. Tout un chacun déclarait aimer la Terre entière alors qu'en réalité il n'était question que d'obtenir ce que l'on voulait. Au moins était-il honnête de ce point de vue. Il voulait qu'Emma le regarde comme elle avait regardé Andrew. Toutes les armes à sa disposition seraient mises à contribution pour atteindre cet objectif. Les yeux rivés sur son fils, il sut à cet instant que l'enfant était sa meilleure option. Plus encore que l'argent.

Un sourire forcé aux lèvres, il reposa le bambin devant Emma.

— Qui aurait cru que c'était si difficile de changer un bébé ? dit-il en lui tendant la couche. Je l'ai appelé Kyle, crut-il bon d'ajouter.

— Un prénom de famille ? hasarda-t-elle.

— Non. (La réponse avait fusé, sèche comme un coup de fouet. Il inspira à fond et tenta de se rattraper.) Non, ça m'a plu, c'est tout.

Les paupières d'Emma papillonnèrent.

— C'est très joli, en tout cas. (Elle plaça l'index dans la paume de Kyle qui, aussitôt, y crispa ses doigts minuscules.) Il *est* magnifique.

— C'est vrai, abonda Jake, abasourdi de découvrir son fils, ce petit minois parfait, ces jambes qui ruaient avec force. Ce bébé, qu'il avait jusqu'ici considéré comme un pauvre machin écarlate et gigotant tout le temps, le laissait pantois avec ses yeux de chat, sa lippe boudeuse et cette touffe de cheveux noirs. Il se prit à sourire.

— Il est vraiment à croquer, n'est-ce pas ? Mais il est si petit que ça m'effraie, avoua-t-il, sincère. Je n'avais jamais tenu un nouveau-né, alors en avoir la charge… J'ai l'impression d'avoir deux mains gauches.

Emma ajusta la couche avec soin puis vit Jake reprendre son fils avec maladresse. En continuant à le tenir à bout de bras.

— Les infirmières disent qu'il faut que j'apprenne à lui donner le biberon mais, comme il n'aime pas la façon dont je m'y prends, il ne mange pas assez, reprit Jake à voix basse, comme chagriné d'admettre qu'il ne faisait pas tout à la perfection. Je trouve du pétrole là où personne ne s'y attendait et me voilà incapable de changer ou nourrir un bébé…

Il se passa la main sur le front. Emma tendit les bras.

—Laissez-moi faire.

Jake retint son souffle alors que la jeune femme prenait Kyle contre elle, bien calé sur sa poitrine. L'enfant était bien, environné de chaleur dans le cocon que formait ce corps souple.

—L'idée, c'est de tenir le bébé tout contre soi pour qu'il se sente en sécurité. (Elle sourit au petit visage levé vers elle.) Passez-moi le biberon que je vous montre comment procéder, dit-elle, une main tendue.

Jake soutint Kyle par en dessous.

—Ne le lâchez pas.

Il se remémora ses chutes innombrables, les coups de pied, la pointe d'une botte heurtant son ventre. Des années qu'il n'y avait plus songé. Il ne se sentait pas père ; plus incapable que lui, c'était difficile. Pour autant, il n'était pas question de laisser ce môme s'écraser par terre.

—Il n'y a aucun risque, lui assura-t-elle.

Jake, hésitant, la dévisagea. Elle avait l'air diablement sincère, d'accord, mais comment croire à l'existence d'une nana pareille ? Personne n'était ainsi. Personne. Sans la quitter des yeux, il lui tendit le biberon, puis pencha la tête afin d'observer la façon dont elle taquina la bouche du bébé jusqu'à ce qu'il daigne l'ouvrir. Kyle téta aussitôt goulûment. Sans s'agiter comme il l'avait fait tout à l'heure avec l'infirmière. Jake, agacé, avait eu le sentiment de perdre son temps. L'impression était tout autre devant le spectacle qu'offraient la jeune femme et son fils.

— Emma… vous vous rappelez ce qui s'est passé ?

Elle leva les yeux vers lui, serra plus fort le bébé dans ses bras et hocha la tête.

— Pas le déroulé complet, juste vous me clouant au sol et le feu tout autour de nous.

La gorge serrée, au bord des larmes, elle ajouta :

— Andy…

Il l'enlaça dans un geste protecteur… et possessif.

— Je sais, Emma. Je suis désolé de n'avoir pas pu l'extraire à temps.

— Ce n'est pas votre faute.

Elle leva vers lui des yeux qui lui parurent comme deux lacs insondables. Un court instant, il crut qu'il allait s'y noyer.

— Il… il a souffert ?

Les doigts de Jake remontèrent jusqu'à la nuque de la jeune femme, qu'il massa doucement pour apaiser la tension.

— Non. Il est mort sur le coup. Il n'a rien senti des flammes.

Elle se mordit la lèvre inférieure et baissa les yeux sur Kyle.

— Et les gens, dans l'autre voiture ? Ils sont morts ? (Elle déglutit péniblement en s'efforçant de se rappeler ce qu'elle avait entendu.) Vous les connaissiez tous les deux ?

Jake tendit la main et saisit la menotte minuscule de son fils.

— Sa mère est morte, oui. Le conducteur aussi. Les secouristes ont sauvé mon fils *in extremis*. Il a eu beaucoup de chance.

— Je suis désolée pour votre femme.

— Nous n'étions pas mariés, répondit-il à voix basse.

— Désolée, répéta-t-elle en levant de nouveau les yeux vers lui avant de reporter son attention sur le bébé.

Penchée sur Kyle, elle lui cacha son visage. Jake comprit qu'elle compatissait, que les larmes qui perlaient à ses paupières étaient pour lui, pour son fils… pas pour son chagrin à elle. Si elle le croyait éperdu d'amour pour Shaina, écrasé de chagrin comme elle l'était, il pouvait en tirer parti. C'était un autre biais possible pour qu'elle s'attache à lui. Il envisagea cette possibilité mais quelque chose, au fond de lui, un élan puissant, le dissuada de recourir à ce mensonge. Fût-ce un mensonge par omission.

— Emma, dit-il doucement avant d'attendre qu'elle relève les yeux vers lui. Je n'aimais pas Shaina. Je n'éprouve pas les mêmes émotions que vous.

Peut-être tenait-il vraiment à la mettre en garde. Tous les atouts étaient dans son camp. Lui restait-il une once de sens moral pour qu'il souhaite se montrer franc ? À moins, Dieu l'en préserve, que ce soit ce presque ami et désormais conseiller à temps partiel de Drake Donovan, qui n'avait que le code d'honneur à la bouche, qui ait fini par déteindre sur lui… Quoi qu'il en soit, Jake lui devait la vérité.

— Je la méprisais. Elle est délibérément tombée enceinte pour me contraindre à l'épouser. Puis, voyant que ça ne marchait pas, elle s'est soûlée et droguée pendant la grossesse. Il a fallu que je la fasse surveiller. J'étais venu dans l'intention de la ramener au ranch, histoire que le bébé soit en sécurité jusqu'à ce qu'il vienne au monde. Vous avez perdu l'homme que vous aimiez. Tandis que Shaina était…

Comme moi. Incapable de cet aveu, il laissa sa phrase en suspens.

Emma le dévisagea sans ciller, les yeux écarquillés, si totalement concentrée sur lui qu'il se figea, craignant sans trop y croire qu'elle soit capable de le percer à jour, de voir le monstre froid qui vivait en lui, prêt à frapper. Elle secoua la tête avec lenteur.

— Pas comme vous, non, dit-elle comme s'il s'était exprimé à haute voix. Vous n'êtes pas celui que vous croyez.

Il savait précisément qui et quoi il était, au contraire. Il n'était pas homme à se voiler la face. Ce monstre froid, il lui avait fait bon accueil, refusant à jamais le rôle de la victime. Pour cela, il lui fallait être plus fort, plus rusé, plus rapide et plus impitoyable que l'ennemi. Vulnérable ? Pas question. Ses ennemis auraient affaire à un fauve sans merci, qui ne retenait pas les coups. Tous allaient payer le prix fort. Quant à cette jeune femme fragile qui contemplait le monde à travers des lunettes teintées de rose, il avait la ferme intention de la faire sienne, que cela lui plaise ou non. Non, il était *en tout point* comme ses ennemis. Pire qu'eux, même.

Il s'éloigna du lit et du regard insistant d'Emma. C'était lui qui contrôlait la situation, merde, pas elle ! Il ne se laisserait pas piéger par sa douceur ou par le sentiment de culpabilité qu'elle lui instillait. Il exerçait un contrôle absolu. Il n'avait besoin de personne. Eux avaient besoin de lui. Elle n'allait pas tout chambouler rien qu'en sondant son âme pour y découvrir une chose qu'il cachait au monde entier.

Vulnérable. Un instant, elle lui avait donné l'impression de l'être, de pouvoir le blesser, d'avoir sur lui une emprise dont il ne saisissait pas la nature. Jake réfuta immédiatement cette idée saugrenue. Lui, vulnérable ? Jamais plus. Et pas davantage son fils. Il observa le bébé dans les bras d'Emma. Un gamin qu'il n'avait ni désiré ni l'intention d'aimer… mais qu'il saurait protéger. Kyle jouirait de tous les avantages possibles, et un coup d'œil au bambin, logé au creux des bras d'Emma, suffit à lui faire comprendre qu'elle était toute désignée pour s'occuper de son fils.

Et voilà, son plan était arrêté. Emma en bénéficierait, ainsi que l'enfant qu'elle portait. Jake se savait capable de jouer franc jeu. Elle finirait par l'aimer même s'il était incapable de l'aimer en retour. Quitte à lui être fidèle, tiens, si c'était nécessaire. Il allait lui donner un foyer, Kyle aurait quelqu'un pour bien s'occuper de lui et, il ne nourrissait aucun doute à ce sujet, il se savait apte à la satisfaire au lit ainsi que dans tous les autres registres. Ça marcherait pour eux deux. Mieux : pour tout le monde. Il enfouit au plus profond de lui-même ses derniers lambeaux d'humanité afin de s'endurcir le cœur.

Il allait la conquérir. Par petites touches successives à compter de cet instant, un peu comme il s'y prenait avec les sociétés qu'il avait dans le collimateur. Étudier la proie, ses faiblesses, ses vulnérabilités. Emma avait besoin d'un toit et d'argent pendant sa grossesse. Les avocats de Jake s'occupaient de négocier un accord avec la compagnie d'assurances. Or, comme lorsqu'un dossier était « égaré », sa batterie de juristes pouvait faire en sorte de retarder la procédure le temps qu'il ferre sa proie. Oui, il était un monstre froid, cruel et calculateur, mais quel mal y avait-il à cela ? Il prendrait bien soin d'elle. Comme de toutes ses propriétés.

Car ne te méprends pas, Emma Reynolds, tu seras ma propriété.

Emma et Kyle, même combat. Il saurait les prendre en charge tout en gardant ses distances sur le plan émotionnel. Personne ne l'avait jamais empêché d'arriver à ses fins.

Tout en donnant le biberon au bébé, Emma observa Jake qui marchait de long en large. Avec, dans le regard, une puissance qu'elle trouvait terrifiante et fascinante à la fois. Son corps se mouvait avec une fluidité synonyme de danger. Elle se savait hypnotisée par sa force, sa confiance en lui, son arrogance, même. Et en même temps… quelque chose lui échappait, un détail étrangement familier qui incitait la jeune femme à se laisser prendre en charge. Or, pour l'heure, seule comptait la perspective de sauver le bébé à naître. Si Jake Bannaconni se portait volontaire, elle l'y autoriserait, au moins un temps.

Il ne savait rien d'elle hormis qu'elle était jeune, seule et sans ressources. Dès qu'elle se sentirait en mesure de penser sans avoir mal, de respirer librement, tout irait mieux. Dans l'intervalle, elle se sentait incapable de la moindre décision sensée. Jake, lui, savait très exactement ce qu'il faisait. Et, qu'il s'estime bon ou mauvais, elle se sentait désireuse – non, presque *contrainte* – de lui obéir. Avec, en point de mire, la volonté de découvrir qui il était vraiment derrière ce regard de glace et ce masque impénétrable. Ce qu'elle n'avait jamais réussi à faire. Pas même avec son bien-aimé Andrew.

Elle embrassa Kyle sur le front et lui glissa au creux de l'oreille :

— Tout va bien se passer, tu verras. N'aie pas peur.

Emma ressentait le besoin de se concentrer sur le bébé, de s'agripper à lui comme à une bouée de sauvetage. Un coup d'œil vers Jake lui permit de déceler une lueur de satisfaction dans ses yeux qu'elle rangea dans un coin de sa tête : il souhaitait la voir s'attacher à son fils. Par crainte de ne pas s'en sortir seul une fois revenu chez lui, peut-être ? Compréhensible… bien qu'elle ait entendu dire qu'il avait les moyens d'engager toute une armée de nounous. Quelle que soit sa raison, la jeune femme décida que cela importait peu pour l'instant.

— Combien de temps avant que vous puissiez partir avec Kyle ? demanda-t-elle tout en cajolant le crâne de l'enfant du bout du nez.

— Quatre ou cinq jours, d'après les médecins. Le temps qu'il prenne un peu de poids. Et vous, quand pourrez-vous sortir ?

— Pareil, dit-elle en haussant les épaules.

— Vous avez de la famille ?

Emma sut d'instinct qu'il connaissait la réponse à cette question mais qu'il souhaitait, pour une raison quelconque, le lui entendre dire à voix haute.

— Non.

Elle comprit en l'énonçant qu'il ne lui restait plus rien ni personne. Terrifiante perspective. Elle leva les yeux vers lui en tentant, malgré son accablement, de comprendre ce qui l'incitait à confier sa vie entre les mains d'un parfait inconnu.

— Ça va avec Kyle ? Je compte appeler mes avocats pour les lancer sur cette affaire d'arrangement avec la société d'assurances. Et faire en sorte qu'il y ait tout le personnel médical à la maison pour s'occuper de vous deux. C'est d'accord, Emma, je peux compter sur vous ? Parce que, très honnêtement, j'ai sacrément besoin de votre aide.

— « À la maison » ? Mais encore ? demanda-t-elle d'une voix qui tremblait un peu.

— Mon ranch, au Texas. Je possède plusieurs propriétés, pour tout dire, mais ce ranch est ma résidence principale et l'endroit où j'aimerais vous voir vous installer. Je peux engager du renfort pour s'occuper de Kyle tant que vous devrez rester alitée.

Elle secoua la tête.

— Il n'est pas question que vous dépensiez de l'argent pour moi.

Jake haussa ses larges épaules.

— Je pense pouvoir distraire un peu de mon capital pour m'occuper de vous sans que cela me mette sur la paille, vous savez.

Elle savait ce qui était associé à Jake Bannaconni pour avoir glané quelques rumeurs depuis son hospitalisation. Jets privés, voitures de sport, types en costume s'empressant de lui faire signer des documents… sans oublier les rumeurs d'une nouvelle aile en projet à l'hôpital, avec du matériel dernier cri.

— Vous avez de l'argent, d'accord, mais ce n'est pas une raison pour vous en soutirer, insista-t-elle en secouant de nouveau la tête. Non, je refuse.

Cette nana était vraiment un cas à part. Qu'est-ce qu'elle croyait ? *Tout le monde* voulait sa part du gâteau ! Il eut presque envie de la secouer pour la réveiller. L'urgence commandait, en tout cas, d'engager un détective pour tout savoir sur cette petite Mme Reynolds. Plus il serait renseigné sur elle, plus il serait en mesure de la contrôler.

— Il n'est pas question que je me laisse plumer, rassurez-vous. Je peux même garder la trace des dépenses que j'engage et que vous me rembourserez avec l'indemnisation. Une mise en garde, cependant : mon ranch est vraiment isolé.

Loin de tout. Les visites sont très peu nombreuses mais j'ai des gars qui y travaillent et y vivent, vous ne serez pas seule quand je devrai m'absenter pour affaires. On peut aussi trouver une gouvernante pour vous tenir compagnie. Si vous voulez le poste quand vous serez rétablie, pour vous occuper de la maison et de Kyle, il va sans dire que vous l'aurez.

Elle fronça les sourcils tout en caressant l'enfant.

— Vous me proposez un poste de gouvernante ? Pour que je m'occupe du foyer et de votre fils ?

Il eut un nouveau haussement d'épaules.

— Je ne connais absolument rien aux enfants, comme vous l'avez vu. Quant à vous, vous savez changer une couche. C'est déjà beaucoup mieux que moi.

— Jake, avança Emma à voix basse, vous n'êtes certainement pas aux abois au point d'engager une parfaite inconnue pour prendre soin de votre fils. Ça me désole de me couper d'un boulot mais…

— Et d'un toit, ajouta-t-il.

— D'un boulot et d'un toit, convint-elle, surtout dans ma triste situation. Mais vous ne savez rien de moi. Comment pouvez-vous me faire confiance ?

— Confiance ? Non.

Deux mots, lâchés à voix basse dans un élan de sincérité absolue, firent relever la tête à Emma, qui croisa le regard de Jake. Elle eut froid dans le dos.

— J'ai l'intention d'engager un détective, figurez-vous. Et, je vous préviens : si jamais j'entends parler de violence physique, psychologique ou autre exercée sur mon fils, j'anéantirai le ou les coupables.

Elle sourit pour la première fois. Un sourire sincère. Timide mais bien présent.

— Et moi j'ai plaisir à vous entendre tenir un propos sensé.

— Je savais que j'allais avoir besoin d'engager quelqu'un. Pour s'occuper du foyer et de Kyle, comme vous dites. Si le boulot vous convient toujours quand vous aurez accouché et que vous vous plaisez au Texas, on verra comment on fait, d'accord ? À ce stade, vous aurez certainement assez d'argent pour vous installer ailleurs si vous préférez.

Il haussa les épaules, l'air impassible. S'il réussissait à l'attirer au ranch, Emma n'aurait pas la plus petite chance de lui échapper. Il trouverait toujours le moyen de la garder sous la main. Et même à supposer qu'elle ne craque pas pour lui il restait la carte Kyle. Sans oublier son enfant à naître, qu'il se faisait fort de rendre gaga de tonton Jake. Son meilleur atout restant le cul. Torride à souhait. S'il savait faire un truc, sur cette terre, c'était bien ça : baiser une nana jusqu'à ce qu'elle rampe à ses pieds.

Jake s'autorisa à la détailler. Elle possédait un charme… exotique. Pas cette sophistication lisse à laquelle il était habitué, certes, mais Emma était bigrement sexy avec ses grands yeux fascinants, sa peau parfaite et une bouche qui ouvrait la voie à tous les fantasmes. Sûr de lui à cent pour cent, il saurait faire d'elle son esclave sexuelle. Même Shaina, malgré tout le mépris qu'elle lui vouait, l'avait supplié de remettre le couvert.

Le sexe. Telle serait son arme absolue vis-à-vis d'une femme comme Emma. Douce, innocente et très jeune bien que déjà mariée et victime d'une terrible tragédie. Rayonnante et pure, elle ferait une proie facile pour peu que l'on soit un chasseur expérimenté… ce qui était son cas. D'ici peu, il saurait tout sur elle : ses préférences en matière de fleurs comme de coloris, ses plus noirs secrets, ses désirs cachés.

— Je ne peux pas engager un détective pour enquêter sur vous, objecta la jeune femme. Ce n'est pas très juste.

Il se saisit d'elle au niveau du menton et passa le pouce sur sa lèvre inférieure.

— Il faut vous hydrater, cette lèvre est craquelée. Quant à moi, c'est simple, il suffit de lire les journaux à sensation. Vous voulez que je vous en fasse porter quelques-uns ? Ce qu'ils racontent est un tissu de conneries pour l'essentiel, mais il y a deux ou trois mots justes ici ou là.

— Voilà qui est tentant. Très tentant. Croire aux ragots, c'est tout moi.

Jake prit le tube de baume posé sur la table de nuit, en collecta un peu au bout de l'index et l'appliqua sur sa bouche desséchée.

— Kyle s'est endormi. Comment vous faites ? Quand je le tiens, après son biberon, il s'agite et vomit partout.

Sa tirade était destinée à la distraire de son geste intrusif, pas à connaître son secret en la matière : s'il n'avait pas l'intention de nourrir cet enfant et encore moins de l'étreindre après, l'idée perfide, c'était qu'elle le laisse appliquer le baume sans protester.

De façon qu'elle s'habitue à son contact. Il disposait de sept mois voire un peu plus, soit après la naissance, pour nouer une intimité entre eux. Sans qu'elle s'en doute ni qu'elle songe à y mettre le holà avant que l'affaire soit conclue. Jake fit en sorte que son geste n'ait rien de sexuel et soit uniquement perçu comme un acte de réconfort. Plus Emma se laissait effleurer, s'habituait à lui, comptait sur lui, plus il lui serait facile de s'imposer dans sa vie. Il comptait se faire accepter par la jeune femme presque à son insu. De cette façon, quand elle serait prête à nouer une autre relation, la partie serait jouée d'avance.

— Je vous l'ai déjà expliqué, répliqua-t-elle, amusée. Il faut le tenir tout contre vous pour qu'il s'apaise et finisse par s'endormir. (Son regard, en s'adoucissant, tira plus sur le vert que sur le bleu.) Vous avez peur de le faire ?

S'il avait été un être sensible, Jake aurait piqué un fard. Il eut de nouveau envie de la secouer. Il n'avait pas peur : l'enfant était minuscule et, lui, immensément fort. Crisper les doigts pouvait suffire à blesser le bébé, voilà tout. Rien à voir avec la peur. Il n'avait peur de rien.

Emma lui tendit son fils afin qu'il le prenne dans les bras. Jake poussa un soupir et accepta l'enfant dans l'intention de prendre congé et de le confier à une infirmière.

— Ne partez pas tout de suite, dit Emma en flattant le matelas à côté d'elle tandis qu'elle s'allongeait en grimaçant à cause de sa jambe meurtrie. Restez un peu, sinon je vais faire ma parano à l'idée de partir avec vous pour le Texas.

Il restait rarement avec quiconque au-delà du strict nécessaire et Emma mettait ses nerfs à rude épreuve avec ses grands yeux et sa fragilité. Pour couronner le tout, Kyle dormait paisiblement au creux de sa main. S'asseoir sur le lit, c'était accepter d'être piégé par ces deux petits êtres vulnérables, par leur besoin de protection. Son *alter ego* s'agitait chaque fois qu'il se trouvait trop près d'Emma, tel le fauve indompté qu'il était intérieurement. Un fauve qui paraissait connaître la jeune femme. Jake n'y comprenait rien et s'en méfiait comme de la peste. Il poussa un juron étouffé tout en s'installant à côté de cette nana minuscule et brisée.

Elle poussa sur ses bras pour l'obliger à tenir Kyle contre son torse.

— Voilà, dit-elle dès qu'il fut niché sur son cœur. Les bébés ont parfois l'impression de tomber et battent des bras sous le coup de la peur. Quand ils se sentent serrés, que ce soit par une couverture ou contre quelqu'un, ils sont plus en sécurité. Kyle entend votre cœur battre et apprécie votre chaleur corporelle. (Elle leva vers lui deux yeux candides.) Et vous, ça ne vous fait pas du bien de tenir quelqu'un dans vos bras ?

Il détourna les yeux. Merde alors, c'était bien la première fois qu'on lui posait ce genre de question en trente-trois ans d'existence ! Il observa son fils. L'enfant, minuscule et rose, avait les traits détendus. Il dormait paisiblement, le souffle si léger que Jake voyait à peine ses petits poumons se gonfler.

La gorge serrée, il glissa l'index dans cette paume incroyablement menue. Les doigts de Kyle étaient d'une finesse extrême, à peine des allumettes. Le cœur au bord des lèvres, Jake crut s'étouffer. Rien ne manquait à ces menottes délicates, pas une jointure, pas un pli, pas un creux. Ses doigts se refermèrent sur celui de Jake, qui leva la main pour observer les différences.

— Regardez ça, Emma ! Dire que mes mains à moi ont été aussi petites quand j'étais bébé…

— Vous devriez prendre l'empreinte de sa petite main, maintenant puis chaque année, pour voir son évolution. En plaçant la vôtre à côté. Ce sera très sympa à revoir à mesure qu'il grandit. C'était ce que je comptais faire à la naissance de mon bébé.

— Ce que je *compte* faire, corrigea-t-il.

Elle garda la tête basse.

— Emma. Regardez-moi, dit-il en usant de son ton mi-velours, mi-autoritaire.

La jeune femme leva vers lui des yeux baignés de larmes, ce qui en accentuait l'aigue-marine. Un bleu-vert éclatant, profond, lumineux. Il glissa la main sous son menton et caressa sa bouche tremblante avec le pouce.

— Quand votre bébé viendra au monde, vous prendrez ses empreintes, insista-t-il.

Emma déglutit péniblement, le visage strié de larmes. Jake les essuya doucement.

— Dites-le, Emma. « Quand le bébé viendra au monde. » Vous n'allez pas le perdre. Dites-le à voix haute.

Elle déglutit de nouveau et hocha la tête.

— Quand le bébé viendra au monde, murmura-t-elle.

Il sourit et se pencha pour déposer un baiser au sommet de son crâne.

— C'est très bien. Allez, vous tombez de sommeil, couchez-vous et oubliez tout jusqu'à demain. Et merci encore de m'avoir montré comment le tenir.

Il résista au besoin de rester auprès d'elle, à la prière muette qui se lisait dans ses grands yeux. Elle lui faisait plus d'effet qu'escompté. Passablement plus. Jake sortit et referma la porte en soupirant.

Les jours qui suivirent, Jake amena Kyle dans la chambre d'Emma et se fit installer un poste de commandement sur le petit bureau, au chevet de la malade. Le chef informaticien de l'hôpital brancha son portable au réseau, ce qui lui permit de mener ses affaires depuis cette chambre tandis que la jeune femme reprenait des forces et que le bébé gagnait du poids. S'il lui arriva de s'endormir sur sa chaise à deux ou trois reprises, pour l'essentiel il resta éveillé.

Il apprit péniblement à changer Kyle et à lui donner le biberon, s'étonnant que le gamin semble le reconnaître même si, d'évidence, il préférait Emma avec ses manières plus douces et sa voix apaisante. Il lui confiait l'enfant dès qu'elle le lui demandait, désireux de les voir nouer un lien solide. Quand l'hôpital commença à évoquer la sortie de la jeune femme, il revint à la charge avec l'idée de l'emmener au Texas.

— Alors, Emma, toujours partante pour nous accompagner ? dit-il sur le ton le plus dégagé possible, comme si c'était à sa convenance à elle.

Il savait bien qu'en vérité, n'ayant nulle part où aller et pas un sou vaillant, elle avait désespérément besoin d'un toit. Jake avait amorcé le piège dans lequel elle allait se faire prendre. Pour de bon.

Emma parut perdue, un peu honteuse et surtout aux abois. Jake sut la partie gagnée. Il lui flatta l'épaule et afficha un sourire chaleureux.

— Je m'occupe de tout.

La première bataille était gagnée haut la main, comme il l'avait imaginé. Et il comptait fermement gagner la guerre. Emma Reynolds n'avait pas l'ombre d'une chance face à ses talents de stratège.

Il passa les coups de fil nécessaires à son avocat, s'assurant qu'elle ne touche pas un sou de l'assurance avant plusieurs mois, et conscient que ce retard pouvait s'éterniser si besoin était. Puis il appela le ranch afin que l'on y prépare une chambre pour le bébé et une autre pour Emma. Il s'occupa en personne du déménagement. Pour regrettable que cela soit de garder des souvenirs d'Andrew Reynolds, c'était hélas nécessaire. Les toubibs, qui étaient dans sa poche, firent en sorte qu'une ambulance conduise la jeune femme jusqu'à son jet. Affaiblie, enceinte et sans le sou ni famille pour l'aider, et déjà attachée à son fils, Emma Reynolds autorisa Jake Bannaconni à prendre son existence en charge.

Chapitre 4

Quatre mois plus tard

Après soixante-douze heures sans dormir, Jake, épuisé, se déplaçait dans la cuisine quand il repéra la cafetière allumée et l'assiette qui trônait à côté, sous cloche.

— Bon sang, Emma ! maugréa-t-il entre ses dents tout en longeant le plan de travail en granit pour aller soulever le couvercle.

C'était encore chaud. Elle n'était pas censée se lever, descendre et lui faire à manger ! Il avait engagé quelqu'un pour ça, merde ! Ce n'était pas pour qu'elle cuisine à sa place. Emma dirigeait déjà la maison depuis sa chambre, et, dès qu'il quittait l'étage où elle logeait, elle en profitait pour descendre. Puis elle affirmait être restée étendue sur le canapé ou vautrée dans le fauteuil confortable qui trônait dans la cuisine alors qu'en vérité elle lui mentait effrontément et n'en faisait qu'à sa tête. Par exemple pour s'assurer qu'un repas chaud l'attendait quand il rentrerait au ranch…

Jake était habitué à pénétrer dans une maison silencieuse. Qui l'était rarement depuis quelques mois. Emma adorait la musique, qui résonnait presque en permanence tandis qu'elle vaquait à ses occupations. Il s'était fait à ses éclats de rire agréables, au doux murmure de sa voix lorsqu'elle s'adressait à Kyle. La nounou qu'il avait engagée lui disait qu'elle n'avait presque rien à faire, Emma souhaitant à tout propos avoir l'enfant auprès d'elle.

Le ranch en lui-même était différent. De fond en comble. Il ne s'y était pas attendu. Bougies, odeurs, gâteaux, pain fait maison. La voix de la jeune femme. Sa présence. Emma était partout à la fois alors qu'il la croyait confinée dans sa chambre. La dernière visite du toubib avait viré à la cata. Le médecin avait prévenu qu'il fallait s'attendre à une fin de grossesse encore plus difficile qu'escompté, et que le pronostic vital de la future mère comme de l'enfant à naître était engagé. Emma s'étant refusée catégoriquement à toute interruption de grossesse, Jake avait très peur de la perdre. Au point, quand il y pensait trop, de se surprendre à suffoquer.

Chaque soir ou presque, quand il rentrait du travail, il allait dans sa chambre et passait la soirée avec Emma et le bébé. Comme elle n'était pas supposée soulever Kyle, il se chargeait de placer l'enfant dans ses bras, puis il l'observait poser les yeux sur le tout-petit avec ce regard que Jake souhaitait qu'elle fixe un jour sur lui. Un mois avait suffi pour qu'elle soit gaga du mouflet. Elle accueillait toujours Jake avec un sourire engageant, heureuse de le voir, mais il voulait davantage : ce fameux regard. *Le* regard.

Il était comme happé par la chambre d'Emma, si fort qu'il commençait à s'en inquiéter. Pas ce soir. Il allait dîner seul à la cuisine, prendre ses distances le temps de retrouver son équilibre interne. Il était essentiel qu'il garde le contrôle et la jeune femme avait le don de lui faire perdre un peu les pédales.

En dépit de sa résolution, Jake se retrouva à gravir les marches et s'immobilisa le temps de contempler la statue de léopard en bronze, à taille réelle, qui trônait en contrebas, dans l'atrium, au milieu des plantes vertes, comme tendue vers le ciel étoilé.

— Je manque cruellement de volonté, grommela-t-il.

Tenant son assiette, il poursuivit jusqu'à la chambre d'Emma en se maudissant à chaque pas.

L'unique source de lumière était une petite lampe sur la table de nuit. Il traversa cependant sans hésiter la chambre spacieuse jusqu'à sa chaise attitrée. L'odeur d'Emma était partout. Une fragrance étrange, avec quelque chose d'animal, qu'il n'arrivait pas à situer. Comme un parfum de prairie après les pluies d'été, fleurant la fleur de pêcher avec une touche épicée. Un mélange unique, subtil et entêtant à la fois, qui le rendait un peu marteau.

Emma, assise sur son lit, lui adressa un sourire qui fit battre son cœur.

— Tu as l'air épuisé, dit-elle à voix basse en lui effleurant l'avant-bras. Tu travailles trop dur, Jake.

Il sentit son estomac se nouer. Ce qui lui arrivait souvent en présence de la jeune femme. Le son de sa voix l'électrisait tout en l'apaisant. Étrange paradoxe.

Jake avala une bouchée puis l'observa, la mine grave.

— Tu n'as pas le droit de te lever, je te rappelle. Que vais-je devoir faire pour que tu gardes la chambre ?

— Tu t'inquiètes pour tout le monde sauf pour toi-même.

Il sentit ses tripes s'enflammer sous le coup de l'indignation. C'était toujours pour lui-même qu'il s'inquiétait le plus, bougeant les pions sur l'échiquier au gré de ses désirs, régissant les vies d'autrui… à commencer par celle d'Emma. Et voilà qu'elle persistait à gober son numéro du « gentil papa et mécène ». Il se relevait chaque nuit et portait Kyle jusqu'à sa chambre, s'y attardant tandis qu'elle donnait le biberon. Parce qu'il aimait tant son fils chéri, pensait-elle. À la suite de quoi, elle lui recollait le poupon dans les bras. Il lui fallait alors bercer Kyle jusqu'à ce qu'il s'endorme. Il le faisait nuit après nuit. Pas par plaisir même si, en son for intérieur, il s'interrogeait : commencerait-il à aimer le temps qu'il passait avec son fils ? *Non, pas question.* Il faillit secouer la tête avec vigueur. C'était pour qu'Emma le voie s'occuper de Kyle, rien de plus.

— Obéis au médecin, Emma. Reste couchée. C'est à ton enfant que tu dois penser, pas à mon dîner. Le cuistot est censé s'en occuper.

Emma étudia les traits tirés de Jake. Il paraissait beaucoup plus fatigué qu'à l'ordinaire. Quelque chose devait clocher.

— Le cuisinier s'en va de bonne heure. Comme tu travailles tard et qu'il arrive que certains de tes gars aient faim, je garde toujours quelque chose au chaud. Et puis le médecin ne m'a pas encore ordonné de rester au lit toute la journée. Ne t'inquiète pas pour moi, Jake. Je me ménage.

L'étrange regard aux reflets d'or du maître de céans se posa sur elle. Il la saisit au menton d'une poigne de fer, et l'obligea à lever la tête vers lui.

— Je sais très précisément ce que tu fais, Emma, et je n'appelle pas ça « se ménager ». Peux-tu me dire pourquoi j'ai engagé une nounou et un cuistot si c'est pour que tu fasses tout ?

Il l'enguirlandait. Consciente qu'il goûtait peu son sens de l'humour bizarre, la jeune femme réprima un sourire. Tout le monde avait peur de Jake, l'homme aux manières bourrues et au regard dur, alors qu'elle-même le trouvait attachant et protecteur à l'extrême envers tous ceux qui travaillaient au ranch. Ses ouvriers y compris. La bande de durs à cuire qu'elle croisait parfois, les foreurs de pétrole qui s'en allaient dans tous les azimuts entre deux missions, les cow-boys qui prenaient soin du bétail et des terres, certains installés dans des bungalows, d'autres dans un dortoir. Ceux-là venaient souvent au bâtiment principal parler à Jake. Emma avait pris l'habitude de leur préparer du pain frais et des gâteaux.

— Je n'en ai pas la moindre idée. Je te l'avais dit : si j'acceptais le job, je pourrais m'occuper de Kyle et de la maison sans aide.

Elle pencha la tête de côté, refusant de se laisser intimider par l'éclat dangereux qui s'était allumé dans ses yeux. Elle avait beau se faire du souci pour lui et s'efforcer de lisser ses rides de fatigue, il n'était pas question de prêter le flanc à ses manières de tyran. Jake ne savait pas s'exprimer sans donner un ordre. Quand la jeune femme se surprenait à tout faire pour le contenter, elle se répétait que c'était afin d'apaiser la pression constante qu'il subissait alors qu'elle savait qu'au fond ce qui la motivait était son penchant affirmé pour les êtres blessés. Or Jake l'était, même si elle était peut-être la seule à s'en apercevoir. Indépendant à l'extrême, il serait très certainement horrifié si elle s'en ouvrait à lui.

Il se pencha vers elle.

— Personne ne s'occupera de la maison à ta place quand tu auras récupéré de l'accouchement. D'ici là, laisse-les t'aider, d'accord ?

— Tant que ce n'est pas indispensable, je ne resterai pas au lit. Je suis au repos partiel, ce qui veut dire que je peux me lever un peu, et Kyle me préfère à sa nounou.

— Évidemment, qu'il te préfère à la vieille chouette ! Jamais elle ne sourit, celle-là. En tout cas quand je suis dans les parages. Cela étant, ce n'est pas pour son sourire que je l'ai engagée.

— Sur quels critères, alors ?

— Des références impeccables.

— Elle ne sait pas y faire avec les bébés. C'est naturel chez certaines personnes, mais pas chez elle, insista Emma.

À la décharge de l'intéressée, c'était une infirmière spécialisée dans les grossesses difficiles, pas une nounou. Il haussa les épaules et écarta l'assiette vide.

— La chouette désapprouve mon mode de vie, dit-il, un sourire contrit aux lèvres. J'ai la nette impression que mon charme dévastateur n'opère pas sur elle.

Emma eut vaguement envie de le protéger et en voulut plus qu'un peu à l'absente.

— Qui est-elle pour juger de ton mode de vie ? Quelle mouche la pique ?

Jake haussa de nouveau les épaules.

— Tu vis dans un cocon, Emma. Sache qu'il y a beaucoup de gens qui épient mes moindres faits et gestes. Alors, quand il manque des pièces au puzzle, ils les inventent.

Elle tourna en tous sens cette déclaration faite sur un ton neutre.

— C'est de moi qu'il est question, dit-elle en croisant son regard. Les gens s'interrogent sur moi, sur qui je suis, sur ce que je fais ici.

— L'accident a eu lieu en Californie il y a quatre mois. Tout le monde a cru que Shaina m'avait brisé le cœur, et voilà qu'une mystérieuse inconnue vit sous mon toit, cachée aux yeux du monde. Et enceinte, avec ça, prétend la rumeur.

— Alors l'infirmière, Mlle Hacker, croit que le bébé est de toi ?

— Je n'ai pas démenti, avoua-t-il.

— Pourquoi ?

Il se détourna un instant, puis la saisit par la main et lui en caressa le dos du bout du pouce.

— Parce qu'il ne faut pas. Ce bébé, nous devons penser à le protéger. Et, le meilleur moyen, c'est que tout le monde pense qu'il est de moi.

— Non ! s'exclama la jeune femme en retirant sa main. C'est Andrew le père. Tout ce qui reste de lui…

— Emma, ma chérie, réfléchis. Je sais comme toi qu'il s'agit du bébé d'Andrew, mais qu'arrivera-t-il si les choses se passent mal ? Planifier, prévoir, c'est mon métier. J'achète des sociétés que je revends morceau par morceau, et, dans cette optique, il faut que j'aie prévu tout ce qui risque d'arriver. Il n'est pas question que ton enfant à naître finisse à l'orphelinat. Libre à toi de m'en vouloir mais je sais ce que c'est, de grandir sans…

Il n'en dit pas plus, se redressa, fit volte-face et s'éloigna à grandes enjambées.

Emma resta longtemps assise dans la semi-obscurité, le cœur battant, à envisager cette éventualité bien réelle : que son bébé lui survive. Les toubibs avaient évoqué cette hypothèse sans qu'elle s'y arrête. Jake, en revanche, avait pleinement intégré l'info et se proposait de voler au secours d'un enfant… alors qu'elle-même n'y avait pas pensé une seconde. Elle se leva, enfila sa robe de chambre et marcha pieds nus jusqu'à la nurserie. Il était là, sans surprise, montant la garde au chevet de son fils.

— Jake. (Il ne bougea pas un muscle, mais elle sut qu'il l'avait entendue arriver.) Je suis désolée. Tu as raison, mais ne va pas croire que j'attends de toi que…

Il lui lança un regard d'avertissement par-dessus son épaule.

— Retourne au lit, Emma. Je ne suis pas moi-même ce soir, et tu es la dernière personne avec laquelle j'aie envie de m'accrocher.

— Je tenais simplement à te dire à quel point je suis désolée.

Il pivota avec son habituelle fluidité de prédateur et la prit dans ses bras, tout contre lui, comme elle lui avait appris à tenir Kyle.

— Qu'est-ce qui t'échappe dans les trois mots « retourne au lit » ?

Son timbre était bourru, comme exaspéré, mais il la porta avec douceur, la déposa dans son lit et la borda. Il alla même jusqu'à l'embrasser sur le front, comme elle l'avait vu faire avec Kyle.

— Dors. On a tout le temps devant nous.

Pourvu que ce soit vrai, songea-t-il.

Un mois plus tard

Jake balança son stylo sur le bureau et poussa un soupir exagéré. Il aurait volontiers passé ses nerfs sur quelqu'un, mais il était seul dans son antre silencieux. Cette aile du ranch était à dessein isolée du reste. Insonorisée. Jouissant d'une ouïe hypertrophiée, il se laissait aisément distraire par le plus petit son quand il étudiait avec soin les sociétés dont il envisageait l'achat… surtout ces derniers temps. Des alarmes discrètes étaient présentes dans plusieurs pièces de la maison, pour l'alerter en cas d'intrusion lorsqu'il était dans son bureau. Il avait toujours aimé le silence. C'était un réel besoin chez lui. Et l'une des rares choses aptes à l'apaiser avec les cavalcades nocturnes sous son autre forme.

Il soupira de plus belle, les mains jointes derrière la nuque. Le silence ne l'apaisait plus comme avant. Pourquoi ? Parce que son chez-lui avait changé ? Emma et Kyle y vivaient depuis cinq mois seulement, mais que de métamorphoses ! Le ranch était devenu chaleureux. Il se sentait en paix quand il était à la nurserie, ou dès qu'il entrait dans la chambre d'Emma. Son bureau, par comparaison, était un mausolée. Dont le *silence* le distrayait. Un comble ! Il se surprenait souvent à prêter l'oreille aux doux murmures d'Emma ou au babil de son fils.

Il se redressa, tous les sens en éveil. « Son fils ». Jamais il n'y pensait en ces termes. Emma parlait de Kyle comme de son fils, lui, pour sa part, formulait mentalement les mots bébé, mouflet, gamin… pas « fils ». Qu'est-ce qui lui arrivait ? Emma, contre toute attente, avait mis sa vie sens dessus dessous alors qu'elle était censée rester inchangée, voire facilitée. Certainement pas plus chaotique !

La jeune femme ne l'écoutait jamais. Ou, plus exactement, elle l'écoutait mais se gardait d'obéir à ses consignes. Elle se fendait de son petit sourire mystérieux, et puis… et puis *que dalle*. Elle n'en faisait qu'à sa tête. C'était bien la seule dans son entourage. Tous les autres avaient peur de lui. Avec raison. Pour intraitable qu'il se montre, voire carrément désagréable, Emma souriait et c'était tout. Ces petites rébellions avaient le don de l'exaspérer – et de l'exciter. Car il existait certains moyens pour la tenir en laisse.

Jake fourragea dans ses cheveux. Il aimait le son de sa voix, l'odeur de sa peau, les bougies qu'elle faisait brûler, les petits plats qu'elle lui mitonnait. Sa façon d'être quand elle tenait Kyle ou quand elle étreignait, dans un geste protecteur, son ventre qui s'arrondissait. Il se savait obsédé par la jeune femme. À l'affût de sa supposée vraie nature alors qu'elle restait généreuse, douce et gentille. Le voile d'ombre, dans ses beaux yeux, refluait peu à peu. Il passait beaucoup de temps à la regarder dormir. Elle faisait encore des cauchemars mais fondait moins souvent en sanglots.

Tous ses sens subitement en alerte, il se releva d'un bond presque sans en avoir conscience. Aucun signe avant-coureur hormis ce pressentiment dû à son autre. C'était suffisant, toutefois, pour savoir qu'un truc clochait. Il s'élança dans le grand vestibule qui séparait la partie bureau du reste de la maison, le cœur battant à tout rompre.

Il entendit Kyle qui hurlait ; Emma, d'ordinaire si calme, qui haussait la voix ; une autre femme, enfin, qui vociférait. Un timbre maléfique qu'il reconnut entre mille. Sentant son cœur sombrer, Jake, un instant désorienté, fut projeté à l'époque où il était un enfant sans défense. Les cicatrices de sa cuisse l'élancèrent, à l'unisson d'un rythme cardiaque affolé.

— Emma ? lança-t-il en grimpant les marches deux par deux avant de profiter de son agilité de léopard pour sauter par-dessus le garde-corps sitôt près du palier.

Il avala le couloir au pas de course, la gorge serrée par la peur. Cathy Bannaconni était plus qu'apte à faire du mal à Emma. Sensible à la faiblesse de la jeune femme, elle pouvait lui sauter à la jugulaire, tant au plan émotionnel que physique. Pire, Emma risquait d'avouer que l'enfant qu'elle portait était d'Andrew, ce qui mettrait par terre tout son plan.

— Tu ne seras jamais la maîtresse ici, sale petite pute attirée par le fric. Tu n'es rien. Rien qu'une opportuniste. Une pouffiasse qui perd son mari et saute au paf de mon fils le lendemain pour lui faire le coup du polichinelle dans le tiroir ! Confie-moi *illico* mon petit-fils, salope, ou je jure que j'aurai ta peau.

En pénétrant dans la nurserie, Jake découvrit Emma, pâle mais rebelle, le menton relevé dans une posture de défi, le regard incandescent, étreignant Kyle, comme prête à mordre. Le sang afflua dans sa queue. Brûlant, inattendu et déplacé. Qu'elle était belle ! On eût juré une chatte sauvage feulant pour protéger son petit, et bigrement capable de mordre pour peu que l'on tende la main.

— Bas les pattes, glapit Emma. Jake est en bas, dans son bureau, et c'est à lui de décider si vous l'emmenez ou non hors du ranch. Personne ne le prend sans sa permission. Pas même vous. Vous n'avcz pas lc droit d'intimider notre infirmière ou notre cuisinier, et encore moins d'arracher le bébé à son berceau alors qu'il dort et de l'affoler. Qui que vous soyez.

— *Votre* infirmière ? hurla Cathy. Rien n'est à toi dans cette maison, ni aujourd'hui ni jamais ! (Elle s'approcha d'Emma, les traits déformés par la haine.) Sois prévenue. C'est l'enfer que tu verras avant que j'autorise une moins que rien dans ton genre à entrer dans ma famille.

— Cathy.

Ce simple mot, proféré à voix basse par Jake, était lourd de menace. Les deux femmes se retournèrent vers lui alors que le silence se faisait. Kyle cessa de pleurer, comme rassuré par le timbre de son père. Emma pencha la tête vers le bébé dans une attitude protectrice, mais pas avant que Jake aperçoive l'éclat de ses larmes. Il la rejoignit en respirant à fond afin de calmer le monstre qui rugissait en lui, tout près d'affleurer, résolu à déchiqueter, à dévorer, à anéantir. Puis il posa les mains à plat sur les épaules de la jeune femme, très doucement, et l'embrassa au sommet du crâne. Délibérément.

— Emma, emmène Kyle dans ta chambre. Laisse-moi m'occuper de cette personne.

— Jake ! geignit Cathy. Cette… ta *maîtresse* s'est montrée très impolie.

Emma secoua la tête.

— Ce n'est pas vrai, Jake.

— Vas-y, bébé, dit-il en lui lissant les cheveux. Tu n'es pas censée rester debout. Prends Kyle avec toi. C'est mieux pour lui.

Sans un regard pour Cathy, la jeune femme empoigna la couverture préférée de l'enfant et partit vers sa chambre. Ses pieds nus résonnèrent dans le couloir. Jake souffla de nouveau bien à fond puis lança :

— Qu'est-ce que tu fais ici ?

— J'étais venue voir mon petit-fils, rétorqua Cathy, les paupières plissées. J'avais entendu la rumeur. Comme tout le monde. Rien n'a changé, à ce que je vois : tu es toujours le même. Irresponsable et irréfléchi. Un pauvre tombeur qui n'a pas encore compris qu'il existe des intrigantes prêtes à tout pour te piéger. Je suis ta mère et…

— Sors d'ici, cracha-t-il, sentant ses doigts fléchir contre son gré, ses articulations lui faire mal, ses os craquer.

Des griffes aiguisées lui meurtrirent les paumes jusqu'au sang. Il rouvrit et referma les poings, brandit deux pattes de fauve qui se formaient à vive allure afin qu'elle voie les griffes recourbées jaillir de ses doigts. La métamorphose était en cours, inexorable.

— Dehors, j'ai dit.

Une odeur de fauve envahit la pièce. Cathy s'éloigna en reculant. Il perçut la puanteur de sa trouille, ses battements de cœur affolés, face à ce prédateur implacable. Elle hoqueta quand les yeux de Jake prirent une teinte dorée uniforme avec, au centre, les deux fentes noires du léopard à l'affût. Elle fit volte-face et courut en poussant de petits cris de terreur absolue, bouscula l'infirmière qui se tenait au pied de l'escalier et s'enfuit par la porte principale.

Jake parvint non sans peine à la porte de la nurserie, claqua celle-ci et s'y adossa alors que la métamorphose s'emparait de lui. Les coutures de ses fringues cédèrent ; le dos courbé, il sentit sa colonne s'étirer, entendit les os craquer. À quatre pattes, il respira à fond pour tenter d'endiguer la fureur qui l'habitait. Hormis lors de sa première transformation, le léopard était toujours venu sur commande. Mais l'animal, rendu furieux, sortait les griffes, déterminé à traquer l'ennemi.

La tête penchée en avant, soufflant comme un phoque, il perçut les démangeaisons qui annonçaient l'apparition de la fourrure au niveau de son dos, ses jambes et son échine. Des crocs grandirent dans sa bouche ; de ses doigts rétractés jaillirent des griffes coupantes comme des rasoirs qui creusèrent de longs sillons dans le plancher alors qu'il s'efforçait vainement de retenir la bête.

— Jake ?

C'était Emma. Un souffle d'air frais et pur chassa la puanteur de l'ennemie. Il aspira cet air dans ses poumons, dans sa tête, s'ébrouant pour reprendre le contrôle de la situation, et retrouva sa forme humaine. Lentement, trop lentement.

— Je suis là, répondit-il dès qu'il fut en mesure de parler.

Son timbre était différent, plus rauque, même à ses propres oreilles.

De nouveau adossé à la porte, il se prit le visage à deux mains. L'odeur du sang menaça aussitôt de faire resurgir le léopard. Il maintint la porte close de tout son poids, au cas où, tout en redevenant maître de son enveloppe. Puis, avec mille précautions, il se remit debout. Sa chemise était en lambeaux mais son jean, lui, était intact. Quant au plancher… rien à faire, hélas. Il s'essuya la figure avec l'étoffe de la chemise et s'étonna d'y voir des taches de sang. Il fit pivoter ses poignets, curieux. C'étaient ses griffes. Elles lui avaient labouré les paumes.

— Dis-moi que tu n'as rien, insista Emma.

Il prit une nouvelle inspiration et expira, prenant conscience qu'il préférait l'idée d'être avec Emma et Kyle à celle de courir, libre et sous son autre forme, sus aux ennemis. Il jugea plus sûr de ne pas s'attarder sur le pourquoi de cette préférence. Aussi alla-t-il les rejoindre tel qu'il était, torse et pieds nus, les mains ensanglantées.

Emma fit les yeux ronds en le découvrant ainsi, se releva aussitôt, posa Kyle sur le matelas et le rejoignit.

— Qu'y a-t-il ? Qu'est-ce qu'elle t'a fait ?

Il l'attira tout contre lui et la serra fort. La respira tout son soûl. Jusqu'à ce que les souvenirs aient entièrement reflué. Puis il lui prit le visage à deux mains et déposa des baisers sur ses yeux, dans sa nuque, résistant difficilement à cette bouche fantasmatique. Le cœur battant à tout rompre, il craignit qu'elle le rejette, mais Emma n'en fit rien. Au lieu de quoi, elle l'enlaça et plaqua la tête contre son torse nu.

— Désolée, dit-elle tout bas. C'est après moi qu'elle était fâchée, pas après toi.

— Elle est mauvaise, rétorqua Jake. Merci à toi de l'avoir empêchée de toucher à mon fils.

Tout doucement, il s'écarta d'Emma, méfiant envers lui-même de se sentir tout chose. Vulnérable. Secoué. Il se méfiait de son humeur, du léopard, du besoin d'Emma. Déjà son corps réagissait à la douceur de ses courbes, à son odeur, à ses cheveux soyeux. Il n'était pas question de tout flanquer par terre en la laissant découvrir à quel point elle lui faisait de l'effet.

Il souleva Kyle et le tint contre lui.

— Tu vois, mon grand, elle a veillé sur toi. Comme promis, murmura-t-il.

C'était vrai, prit-il conscience, abasourdi. *Emma*. Elle maniait une magie qui lui échappait totalement. Il contempla son fils avec, en son for intérieur, ce corps étranger qu'était son cœur attendri.

— Elle a veillé sur toi, répéta-t-il en embrassant le front minuscule.

Tout son corps tremblait. Il se sentit faiblir.

— Jake, le pressa doucement Emma, assieds-toi. Et montre-moi ces mains.

Il l'observa par-delà la tête du bébé. Menue, fragile, si pâle et si petite, non maquillée, sa tignasse bouclant en tous sens… et pourtant plus dure que l'acier.

— Tu es une femme extraordinaire, Emma.

— Assieds-toi, Jake, répéta-t-elle avec douceur mais fermeté.

Elle tira sur son bras en le regardant dans les yeux. Pour la première fois, elle prit conscience que Jake Bannaconni, l'homme qui avait tout, capable d'acheter et de vendre le monde entier, avait besoin de quelqu'un. D'elle. Sous ses dehors bourrus, son arrogance et sa manie de beugler des ordres, il ignorait comment gérer ses émotions et, quand celles-ci le submergeaient, comme à l'instant, il était perdu. Ou se mettait en colère. Ou détalait. Personne au monde n'avait davantage besoin d'aide que ce grand escogriffe qui dévisageait son fils avec l'air ébahi, éperdu, du type qui n'avait pas envisagé une seconde de l'aimer. Elle aurait pu le lui dire d'emblée, quand il n'était pas parvenu à changer la couche du nourrisson, que l'amour naissait chez un individu comme malgré lui, et qu'un beau jour Kyle allait prendre toute la place dans sa vie.

Leurs regards se croisèrent. Un courant électrique brasilla entre eux le temps d'un battement de cœur, puis Jake cilla… et retrouva son masque de mâle arrogant.

— Je sais que le médecin t'a parlé de repos complet, Emma. Ça va barder la prochaine fois que je te surprends debout.

Emma eut envie d'éclater de rire. Il avait l'air si sérieux, si responsable de tout ! Et s'imaginait très certainement ainsi.

— Très bien. Confie-moi Kyle et va chercher ce qu'il faut pour désinfecter ces écorchures. Je promets d'être sage.

— Ben voyons, maugréa-t-il, la mine sévère, attendant qu'elle se soit assise sur le lit pour lui confier l'enfant. Tu as vraiment le don de m'exaspérer.

— J'en suis consciente.

La jeune femme lui sourit et comprit à cet instant qu'elle l'aimait bien en dépit de son côté tyrannique et du sentiment de danger qu'il exsudait et qui lui faisait parfois froid dans le dos.

—Allez, va chercher le désinfectant. Kyle et moi t'attendons ici.

Elle faillit rire de nouveau en découvrant sa tête de mâle déconfit avant qu'il tourne les talons et s'éloigne à grandes enjambées.

Deux mois plus tard

—C'est trop tôt, Jake, sanglota Emma en lui étreignant la main tandis qu'ils descendaient de l'hélicoptère. Fais tout ce qu'il faut pour que le bébé s'en sorte. Quoi qu'il arrive. Tu m'as promis. Si ça se passe mal, tu connais ma décision. Tu la prendras avec toi.

—Je t'interdis, grinça Jake. Tout va bien se passer, Emma. Pour toi et pour le bébé. Détends-toi et laisse les toubibs faire leur travail.

Il avait réuni une équipe d'experts optimale avant de la conduire au tout meilleur hôpital, dont il était exclu qu'il reparte sans Emma et le bébé. La peur lui laissait un arrière-goût dans la bouche. Son cœur avait beau battre trop vite et trop fort, il refusait d'envisager le pire.

—C'est une chance d'avoir engagé la vieille chouette, dit l'infirmière en adressant un sourire et un clin d'œil à Emma. Faute de quoi on n'aurait peut-être rien vu venir, compléta-t-elle en lui flattant l'épaule.

Jake ne trouva pas la ressource de sourire à cette boutade. Au fil des mois, il avait appris à connaître Brenda Hacker, *alias* la vieille chouette, comme il l'appelait souvent. Qui avait su surmonter l'aversion qu'elle éprouvait initialement envers son employeur, principalement parce qu'elle appréciait beaucoup Emma. Qui ne l'appréciait pas, d'ailleurs ? Même les cow-boys étaient venus quand l'hélico s'était posé pour la conduire à l'hôpital. Tous avaient eu l'air aussi abattus que Jake. Lequel avait renforcé la sécurité du ranch, laissant Kyle aux bons soins du cuistot et d'un garde du corps, avec pour ordre de n'autoriser personne à arriver ou partir en son absence.

Quand il eut fini de distribuer ses consignes à tout le monde, il éprouva le sentiment de ne rien contrôler du tout. Flippant en diable. Emma lui prit la main et serra fort tandis qu'on l'installait sur un brancard et qu'on l'emmenait vers la salle de préparation.

— Promets-moi, Jake. Quoi qu'il arrive. Dis-le.

— Bon sang, Emma, il ne va rien t'arriver de fâcheux !

Il s'accroupit à côté d'elle, la bouche presque collée à son oreille. Même ainsi, il vit le sang écarlate s'écouler de la table alors qu'on lui posait des goutte-à-goutte à marche forcée avant de la conduire en chirurgie.

— Jake, elle doit y aller, intervint Brenda. Laissez-les faire.

— Non ! glapit Emma. Il faut qu'il promette avant.

Jake lui prit le visage à deux mains et l'embrassa. Sur la bouche. Peu lui importait qu'elle le veuille ou non, ou qu'elle lui fasse la gueule par la suite. Ses yeux étaient brûlants, sa gorge nouée par un million de regrets.

— Tu as ma parole. Mais tu vas vivre, tu m'entends ? Tu vas vivre.

Brenda tira doucement sur sa manche de chemise. Jake se dégagea d'une ruade, fit un pas dans la direction que prenait le brancard et remarqua que l'équipe courait presque. Il poussa un juron étouffé puis se planta devant une fenêtre, le regard tourné vers l'extérieur, priant pour qu'on le laisse seul. L'infirmière s'éloigna. Il soupira.

Il n'avait pas la première idée de ce que deviendrait sa vie sans Emma. Ses plans orchestrés avec soin ne pesaient rien. Seule comptait l'idée qu'elle vive, n'importe où, de préférence chez lui. Emma était un soleil. Toujours à rire, à lui donner du baume au cœur. Elle était la nana la plus exaspérante du monde mais, à son côté, chaque journée valait son pesant d'or.

Quand il travaillait à son bureau, elle occupait sans cesse ses pensées. Quand il courait sous sa forme de léopard, elle était avec lui mentalement. S'il lui arrivait de secourir du bétail au fond d'un ravin, à cheval, elle y était aussi. Jusque sur les champs pétrolifères, elle faisait intrusion dans sa tête, lui faisant regretter de ne pas la voir, la humer, l'entendre rire. Chaque soir, même claqué, il lui tardait de la retrouver à la maison.

Combien de soirs s'était-il assis sur son lit, la poussant doucement afin de pouvoir s'étendre près d'elle tandis qu'ils discutaient dans l'obscurité ? Elle était menue et douce à côté de lui. Ses longs cheveux faisaient comme de la soie étendue sur son oreiller. Il jouait parfois avec une mèche entre ses doigts pendant qu'elle lui racontait sa journée. Puis, dès que le bébé remuait, elle lui prenait la main, qu'elle plaquait sur son ventre, et, s'il percevait le choc minuscule, l'émerveillement le gagnait à la façon d'une marée douce et chaude.

Il ne souhaitait pas davantage perdre la petite vie qui croissait en elle qu'il ne désirait perdre Emma. Jake fronça les sourcils et secoua la tête, s'efforçant d'occulter son angoisse.

La perte du bébé ne l'affecterait certainement pas beaucoup, songea-t-il, mais elle serait terrible pour Emma. Une mort de plus serait de trop. Il ne fallait plus qu'il y pense. Il avait assuré les préparatifs. L'équipe de spécialistes, tant pour la mère que pour l'enfant à naître. La quantité de sang nécessaire. Rien ne manquait.

— Jake ?

L'intéressé fit volte-face et adressa un signe de tête à celui qui venait d'entrer. Son avocat, John Stillman. Sur lequel il avait fait mener une enquête bien avant de lui confier ses dossiers. Son arrière-grand-père avait parlé de lui comme d'un avocat très prometteur. Banco, donc. Au cours de leur première entrevue, Jake lui avait posé des questions. Beaucoup de questions. Afin de mettre le bonhomme mal à l'aise. Pas une fois il n'avait flairé de mensonge.

— L'infirmière m'a appelé à l'instant où un problème s'est présenté, conformément à vos instructions. Emma a signé les documents pendant le vol. J'ai son consentement écrit en vue d'une éventuelle adoption. Mlle Hacker a été témoin de la signature. La suite n'est qu'une simple formalité, je confierai les papiers au juge.

— Aujourd'hui, John. Je veux que ce soit fait à l'instant où l'enfant viendra au monde.

Si le bébé vivait, il porterait son nom. Il l'avait promis à Emma, ainsi que de pourvoir à son éducation, et il n'était pas question qu'il trahisse sa parole. Un lien de plus entre eux. Si Emma venait à mourir… Il ferma la porte à cette pensée, le cœur douloureusement serré.

— Elle est au bloc ?

Jake hocha la tête, incapable de répondre. Les allées et venues dans le couloir le contraignirent à tourner le dos à Stillman. Il pivota en sens inverse en voyant arriver un toubib.

— Emma ? lâcha-t-il, mordu par la peur comme par quelque serpent venimeux.

— Je regrette, monsieur Bannaconni, elle est toujours au bloc.

Le souffle coupé, il resta là, la tête basse, sans regarder l'avocat ni le docteur, craignant d'être étouffé par l'angoisse. C'était grotesque ! Presque battu à mort quand il était gosse, jamais il n'avait éprouvé pareille panique. Comment avait-elle fait ? Par quel prodige s'était-elle insinuée dans sa tête, l'enserrant si bien qu'il ignorait comment continuer à vivre sans elle ?

Le chirurgien se racla la gorge.

— Votre fille est en sous-poids, bien sûr, et doit être placée en couveuse. Elle est incapable de maintenir sa température corporelle mais c'était attendu puisqu'il s'agit d'une grande prématurée. Comme elle a un peu de mal à respirer, nous l'avons en outre équipée en ce sens. Il existe aussi quelques problèmes…

Jake se retourna brusquement, les yeux rivés sur le praticien.

— Faites le nécessaire pour que ma fille vive et soit en bonne santé, docteur. C'est pour ça que je vous ai fait venir. Nous savions l'un et l'autre que ce serait difficile, mais j'ai cru comprendre que vous étiez le meilleur dans votre domaine. Alors je compte sur vous.

— Je vais faire de mon mieux, répondit l'homme, habitué à ne rien promettre d'incertain à un parent dans pareille situation.

— Son nom est Andraya Emma Bannaconni.

— Très bien, monsieur. Une infirmière va vous apporter les documents.

— Tout de suite. Je veux que son nom soit officialisé immédiatement.

— Souhaitez-vous voir votre fille ?

Jake s'obligea à respirer avant de répondre.

— Pas avant qu'Emma soit sauvée.

Sur ce, il tourna le dos au médecin pour lui signifier qu'il en avait terminé. Et crispa les poings à s'en meurtrir les paumes. Cela faisait maintes années qu'il n'avait plus senti la morsure du couteau sur sa cuisse mais, à cet instant, il eut envie d'éprouver cette souffrance synonyme de victoire. Leur fille vivait. Il ne restait plus qu'à sauver Emma.

Il attendit que le docteur s'éloigne avant d'observer son avocat à la dérobée, puis contempla la vitre, n'osant lui montrer son visage tant qu'il se sentait vulnérable.

— Dès qu'on en aura terminé avec la paperasse, vous filerez déposer les documents d'adoption. Je tiens à ce que le dossier soit bouclé.

— Jake, avec votre nom sur le certificat de naissance, nous sommes parés.

Jake reprit de sa voix la plus grave, aux accents menaçants.

— Je veux que ce soit réglé aujourd'hui, quoi qu'il en coûte. Assurez-vous aussi que ça ne fuite pas dans les médias. J'y tiens absolument, John. Quiconque voit ces papiers doit bien comprendre qu'il y aura du grabuge si ça s'apprend que je ne suis pas le père biologique de cette enfant. (Nouveau coup d'œil par-dessus son épaule, qui cloua Stillman sur place.) Je m'occuperai personnellement de détruire tous ceux qui me doubleraient. Faites-leur bien savoir à qui ils ont affaire.

Stillman resta un long moment derrière lui avant d'aller s'asseoir le temps que l'infirmière arrive avec la paperasse. Aucun des deux hommes ne fut surpris de voir un administrateur se pointer presque aussitôt. Jake prit soin d'écrire lisiblement afin que l'enfant soit à l'abri au cas où il arriverait malheur à sa mère. Stillman patienta dans un coin, comme rechignant à laisser son client seul alors que celui-ci tenait d'évidence à l'être.

Jake se mit ensuite à faire les cent pas à la manière de quelque animal féroce. D'humeur féroce, il l'était, mais aussi dispersé, hors de contrôle… l'idéal, en somme, pour que son léopard affleure. Son épiderme était en feu, à l'image de son tempérament. Il en voulut à Emma d'avoir insisté dans cette grossesse ô combien périlleuse. S'en voulut à lui-même de s'être laissé posséder jusqu'à se sentir perdu sans cette nana. Comment diable était-ce arrivé alors qu'il avait tout fait pour la piéger, *elle* ?

Il plaqua les paumes contre la vitre, les doigts en éventail, la gorge à vif, l'estomac noué. Puis il traça un message dans la buée qui s'était formée. « Faites qu'elle vive. » Trois mots qui disaient beaucoup. Une vie entièrement creuse et enfin, enfin, Emma. *Faites qu'elle vive.* Il se pencha jusqu'à ce que son front appuie contre la vitre. Il ignorait pourquoi il ne cessait pas de penser à elle et, si elle s'en sortait, il allait falloir qu'il garde ses distances afin de reprendre les manettes. *Dieu, si vous existez, faites qu'elle vive.*

Il ferma les paupières et respira à fond, tout à l'idée de la contacter mentalement. *Emma, je refuse que tu t'en ailles. Tu n'en as pas le droit, tu m'entends ? C'est un ordre. Accroche-toi à la vie. Les enfants ont besoin de toi. Kyle. Andraya.*

Pas la peine de se mettre dans la balance : Emma ne le contemplait pas avec ce fameux regard. Celui qu'elle réservait à Kyle. Ou à Andrew. Ce salaud d'Andrew qui avait eu droit à tout. *Nous avons une petite fille. Magnifique. Vis pour elle.*

Pour moi. Vis pour moi.

Pourquoi personne ne l'aimait ? Il se redressa et observa son reflet. Froid. Insensible. Des yeux de prédateur. Et pourtant, à cet instant, il n'était pas insensible. Ses poumons pesaient des tonnes, ses yeux le piquaient. Le léopard bondit, rugit, griffa, avide de liberté pour le protéger de ce trop-plein d'émotions.

Il flaira le sang d'Emma bien avant que le toubib arrive au bout du couloir où il attendait, le cœur battant, trop effrayé pour esquisser le moindre geste, pour se retourner, pour découvrir la tête que faisait le nouveau venu.

— Monsieur Bannaconni ?

— Crachez le morceau, docteur.

Jake resta dos au toubib, tendu comme un arc.

— Votre fiancée est en salle de réveil. Il a fallu la transfuser abondamment mais elle a bien supporté la chirurgie. Nous avons fait notre possible pour réparer les dégâts occasionnés par l'accident ; il est de ce fait envisageable qu'elle puisse avoir un autre enfant à l'avenir... si elle passe la nuit. Elle est très faible, monsieur Bannaconni. Je préfère être franc, elle n'est pas encore tirée d'affaire à cent pour cent.

Jake fit volte-face. L'éclat de meurtre, dans ses yeux d'or, fit reculer le chirurgien.

— Je veux la voir. Conduisez-moi à elle.

— La patiente est en salle de réveil, je regrette, il va falloir attendre qu'elle soit de retour dans sa chambre.

Jake plissa les paupières et fit un pas dans sa direction. Un grondement rauque émana de sa gorge. Stillman sortit de sa transe et vint s'interposer.

— Docteur, je suggère que vous conduisiez sur-le-champ M. Bannaconni auprès de sa fiancée. S'il est une personne qui se préoccupe du bien-être de cette jeune femme, c'est bien lui. Il saura se tenir tranquille.

L'avocat s'était exprimé d'une voix égale mais son propos laissait fort peu de latitude. Le toubib s'empressa de passer sa carte magnétique dans le boîtier de déverrouillage.

— Par ici, monsieur.

Jake le suivit jusqu'en salle de réveil. Emma lui apparut minuscule, perdue, pâle comme un linge et les yeux clos. Raccordée à une poche de sang et à une autre contenant un liquide incolore. Brenda Hacker se fendit d'un sourire bref mais rassurant tout en lui proposant un siège. Jake poussa la chaise près de la tête du lit, en face d'elle, et s'installa pour une nuit qui promettait d'être longue. Il était exclu qu'il perde Emma à ce stade, et, si la force mentale avait un sens quelconque, elle passerait la nuit.

Chapitre 5

Dix-sept mois plus tard

— Continue comme ça, grand chef, et on perd tous nos gars, déclara Drake Donovan, qui se pencha sur sa selle et cracha par terre. Tu as toujours été méchant comme une teigne, Jake, mais, là, ça devient franchement moche.

— Je me fous que les gars m'apprécient ou pas, grinça Jake. Et arrête de m'appeler « grand chef ». Tu ne le fais que lorsque tu as une dent contre moi.

Drake haussa les épaules.

— Provoque le départ d'un type de plus dans mon équipe et c'est moi qui plie les gaules, rétorqua Donovan, son regard scrutateur posé sur Jake. Tu m'as fait venir ici pour que je t'enseigne ce qu'il y a à savoir sur ton héritage mais tu n'écoutes rien.

Il regarda alentour, les traits subitement marqués par ce qui pouvait passer pour du chagrin.

— J'étouffe, dans ce bled. Si je ne peux rien pour toi, autant que je retourne dans ma forêt vierge.

— Pas question, Drake. J'ai besoin de toi ici.

Jake maudit intérieurement son caractère de dogue, ses nerfs à vif, l'envie lancinante de s'en prendre physiquement à tout ce qui l'entourait, quitte à se déchaîner à grands coups de griffe. Son humeur faisait le yoyo du matin au soir ; il lui arrivait de voir rouge avec une telle intensité qu'il s'en trouvait parfois mal dans sa peau. S'il se savait volontiers cruel, il s'étonnait de voir ce penchant, jusqu'ici maîtrisé, lui échapper si aisément. Il se méprisait d'être si semblable à ses parents : froid et incisif. Alors qu'il s'était juré de ne jamais devenir comme eux, Jake s'écœurait d'avoir viré grand manitou de la cruauté.

Que lui avait dit Emma l'autre soir, tandis qu'il était allongé dans son lit, ivre de désir ? « Le pouvoir corrompt. » Encore une nuit au cours de laquelle, pris d'insomnie l'un et l'autre, ils avaient discuté à bâtons rompus… jusqu'à cette petite phrase qui restait gravée au fer rouge. C'était un fait, ses parents étaient pourris par la soif de fric et de pouvoir. Et pour lui, qu'en était-il ? Plutôt crever qu'avouer à Emma qu'il nourrissait ce type de doute.

— Ce n'est pas vrai, Drake. Je t'écoute.

Donovan n'était pas homme à se laisser chahuter. Le danger était là, tout près de la surface. Drake était un type bien, l'archétype de celui que l'on aimait avoir dans son camp… et qui ferait un ennemi implacable. Jake fourragea dans ses cheveux, sentant monter l'envie de changer de peau. Il fallait se rendre à l'évidence : l'aide de Drake lui était indispensable.

L'homme secoua la tête. Il était bâti comme Jake. Larges épaules, torse massif et musculeux, bras et jambes noueux. Un type que sa force monumentale n'empêchait pas de se mouvoir sans un bruit, avec la souplesse d'un cours d'eau qui glisse sur les rochers. Et ce en dépit d'un boitement prononcé. Quand il s'immobilisait, tout se figeait autour de lui. Il se fondait littéralement dans le décor. Ses cheveux blonds formaient une masse indisciplinée et ses yeux, d'un vert éclatant bordé d'or, possédaient une fixité dérangeante.

— Tu as besoin d'une nana. Je te l'ai dit, c'est néfaste, toute cette pression que tu laisses s'accumuler.

— Je m'en tape, des nanas, tu peux me croire. Jusqu'à deux par jour. Ça ne change rien. Je reste dur comme du bois et plus méchant que jamais. Jour et nuit, ça me bouffe, c'est un truc à devenir dingue. Des semaines que je ne dors plus. Je tiens à peine debout la moitié du temps, et, chaque fois que je trouve un mec près de la maison, j'ai envie de lui arracher la tête.

Ce qu'il omettait de dire, c'est que lorsqu'il était allongé à côté d'Emma, dans son lit, il avait le sentiment de l'avoir trahie. Pire encore : il lui prenait l'envie de lui sauter dessus. Sa plus grande angoisse était de perdre les pédales et, n'y tenant plus, de la violer séance tenante.

Drake cilla, plissa les paupières et arqua un sourcil.

— Près de la maison ? répéta-t-il. Je peux savoir ce qui te bouffe ?

— Le besoin constant de tirer un coup. Sauf que, chaque fois qu'une femme me touche, je finis par la mépriser. Ma peau me tiraille et je dis des choses, fais des trucs… (il ménagea un silence, les lèvres pincées) dont je ne suis pas très fier. Je me comporte en salaud et pourtant elles en redemandent ! Puis je retourne au ranch et, là, tout recommence.

— Tu as une femme qui t'y attend. Emma.

La voix de Drake l'irritait quand il prononçait son nom. Un timbre lisse, comme du velours. Son estomac se noua.

— Quoi, Emma ?

— Elle s'occupe de ton fils. De ta maison. Se comporte en parfaite épouse, quoi. Sauf que vous ne couchez pas ensemble.

— C'est vrai.

Jake avait répondu de sa voix caverneuse, menaçante. Il suffirait que Drake, avec sa belle gueule et son charme, rende visite à Emma pour qu'il pète les plombs.

— Je ne couche pas avec Emma, en effet.

Donovan fronça les sourcils au ton employé par Jake. Il prit le temps d'étudier ses yeux et sa gestuelle.

— Je croyais que cette nana était une simple gouvernante mais, de toute évidence, tu t'excites à son sujet, déclara Drake, curieux.

Jake ne voulait pas que Donovan ou quiconque s'intéresse de trop près à Emma. Il ne s'était pas attendu à avoir envie d'être auprès d'elle. À se sentir en paix, quand bien même ses pulsions étaient presque incontrôlables. C'était elle qui était censée avoir envie de lui, pas le contraire ! Cette nana avait mis sa vie sens dessus dessous et il n'y pouvait rien. Elle le faisait *souffrir*, physiquement comme émotionnellement, et son humeur s'en ressentait.

— Ce n'est pas elle qui m'excite, mentit-il.

Pauvre et flagrant mensonge. Tout à fait stupide. Misère… son obsession pour Emma empirait de jour en jour.

Il usait de tous les prétextes pour se retrouver dans sa chambre le soir venu. Se réjouissait de manière pathétique qu'elle ait parfois des cauchemars et du fait qu'elle se soit habituée à le voir s'étirer à côté d'elle tandis qu'ils discutaient à mi-voix. Elle ignorait bien sûr qu'il bandait comme un cerf et qu'aussitôt sorti de sa chambre il se branlait tel un ado débile.

— J'aimerais la revoir.

L'atmosphère devint aussitôt électrique. Une rage assassine s'empara de Jake, le tonnerre roula dans ses oreilles, le feu couva dans ses entrailles. Il vit rouge. Vraiment. Le fauve en lui se mit à galoper sous son épiderme. Les crocs poussèrent dans sa bouche, ses lèvres se rétractèrent, et un grognement lui échappa. Il détourna la tête, conscient que ses yeux avaient viré au rouge sang. Plusieurs respirations profondes lui furent nécessaires pour calmer le léopard, qui brûlait d'être libéré.

Sentant l'animal sauvage tout près de gagner la bataille, le cheval de Jake rua et piaffa de peur, faisant son possible pour le désarçonner. Heureux de cette diversion, Jake dut jouer des genoux et murmurer des paroles d'apaisement à sa monture. Puis, quand le cheval fut calmé, il se tourna prudemment vers Drake.

— Tu as déjà rencontré Emma plusieurs fois.

Donovan n'était pas comme ceux qui tournaient autour d'elle, quêtant une tasse de café, du pain frais, un biscuit. C'était un solitaire. Il logeait à l'écart, dans l'un des plus petits bungalows du ranch.

Drake haussa les épaules.

— Si elle te fait cet effet-là…

Jake fronça les sourcils.

— Je n'ai jamais dit qu'elle me faisait le moindre effet. Je suis à cran, je m'ennuie, mais les nanas me laissent froid.

Donovan ricana. Jake lui aurait volontiers sauté sur le poil, mais Drake n'était pas n'importe qui. Il inspirait le respect. Aussi réprima-t-il sa hargne.

— Je vais être franc, déclara Drake en empoignant les rênes de son cheval. Tu te comportes exactement comme un type dont la compagne est en chaleur. (Il repoussa son chapeau et vit volter sa monture.) Si j'ai vu juste, les symptômes vont s'aggraver, c'est couru.

— Je n'ai pas de compagne. En outre, les humaines n'ont pas de chaleurs.

Drake hocha la tête.

— Si tu le dis…

Il piqua des deux et s'éloigna au trot sous le regard de Jake.

— Quand est-ce qu'il arrive ? glapit Susan Hindman en trépignant d'un pied sur l'autre. Sérieux, Emma, comment tu fais pour rester si calme ?

Emma se fendit de l'un de ses lents sourires tout en continuant à pétrir la pâte à pain.

— S'il a passé un appel radio, c'est qu'il ne va pas tarder. Ne t'en fais pas, tu auras tout le temps de le voir, il te reste quatre semaines à passer ici.

Susan était la fille du sénateur Hindman, qui avait appelé pour demander si elle et Jake pouvaient s'en occuper car il partait en voyage à l'étranger. Emma l'aimait beaucoup. Seul hic : la jeune fille avait un sérieux béguin pour Jake.

— Quatre semaines, minauda Susan en se plaquant les mains sur le cœur de façon théâtrale. Tant mieux, dans le fond, qu'il n'ait pas été au ranch à mon arrivée. C'était un coup à ce que je tombe dans les pommes.

Emma laissa fuser ce rire clair et agréable qui faisait à Susan l'effet d'une douce mélodie.

— Enfin, Susie, sois raisonnable. Jake est un homme comme les autres.

Une fossette apparut au coin droit de sa bouche, qui s'estompa quand elle ajouta :

— Un peu plus tyran que les autres, c'est tout.

— Ah ! Emma, bouda Susan en secouant la tête, exaspérée à l'idée que la jeune femme ne partage pas son coup de cœur. Je ne te comprends pas. Il est à tomber… et hypermusclé en plus ! (Elle s'étreignit, comme en pâmoison.) Tu as vu ses épaules ? Et son bronzage, et ses yeux ! À tomber, je te dis. Tu dois être aveugle…

— Possible, en effet, abonda Emma, que tout ce cinéma faisait rire.

— Et richissime, avec ça. Invité partout, en couverture des magazines, il connaît le Tout-Hollywood… le Président… enfin tout le monde, quoi.

Âgée de seize ans, grande et dégingandée, Susan n'avait pas encore de formes mais possédait une grâce désinvolte très prometteuse. Ses cheveux étaient longs et bouclés, ses yeux noisette rieurs et son minois s'agrémentait d'une myriade de taches de rousseur. Jake n'était pas encore au courant du séjour de Susan chez eux, et celle-ci s'impatientait de le voir. Il appelait Emma trois fois par jour, ce qui impressionnait bigrement la jeune fille. Emma, pour sa part, trouvait cela très amusant et un brin casse-pieds. Pas spécialement « à tomber ».

— Ton père aussi est très riche, rappela Emma à la jeune fille, et il passe sans arrêt aux infos. Quant au Président et autres gens influents, il n'est pas en reste.

— Mouais, maugréa Susan en balayant l'argument d'un revers de main. Papa c'est papa, quoi. Jake est… différent. Tellement sexy.

— « Sexy » ? répéta Emma, un sourcil arqué.

— Super beau, quoi. Et puis tout ce qu'on dit de lui… Il fait peur, tu sais. Papa dit qu'il est l'un des hommes les plus puissants du monde.

— Il n'y a pas que l'argent et le pouvoir dans la vie, Susie. Ni la beauté physique.

— Je sais, merci. Papa dit aussi que, super intelligent comme il l'est, Jake perd son temps à vivre ici. Qu'il devrait se lancer en politique. (Elle fronça les sourcils.) Mais qu'il s'est fait beaucoup d'ennemis aussi. Normal, d'après papa. Il dit de Jake que c'est un vrai barracuda, qu'aucune société n'est à l'abri de son appétit et qu'il vaut mieux être son ami que son ennemi. Et aussi qu'il est tellement craquant que toutes les nanas lui courent après.

— Et moi je parie que ton père ignore que tu laisses traîner tes oreilles quand il raconte ce genre de choses, rétorqua Emma avec bonhomie.

Sa pâte pétrie, elle se dirigea vers l'évier en échouant à discipliner les mèches rousses qui lui cascadaient dans le dos, sur le front et jusque devant les yeux.

Cela l'embêtait que tout ce qu'avait dit le père de Susan à propos de Jake soit vrai. Il se faisait facilement des ennemis et paraissait impitoyable en affaires. Sans comprendre au juste cette manie qu'il avait d'acheter et de dépecer des sociétés, Emma était sûre d'une chose : Jake était un vrai requin.

Elle contempla le gâteau d'anniversaire qu'elle avait décoré plus tôt en espérant que Jake rentre réellement, cette fois, avant que la météo tourne une nouvelle fois au désastre. L'idée était de le surprendre en organisant une petite fête.

— Le mois dernier, j'ai vu Linda Rawlins et Jake s'engueuler à ton sujet.

Emma fit volte-face, les yeux ronds comme des soucoupes.

— À mon sujet ? Pourquoi ?

Susan s'en voulut aussitôt. Emma était petite, mince, avec une peau parfaite… enfin presque. Deux très légères cicatrices gâtaient à peine la perfection de son visage, toutes deux du côté gauche, l'une voisine de l'œil, l'autre formant un long et fin croissant qui se terminait près de la commissure des lèvres. Susan n'avait jamais trouvé le courage de lui demander d'où elle les tenait et Emma n'avait pas davantage divulgué cette information. Le passé de la jeune femme était nimbé de mystère. Même son père n'abordait jamais le sujet.

Jake l'avait dénichée quelque part, sur la côte Ouest, et l'avait engagée comme gouvernante. Fin de l'histoire. Susan l'adorait depuis le premier jour, quand son père était passé chez Jake lors de sa campagne de levée de fonds. Elle avait découvert Emma à la cuisine, hilare, avec deux bambins. La jeune fille lui avait aussitôt proposé son aide et elles étaient devenues amies.

Le plus cher désir de Susan était de la voir épanouie. Avec ses grands yeux verts incroyables et ses longs cheveux bouclés qui lui cascadaient jusqu'à la taille, Emma était la douceur incarnée, toujours à l'écoute des employés du ranch, de Susan ou des enfants, mais elle avait l'air très fragile. Vulnérable. Du haut de ses seize ans, Susan souhaitait la protéger.

— C'était une blague, mentit maladroitement la jeune fille, qui n'aimait pas la douleur qu'elle décela dans les yeux d'Emma.

— Raconte-moi.

Emma soupira, extirpa une énorme barrette à cheveux de la poche de son jean et s'attaqua à son épaisse tignasse. Un « clic » sonore plus tard, les mèches étaient retenues au niveau de la nuque. Cette coiffure faisait ressortir encore plus nettement ces hautes pommettes.

Susan eut l'air mal à l'aise.

— Ce n'est qu'un ragot, Emma. Je n'y ai pas cru.

— Cru à quoi ? Allez, Susie, tu en as trop dit ou pas assez.

— OK, dit la jeune fille en frottant du pied le sol en tommettes de la cuisine afin de dissiper son malaise. Je passais dans le couloir. Je n'ai pas fait exprès d'écouter aux portes ni rien.

— Susie…

— Il faut me croire, c'est par hasard que j'ai entendu. Linda lui tenait la jambe lors d'une réception et elle lui a demandé d'être sa cavalière à cette fête, chez les Bingley ; tu sais, le plus gros truc de la saison.

Emma ignorait tout de cet événement mondain, mais hocha la tête en s'efforçant de ne pas tiquer à l'énoncé du nom de l'autre femme. Susan, elle, se mit à sourire.

— Tu imagines ? J'aurais aimé enregistrer ça ! La fabuleuse Linda Rawlins, suppliant presque un mec d'être son cavalier ! Les tabloïds auraient adoré. L'héritière du grand armateur, éconduite par le roi du pétrole !

— Tu lis trop de magazines à sensation, la tança Emma avec conviction.

— Ouais, probable, répondit Susan, pas contrite pour deux sous. Mais c'est tellement fun à lire !

— Allez, raconte la suite.

— Jake était calme et très bien élevé, un rien distant comme d'habitude et, tu sais, l'air de s'ennuyer et *torride* à la fois. Il a dit à Linda que c'était toi sa cavalière. Alors elle a explosé. Mais carrément, hein. En mode « je hurle à pleins poumons ». Elle lui a crié que personne, dans la bonne société, ne t'accepterait, que les parents de Jake trouvaient risible qu'il vive avec toi et qu'il faisait ça uniquement pour leur faire honte. Puis elle t'a traitée de domestique. Jake l'a regardée de haut, avec cet air méprisant qu'il a parfois, et elle est vraiment devenue mauvaise.

Emma se tordit les mains. À cran dernièrement, elle s'étonna d'être aussi affectée par le ragot que venait de lui rapporter Susan. Tout le monde jasait à propos de Jake, c'était connu, ce qu'il acceptait sans sourciller. Mais la jeune femme, pour sa part, quittait rarement le ranch et restait de ce fait dans l'ombre. Linda était déjà passée la voir et lui avait dit des choses très moches. Et ce bien qu'Emma ait protesté qu'elle n'était qu'une simple employée.

— Linda a dit que tout le monde savait que Jake était le père d'Andraya, qu'il vous avait mises enceintes en même temps, Shaina et toi, et qu'il ne restait avec toi qu'à cause de ces deux mouflets illégitimes.

Susan, en rage, avait les poings crispés le long du corps. Sa loyauté envers Emma était totale. Cette dernière pâlit sous son bronzage cuivré.

— Comment Jake a-t-il réagi ?

C'était une chose de lui tenir ce genre de propos ici, au ranch, mais une tout autre affaire de le crier à la face de Jake au beau milieu d'une réception.

— Il ne l'a pas nié. Il a toisé Linda comme si elle était une sorte de cancrelat avant de s'éloigner, plus sexy que jamais. Linda, elle, avait l'air pitoyable d'une femme jalouse.

Emma se passa une main tremblante sur la figure et s'assit avec brusquerie. C'était mal qu'on se serve d'elle ou d'Andraya pour faire du tort à Jake.

— Oh ! Emma, geignit Susan, je suis tellement désolée de te faire de la peine. Linda est une peste. Et puis Jake est tellement différent avec toi ! Tu n'as pas l'air de t'en rendre compte mais il est… (elle hésita, cherchant le mot juste) insensible aux autres femmes. Il les traite comme des mouches qu'on chasse d'un geste ; genre, elles sont une perte de temps. Tu ne vas jamais aux réceptions mais tu devrais le voir. Sérieux, je mourrais sur place s'il me regardait comme il les regarde, avec un mépris total, comme si elles n'étaient rien.

Ce fut plus fort qu'elle, Emma éclata de rire.

— J'ai du mal à croire qu'elles lui courent toutes après s'il est infect à ce point !

— Tout le monde n'est pas comme toi, Emma, fit valoir Susan presque malgré elle. Certaines nanas vendraient leur âme pour le fric et le pouvoir qu'il représente. Il est canon, en plus. Ça doit en inciter plus d'une à tout accepter. Sans compter le défi « dompter le méchant garçon ».

— N'importe quoi ! Tu lis trop de romans, Susan. Dans la vraie vie, c'est l'enfer de vivre avec un homme autoritaire et arrogant. Quant au fait que des femmes se jettent sur Jake uniquement à cause de son compte en banque, j'en doute.

— Bien sûr que si qu'elles en sont capables, insista Susan. Papa est sénateur et veuf. Je peux te dire que j'en ai vu des nanas lui courir après. (Elle fronça les narines.) Tu as rencontré Dana, quand elle m'a accompagnée. Ma gouvernante. Cette vieille peau, tu parles ! Elle drague mon père comme pas possible. Tu as vu comment elle était avec toi ? Eh bien, elle me traite pareil, comme si j'étais une moins que rien. Et elle s'imagine que je vais vouloir d'elle comme belle-mère ?

Emma n'avait pas apprécié du tout cette Dana même s'il n'était pas question d'en faire part à Susan. Une nana froide comme un glaçon, qui avait multiplié les remarques acerbes.

— Jake est différent quand il est avec toi, ça saute aux yeux, reprit Susan, revenant à son sujet favori. Gentil, rieur. Il t'appelle trois fois par jour et il t'embrasse. Si tu ne me crois pas, c'est parce que tu ne l'as jamais vu en dehors du ranch.

— Enfin, Susie, je m'occupe de cette maison, c'est normal qu'il m'appelle. Je dois le tenir au courant. Et, pour ta gouverne, sache qu'il ne m'embrasse pas dans le sens que tu imagines. Ça fait deux ans que je vis ici. On s'apprécie. Ça ne va pas plus loin.

— Papa m'a dit que tu avais failli mourir quand Andraya est née et que Jake t'avait veillée tout le temps, ajouta Susan. Qu'il l'a baptisée Andraya pendant que tu étais inconsciente et qu'Andraya et Kyle se ressemblent.

Susan tâtait le terrain en quête d'informations mais Emma ne mordit pas à l'appât.

— Pauvre Jake. Il a dû en baver avec toutes les horreurs que Linda lui a balancées.

— Allez, Emma, on se réveille ! lança un type trapu aux yeux rieurs et aux cheveux couleur paille par la porte entrebâillée. Le patron arrive, son coucou s'est posé il y a dix minutes.

Il sourit à Susan en se fendant d'un sifflement appréciateur qui fit rougir la jeune fille comme une pivoine.

— Merci, Joshua, rétorqua Emma avec sécheresse. Je prépare le café.

Joshua salua, adressa un clin d'œil à Susan et disparut. Emma resta un court instant au beau milieu de la pièce, les yeux rivés sur l'immense baie vitrée. L'échange avec Susan, pour innocent qu'il ait été, remuait des souvenirs qu'elle n'osait pas affronter. Elle frissonna en repensant à cette poigne de fer témoignant d'une force herculéenne, à l'odeur d'essence, au rugissement des flammes, à la sensation de vide qui ne la quittait plus. Cela faisait bien longtemps qu'elle ne s'était plus autorisée à penser à ce jour funeste.

— Emma ? glapit Susan, inquiète, ramenant l'intéressée à l'instant présent. Tout va bien ?

— Mais oui, trésor, bien sûr. Tu veux bien aller jeter un œil sur les enfants ? Ils jouaient tout à l'heure dans la chambre de Kyle et je les trouve bien calmes, tout à coup. J'ai deux ou trois choses à faire.

— Je ne t'ai pas trop bouleversée, c'est sûr ? Linda n'est rien qu'une sale jalouse.

Emma s'obligea à sourire.

— Ce qui dit ou pense Linda m'est égal, et puis ce n'est pas la première fois qu'elle me traite de domestique. J'aurais dû me douter qu'elle n'allait pas résister à l'envie de jouer les mauvaises langues.

Là-dessus, elle dosa le café moulu dans le filtre avec une aisance qui trahissait une longue pratique.

— Elle t'a dit ça ? Les yeux dans les yeux ? Je le crois pas !

— Va voir Kyle et Andraya, lui rappela Emma. Et ne t'en fais pas pour si peu, Susie. Linda est une proche des parents de Jake, qui ne ratent jamais une occasion de me rabaisser. Ça ne me dérange pas d'être traitée de domestique. Je suis sûre que Linda tient ça d'eux et qu'elle trouve épouvantable d'avoir à travailler pour gagner sa vie, mais pas moi, Dieu merci. Je me trouve plutôt douée dans ce que je fais.

— Tu n'es pas une domestique, insista Susan, indignée.

Emma quitta la cuisine d'un pas vif, longea le couloir, traversa le grand living et sortit par la porte principale. Elle ne serait pas là pour accueillir Jake, cette fois. Il lui fallait rester seule un moment. Après deux ans de paix, la jeune femme avait l'impression de se réveiller. Elle adorait sa nouvelle vie, ce ranch qui était devenu son foyer et les deux enfants. Kyle était autant à elle qu'Andraya. Le problème, c'était que Jake aussi était à elle, du moins en pensée. Elle était d'humeur changeante ces derniers temps, et le simple fait de penser à lui ravivait son corps d'une façon qu'elle n'avait plus connue lors des deux années écoulées.

Son très cher Jake. C'était tout lui d'encaisser les ragots avec ses larges épaules, de la protéger sans jamais se faire l'écho des vilaines rumeurs. Chaque fois qu'elle se plaignait de quelque chose, ne serait-ce qu'un peu, le problème était résolu sans une parole de sa part.

Le voir, là tout de suite, était au-dessus de ses forces. Elle se sentait perdue en sa présence, et son malaise physique était réel. Son odeur, si masculine et interdite, la titillait. L'accent traînant de sa voix lui faisait l'effet d'une caresse. Peut-être était-ce arrivé si graduellement qu'elle n'avait pas vu venir cette attirance pour lui alors qu'elle avait coulé des jours tranquilles en sa présence pendant deux ans. Cela lui faisait l'effet d'une bombe. Dès qu'il était tout près, son corps réagissait, et, sitôt qu'il partait, il occupait toutes ses pensées.

Elle traversa l'allée en toute hâte, en direction des écuries. Quel chaos cela créerait pour tout le monde si elle commettait l'erreur de lui manifester l'attirance sexuelle qu'elle éprouvait ! Kyle l'appelait maman, croyait qu'elle était sa vraie mère, ce qu'elle était d'ailleurs au quotidien. Elle aimait cet enfant comme s'il était sa chair et son sang. Kyle et Andraya s'aimaient en outre comme frère et sœur. Quant à Jake, il s'émerveillait devant les deux, sans marquer de préférence. Et elle aimait Jake. Du fond du cœur. Cela remontait à loin, avant même cette pulsion sexuelle. Or l'aimer ainsi ne conduirait qu'à tout anéantir.

Emma rit en son for intérieur en se remémorant Jake qui, nuit après nuit, s'était levé pour l'aider à changer Kyle et lui donner le biberon. Ce qu'il faisait désormais avec Andraya, même quand Kyle dormait à poings fermés. S'il était au ranch, il lui préparait son thé ou son chocolat chaud et restait assis auprès d'elle tandis qu'elle berçait la petite. Il paraissait ne jamais aller se coucher dans sa chambre, passant l'essentiel de ses nuits dans celle d'Emma. Lorsqu'il s'étirait à côté d'elle, la jeune femme vivait une sorte d'enfer tant elle le désirait. Une tentation physique qui devenait périlleuse.

Coucher avec elle ? Oh ! il le ferait, aucun doute. Il bandait sec, l'animal. Toujours au garde-à-vous. Ce n'était pas difficile à remarquer, son jean faisait une bosse qu'il ne prenait jamais la peine de cacher. La pudeur n'était pas son fort. Sauf qu'Emma se refusait à devenir l'une de ses nanas. Il les traitait toutes avec indifférence, avec mépris même. Trop dur à digérer.

Emma prit une bride et contempla les chevaux dans leurs box. Elle en voulait un fougueux. En galopant longuement, peut-être apaiserait-elle le feu qui couvait en elle. Pourquoi avait-elle autant envie d'un homme ? Non, pas d'un homme : de Jake.

— Emma.

La voix calme aux accents menaçants la fit se figer. Des doigts puissants la saisirent à l'épaule, l'obligeant à se retourner.

— Qu'est-ce que tu fais là ? voulut savoir Jake.

Son regard dur comme du diamant se posa sur les traits pâles de la jeune femme, prit note des cernes sous ses yeux, de son pouls frénétique, de sa bouche si désirable qui tremblait.

En le voyant, elle avait toujours le souffle coupé. Jake était très impressionnant. Dangereux. Un roc aux yeux de tous qui, pourtant, se mouvait en silence, tel un chat.

— J'allais faire une balade à cheval, répondit-elle en s'efforçant de parler d'une voix égale.

Elle adorait observer ce concentré de puissance physique, d'impatience, aimait les petites rides qui se formaient aux commissures de ses paupières juste avant son grand sourire. Mais quand il voulait être intimidant il l'était… comme à cet instant.

Il poussa un juron et attira le corps souple de la jeune femme contre son torse dur, tout en muscles. Il arborait une barbe d'un jour et, d'aussi près, elle pouvait humer sa fragrance musquée de cow-boy.

— Pas question ! Ça fait deux bonnes semaines que je ne t'ai pas vue. Il y a un problème ?

Emma parvint à afficher une ombre de sourire au prix d'un gros effort.

— Non, rien de spécial. C'était juste histoire de souffler un peu. Et toi, comment s'est passé ton voyage ?

Un léger agacement se lut sur les traits sensuels de son patron. Elle perçut la tension qui habitait sa grande carcasse.

— Rentrons, glapit-il impatiemment en l'obligeant à faire demi-tour. Quitte à s'écharper, autant le faire dans un cadre plus confortable.

Il s'élança avec la grâce féline d'un fauve à l'affût, puissant mélange d'énergie et de coordination parfaite. Emma, avec ses jambes plus courtes, se vit contrainte de courir pour suivre le rythme bien qu'il ait l'air d'avancer nonchalamment. Braquant sur elle ses yeux cerclés d'or, il ralentit délibérément afin qu'elle puisse le suivre sans effort. Puis, après avoir accroché son bras au sien, il balança son chapeau à large bord sur une chaise alors qu'ils traversaient le living.

— C'est bien Susan Hindman que j'ai aperçue à l'étage ? demanda-t-il tout à trac en la libérant quand ils débouchèrent dans la cuisine. J'ai cru la voir me faire de l'œil, penchée à la balustrade.

Emma hocha la tête tout en massant sans y penser son avant-bras endolori par sa poigne de fer.

— Son père m'a demandé si elle pouvait loger ici pendant son séjour à Londres, juste après ton départ. Je me suis dit que tu n'y verrais pas d'inconvénient. C'est sa gouvernante, Dana Anderson, qui l'a conduite en compagnie de son précepteur, un certain Harold Givens, très gentleman.

Jake n'aimait pas que des inconnus débarquent sur sa propriété.

— Qu'est-ce qu'elle t'a raconté ?

Son beau visage était dur. Très impressionnant, presque effrayant, il tendit pourtant le bras et lui prit la main avec une infinie douceur, examina son avant-bras et entreprit de caresser les marques qu'il y avait laissées. Cet effleurement excita la jeune femme au plus haut point.

Elle retira sa main en le découvrant sur le point de l'embrasser. Son pouls s'accéléra, résonnant dans sa gorge, puis dans ses seins et enfin dans son entrecuisse. Elle se sentit piquer un fard. Quelle humiliation c'était de se découvrir pour la première fois de sa vie incapable de contrôler ses pulsions ! Il ne fallait pas qu'il s'en rende compte. C'était trop risqué quand il l'observait ainsi…

— Désolé, ma belle, j'oublie toujours à quel point ta peau marque facilement. Alors ? insista-t-il. Que t'a raconté Susan ?

Elle haussa les épaules en s'efforçant d'ignorer l'effet que lui faisait leur proximité.

— Simple bavardage entre filles, répondit-elle d'une voix égale bien que son contact l'ait perturbée au point de ne pas pouvoir croiser son regard.

Il soupira sans la quitter des yeux.

— Qu'est-ce que je suis claqué, bon sang ! Ces deux semaines ont été longues. Tu as fait du café ?

Elle lui adressa un bref sourire.

— Bien sûr, tu t'en doutes. Tu as faim ? dit-elle en lui tendant une tasse fumante.

Il avait l'air crevé, en effet. Les cheveux ébouriffés. Pile comme elle les aimait. Il secoua la tête.

— Le café suffira, merci. J'en ai rêvé, de ton noir breuvage. Où sont les petits monstres ?

— En train de jouer à l'étage. Ça m'étonne qu'ils ne soient pas encore descendus, ils n'ont pas dû t'entendre arriver.

Emma l'observa tomber la veste puis s'effondrer sur un siège de la cuisine et, sans y penser, tendit le bras pour écarter une mèche rebelle qui lui barrait le front.

Jake fit pivoter sa chaise afin de poser ses yeux cerclés d'or sur l'artère qui palpitait au creux du cou de la jeune femme. Elle recula avec, dans la gestuelle, une étrange délicatesse toute féminine. Le maître de céans se fendit d'un sourire en coin puis, délibérément, laissa errer son regard sur les courbes alléchantes de la jeune femme.

— Les enfants ont été sages ?

— Comme toujours. Tu leur as manqué, si c'était le véritable objet de ta question.

Emma se versa une tasse de café et s'adossa à l'évier, à distance raisonnable du grand escogriffe.

— Et à toi, je t'ai manqué aussi ?

Sa voix était caressante, tels des doigts effleurant l'épiderme d'Emma, qui rougit un peu. Elle adorait ce son de sa voix.

— Bien sûr, quelle question. Tu me manques toujours quand tu t'absentes. (Et c'était vrai, pour arrogant et autoritaire qu'il puisse être.) J'espérais te voir aujourd'hui.

— Pourquoi aujourd'hui particulièrement ?

Il but une nouvelle gorgée et afficha un sourire béat.

— Hmm, ton café est divin. Il me manque chaque fois que je dois m'absenter.

— Parce que c'est ton anniversaire.

Jake plissa les paupières, se redressa et vit Emma traverser la pièce jusqu'aux placards muraux. Tendue au maximum, sur la pointe des pieds, elle parvint à extraire un grand paquet plat et rectangulaire. Il résista à l'envie de se raidir, de se lever et sortir. C'était un cadeau d'anniversaire, pas la mer à boire : il pouvait très bien lui dire qu'il n'en voulait pas. Les petites attentions étaient trop dures à accepter. L'expression de son visage était en soi un cadeau d'anniversaire. Le plus beau qu'il puisse souhaiter.

Emma avait fait de sa maison un foyer agréable. Toujours souriante, elle avait le chic pour lui montrer à quel point il comptait pour elle. Comme à l'instant. Il posa sa tasse sur la table, inquiet à l'idée d'être trahi par ses mains tremblantes. C'était à peine concevable : comment s'était-elle souvenue d'un détail aussi insignifiant que sa date d'anniversaire à deux ans de distance, quand il la lui avait confiée alors qu'elle était à l'hôpital, à peine consciente de quoi que ce soit, toute à son deuil et à sa souffrance ?

Elle avait certes insisté pour fêter les anniversaires de Kyle mais c'était très différent. Voilà qu'il était la vedette à présent. Il se leva en sentant son léopard agité par ce soudain changement d'humeur… et par l'adrénaline qui affluait dans son organisme.

— J'ai fait ça pour toi.

Sa virée en ville, que lui avait signalée Joshua. Il avait exigé qu'elle soit sous bonne escorte, mais protégée par des types discrets. C'était donc ça, l'objet de ce déplacement : le paquet qu'elle lui tendait. Il l'accepta, surpris par le poids de l'objet. Elle lui apparut anxieuse.

— Là est toute la question, s'amusa-t-elle en dansant d'un pied sur l'autre : qu'offrir à celui qui a déjà tout ?

Il posa le paquet sur la table et effleura le fin papier d'emballage afin d'éprouver la texture du contenu. Son tout premier cadeau d'anniversaire. Une petite voix intérieure lui conseilla de fuir tandis qu'une autre lui susurrait de profiter de l'instant, de découvrir ce qu'elle lui offrait.

Il inspira à fond, expira et déchira le papier. Son propre visage lui apparut alors… mi-homme, mi-léopard. La puissance du fauve était dans les yeux du personnage, un regard doré qui restait rivé sur lui quel que soit l'angle de vue. Un tableau incroyable, à la fois image figée et transcription d'un mystère insondable, primal. Mieux que cela : l'artiste paraissait connaître le sujet jusque dans ses moindres détails, tant physiques qu'intérieurs. Chaque coup de pinceau était comme une caresse amoureuse.

Jake se retrouva sans voix, les cordes vocales paralysées. Savait-elle ? Le tableau n'était pas la représentation d'une métamorphose, plutôt celle d'une personnalité jumelle. Et ce n'était pas l'œuvre d'un amateur en dépit d'une certaine brutalité dans le trait. C'était mieux que bien. Sensationnel.

— Rien ne t'oblige à l'accrocher s'il ne te plaît pas, Jake. Tu aimes tellement les léopards. J'ai remarqué que tu touchais souvent la statue en bronze de la cage d'escalier. Sans oublier toutes les représentations de fauve dans ton bureau, peintures ou sculptures. Du coup, je me suis dit…

Il referma les mains sur sa nuque, l'attira à lui, l'obligea à relever la tête et fondit sur sa bouche.

Emma, paniquée, vit ses yeux qui viraient au jaune d'or intégral juste avant d'éprouver son souffle. Son cœur rata un battement. Il avait les lèvres douces et fermes à la fois, chaudes, pressantes. La jeune femme crut ne plus toucher terre. Quand la langue de Jake vint explorer la commissure de ses lèvres, elle poussa un soupir malgré elle. Il l'empoigna par les cheveux et lui orienta la tête dans l'angle idéal.

Jake n'aurait pas pu s'en empêcher même si sa vie avait été en jeu. Il attendait depuis si longtemps ce baiser, le contact délicieux de ses lèvres pleines et veloutées, la moiteur paradisiaque de sa bouche ! Seul problème : comment s'arrêter une fois lancé… Il perdit tout self-control dans ce baiser fougueux ; la bouche d'Emma avait un goût unique, fabuleux.

La jeune femme, d'abord passive, se laissa envahir mais, à mesure que l'intensité du baiser allait croissant, elle commença à s'agiter à son tour. Ils étaient soudés l'un à l'autre, et la sarabande de leurs langues entremêlées envoyait des décharges électriques dans tout le corps de Jake, qui sentit sa queue durcir. Alors que la moindre cellule de son corps était en éveil, l'homme sentit son léopard progresser vers la surface et exiger une compagne à grand renfort de coups de griffe.

Il n'eut d'autre choix que celui de relever la tête pour se préserver. Aller plus loin, donner libre cours à ses pulsions serait s'abandonner sans espoir de retour. Il prit une ample respiration et observa Emma afin de graver dans sa mémoire chaque détail de son visage.

Elle fit un pas en arrière, le regard embué.

— Il… il s'est passé quoi ? demanda-t-elle, le souffle court.

— C'était pour te remercier. J'adore ton tableau, répondit-il, un large sourire aux lèvres. Je n'avais jamais reçu de cadeau d'anniversaire. C'est une première.

Elle fronça les sourcils.

— Jamais ? Pourquoi…

Le regard qu'il lui décocha la coupa dans son élan. Sa tension dissipée, elle garda cependant une expression inquiète.

— Je suis heureuse de l'avoir peint pour toi, alors. Ça n'a pas été une mince affaire de le faire en secret. Mais comme tu es resté longtemps absent, ces derniers temps, j'y suis arrivée.

Jake se rembrunit. Comment l'odeur de peinture avait-elle pu lui échapper, avec son flair hyperdéveloppé ?

— Où t'étais-tu installée ?

Le grand sourire qu'elle afficha lui donna envie de la reprendre dans ses bras.

— C'est Joshua qui m'a construit un petit atelier secret, dans la grange. Comme tu n'y vas presque jamais, ça nous a paru l'endroit idéal.

Jake sentit tous ses muscles se contracter. Le léopard bondit, griffa, grogna. Même son sexe se durcit au point de se muer en arme vengeresse.

— J'ai mal entendu, s'excusa-t-il à voix basse. Que disais-tu ?

Emma sourit de plus belle.

— Tu t'imagines ? On s'est débrouillés pour que je peigne sans que tu le saches ! Le plus dur a été l'éclairage : ce pauvre Joshua, il a fallu qu'il le modifie au moins cent fois avant que je sois satisfaite. Depuis le temps que je n'avais plus peint, j'étais à cran à l'idée de le faire pour toi. Mais Joshua a vraiment été super, il a compris quand je lui ai expliqué à quel point c'était important pour moi.

La voix de la jeune femme lui parvenait tantôt forte, tantôt étouffée, au gré des pics d'afflux sanguin qui l'assaillaient. Victime de bourdonnements d'oreilles, il lutta contre les accès de jalousie qui menaçaient de le faire craquer. Il tenta de ne pas se figurer Joshua et Emma seuls, tout près l'un de l'autre, à un souffle de distance. Ses poings se crispèrent.

Jamais il n'avait été un type jaloux. Cette émotion épouvantable, destructrice, le prenait à la gorge. Il se débattit intérieurement, effaré par son incapacité à endiguer la colère noire qui enflait en lui. L'envie était grande de serrer le cou de Joshua, de le sentir s'étouffer jusqu'à ce que mort s'ensuive. Puis de lui ouvrir le ventre. Un désir féroce, irrépressible.

— Ah oui ! il a été super ? gronda-t-il, le timbre caverneux.

Tourné vers Emma, immense et menaçant, il coinça la jeune femme contre l'évier, lui coupant toute possibilité de fuir avec ses deux bras.

— Super jusqu'où, Emma ?

Le danger était là, palpable. Emma percevait la tension à son paroxysme sans en comprendre l'origine. L'effet sur son propre corps, lui aussi, avait quelque chose d'effrayant. Ses seins étaient gonflés, ses tétons dressés. L'excitation sexuelle lui nouait l'estomac, son sexe détrempé était victime de spasmes, et elle respirait par à-coups. Elle avait une conscience aiguë de la chaleur qu'il dégageait, de tous les muscles qui roulaient sous son épiderme. Ses yeux étincelaient, couleur vieil or, et sa bouche faisait naître en elle des fantasmes délicieux.

Excitée comme jamais auparavant, elle comprit ce qui poussait les autres femmes à tant désirer Jake. C'était un brin humiliant de se découvrir des leurs, prête à tout pour qu'il daigne s'intéresser à elle. Aussi baissa-t-elle les yeux pour masquer son trouble. Jusqu'à son grain de peau était comme électrisé par le désir sexuel.

— Bordel, Emma, réponds-moi !

OK, elle était vraiment malade, à présent. Son ton plus que pressant avait bouté le feu à son intimité déjà liquide et brûlante. Les muscles intérieurs de ses cuisses se contractèrent. Elle prit une ample respiration, déterminée à ne pas se laisser déborder par son état d'excitation extrême.

— Je peux savoir pourquoi tu m'en veux, Jake ?

Prise de picotements, elle crut un instant que quelque chose remuait en elle. Le simple contact de ses vêtements contre sa peau lui faisait mal. Une envie pressante enfla en elle : relever la tête, dévorer la bouche de Jake, réduire ses fringues en lambeaux, se repaître de sa carcasse.

La gorge serrée, elle se recroquevilla contre le plan de travail, horrifiée par de telles pensées. Qu'est-ce qui lui arrivait ? D'où venait cet appétit de sexe bestial, implacable ?

Et avec Jake, en plus… Coucher avec lui, c'était la promesse de ne jamais s'en remettre. D'appartenir à la cohorte des femmes délaissées. Il lui faudrait renoncer à Kyle, arracher Andraya à son univers familier. Quitter Jake.

Au désespoir, Emma leva les deux poings et repoussa ce dernier de toutes ses forces.

Chapitre 6

Jake piégea les mains d'Emma contre son torse et l'immobilisa. La poussée qu'elle avait exercée sur lui ne l'avait pas fait reculer d'un pouce.

— Je ne suis pas fâché après toi, ma belle. Désolé, je me comporte en sale con. C'est inexcusable.

Et ça l'était, merde ! Elle avait voulu le surprendre et y était plus qu'arrivée. Personne au monde n'avait songé à lui souhaiter son anniversaire. Sauf elle. Et voilà qu'il lui aboyait après.

Elle leva vers lui un regard interrogateur. Il s'efforça d'apparaître rassurant alors qu'il ne rêvait que d'une chose : l'embrasser de nouveau, cette fois en faisant en sorte qu'elle comprenne bien qu'elle était à lui. Et à lui seul. Jake frotta sa barbe naissante, agacé par ces pensées. Il avait consacré beaucoup d'efforts à son plan d'attaque ; il n'était pas question que Joshua profite de son absence pour lui souffler Emma sous le nez.

— C'était vraiment si terrible là-bas ? demanda la jeune femme, songeant qu'il pouvait s'agir de l'origine de sa mauvaise humeur.

— Il a fallu qu'on déplace tout le troupeau le temps que les gars réparent la clôture et dégagent le merdier. Cette saloperie de tempête nous a fait perdre plus qu'escompté.

L'eau a provoqué un glissement de terrain en inondant le canyon.

— Quelle horreur ! dit-elle à mi-voix en s'imaginant le bétail mort, à demi enfoui sous un torrent de boue.

Il décrypta sans peine son visage expressif.

— Tu es trop sensible, la réprimanda-t-il avec son accent traînant tout en lui libérant les mains.

Il en profita pour lui caresser la peau avec le gras du pouce, tout au plaisir de ce contact délicieux.

— Ce n'est que du bétail, ma belle. On en a vu d'autres.

— C'est ce que tu me dis tout le temps.

La tension se dissipait peu à peu, et Emma commença à se relaxer. Quand Jake s'éloigna, elle perçut immédiatement sa chaleur s'en aller avec lui, mais cela permit à son sang de circuler plus normalement, ce qui fit refluer sa vive douleur. La jeune femme prit une nouvelle inspiration profonde, heureuse de redevenir maîtresse d'elle-même.

Une relation charnelle avec Jake revenait à commettre un suicide à tous points de vue. Il n'était pas homme à se caser, préférant consommer les nanas avant de les mettre au rancart *illico* presto. Sans prendre de gants… ce qui n'empêchait pas certaines de revenir à la charge, avait-elle remarqué. Emma se sentait désolée chaque fois qu'une ex téléphonait et laissait un message auquel Jake ne donnait jamais suite. Après les avoir jugées un peu tordues d'insister auprès d'un mufle pareil, c'était son tour de fondre à ses pieds. Littéralement. Quelle humiliation…

Coucher ne serait-ce qu'une fois avec lui mettrait en péril son emploi dans une maison qu'elle s'était prise à aimer. Ce qui signifierait se séparer de Kyle et partir avec Andraya.

Andraya… dont il est légalement le père adoptif, songea-t-elle tout à trac.

S'il y avait une certitude à propos de Jake, c'était qu'il pouvait être un ennemi implacable. Usant de tous les moyens à sa disposition. Si elle partait, tenterait-il de lui reprendre Andraya ? Possible… Très probable, même.

Jake se vautra dans un siège, les jambes tendues devant lui, les yeux de nouveau rivés sur elle.

— Ne joue jamais au poker, Emma. (Il tira une chaise du bout du pied et la tourna vers lui pour l'inviter à y prendre place.) Je ne suis pas d'humeur à jouer au chat et à la souris. Assieds-toi une minute et dis-moi ce qui te tracasse.

— Laissons tomber, suggéra-t-elle à voix basse sans croiser son regard incisif.

Il mettait tout le monde à cran avec ces yeux-là. Pourquoi fallait-il qu'il soit si foutrement perspicace, qu'il la perce toujours à jour ? Il remarquait tout chez tout le monde, jusqu'au plus léger détail, or elle avait besoin de temps pour réfléchir à un éventuel plan. Au cas où.

Il tendit un bras long et puissant, et lui tapota la joue avec douceur.

— Pas quand je te vois accablée à ce point. Tu sais pertinemment que je ne lâcherai pas le morceau, alors mets-toi à table, je te prie.

Elle se frotta nerveusement la paume contre l'étoffe de son jean.

— Je réfléchissais à notre situation.

— Eh bien, n'y pense plus, aboya-t-il, les traits subitement plus durs.

Ses yeux brillaient d'un éclat de menace, la mettant au défi de poursuivre sur ce terrain. Emma, l'air renfrogné, préféra s'adosser au plan de travail à s'asseoir devant lui et le dévisagea, visiblement troublée.

— Je croyais que tu voulais que je te parle de ce qui m'inquiète. Mettre les problèmes sous le tapis ne les a jamais fait disparaître.

Sous son air rogue, il laissa filtrer une brève lueur amusée.

— Bien sûr que si. Quand je te dis de cesser de t'en faire, c'est parce que le problème est déjà réglé.

Elle leva les yeux au ciel.

— Tu es sûr de toi, Jake ? Je regrette parfois de ne plus avoir douze ans, l'âge où les filles s'enfoncent les doigts dans la gorge pour vomir. Tu crois sincèrement qu'il suffit que tu me dises de ne plus m'en faire pour que ça s'arrête, comme par magie ?

— Évidemment. Tu as souvenir d'un problème que je n'ai pas résolu, surtout parmi ceux qui te tracassent ? dit-il en haussant les épaules.

Emma plaqua les mains sur le plan de travail derrière elle, et s'y hissa. Jake avait l'art de régler les problèmes, en effet. Il suffisait qu'elle fasse part d'un hic, même sur un ton badin, pour qu'il le résolve aussitôt. Parfois si discrètement qu'elle ne s'en rendait pas compte tout de suite.

— Il ne s'agit pas de ce type de problème.

— Très bien, je t'écoute.

Sentant qu'elle avait toute son attention, Emma se prit à regretter de ne pas l'avoir laissé détourner le fil de la discussion et reprit, en soupesant ses paroles avec soin :

— Je songeais à l'avenir, figure-toi. Jusqu'ici, je me suis laissé porter sans plan défini. C'est si agréable de vivre ici que je n'ai pas du tout envie de partir.

Quelque chose de dangereux, dans l'attitude de Jake, l'incita à ménager une pause. Il s'était figé, les yeux mi-clos, le regard devenu entièrement couleur or, d'une telle fixité que cela mit la jeune femme mal à l'aise.

— Andraya et Kyle s'entendent comme frère et sœur. Ils s'aiment et nous aiment. Si tu trouvais quelqu'un que tu veuilles…

— Emma, je t'arrête tout de suite. Tu n'iras nulle part et, moi, je ne cherche après personne, dit-il en balayant l'argument d'un revers de main.

— Il faut pourtant qu'on y pense. C'est indispensable, Jake, que ça te plaise ou non. Plus longtemps les enfants resteront ensemble, plus il sera douloureux de les séparer. Quand je pense qu'un jour je ne pourrais plus voir Kyle, ça m'est déjà très pénible.

— C'est une hypothèse idiote puisqu'il n'est pas question que tu partes. Que diable t'a raconté Susan Hindman pour te mettre dans un état pareil ?

— Ça n'a rien à voir avec Susan, Jake. Tu es légalement le père d'Andraya. Tandis que je ne suis pas la mère de Kyle. S'il arrive quelque chose, c'est moi qui ai le plus à perdre. Possiblement les deux enfants.

Debout, immense et fabuleusement fort, il la domina de toute sa stature, l'air brusquement sans pitié, un brin cruel et très, très en pétard.

— On dirait que tu cherches vraiment à me mettre en colère. C'est quoi ce cirque, Emma ? Allez, merde, explique-toi !

Elle tenta vainement de l'empêcher de fondre sur lui, mais Jake fit le forcing entre ses jambes, l'attrapa par les avant-bras et la secoua. Sa poigne de fer lui faisait mal.

Ses yeux étaient comme deux blocs d'ambre, un concentré de courroux ardent, et sa grande carcasse émettait une chaleur intense.

— C'est pourtant toi qui me répètes sans cesse de me projeter vers l'avenir au lieu de ressasser le passé. Cette situation ne peut pas durer toujours, Jake. Que m'arrivera-t-il ? Et ne me dis pas que tu te contenteras d'un droit de visite vis-à-vis d'Andraya…

Sans mouvement apparent, sa main fusa jusqu'à la gorge de la jeune femme afin qu'elle éprouve sa force immense. Du bout du pouce, il l'obligea à relever la tête. Surpuissant, tout en muscles, il possédait une poigne incroyable.

— Je te défends de me quitter, gronda-t-il tout bas. (Louchant sur sa bouche tremblante, il fit l'effort d'adoucir son timbre de voix.) Si tu t'inquiètes à ce point pour tes droits, faisons venir John ici, dès ce soir. Il te fera signer les papiers d'adoption. Comme tu n'en as jamais parlé, je m'étais dit que tu savais que tu étais sa mère et que le sujet était clos. Tu tiens à officialiser ton statut vis-à-vis de Kyle ? Un coup de fil et c'est réglé.

— Tu auras toujours l'avantage, Jake. Tu connais tous les juges.

Un muscle de son maxillaire tressaillit. Le cœur d'Emma rata un battement : l'homme cédait le pas derrière le fauve prêt à bondir sur sa proie.

— Si c'est le mariage que tu veux, dis-le, bordel ! et on règle ça en même temps que l'adoption. Ça me va si c'est le prix à payer pour que tu arrêtes ton cinéma. En tant qu'épouse légitime, tu seras sur un pied d'égalité, et je peux même te garantir que les juges te préféreront à moi en cas de litige. Et ne me parle plus de cette connerie d'en trouver une autre ; si c'était mon but, j'aurais déjà mis la main dessus, merde !

— Et moi, alors, je n'ai pas le droit d'en trouver un autre ?

— Comment tu comptes t'y prendre, coincée dans ce ranch avec deux gamins à charge et encore à pleurer un type qui ne risque pas de revenir ? Tu ne regardes même pas les mecs, Emma, alors, non, je t'imagine mal trouvant quelqu'un.

La moutarde monta au nez de la jeune femme, comme surgie de nulle part, un phénomène aussi rare qu'il était violent une fois commencé. Elle fut tentée de le gifler mais ce n'était pas son style. Aussi tendit-elle les bras derrière elle afin de se retenir… ce qui la fit effleurer la douchette télescopique qui équipait l'évier. Machinalement, elle la braqua sur Jake, tourna le robinet et aspergea d'eau froide son beau visage arrogant.

— Ça t'apprendra à avoir le sang chaud, Jake.

Emma cessa d'appuyer sur le levier et lâcha la douchette dans l'évier, déchirée entre l'effroi provoqué par son geste, la colère suscitée par son ton hautain, l'idée qu'elle *puisse* ne jamais se recaser et l'envie de rire : il avait l'air fin, trempé, médusé, sa chemise hors de prix gorgée d'eau.

Le silence régna. Un battement de cœur. Deux. Puis il l'empoigna et la balança sur son épaule comme il l'aurait fait d'un sac de patates. Une main vint claquer douloureusement sur ses fesses qui s'agitaient frénétiquement, arrachant un cri à la jeune femme tandis qu'il sortait de la maison à grandes enjambées.

La chaleur au niveau de ses fesses se propageant dans ses entrailles, Emma se remémora un souvenir associé à cette claque, à moins qu'il s'agisse d'un rêve érotique : à plat ventre sur les genoux de Jake qui la fessait à toute volée avant de la caresser avec sensualité comme il le faisait à l'instant.

Son cœur bondit. D'où venait cette image ? Elle avait beaucoup rêvé de Jake, ces derniers temps, sans s'appesantir sur ce que cela signifiait. Emma s'acharna sur son dos immense à coups de poing, déchaînée et honteuse, non d'être la tête en bas mais d'éprouver de la fièvre jusque dans sa culotte.

Jake frappa de nouveau, un peu plus fort, puis lui frotta l'arrière-train afin d'atténuer la douleur… ce qui accentua l'incendie de son système nerveux.

— Arrête, Emma. Tu l'as bien mérité et tu le sais.

Le grondement sourd qui sortit de sa gorge lui fit l'effet d'un court-circuit délicieux. Elle se prit à regretter de porter un jean si moulant et un slip hyperléger : elle pouvait sentir sa main brûlante à travers ces étoffes dérisoires alors qu'il la frictionnait pour atténuer la douleur.

Elle aperçut Joshua, interdit, quand Jake passa devant lui. Puis elle scruta les alentours, vit vers où il allait et sut aussitôt ce qu'il allait faire.

— Enfin, Jake, tu n'oserais pas ! (Emma crispa les poings sur le tissu de sa chemise.) Je suis sérieuse, repose-moi !

Il continua sans ralentir, à grandes enjambées, d'un pas décidé. Emma s'agrippa autant qu'elle put, à deux doigts d'éclater de rire tant cette situation était grotesque. Elle aurait dû se douter qu'il allait réagir. Qu'est-ce qui lui avait pris de l'asperger ainsi ? Trop en pétard pour réfléchir, elle n'avait pas imaginé un instant ce qui n'allait pas manquer de suivre.

— Arrête-toi. Ne le fais pas, dit-elle, mi-implorante mi-morte de rire en raison de son sens de l'humour tordu.

Jake s'arrêta, la tint un instant contre lui puis la hissa à bout de bras… et la balança sans cérémonie dans le plus grand abreuvoir. Emma se redressa, trempée comme une soupe, et lui projeta de l'eau en pleine figure, riant si fort qu'elle tenait à peine debout.

Le maître de céans, debout à côté de l'abreuvoir, vit arriver la vague énorme qu'Emma propulsait du plat de la main. Le temps se figea sur ce million de gouttelettes en suspension, comme autant de pierres précieuses. Le soleil, derrière la jeune femme, formait un halo autour de sa masse de cheveux roux trempés, faisant ressortir l'éclat de ses dents. Elle possédait un rire contagieux, mélodieux, irrésistible, qui le poussa à rire à son tour. *Aux éclats.* Tout au fond de lui enfla une bouffée de bonheur. C'était entièrement nouveau pour lui d'éprouver une joie si simple, si spontanée. L'exact opposé d'un désir de vengeance, sombre et hideux. Sans rapport aucun avec l'idée de faire du fric. Un simple éclat de rire tant leur prise de bec était absurde.

Penché en avant, il sortit Emma de l'abreuvoir et s'empressa de la reposer au sol en l'enlaçant de manière à lui communiquer sa chaleur corporelle. Elle frissonnait de froid mais son visage, toujours rieur, était tourné vers lui. Dieu que c'était tentant ! Il commençait à mieux comprendre l'histoire d'Adam et Ève.

— Tu es folle, Emma, tu le sais ?

Son timbre était rauque. Brusque. Il traduisait le désir en même temps que la douleur, pas dans son entrejambe bien qu'il soit dur comme du bois mais dans sa poitrine.

— Rentrons vite, je ne m'étais pas rendu compte à quel point ça caille.

Elle se blottit sous son bras avec naturel, comme si c'était sa place, un bras roulé autour de sa taille, riant encore aux éclats.

Des rires fusèrent dans leur sillage. Nichée sous l'aile protectrice de Jake, elle risqua un œil vers les gars du ranch : tous arboraient de larges sourires, et certains étaient carrément pliés en deux.

— Un problème, patron ? lança Joshua.

— Besoin d'un coup de main ? renchérit Darrin, un autre cow-boy.

— Vous deux ! objecta Emma, privés de biscuits pendant un mois.

Le léopard qui était en Jake perçut la complicité dans cet échange, teintée du choc qu'éprouvaient les gars en découvrant leur boss sous un jour entièrement nouveau. Il ne sut comment réagir. Rire avec eux ? Partager leur hilarité comme Emma venait de le faire ? S'amuser ? C'était vrai, au fond. Cette absurdité était drôle. Ne sachant que faire ni que dire, il se contenta de sourire et leur fit signe de se remettre au travail tout en continuant vers la maison, un peu gêné de s'être donné en spectacle et rayonnant à la fois.

— Tu ne t'en tireras pas à si bon compte, déclara Emma en lui envoyant une claque sur la poitrine. Me balancer dans l'abreuvoir, tu te rends compte ?! (Nouvelle claque.) Et tu m'as donné la fessée, en plus. J'ai passé l'âge !

Il réagit *illico* en lui caressant les fesses.

— Je n'ai pas su résister.

— Drôle de façon de me présenter tes excuses, dit-elle en faisant la grimace.

— Ah bon ?

Elle l'obligea à retirer sa main baladeuse.

— Et tu aggraves ton cas en jouant les pervers…

Il pencha la tête jusqu'à ce que ses lèvres lui effleurent presque le lobe de l'oreille.

— Pas les pervers, Emma. Les opportunistes.

La jeune femme garda la tête baissée. Il l'embrassait souvent, la caressait, mais jamais avec cette insistance possessive. Était-ce le fruit combiné de son imagination et de sa libido enflammée ? Il l'avait quand même embrassée à pleine bouche, prétendument pour la remercier de son cadeau d'anniversaire… *Ressaisis-toi, merde !* songea-t-elle en se méfiant de ses récentes sautes d'humeur.

Tous les soirs, allongée dans son lit et incapable de trouver le sommeil, elle ressentait le besoin qu'un homme la touche. Andy lui manquait terriblement. Il avait été si différent de Jake qu'il était difficile de leur trouver ne fût-ce qu'un point commun.

Andy était un garçon sans histoire, facile à aimer. Dénué de secrets lourds à porter. Un vrai livre ouvert. Honnête, franc du collier, toujours prêt à rendre service. Sans les verrous émotionnels de Jake. Confiant envers autrui, voyant toujours le meilleur chez chacun. Jake, à l'opposé, ne faisait confiance à personne et s'attendait à ce qu'on le trahisse à la première occasion. Andy avait été un gamin charmeur ; Jake, le beau ténébreux, le type dangereux, exsudait le sexe par tous les pores de sa peau. Un concentré de masculinité.

Il souriait très peu, beuglait des ordres et se montrait si protecteur que les enfants ne pouvaient faire un pas sans garde du corps. Andy, pour sa part, n'aurait pas soupçonné le danger même s'il s'était présenté sous son nez. Quant à imaginer qu'on puisse en vouloir à lui-même ou aux siens, c'était de la science-fiction. Andy trouvait parfaitement normal qu'elle lui prépare les petits plats qu'il aimait alors que Jake s'offusquait toujours, voire se méfiait, quand elle lui témoignait ce type d'égard. Il remarquait tout ce qu'elle faisait, sans savoir comment réagir, mais rien ne lui échappait.

La main de Jake se posa sur sa nuque.

— Encore perdue dans tes pensées, ma belle. C'est fréquent ces temps-ci.

Elle parvint à afficher un sourire rassurant.

— Je me doute que tu dois travailler ce soir, Jake. Comme toujours. Mais je t'ai préparé un gâteau. Je me suis dit qu'après dîner on pourrait fêter ton anniversaire avec les enfants. Ils sont déjà excités comme des puces à cette idée.

L'anxiété se lisait sur sa figure. Peut-être n'aurait-elle pas dû l'annoncer à l'avance aux enfants mais comment faire ? Ils avaient assisté à certains des préparatifs… Aussi retint-elle son souffle.

— Emma, vous ai-je souvent laissés tomber, toi et les enfants ?

Elle hésita à répondre. Il se pliait effectivement en quatre pour elle-même et les petits.

— Bien sûr que non, Jake. Tu prends toujours tout à ta charge.

Ça, au moins, c'était sincère.

Il s'approcha davantage pour qu'elle profite de sa chaleur alors qu'ils se tenaient sur le seuil de la cuisine.

— Je ne parlais pas de ça. À te voir, on jurerait que tu crains que je snobe la petite fête que tu as préparée. C'est mon genre ? Ne pas être là pour toi et les enfants au niveau émotionnel ? Je ne le fais pas exprès. Il faut me le dire quand un truc de ce type est important. Les relations familiales ne sont pas mon fort. Comme je ne sais pas comment m'y prendre une fois sur deux, je me fie à tes réactions.

Emma prit une profonde inspiration, subitement au bord des larmes. Il était capable de la faire pleurer en un instant dès qu'il lui dévoilait un détail de son passé. Cela la prenait aux tripes chaque fois qu'il affichait cette volonté farouche, poignante, d'apprendre la vie de famille. Elle s'en voulait terriblement de le brusquer. D'autant qu'il ne ménageait pas ses efforts, possiblement avec eux trois seulement et personne d'autre. Chaque fois qu'il était à la maison, il s'occupait de coucher les enfants et paraissait apprécier les dîners en famille. Le seul hic, c'était qu'il n'était pas présent très souvent. Il demandait toujours des nouvelles des petits quand il appelait, jusque dans les moindres détails… mais assumait son rôle de père en pointillé.

— Emma.

Il avait prononcé son nom à mi-voix, la main sur la poignée de la porte.

— Si souffler des bougies et assister au raffut que font Kyle et Andraya est important pour toi, ou pour eux, tu peux compter sur moi.

— Merci, dit-elle. Ce sera sûrement un supermoment pour Kyle et Andraya.

Jake ouvrit la porte et s'effaça pour la laisser entrer.

— Va prendre une douche bien chaude, Susan peut veiller sur les petits monstres. J'ai un peu de boulot à finir avant le dîner mais, si tu vois que je tarde, n'hésite pas à venir râler.

Emma jeta un coup d'œil à sa montre.

— Le technicien doit passer d'une minute à l'autre pour réparer le téléphone, Jake, y compris dans ton bureau. Désolée, je ne pensais pas te voir débarquer avant ce soir.

— Quel est le problème avec les téléphones ?

La jeune femme fronça les sourcils.

— Aucune idée. Un genre d'écho agaçant. Joshua dit qu'un écureuil a peut-être mâchonné les fils. Du coup, je préfère tout faire vérifier, en partant de la maison jusqu'au boîtier de raccordement. Le type ne devrait pas rester longtemps dans ton bureau. Je vais le presser, t'inquiète.

— Dis à Joshua de faire un tour complet dès que le technicien sera parti. Et, surtout, qu'il ne le quitte pas d'une semelle pendant qu'il intervient.

Emma releva le menton, piquée au vif.

— C'est à *moi* de surveiller la maison. J'en suis tout à fait capable.

— Il n'est pas question de la maison, reprit Jake, agacé, les sourcils froncés. C'est toi que Joshua a pour mission de protéger.

— On en a déjà parlé mille fois, Jake. Je n'ai pas deux ans. Je n'ai pas besoin d'une nounou et c'est mon job, pas celui de Joshua.

Jake ouvrit la bouche et la referma. Emma était infiniment sexy quand elle faisait la tête. Il sentit son propre corps réagir au quart de tour, en un besoin presque irrépressible de la conquérir, de la soumettre, voire… de la dévorer. Fort peu de gens osaient lui tenir tête. Emma, pour sa part, n'y allait jamais par quatre chemins.

Il avait toujours son goût dans la bouche. Son corps lui faisait mal. Il lui plaça une serviette dans les mains.

— Au moindre doute, appelle-moi ou appelle Joshua *illico*. (Il s'éloigna d'elle, fronça les sourcils et se retourna.) Et je veux qu'il soit présent dans la maison. C'est non négociable.

Emma se dressa sur ses ergots.

— Pas question. C'est moi qui gère cette maison, pas lui. Si quelque chose me déplaît, je te le fais savoir.

Il esquissa une ombre de sourire tant il aimait entendre ce ton mordant qu'elle employait parfois. Peu importait qu'il revienne à la charge avec l'idée d'engager de nouveau un cuistot ou une nounou, elle refusait toujours et il lui en savait gré, au fond. Il en était venu à apprécier sa façon de tenir la maison, la bonne odeur des biscuits ou du pain frais, son rire clair qui résonnait souvent dans les couloirs. Le ranch était son domaine exclusif. Elle y veillait avec un soin jaloux.

— Joshua va rester à l'intérieur, Emma. Tu fais trop confiance.

Elle lui fit la grimace malgré ses tremblements et ses dents qui s'entrechoquaient tout en se saisissant d'une autre serviette.

— C'est inexact. Je suis ouverte d'esprit, pas stupide. Je sais très bien que tu t'inquiètes pour la sécurité de Kyle et d'Andraya, et ça ne me pose aucun problème qu'il y ait des gardes du corps. Jamais je n'ai fait d'objection à ce sujet.

Jake revint vers elle, de nouveau si proche qu'elle perçut sa chaleur corporelle. Elle recula jusqu'à ce que son postérieur entre en contact avec la table, ce qui l'obligea à un arrêt brutal. Il lui prit les serviettes tout en lui ôtant sa barrette d'un geste sûr, puis glissa l'accessoire dans sa poche arrière où tant d'autres l'avaient précédé. Emma ne put que lorgner ses pectoraux qui saillaient sous sa chemise mouillée, la largeur de ses épaules, ses biceps énormes.

Son corps réagit de plus belle, le sang afflua, bouillant, tandis qu'une présence sauvage en elle se tendait vers lui. Elle respirait fort pour chasser la fièvre, sa poitrine montait et descendait, rêvant qu'on la caresse, et ses tétons étaient si tendus qu'il était vain d'espérer les cacher. Il entreprit de sécher ses longues mèches en les frottant avec la serviette. Quand il lui effleura les seins avec les bras, Emma sentit des spasmes enfler dans son intimité. Retenant son souffle, elle compta dans sa tête, résolue à penser à autre chose qu'aux hanches étroites du colosse et à cette bosse énorme, au niveau de l'entrejambe.

Un court instant, une image se forma dans son esprit : les mains puissantes de Jake lui appuyant sur les épaules jusqu'à ce qu'elle obéisse à son ordre muet et s'agenouille, affamée de lui, de la forme et de la texture déjà familières de son membre, se délectant par avance du grain de sa peau de mâle, du plaisir qu'il allait lui faire éprouver, comme si elle seule avait le pouvoir de lui faire atteindre l'extase absolue. Elle adorerait lever les yeux vers lui, croiser son regard alors qu'elle prenait l'ascendant et le rendait fou de plaisir.

La gorge nouée et le cœur battant, elle dut se raisonner : vierge avant de connaître Andrew, elle n'était mariée que depuis cinq mois quand s'était produit l'accident. Son expérience en matière de sexe n'avait rien à voir avec le film qu'elle se faisait mentalement. Ses « prouesses » en la matière s'étaient soldées par des épisodes assez cocasses à défaut d'être concluants.

— Hé ! toi, dit Jake en lui tirant un peu sur les cheveux, tu m'écoutes ?

Il avait parlé ? Première nouvelle, songea-t-elle en rougissant.

— Uniquement quand tu dis des trucs sensés.

Il tira un peu plus fort jusqu'à ce qu'elle penche la tête en arrière, l'obligeant à croiser son regard.

— Sois attentive quand je parle mesures de sécurité, Emma. Libre à toi de râler quand il s'agit d'avoir quelqu'un présent à la maison mais hélas, ma belle, dès qu'il est question d'un danger potentiel, c'est moi qui ai le dernier mot. Que ça te plaise ou non. (Il déposa un petit baiser sur le bout de son nez et laissa la serviette enroulée autour de sa tête.) Je ne veux pas non plus que Susan te crée des problèmes. Si elle est à l'origine d'un surcroît de travail, ou d'un ennui quelconque…

— Ne t'en fais pas pour ça. Au contraire, elle veille sur les enfants à ma place. Elle sait très bien s'y prendre avec eux.

Jake pencha la tête de côté.

— Je file prendre une douche et je te conseille de faire la même chose. Si tu es d'humeur à sauver la planète, tu n'as qu'à venir te doucher avec moi.

Se doucher… ensemble ? Il l'avait vraiment suggéré ou c'était son imagination qui lui jouait des tours ? Qu'est-ce qui lui prenait, à la fin ? Emma resta bouche bée. L'idée de se retrouver nue sous la douche avec Jake mettait tous ses sens en fusion avec une violence inimaginable. Elle avait grand besoin d'une douche, c'était vrai. Pas chaude, cependant. Plutôt glacée.

Après avoir dénoué la serviette, elle s'engagea dans l'escalier de service, désireuse d'éviter Susan et les enfants tant qu'elle ne serait pas douchée et remise d'aplomb. Jake avait réussi à la chambouler alors que son humeur était déjà capricieuse. Elle soupira, ôta ses fringues trempées, qui finirent au linge sale, puis s'engagea sous le jet. C'était simplement l'effet du manque, estima-t-elle. Cela faisait deux ans sans galipettes. Jake n'avait pas tort sur un point : elle vivait coupée du monde, ne quittant le ranch que pour faire les courses de temps à autre. C'était lui qui s'occupait de tout le reste.

Elle poussa un nouveau soupir. Il fallait que les choses changent. Jake l'avait mise sous cloche, et elle s'était reposée sur lui tandis qu'il supportait le fardeau sur ses larges épaules, comme à son habitude. Il beuglait ses ordres mais s'emportait rarement, pas avec elle en tout cas et encore moins avec les enfants. Emma était contente de son sort. Elle aimait cette vie paisible, cuisiner pour Jake et les gars du ranch, s'occuper des enfants. Désireuse depuis toujours d'avoir un foyer, elle n'aurait pas pu rêver maison plus agréable. Il n'était pas question de tout foutre en l'air en se tapant Jake. Quant à être idiote au point de le laisser prendre l'ascendant sur elle… La jeune femme frissonna à cette simple idée. Il ne se priverait pas d'en user et d'en abuser.

Elle se lava les cheveux et ferma les paupières afin d'apprécier pleinement la sensation de l'eau savonneuse s'écoulant sur sa peau. Sa peau était trop sensible, trop tendue. Où qu'elle frotte, cela lui provoquait des pointes d'excitation. Elle s'adossa à la paroi de la douche et fronça les sourcils : qu'est-ce qui lui arrivait ? Ses seins étaient lourds du besoin d'être palpés. Elle se sentait comme vide à l'intérieur, et tout son corps était empourpré, presque fébrile. Jusqu'au contact de l'eau lui était pénible.

Emma sortit de la cabine carrelée et se drapa dans une serviette avant de s'observer dans le miroir, un peu sonnée.

Le désir sexuel s'intensifiait au lieu de s'estomper ; il était né si progressivement qu'elle n'en avait pris conscience qu'une semaine plus tôt. Tout, désormais, lui apparaissait sous un jour nouveau, comme si ses sens étaient décuplés.

Un coup frappé à la porte la fit pivoter sur elle-même, le souffle court.

— Bougez-vous, madame Emma, le type du téléphone est arrivé.

La jeune femme inspira à fond et expira. Il était urgent qu'elle se ressaisisse ; à force de fantasmer, elle risquait de bousiller leur microcosme si confortable. Aussi s'habilla-t-elle en toute hâte avant de discipliner ses mèches folles à l'aide d'une nouvelle barrette. Le visage ainsi dégagé, elle prit note de réserver chez le coiffeur. Ça ne rimait à rien de garder ses cheveux aussi longs, car elle les attachait presque tout le temps. Il était impossible de s'occuper de deux enfants en bas âge et d'avoir des cheveux longs autrement qu'en pétard.

Joshua l'attendait dans l'escalier.

— Je suis censé rester avec vous.

— Dans la maison, pas sur mes talons.

Emma fit le forcing pour passer, lui effleurant le torse dans le mouvement. Le sentant frissonner, elle tourna la tête vers lui : Joshua s'était toujours – *toujours* – comporté en grand frère avec elle et voilà qu'il portait sur elle un regard différent, appréciateur. Elle fronça les sourcils.

— Allez, Joshua, du balai.

— Vous sentez bon.

— Et toi l'écurie. Où est ce type et pourquoi l'as-tu laissé tout seul ? lâcha-t-elle avec, dans la voix, une pointe d'exaspération.

Tout le monde perdait la boule en ce moment, pas seulement elle. Le regard insistant de Joshua la mettait mal à l'aise. Elle descendit les marches d'un pas léger. Dans le vestibule se tenait un jeune homme un peu gauche, qui portait sur les lieux des yeux emplis d'admiration.

— Bonjour, je suis Emma Reynolds, la gouvernante. Je vais vous montrer où sont les téléphones.

— Greg Patterson, enchanté.

— La « gouvernante » ? railla Joshua.

Emma le fusilla du regard.

— Merci infiniment, Joshua. Je m'occupe de lui indiquer les téléphones. J'ai cuit du pain, si ça te dit. Dans la panière, sur le plan de travail.

Joshua fronça les sourcils.

— Madame Emma…

Elle afficha un sourire épanoui.

— C'est ton préféré. Comme c'est l'heure de ta pause, j'ai aussi fait du café.

Et voilà le travail. Il disposait d'un motif valable pour traîner dans la maison sans avoir l'air de surveiller ce malheureux technicien. Elle continua à lui sourire afin de l'inciter à saisir cette perche.

— Les mômes ?

— À leur place, répondit-elle sèchement.

La prenait-il pour une idiote ? Elle avait bien entendu passé la consigne à Susan : Andraya et Kyle devaient rester enfermés à la nurserie chaque fois qu'un inconnu était au ranch. Joshua était presque aussi pénible que Jake. Cela faisait deux ans qu'Emma s'accommodait de ces règles de sécurité très strictes, mais *elle-même* n'avait pas besoin d'être maternée. Ce serait humiliant d'être suivie pas à pas par Joshua. Qu'il s'installe en cuisine, à l'affût d'un cri éventuel, s'il était aussi parano que son patron ! Jake avait dit qu'il devait rester dans la maison. Pas nécessairement dans la même pièce qu'elle.

La bonne odeur de pain frais mit un terme rapide aux hésitations de Joshua qui, après un regard d'avertissement à l'adresse du technicien, tourna les talons et se dirigea vers la cuisine.

Emma reporta son attention sur l'ouvrier. Petit et trapu, avec des cheveux châtains ondulés et des yeux rieurs, il disait quelque chose à la jeune femme, qui n'arrivait cependant pas à le situer.

— On se connaît ?

— Oui et non. (Il la suivit dans le couloir, visiblement impressionné par les pièces immenses qu'il découvrait une à une.) On s'est rentrés dedans à l'épicerie, au rayon des fruits et légumes. Vous m'avez aidé à ramasser mes pommes.

Emma s'esclaffa.

— Oui, je m'en souviens. Vous aimez jongler.

Il loucha du côté de sa main gauche et remarqua qu'elle ne portait pas d'alliance quand elle lui fit signe de continuer à avancer.

— Sacrée baraque que vous avez là…

— Merci.

Emma aimait le ranch et appréciait qu'on complimente sa beauté.

— Elle nécessite beaucoup d'entretien mais c'est un plaisir d'y travailler.

— J'ai toujours rêvé de visiter le domaine. Personne n'a le droit d'y pénétrer seul. Les paysages sont magnifiques et le ranch encore plus.

— C'est un vrai ranch d'élevage, vous savez, lui expliqua Emma.

— M. Bannaconni y est souvent ?

La jeune femme esquissa un sourire par-dessus son épaule mais se garda de répondre. Sa loyauté envers Jake était totale : jamais elle ne divulguait la plus petite information le concernant. Toute remarque, même anodine, était susceptible de finir dans les journaux à sensation et Jake avait assez de paparazzis à ses trousses. Dans les faits, il quittait aussi souvent le pays qu'il se rendait dans les différents États où se trouvaient ses propriétés mais sa vraie maison était ce ranch, où il revenait toujours.

Ils dépassèrent l'escalier monumental au pied duquel trônait la statue de léopard, au milieu de plantes grimpantes. Patterson en resta bouche bée, au plus vif plaisir d'Emma.

— Elle est vraiment dingue, cette baraque ! Vous devez adorer vivre ici.

— En effet.

Et, sa plus grande fierté, c'était que tout soit toujours impeccable. Jake avait insisté pour qu'une équipe de nettoyage passe deux fois par semaine. Pour autant, Emma bichonnait les lieux tous les autres jours, en maîtresse de maison possessive et orgueilleuse.

— C'est dans cette pièce que le bruit de fond est le pire, dit-elle en désignant le salon. Il s'entend dans les autres combinés, mais moins fort.

Greg posa son matériel puis l'observa alors qu'elle se perchait sur le bras d'un fauteuil.

— Ça risque de prendre un moment, vous savez.

— Pas de souci, je m'y attendais, répondit-elle de sa voix la plus aimable.

Le technicien porta sur elle un dernier regard rapide avant de se concentrer sur le combiné qu'il tenait.

— Vous êtes ensemble, avec M. Bannaconni ? Je n'ai pas vu d'alliance à votre doigt, mais ça ne signifie plus grand-chose de nos jours.

Emma se raidit. Était-il en quête d'informations croustillantes pour les tabloïds ?

— Je suis une simple employée, répondit-elle d'une voix égale.

Greg lui lança un regard timide.

— Dans ce cas… C'est la première d'un film qui a l'air super au cinéma demain soir. J'ai bien envie d'aller le voir. Que diriez-vous de m'accompagner ?

Incapable de la regarder en face en se lançant ainsi, il préféra essuyer une trace imaginaire sur le téléphone fixe.

Emma en eut le souffle coupé. Elle n'était jamais sortie avec personne depuis Andy. Mais Jake s'était moqué d'elle à ce propos, insistant sur le fait qu'elle ne trouverait jamais de mec parce qu'elle ne leur prêtait pas attention. Par rapport à lui, Greg lui faisait l'effet d'être un très jeune homme pas compliqué, voire réservé. Il ne l'attirait pas sexuellement mais elle avait besoin de s'affirmer, de montrer à Jake qu'il s'était trompé sur son compte.

— Si ça ne vous pose pas de problème de passer me prendre ici et d'y aller à la dernière séance, convint Emma, retenant son souffle et priant pour qu'il dise non.

— Formidable ! dit-il au contraire, l'air enthousiaste. Entendu pour demain soir, alors.

Le cœur de la jeune femme rata un battement. Qu'avait-elle fait ? L'ego blessé par Jake, elle venait de réagir par dépit en prenant une décision hâtive qu'elle regrettait déjà.

Et c'était injuste envers Greg, qui ne l'intéressait pas. Elle avait cédé sous le coup de ce manque qui refusait de se dissiper, voilà tout. Parce qu'elle était déboussolée. Et mortifiée par ses rêveries érotiques. Jake y tenait le premier rôle. Systématiquement. Il s'y passait en outre des choses qu'elle maîtrisait mal et qu'elle n'était pas sûre du tout d'avoir envie d'apprendre.

— Greg, ce sera une sortie amicale, rien de plus. Si ce n'est pas ce que vous aviez en tête, autant couper court. J'aurais dû me montrer plus claire d'emblée, désolée.

Elle s'était exprimée à voix basse, contrite à l'idée de l'avoir froissé et fâchée après elle-même de s'être laissé entraîner sur un coup de tête. Greg n'était en rien responsable du concours de circonstances dans lequel elle se dépêtrait.

— Je comprends. Pas de souci, dit-il. En camarades. Ça me va.

Il se fendit d'un bref sourire qui, étrangement, lui rappela Andy. Le type sympa, amical, facile à vivre. Pile ce dont elle avait besoin, en fait : une soirée tranquille loin de Jake et de sa personnalité écrasante, qui lui usait les nerfs. Tout, chez Jake, était source de tourments. L'intensité de ses exigences. Ses manières de beau ténébreux. Son caractère d'écorché vif, son état d'excitation sexuelle permanente, ses ordres aboyés, ses sautes d'humeur. Jusqu'à cette façon qu'il avait de s'adoucir en sa présence. De rester étendu auprès d'elle quand il n'arrivait pas à dormir, jouant sans y penser avec ses mèches de cheveux, l'effleurant parfois, goûtant sa chaleur. Comme si elle lui appartenait.

Le simple fait de repenser au contact de ses doigts la fit mouiller. Elle inspira à fond, afficha un sourire forcé, puis tenta de saisir au vol ce que Greg était en train de lui expliquer.

Il lui détaillait son intervention technique. Elle s'efforça de suivre… sans succès. Comment ne pas penser à Jake alors que le fonctionnement d'une ligne téléphonique la barbait au plus haut point ? En entendant son prénom, elle sortit de sa rêverie, gênée. Greg, les sourcils froncés, avait les yeux rivés sur le combiné.

— Qu'est-ce que vous entendez au juste ? Parce que la ligne est clean apparemment.

— Ce n'est perceptible que lorsque je parle ou qu'on parle à l'autre bout du fil. Si personne ne dit rien, il n'y a pas ce bruit parasite. J'ai demandé à deux ou trois gars et seul Joshua l'a entendu, mais ça me tracasse vraiment.

Elle était mal à l'aise chaque fois que le phénomène se produisait. Le téléphone du bureau de Jake, heureusement, n'en souffrait pas : elle s'était rendue dans son antre pour vérifier. Sa ligne privée était clean. Restait ce mauvais pressentiment…

— Vous entendez des voix ?

Emma éclata de rire. Greg leva les yeux, interdit, puis rit à son tour en prenant conscience du double sens de son propos.

— Rien à signaler sur la ligne. Mon matériel indique que le signal est fort, mais, si vous entendez un truc uniquement quand quelqu'un parle, il peut s'agir… je ne sais pas, moi, d'un genre de mouchard ? (Ses yeux pétillèrent et il afficha un large sourire de petit garçon.) Ce serait trop cool ! C'est plausible que vous soyez sur écoute ?

— Il faut arrêter avec les films d'espionnage, rétorqua Emma, faussement hilare et très mal à l'aise.

Même les paparazzis recouraient aux écoutes illégales… et quelqu'un comme Jake ne manquait pas d'ennemis. Greg rit à son tour.

— Ce serait une première que je tombe sur du matos d'espionnage !

Chapitre 7

Debout près de la porte ouverte, le cœur battant à tout rompre, Jake respirait fort pour endiguer son besoin de métamorphose. À l'instant, alors que le rire innocent d'Emma lui parvenait aux oreilles en même temps que le fumet de son excitation sexuelle, il sut qu'il virait dangereux. Tout partait de travers. Il était censé être dans son bureau insonorisé, à l'abri du petit jeu qui se jouait entre un homme et une femme. Il percevait nettement l'intérêt dans la voix du type et la naïveté dans le ton d'Emma. Elle était excitée, pourtant, et cela le rendait dingue. Il se sentit méchant, capable de cruauté. Il haïssait cette part d'ombre, hideuse, qui s'emparait de lui chaque fois qu'il éprouvait une émotion trop intense, preuve flagrante qu'il était le rejeton d'une lignée maléfique.

Il avait besoin d'aide. De parler à Drake. Lui saurait comment combattre ces accès de jalousie qui le submergeaient chaque fois qu'un homme tournait autour d'Emma. Elle l'obsédait, occupait ses pensées du matin au soir. Sans parler de la torture physique, cette érection de mule si douloureuse qu'il avait parfois grand-peine à marcher. Rien ne le soulageait, aucune femme ne le rassasiait, il brûlait de désir pour Emma. Elle était parvenue à renverser la situation. Il avait tout fait pour qu'elle craque pour lui et c'était l'exact opposé qui se produisait.

Une hanche en appui sur le montant de la porte, il attendait qu'elle lève les yeux tout en observant son visage, l'éclat de son regard, sa bouche tellement expressive. Elle restait à distance respectable du type. Bonne pioche pour ce qui restait de santé mentale à Jake, dont le léopard affleurait. Son torse bruissait de grognements sourds, et l'envie de rugir se faisait pressante. Ses dents lui faisaient mal tant il les serrait pour contenir la métamorphose, le désir de bondir sur cet ennemi, ce rival. De le déchiqueter. Et Emma. Vite, la faire sienne !

Tous ses muscles étaient tendus à l'extrême, sa peau brûlante, sa queue tellement gorgée de sang et hypersensible qu'il en bavait à chaque enjambée. Il avait besoin de… non, juste *besoin*.

Emma leva la tête et croisa son regard. Le temps suspendit son vol. Les yeux de la jeune femme s'adoucirent, pleins d'une chaleur qui lui serra le cœur et lui noua l'estomac. Il planta ses ongles dans ses paumes. Sans piper mot, de peur que sa voix s'apparente plus au grognement d'un fauve qu'à celui d'un être humain.

— Greg n'entend pas le bourdonnement dont je t'ai parlé.

« Greg » ? Qui était ce petit merdeux pour qu'elle l'appelle par son prénom ? Un type qu'elle connaissait ? Le technicien l'observait avec cet air béat, admiratif, que prenaient les gens en sa présence. Il montra les dents sans réellement sourire. Avait-il grogné ? Possible. Peu lui importait. Greg se figea, preuve qu'il avait dû le faire. Il tâta ses canines du bout de la langue. Plus longues, plus effilées ? Pas sûr. Il respira fort pour tenir le félin en respect.

— Joshua m'a dit qu'il l'avait entendu, lui aussi, parvint-il à articuler.

Il s'était exprimé à voix basse. Même alors, il vit qu'Emma s'inquiétait. Il ne devait pas avoir l'air rassurant…

— Comme il n'y a pas de problème avec la ligne, Greg dit qu'il peut s'agir d'un mouchard, et c'est vrai que les paparazzis sont prêts à tout pour espionner la maison.

— Je peux vérifier les prises en quête d'une puce ou d'un dispositif d'enregistrement, proposa le technicien.

— Pas la peine, mes vigiles vont s'en occuper, répondit Jake, une façon de congédier ce réparateur qu'il lui tardait de voir décamper.

Là-dessus, il décida de s'éclipser. Non par envie personnelle mais parce qu'il le *fallait*. L'urgence commandait de trouver Drake et de lâcher la bride à son léopard loin d'ici, où personne ne risquerait d'en pâtir. Respirant fort, il leur tourna le dos, traversa la cuisine à pas de géant et s'immobilisa en découvrant Joshua assis, les pieds sur une chaise, buvant un café et se régalant d'une tranche de pain frais.

— Je croyais t'avoir dit de rester avec Emma, grinça-t-il.

L'intéressé se leva si prestement qu'il renversa son siège.

— Je suis dans la maison, comme tu me l'avais demandé.

— C'est des conneries et tu le sais. Il y a un type chez moi, qui mate Emma comme si elle était un sucre d'orge et, toi, tu te goinfres. Fous cet enfoiré dehors et dis aux gars de la sécurité de revérifier les prises téléphoniques, mais pas qu'avec les instruments de mesure. Je veux un examen visuel. C'est ça ou ils sont virés *illico*.

— C'est comme si c'était fait, répondit Joshua pour tenter de l'apaiser.

Jake, agité, fit les cent pas en remuant la tête. Son visage s'était assombri. Ses yeux, presque entièrement dorés, se voilèrent tant ils oscillaient entre vision humaine et animale.

Joshua empoigna le talkie-walkie qu'il portait à la ceinture tout en tournant autour de la table afin que celle-ci fasse rempart entre lui et son patron. Il beugla à la sécurité d'inspecter visuellement les prises des combinés téléphoniques, puis appela Drake à la rescousse.

— Jake, écoute-moi bien. Concentre-toi, tu fais une crise de possession. Un coup de folie. Il faut que tu luttes. Suis-moi, il faut te sortir d'ici avant qu'il soit trop tard.

La voix de Joshua était devenue rauque, sa vision se muant en bandes de chaleur colorées. Tous ses autres sens s'aiguisèrent.

Jake l'entendait de façon étouffée et intermittente. Tous ses muscles lui faisaient mal. Son dos se voûta. Il voulait qu'Emma soit là, sous lui, et hurle de plaisir. L'image emplit son champ de vision puis il vit rouge en reniflant l'odeur d'autres mâles à proximité.

— Bon sang ! Drake, magne-toi, gronda Joshua dans le talkie. Je ne vais pas pouvoir le retenir tout seul. (Il tendit le bras vers Jake, la paume dressée.) Tu m'as fait venir à ton ranch pour que je t'aide, mec. C'est ce que je suis en train de faire. Ton léopard a besoin de courir.

Le tonnerre grondait dans les oreilles de Jake. Son sang était en ébullition, le besoin de revendiquer sa compagne si puissant qu'il était secoué de spasmes. Le fauve était en train de gagner la partie.

— Ton *alter ego* ne te ménage pas, mec. On ne va quand même pas s'écharper dans la cuisine…

Le léopard de Joshua se manifesta à son tour pour être prêt à tenir tête à celui de Jake. C'était la cata.

La porte s'ouvrit à la volée. Drake entra en boitant et cracha un ordre dans la langue de leur espèce, dont la teneur échappa à Jake mais pas à son fauve.

— Fonce au camion, Jake, il faut qu'on file.

Le ton était sans appel. La situation risquait de dégénérer salement d'une seconde à l'autre.

Jake se tourna dans la direction d'où émanait la voix d'Emma, occupée à parler au réparateur.

— Evan s'occupe de le faire sortir de la propriété, lui assura Joshua.

Conscient de perdre le contrôle de la situation, Jake s'efforça de dominer son léopard jusqu'à ce que les enfants et Emma soient à l'abri. Joshua et Drake ne seraient pas de trop pour canaliser son animal, résolu à tuer. Il voulut parler mais tout ce qui sortit de sa bouche fut « Emma » et une série de borborygmes. Il n'était pas question qu'il parte avant d'être sûr et certain que l'un de ses gars veillait sur elle.

Comme si ce seul mot faisait sens, Drake aboya un ordre à Joshua.

— Fais venir Darrin. Dis-lui de prendre deux autres types pour veiller sur la maison, les mômes et Emma jusqu'à ce que l'un de nous trois soit de retour.

Tout en parlant, il fit sortir Jake du ranch. Ce dernier pouvait à peine marcher, le corps lourd et secoué de spasmes, tellement excité que chaque pas était douloureux. Son léopard se débattait constamment, tentait de rebrousser chemin en contournant Donovan, grondant, chargeant à demi pour se frayer un passage. Drake grogna en retour, laissant à son fauve le soin de mater celui de Jake. Joshua aida dans la mesure du possible tout en gardant ses distances vis-à-vis de Jake qui allait et venait, toujours plus féroce, mais efficacement entraîné vers le pick-up.

Le plus gros danger était de se retrouver à trois dans l'habitacle réduit. Drake et Joshua durent se fier au fait que Jake allait rester suffisamment concentré pour tenir son léopard jusqu'à ce qu'ils aient roulé jusqu'à l'autre bout du domaine, où ils pourraient le libérer.

Donovan claqua la portière dès qu'il fut dans la cabine et bondit au volant.

— C'est quoi cette merde, Joshua ? J'arrive au ranch et je le trouve en pleine crise. Il y a une nana dans les parages ?

Joshua haussa les épaules.

— Rien qu'Emma. Je me suis trouvé près d'elle des dizaines de fois et jamais elle n'a fait réagir mon léopard. Sauf que…

Il s'interrompit, les yeux rivés sur le boss. Jake respirait à pleins poumons, occupé à empêcher la métamorphose. Sa peau se rétractait douloureusement, désormais bien trop petite pour sa grande carcasse. Il déchira sa chemise, pris de démangeaisons atroces : un truc vivant s'agitait juste sous la surface. Le voile rouge tendu devant ses yeux était bordé de noir. C'était la rage de posséder Emma. Fou de désir, il n'avait plus qu'une idée en tête : qu'elle soit à lui. Quitte à devoir étriper tous les autres mâles. Il comprenait la cruauté de ses parents à mesure que le fauve le portait au rivage de la folie.

Luttant toujours, il se tint la tête à deux mains, haletant, la bouche garnie de crocs, le cœur sauvage, le corps en rut. Soudain inondé de sueur, il voulut hâter Drake mais se découvrit incapable de parler, trop effrayé d'ouvrir la bouche de peur de voir le museau du fauve en surgir. Encore à des kilomètres du but, ils avalaient à tombeau ouvert la piste menant à son sanctuaire secret. Drake et Joshua étaient piégés avec lui dans cette cabine exiguë. Ses deux seuls amis risquaient leur peau pour sauver celle des occupants du ranch.

Les arbres et le sous-bois luxuriant donnaient l'image d'une forêt exotique où son léopard était libre de courir sans risquer de tuer du bétail, de s'en prendre aux cow-boys ou d'être vu. Drake y veillait, lui apprenant à changer de forme à la volée et les valeurs du peuple léopard ainsi qu'à dissimuler fringues de rechange et petit matériel tous les trois ou quatre kilomètres, au cas où.

L'ambiance dans la cabine restait tendue car de la fourrure apparaissait sur le corps de Jake et des griffes lui poussaient. L'effort qu'il fournissait pour endiguer la transformation le fit frissonner.

— Bats-toi, lui ordonna Donovan. Ta volonté est forte, Jake. Pour être léopard, il faut être solide et se contrôler en permanence, que ce soit sous forme humaine ou animale. Tu es responsable de tes actes à tout moment.

Joshua jura entre ses dents serrées.

— C'est ce qu'on nous serinait quand on était mômes, les anciens étaient là pour nous épauler mais Jake, lui, n'est pas préparé pour une crise de possession ! Beaucoup d'entre nous ont un mal de chien à contenir le fauve quand ça arrive, alors qu'on s'y est entraînés des années entières. Il va tuer quelqu'un, c'est sûr.

— Non, réfuta Drake, catégorique. Tu m'entends, Jake ? Bats-toi. Quand tu seras changé, tu penseras que c'est lui le plus fort mais c'est faux, c'est *toi*. Toi qui commandes.

Toujours. Lui va vouloir la peau de tous les mâles à des kilomètres à la ronde autour de sa femelle. C'est naturel, tout à fait normal même, mais cette envie-là va être plus forte que tout ce que tu as connu. La haine, la rage, l'instinct de meurtre vont te prendre aux tripes. Quand ça t'arrive alors que ta nana est proche, c'est mille fois pire encore et il faut faire très gaffe à ce que tu lui fais. L'instinct de conquête et de domination est implacable. Le contrôle est essentiel, tu m'entends ? Hoche la tête si tu as capté ce que je viens de te dire.

Jake laboura le cuir de la banquette alors que le grondement dans sa poitrine s'intensifiait. Il hocha la tête en s'efforçant d'assimiler ce que lui avait dit Drake alors que tous les os de son corps se fissuraient, craquaient, que tous ses muscles se déchiraient et que tous ses atomes hurlaient leur besoin d'Emma. C'était elle, l'origine de ce déchaînement. Il avait son goût dans la bouche ; il croyait sentir le grain de sa peau, fou du désir de la pénétrer bien à fond. À grands coups de boutoir. Sans merci. De lui planter ses crocs dans le cou pour la contraindre à se soumettre. Corps et âme. Lui faire avouer qu'elle lui appartenait. À lui seul. Son Emma, rien qu'à lui.

Miséricorde, Emma, où es-tu ? Tu n'as rien ? Sois sauve. J'ai tant besoin de toi. Il prit une goulée d'air, luttant pour ne pas perdre la tête, pour ne pas la mettre en danger malgré cette envie viscérale. *Non ! Reste loin de moi. Qu'est-ce qui m'arrive ?*

Ses yeux le brûlaient. La peur menaçait de l'étouffer. Il ne survivrait pas à cet enfer sans tuer quelqu'un. L'envie enflait, le submergeait… Pas une envie de meurtre mais, pire encore, celle de faire souffrir autant que son obsession lui fouaillait les tripes. Son estomac se révulsa : comment pouvait-il être aussi tordu, pervers, au point de songer un seul instant que jouer les tortionnaires puisse lui apporter le moindre soulagement ? Plutôt crever, oui, que s'autoriser à faire du mal à Emma ou aux enfants. À devenir aussi pourri que ses propres parents.

Les flancs soulevés, il se pencha jusqu'au plancher de la cabine. C'était trop exigu. Il fallait qu'il contrôle son fauve. Plus que quelques kilomètres à tenir… Que fabriquait Drake ?

— Ses yeux sont entièrement transformés, annonça Joshua. Je ne pige pas comment il fait. Faut le sortir de là, et vite.

Donovan roula pied au plancher. Bien trop vite sur cette piste défoncée, mais risquer un accident était préférable à se retrouver dans un si petit espace en compagnie d'un léopard enragé, en pleine crise de possession. Le fauve de Drake luttait lui aussi pour prendre les commandes et le protéger. À deux reprises, il le vit sortir et rétracta ses griffes effilées. Il ne s'était plus métamorphosé depuis sa blessure par balle car les toubibs avaient dû lui visser une plaque de métal pour reconstruire sa jambe. C'en était fini de sa liberté comme de celle de son félin.

Il donna un grand coup de volant pour faire obliquer le véhicule dans le bouquet d'arbres qui marquait l'entrée du sanctuaire. Puis, sitôt le pick-up arrêté, il s'empara du fusil hypodermique rangé à l'arrière de la cabine et descendit, imité par Joshua côté passager.

Resté à l'intérieur, Jake s'agitait en tous sens, essayant de se défaire de son jean en le lacérant. Dès qu'il fut débarrassé de ce pantalon gênant, la métamorphose se poursuivit, la masse musculaire de l'animal doublant puis triplant sous son épaisse fourrure tachetée.

Drake s'éloigna du véhicule qui tanguait pour se réfugier derrière un arbre. Son seul espoir : que Jake parvienne à diriger son fauve dans la partie boisée du domaine. S'il laissait le léopard prendre les rênes, celui-ci filerait droit vers sa femelle et il faudrait l'anesthésier, faute de quoi il tuerait tous les humains qu'il trouverait autour d'Emma. Donovan pria pour ne pas en arriver là. Tranquilliser un léopard n'était pas une mince affaire et le risque était réel, le cœur des grands fauves ayant une fâcheuse tendance à lâcher.

L'énorme léopard, devenu fou, se jetait contre les parois de la cabine, déchiquetait les sièges et s'acharna contre le pare-brise jusqu'à ce que la vitre se fissure.

— On l'a perdu, Drake, prévint Joshua. Totalement. Tu vas devoir lui faire une injection dès que son léopard surgira.

Donovan secoua la tête avec obstination.

— Il est fort.

— Si Emma est sa compagne et qu'elle commence le Han Vol Dan alors qu'ils se sont accouplés ne serait-ce qu'une fois dans un autre cycle, la crise de possession sera trop dure à supporter pour un novice. Tu ne sais pas ce qu'il a dans le ventre, Drake. Tu l'as dit toi-même : ses parents sont d'une lignée corrompue. Ce mec est dangereux, ça peut virer au massacre.

— Jake peut le faire.

— Il n'a jamais entendu parler du Han Vol Dan ! Comment veux-tu qu'il pige ce qui va arriver ?

— Il peut le faire, répéta Drake. Je le connais. Il est costaud. Déterminé. Il va contrôler son léopard.

— Bordel, mec, c'est aussi ta peau qui est en jeu ! Et la mienne.

Un nouveau soubresaut agita le pick-up et le fauve passa la tête par la portière. Un silence irréel se fit. Sa fourrure était assombrie par la sueur. Comme s'ils percevaient la menace, les oiseaux avaient cessé de chanter et les insectes de bruisser. Le léopard baissa la tête, ses yeux d'or rivés sur Drake.

— Il t'a pris pour cible, il t'a pris pour cible, s'affola Joshua en déchirant son tee-shirt.

Il ôta ses bottes sans quitter le fauve du regard.

Celui-ci s'élança, franchit deux bons mètres sans élan, toucha le sol et rebondit.

— Tire, implora Joshua en se défaisant de son jean.

Deux enjambées plus loin, il commença à se métamorphoser tout en courant vers Drake et le léopard. Celui-ci percuta Donovan avec une violence inouïe, en pleine poitrine, et boula avec lui. Drake eut beau utiliser son fusil pour parer l'attaque, cela s'avéra notoirement insuffisant : déjà le félin surpuissant lui labourait le torse, manquant de peu de l'égorger.

— Bats toi, Jake ! beugla l'agressé, les yeux rivés sur les deux blocs d'ambre du fauve.

Le léopard de Joshua chargea sur le flanc. Jake bondit tel un ressort, pivotant en plein vol pour esquiver l'attaque. Il vit rouge, et l'appel au meurtre occulta ses pensées alors que la voix de Drake lui parvenait à peine. Il respectait Donovan. L'aimait bien. Et pourtant il avait grand-peine à le distinguer de ses ennemis mortels.

Assailli par l'odeur d'un humain qui lui barrait la route menant à sa compagne, agressé par un autre léopard et enragé comme il l'était, Jake tenta de se concentrer sur la voix de son mentor. C'était cela ou se laisser happer tout entier par le rugissement de son *alter ego* félin.

Joshua revint à la charge, déterminé à l'écarter de Donovan. Jake pivota, l'échine si flexible qu'il se retrouva presque plié en deux pour tenir tête à la menace. Un violent coup de griffe lui envoya une douleur cuisante au niveau de la cuisse. Les poumons un instant en feu, il prit une profonde inspiration en frémissant. Victoire. La douleur, synonyme de victoire. Habitué à souffrir depuis tout gamin, Jake se sentit brusquement ragaillardi.

Il prit la mesure de son léopard en furie, auquel il imprima sa volonté de fer. Tout en lui murmurant des propos apaisants, il lui promit qu'ils auraient bientôt leur compagne. Le fauve reflua, centimètre par centimètre. La bataille faisait rage entre l'instinct de prédateur et l'esprit humain mais Jake était fort, bien plus que le léopard dans le registre de la détermination, lequel céda brusquement. Jake fit volte-face et s'élança vers la forêt.

Il courut à pleine vitesse jusqu'à ce qu'il soit à couvert. Sentant son besoin de compagne atteindre un paroxysme, Jake avait à cœur de s'éloigner au maximum du ranch et d'Emma. Il n'avait pas la moindre idée de ce qui était en train de lui arriver en tant que fauve ou qu'homme. Sa seule certitude : il allait lui falloir apprendre à contrôler ce phénomène avant de se représenter devant elle.

Le vent qui hurlait entre les arbres était annonciateur d'un gros orage. Les ténèbres se firent, puis vint la pluie. Les gouttes qui s'abattaient lui firent songer que le ciel devait pleurer pour lui, compatir à sa cruauté atavique. Prenant appui sur ses larges coussinets, il fila sans bruit, toujours plus avant dans le sous-bois protecteur, acharné à prendre ses distances, à laisser derrière lui sa propre nature brutale et hideuse. Il avait craint toute sa vie de devenir comme eux, comme ses ennemis, jouant à se faire croire qu'il était différent. La façon dont son corps et son âme faisaient une fixette sur Emma, ses réactions en sa présence, la violence des émotions qui lui fouillaient le ventre… tout, hélas, s'accordait à le faire déchanter.

Le léopard leva la tête, s'offrant au vent et à la pluie battante qui, peut-être, avaient le pouvoir de le purifier. La tempête forcit, malmenant les frondaisons, couchant les arbustes, arrachant les feuilles, cassant les branches les plus fragiles qui s'abattirent sur Jake. Les gifles du vent tempétueux sur sa fourrure étaient au diapason de son humeur. Il était libre pourtant. Libre de s'abandonner à sa bestialité, au milieu des arbres et de l'orage, loin du brouhaha de la ville. Là où personne ne l'empêcherait de chasser. Le bruissement du vent dans les feuilles suffisait aux animaux sauvages. Aux oiseaux. Il était dans son élément. Aussi courut-il des kilomètres, le cœur tout près d'éclater, une épaisse buée lui sortant des nasaux.

Arrivé au bord d'un ruisseau gonflé par les pluies, il y plongea sans une hésitation, insouciant d'être emporté par le courant fort qui ballottait le grand fauve, l'entraînant dans une courbe. Fouetté par les branches basses, buvant la tasse, il dut employer ses muscles noueux pour nager jusqu'à la rive où, crachant et grognant, il toucha la terre ferme.

Tête basse et à bout de souffle, il tenta de retrouver ses esprits. Qu'est-ce qui lui avait pris ? Parti pour se venger, il avait à un moment dévié de sa trajectoire. Les émotions lui échappaient autant qu'il s'en méfiait. Elles étaient trop violentes, trop intenses… et, lui, trop apte à faire du mal à autrui.

La douleur provoquée par le coup de griffe lui rappela toutes les victoires de son enfance, quand il parvenait à se contrôler, se forgeant peu à peu une détermination à toute épreuve. Le léopard s'étendit sous un gros arbre dont les branches, rudement chahutées, n'arrêtaient rien de l'averse. Il sut gré à la pluie d'apaiser la chaleur de son corps et la sauvagerie qui l'habitait.

Cela faisait deux ans que Drake était avec lui. Joshua avait suivi, quittant la forêt pluviale au profit d'une nouvelle vie. Plus facile à vivre que Donovan, il riait plus volontiers même si, derrière ses yeux verts, se terraient des ombres néfastes. Jake s'était laissé convaincre de l'embaucher, le sachant membre du peuple léopard et ami de Drake. S'il enviait un peu la complicité qui unissait les deux hommes et remontait à l'enfance, faisant de lui une pièce rapportée, il était surtout content d'avoir un deuxième instructeur. Pour autant, ses deux compères ne lui avaient pas dit un mot de la débâcle totale qu'il était en train de vivre.

Il admirait Drake pour sa force. Ses deux mentors étaient la fusion parfaite entre homme et léopard… même si Donovan ne pouvait plus se transformer. Une balle lui avait bousillé la jambe, la plaque de métal qui lui maintenait les os empêchait la métamorphose. Il allait falloir faire quelque chose ; Drake ne pouvait pas vivre éternellement sans son fauve.

Une alerte résonna dans la tête de Jake. Il était à un cheveu d'une découverte majeure. *Drake ne pouvait pas vivre éternellement sans son fauve.* Drake n'était ni un léopard ni un homme mais les deux. Ensemble. L'homme avait besoin du léopard et inversement. L'un ne survivait pas longtemps sans l'autre. Le fauve de Donovan vivait en lui mais ne pouvait plus galoper. Ni courir ni respirer librement, privé du bonheur simple de courir en pleine nature, de sauter de branche en branche. Que faisait son léopard ? À quoi pensait-il, quel était son ressenti ? Il n'en aurait plus pour très longtemps, ainsi enfermé… et Drake non plus.

Qu'en était-il de son propre léopard ? Que lui avait-il donné, qu'avait-il fait pour lui ? Il s'était fermé à son *alter ego* animal afin de se protéger. Craignant que le fauve fasse de lui un être aussi vil que ses parents s'il donnait libre cours à son instinct de prédateur. Mais courir libre nuit après nuit avait apaisé sa rage et coupé court à la douleur d'une enfance de cauchemar. Depuis tout bébé, bien avant qu'émerge en lui le léopard, son fauve lui avait donné la force de survivre.

Drake l'avait suivi à l'autre bout du monde par pure bonté d'âme, acceptant de renoncer à sa vie dans cette forêt pluviale qu'il aimait tant pour lui enseigner les ficelles de son hérédité. Il n'avait que faire de l'argent, qu'il considérait comme un simple moyen, un outil commode. S'il était venu au Texas, c'était uniquement pour épauler Jake qui, fidèle à ses habitudes, s'était méfié de cette gentillesse. Tout comme il se méfiait de son *alter ego* léopard. Son fauve avait attendu d'être accepté, ne se manifestant que lorsque Jake avait besoin de sa force ou quand quelque chose – ou quelqu'un – faisait réagir son instinct. Ou encore quand Jake était pressé de s'éclipser. Pas une fois il n'avait cédé les rênes à l'animal alors que Drake l'avait pressé de le faire. Indiquant que c'était indispensable pour devenir pleinement épanoui.

Jake avait eu la trouille. Ce constat le stupéfia, lui qui se targuait de n'avoir peur de rien. Qui avait survécu là où tant d'autres auraient échoué, par sa seule force d'âme. Accablé par les éléments déchaînés, ses flancs soulevés par l'effort et pris de sueurs froides, il haleta, horrifié par ce qu'il venait de découvrir de lui-même. Il refusait tout net de s'abandonner à quiconque : ni aux enfants, ni à son léopard, et encore moins à Emma. C'était à lui de les contrôler, pas l'inverse. Chacun à sa place dans le monde parfait qu'il avait créé et sur lequel il régnait en maître absolu.

Drake lui avait pourtant dit et répété qu'il lui fallait lâcher prise. Le cœur battant à tout rompre, Jake sentit la peur lui nouer l'estomac. Se laisser déborder par son léopard ? Ce serait la fin. S'attacher aux enfants, c'était courir le risque d'avoir le cœur brisé s'il leur arrivait malheur. Quant à aimer Emma… si elle le laissait choir, il n'y survivrait pas.

Le fauve posa la tête sur ses pattes avant et pleura. Ses larmes se mêlèrent à la pluie tandis que l'orage s'éloignait. Il ne s'était jamais considéré comme une victime. S'il avait survécu, c'était grâce à sa force d'âme, et c'était *lui* qui avait choisi de ne pas riposter. En refusant que le léopard fasse de la charpie de ses ennemis, bien que celui-ci ait plusieurs fois manifesté sa rage d'en découdre. Ce self-control était la preuve que Jake n'était pas comme ses parents ; y renoncer était une perspective terrifiante.

Pour la première fois de sa vie, Jake craignit de ne pas être assez fort pour surmonter le traumatisme de son enfance. Il ne s'était jamais avoué qu'il avait été un gamin maltraité. Les châtiments corporels, il les avait subis comme autant de leçons de vie. Des leçons extrêmes, certes, mais qui avaient fait de lui un homme accompli, particulièrement dans le domaine des affaires. Il s'était cru intouchable. Au point de le devenir par maints aspects. Richissime, impitoyable et très introduit dans les plus hautes sphères politiques, il était réputé pour ne pas faire de cadeau à ceux qui le défiaient.

C'était de lui-même qu'il avait peur. Son pire ennemi était tapi en lui. Drake l'avait prévenu qu'il ne pourrait pas vivre coupé de son léopard, qu'il fallait pactiser avec la bête, s'en faire une alliée, apprendre à se servir de ce qu'il considérait comme des tares. Faute de quoi jamais il ne vivrait pleinement et son *alter ego* finirait par le combattre pied à pied. Pour autant, il n'était pas question de laisser le champ libre à son fauve. Tout son être se rebellait contre cette idée, c'était bien trop dangereux pour Emma et pour tout le foyer – le seul qu'il ait jamais connu.

L'animal s'étira et gratta le sol avec force. Avec la tombée de la nuit vinrent le bruissement des insectes et l'appel des hiboux partis chasser. Il resta allongé, attentif aux sons de la nature éternelle, conscient qu'il n'avait pas le droit de laisser tomber Emma. Elle avait besoin de lui. *Idem* pour les enfants. Cela, il pouvait l'accepter. Il se sentait apte à faire un parent formidable, prenant tout à sa charge… à condition de ne pas s'attacher. C'était exclu.

Il débattit avec lui-même pendant des heures avant de se rendre à l'évidence : il n'avait pas le choix. Le risque était trop grand de devenir aussi cruel et méchant que ses ennemis. Leur sang gâté coulait dans ses veines. Leurs léopards n'avaient pas émergé, contrairement au sien, et ils en possédaient les tares sans jouir du contrôle que Jake avait mis des années à acquérir. La preuve ? Même en pleine crise de rage, il avait empêché son fauve de déchiqueter Donovan. Céder les commandes au léopard, c'était risquer de perdre Emma, les enfants et de se perdre.

Jake émergea du sous-bois le torse et les pieds nus, encore en train de boutonner le jean que Drake et Joshua avaient laissé pendre d'une branche à son intention. Donovan était assis sur la plate-forme du pick-up, sous la pluie. Il leva la tête en voyant Jake arriver, aussitôt sur ses gardes, et bondit au sol. Sa patte folle ne l'empêchait pas de se mouvoir avec une fluidité qui surprenait souvent son élève.

— Ça va, toi ? J'ai songé à envoyer Joshua te chercher, mais…

— Mais tu t'es dit que je risquais de le massacrer, compléta Jake en haussant les épaules.

— Quelque chose comme ça, oui, convint Drake avec une ombre de sourire.

Jake secoua la tête en s'approchant de son ami. La chemise de Donovan était en lambeaux, et des taches de sang lui maculaient le torse.

— Tu es blessé ?

La honte s'empara de lui. Il s'enorgueillissait de son self-control mais n'était parvenu qu'*in extremis* à empêcher son fauve de réduire Drake en charpie. Encore heureux qu'il n'ait pas lâché prise ! Ses mentors venaient de lignées distinctes, toutes deux plus saines que la sienne.

— Simples égratignures, balaya Drake, indifférent. Il m'est arrivé de subir bien pire en jouant avec des amis sous forme animale.

Jake étira ses muscles endoloris. La pluie s'était muée en crachin.

— Désolé, Drake. J'aurais pu te blesser gravement.

Donovan esquissa un nouveau sourire.

— Je savais que je ne risquais pas grand-chose.

— Tu en sais plus que moi sur mon propre compte, alors. Où est Joshua ?

— Il dort comme un bébé, répondit Drake, réjoui. Pas inquiet pour toi, visiblement.

— Il fait bien semblant, tu veux dire, je suis sûr qu'il s'inquiète. Pourquoi crois-tu qu'il a quitté Bornéo ? Il ne se plaît pas ici et, en même temps, il n'a aucune envie d'y retourner.

— Joshua est Joshua. Il ne m'a presque rien dit de sa vie là-bas. C'est sûrement moche ce qui lui est arrivé. Sans quoi il n'en serait jamais parti. Personne ne s'en va par envie.

— Sauf toi, fit valoir Jake.

— Je ne pouvais pas rester en forêt sans laisser mon léopard courir, et je ne peux plus me métamorphoser. C'est devenu… difficile.

— Les médecins ont essayé l'autogreffe osseuse ?

Drake hocha la tête.

— Ça n'a pas marché. De ce que j'ai cru comprendre, certains d'entre nous sont aptes à régénérer leur squelette, d'autres pas. Et j'appartiens à la deuxième catégorie.

— Et avec l'os de quelqu'un d'autre ?

— Un os de cadavre, tu veux dire ? grimaça Drake. Non, on incinère nos morts immédiatement, c'est la seule façon de faire survivre l'espèce : en gardant le secret. Et puis, si je ne peux pas utiliser un morceau d'os à moi, pourquoi ça marcherait avec celui d'un donneur ?

— La médecine fait d'énormes progrès, Drake. Il suffit de trouver le bon donneur.

Jake ouvrit la portière et s'arrêta pour observer les alentours. Il possédait tout à des kilomètres à la ronde. Hectare par hectare, il avait patiemment agrandi le domaine légué par son aïeul jusqu'à obtenir ce sanctuaire qu'il avait fait reboiser afin que son léopard puisse galoper à son aise. En devenant au passage un acteur majeur de l'élevage bovin. Peu à peu, sans se presser. Puis il s'était lancé dans le forage sur les autres terrains dont il avait flairé la richesse du sous-sol. Récemment, il avait acheté plusieurs vastes domaines pour y avoir détecté des réserves de gaz naturel. En contemplant Drake, son seul véritable ami, il comprit que tous ces exploits ne signifiaient rien. Des milliards de dollars, peut-être, mais l'argent n'était qu'un moyen. Il sut alors comment l'employer.

Donovan avait grand besoin d'une solution. Par rapport à ce terrible handicap, les années que Jake avaient consacrées à l'élaboration d'un plan visant à anéantir ses ennemis étaient une perte de temps : un type bien comme Drake ne devait pas souffrir ainsi.

Jake se racla la gorge. C'était étrange et très nouveau pour lui de se soucier d'autrui. L'influence d'Emma, très certainement. En étant présente à son côté, elle lui faisait un effet dont la nature précise lui échappait. Seule certitude : en deux petites années, la jeune femme l'avait changé en profondeur. Quand, comment ? Mystère. Toujours était-il que Drake passait désormais avant ses projets de vengeance.

Il finit d'ouvrir la portière.

— Tu préfères que je prenne le volant ?

Drake secoua la tête.

— Je conduis. Grimpe et secoue Joshua.

Jake poussa doucement Joshua, qui leva la tête et grogna.

— Installe-toi à l'arrière, proposa Jake. Tu pourras t'y rendormir.

Joshua grogna de plus belle mais obtempéra. Roulé en boule sur la plate-forme, il ronflait déjà quand Jake se glissa côté passager.

— Qui t'a opéré ? Il y a des chirurgiens dans ton village ?

— Juste un toubib qui s'occupe de notre peuple mais pas le spécialiste dont j'avais besoin. De toute façon, la greffe osseuse n'a pas pris et ça m'empêche de me transformer.

Bien qu'il s'efforce de paraître détaché, Drake avait l'attention soutenue d'un membre de son peuple aux sens aiguisés. Sous son flegme apparent, Jake perçut un trouble profond et lui décocha un regard acéré.

— J'ai besoin de toi, l'ami.

Cet aveu à voix basse lui noua l'estomac. Il détestait l'idée de perdre un être cher alors qu'il était censé n'avoir besoin de personne. Il se sentit soudain vulnérable et tout petit.

Il respira à fond. Non. Le problème n'était pas sa peur de perdre Drake, c'était lui qui avait demandé à Donovan de l'accompagner, de quitter sa forêt pluviale pour l'aider. Drake était de ce fait sous sa responsabilité. Point barre. Comme Emma, les enfants et Joshua. Ce qu'il lui fallait, c'était trouver le moyen de le guérir, car il existait trop peu d'hommes de bien sur cette terre.

Son mentor revint à la charge.

— Tu vas très vite découvrir qu'on ne peut pas éternellement mettre son léopard sous cloche, Jake. Je n'ai plus beaucoup de temps. Et, très franchement, quel espoir il me reste ?

— La chirurgie, pardi. Ne sois pas stupide. Je te défends de renoncer avant d'avoir tout essayé et tu es très loin du compte. Tes propres os ne donnent rien. D'accord. On n'a pas de cadavre sous la main mais tu m'as, moi. Et Joshua.

L'un de nous a peut-être le pouvoir de se régénérer et, dans le cas contraire, on trouvera l'oiseau rare.

Drake l'observa du coin de l'œil.

— Je doute que ce soit aussi simple.

— Rien de ce qui vaut la peine ne l'est jamais.

Jake réfléchissait déjà à toute vitesse. Il lui était facile de mettre plusieurs de ses gars sur la recherche des meilleurs chirurgiens orthopédiques et, la bonne nouvelle, c'est qu'il suffisait d'avoir de l'argent pour s'attacher leurs services. Or, du fric, il en avait à la pelle.

— Je mets ça en chantier dès demain. Si ni moi ni Joshua ne faisons l'affaire, on cherchera un donneur jusqu'à ce qu'on en trouve un.

Donovan, les lèvres subitement sèches, se les humecta.

— C'est vraiment possible de me guérir, selon toi ? De me débarrasser de cette satanée plaque de métal ? J'en suis au point de songer à me faire amputer la jambe…

— Pourquoi pas ? Il suffit de trouver le bon chirurgien et le bon donneur. (Il observa la route à travers le pare-brise.) Tu n'as pas allumé les phares. Tu te sers de la vision nocturne de ton léopard pour conduire.

Il avait remarqué que ses deux mentors recouraient souvent aux sens de leur fauve respectif. À croire qu'ils cohabitaient avec des léopards moins destructeurs et plus aisément contrôlables… Jake savait tout ce qu'il y avait à savoir sur cet animal : très mauvais caractère, colère facile, intelligence supérieure, ruse, goût pour le secret. Des traits qu'il possédait tous à un million de pour cent.

Drake ne se donna pas la peine d'allumer les feux de croisement et changea de sujet tandis qu'ils roulaient en direction du ranch.

— Dis-moi tout ce que tu sais d'Emma. Je me doute que tu as fait mener l'enquête avant de l'engager.

— J'ai eu accès à son dossier, en effet, mais il n'y a pas grand-chose. Sa scolarité, ses parents.

Jake haussa les épaules.

— Qu'as-tu lu ou entendu à propos du Han Vol Dan ?

— Je t'ai entendu utiliser ce terme. De quoi il s'agit ?

— Dans notre espèce, les femmes et les hommes sont très différents. Personne ne sait ce qui déclenche le Han Vol Dan. Pas la puberté ni l'activité sexuelle, en tout cas. On n'en a pas la moindre idée et ce n'est pas faute d'avoir cherché, tu peux me croire. Chez les garçons, la transformation a lieu quand le léopard est assez fort ou quand le garçon subit un stress extrême. Ou un peu des deux. C'est très différent chez les femmes.

— Et le Han Vol Dans est…

Jake se tourna vers Drake, l'air impatient. Il savait ce qui se passait chez les garçons.

— Dangereux. Pour tout le monde. La nana entre brusquement en chaleur quand la fusion avec son léopard commence. Elle émet une odeur excitante qui, s'il est proche d'elle, peut déclencher une crise de possession – le coup de folie dont tu as été victime – chez son compagnon. Les couples se retrouvent et se reforment, génération après génération. J'ai le sentiment qu'Emma pourrait appartenir à notre peuple.

Dès l'instant où il perçut le mot « compagnon », le léopard qui était en lui bondit, au plus grand effroi de l'homme. Il n'était le compagnon de personne. Surtout pas d'Emma, c'était *elle* qui lui appartenait, merde !

Lui n'appartenait à aucune femme. Son être était à l'abri derrière une muraille solide.

— Impossible. Rien, dans son passé, ne le laisse supposer. En plus Emma était mariée à un autre…

Cette dernière phrase avait sonné comme une mise en accusation. Jake garda les yeux rivés sur la clôture qui défilait à vive allure.

— Ça n'exclut pas qu'elle ait été ta compagne dans une vie antérieure. T'est-il arrivé d'avoir l'impression de la connaître ? d'éprouver des souvenirs qui te sont étrangers ?

Jake reprit son souffle.

— Comment diable pourrait-elle être une femme léopard à mon insu ?

— Les chaleurs surviennent très progressivement et par à-coups. Un jour la nana est normale, le lendemain d'humeur changeante, surexcitée, mettant tous les mâles alentour en émoi. Un léopard n'y voit que du feu les jours où tout est calme mais accourt vers elle dès que la fièvre monte.

— Que va-t-il lui arriver si elle est bien une femme léopard ?

— Son fauve finira par émerger au beau milieu d'un épisode de chaleurs sexuelles. Dans ces cas-là, le léopard influe sur l'humaine, qui devient aussi chaude que son *alter ego* félin.

Jake sentit son corps réagir à l'idée qu'Emma soit « chaude ». Mieux placé que quiconque pour étancher ses besoins sexuels, il se savait capable d'en faire son esclave par ce biais, ayant appris depuis belle lurette comment rendre les femmes folles de son corps. *J'aurais peut-être mieux fait d'y aller cash d'emblée*, songea-t-il.

Drake gara le pick-up dans la longue allée qui sinuait à l'arrière du ranch, non loin de la porte ouvrant sur la cuisine.

— Un dernier détail, Jake. Pendant que tu galopais, j'ai reçu un appel radio de la sécurité. Ils ont trouvé une puce enregistreuse à activation vocale dans la prise téléphonique du salon. Ils l'ont extraite et te la gardent au chaud. Les seuls visiteurs sont les deux personnes qui ont conduit Susan au ranch. J'ai donné l'ordre d'enquêter sur eux. La gouvernante Dana Anderson et Harold Givens, le prof particulier. Ça suit son cours.

— Un grand merci, Drake. Pour tout.

Jake descendit d'un bond mais garda la portière ouverte afin que Donovan ne fasse par redémarrer le véhicule.

— J'étais sérieux, tu sais, pour la greffe. Je mets quelqu'un sur l'affaire demain à la première heure. (Il s'obligea à observer les griffures qui zébraient le torse de son mentor.) Et n'oublie pas de désinfecter ce truc, c'est un coup à choper une infection.

— Entendu, m'man. Bonne nuit, conclut Drake en lui tendant son portefeuille et son téléphone.

Jake récupéra son bien, claqua la portière et fit un pas en arrière. Donovan reprit sa route en direction des petits bungalows où résidaient plusieurs employés du ranch. Dès qu'il fut hors de vue, Jake se dirigea vers la porte de la cuisine mais s'arrêta en chemin le temps d'envoyer un SMS à son avocat pour lui enjoindre d'accélérer l'adoption de Kyle par Emma puis pénétra dans la maison.

Il s'immobilisa sur le seuil. Malgré l'obscurité, il vit le gâteau et sut pour quelle raison il était en évidence. Emma, qui rangeait toujours tout, l'avait laissé à dessein trôner sur la table avec son tableau et deux paquets enveloppés de papier fantaisie. Il inspecta le premier : sur un bristol, Kyle avait écrit son nom au feutre vert. L'autre était signé Andraya au feutre violet avec force fioritures autour.

Son cœur se serra d'avoir merdé dans les grandes largeurs. Ce n'était pas naturel chez lui de jouer au papa et au mari idéal. Tout à ces sombres pensées, il gravit les marches et alla embrasser les enfants avant d'obliquer d'un pas résolu vers la chambre d'Emma. Il fronça les sourcils une fois devant : la porte était fermée. C'était une première, jamais Emma n'avait fermé sa porte de peur de ne pas entendre les enfants. Il posa la main sur la poignée et voulut pousser. Le verrou était mis.

Sans crier gare, une colère noire s'empara de Jake. Elle était fâchée après lui et osait lui interdire l'accès à sa chambre ? Tout bonnement intolérable !

Chapitre 8

Emma gardait le visage enfoncé dans l'oreiller pour étouffer ses pleurs. Susan dormait au rez-de-chaussée mais on ne savait jamais. Et puis, surtout, il ne fallait pas que les enfants l'entendent. Elle s'était crue à bout de larmes après le décès d'Andrew et voilà qu'elle craquait complètement, seule, éperdue, sans autre raison objective que d'avoir accepté un rencard. Pourquoi l'avoir fait, d'ailleurs ? Elle ne souhaitait nullement sortir avec Greg Patterson.

C'était l'orgueil, bien entendu, qui l'avait poussée à accepter. Jake avait ouvertement douté de sa capacité à séduire. Aucun homme ne l'avait approchée depuis la mort d'Andy, certes, mais parce qu'elle n'en avait eu ni l'envie ni le temps. Faire son deuil, s'occuper de Kyle, accoucher, tenir cette maison immense. Tout cela en deux petites années. Fallait-il pour autant se jeter sur le premier venu ?

Elle se retourna et tamponna ses yeux rougis. Cela faisait des mois qu'elle n'avait plus pleuré autant. La vie avec Andrew avait été facile. Avec Jake, tout paraissait si compliqué… Elle était plongée dans un monde qu'elle ne comprenait pas toujours. Tant qu'elle restait à l'abri au ranch, loin des gens, elle se sentait protégée comme dans un cocon. Jake possédait une forte personnalité mais cela n'avait rien d'insurmontable tant qu'ils étaient sur un pied d'égalité. Ses relations, en revanche, étaient une tout autre affaire.

Les associés de Jake la considéraient comme un meuble ou une domestique – ce qu'elle *était* d'un point de vue technique. Elle était la gouvernante, pas la maîtresse de maison. Jake lui laissait tellement de latitude qu'elle en était venue à se croire chez elle. La méchanceté mesquine et les haussements de sourcils de certains ne l'avaient jamais affectée… jusqu'à ce qu'elle prenne conscience de la précarité de sa situation, ce qui valait aussi pour Kyle et Andraya.

Les gens qui venaient au ranch n'étaient pas des amis de Jake ; plutôt des associés, des relations en quête d'une faveur ou d'un rapprochement. Forte de deux ans d'expérience, Emma aurait pu leur dire qu'il était vain d'essayer, Jake gardant ses distances avec tout le monde. Y compris avec les enfants.

Était-ce cela, la raison de ses pleurs ? Elle l'avait attendu des heures, jusqu'à acquérir la certitude qu'il ne serait pas présent à sa propre fête d'anniversaire, puis elle avait laissé les enfants souffler les bougies et manger. Comme Andraya et Kyle avaient fini avec des taches sur les vêtements et des miettes dans les cheveux, Emma les avait ensuite conduits au bain – pour conclure avec tristesse qu'ils vivaient seuls. Dans l'ombre de Jake, qui apparaissait et disparaissait sans jamais prendre part à la vie de famille.

Il écoutait quand elle lui relatait les progrès accomplis par les enfants ou toutes les choses adorables qu'ils faisaient en grandissant et en découvrant le vaste monde, mais sans que son visage s'illumine ; il ne riait pas comme il aurait dû. Jake gardait ses distances. Emma en était attristée, autant pour elle-même que pour Andraya et Kyle. La jeune femme comprit à cet instant qu'il était vain d'espérer quoi que ce soit entre eux. Elle avait beau le respecter, l'aimer et avoir terriblement envie de lui, elle avait besoin de beaucoup plus que ce qu'il était enclin à donner… ou capable de le faire. Elle avait couché les enfants puis s'était enfermée dans sa chambre afin qu'ils n'entrent pas s'ils l'entendaient sangloter.

Comble d'humiliation, elle brûlait désormais que Jake la touche, rêvait de lui nuit et jour. Elle se faisait honte en se remémorant comment elle s'était presque jetée sur lui dans sa fièvre de l'embrasser. Elle s'effleura la bouche, toute au souvenir du goût, de la texture de ses lèvres pleines. Une image l'obsédait : ramper en lui, le dévorer de l'intérieur. Les pulsions étaient si fortes qu'elle ne se faisait plus confiance quand il était près d'elle. Elle allait finir par foutre en l'air tout ce qu'elle avait. À moins, bien sûr, qu'elle n'ait jamais rien eu.

Elle sanglota de plus belle, la gorge en feu, la poitrine comme prise dans un étau.

— Qu'est-ce qui t'a pris de m'empêcher d'entrer ?

Emma faillit tomber du lit, les yeux écarquillés, le cœur battant à tout rompre sous le brusque afflux d'adrénaline.

— Ça ne va pas de me faire flipper comme une malade ? glapit-elle, furieuse, en balançant un oreiller dans sa direction. Dehors !

Le projectile ne ralentit pas le colosse, qui traversa la chambre à grandes enjambées pour venir la surplomber. Nullement intimidée alors que c'était d'évidence son intention, elle sentit sa colère redoubler, chassa les mèches folles qui lui barraient la figure et le foudroya du regard.

— Quel enfoiré… Tu n'as donc aucun respect ? Ma porte était fermée. *À clé.* Chez les gens normaux, ça veut dire « défense d'entrée ».

Le courroux de Jake se dissipa à l'instant où il la vit assise au milieu du matelas, ses longs cheveux en pétard, comme si elle venait de faire l'amour. Des cils épais frangeaient ses yeux immenses qui lançaient des éclairs dans sa direction. Il la trouva infiniment désirable et dut lutter âprement pour ne pas prendre possession de cette bouche séance tenante. C'est alors qu'il remarqua qu'elle était toute pâle et qu'elle avait les yeux rougis.

Son estomac se noua. Il l'obligea à lever la tête.

— Tu as pleuré.

Elle se libéra en détournant la tête.

— D'où l'envie d'être laissée tranquille et la porte fermée à clé. Va-t'en, je t'en prie, dit-elle en agitant la main en direction du couloir.

— Non.

Emma se retourna vers lui, si vivement que ses cheveux virevoltèrent.

— Jake, ça se voit, non, que je ne vais pas bien ? Tu peux avoir la décence de me foutre la paix, rien que cette fois ?

— Je refuse de t'abandonner dans cet état. (Il se laissa choir, l'obligeant à se pousser un peu.) Désolé d'avoir loupé l'anniversaire. Je n'ai pas pu faire autrement.

— On s'est très bien passés de toi.

Il vit qu'elle était encore plus en colère. Au point de s'être d'instinct éloignée de lui. Très souvent pourtant, lors des deux années écoulées, il était venu s'allonger auprès d'elle pour discuter quand le sommeil les fuyait. Jake comptait sur cette intimité.

— Je ne pleurais pas à cause de toi, ni parce que tu n'as pas daigné te pointer à ton propre anniversaire. Pour égoïste que ce soit, ça ne m'a pas surprise.

Cette pique adroitement décochée le fit tiquer. Les genoux repliés devant elle, Emma se balançait d'avant en arrière, en proie à une détresse palpable. Se doutait-elle seulement à quel point elle était choquée ? Recroquevillée sur elle-même de façon à se faire la plus petite possible, la jeune femme avait le visage inondé de larmes. Jake l'enlaça sans peine et l'attira tout contre sa grande carcasse.

— Si ce n'est pas moi qui te mets dans cet état, quel est le problème ? Je veux bien m'en occuper mais, pour ça, il faut que tu me dises de quoi il s'agit.

Il traça une ligne de petits baisers de sa tempe jusqu'à la commissure de ses lèvres et retour, buvant ses larmes au passage. Emma se nicha contre son torse de lutteur. Elle ne pouvait pas le regarder en face. Dès que sa bouche lui avait effleuré l'épiderme, des décharges électriques avaient fusé de ses seins vers son bas-ventre. Lever les yeux vers lui, c'était risquer de l'embrasser, et qu'arriverait-il ensuite ? Il ne faisait aucun doute que Jake était partant pour coucher avec elle : il était *toujours* partant, avec n'importe quelle nana. Elle sentait sa queue dure comme du chêne dans le creux de ses reins. Sauf qu'elle n'était pas faite pour les coups d'un soir ou les passions brûlantes trop vite oubliées. Elle avait deux enfants adorables et souhaitait rester dans cette maison. Céder au désir sexuel la satisferait sur l'instant mais, à terme, lui coûterait tout ce qu'elle avait. Jake n'était tout simplement pas homme à s'investir dans une relation.

— Parle-moi, ma belle. Tu sais que tu peux tout me dire.

Il lui caressa les bras, ce qui fit monter la température d'un cran supplémentaire.

— C'est juste une sale journée, Jake. Ça m'arrive. Comme à tout le monde.

Son épiderme était si sensible que ce léger contact était presque douloureux. La sensation s'était estompée plus tôt dans la soirée, mais, à cet instant, elle revenait avec une force inédite.

— J'ai besoin de m'étendre. Dans le noir. Et seule.

Jake fronça les sourcils et frotta son visage contre celui de la jeune femme, comme l'aurait fait un chat.

— Je devrais peut-être appeler un toubib. Tu es fiévreuse, on dirait.

En dépit des circonstances, Emma eut envie de sourire. Jake, qui n'avait probablement jamais utilisé le mot « fiévreux » avant la naissance de Kyle, l'utilisait désormais à tout propos, en professionnel chevronné.

— Ce n'est rien, je t'assure. On a toujours chaud quand on pleure.

Pour chaude, elle l'était… et il sentait si bon ! Il sortait de la douche, Emma ne s'y trompait jamais. Il avait les cheveux mouillés et sentait le propre avec, en contrepoint, un léger parfum de sauvagerie.

— Je ne te crois pas, Emma. Certaines femmes pleurent sans raison, mais pas toi. Quelqu'un ou quelque chose t'a bouleversée. Je ne sortirai pas d'ici sans savoir de quoi il retourne.

Sur ce, il cessa de l'étreindre. La jeune femme dut fermer les yeux en sentant ses doigts l'effleurer tandis qu'elle s'installait plus loin, de façon à ménager un espace entre eux.

— Tu bloques vraiment sur le concept de porte fermée, on dirait…

Il haussa les épaules, immense dans la quasi-obscurité, roulant des mécaniques avec sa décontraction coutumière. Elle eut aussitôt une conscience aiguë de tous les muscles qui roulaient sous sa peau et referma les paupières avec la dernière énergie. Puis elle inspira son odeur et la retint dans ses poumons.

— Les portes fermées, c'est pour les autres, ma belle.

Il se pencha, lui déposa un baiser sur le front et s'étendit à côté d'elle. Emma prit conscience du caractère routinier, naturel, d'un tel geste. Elle n'avait été mariée à Andrew que cinq mois et vivait depuis deux ans auprès de Jake. Deux ans pendant lesquels il était venu dans sa chambre soir après soir, depuis le premier jour de son emménagement. Il l'avait serrée dans ses bras la première nuit, quand elle s'était réveillée en plein cauchemar, croyant revivre la scène de l'accident avec la puanteur du feu et de la fournaise. Tous ses gestes lui étaient devenus plus familiers que ceux d'Andy. Quand elle pensait « contact avec un homme », c'était le grain de peau de Jake qui lui venait à l'esprit. *Idem* quand elle brûlait de se faire sauter. À quand remontait ce revirement ? Et pourquoi là, au bout de deux ans ? Qu'est-ce qui s'était éveillé en elle ? C'était effrayant, elle avait très peur de tout perdre.

— Parle-moi de tes parents. Tu ne m'en as presque rien dit, la pressa Jake.

— Mes parents ? s'alarma la jeune femme, le cœur battant.

Il lui effleura la main et mêla ses doigts à ceux d'Emma. Elle eut une bouffée de désir tandis qu'il portait leurs mains jointes à sa poitrine, pile au niveau du cœur. C'était sa marotte :

les relier physiquement. Elle était liée à lui par bien plus que les enfants.

— Tu as bien des parents ?

L'amusement dans sa voix de basse, chose rare, fit de l'effet à Emma. Elle percevait la chaleur et la solidité de sa grande carcasse. Et jusqu'à ses battements de cœur, lents et réguliers.

— Évidemment. Tu t'imagines quoi, que je suis sortie d'un chou ?

Jake porta les doigts d'Emma à ses lèvres et les lui mordilla. Sa bouche était chaude et humide, ses dents puissantes, mais il appuyait juste ce qu'il fallait pour susciter de l'excitation entre les cuisses de la jeune femme.

— Tu n'as pas l'air de vouloir me parler de tes parents… Ton enfance a été heureuse ? dit-il en tournant la tête pour la regarder dans les yeux. C'est l'idée que je me suis faite au vu de ton joyeux caractère.

Emma lui sourit malgré elle.

— En effet. J'ai eu des parents très aimants. On déménageait souvent ; mon père avait du mal à se poser, il était toujours sur la brèche. Il m'est arrivé de revenir de chez une amie et de découvrir que les cartons étaient faits. Je n'ai pas souvent eu le temps de faire mes adieux. Il fallait qu'on parte, là tout de suite.

— Ce n'a pas dû être facile à vivre.

— Je rêvais d'un foyer stable, c'est vrai. Tu vois le genre : la maison de tout le monde avec jardin et piquets blancs autour, une scolarité normale…

— Tu n'étais pas scolarisée ?

Elle le regarda dans les yeux. Il s'était exprimé sur un ton neutre, le regard rivé sur ses doigts qu'il continuait à mordiller.

— J'ai reçu une très bonne éducation, grommela-t-elle, les sourcils froncés.

Il ne remarqua pas sa grimace, toujours occupé à lui mordre la dernière phalange. L'effet produit, infiniment sensuel, échauffait les sangs de la jeune femme. Sa poitrine s'en ressentait et comme elle était au lit, sans soutien-gorge, la fine étoffe de son pyjama ne dissimulait rien de ses tétons au garde-à-vous. Jake arborait son air sexy habituel, un brin distant, en type habitué à faire un effet bœuf aux nanas sans même s'en rendre compte.

Puis il l'observa tout à trac et Emma sentit son pouls s'accélérer, son souffle rester bloqué. Ses yeux cerclés d'or la fascinaient. L'empêchaient de parler comme de respirer. Elle ouvrit vainement la bouche, mais rien n'en sortit.

— Je sais bien que tu n'es pas inculte. C'est juste que je t'ai toujours imaginée allant à l'école, au milieu d'autres enfants. J'ai eu droit à des précepteurs. Du coup, je me demande ce que ça peut faire d'aller au bahut comme tout le monde.

Emma sentit des picotements sur ses lèvres et les pinça. Il la dévisageait avec une telle intensité qu'elle éprouvait un mélange d'effroi et de griserie.

— Moi aussi, parvint-elle à répondre.

— Emma (son ton, radouci, la fit fondre), je te sens super tendue… Il s'est passé quelque chose et je veux savoir quoi.

Sa cuisse frotta contre celle d'Emma quand il se coucha sur le flanc, en appui sur le coude, son grand corps enserrant la jeune femme dans une attitude protectrice. Il était plus proche que jamais. À moins d'un souffle. Jake était le plus bel homme qu'elle ait connu. Sexy en diable. À chaque mouvement, ses muscles noueux roulaient sous sa peau avec une fluidité sensuelle qui lui faisait un effet terrible, quoi qu'elle fasse pour ne pas le remarquer.

La main posée sur la joue d'Emma, il fit glisser son pouce jusqu'à la commissure de ses lèvres.

— Je te jure, ma belle, que j'étais décidé à être à la maison ce soir. Un impondérable s'est produit. Je ferai tout pour rattraper le coup auprès des petits monstres. Je fais de mon mieux pour m'investir davantage, tu sais ; j'ai conscience de trop te laisser seule avec eux.

Il poussait ses pions au petit bonheur en s'efforçant de la faire s'ouvrir à lui. En priant pour que ce soit son absence à la fête qui l'ait bouleversée car c'était rattrapable. Mais, non, il y avait autre chose de plus profond. Jake eut un mauvais pressentiment. Où les sombres pensées d'Emma l'entraînaient-elles ?

Elle eut beau fermer les yeux pour cesser de le voir, ses autres sens prirent aussitôt le relais. Une moiteur chaude naquit dans son entrecuisse et le désir lui donna des bourdonnements d'oreilles. Elle en voulait secrètement depuis toujours à Jake pour ses frasques sexuelles avec d'autres femmes. Il ne cachait pas le fait qu'il plaisait beaucoup et Emma savait qu'elles lui rendaient visite à son bureau en ville – et dans quel dessein. Était-elle jalouse depuis tout ce temps sans s'en rendre compte ? C'était très moche, en tout cas, de se retrouver dans la peau de ces nanas.

Emma n'avait aucune envie d'entrer dans son harem, à quêter ses faveurs, craignant d'être rejetée sitôt après usage. Comment lui expliquer qu'elle ne voulait plus qu'il vienne la rejoindre dans sa chambre… parce qu'elle ne pensait plus qu'à une chose : lui sauter dessus ? Pourquoi tout ce qu'il faisait prenait-il un tour sexuel alors qu'il s'était comporté de la même manière pendant deux ans sans que cela la mette en émoi ? Aucun doute : c'était elle qui avait changé. Les larmes affluèrent de plus belle.

— Ça suffit, grinça Jake en lui prenant le visage à deux mains, ses pouces lui caressant le menton avec douceur.

Il se pencha sur elle, presque à l'étouffer.

— Arrête ça. Tu m'entends, Emma ? Arrête ou je fais quelque chose que ni toi ni moi ne pourrons contrôler.

Elle appuya le front contre celui du colosse.

— Je ne sais pas ce qui m'arrive, Jake, mais ça me fait horreur. J'ai l'impression de ne plus être moi-même.

Il effleura son doux minois de haut en bas.

— Ces deux années n'ont pas été tendres avec toi. Le décès de ton mari, le repos forcé, prendre soin de Kyle, accoucher d'Andraya, t'occuper du ranch – et avec quel brio, si je puis me permettre ! Te voir craquer un peu n'a rien d'étonnant. Tu ne sors du domaine que pour aller faire quelques courses, beaucoup de choses nous étant livrées. Je crois bien ne t'avoir jamais vue prendre un peu de temps pour toi.

Une mère ne prenait pas de temps pour elle. Emma ne se considérait pas comme une gouvernante mais comme la mère de Kyle et d'Andraya. Cela étant… elle n'était pas chez elle et Kyle n'était pas son fils. Elle travaillait au ranch. C'était son *boulot*.

— Il n'a jamais été question de temps libre…

Était-ce ainsi qu'il la voyait ? Comme une simple employée ?

Comme assommée, elle bénit cependant le ciel de ne plus être sur un volcan et d'avoir l'épiderme moins sensible. L'envie de lui était toujours présente mais en moins… féroce. Elle n'avait plus peur de lui sauter dessus pour le mordre.

Il cilla. Ses yeux d'ambre luisaient presque, et un grondement sourd, presque un grognement, émana des profondeurs de son poitrail.

— Tu veux du temps à toi ?

Elle fronça les sourcils.

— N'est-ce pas justement ce que tu viens de me dire ? Que je ne soufflais jamais ?

— C'était une remarque, pas une question.

Emma laissa choir sa tête sur l'oreiller.

— Et qu'est-ce que je dois comprendre ? J'ai cru que tu me suggérais de prendre des vacances, ne serait-ce qu'un soir ou deux.

— Si tu pars en vacances ou si tu prends ta soirée, il va falloir que j'engage quelqu'un à ta place. L'idée qu'une étrangère se balade chez moi et s'approche des enfants ne me dit rien. Ça signifierait engager plus de gardes du corps. Je pensais plutôt à ce que tu prennes le temps de lire un bouquin. Et puis je t'ai acheté un cheval, rappelle-toi. Je t'emmènerai en balade. Ce genre de truc…

— Tu m'as acheté un cheval ? Première nouvelle.

Il fit grise mine.

— Des vacances ? Tu veux qu'on parte en vacances ? Il faut me le dire à l'avance, Emma, que je puisse me libérer. Et puis il faut trouver un endroit qui permette de garder les enfants à l'œil. Je peux demander à une de mes assistantes de faire des recherches. Et je te l'ai dit, Emma, que je t'avais acheté un cheval.

Elle commençait à avoir mal à la tête. Conséquence possible de ses crises de larmes, ou plus probablement du fait que Jake la rendait marteau à force de raconter n'importe quoi.

— Tu m'as dit que tu avais acheté *un* cheval, admit-elle de sa voix la plus posée, mais en omettant de préciser qu'il était pour moi. Tu m'as balancé ça au téléphone au milieu d'une tonne de trucs, en pleine nuit.

— Je t'appelle toujours tard, c'est vrai. Mon sommeil est assez particulier.

C'était la stricte vérité. Il faisait les cent pas dans sa chambre soir après soir, ou s'allongeait à côté d'elle, dans le noir, avant de la bombarder de questions.

— Quand as-tu dormi pour la dernière fois ?

Il s'étendit sur le dos, les mains jointes derrière la tête.

— Je ne m'en souviens plus. Trois ou quatre jours, je dirais. Je dors mieux quand je suis à la maison.

Lui arrivait-il seulement de dormir ? Tous les soirs ou presque, il restait dans sa chambre jusqu'à 2 ou 3 heures. Il lui arrivait aussi de faire les cent pas dans la chambre des enfants, tel un animal en cage. Jake était compliqué au point d'être épuisant. Il restait indéchiffrable, éludant chaque fois le sujet de son enfance. Elle n'avait croisé qu'une fois sa mère… et ça n'avait rien eu d'agréable. Ses parents étaient depuis lors *persona non grata* au ranch ; quant à Kyle et Andraya, ils étaient surveillés jour et nuit.

Comme s'il lisait dans ses pensées, Jake revint à la charge.

— Parle-moi de tes parents.

— Que veux-tu savoir ? dit-elle en se tournant vers lui.

— Vous est-il arrivé de voyager en dehors des États-Unis ? D'où étaient-ils originaires ? Que faisait ton père pour gagner sa vie ?

Emma fronça les sourcils, les yeux rivés sur le plafond.

— On n'a jamais été à sec mais je n'ai jamais trop su ce que faisait mon père à titre professionnel. On ne roulait pas sur l'or, pas comme toi qui possèdes pour ainsi dire la moitié du pays. Cela étant, on n'a jamais manqué de rien.

— Tu ne lui as jamais posé la question ?

— Non, jamais. J'ignore pourquoi, d'ailleurs. Comme je ne voyais pas beaucoup d'autres enfants, le sujet n'a jamais dû m'effleurer. Les dernières années de sa vie, il passait tout son temps sur son ordi et je sais qu'il lui arrivait souvent de faire halte dans un cybercafé lors de ses déplacements. Pour le boulot, j'imagine.

— Et ta mère ?

— Elle s'occupait de nous. Et elle peignait. C'était une vraie artiste.

Emma s'exprimait par phrases courtes en s'efforçant de masquer sa gêne. On lui avait dit de ne *jamais* parler de ses parents, et, même s'ils étaient morts, la règle tenait toujours.

— C'est donc d'elle que tu tiens ton talent…

La jeune femme fut heureuse qu'il la trouve douée et qu'il ait fait ressortir ce point commun avec sa mère.

— Elle dessinait tout le temps dans son carnet à croquis. Je me suis mise à faire pareil en voiture. On s'échangeait les fusains et, dès qu'on posait les valises, la première chose qu'elle faisait, c'était nous trouver un coin atelier.

— La première fois que je suis passé à ton appartement, j'ai trouvé ce vieux carnet, je me suis dit qu'il devait être important pour toi et je te l'ai rapporté. Il était à ta mère ?

Elle eut soudain la gorge serrée et hocha la tête. Jake se décala afin de jouer avec ses mèches, comme à son habitude.

— Les déménageurs ont emballé quelques tableaux ; pourquoi ne pas les avoir accrochés dans ta chambre ?

Emma, silencieuse, tourna la question en tous sens dans sa tête. Il n'allait pas aimer sa réponse et, quand il n'aimait pas quelque chose, il pouvait se montrer imprévisible.

— Les premiers temps, j'étais trop malheureuse pour faire attention à quoi que ce soit. Puis quand j'ai songé à déballer ces tableaux, ne serait-ce que pour le réconfort qu'ils pouvaient m'apporter, j'étais au repos forcé. Pas idéal pour ouvrir des cartons…

Il tira sur la mèche enroulée autour de son index assez fort pour qu'elle pousse un petit cri.

— Tu aurais dû me le dire. J'aurais chargé un des gars de les déballer pour toi. Et après le repos forcé ?

Emma lui lança un regard noir. En pure perte : il n'était pas tourné vers elle.

— Arrête de me tirer les cheveux.

Sans les lâcher, Jake les fit rouler entre ses doigts, presque machinalement. Elle soupira et renonça, consciente d'être en train de jouer la montre.

— Après la naissance d'Andraya, j'étais à plat tout le temps avec la maison et deux enfants à m'occuper. Je tombais de sommeil sitôt couchée.

— Et tu faisais toujours de nombreux cauchemars, fit-il remarquer.

C'était indéniable. Il avait souvent foncé jusqu'à sa chambre pour s'assurer qu'il n'y avait rien de grave et lui tenir compagnie jusqu'à ce qu'elle se rendorme.

— C'est vrai. Ensuite, comme je n'étais pas sûre de rester, j'ai jugé inutile de défaire tous mes cartons. J'ignorais ce que j'allais faire une fois touché l'argent des assurances.

Jake s'immobilisa.

— Je me trompe, ou il est souvent question que tu me quittes ?

Avait-elle perçu une note chagrinée dans sa voix ? Emma, d'ordinaire assez douée pour déceler les émotions dans le timbre de ses interlocuteurs, n'y arrivait pas avec Jake. Quel que soit le sujet abordé, il s'exprimait toujours avec ce débit posé qui la fascinait. Sa colère se manifestait par un timbre plus grave mais sans qu'il hausse le ton.

— Je n'en ai jamais eu l'intention. (C'était absurde, pensa-t-elle. À les entendre, on aurait juré qu'ils formaient un couple.) J'ignorais simplement si mon job allait tenir. Et puis la situation changerait du tout au tout si tu te mariais, ne me dis pas le contraire.

— Sois tranquille de ce côté-là. Les femmes que je connais sont toutes des pétasses intéressées. Je n'en laisserai aucune s'approcher de ma fortune, du ranch ou de toi. Et encore moins des enfants. Considérons donc qu'il n'y a aucun danger que j'en épouse une.

— Tu les laisses juste s'approcher de ton corps.

Les lèvres pincées, elle s'en voulut du cocktail d'émotions qu'elle avait laissé filtrer dans sa voix. Jake tourna la tête vers elle et l'examina avec attention. Elle comprit à cet instant qu'elle lui en voulait. Qu'elle était jalouse. Non qu'elle souhaite coucher avec lui, tout rapport autre que la relation platonique qui les unissait promettant de tourner à la cata. Jake n'était pas facile à vivre en tant que patron. Comme amant ou mari, il régenterait tout avec une poigne de fer.

— On ne peut pas tous être de petits saints qui ne profitent jamais des plaisirs de la chair.

Emma crispa si fort le poing que ses ongles lui meurtrirent les paumes.

— Sors de ma chambre. Je suis sérieuse. Tu te montres insultant et j'ai eu une journée assez difficile sans que tu en rajoutes. Sors, j'ai dit !

Il ne bougea pas un muscle.

— En quoi est-ce insultant ? Tu viens de me traiter de dépravé, quel mal y a-t-il à ce que je te traite de sainte ?

— Tu m'insultes délibérément et tu le sais, dit-elle en se masquant les yeux derrière le bras. Je suis crevée, Jake. Je tenais tellement à ce que tu passes une bonne journée. Il me tardait de te voir rentrer, j'avais tout préparé pour que ton anniversaire soit un moment unique. Je ne sais pas ce qui a merdé mais là, tout ce que je souhaite, c'est me rouler sous la couverture. Demain est un autre jour.

Sentant les sanglots monter, elle s'en voulut d'être une cruche pareille. Qu'est-ce qui clochait chez elle, bon sang !?

Jake se tourna à demi et lui passa la main dans les cheveux.

— Tu *as* fait de mon anniversaire une journée unique, Emma. Jamais je n'avais eu droit à un cadeau ou à un gâteau. Ce que tu as fait pour moi est inoubliable. J'ouvrirai les cadeaux de Kyle et d'Andraya demain matin. Quant au gâteau, on le mangera au petit déjeuner.

Elle tenta de ne pas rire.

— Non, mon grand, les enfants n'auront pas du gâteau au petit déjeuner.

— Pourquoi pas ?

Il faisait l'innocent mais elle ne fut pas dupe. Dès qu'il avait été père, elle le soupçonnait d'avoir potassé à mort la nutrition des enfants, voire d'avoir consulté toutes les personnes qui faisaient autorité en la matière. Jake s'attachait toujours aux détails ; elle l'imaginait très mal oubliant quoi que ce soit de ses lectures.

— Tu sais parfaitement pourquoi. Il n'est pas question de trop les gâter, Jake. Andraya se prend déjà suffisamment pour une princesse.

— Elle est une princesse.

— Dans sa tête uniquement.

Jake enroula une mèche de cheveux autour de son poignet et porta celle-ci à son visage.

— Dans ma tête aussi. Mais puisque tu dis « pas de gâteau au petit déjeuner », n'en parlons plus, c'est toi la patronne.

— Depuis quand ? s'étrangla-t-elle, hilare. C'est toujours toi le boss. Personne d'autre.

Il menait la maison et le ranch comme il gérait ses affaires. Sans trop lâcher la bride parce qu'il ne faisait pas assez confiance. Drake, Joshua et peut-être elle étaient les seuls à qui il laissait un peu de mou. Quel enfer ce serait de vivre avec lui ! Un vrai maniaque du contrôle. Pourquoi cela redonnait à la jeune femme envie de pleurer, mystère. Toujours est-il qu'elle sentit les larmes affluer. Nouvelle source d'humiliation.

— Désolée, Jake. Je ne sais pas ce qui m'arrive. Sincèrement. Ce n'est pas ta faute. C'est moi qui tombe en morceaux… Même enceinte, je n'ai pas connu ça.

Il fit glisser sa main de l'épaule à l'ourlet de la veste de pyjama de la jeune femme et plaqua la paume sur son ventre, comme pour y ressentir les mouvements d'un fœtus.

— Tu dois avoir besoin que quelqu'un t'étreigne pendant que tu t'endors. Souviens-toi de l'époque où tu faisais tous ces cauchemars, dit-il en se penchant pour lui déposer un bisou sur la tempe. Je te tenais dans mes bras jusqu'à ce que tu te rendormes.

Il l'avait fait… mais, à l'époque, Emma n'était pas surexcitée. Lui l'était déjà, comme à l'instant, et sans gêne aucune. Sauf que cela ne lui faisait plus du tout le même effet : le sentir raide comme la justice contre sa cuisse la brûlait comme l'aurait fait un charbon ardent.

— Tu souhaites avoir d'autres enfants ?

— Pourquoi cette question ? réagit-elle en le regardant dans les yeux.

— J'y ai pensé dernièrement. En m'interrogeant sur ton opinion à ce sujet. Avec Kyle et Andraya qui sont si proches en âge, je me suis dit que c'était déjà assez lourd à gérer comme ça.

Il cessa de lui appuyer sur le ventre et, tandis qu'il retirait sa main, le bout de ses doigts effleura les côtes de la jeune femme et ses jointures le dessous de ses seins.

Geste accidentel ou délibéré ? Difficile de trancher en étant plongée dans ses yeux d'ambre. Avant qu'elle puisse parler, il ajouta sur le même ton intimiste :

— J'ai demandé à John de préparer tes documents d'adoption vis-à-vis de Kyle.

Elle éprouva un vif plaisir : non seulement il s'en était souvenu, mais il avait déjà donné des ordres en ce sens à son avocat. Quand avait-il trouvé le temps ? Mystère. C'était Jake tout craché de donner la priorité à cette démarche d'adoption alors qu'ils en avaient à peine parlé.

— Merci. Je me sens déjà dans la peau de sa mère ; ça va être un énorme soulagement de le devenir légalement.

— Tu n'as pas répondu. Tu voudrais d'autres enfants ?

— Je ne sais pas trop… Pourquoi pas, avec la bonne personne…

Sauf qu'elle ne souhaitait pas quitter le ranch. S'en aller, ce serait séparer les enfants.

Il fit courir son doigt sur les sourcils d'Emma, cédant à une routine qu'il avait souvent répétée pour l'aider à s'endormir. Ce geste apaisait la jeune femme sans raison définie… un peu comme l'aurait été un petit animal. Ses immenses battoirs lui couvraient les yeux. Elle ferma les paupières et laissa la tension quitter son corps.

— Et toi, Jake ?

Il prit une profonde inspiration. Sa ferme intention était d'avoir d'autres enfants. Avec Emma.

— D'ici un an ou deux, avant que Kyle et Andraya soient trop grands.

Et aussi afin qu'Emma reste auprès de lui.

Jake ne connaissait pas grand-chose à l'amour mais savait comment séduire une femme. Que Drake ait raison ou pas à propos d'Emma, sa décision était prise. Il allait se l'attacher par tous les moyens imaginables, ce qui comprenait lui faire des enfants. Il en avait largement les moyens et il serait toujours possible d'engager du personnel. Si ses autres descendants étaient à l'image de Kyle et d'Andraya, Jake saurait apprendre à les aimer à sa manière.

— Tu es fille unique ? lança-t-il en faisant courir son index sur la paupière fermée, la pommette saillante et enfin les lèvres pleines de la jeune femme.

— C'est un autre truc qu'on a en commun. Je suis fille unique, en effet. Quand mes parents sont morts dans un accident de voiture, peu avant mes dix-neuf ans, je me suis retrouvée sans famille, seule au monde.

— Comment est-ce arrivé ? Tu étais à bord ?

Jake sentit un léger frisson la parcourir.

— Non, mais c'est moi qui ai trouvé l'épave.

— Je ne voulais pas remuer de mauvais souvenirs, dit-il en lui caressant les cheveux afin de l'apaiser.

Il hésita. Qu'est-ce qui était pire : avoir des parents vivants mais monstrueux comme les siens, ou être aux premières loges quand on perdait des êtres chers ? Il n'avait jamais vécu un deuil de ce type. L'idée de perdre Emma lui était insupportable. Il en eut le souffle coupé et comme anesthésié mentalement alors qu'il n'était même pas amoureux. Le mot « amour » n'avait aucune signification pour lui. Il se savait incapable d'aimer, contrairement à Emma.

— Désolé, ma belle, c'est idiot de ma part de t'amener à parler de tes parents et de l'accident alors que tu veux dormir. Je ne m'en suis pas rendu compte.

Penchant la tête de quelques centimètres supplémentaires, il déposa un baiser sur chacune des paupières d'Emma puis recommença à lui effleurer le visage du bout de l'index.

— Leur mort subite m'a causé un choc, admit-elle, somnolente. (Elle se tourna vers lui en gardant les yeux clos.) On avait toujours un plan de secours en cas de séparation ou de coup dur.

Elle dormait à moitié, bien au chaud. La présence de Jake la rassurait, sans quoi elle n'en aurait jamais dit autant. Cela la soulageait de se livrer à cœur ouvert.

— Je les ai attendus une heure à la bibliothèque, comme convenu, mais, ne les voyant pas venir, j'ai gagné le second point de rendez-vous. On n'était pas censés s'appeler sur les portables. Au bout d'une heure de plus à poireauter, j'ai compris que quelque chose n'allait pas du tout.

Jake la serra plus fort et l'embrassa sur la tempe.

— Tu devais être terrifiée.

— En pleine panique, oui. Mes parents étaient tout pour moi. J'ai filé à l'endroit où ils avaient planqué du fric et des papiers puis, au lieu de rallier le dernier point de rendez-vous, après lequel je devais m'évanouir dans la nature, j'ai fauché un vélo et j'ai quitté la ville par la route d'où ils étaient censés arriver. Toute en lacets et à pic. Il a fallu que je mette pied à terre quand ça grimpait trop ; j'étais sûre qu'ils allaient être furieux après moi mais j'étais comme habitée.

Le silence s'éternisant, Jake jugea utile de la relancer.

— Et tu les as trouvés.

Elle prit une respiration sifflante, les dents serrées.

— Oui, je les ai trouvés.

Emma poursuivit sur un timbre heurté, à voix si basse qu'il l'entendait à peine malgré son ouïe supérieure.

— La voiture avait quitté la route. Maman était morte sur le coup ; enfin c'est ce que j'ai cru, et espéré. Mais mon père…

Elle se nicha contre son torse, le visage strié de larmes.

— Emma ?

Elle eut un mouvement de tête.

— Parle-moi, bébé.

La jeune femme observa un long silence puis ses paupières se rouvrirent. Elle le regarda droit dans les yeux, semblant y chercher quelque chose. Du réconfort, peut-être.

— Mon père avait survécu à l'accident mais quelqu'un l'avait torturé. Son corps était couvert de petites plaies. Le ou les coupables avaient allumé un feu et livré les corps aux flammes. J'ai repéré des traces qui partaient de la voiture.

— Quel genre de traces ?

Jake avait la gorge serrée d'apprendre qu'elle avait vécu une horreur pareille, passant très près d'être tuée. Dans quel pétrin son père s'était-il fourré ?

— Des traces de gros félin.

Le choc éprouvé lui assécha la bouche. Un léopard ? Drake aurait donc vu juste ? Tout concordait… mais comment était-ce possible ? Il fallait qu'il se renseigne davantage au sujet d'Emma. De ses parents. Seule certitude : le moment était très mal choisi pour révéler à la jeune femme qu'il pouvait se transformer en fauve.

— Je leur avais promis qu'en cas de problème je partirais à des milliers de kilomètres. Alors je l'ai fait. Je suis allée jusqu'en Californie pour tenir parole.

Quand Emma s'engageait, c'était du solide. Si elle l'épousait, il n'y aurait ni tromperie ni rupture. Pas la plus petite entorse à la parole donnée.

— Où tu as rencontré et épousé Andrew.

Changeant au passage de nom de famille, songea-t-il, ce qui compliquait d'éventuelles recherches. Bien vu.

— Vraiment navré pour toi, Emma. Tu as traversé de terribles épreuves.

Il entreprit de caresser ses mèches longues et soyeuses, autant pour la soulager que pour s'apaiser lui-même. Sa tension se dissipa peu à peu.

— Ta mère a toujours aimé les panthères ? C'est de là que te vient ce plaisir manifeste à dessiner des léopards, toi aussi ?

Jake souhaitait qu'elle se souvienne de sa mère ainsi, du don merveilleux qu'elle lui avait transmis.

— Oui, en effet. Mais, à ma connaissance, elle n'a jamais réalisé le tableau que j'ai peint pour toi, moitié homme et moitié fauve. Elle adorait les grands félins. Le rendu qu'elle obtenait était criant de vérité. La façon que tu as parfois de rester immobile, ou de te mouvoir comme de l'eau sur le sable, sans un bruit, ça me rappelle un léopard.

— Pas un tigre ? demanda-t-il, sa curiosité piquée.

L'intuition dont faisait preuve Emma était ce qu'il admirait le plus chez elle. La jeune femme possédait un instinct déroutant. Il commençait vraiment à se dire que Drake avait mis dans le mille, et, si tel était le cas, cela constituait-il une bénédiction... ou une difficulté supplémentaire ?

— Les léopards sont plus imprévisibles, rétorqua-t-elle en papillonnant des cils, un éclat amusé dans ses grands yeux verts – des yeux de chat. Et ils ont très mauvais caractère.

Il y avait du sourire dans sa voix. Jake s'approcha pour humer son odeur. Il lui prenait parfois l'envie d'absorber le bonheur d'Emma dans ses poumons, d'en emplir son corps, ses vaisseaux sanguins. Farouchement protecteur, il l'était peut-être trop pour être heureux. Il avait construit un empire sur lequel il veillait avec férocité mais les ennemis alentour l'obligeaient à rester sur ses gardes. Emma, qui avait elle aussi eu son lot de malheurs, n'avait pas perdu sa capacité à aimer, à plaisanter, à trouver le bonheur à la moindre occasion.

— Je n'ai pas mauvais caractère ; simplement, j'aime que les choses soient faites comme il se doit.

La petite moue qu'afficha la jeune femme fit chavirer le cœur de Jake qui sentit le sang affluer dans sa queue, plus réveillée que jamais. Il inspira à fond, expira, puis prit soin de joindre sa main à celle d'Emma pour mieux résister à la tentation de lui palper un sein. Il fallait procéder par petites touches, lui laisser le temps de s'habituer à l'idée qu'un autre homme entre dans sa vie. Ses jalons étaient en place mais Emma n'était pas encore prête. Un jour prochain, quand elle tournerait la page Andrew, il serait là pour elle.

Andrew, en toute sincérité, n'avait été son mari que quelques mois alors qu'ils vivaient sous le même toit depuis deux ans. Elle l'avait connu combien de temps, six mois, sept à tout casser ? Et c'était un gamin, pas un homme. Sûrement très doux avec elle. Mais c'était d'un vrai mec dont elle avait besoin.

Jake était convaincu qu'elle avait très peu d'expérience en matière de sexe. Il aurait parié sa chemise qu'elle était vierge avant Andrew. Les choses qu'il rêvait de faire avec elle allaient sans doute la choquer. Il porta la main de la jeune femme à sa bouche et lui mordilla la première phalange.

— Décidément, tu es très buccal, murmura-t-elle, amusée.

— Tu n'as pas idée à quel point.

Ravi par ce sous-entendu malicieux, il se baissa de façon à lui titiller le défaut de l'épaule, au ras du cou. Sa langue erra sur son épiderme chaud. Enivré par le goût que lui communiquaient ses papilles, il ne put résister à l'envie d'y poser les lèvres.

Emma haussa légèrement l'épaule, déjà trop endormie pour protester davantage. Jake s'autorisa à la mordiller du bout des dents. Son *alter ego* léopard le pressa d'y aller plus franchement, de la marquer en signe d'appartenance, mais Jake releva la tête.

— Dors bien, ma belle. À demain matin.

Chapitre 9

— Papaaa, ça veut dire quoi, « zoiseau de malheur » ? lança Kyle.

Jake fronça les sourcils et se tourna vers Emma qui, d'ordinaire, comprenait tout ce que racontaient les enfants. Adossée à l'embrasure, la jeune femme le regardait déballer ses cadeaux devant les gamins surexcités, assis de part et d'autre de lui sur le lit de Kyle. Andraya bondit sur ses genoux et se pendit à son cou, à la manière d'un petit singe, tandis que l'aîné le regardait fixement, attendant qu'il réponde.

Emma était à croquer et comme il était resté presque toute la nuit sans fermer l'œil, étendu à côté d'elle, à gamberger sur ce que cachait son pyjama porté à même la peau, il se sentait affamé. Elle haussa les épaules, l'air mal à l'aise, et fit « non » de la tête.

— Tout le monde est prêt pour le petit déjeuner ? demanda-t-elle avec une joie forcée.

Jake plissa les paupières : elle savait pertinemment ce que Kyle avait voulu dire mais rechignait à le renseigner. Aussi se tourna-t-il vers son fils.

— Qui a dit ça ?

— La méchante dame.

Le père adressa un regard noir à Emma.

— La méchante dame, répéta-t-il, les yeux rivés sur elle et non sur Kyle. Quelle méchante dame ?

— Kyle, enfin ! intervint Emma.

Jake leva la main pour signifier à la jeune femme de ne pas intervenir tout en se levant avec Andraya dans les bras, son immense silhouette occultant toute la chambre.

— Quelle méchante dame, mon grand ? demanda-t-il sur un ton faussement mielleux.

— Celle qui fait pleurer maman.

Un silence de plomb se fit. Tout le monde retint son souffle, même la petite Andraya. Jake lutta pour retenir le volcan qui menaçait d'exploser. Il inspira, compta jusqu'à dix et expira.

— Susan ? lança-t-il de sa voix de stentor sans quitter des yeux Emma, devenue blême.

La jeune fille arriva en courant, des étincelles dans le regard, ravie d'être hélée par son idole.

— Désolée, je suis en retard pour le petit déjeuner ?

— Pas du tout, rétorqua Jake aimablement. Je n'ai pas eu l'occasion de te dire combien je suis heureux de ton séjour parmi nous. Peux-tu conduire les enfants à la cuisine et t'occuper de leur petit déjeuner ?

Susan, un peu déçue, ouvrit la bouche à plusieurs reprises comme pour dire quelque chose mais, comme rien ne sortait, elle se résolut à tendre les mains aux enfants. Kyle accepta mais Andraya s'accrocha à Jake.

Voyant Emma se détourner, Jake, vif comme un cobra, la rattrapa par le poignet.

— Tut-tut, tu ne vas nulle part.

De sa main libre, il posa Andraya par terre.

— Va avec Susan, ma puce. Comme une gentille fille.

Andraya resta un instant à l'observer pour déterminer si une crise se justifiait ou pas. Elle vit qu'il avait les maxillaires crispés et se résolut à suivre Susan de son plein gré. Jake attendit jusqu'à ce que les enfants soient au rez-de-chaussée.

— Les consignes sont claires dans cette maison : aucun visiteur n'est admis sans mon feu vert préalable. Le sénateur Hindman et sa fille sont les bienvenus de temps à autre mais je ne me rappelle pas avoir autorisé quelqu'un d'autre. Donc, sauf si c'est Susan la « méchante dame » qui t'a fait pleurer, ça signifie qu'une tierce personne est venue chez moi à mon insu.

Il avait détaché chaque syllabe sans desserrer les dents, le timbre plus grave qu'à l'ordinaire, lourd de menace.

Emma recula malgré elle. Il lui emboîta le pas comme dans quelque chorégraphie macabre jusqu'à ce que le dos de la jeune femme heurte la paroi. Jake y plaqua les paumes au niveau de sa tête, l'enfermant bel et bien. Immense et très intimidant, il ne regretta pas de déceler un peu de peur dans le regard de la mère de ses enfants. La trouille avait du bon, parfois.

— Peu après ton dernier départ, Jerico, qui était de service à la porte du domaine, a appelé pour m'annoncer que ta petite amie était là.

Il arqua les sourcils.

— Ma petite amie ? Je n'en ai pas et tu le sais très bien.

L'impatience s'afficha sur le visage expressif d'Emma.

— OK, très bien, la nana avec laquelle tu passes tes nuits.

— La seule avec laquelle je passe mes nuits, c'est toi. Qui est cette femme qui prétend être ma petite amie ? Elle a vraiment utilisé cette formule ridicule ?

Son impatience se mua en exaspération.

— C'est *Jerico* qui a utilisé cette expression. Il m'a dit que ta petite amie, Linda Rawlins, s'était présentée au portail et voulait entrer.

— Tu as mordu à cette fable ?

— J'ai cru que tu sortais avec elle. Et que tu couchais avec.

Il s'autorisa à afficher un mépris teinté de dérision dans ses yeux cerclés d'or.

— Je ne sors pas et je ne couche pas. Linda est passée deux ou trois fois me sucer à mon bureau en ville. Je l'ai baisée, purement et simplement, parce que ça me fait un mal de chien et que j'ai besoin de me soulager. Elle savait que c'était sans lendemain. Ma « petite amie », enragea-t-il en secouant la tête. Je te pensais mieux informée. Qu'est-ce qu'elle voulait, cette morue ?

Il sortit son talkie et lança un message.

— Drake, je veux que Jerico aille *illico* m'attendre dans mon bureau. (Il loucha sur Emma.) On me dit que tu as donné l'ordre à un gars de l'accompagner à la maison. Je veux savoir qui.

— Jake, enfin, dit-elle en le défiant du regard.

— Ne me mets pas plus en colère que je le suis déjà.

Emma poussa un soupir, baissa les yeux et haussa les épaules.

— OK. C'était Joshua, avoua-t-elle tout en serrant les poings, énervée.

Jake la dévisagea, décidé à ne pas la ménager, furieux d'apprendre qu'elle s'était exposée alors qu'il faisait son possible pour la protéger. Cependant, si elle ne se calmait dans la minute qui suivait, elle risquait fort de lui en coller une. Il lança un autre message.

— Dis aussi à Joshua de se pointer.

Il l'obligea à relever la tête vers lui.

— Une traînée est une traînée quelles que soient ses origines, Emma, tâche de bien t'en souvenir. Pourquoi diable l'as-tu autorisée à envahir mon ranch ?

— Si cette nana est une traînée, qu'est-ce que ça fait de toi ? balança la jeune femme, furieuse à son tour. Et ce n'est pas la seule que tu incites à coucher avec toi !

Ses yeux magnifiques brillaient comme des émeraudes. S'ils se mettaient à cracher des étincelles, Jake en aurait été à peine surpris.

— La différence, c'est que Linda est prête à vendre son âme au plus offrant et se sert de son cul pour décrocher ce qu'elle veut.

— Tandis que toi non ?

— Pas encore. Mais crois-moi, ma belle, ça ne saurait tarder. Maintenant, dis-moi ce qui s'est passé et comment les enfants s'y sont trouvés mêlés.

— Va te faire foutre ! renchérit Emma.

Il plissa les paupières, fasciné, brûlé par son regard de braise. Sa grande carcasse s'immobilisa. Agressif, dominateur, il encercla sa proie d'énergie et de chaleur.

Elle prit une profonde inspiration. Comme il s'était approché, ce réflexe provoqua un frottement poitrine contre abdominaux. Il eut une conscience aiguë de ses tétons durcis. La foudre lui descendit jusqu'à l'entrejambe, et il eut brusquement envie de se frotter contre elle, comme le ferait un félin. Excité à mort, Jake l'imagina s'agenouillant et lui prenant la queue dans sa bouche parfaite, propice aux fantasmes les plus torrides.

À la colère qu'il ressentait tous deux s'ajouta une tension sexuelle palpable. Il perçut leurs odeurs mêlées, un arôme enivrant de désir réciproque qui fit à Jake l'effet d'un aphrodisiaque. Il pencha la tête jusqu'à ce que ses lèvres lui effleurent presque l'oreille.

— Surveille ton langage, ma beauté, sinon tu vas découvrir ce qui arrive quand on me pousse à bout.

— Tu ne m'intimideras pas si facilement, Jake. N'essaie même pas de me faire bondir dans tes cerceaux comme tous ceux de ton entourage.

Il lui serra le cou et la contraignit à relever la tête.

— Tu tiens vraiment à jouer à ce petit jeu avec moi, Emma ? Parce que je sens l'effet que mon corps a sur le tien. Tu crois quoi ? que je ne me rends pas compte quand j'excite une nana ?

Le colosse poussa jusqu'à ce que son érection appuie contre l'entrecuisse brûlant de sa victime.

— Pour que je devienne une des poufiasses délaissées que tu regardes de haut ? Que j'entende le mépris dans ta voix chaque fois que tu prononceras mon nom ? Non, merci, mon grand.

Elle ne fit rien pour se dégager et le toisa, aussi en pétard que lui.

— Si mon corps réagit, c'est signe que je ne suis pas morte. Tu es très sexy et tu le sais mieux que personne, mais crois-moi quand je t'affirme qu'intérieurement une petite voix me hurle « plutôt crever ».

N'ayant retenu que ces deux derniers mots qui le mirent en rage, il l'empoigna par les avant-bras, la souleva du sol et l'embrassa à pleine bouche. Un baiser sans douceur ni retenue. Jake prenait possession de ce qui lui plaisait, la revendiquait, la marquait, exigeait d'elle qu'elle réagisse. Brûlant de désir, il l'obligea à ouvrir la bouche pour qu'elle soit toute à lui.

L'incendie qui se déclara dans son système sanguin métamorphosa ce qui se voulait au départ une punition. Emma se débattit mais pas sa bouche, qui fusionna avec la sienne lors d'un duel de langues débridé tandis qu'elle était écrasée sous le poids de sa grande carcasse. Profitant de ce qu'il la plaquait contre le mur, Jake passa la main, trouva un téton dressé et le titilla comme il rêvait de le faire depuis deux longues années.

Ses digues cédèrent. Submergé par un flot d'émotions, profondément ébranlé, il éprouva malgré lui et à sa grande surprise… Quoi, d'ailleurs ? Pas de l'amour. C'était impossible. Terrifié par ce qu'il ressentait, il dut se rendre à l'évidence : caresser Emma, l'embrasser, sentir fondre ce petit corps chaud était mille fois plus excitant que toutes ses expériences sexuelles passées. La jeune femme faisait éclore en lui une palette d'instincts de mâle tout à fait inédite, englobant jusqu'à la tendresse. Aussi brutal qu'inattendu, ce déferlement le fit presque pleurer de joie en même temps qu'il décuplait son désir physique.

Les marteaux-piqueurs qui lui vrillaient le crâne s'intensifièrent alors que son léopard, toutes griffes dehors, luttait pour prendre le contrôle. Emma rendit les armes sous l'assaut conjugué de cette bouche et de ces mains. Le souffle coupé et les jambes en coton, elle sentit un genou faire le forcing entre ses cuisses jusqu'à son intimité brûlante. Son désir culmina. Jake fit descendre la fine étoffe du top qui lui couvrait les seins sans interrompre un seul instant leur abouchement féroce tandis que ses mains partaient explorer la chair offerte.

Il fit subir le même sort au soutien-gorge dans sa hâte fébrile de saisir sa poitrine chaude à pleines mains. Sentir ses seins lourds dans ses paumes faillit de nouveau lui tirer des larmes. Il désirait plus que tout découvrir le grain de cette peau laiteuse, jusque dans ses moindres replis. Prendre le temps de la savourer. Sa bouche descendit, traçant un sillon de feu des lèvres d'Emma à ses tétons.

La jeune femme hoqueta, cambrée à l'extrême, tandis qu'il aspirait un mamelon dans sa bouche et donnait de furieux coups de langue sur le petit bouton de chair surexcité, mordillant, léchant, envoyant des décharges dans le corps de sa partenaire.

Emma perçut son propre gémissement d'extase et comprit qu'elle était dans de sales draps. L'alchimie entre eux était explosive ; son épiderme était devenu si sensible que le contact de ses vêtements était presque insupportable. Elle se frottait contre son genou avec la dernière énergie, bien incapable de s'en empêcher. Sa bouche lui faisait l'effet d'être vide. Et pas que sa bouche. Vite, qu'il la pénètre ! Il fallait qu'elle soit soulagée de ce désir presque douloureux qui enflait, enflait, et était à deux doigts de hurler pour qu'enfin sa queue entre en elle. C'était Jake Bannaconni, l'homme qu'elle aimait plus que tout, qu'elle désirait de tout son être.

— Enroule tes jambes autour de moi, dit-il après l'avoir soulevée avec un seul bras.

Il avait besoin d'être plus près, en elle, peau contre peau. Emma s'exécuta et lui ouvrit les cuisses en grand. Un bizarre ronronnement sortit d'elle alors qu'il donnait de petits coups de reins. La jeune femme se frotta sans retenue contre son membre saillant. Frustrée par la barrière que constituait l'étoffe de son pantalon, Emma baissa les yeux et se découvrit les seins à l'air, l'épiderme en feu, jouant des hanches contre l'entrejambe de Jake, les cuisses crispées autour de sa taille. Elle avait perdu la tête. C'était *elle* qui l'agressait.

— Stop, murmura-t-elle, le timbre rauque mais insistant, hors d'haleine. Il faut qu'on arrête.

— Il faut qu'on se désape, rétorqua-t-il, toujours occupé à lui dévorer un sein.

Elle sentit son corps convulser tant le plaisir était intense. L'orgasme était imminent, ce qu'elle avait rarement connu avec Andrew… alors que Jake ne l'avait pas encore pénétrée.

— Jake, je t'en prie.

De quoi le suppliait-elle ? De la baiser séance tenante, dans le couloir, ou de la libérer ? Jamais elle n'avait éprouvé pareille envie de sentir un homme en elle.

Il entreprit de lui ôter son pantalon tout en continuant à jouer avec son téton, à petits coups de dent et à grand renfort de va-et-vient avec sa langue. Le moindre effleurement se répercutait dans les profondeurs du vagin d'Emma, dont les muscles se contractaient sur du vide. Son désir était déchirant. Il fallait qu'elle le repousse… mais où trouver la ressource mentale ?

— Si on le fait, murmura-t-elle, je ne pourrai plus me supporter. Ni vivre auprès de toi.

Il cessa tout mouvement. Parut même cesser de respirer. Emma comprit qu'il tentait de se ressaisir. Il la serrait si fort contre lui qu'elle percevait les pulsations dans son membre viril, collé à sa chatte. Il retira à contrecœur sa bouche de son sein à vif pour se nicher au creux de son épaule. Ils restèrent ainsi un long moment, sans bouger hormis pour reprendre leur souffle, bien en peine de faire machine arrière, de désamorcer ce qui venait de leur arriver.

Jake fut le premier à réagir. Il la reposa doucement par terre puis lui prit le visage à deux mains.

— Je suis navré, Emma. Il n'y a pas d'excuse à mon comportement, je ne vais pas m'en chercher une.

Elle se tenait pour partiellement responsable, ayant fait plus que répondre à ses sollicitations. C'était comme… sorti d'un chapeau, surgi de nulle part. Elle resta adossée à la paroi, le regard rivé à celui de Jake, en vrac, dépoitraillée, l'épiderme constellé de suçons. Sans voix ni volonté.

Jake voulut la rhabiller mais l'étoffe, en frottant contre les mamelons surexcités d'Emma, envoya des décharges dans son intimité qui palpitait encore.

— Navrée également, articula-t-elle avec peine.

— Je dois savoir ce que Linda t'a dit, reprit Jake. Que ça te plaise ou non. C'est important, Emma. Pas seulement vis-à-vis de mon ego ou de mon besoin de tout contrôler. Je sais que tu me trouves parano en ce qui vous concerne, toi et les enfants, mais j'ai toutes les raisons de l'être.

Discuter de façon rationnelle était au-dessus des forces d'Emma. Ce qu'il lui fallait, c'était une bonne douche froide, puis il serait temps de se cacher sous une couverture jusqu'à la fin de ses jours. Jake, lui, paraissait apte à outrepasser son état d'excitation sexuelle. Il bandait toujours, certes… mais c'était plus ou moins son état normal. Ils étaient encore tout près l'un de l'autre, assez pour qu'elle perçoive sa chaleur corporelle et que l'atmosphère soit saturée de son odeur de mâle. Elle ne le repoussa pas pour autant : ses jambes étaient si molles que, s'il reculait, elle craignait de s'écrouler.

Son souffle à peu près retrouvé, Emma s'efforça de répondre de la manière la plus dégagée possible.

— Linda a dit qu'elle devait me parler, que c'était important. Sans vraiment l'affirmer, elle a sous-entendu qu'elle venait me transmettre un message de ta part.

Il fronça les sourcils et secoua la tête, comme déçu.

— Je t'aurais appelée directement si tel avait été le cas.

— Je le sais bien. J'ignore ce qui m'a pris de gober ça.

Ce n'était pas l'exacte vérité : au fond d'elle-même, Emma avait été curieuse de voir à quoi ressemblait la « petite amie » de Jake. Douée d'un excellent odorat, la jeune femme percevait souvent l'odeur d'une autre femme sur lui quand il rentrait le soir de son bureau en ville. La curiosité – probablement mêlée d'une pointe de jalousie – avait eu raison d'elle, et elle avait dit à Jerico d'escorter Linda jusqu'à la maison.

— Qu'est-ce qu'elle t'a raconté ?

Emma s'efforça de ne pas rougir. Linda lui avait tenu de nombreux propos – insultants pour la plupart. Une minute lui avait suffi pour comprendre que le prétendu message de la part de Jake émanait de la jeune femme elle-même. Sa teneur était simple : jamais Emma n'aurait Jake parce qu'elle avait mis le grappin dessus. Par malheur, Kyle avait l'entendue vociférer que peu importait le nombre de bâtards qu'Emma puisse pondre, Jake ne s'abaisserait pas à épouser une greluche sortie du ruisseau.

— Emma, insista Jake, plus autoritaire que jamais.

— Elle m'a insulté, c'est tout. J'ai encaissé sans broncher. Kyle l'a malheureusement entendue me crier après, et, comme c'était la première fois qu'il voyait un adulte hurler, ça l'a marqué et un peu perturbé. Ne t'en fais pas, Jake. J'ai retenu la leçon. Ce fut très désagréable et Kyle était tout chose. Il a fallu que je le berce pour qu'il s'endorme les deux nuits suivantes. Mais il s'en est remis.

— Tu as dû pleurer.

Jake sentit sa gorge se serrer sans crier gare. Il n'avait pas été là pour la consoler et s'en voulait à mort.

— Un petit peu. Je n'ai pas l'habitude qu'on me crie après et qu'on m'insulte. Linda m'a dit des choses assez moches et je crois savoir pourquoi : elle a dû penser qu'on était ensemble. Et elle croit sûrement que tu es le père d'Andraya…

— Je *suis* son père, plaida-t-il à voix basse.

— Bien sûr. Je parlais du père biologique. Elle se sent menacée et tes parents aussi, j'imagine.

Il se crispa des pieds à la tête. Le menton haut, un éclat dangereux dans le regard, il lui fallut réprimer le grondement qui menaçait d'enfler dans sa poitrine.

— Comment sont-ils entrés dans la conversation, ceux-là ?

Jamais il n'était parvenu à en parler comme de ses « parents », et encore moins comme « papa » ou « maman ». À ses yeux et dans sa bouche, ils étaient et seraient toujours l'ennemi. Emma haussa les épaules.

— Linda semble être une bonne amie à eux. De toute évidence, ils refusent de te voir te rabaisser par une moins que rien dans mon genre. Ils ont dû tenir à ce que je sache que mes enfants ne seraient jamais les bienvenus dans leur milieu. Comme ça n'entre nullement dans mes objectifs, je ne m'en suis pas formalisée.

Elle mentait, Jake s'en rendit compte à l'odorat. Ce qu'avait pu lui dire Linda l'avait meurtrie. Personne n'aimait s'entendre signifier le refus d'entrer dans une famille. Il posa la main en coupe derrière sa nuque et la caressa avec le gras du pouce.

— Tu n'as rien à voir avec ces gens, Emma. Parce que tu vaux cent fois, mille fois mieux qu'eux tous réunis. Ils sont cruels. Pourris jusqu'à la moelle. Il n'est plus question que tu les voies en mon absence. Et je ne veux plus que les enfants les croisent. Plus jamais.

— Je suis assez grande pour me défendre.

— Ils te dévoreraient toute crue, tu veux dire ! Tu n'as pas idée de ce dont ils sont capables et c'est aussi bien ainsi. J'ai mes raisons de vouloir vous protéger. D'employer tous ces gros bras. Personne n'entre sur ma propriété sans mon accord.

— Je comprends, Jake. Vraiment. Excuse-moi. J'aurais dû mieux veiller sur les enfants. Il ne m'était pas venu à l'esprit qu'une nana comme Linda Rawlins puisse leur faire du tort. Avant de la rencontrer, j'avais lu des tas d'articles sur elle dans les journaux et les magazines. J'avais l'image d'une femme hautaine et frivole, papillonnant de réception en réception, mais de là à l'imaginer dangereuse…

— Tous ceux qui gravitent dans cette sphère, qui sont en cheville avec mes géniteurs, sont des gens extrêmement dangereux. À la première occasion, ils feraient du mal aux enfants. Ainsi qu'à toi, bien sûr.

— C'est enregistré. Ça ne se reproduira pas et je suis navrée que ce soit arrivé. Sincèrement.

Jake pencha la tête pour lui effleurer la tempe du bout des lèvres.

— C'est ma faute, je ne t'avais pas exposé la situation assez clairement. Joshua aurait dû rester avec toi ; quant à Jerico, jamais il n'aurait dû l'autoriser à pénétrer sur mon territoire.

— Une seconde, dit-elle en le retenant par l'avant-bras alors qu'il tournait les talons. C'est moi qui ai dit à Jerico de la laisser entrer pendant que Joshua veillait sur les enfants. Tu m'as nommée responsable de cette maison en ton absence. Si l'un d'eux a des ennuis pour avoir obéi à mes ordres, c'est que je n'ai aucune autorité réelle. Ce qui s'est passé est ma faute, pas la leur.

Il resta de marbre. Oui, les gars devaient obéir aux instructions de la jeune femme, sauf en ce qui concernait sa sécurité. Joshua était le garde du corps d'Emma, pas celui des enfants, bien qu'elle n'en sache rien. C'était Drake qui veillait sur les petits. Tous deux auraient dû être présents. Jerico et Joshua allaient se faire remonter les bretelles, que cela plaise ou non à Emma. Mais l'air anxieux qu'elle affichait lui donna envie de l'embrasser jusqu'à ce que son inquiétude s'envole.

— Ne t'inquiète pas, je ne ferai rien qui puisse nuire à ton autorité.

Il comptait simplement leur faire comprendre qu'au prochain accroc à la sécurité ils pourraient s'estimer heureux s'il les laissait en vie. Et qu'il fallait veiller sur Emma. De jour comme de nuit. Il se força à sourire.

— Je ne serai pas à la maison pour dîner. J'ai un rendez-vous important ce soir. Des investisseurs qui souhaitent racheter l'une de mes sociétés. Comme elle n'a pas rapporté un dollar et qu'ils en offrent beaucoup plus que ce qu'elle vaut, il y a forcément anguille sous roche. Je saurai quoi en les rencontrant. Ne m'attends pas, je vais rentrer tard.

Il suspectait ces acheteurs potentiels d'être à la solde de l'ennemi et comptait s'en assurer le soir même. Emma hocha la tête. Elle avait envisagé d'appeler Greg Patterson pour annuler, mais, après ce qui venait de se passer avec Jake, il fallait qu'elle sache si elle réagissait en présence de Greg, auquel cas le problème était qu'elle était simplement restée trop longtemps sans un garçon dans son lit. *Pourvu que ce soit ça.*

Jake se retourna vers elle, l'air soucieux.

— Que viens-tu de dire ?

Elle écarquilla les yeux, stupéfaite.

— Rien du tout.

Debout dans le couloir, grand et sexy en diable, inaccessible, il laissa son regard d'ambre s'appesantir sur le corps d'Emma avec un peu trop d'insistance jusqu'à ce que la jeune femme doive s'adosser à la paroi pour ne pas choir. Il loucha sur son visage, sur sa bouche. Porta la main à la trique qui déformait son jean.

— Tu me fais parfois regretter de ne pas être un type bien, Emma.

La gorge nouée, elle le vit s'éloigner à grandes enjambées en grommelant quelque chose dans sa barbe. Toujours en appui contre le mur, tremblante et choquée par l'effet que lui faisait cet homme parfois grossier et invariablement chaud comme la braise, elle se demanda pourquoi elle réagissait ainsi alors qu'elle avait toujours eu un faible pour les tendres, les gentils. Soit l'exact opposé de Jake.

La jeune femme se réfugia dans sa chambre le temps de se remettre de ses émotions avant de retrouver Susan et les enfants. Les entendre rire de loin lui permit de mieux respirer. Il lui suffisait de se consacrer à ce qu'elle faisait le mieux. Kyle et Andraya étaient sa priorité. Elle les aimait et leur fournissait un foyer chaleureux.

Jake, quant à lui, avait besoin de quelqu'un, qu'il en soit conscient ou non. Pas seulement pour tirer un coup comme il le faisait habituellement mais sur un plan plus intime, plus personnel. Une compagne qui donne un sens à sa vie et fasse de sa maison un vrai lieu de vie. Heureuse de son statut de gouvernante, Emma avait besoin de prendre du champ avec cette relation bizarre et un rien fusionnelle qui s'était nouée entre elle et lui en deux ans de vie commune.

De retour dans sa chambre, elle enfila un sweat épais par-dessus son fin tee-shirt et tenta de chasser Jake de ses pensées. Ce soir elle allait sortir avec Greg Patterson, un garçon cool sans histoire. L'idée était de passer un moment de détente. Il fallait qu'elle sorte, qu'elle respire. Cette vie au ranch l'avait totalement absorbée. L'heure était venue de se rebâtir une vie propre.

Mais, pour le moment, l'heure était de jouer le rôle de la maman. Il était grand temps de s'assurer que tout allait bien du côté des petits comme de leur invitée.

Elle s'arrêta à mi-chemin dans l'immense escalier tournant pour contempler le bronze à l'effigie d'un léopard à l'affût. Le fauve était représenté grognant, les babines retroussées et les crocs saillants, le regard mauvais. Une créature tout en muscles à la fourrure tachetée. Dressée au milieu des plantes vertes, la statue donnait l'illusion de la vie. Un prédateur implacable, immobile et concentré sur une proie imaginaire. Qui lui faisait bigrement songer à Jake quand il la dévisageait.

Emma releva la tête en entendant Andraya hurler et Kyle s'esclaffer. Susan cria ; les deux enfants gloussèrent sur une note aiguë. Elle s'élança vers la cuisine et se figea sur le seuil. Il y avait du gâteau partout, au sol et sur la table. Juchés sur leurs chaises hautes, les petits monstres étaient couverts de nappage. Le gâteau d'anniversaire, entre eux, n'était plus qu'une masse informe où l'on devinait qu'ils s'étaient servis à pleine main, soit pour en manger, soit pour le jeter par terre ou se l'écraser sur la tête.

— Susan ? lança-t-elle, un sourcil arqué en direction de la jeune fille.

La fille du sénateur ouvrit et referma la bouche à plusieurs reprises.

— Ils… ils m'ont dit que tu leur donnais du gâteau à manger au petit déjeuner. Je ne sais pas cuisiner et j'ignore ce que mange un bébé.

Kyle la foudroya du regard.

— Chuis pas un bébé. C'est Draya, l'bébé.

— Kyle, ne parle pas sur ce ton à Susan, gronda gentiment Emma.

Elle débarrassa la table de ce qui restait du gâteau et entraîna Susan du côté de l'évier.

— On ne donne pas du gâteau aux enfants pour le petit déjeuner, glissa-t-elle.

— Ils en ont surtout jeté sur moi et sur eux-mêmes.

Emma posa un regard sévère sur les petits monstres.

— Ils vont rester punis un moment, et ensuite ils s'excuseront.

Andraya eut beau afficher une moue boudeuse, sa mère l'ignora, occupée comme elle l'était à nettoyer les miettes qui maculaient les habits et les cheveux de Susan.

— Tu ferais aussi bien d'aller prendre une douche pendant que je débarbouille les petits.

— Je veux savoir tout ce qu'a dit Jake, protesta la jeune fille. Il est d'accord pour que je reste deux ou trois semaines ?

Et ma coiffure, tu crois qu'elle lui plaît ? minauda-t-elle en effleurant le tressage sophistiqué qu'elle s'était fait faire juste avant son séjour au domaine Bannaconni.

— Jake ne fait jamais aucun commentaire sur l'apparence des gens, lui répondit Emma en essayant de la ménager.

La fille du sénateur était folle de Jake, ce qu'elle pouvait aisément comprendre. Elle se tourna vers Kyle et entreprit de le nettoyer. Lui aussi allait avoir besoin d'un bain, mais, à en juger par sa bouille réjouie et l'éclat qui brillait dans ses yeux, il avait adoré le jeu de massacre matinal.

Susan s'empressa d'aller prendre une douche à l'étage. Emma récura la cuisine et Andraya, puis les conduisit à l'étage pour qu'ils prennent un bain. Quand elle redescendit avec eux, Jake faisait les cent pas dans la cuisine, tel un fauve en cage. Susan, blême et les yeux écarquillés, paraissait à deux doigts de défaillir ou de pleurer.

Les gamins coururent vers leur père, qui se baissa pour les prendre dans ses bras.

— Susan a fait le café, annonça-t-il, la mine sombre.

Emma se détourna pour masquer son sourire. Le héros de Susan avait des pieds d'argile : grand amateur de café, il était d'humeur difficile tant qu'il n'avait pas bu son noir breuvage du matin. Beaucoup de ceux qui bossaient au ranch avaient l'habitude de passer en boire une tasse mais, de toute évidence, celui préparé par Susan ne lui convenait pas.

— Je m'en occupe, dit-elle en riant sous cape.

La jeune fille reniflant toujours, Emma la prit par le bras.

— Tu veux bien conduire les petits monstres au jardin ? Je crois que c'est Evan qui est chargé de les surveiller ce matin. Il pourra t'aider.

Susan retrouva aussitôt sa bonne humeur. Evan, très jeune, était la vivante image du cow-boy alléchant avec son jean usé, des bottes et son chapeau à large bord. Il ne rechignait pas à flirter avec elle bien qu'elle soit encore une ado. Peu bavard, il se donnait des airs de gros dur taciturne, au plus vif plaisir de la jeune fille.

— Bien sûr, Emma, glapit-elle, ravie de montrer à Jake qu'elle n'avait rien d'un poids mort.

— N'oublie pas de leur parler en français. Uniquement en français, c'est le jour, crut bon d'insister Emma en dardant un regard désapprobateur sur Jake.

Susan, le menton relevé et l'air hautain, voulut reprendre les enfants à Jake. Andraya protesta et s'accrocha à son cou. Il s'en sépara avec douceur puis, dans un français châtié, pria la gamine d'aller jouer avec Susan. La petite bouda mais obéit à son père, comme toujours. Elle sortit, aussitôt prise en charge par Evan.

— Cette gamine ne sait pas faire le café, ronchonna Jake.

— Cette gamine s'appelle Susan. Chez elle, il y a une gouvernante, trois bonnes, un cuisinier et pas de mère, Jake. Sa gouvernante, l'horrible Dana Anderson, la rabaisse à la moindre occasion. Susan parle pourtant trois langues et est déjà à la fac. Et, toi non plus, tu ne sais pas faire le café…

Jake arriva derrière elle et pencha la tête sur son épaule alors qu'elle s'occupait de moudre le café en grains.

— Qu'est-ce qui te fait penser ça ?

— C'est simple : sans café, tu grognes tout le temps mais, même quand tu te lèves avant moi, tu ne le prépares pas.

— Uniquement parce que le tien est infiniment meilleur.

— Susan s'en est occupée ce matin et tu n'as pas apprécié, on dirait.

— Je n'appellerais pas ça du café…

Elle lui décocha un coup de coude bien senti dans le flanc.

— Ouste ! Je te trouve bien pénible, ce matin.

— Je n'aime pas voir des étrangers chez moi.

— Jake, sérieux, Susan est une gamine qui a perdu sa mère et dont le père est toujours aux quatre vents. Fais preuve d'un peu de compassion. La pauvre petite a le béguin pour toi et, toi, tu es méchant avec elle. (Elle fit volte-face, dos au plan de travail, et lui décocha un regard noir.) Sois plus gentil avec elle.

Jake se redressa de toute sa stature, l'enlaça à deux mains, la souleva et la déposa sur le plan de travail à côté de la cafetière.

— Je vais faire un effort.

— Promis juré ?

Quand Jake s'engageait, il tenait toujours parole. Elle le vit hésiter et devina aussitôt ce qu'il avait derrière la tête.

— Que je t'y prenne à vouloir négocier ta bonne volonté ! Si tu fais un effort vis-à-vis de Susan, ce doit être uniquement parce qu'elle est jeune et presque orpheline. C'est une gentille fille qui le mérite amplement, alors n'essaie pas d'en profiter.

— Tu es terriblement sexy quand tu te montres autoritaire, Emma, railla-t-il. J'ai dit que j'allais faire un effort et je m'y tiendrai. Au fait, j'oubliais : j'ai engagé un nouveau. Un ami de Drake et de Joshua, qui revient de maladie. Pas bavard mais bon fond. Tâche de le dérider, d'accord ? Mais sans flirter avec lui.

— Je ne *flirte* pas, maugréa Emma. Va à ton bureau et fiche le camp de ma cuisine. Si tu continues, je suis capable de mettre de l'arsenic dans le prochain gâteau.

— C'est juste que je suis à cran en ce qui te concerne, ces temps-ci. Alors ne traîne pas trop avec le nouveau. Je ne le connais pas.

— N'importe quoi. Si c'est un ami de Drake et si tu l'emploies, je parie que tu as mené ta petite enquête sur son compte et qu'il n'y a aucun risque. Qu'est-ce qui te prend ?

Jake la déposa par terre, de dos par rapport à lui, et laissa traîner une main baladeuse sur ses fesses.

— Il faut que j'aille sonner les cloches d'un gars que je respecte. Voire pire. Tâche de te tenir.

— Jake ! dit-elle en lui décochant une bourrade dans la poitrine après s'être retournée. C'était quoi, ça ?

— Quoi donc ?

— Tu viens de me tâter les fesses. Je n'ai plus deux ans, tu sais.

— Si tu avais deux ans, je ne te tâterais pas les fesses, comme tu dis.

Les poings calés sur les hanches, elle darda sur lui un regard sérieux.

— As-tu seulement conscience que ton petit geste déplacé pourrait être qualifié de harcèlement sexuel sur le lieu de travail ?

— Ne te fais pas d'illusions là-dessus : d'un point de vue technique, tu ne travailles pas pour moi. Tu es la mère de mes enfants et tu fais le meilleur café que j'aie bu de toute ma vie. (Il se fendit d'un sourire égrillard.) Et s'il me prend l'envie d'avoir d'autres mômes, tôt ou tard, il faudra que je fasse plus que te tâter les fesses. Tâche de te faire à l'idée, ma belle.

Emma continua d'afficher sa grogne afin de masquer sa bouffée de plaisir : il venait de l'appeler « mère de ses enfants » et la considérait comme telle. Elle avait refusé d'être payée pour gérer la maison après tout le mal qu'il s'était donné pour elle, puis l'assurance lui avait versé les indemnités pour l'accident. Elle avait touché le jackpot. Jake s'était occupé de placer ce magot pour l'avenir d'Andraya et de Kyle. L'argent n'était plus un problème. Quant à elle, Jake ne l'avait jamais traitée comme une employée, plutôt comme un petit animal domestique qu'on dorlote mais qu'on encadre. Le fait de ne pas être payée pour ce qu'elle faisait l'avait aidée à se sentir autonome. Elle n'était pas tenue de lui obéir.

Elle soupira. Il était si compliqué, si difficile à vivre au quotidien avec son humeur changeante et ses phases de mutisme lorsqu'il broyait du noir ! Elle avait beau le connaître mieux que quiconque, il restait indéchiffrable. Surtout quand il présentait ces dehors prétendument affables.

Emma désigna la porte.

— Sors. Tu es intenable ce matin. J'ai à faire.

Il s'installa à califourchon sur une chaise, délibérément provocateur.

— Je meurs de faim. Fais-moi à manger.

— Je croyais que tu avais à faire, toi aussi, objecta-t-elle tout en sortant œufs, bacon et jus d'orange du réfrigérateur. Une réunion importante à préparer ? J'avais cru comprendre qu'il fallait potasser tout un paquet de documents juridiques avant de prendre une décision éclairée…

— Pas cette fois-ci. Tout ce que je vais avoir à faire, c'est lire les documents qu'ils vont me fournir pour décider s'il me convient ou non de leur céder cette société. Une petite affaire d'immobilier qui perd beaucoup d'argent. Qui achète des terres et les revend rarement. Le gestionnaire m'a apporté quelques affaires lors des mois écoulés, en me conseillant de vendre la boîte. Mes avocats sont d'accord avec lui.

— Sauf que tu n'as pas l'intention de vendre.

— En effet. Cette boîte m'a permis d'acheter plusieurs terrains adjacents aux terres dont j'ai hérité de mon arrière-grand-père dans le Dakota du Nord, en Pennsylvanie et dans l'État de New York. Je m'attelle à agrandir mes parcelles et là, tout soudain, quelqu'un se déclare très désireux de racheter l'ensemble. La société et tous les terrains. Quelqu'un qui a dû fouiner sur mes terres et graisser la patte du gestionnaire.

Emma l'observa à la dérobée. Trahir Jake était une très, très mauvaise idée. Il se montrait impitoyable et vindicatif envers les employés surpris à le doubler. Pour l'avoir vu couver ses colères froides, elle savait qu'il était dangereux d'avoir affaire à lui dans ces moments-là. Il payait très bien ses salariés, qui bénéficiaient tous d'avantages sociaux quatre étoiles. Mais, en retour, il exigeait d'eux un travail assidu et une loyauté sans faille.

— Jake.

Elle s'exprima à voix basse, convaincue qu'il souffrait chaque fois qu'il se sentait trahi, sans forcément s'en rendre compte. La colère noire et le mépris prenaient toujours le pas sur les émotions plus subtiles.

— Je suis désolée. Ce gestionnaire… tu le considérais comme un ami ?

Il resta un long moment à la regarder dans les yeux, à y voir défiler des sentiments. Elle était si différente de lui…

— Je n'ai pas d'amis, Emma. Tu es la seule. Avec, peut-être, Drake et Joshua.

Et encore ne s'autorisait-il pas à faire pleinement confiance à quiconque.

Le sourire qu'afficha la jeune femme lui fit chaud au cœur, lui qui n'éprouvait d'ordinaire que rage et désir de vengeance.

— Je *suis* ton amie, Jake. C'est pourquoi tu ferais bien de m'écouter. Je suis de bon conseil.

Elle le titillait de plus belle, le timbre malicieux et doux à la fois. Pile le ton qu'elle employait avec les enfants. Emma avait le don de les faire se sentir aimés, précieux… et cette magie-là fonctionnait aussi sur lui. L'appréciait-elle vraiment ? Faisait-elle cet effet à tout le monde ?

— Jake ? lança-t-elle, son sourire évanoui, l'air inquiète. Cette réunion te contrarie ?

Il haussa les épaules. Fichtre non, tout au contraire, il se faisait une joie mauvaise de recevoir des fumiers. De débusquer un traître. Cet administrateur touchait des pots-de-vin, c'était couru. Jake saurait bientôt pourquoi et prendrait les mesures qui s'imposaient. Il aimait la voir s'inquiéter pour lui. Cette expression, l'éclat dans ses immenses yeux verts. Il sentit son cœur se serrer. À quoi ressemblait l'amour au juste ? Jake savait Emma capable de grands sacrifices et de loyauté. Peut-être était-ce cela, l'amour. Auquel cas elle l'observait avec, dans le regard, quelque chose qui s'en approchait.

Elle vint vers lui, assez près pour qu'il perçoive sa chaleur corporelle. À cet instant, alors que sa libido réagissait à cette promiscuité, il prit conscience qu'Emma était à l'origine de ses insomnies. Et de ce garde-à-vous douloureux à force de persister, en dépit de tous les coups qu'il tirait. Emma. Son corps exigeait Emma et personne d'autre. C'était pour cela qu'il se dégoûtait et se sentait coupable chaque fois qu'il touchait une autre femme.

Il prit du champ, secoué par cette révélation, le cœur battant et les poumons en feu. *Il* était censé la captiver, pas l'inverse ! Laisser à la jeune femme ce type d'emprise sur lui ? Pas question.

— Jake ? répéta-t-elle.

Il secoua la tête.

— Je file au bureau. Je déjeunerai en ville.

Là-dessus, il tourna les talons et la laissa en plan sans un regard en arrière.

Chapitre 10

Emma savait qu'il lui fallait cesser de faire une fixette sur Jake. Après qu'elle eut hésité à annuler son rencard, son comportement bizarre, toute la matinée, lui avait démontré qu'il était bien trop tordu pour une femme comme elle. Ni sophistiquée ni mondaine dans l'âme, jamais elle ne s'intégrerait à sa vie de milliardaire. Ils étaient trop différents. Il soufflait tantôt le chaud, tantôt le froid. C'était exactement le type d'homme à vous briser le cœur.

N'ayant plus à préparer le petit déjeuner, elle éteignit les feux et rangea, puis s'en alla rejoindre Susan et les enfants. Dès qu'ils étaient dehors, Jake avait exigé qu'un garde du corps soit présent. Même devant la maison. Si elle les conduisait chez le pédiatre ou ailleurs, elle partait avec deux gorilles, parfois trois. Des précautions qu'elle trouvait excessives, certes, mais c'était à lui d'en juger. Il disait avoir des ennemis. Mieux valait ne courir aucun risque.

Evan lui sourit et lui fit un signe de la main. Grand et massif, ancien lutteur de MMA, le jeune homme était vif sur ses appuis, fort comme un bœuf et doté de réflexes éclairs, mais souffrait d'un grave défaut d'élocution. Il préférait s'exprimer par signes. Andraya et Kyle apprenaient ce langage et adoraient ce « code secret ». Evan avait le chic avec les enfants. Il ne se lassait jamais de pousser la balançoire ou de les rattraper au bas du toboggan.

Emma l'observa pendant une minute tandis que Susan bavardait en français, une langue à laquelle, d'évidence, il ne comprenait pas un traître mot. Il souriait beaucoup mais son attention restait rivée sur les alentours. Vêtu comme un vrai cow-boy, il devait certainement monter à cheval mais n'était ni baby-sitter, ni employé au ranch : son boulot, c'était garde du corps. Une mission qu'il prenait très au sérieux.

Elle croisa les bras, prise d'un frisson soudain. Que lui cachait Jake ? Qui redoutait-il ?

— M'dame ?

La jeune femme se retourna si vivement qu'elle trébucha et faillit tomber. Une poigne de fer se referma sur son avant-bras pour la retenir. Ayant l'ouïe fine et l'odorat développé, elle entendait d'ordinaire les gens approcher mais s'était pourtant laissé surprendre.

— Désolé, m'dame Emma, s'excusa l'individu, qui la lâcha aussitôt. C'est Jake qui m'a dit de venir me présenter. Je m'appelle Conner Vega.

L'homme se tenait très droit. Large d'épaules mais efflanqué, le cheveu hirsute et très fourni, il avait un côté du visage agréable et l'autre strié par quatre profonds sillons qui partaient de son cuir chevelu et finissaient sur sa joue comme si, d'un coup de griffe, on avait voulu lui arracher la figure. Emma s'obligea à contempler cette gueule cassée, curieux mélange de beauté très virile et de cicatrices boursouflées. Pâle et émacié, Conner paraissait tout juste sorti d'une longue maladie. Il n'avait l'air ni d'un cow-boy ni d'un garde du corps et encore moins d'un homme d'affaires avec ce visage ravagé. Et pourtant Jake l'avait embauché.

Emma lui tendit la main. Son bras lui faisait mal à l'endroit où il l'avait empoignée ; elle aurait des bleus, c'était sûr. Ce type était d'une force herculéenne malgré sa maigreur.

— Ravie de vous rencontrer. Vous avez faim ? Je garde toujours du café chaud dans la cuisine, avec du pain frais ou des biscuits à emporter.

— Jake me loge dans un bungalow avec cuisine. J'ai tout ce qu'il me faut, merci.

— Il y a un garde-manger commun pour le personnel ; Jake vous l'a montré ? Quand vous y prenez quelque chose, merci de le cocher sur la liste, ça m'aide à refaire les stocks de façon qu'on ne manque de rien.

Il hocha la tête puis recula et lui adressa un vague signe de la main.

— J'étais juste passé pour me présenter, m'dame, pour que vous n'alliez pas croire qu'un étranger traîne près des enfants.

— C'est très gentil à vous, merci.

Emma le regarda s'éloigner tout en se frottant l'avant-bras. Outre les marques, elle remarqua une longue écorchure, sans doute provoquée par un ongle de Conner quand il l'avait aidée à ne pas choir. Elle soupira. Le nouveau venu était à l'image de tout le personnel du ranch. Drake et sa patte folle, Joshua, l'âme blessée derrière son sourire de façade, Evan le presque muet, Conner le balafré… sans oublier, bien sûr, la rescapée vedette de Jake, Emma la veuve éplorée à grossesse difficile. Jake collectionnait les éclopés. En avait-il seulement conscience ? Emma avait croisé quelques cas à part parmi ses employés. Un couple âgé, par exemple, d'une loyauté indéfectible. Elle avait entendu Jake au téléphone à plusieurs reprises s'occupant d'un fonds destiné à racheter une maison dont ils avaient été expropriés.

Jake avait des personnalités multiples. Caractère difficile, confinant parfois à la cruauté, et générosité sans bornes le lendemain. Elle passait beaucoup trop de temps à penser à lui. En dépit d'efforts répétés, elle se retrouva tout le jour à rêver de Jake, gamberger, s'inquiéter, s'agacer, se sentir frustrée… Tant d'émotions mêlées. Au moins son corps ne s'enflammait-il plus au moindre relent de son odeur de mâle lorsqu'elle faisait le ménage ou jouait avec les enfants. Elle en éprouva un vif soulagement.

Susan lui était d'un grand secours même si elle bavardait beaucoup, principalement à propos de Jake et d'Evan. À la fin de la journée, après qu'Emma l'eut écoutée pendant des heures et couché les petits, alors qu'elle ne rêvait que de s'asseoir les pieds en l'air, elle s'obligea à passer sous la douche et à prendre soin de ses cheveux. Elle les portait détachés, car c'était ainsi que Jake la préférait. Elle-même adorait depuis toujours son ample crinière rousse, l'attribut qu'elle préférait chez elle. S'il lui arrivait souvent de les attacher par commodité, Jake avait pris l'habitude de lui ôter sa barrette afin que les mèches soyeuses lui cascadent dans le dos, jusqu'à la taille. Elle dénicha ensuite un chemisier en soie qu'elle croyait perdu à jamais. Il irait à ravir avec sa jupe à volants favorite. Elle descendit l'escalier ainsi vêtue.

Tu es superbe, apprécia Susan, qu'elle croisa dans le couloir. Je peux savoir où tu vas ?

—Au cinéma. Mais je sors si rarement (*« jamais » serait le mot juste*, songea-t-elle) que j'en ai profité pour me faire belle.

Était-elle fâchée à ce point après Jake qu'elle s'arrangeait pour couper les ponts ? Emma se figea, soudain inquiète de se trouver plus chamboulée qu'escompté. Elle s'était pourtant montrée franche envers Greg, c'était une sortie entre amis et rien de plus… Se serait-elle menti ?

— C'est trop cool que Jake t'emmène au ciné !

Emma se raidit.

— Je n'y vais pas avec Jake. Il a un rendez-vous professionnel ce soir.

Susan fronça les sourcils.

— Tu y vas seule, alors ? J'avais compris autre chose…

— Pas vraiment. Je sors avec un ami.

— « Un ami » ? répéta la jeune fille, les yeux écarquillés. Jake est au courant ?

Emma sentit son estomac se serrer sous l'effet de la peur, ce qui renforça son agacement et sa détermination.

— Ce que je fais de mes soirées ne le regarde pas.

— OK, OK, rétorqua Susan, stupéfaite. Si tu aimes jouer avec le feu…

— Je te l'ai dit et je te le répète, Susie, il ne se passe rien entre Jake et moi.

— Peut-être pas en ce qui te concerne mais j'ai vu comment il est en ta présence. Jake est raide dingue de toi, Emma, sérieux. De tout le ranch, tu dois être la seule personne qui n'est pas au courant.

Emma ferma les paupières et souhaita brièvement que ce soit vrai.

— Jake est raide dingue de toutes les nanas, Susan.

Elle passa un gilet de laine court et prit son sac à main. C'était léger par un froid pareil mais elle allait au cinéma, pas en balade.

— Ne m'attends pas.

— T'inquiète, je ne tiens pas à être debout quand Jake va rentrer et découvrir que tu es sortie. Il est du genre à faire un sort au porteur de mauvaises nouvelles. Et, de toute façon, je compte me coucher tôt.

Emma leva les yeux au ciel.

— Tu dramatises, je t'assure. Jake se fiche pas mal de ce que je fais en dehors du ranch.

Là-dessus, elle s'élança dans le couloir.

— Que tu crois, rétorqua Susan.

La jeune femme se hâta jusqu'à la cuisine en consultant sa montre.

— L'un des gars va rester à la maison. Tu n'as qu'à demander si tu as besoin d'aide. (Elle décrocha le téléphone et pressa la touche d'appel du PC sécurité.) Joshua, merci d'envoyer un garde du corps à la maison pour ce soir. Je sors en ville.

Un silence hébété, puis Joshua coassa :

— « En ville » ?

Il n'était pas question de se justifier, le ton qu'il venait d'employer avait suffi à l'irriter. C'était flagrant : elle n'avait que trop tardé à s'affirmer.

— Contente-toi d'envoyer quelqu'un, d'accord ?

Elle pressa le pas vers la Jeep garée près de la maison et réservée à son usage personnel sur la propriété.

Minute !

Une silhouette surgit des ténèbres et fila vers la voiture. C'était Joshua qui, penché dans l'habitacle par la vitre ouverte, ôta la clé de contact sous le nez d'Emma.

— Pas si vite. Il est huit heures et demie, ajouta-t-il en la toisant. Et vous voilà sur votre trente et un, en plus…

Qu'est-ce que vous mijotez, Emma ? dit-il, apparemment choqué.

— J'ai rencard, Joshua, répondit-elle posément, partagée entre indignation et envie de rire.

— « Rencard » ? fit-il écho en grimpant dans les aigus. Genre, avec un mec ?

Elle se fendit d'un sourire mielleux.

— C'est assez classique, non ? À moins que je fasse erreur ? Possible, après tout ce temps…

— Personne ne m'a mis au courant.

La cervelle de Joshua tournait à plein régime. Emma ne quittait jamais le ranch sans escorte. Qui avait eu le culot de l'inviter à sortir ? Il fallait être cinglé, ou en avoir assez de vivre… Qui n'était pas de service, ce soir ? Il s'exhorta au calme.

— Je ne savais pas qu'il fallait prévenir pour sortir, rétorqua calmement la jeune femme. Il se fait tard, ajouta-t-elle, la main tendue. Passe-moi les clés.

Il recula d'un pas, pris d'une suée soudaine qui lui perlait au front.

Jake est au courant ?

— Jake est en rendez-vous pour le boulot, Susan s'occupe des enfants et, moi, je prends ma soirée. Pour la première fois en deux ans. Je l'ai mérité, tu ne trouves pas ?

Joshua, aux quatre cents coups, fourragea dans ses cheveux.

— Ouais, bien sûr… et c'est qui, ce rencard ?

— Un type que tu ne connais pas. (La jeune femme se pencha par la vitre et s'empara des clés.) Ne te bile pas, Joshua. Tu te conduis comme si tu étais mon père. Je te promets de rentrer à une heure raisonnable.

— M-mais vous ne sortez jamais, protesta-t-il. Et c'est la première fois que je vous vois en jupe.

Il se passa la main sur la figure et cilla à plusieurs reprises.

— Vous… vous ne vous ressemblez pas.

Elle éclata d'un rire amer.

— Si c'est un compliment, c'est raté. À demain, Joshua.

— Nom de nom, Emma ! glapit-il, gémissant presque. Vous n'avez pas l'intention de passer la nuit avec ce mec, quand même ? C'est ma mort que vous voulez ? Je vais finir cuit dans de l'huile bouillante.

La coupe était pleine. Il était criant qu'elle ne sortait pas assez de cette foutue propriété. Qu'est-ce qu'ils s'imaginaient, tous ? Qu'elle était trop moche pour qu'on lui propose un rencard ?

— C'est fini, oui ? Ça n'a rien à voir avec toi. Je vais juste voir un film, et peut-être boire un café après. Pas la peine de m'attendre.

— Oubliez le café, dit-il en consultant sa montre. Et puis il est trop tard pour la séance de 20 heures, vous feriez aussi bien d'appeler pour annuler.

— Joshua, grinça Emma, exaspérée, en faisant démarrer la voiture.

— Attendez ! Laissez-moi conduire, dit-il, au désespoir.

Elle lui tapota l'avant-bras.

— Jamais de la vie. Arrête de flipper. Je ne fais qu'obéir à Jake.

Joshua la dévisagea, la bouche ouverte. Les mots lui manquaient. Il se racla la gorge et couina :

— Vous êtes sûre ?

— Absolument. Pourquoi crois-tu que je sorte ? C'est Jake qui me l'a demandé.

— Ah bon ? Ça ne lui ressemble pas…

Elle acquiesça, l'air sérieux, se fendit d'un signe d'adieu guilleret puis mit les gaz, laissant dans son sillage de poussière un Joshua perplexe.

— Drake ! beugla-t-il à pleins poumons tout en s'élançant vers le pick-up de l'intéressé.

Donovan fut le premier au volant, le flingue brandi, le regard fou, puis tourné vers la Jeep qui s'éloignait.

— J'ai cru voir…

Il faisait déjà marche arrière puis lançait son véhicule aux trousses de celui d'Emma, partie en trombe.

— Qui conduit la Jeep ?

— Emma, répondit Joshua d'une voix blanche.

— « Emma » ? répéta Drake, qui n'en croyait pas ses oreilles. Où elle va comme ça, à cette heure, et pourquoi sans escorte ?

— Au cinéma, fit Joshua avec une grimace. Emma part en ville. Elle a un rencard.

— Elle a quoi ?

— Un rencard. Avec un type. Qu'on ne connaît pas.

Ils grognèrent de concert et dirent simultanément :

— Que *Jake* ne connaît pas.

Donovan appela la porte principale.

— Jerico ? C'est Drake. Emma va sortir, laisse-la passer, on la suit. (Tourné vers Joshua, il arqua un sourcil.) Quel film on va voir, au fait ?

— Aucune idée, mec, mais putain ! j'ai passé l'âge de ces conneries. Garde tes distances. Si elle nous repère, on est morts. C'est une teigneuse. Elle est foutue de nous priver de café.

— On est déjà morts de toute façon. Tu ne pouvais pas l'empêcher de partir ? Cette petite créature toute douce ? Sans parler de lui donner le feu vert sans escorte.

— Ha ! je voudrais t'y voir, gros malin. Elle te fait son sourire tout miel, dit *amen* à tout et zou, derrière, elle n'en fait qu'à sa tête. Pas moyen de l'arrêter sans la ligoter, je te dis. Et j'y ai songé, tu peux me croire.

— Jake va rugir comme un volcan, annonça sombrement Donovan. Tu as eu tort de ne pas la ligoter.

— Bon sang, Drake, c'est toi qui viens de donner l'ordre de la laisser quitter le domaine ! T'inquiète, je le répéterai à Jake quand il commencera à nous arracher les ongles. (Son visage s'éclaira tandis qu'il s'installait plus à son aise.) On pourrait profiter de ce qu'elle va faire pipi pour buter le mec.

Drake la fila jusqu'au cinéma en prenant soin de ménager un espace de deux ou trois voitures entre eux.

— Y a intérêt à ce qu'ils n'aillent pas voir une romance à la gomme, maugréa Joshua alors qu'ils traversaient le parking en bondissant de bagnole en bagnole.

— Oh-ho ! dit Drake. Joli-cœur l'attend, on dirait. Bingo. Il lui tient la main dans les siennes et la regarde dans les yeux. Tu le reconnais ?

— C'est le type du téléphone. Je l'ai vu traîner dans la maison. Jake ne va pas aimer du tout, grogna Joshua.

— Emma non plus si elle nous repère. Le mieux, ce serait de nous débarrasser de ce type. Une idée ? demanda Drake avec espoir.

— Appelons Jake tout de suite pour qu'il s'en occupe, proposa Joshua.

— T'es pas dingue ?

Drake tendit un billet à la caissière.

— Deux entrées pour le même film qu'eux, dit-il en désignant Emma et son cavalier qui s'éloignaient.

— Une comédie, on a du bol ! s'exclama Joshua, joyeux. Pourvu qu'on trouve de bonnes places.

— Josh ! dit son aîné en lui assenant un coup de chapeau. Si on est ici, c'est pour garder un œil sur Joli-cœur. Comment ça se fait qu'il ait pu lui proposer un rencard sous notre nez ?

— Il te reste de l'oseille, j'espère. J'ai pas un cent sur moi. C'est génial, j'avais super envie d'aller voir ce film. (Joshua palpa ses poches vides.) Il nous faut du pop-corn.

Donovan, plus qu'agacé, le poussa rudement.

— Tu peux penser à la mission une minute ? Continue comme ça et je te laisse en plan.

— Grouille ! ils avancent, le pressa Joshua. On va les perdre. Mets-toi dans la queue !

— Tais-toi ! grinça Drake, qui laissa plusieurs couples leur passer devant. Et je n'irai pas t'acheter du pop-corn. On est en mission.

— Oh ! ça va, fais pas ton radin. J'aime ça, moi, le pop-corn. Un bon film sans pop-corn, ça le fait pas, quoi. S'ils ne s'arrêtent pas pour en prendre, tu les suis et je te rejoins quand j'en aurai acheté. Mais j'ai besoin de liquide.

— Fais une croix dessus, maugréa Donovan.

— Tu ne sais vraiment pas t'amuser, déclara son compère, boudeur.

— Contente-toi de la garder à l'œil. Et qu'est-ce qui lui a pris ? Elle est en froid avec le boss ? Ils se sont engueulés ?

— Elle a prétendu que c'était lui qui lui avait dit de sortir. Et si je sais un truc à propos d'Emma c'est qu'elle n'est pas menteuse.

— Ce type est un parfait imbécile.

— Ça ou un grand incompris, renchérit Joshua en s'effaçant derrière une colonne. Ils prennent du pop-corn. Ça sent trop bon. Allez, Drake, achètes-en.

— Tu vas la fermer ? grogna Donovan, furieux.

— Promis, dit Josh en croisant les bras, l'air fier de lui.

Ils attendirent qu'Emma et Joli-cœur soient assis dans la salle obscure puis s'installèrent deux rangées derrière.

Captivé par la comédie, Joshua rit si fort que ses voisines se mirent à glousser. Drake lui flanqua un coup de coude.

— Il tente sa chance.

— Qui ça ? dit Joshua, les yeux rivés à l'écran.

— Le type, son rencard. Il a passé le bras sur le haut du dossier.

Joshua le foudroya du regard.

— On lui pète le bras ? murmura-t-il. Discret, que ça ait l'air d'un accident.

— Oh ! tais-toi si c'est pour dire des conneries. Regarde ce foutu film, fulmina Drake, excédé.

— OK.

Joshua parvint à apparaître vexé cinq minutes puis un gag le fit se plier en deux de rire.

Les deux compères vécurent quelques instants difficiles quand, la lumière revenue, les spectateurs alentour se levèrent. Ils firent mine de chercher quelque chose par terre le temps qu'Emma et Joli cœur soient sortis. Drake pria pour que la jeune femme rentre directement. En vain : son vœu ne fut pas exaucé. Ils durent suivre le couple jusqu'au *Château*, un restaurant français hypercher.

Donovan contempla leurs piteuses tenues de travail.

— Elle va nous repérer, c'est sûr. Attendons à l'extérieur.

— Si on poireaute dehors et que Jake veut savoir ce qui s'est passé à l'intérieur, il va nous flanquer une rouste. Et je n'ai pas très envie de me faire dérouiller parce qu'Emma folâtre.

Jake laissa la discussion suivre son cours. Il flottait dans ses narines une puanteur de complot et de trahison alors que tous, autour de la table, souriaient et jouaient gros. Dean Hopkins, le gestionnaire en chef de sa petite affaire immobilière apparemment en mauvaise santé, plaidait à fond la vente à un cercle d'investisseurs qui hochaient tous la tête et tentaient de convaincre Jake qu'ils lui rendaient un fier service. Il restait de marbre et les observait tour à tour, appliqué à flairer la vraie raison qui les incitait à vouloir acheter.

L'homme qui l'intéressait le plus se nommait Bernard Williams, avocat d'une société-écran de son vieil ennemi Josiah Trent. Williams savait que Jake n'avait qu'un coup de fil à passer pour faire main basse sur les actifs de Trent. Et pourtant il était là, assis à la table des négociations, résolu à entuber Jake quitte à s'en faire un ennemi à vie. Qu'avait-il à y gagner ? Que savaient ces gens que lui-même ignorait ?

La modeste chaîne d'agences immobilières était en déficit depuis trois ans. Jake n'en avait cure. Il pouvait se le permettre et cette société n'aurait pas dû attirer l'attention de types comme ceux qui étaient assis à cette table – sans parler de leur offre mirobolante. Hopkins avait dû voir clair dans ses plans et vendre l'info. À moins qu'il soit dupe. Là était toute la question : qui l'avait trahi ? Pour le savoir, il fallait entrer dans leur jeu, et, quand il saurait qui était le coupable, il se ferait une joie de l'anéantir…

L'ennui venant, il contempla la déco luxueuse du restaurant. Un couple entra qui retint son attention. Le temps sembla se figer, tous ses muscles se tétanisèrent, et il s'immobilisa telle une statue. Son cœur cessa un instant de battre. Ses poumons refusant à leur tour de fonctionner, il manqua bientôt d'air.

Emma. Son Emma. Cela faisait deux longues années qu'il attendait qu'elle s'éveille à la vie. Et le miracle se produisait… mais pour un autre. Pas pour lui. Emma bien habillée ; pas pour lui. Emma souriant à un parfait inconnu, posant sa veste sur le dossier d'un siège. Bien en peine de se concentrer sur ce qui se disait lors de cette réunion de la plus haute importance, Jake n'essaya même pas. Qui se souciait d'une poignée de millions de dollars et d'un traître en voyant sa propre vie partir en fumée ?

Emma était superbe. En l'étranglant, il ne manquerait pas de le lui dire. Il était venu dans l'intention de débusquer un traître et le pire de tous était l'unique personne au monde à laquelle il avait accordé sa confiance.

Il se jura de virer tous les foutus gardes du corps qui travaillaient pour lui. Comment avaient-ils osé la laisser quitter le ranch sans escorte ? Et qui était l'enfoiré qui profanait son territoire, au fait ? Jake reconnut le petit merdeux venu réparer les téléphones du ranch. Il avait dû séduire Emma dans son antre. Une image de celle-ci étendue sur le bureau, nue, vint le hanter. Il sentit aussitôt son léopard grogner, lutter pour prendre les rênes. Jake eut envie, l'espace d'un instant terrifiant, de céder les commandes à son fauve. D'éprouver le goût du sang dans la gueule du félin quand celui-ci aurait sauté à la gorge de ce fumier.

Il se leva, tout en muscles et en fluidité, provoquant des murmures chez ses partenaires commerciaux. Puis, sans un mot d'explication, il traversa la salle à grandes enjambées en dénouant sa cravate, ses blocs d'ambre rivés sur sa proie. Emma leva la tête et ses yeux verts s'arrondirent. Jake n'y décela pas la plus petite trace de culpabilité. Il éprouva des fourmillements à l'idée de la punir. Au lieu de quoi, d'un mouvement de jambe net et précis, il plaça délibérément un siège entre celui de la jeune femme et de son prétendant.

Jake baissa avec aisance sa tête couronnée de noir au niveau de l'ample crinière rousse de la jeune femme et profita du choc qu'elle éprouvait pour l'embrasser longuement, de façon très possessive. Il fit ample usage de sa langue, une main agrippée à ses cheveux, l'obligeant à relever la tête afin de disposer du temps nécessaire pour la revendiquer.

Le feu aux joues et les yeux virant au vert émeraude, Emma eut la présence d'esprit de ne pas lutter ni de chercher à se dégager. Il lui mordilla la lèvre inférieure avant de se laisser choir dans le siège, tout sourires, le regard dur comme du diamant ambré. Et tendit la main au jeune type.

— Jake Bannaconni. Nous n'avons pas été présentés, je crois.

Il n'oubliait jamais un visage mais il n'était pas question de laisser croire à un rival qu'il le jugeait mémorable.

— Greg Patterson, répondit l'intéressé, ébahi, blême sous son hâle. On s'est croisés l'autre jour, à votre bureau.

Jake s'adossa à son siège, le bras mollement tendu vers celui d'Emma, et commença à lui masser la nuque. Un geste intime.

— Qui garde les enfants, ma beauté ? lança-t-il à Emma tout en comparant la taille des mains de Greg aux marques qui zébraient l'avant-bras de la jeune femme.

— Susan.

Machinalement, Emma plaqua la paume sur les griffures. *Miséricorde,* songea-t-elle, *rien ne lui échappe.* Pire encore, et impossible à ignorer, le massage lui faisait chaud partout.

— Tu l'estimes assez grande pour s'en occuper ?

Il s'exprimait avec douceur, sur un ton intimiste qui excluait le monde entier.

— Elle a seize ans, Jake, lui rappela la jeune femme.

Il lui caressa l'arête du maxillaire avant de reporter son attention sur Greg.

— Qu'avez-vous fait ce soir ?

Sa voix était parfaitement posée, amicale, chaleureuse. Le contraste était saisissant avec ses yeux cerclés d'or où régnait un froid glacial, intimidant. Qui contemplaient Patterson sans ciller. Lequel se tortilla sur sa chaise, mal à l'aise, avant de répondre :

— On… on s'est fait une toile.

Jake prit la main d'Emma, en porta la paume à sa bouche tiède et croisa son regard.

— Tu t'es bien amusée, j'espère. Tu sais que tu ne dois jamais quitter le ranch sans escorte.

Sans la moindre hésitation, il lui mordit ensuite le creux de la main et, d'un regard, la mit au défi de lui faire une scène. Elle hoqueta et voulut se dégager. En vain. La tenant fermement, il fit courir sa langue sur la morsure afin d'apaiser la douleur.

Refusant toujours de la lâcher, il plaça leurs mains jointes sous son menton, nouveau geste d'intimité, et expliqua à Patterson :

— C'est dangereux, qu'Emma sorte sans garde du corps. J'ai des ennemis. Qui savent qu'ils peuvent m'affecter en s'en prenant à elle.

Il fit frotter les phalanges d'Emma contre son menton ombré de barbe dans un va-et-vient lascif, portant çà et là un doigt de la jeune femme à sa bouche pour le mordiller.

— Il va sans dire que je tuerai quiconque essaierait de me la soustraire.

Jake avait lâché cette remarque sur le ton de la conversation, usant de son timbre de velours tout en regardant fixement Greg droit dans les yeux pour lui signifier que ce n'était pas des paroles en l'air.

Le technicien pâlit encore tandis qu'un frisson inquiet parcourait l'échine d'Emma. Elle leva la tête vers Jake. Il lui sourit mais ses yeux lançaient des éclairs. Elle détourna le regard.

— Sois tranquille. Nous n'étions pas vraiment seuls, murmura-t-elle en butant sur chaque syllabe.

Son corps réagissait vivement aux attentions distraites du colosse. Il avait beau jouer les séducteurs, elle n'était pas dupe, il était furieux après elle. C'était dans ces circonstances-là qu'il était le plus dangereux : lorsqu'il se montrait possessif et mesuré alors qu'intérieurement il était à deux doigts de perdre les pédales. Le cœur d'Emma battait la chamade ; toutes ses terminaisons nerveuses étaient en feu. Au désespoir, elle voulut retirer sa main mais Jake, sans rien montrer, resserra son étreinte. Elle sentit son palpitant s'affoler.

—Ah bon ? glapit Greg, redressé dans son siège et conscient d'être en danger.

Jake Bannaconni n'avait pas la réputation d'un type policé. Et il était assez puissant pour faire disparaître quelqu'un.

—Drake et Joshua étaient assis deux rangées derrière nous. C'est Joshua qui riait si fort, expliqua-t-elle à Greg, sourde à la pression qu'exerçait Jake sur son poignet.

—Emma m'est très précieuse, murmura le colosse, lui cajolant la main de plus belle. Je suis heureux d'apprendre que je n'ai à tuer personne ce soir.

La jeune femme ferma brièvement les paupières. Il était très, très en colère. Aurait-elle tout fait pour le provoquer ? C'était à craindre, hélas… Patterson se racla la gorge.

—Vous… vous songiez à tuer quelqu'un ? dit-il en s'efforçant de sourire, comme si c'était une blague.

Des yeux d'or le clouèrent sur sa chaise.

—Très sérieusement, oui.

Il n'y avait pas trace d'humour dans l'éclat de ce regard.

—Jake, il y a un problème ?

C'était Bernard, l'avocat à la solde de Josiah Trent, debout derrière le trio, l'air soucieux.

—Rien que je ne puisse régler, répondit Jake sans un regard.

—Rien n'est encore décidé, fit valoir Williams.

—En ce qui me concerne, ça l'est. (Un bras négligemment passé autour des épaules d'Emma, il entreprit de jouer avec ses longs cheveux d'un geste machinal.) Je vous ai donné ma réponse.

—Vous n'avez même pas écouté la proposition de rachat…

— On en reparlera une autre fois.

L'agacement se lut un instant sur les traits de Bernard.

— C'est donc si important d'être à cette table ?

Les yeux d'or se tournèrent vers l'avocat. Jake porta les doigts d'Emma à sa bouche.

— Plus que tout, Bernard. Bon vent à vous.

Williams, furieux d'être grossièrement congédié, s'éloigna en faisant la gueule. Jake jeta un coup d'œil à sa montre en or.

— Tu as fini ton café, ma belle ? Il se fait tard.

Il se leva, tenant toujours Emma qui fut contrainte de se lever à son tour, et tendit l'autre main à Greg.

— J'ai eu plaisir à faire votre connaissance. Merci d'avoir tenu compagnie à Emma au cinéma, vraiment.

Sans façons, il lâcha quelques billets sur la table, s'acquittant ainsi du café et du dessert qu'ils n'avaient pas eu le temps de consommer.

— Il faut qu'on rentre, Patterson. C'est le souci avec les petits : on ne sait jamais quand ils font un cauchemar. Pas vrai, ma belle ?

Emma hésita. Fallait-il en rire ou en pleurer ? Jake ne pouvait manquer de se rendre compte de l'effet que faisaient ses propos sur son cavalier servant : parler des enfants, de qui veillait sur eux… Misère ! Et que dire de son comportement ! Il l'avait embrassée en public, manquant de l'étouffer avec sa langue. Difficile de faire plus provocant… Greg paraissait d'ailleurs à un cheveu de tomber dans les pommes. Elle eut à peine le temps de lui glisser un au revoir que Jake l'entraînait déjà vers la sortie.

— Pas si vite, Jake, c'est la honte de courir en talons hauts. Je dois faire trois pas quand tu en fais un.

— Quelle idée de porter ces trucs, grinça-t-il tout en daignant freiner un peu. (Il baissa les yeux sur ses mèches soyeuses, les traits figés comme s'il était en granit.) Tu rentres avec moi. Joshua va conduire la Jeep.

— Ils doivent déjà être en route, fit-elle observer.

— Manquerait plus que ça.

Elle plaqua une main petite mais ferme sur son avant-bras.

— Tu es fâché après moi ?

— « Fâché » ? Pourquoi diable je devrais être fâché ?

Il adressa un signe de tête assez sec à quelques-uns des acheteurs potentiels qui, pour la plupart, dévisageaient Emma sans s'en cacher. Elle tourna la tête et vit Greg, debout à côté de la table, l'air d'avoir été percuté par un semi-remorque.

Jake la fit se retourner quand il vit qu'elle regardait derrière elle.

— Parce que je trouve ma femme attablée avec un autre, vêtue comme tu l'es ? C'est ça qui devrait me mettre en rogne ? À te voir, on jurerait que tu regrettes de ne pas lui avoir fait un bisou avant de partir, grinça-t-il, si énervé qu'il claqua des dents.

— C'est quoi, ton problème ? répliqua-t-elle, fâchée à son tour.

Quelque chose paraissait s'agiter sous sa peau, générant une vague de chaleur qui la chatouilla en prenant de l'ampleur.

— Je ne suis *pas* ta femme.

— Ben voyons.

La tenant dans sa poigne de fer, il la traîna littéralement en direction du parking et repéra aussitôt ses deux gardes du corps. Adossés au pick-up, Drake et Josh attendaient, comme il s'en était douté. La main tendue, Jake exigea les clés de la Jeep. Et fronça les sourcils en voyant Emma hésiter.

— Je suis parfaitement apte à conduire jusqu'au ranch, protesta-t-elle.

— N'insiste pas. File-moi ces putains de clés, et vite.

Emma lui céda le trousseau, que Jake lança à Joshua.

— Le film t'a plu, à ce que j'ai entendu.

— Je n'aime pas du tout que vous m'ayez suivie, se sentit obligée d'ajouter Emma.

— Tu devrais pourtant, grinça Jake. C'est grâce à eux que je ne t'ai pas étranglée. (Il la prit fermement par les épaules et la secoua un peu.) Ne quitte jamais plus, je répète, jamais plus, le ranch sans escorte. As-tu idée des risques que tu cours ?

— Je refuse d'en discuter. Il fait froid et je n'ai pas envie de rentrer avec toi, Jake. Joshua, redonne-moi les clés de la Jeep.

— Tu tiens vraiment à ce qu'on fasse une scène sur ce foutu parking, Emma ? Insiste encore un peu et je te jure que je te balance sur mon épaule puis dans ma bagnole. Tu rentres avec moi. Point.

Partie pour croiser le fer, Emma changea d'avis en percevant les ondes de rage qui émanaient de lui. Faire une scène ne faisait pas peur à Jake. Il tomba le manteau d'un mouvement d'épaule, l'enveloppa dedans puis la conduisit à grands pas vers la Ferrari, ouvrit la portière et attendit qu'elle s'y engouffre. Les nerfs en pelote, Emma se passa la main dans les cheveux tandis que le grand escogriffe s'installait à côté d'elle. Il poussa la galanterie jusqu'à tendre le bras pour lui boucler sa ceinture. Elle se sentit bizarrement prise au piège.

— Jake ?

Elle avait dit son nom d'une voix douce, rassurante.

— Pas un mot, Emma, je t'en prie.

Avec une violence contrôlée, il manœuvra le bolide et roula derrière le pick-up conduit par Drake, Joshua fermant la marche au volant de la Jeep.

Emma ferma les yeux et s'adossa dans le siège baquet. La tension qui régnait dans l'habitacle était à couper au couteau. Il tremblait de rage. Visiblement. La colère bouillonnait en lui, une colère noire, affreuse, assassine. Elle soupira, regrettant de ne pas pouvoir discuter avec lui de ce qui s'était passé pendant la soirée. Le rire tonitruant de Joshua pendant la séance, Drake à l'affût, la tête de Greg quand Jake était venu s'asseoir à leur table. S'il avait été comme Andrew, fût-ce un tout petit peu, ils en auraient ri ensemble.

Quand ils furent au ranch, Jake l'agrippa par l'avant-bras et l'extirpa hors de la voiture. Emma se laissa conduire à la maison par souci d'apaisement. Sauf qu'il continua à la traîner en direction de son bureau. La jeune femme se débattit.

— Lâche-moi, merde, tu me fais mal !

C'était faux mais elle se sentait brusquement fatiguée et souffrait d'un début de mal de tête. Argumenter ne rimait à rien, il était trop en pétard.

— Il faut qu'on parle, articula-t-il entre ses dents serrées en la balançant dans son bureau. Il est grand temps.

Emma tituba et dut se rattraper à un dossier de chaise pour ne pas tomber. Elle se défit de ses chaussures à talons.

— Qu'y a-t-il, Jake ? Je suis crevée, là. Ta mauvaise humeur me soûle.

— Ma mauvaise humeur… te soûle ? répéta-t-il, un sourcil arqué et les poings crispés, le regard brûlant de rage.

— Eh oui. Tu es en colère et je ne pige pas pourquoi.

Elle décida de se montrer patiente ; il fallait bien que l'un d'eux soit raisonnable.

— Tout le trajet de retour, je me suis répété qu'il fallait que je garde mon calme, qu'on allait parler entre adultes raisonnables. Et toi tu n'as même pas idée de ce qui me rend dingue ?

Ses yeux d'or pétillaient d'une lueur de menace.

— Pas vraiment, non.

— Ce que je peux détester ça quand tu la joues calme… Ça ne t'arrive jamais de péter les plombs, Emma ?

Il fit un pas vers elle, à deux doigts de craquer. Pris d'une envie furieuse de l'embrasser pour effacer son petit air supérieur. Deux ans qu'il attendait. Elle était à lui. Faite pour lui. Sa chose. Il se vit planter ses griffes dans le ventre de Patterson, l'étriper, puis observer sa lente et douloureuse agonie.

— Qui c'est, merde, ce Greg Patterson !? Quand t'a-t-il invitée, et pourquoi diable tu as accepté ?

Emma s'efforça de dompter sa propre colère, consciente qu'elle risquait de tout perdre en s'écharpant avec Jake. Il était certes le proprio de cette baraque et de tout ce qu'elle contenait, mais il n'avait pas à lui parler sur ce ton. Et puis c'était difficile de se montrer raisonnable : étant à l'origine de cette crise, elle ne pouvait s'empêcher de jeter de l'huile sur le feu.

— Si quelqu'un est en droit d'être en colère, c'est moi. Comment veux-tu qu'il me réinvite après la façon dont tu t'es comporté ce soir ? Tu as parlé comme si on avait des enfants et comme si on vivait ensemble. Il a dû s'imaginer que tu m'avais surprise en train d'essayer de te tromper.

— Te *réinviter* ?!

Il la prit par les épaules, sans égard pour sa peau fragile, et la souleva tout près de sa grande carcasse. Elle perçut sa chaleur corporelle, qui l'enveloppa.

— Ressors avec lui et je lui brise la nuque, tu m'entends ? Et pour ta gouverne, Emma, sache que nous *avons* des enfants. Et que nous *vivons* ensemble.

Elle le fusilla du regard.

— Tu sais très bien ce que j'ai voulu dire. Et puis c'est toi qui as affirmé qu'il me fallait un mec.

— Et qu'est-ce que je suis, d'après toi ?

Emma l'observa en battant des cils.

— Un type que je n'intéresse absolument pas.

— Je t'ai demandée en mariage, bordel ! éructa-t-il, plus furieux que jamais. Qu'est-ce qu'il te faut de plus ?

Là-dessus, il poussa une bordée de jurons, trop en pétard pour dire un mot de plus.

Puis il l'écrasa contre son torse de lutteur. Une main agrippée à sa tignasse, l'autre lui soulevant le menton, il l'embrassa à pleine bouche avec la dernière énergie. Le contact de ses lèvres fit l'effet d'une décharge électrique à Emma. Il lui mordit la lèvre inférieure assez fort pour qu'elle pousse un petit cri puis passa en mode mâle alpha total, prenant d'assaut la douce jeune femme, résolu à la faire sienne. Quitte à la châtier si nécessaire.

Chapitre 11

Emma, prise au piège, n'osa pas lutter tant Jake était dangereux à cet instant. Sa force physique était considérable, son appétit féroce. Il était chauffé à blanc et paraissait capable de tout. Un grognement sourd émanait de sa poitrine, ses baisers se faisaient plus pressants, il en était presque à la dévorer. Jake la poussa jusqu'à ce qu'elle soit acculée contre la paroi sans cesser un instant de l'embrasser. Emma fit courir sa langue sur l'arête de ses dents, qu'elle trouva étrangement acérées. Sa bouche avait le goût du désir tandis qu'il la tenait fermement par la nuque, changeant d'angle d'attaque, faisant du corps de sa partenaire du feu liquide.

Jake saisit Emma aux poignets d'une main et l'obligea à lever les bras au-dessus de la tête puis se frotta à elle comme l'aurait fait un félin. Un déclic sauvage se produisit en elle, et tout son être s'embrasa des pieds à la tête. Un mâle primitif prenait possession de sa femelle. Emma sentit ses os se liquéfier et ses terminaisons nerveuses s'enflammer. Elle se colla à sa grande carcasse, et prit conscience que sa propre langue entrait dans la danse. La bouche de Jake avait un goût divin qui lui montait à la tête comme l'auraient fait des bulles de champagne.

Le cerveau à l'arrêt, prisonnière de ses sensations, Emma sentit son corps prendre feu sous l'effet du désir. S'il grognait, elle gémissait, le souffle court et tellement aux abois que le frottement de ses habits lui était insupportable.

Il n'y avait rien d'hésitant chez Jake, qui faisait l'amour comme il menait ses affaires : sans pitié, exerçant une maîtrise absolue… et en même temps sauvage, hors de contrôle, la transportant comme l'aurait fait un cyclone. Sa bouche vorace passa de celle d'Emma à sa gorge vulnérable qu'il entreprit de mordre, de suçoter, laissant des marques de possession sur son épiderme délicat. Il empoigna le col de son chemisier et tira, déchirant tout le devant, puis baissa sa jupe comme si tout ce qui faisait obstacle à la chair de sa proie lui était une injure.

Puis il se découvrit trop pressé pour se démener avec son soutien-gorge. Ses lèvres déposèrent une série de baisers brûlants sur la dentelle qui lui couvrait les seins. Emma perçut le son rauque, presque bestial, qui émana d'elle quand ses mâchoires se refermèrent sur sa poitrine à travers l'étoffe. Il mordit et lécha goulûment un téton déjà durci. De ses bras noueux et musculeux, il l'attira plus près encore, affamé.

Faisant fi de la douceur, il se reput de la jeune femme, se l'appropria tout en poussant des grondements étouffés.

—À moi, grogna-t-il avant de l'aspirer dans la fournaise qu'était sa bouche insatiable. À moi, répéta-t-il, mordant de plus belle jusqu'à ce qu'elle crie, la léchant aussitôt pour apaiser la douleur.

Le corps en feu, elle se cambra afin qu'ils soient peau contre peau. Les mains du colosse allaient et venaient sur elle comme pour faire le tour du propriétaire, caressant son étroite cage thoracique, sa taille fine, folâtrant sur l'arrondi de ses hanches. Sans cesser un instant de lui triturer les tétons à coups de dent jusqu'à ce que se floute la frontière entre douleur et plaisir. Que sa belle pleure tant son envie était forte.

Jake lui fit relever une jambe, qui s'enroula autour de ses hanches. Sa main trouva son mollet et voyagea plus haut le long de son ossature parfaite pour venir effleurer l'intérieur de sa cuisse. Emma se pendit à son cou de taureau. Tout son monde s'estompa ; seuls existaient les grandes mains de Jake, sa bouche et leur appétit mutuel. Excitée à en mourir, elle sentit ses jambes trembler et son dernier appui menacer de céder.

Elle s'efforça de reprendre son souffle pour parler, pour réfléchir.

— Jake. Pas si vite en besogne…

Mais penser était impossible, seuls comptaient l'instant présent et l'afflux de sensations.

Pour toute réponse, Jake poussa un grondement sourd, rauque, infiniment sensuel. Ses doigts appuyèrent contre sa cuisse. Elle sentit ses ongles s'y enfoncer, y imprimant une nouvelle marque. Puis il déchira sa culotte en dentelle et plaqua la paume sur son entrecuisse chaud et humide, balayant toute objection éventuelle.

Emma hoqueta de plaisir, comme écartelée et bouillonnante de vie à ce simple contact. Son bel amant était sur tous les fronts, dur et puissant, sa bouche si chaude malgré la barrière dérisoire du soutien-gorge. Il remonta le long de sa gorge, de son menton et trouva sa bouche, plus affamé et brutal que jamais. Elle s'accrocha à lui. Au plus près. Désir contre désir.

— Pas si vite, Jake, murmura-t-elle, effrayée par sa propre passion, par cette violence que ni l'un ni l'autre n'étaient en mesure de contrôler.

Elle épia ses traits marqués par l'appétit sexuel ; ces yeux incroyables où de l'or en fusion s'était substitué aux iris.

Jake luttait pied à pied contre son léopard qui faisait tout pour émerger, exacerbant en lui son besoin de possession. Tout espoir de contrôle était vain. Sa queue brûlait d'être en elle, avide d'explorer sa moiteur, d'enfin éprouver le soulagement que seule Emma pouvait lui procurer.

— Faut que je te pénètre, murmura-t-il sans ambages, incapable de s'en empêcher, tout en introduisant l'index dans sa chatte.

Il grogna en sentant ses muscles vaginaux se contracter et poussa plus loin, ajoutant le majeur dans ce conduit chaud et lubrifié afin de mesurer combien elle était prête.

Il voulut la prendre là, à même le sol du bureau, sans le moelleux d'un matelas qui freinerait son entreprise, afin de la baiser bien à fond pour revendiquer ce qui lui appartenait de droit. Une main glissée sous ses fesses, il se lança dans un furieux va-et-vient tandis que sa langue reprenait possession de la bouche d'Emma. Il était en feu. Un bourdonnement étrange dans les oreilles, il se sentit lourd, plein, tout près d'exploser.

Ce n'était pas assez. Il fallait qu'elle le touche, qu'elle manifeste son désir avec la même énergie, la même rage. Le colosse déboucla sa ceinture et se déboutonna à son plus vif soulagement.

— J'ai besoin de tes caresses, bébé. Tout de suite. (En dépit de ses efforts, le timbre de sa voix était sauvage, impatient.) Emma, je t'en supplie, caresse-moi. Allez, quoi, merde !

L'envie était trop forte, il ne lui donna pas le choix. Un poing serré dans ses longs cheveux, il usa de sa main libre pour guider sa petite main jusqu'à son sexe.

Un spasme le parcourut dès le premier effleurement de ses doigts menus contre sa queue au garde-à-vous. Une toute première caresse timide. Il frissonna, se branla un coup dans la petite main serrée autour de son manche tout en la forçant à s'agenouiller.

— Avec ta bouche, lui ordonna-t-il.

Sa queue lui faisait l'effet d'avoir une vie propre. Brûlante et si gonflée qu'il craignit que son gland éclate.

L'attente allait le tuer, c'était sûr. Du liquide s'écoula dans sa paume ; elle caressa son gland hypersensible avec le pouce, la tête tournée vers lui, le regard embrumé. C'était excitant à en crever de la voir accroupie à ses pieds, seulement vêtue d'un soutien-gorge en dentelle, de fines gouttelettes piégées dans sa toison rousse, la poitrine débordante, marquée à la gorge et sur les tétons. Jake, lui, était entièrement habillé, la queue tellement raide qu'elle lui faisait un mal de chien.

— Prends-la dans ta bouche, bordel ! grinça-t-il entre ses dents alors que la langue d'Emma venait s'enrouler autour de son membre épais, turgescent, pour venir lécher le liquide séminal.

La jeune femme se pencha. Jake, le souffle coupé, sentit tout son être se dissoudre alors qu'elle commençait à le sucer. La passion qu'elle y mettait l'anéantissait. Sa bouche était un conduit brûlant, aussi serré qu'un poing. Elle pompa, lécha dessus, dessous, puis jusque sous les bourses avant de remonter pour le prendre dans sa bouche.

Le léopard rugit. Jake sentit ses griffes pousser, ses os craquer, le jeu de langue d'Emma l'amener au bord du précipice. Il combattit la métamorphose, s'empêcha de sombrer dans un excès de violence, de sauvagerie. Cette fellation aurait… sa peau… d'une manière ou d'une autre. Il sentit ses testicules se contracter et sa queue enfler dans la bouche incandescente de la jeune femme. Pris de frénésie, il la saisit brutalement par les cheveux et donna des coups de reins, la tête rejetée en arrière, tandis qu'il s'enfonçait jusque dans sa gorge, en proie à une brusque bouffée de félicité.

Emma s'agita pour tenter de le rappeler à la réalité.

— Détends-toi.

Il s'exhorta au calme. Sans la lâcher, toutefois, tant il était bien dans ce havre divin qu'était sa bouche.

— Pas de panique, bébé. Tu peux le faire. Relax.

Rassérénée par son ton apaisant, elle obligea les muscles de sa gorge à se détendre tandis qu'il lui tirait la tête en arrière. Puis il exerça une poussée en lui murmurant des encouragements et Emma laissa échapper un cri rauque. Le gosier de la belle se resserrait sur sa queue. Il fallait qu'il arrête, qu'il reprenne le contrôle, faute de quoi il allait lui éjaculer dans la bouche alors qu'il désirait si fort être dans sa chatte. Jake arracha sa chemise qu'il balança. Son épiderme était brûlant.

— Je n'en peux plus, bébé, il m'est impossible d'attendre une minute de plus. Désolé mais il faut que je te baise. Je prendrai tout mon temps une autre fois, c'est promis, mais pas maintenant. Je vais devenir dingue si je ne te pénètre pas

Il la saisit par les épaules et la poussa sans ménagement. Emma se retrouva couchée sur le dos, les genoux en l'air, sa crinière rousse s'étalant telle de la soie sur le parquet sombre et verni, les tétons dressés vers le ciel et le souffle court. Jake, immense et conquérant au-dessus d'elle, se déchaussa et se défit de son pantalon avant de la débarrasser de son soutien-gorge.

— Jake…

Il y avait de l'incertitude dans sa voix. Elle battit des cils avec, au fond de l'œil, une lueur apeurée. Elle avait l'épiderme rougi par la tension sexuelle. Le fumet puissant de son état d'excitation décupla la transe du léopard de Jake.

Ralentir ? Prendre le temps de la rassurer ? Bonne idée… sauf que son fauve s'y refusait. Plus rien ne comptait hormis la faire sienne, l'assujettir à jamais. Il avait patienté assez longtemps, brûlant à petit feu nuit après nuit jusqu'à subir une sorte d'enfer permanent.

Jake se baissa, écarta les cuisses d'Emma, l'attira vers lui en la faisant glisser sur le parquet puis plongea la tête et planta sa langue dans son entrecuisse mûr à point. La jeune femme se cabra, hurla, se débattit, poussa sur les talons dans l'espoir de se dégager. Le colosse grogna de nouveau et releva la tête ; le regard brûlant, l'étreignant sans merci au niveau des cuisses, il l'empêcha de remuer d'un pouce. Elle était déjà trempée et prise de spasmes. Prête à l'accueillir.

— C'est trop bon, pas si vite, plaida-t-elle en crispant le poing dans ses cheveux.

Éperonné plus qu'autre chose par la douleur qu'il ressentait au niveau du cuir chevelu, Jake gronda de plus belle, les vibrations de sa voix intensifiant les sensations quand il lui lapa goulûment le sexe. Le goût férocement exotique des sécrétions d'Emma fit affluer le sang dans sa queue déjà gonflée à l'extrême. Elle poussa de petits cris tandis qu'il la léchait avec autant d'énergie qu'un chat affamé. Geignit, frissonna. Son bourreau poussa un nouveau grognement sourd et sexy en diable. Il la dévorait littéralement. Ses dents lui effleurèrent le clitoris. La voyant se cambrer, il lui écarta encore un peu plus les cuisses afin d'être plus à son aise. Quand il se mit à suçoter son petit bouton, Emma rua violemment, et ses cris se muèrent en sanglots de plaisir. L'orgasme était total.

— Jake… assez, je t'en prie… je n'en peux plus. Arrête, par pitié, arrête !

Elle jouissait si fort qu'elle craignit de ne pas y survivre. Il fallait qu'elle fasse une pause, qu'elle reprenne son souffle, faute de quoi elle allait perdre les pédales.

— Jake.

Elle voulut hoqueter « stop ». Trop tard. Au lieu de s'arrêter, il intensifia le mouvement. Lécha son petit bouton, toujours plus vite. Emma sentit le plaisir enfler rapidement et son corps s'embraser jusqu'à ce que ses terminaisons nerveuses soient du feu liquide contre la langue de Jake. Elle tenta de le repousser, se débattit comme une furie, la parole réduite à des gémissements rauques, bien en peine d'échapper à sa poigne de fer. L'entendre haleter et la voir remuer en tous sens ne faisait qu'ajouter au désir de l'homme-léopard dont la moitié animale, prise de frénésie, réclamait toujours plus de cette odeur enivrante. L'urgence commandait de la marquer tous azimuts afin qu'elle ne puisse plus jamais nier à qui elle appartenait.

La langue de Jake allait, venait, s'enfonçait profondément, sans laisser à la jeune femme un seul instant de répit, la contrôlant totalement. Ses soubresauts furieux étaient du pain bénit pour le besoin de domination du félin. Décollant la bouche, il donna plusieurs coups de langue sur sa fente détrempée puis planta les dents dans la paroi interne d'une de ses cuisses, la marquant encore.

Elle fit les yeux ronds sous l'assaut conjugué du plaisir et de la douleur, fauchée par un nouvel orgasme dont il se reput aussitôt, excitant sa proie de plus belle jusqu'à ce qu'elle soit en sueur de la plante des pieds à la racine des cheveux.

Jake se dressa sur les genoux et la contempla, en lutte contre la douleur qui lui vrillait la mâchoire et tout le corps. Elle était si belle, si sauvage, si chaude ! Il perçut la chaleur qu'elle dégageait avant même que son gland massif et hypersensible vienne effleurer l'orée détrempée de sa chatte offerte. Ses parois vaginales se refermèrent sur son sexe. Dieu qu'elle était étroite ! Il ne bougea plus le temps qu'elle constate l'emprise qu'il avait sur elle.

L'heure n'était pas à tirer un coup vite fait mais à s'accoupler à elle, à se l'approprier, à lui imprimer sa marque une bonne fois pour toutes. Clouée au sol par la différence de leur gabarit et force physique, griffant le parquet, dardant vers lui ses seins provocateurs, Emma geignit tout en se démenant comme une diablesse.

Il la pénétra un peu plus, conscient que la largeur de son membre menaçait de la faire souffrir mais bien incapable de s'en empêcher. Elle était aussi étroite que lui était copieux et long. Elle poussa un hoquet. Ses yeux s'arrondirent comme des soucoupes.

— À moi, gronda-t-il en même temps qu'il donnait un petit coup de reins, attentif au plaisir qui pétillait dans ses immenses yeux verts. À moi.

Avec hargne et conviction, afin qu'elle sache qu'il était sincère et que toute machine arrière serait exclue.

— Ose me dire que tu n'es pas à moi. Nie-le, Emma, si tu en es capable. Essaie de me glisser que tu en désires un autre, bordel ! ou admets la vérité. Admets que je suis ton homme. Et personne d'autre.

Il la défia du regard. Les mains plantées sur ses cuisses, la queue à l'orée de son sexe détrempé. La peur apparut dans l'émeraude profond des yeux de la jeune femme. Quand il sentit son vagin se crisper comme pour mieux le happer, Jake dut lutter pour ne pas s'enfoncer en elle jusqu'à la garde. La part sauvage et primitive d'Emma le suppliait d'y aller cash, il le sentait. Mais l'autre Emma avait peur. Elle refusait de se livrer à lui alors que tout son être désirait ardemment qu'il la pénètre. Sauf qu'elle n'était pas sûre de le supporter physiquement.

Emma secoua la tête.

— Oui, haleta-t-elle, mais pas comme ça. Tu es trop membré. Ne…

— *Exactement* comme ça.

Il exerça une nouvelle poussée et glissa deux ou trois centimètres de son sexe en elle, les yeux rivés sur son visage où se lisait l'intensité de son plaisir tandis que le vif inconfort qu'elle ressentait se traduisait par un furieux jeu de hanches.

— Comme ça et dans toutes les positions imaginables. Dis-le, Emma. Dis que tu m'appartiens. Que tu en as envie. Que tu me *veux*.

Il n'était pas question qu'elle revienne à la charge plus tard en prétendant qu'elle n'avait pas été consentante. Placé devant un silence insistant et un mélange de peur et d'envie, il se retira à peine… et perçut qu'elle faisait tout pour le retenir, au point de pousser de petits cris de protestation. Rassuré, il sentit les nœuds de son estomac se détendre.

— Dis-le.

Ils s'observèrent. Jake vit l'or de ses yeux de félin se refléter dans ceux d'Emma. Elle se passa la langue sur les lèvres, prit une profonde inspiration et frissonna.

— J'en ai envie, abdiqua-t-elle d'une voix chevrotante.

Les mâchoires serrées, il la pénétra un peu plus. Son vagin se crispa. Jake se retint de ne pas y aller à fond.

— Ce n'est pas assez. Avoue que tu es à moi. Que tu m'appartiens. Dis-le, Emma.

— Jake, je t'en supplie, geignit-elle. OK, tout ce que tu veux mais vas-y, par pitié.

Il s'exécuta, pénétrant ses replis lubrifiés et brûlants qui lui firent l'effet d'un poing serré jusqu'à ce que son gland bute contre le col de son utérus, l'obligeant à l'accepter tout entier, les testicules écrasés contre ses fesses. Les muscles intimes de la belle, étirés au maximum, étreignaient fermement sa queue pulsatile. En proie à un plaisir extrême et bestial, il la pénétra vite et fort, comme son fauve l'exigeait, à grands coups de boutoir, s'abandonnant tout entier à la jouissance que lui procurait ce fourreau brûlant.

Jamais, dans sa vie d'homme, il n'avait éprouvé pareilles sensations. Rien n'existait plus que son sexe qui allait et venait, avide de la posséder davantage, corps et âme. Le feu qui couvait en lui devenait presque intolérable. Sa queue enfla encore. Emma hurla, crispée à mort sur son sexe tandis qu'il sentait le plaisir affluer. Il était en nage. Elle eut un spasme violent, puis deux. Il éjacula à longs traits, désireux que sa semence aille au plus profond. Elle était à lui. *Née* pour lui. Jake se sentit à cet instant aussi primitif et dominant que son félin.

Il se retira et l'aida à basculer sur le ventre. La douleur suscitée par ce retrait subit arracha un cri à la jeune femme.

Jake grogna, glissa un bras sous ses hanches et la souleva afin qu'elle se retrouve à quatre pattes. Puis il la tint fermement, penché sur elle… et la pénétra avec la dernière énergie sans avertissement, forçant ses parois vaginales. Déjà surexcitée, Emma hurla et frissonna de plaisir.

Alors qu'elle l'avait cru épuisé, ce qu'il aurait dû être en toute logique, voilà qu'il était plus vigoureux que jamais. La violence de ses coups de boutoir lui coupa le souffle. Il s'enfonçait davantage à chaque poussée en la positionnant selon l'angle idéal. Emma était à la fois en feu et choquée par sa propre attitude. Elle le désirait ardemment, si fort qu'elle doutait être jamais rassasiée. Pourtant jamais au grand jamais elle n'avait rêvé pareille situation.

Elle sentit ses grandes mains glisser sur ses côtes puis se refermer sur ses tétons. Des étincelles jaillirent jusque dans son fourreau en fusion. Les doigts de Jake qui lui titillaient les mamelons lui donnaient l'impression d'être des griffes recourbées, et elle crut percevoir le frottement d'une fourrure douce sur sa poitrine hypersensible. Il se nicha au creux de son épaule, là où l'épiderme était le plus fin. L'embrassa sans jamais cesser son va-et-vient frénétique. La lécha… puis la mordit un bon coup. La douleur fusa aussitôt, faisant remuer quelque chose de sauvage en elle. Emma grogna, lutta. Sortit les griffes. Se cambra pour l'inciter à la lâcher.

Jake poussa un grognement sourd qui résonna en elle. Plus elle se débattait, plus il se montrait dominateur. Ses dents restaient plantées au creux de son épaule, l'empêchant de remuer tandis qu'il continuait à la pilonner. Une main plaquée sur un sein dont il malmena le téton en guise d'avertissement, il la fessa durement de sa main libre.

L'entrecuisse en feu, Emma lui inonda la queue de liquide brûlant.

Elle allait craquer. La tension enflait, enflait, l'amenant à l'extrême limite de l'abîme. Elle lutta contre la montée de l'orgasme qui menaçait de tout balayer à la manière d'un raz-de-marée, de l'anéantir. Mais il ne lui laissait aucun répit, la labourant encore et encore, si fort qu'Emma était à un cheveu de défaillir. Elle résista un bref instant, la respiration laborieuse, tendue à se rompre. Il livra alors un ultime coup de boutoir qui la fit basculer et hurler.

Le coït s'éternisa, vague après vague, impitoyable, la laissant sans forces et le souffle coupé. Elle connut une série de spasmes incontrôlables, anéantie par une déferlante d'orgasmes fabuleux, bouche bée, et, tous les sens brouillés, vit trente-six chandelles.

Le colosse sentit sa chatte chaude et humide se crisper sur son membre tandis que les cris d'extase d'Emma l'incitaient à faire savoir à sa compagne combien il était heureux. Vivant. Fiévreux et sauvage au-delà de tout ce qu'elle pouvait imaginer. Il désirait plus fort que tout qu'elle soit liée à lui par *ça*. Par un acte sexuel parfait, sans équivalent possible. Il la voulait toute flasque dans ses bras, à bout de forces, rassasiée au point de ne plus jamais envisager qu'un autre homme puisse la toucher.

La retenant par les hanches, Jake reprit son pilonnage en règle. Emma réagit par de violents frissons, une raideur de tout le corps et de nouvelles contractions vaginales qui lui firent l'effet d'un étau. Les poumons en feu, il souffla comme un phoque à en avoir mal. Les grondements sourds qui sortaient de sa poitrine étaient ceux d'une bête mais il ne put les contrôler : son léopard était trop proche, l'adrénaline coulait à flots.

Il perdit entièrement la raison tant était forte la pression sur sa queue, sublime mélange de douleur et de plaisir. Jake se consumait tellement qu'il craignit de finir en cendres, mais comment cesser ce va-et-vient prodigieux si près du nirvana ? Puis, enfin, vint l'extase absolue. Il s'immobilisa. Le temps d'un battement de cœur, une fraction de seconde, il crut devenir fou, sentit ses muscles, tendons et squelette se désintégrer, jusqu'à la plus infime cellule de sa carcasse, redoutant à cet instant de ne pas survivre à cette jouissance explosive.

Le séisme démarra quelque part dans ses orteils et partit à l'assaut de ses cuisses puis se focalisa sur son entrejambe. Son éjaculation fut brutale, volcanique, et un spasme immense le secoua. Le rugissement dans ses oreilles était pareil au tonnerre et sa vision se brouilla.

Emma allait s'effondrer. Jake la retint avec une facilité qui la choqua : quelle force herculéenne ! Il les déposa à même le sol, sur le flanc, toujours emboîtés, les deux mains plaquées sur sa poitrine. Le souffle heurté tandis qu'elle continuait par à-coups à lui presser la queue, à en extraire jusqu'à la dernière goutte, la relâchant, recommençant.

Quand elle voulut parler mais qu'aucun son ne sortit de sa bouche, Emma craignit d'avoir le cerveau irrémédiablement grillé.

Jake écarta sa masse de cheveux roux et l'embrassa dans le cou, à l'endroit où il l'avait tenue par les dents. Il avait baisé de nombreuses femmes, s'était fait sucer ou masturber par beaucoup d'autres mais rien de tout cela ne l'avait préparé à la fureur de l'orgasme qu'il venait de vivre.

Cette éjaculation brutale le laissait en paix pour la toute première fois. Conscient d'afficher un sourire béat, preuve qu'il planait comme jamais auparavant, il l'embrassa sur la nuque et remua à peine, juste ce qu'il fallait pour connaître le bonheur simple d'une nouvelle pression exercée par l'exquis fourreau.

Emma trembla comme une feuille et tourna lentement la tête vers lui. Elle avait le regard trouble et le corps alangui. Il se pencha pour l'embrasser sur la bouche. Elle le lui rendit.

— Tout doux, ma beauté. Tu risques d'en baver un moment.

Son léopard avait été si près de la surface qu'elle allait le sentir passer. Il scella leurs bouches et mêla leurs langues avant de se retirer.

La douleur fusa alors que son sexe sortait difficilement du vagin malmené. Il étouffa le cri haut perché d'Emma en prolongeant leur baiser. Puis il bougea le premier, se retrouvant à genoux. Son sexe restait long et épais même à l'état de semi-érection, soit sa condition ordinaire. Il était trop tôt pour la laisser s'éloigner. Pas encore. Et ce serait chaque fois la même chose. Emma était sa drogue. Il en serait très difficilement rassasié.

Allongée par terre, Emma leva les yeux vers Jake qui, à genoux devant elle, s'astiquait machinalement le manche tout en posant sur elle ce regard d'ambre qui pétillait. Le beau ténébreux dans toute sa splendeur. Aussi mâle qu'addictif. La bête de sexe absolue. La seule expérience en la matière d'Emma avait été avec Andrew ; un garçon doux, presque trop respectueux. Sans cette énergie explosive dont venait de faire preuve Jake. Excitée comme elle l'était dernièrement, la jeune femme avait parfois rêvé de sexe brutal et sans limite… mais en restant très en deçà de ce qu'elle venait de vivre.

Rien ne l'avait préparée à cet assaut tous azimuts, à la force surhumaine de Jake, à son appétit sexuel insatiable. Elle était entièrement à sa merci dans ses bras. Son corps ne lui appartenait plus, il en avait disposé à sa guise. Les seins enflés et douloureux, elle avait eu besoin de sa bouche chaude, de ce sexe énorme enfoui en elle.

Avait-il été le seul responsable du caractère tonitruant de leur partie de jambes en l'air ? Pas si sûr… Une force obscure avait pris le pas, l'incitant à le désirer terriblement sans qu'elle ait eu son mot à dire. Elle aurait à jamais besoin de Jake, d'être sa chose. C'était une obsession, pas de l'amour, ça non. Elle ne serait plus jamais la même femme. Ne voudrait pas d'un autre. Sans, pourtant, qu'il lui ait une seule fois témoigné de l'affection. Le regard impérieux qu'il posait sur elle l'incitait à se montrer docile, à lever la tête pour lécher jusqu'à la dernière goutte de sa semence. Elle n'était pas délurée à ce point, pourtant, que diable lui arrivait-il ? Alors qu'elle méprisait toutes celles qui étaient passées à la casserole avant elle, Emma s'en voulut à mort de ne plus rien contrôler.

Il fit errer son regard de braise sur son corps d'un air infiniment satisfait. Elle s'observa : poitrine gonflée et douloureuse, tétons à vif, épiderme constellé de traces de possession écarlates. Alors que ces marques auraient dû la mettre en colère, elle sentit l'excitation revenir et son sexe se crisper, hurlant déjà famine.

— Tu peux te lever ? lui demanda-t-il, une main tendue.

La question était tombée, laconique, comme si rien ne s'était passé alors qu'elle gisait sur le parquet, nue, avec son sperme qui lui coulait le long des cuisses. Elle obligea son corps endolori à se redresser en position assise sans l'aide de Jake, s'étonnant d'avoir mal à des endroits insoupçonnés.

— Emma ? Tout va bien ? la pressa-t-il, autoritaire.

Elle lui lança un regard noir.

— Tu te rends compte de ce qu'on vient de faire ?

Emma appuya une main sur ses lèvres, bien en peine de s'empêcher de trembler car consciente, *elle*, de ce qu'elle avait fait. Elle était grimpée aux rideaux, ça d'accord, mais sans la plus petite touche d'amour perceptible.

— Ce qui devait l'être, répondit-il, le timbre dur, avant de se pencher pour reprendre possession de sa bouche.

Emma se détourna vivement.

— C'était mal, Jake. Bien trop violent.

Elle contempla ce visage sévère, cette bouche sensuelle que tordait un rictus cynique, presque cruel. Ce regard de braise implacable.

— Je ne suis rien pour toi, reprit-elle. Tu étais en colère et il t'a fallu une nana. N'importe laquelle.

Il jura comme un charretier. Ses yeux brillèrent d'un éclat froid, métallique.

— Ça, ma belle, tu vas me le payer !

Le geste expert et calculé, il fit courir sa main le long de la jambe d'Emma, remonta le sillon humide de l'intérieur de sa cuisse jusqu'à la marque de possession qu'il y avait imprimée puis trouva sa fente brûlante. Il y fit glisser deux doigts, bien en profondeur, et l'observa qui hoquetait, subitement en transe malgré elle, vit se voiler ses beaux yeux verts quand il décrivit des cercles sur son clitoris dressé. Elle était encore très sensible. Quelques sollicitations suffirent pour qu'elle se crispe violemment, en proie à un nouvel orgasme.

Il lui présenta ses doigts gluants de sperme et de sécrétions vaginales.

— Il n'y a pas que moi, Emma. Toi aussi tu as besoin d'un mec.

Il porta les deux doigts à sa bouche et les lécha en la fusillant du regard, plein d'une fureur contenue.

— Tu as besoin de *moi*.

Le poing crispé sur sa tignasse, il approcha son visage à quelques centimètres de sa queue redevenue raide.

L'air de défi qu'elle afficha ne dura qu'un instant : déjà, son être primitif refusait qu'elle reste digne ou qu'elle se soustraie à l'envie viscérale qui la tenaillait. Elle se surprit à saliver.

— Tu me crois aveugle à ce que tu veux ? insensible au fumet de ton excitation ? On est ensemble, Emma, que ça te plaise ou non. Tout n'est pas propre et enveloppé d'un chouette petit ruban, je te l'accorde, mais il faut faire avec.

Elle s'humecta les lèvres puis donna un coup de langue à ce gland énorme, bien en peine de s'empêcher d'y goûter encore. Il frissonna. Emma eut un mouvement de recul, honteuse, froissée dans sa dignité de femme.

— C'est trop violent, Jake. Ça ne me ressemble pas…

Elle s'interrompit, les yeux rivés sur l'objet de sa tentation. Lui n'éprouvait aucune honte à être une bête de sexe : dressé sur les genoux, il se branlait à grands gestes hypnotiques. Sa queue enflait, s'allongeait, devenait sensiblement plus dure. Elle trembla sous l'effet du désir, le pubis détrempé et secoué de spasmes.

— J'ai l'impression de commettre un péché.

— Tu es faite pour le sexe et le péché, Emma. Admets-le. Faite pour moi. Je refuse d'avoir honte de te désirer. Je te veux chaque minute de chaque jour. Quand tu te baladeras à la maison en ma présence, je veux que tu portes une jupe longue qu'il me suffira de soulever pour te trouver humide, prête à m'accueillir. Je te prendrai dans toutes les positions imaginables, ma belle, et, si tu te figures que je vais te laisser m'échapper sous prétexte que tu as peur, tu te trompes.

Jake était la vibrante image de la masculinité avec ses cuisses musclées, énormes. Emma eut un hoquet de surprise et se pencha en avant : des cicatrices lui zébraient les cuisses, à un centimètre les unes des autres. Profondes, régulières, innombrables. La jeune femme ne résista pas à l'envie de les effleurer et d'y coller sa paume, comme si ce simple contact avait le pouvoir de les faire disparaître. Chaque entaille avait été pratiquée à l'aide d'un outil tranchant.

— Qu'est-ce qui s'est passé ? Qui t'a fait ça ? (Emma, outrée, sentit sa part sauvage devenir féroce.) C'est quoi ?

— Des victoires.

Sa façon de répondre, avec un petit ricanement, fit lever les yeux à Emma. Il la regardait comme si elle était l'une de ses victoires… ou conquêtes. Dégoûtée par elle-même, la jeune femme voulut prendre du champ. En vain : il la retenait toujours par les cheveux.

— Tu as honte de me désirer, Emma ? Ne te donne pas cette peine, ni toi ni moi ne sommes dupes. J'ai tes propres marques de griffures sur tout le corps. Ton goût dans ma bouche, ton odeur imprégnée dans tous les pores de ma peau. (Il la tenait fermement, lui interdisant de détourner la tête.) Accepte-toi telle que tu es.

Elle secoua la tête, indifférente à la douleur de son cuir chevelu comme à son corps qui en redemandait, à son sexe qui mouillait un peu plus à chaque parole de Jake.

Souhaitait-elle réellement être une femme-objet ? Un jouet avec lequel il s'amuserait un temps, puis qu'il jetterait sitôt lassé d'elle ? Serait-elle tombée si bas qu'il n'existait plus de retour en arrière possible ?

— Ce n'est pas de l'amour, Jake. Même pas une relation de couple.

Ces mots firent à Jake l'effet d'un coup de massue. *Elle ne m'aime pas.* Quoi qu'il dise ou entreprenne, elle n'était pas amoureuse de lui. Il l'excitait, c'était flagrant. Aussi fort qu'elle l'excitait, lui. S'il lui était impossible de conquérir son cœur, au moins avait-il conquis son corps. Secoué, meurtri et très en rogne, il s'approcha, implacable, résolu à ne rien perdre du terrain gagné. La seule façon de se l'attacher était le sexe ? Qu'il en soit ainsi. Il saurait s'en contenter.

— Qu'en sais-tu alors que tu n'as eu droit qu'à quelques mois de lune de miel avec ce garçon, Andrew ? Avec le regard de midinette que tu portes sur la relation homme-femme, je doute que tu saches ce qui se passe vraiment dans un couple. Les hommes sont cruels, la vie bordélique et le sexe brutal. C'est tout ça à la fois, la vie. Et si c'est tout ce que je peux obtenir, toi à genoux me suçant avec mes marques qui couvrent ton joli petit corps, je ne vais pas m'en priver.

Elle tressaillit, comme vaincue par cette carcasse immense et ce regard de braise vieil or. Sa queue dressée était plus énorme que jamais. Un poing crispé autour du manche, l'autre dans ses cheveux, il approcha son érection de mule des lèvres de la jeune femme. Sa façon d'arborer une sexualité exacerbée avait quelque chose de fascinant, d'admirable… et de bigrement érotique. Le corps d'Emma réagissait à son excitation quoi qu'en pense sa tête. La voix de basse, le phrasé sexy… tout chez Jake la mettait en émoi, qu'il s'agisse de l'effet sous la ceinture ou du dépit de ne pas pouvoir lui résister.

— Je ne comprends pas ce qu'on fait, Jake. On risque de tout perdre. Tu te connais, pourtant. Tu es prêt à courir le risque de me perdre ? Je n'ai donc aucune valeur à tes yeux ?

La voix d'Emma avait un accent larmoyant qu'elle ne pouvait ni ne souhaitait cacher. Il fallait qu'il comprenne les conséquences possibles de leurs actes. Jake prenait les nanas et les jetait ensuite. C'était ainsi. « Chassez le naturel, il revient au galop », affirmait l'adage. Il finirait par se lasser d'elle : comment s'y prendre pour qu'un type de sa trempe reste heureux en ménage ? Il avait mis en pièces son innocence, l'avait emmenée bien au-delà de ce qu'elle avait vécu jusque-là et pourtant elle s'était montrée aussi sauvage et déterminée que lui. Et ensuite ? Il la balancerait pour passer à une autre, la laissant brisée, honteuse et incapable de continuer à vivre dans ce foyer sans amour. Tout le monde y perdrait, enfants comme adultes.

Jake s'agenouilla à côté d'elle et lui glissa la main derrière la nuque.

— C'est la toute première fois que je revendique une femme, tu sais.

Il s'était exprimé d'une voix douce tout en l'incitant à croiser son regard. Elle lut dans ses yeux un mélange de désir sexuel et d'autre chose : tendresse ? possessivité ? Difficile à dire tant il lui chamboulait l'esprit. Elle songea à se jeter dans ses bras et à se laisser bercer. Ou à se frotter contre lui, peau contre peau. Ou encore à se baisser sur sa queue pour lécher sa semence, tel un chat affamé lapant du lait.

Il lui massa le cuir chevelu du bout des doigts. C'était divin.

— Jamais aucune avant toi, Emma. Et jamais il n'y en aura d'autre. Tu es à moi et je tiens à ce qui m'appartient.

D'une main ferme, il lui tira la tête en arrière afin d'accéder à sa bouche et l'embrassa longuement, avec douceur.

Emma se sentit fondre. Il était rare que Jake se montre doux mais ce baiser, l'espace d'un instant, lui donna le sentiment qu'il était amoureux. Puis la passion reprit le dessus et leur étreinte devint frénétique. Elle se laissa envahir par sa langue et s'abandonna à ce monde de péché et de stupre. Il la serra dans ses bras d'une puissance inouïe, l'aspirant dans un tourbillon de plaisirs charnels.

Il était fort dans tous les sens du terme, doté d'une personnalité écrasante. Tout, chez lui, était fascinant. Jusqu'à son aura de danger. Ses grandes mains, d'abord caressantes et tendres, se firent expertes dès que la jeune femme commença à gémir. Il jouait de ses sens en véritable maestro. Lui titillait les mamelons avec un art consommé, tantôt pinçant, tantôt tirant, griffant ou caressant, tantôt mordillant. Sa bouche trouva les marques qu'elle avait laissées sur ses seins ; il entreprit de lécher les zones meurtries, excitant les terminaisons nerveuses de la jeune femme, la faisant vibrer de plaisir.

Elle aimait ce côté rugueux, la façon qu'il avait de passer subitement des agaceries à la brusquerie, comme si le désir qu'elle lui inspirait l'amenait au bord du précipice. Et pourtant, bien qu'elle soit désireuse de poursuivre, une petite voix lui criait mentalement : *« Non, non ! Arrête tout de suite ! Tu es en train de tout flanquer par terre. »*

Jake lui prit les seins à pleines mains. Ils étaient si fermes, si délicieux. Combien de fois était-il entré à la nurserie pour la découvrir allaitant Andraya ? Peut-être cela laissait-il les autres hommes de glace, il n'en savait rien, mais ce spectacle le mettait toujours en émoi. Il avait rêvé chaque fois de tomber à genoux pour la téter goulûment. Elle était belle à en crever. La sensualité féminine au naturel.

Il l'embrassa encore. Quelle bouche merveilleuse elle avait ! De cela aussi, il avait très souvent rêvé. Elle avait encore meilleur goût qu'escompté. C'était sucré et acidulé à la fois, c'était… son Emma. Il aimait la chaleur de son corps, sa façon de s'ouvrir à lui quand ses mains descendaient sur ses cuisses, toujours mouillée et désireuse qu'il entre en elle. Ce petit corps était tout à lui bien qu'elle s'en défende encore.

Jake l'observa tandis qu'il faisait pression sur un de ses mamelons durcis, la vit rosir à mesure que la pression montait, observa sa douleur mêlée de vif plaisir quand il lui pinça le téton. Elle haletait, et ses beaux yeux émeraude se voilèrent comme il aimait tant. Elle était exquise. Et plus encore dans cet état d'excitation. Il baissa la tête et s'aboucha à un sein. Léchant, aspirant, mordillant, pinçant. Guettant ses moindres réactions, l'admirant tandis qu'il l'amenait plus près de l'orgasme.

Il descendit lui lécher le ventre, explora son fascinant nombril puis lapa les gouttes collées à sa toison rousse. Elle poussa un long sifflement quand il s'attaqua à son mont de Vénus. Il se baissa encore, glissant le long du corps d'Emma, et lui écarta les cuisses sans la quitter des yeux, tout au bonheur de la voir regarder dans le vide alors que ses globes oculaires viraient entièrement à l'aigue-marine, étincelant presque sous l'effet du désir.

Sa langue glissa avec une lenteur calculée avant de venir tourner autour de son clitoris dressé, puis il le lécha en va-et-vient jusqu'à ce que la jeune femme, avec force halètements, se débatte en tous sens. Ses terminaisons nerveuses, déjà mises à rude épreuve, étaient incandescentes. Il lui faisait l'amour à sa manière : brutal et sensuel à la fois, il l'emmenait bien au-delà du septième ciel. Plus haut qu'il paraissait possible d'aller avec sa langue, ses doigts, ses dents. Peut-être pensait-elle qu'il ne l'aimait pas. C'était la seule émotion qu'il était en mesure de lui procurer. Il était ainsi fait. Jake prit son temps, l'embrassa, attentif à ses plus infimes réactions, puis conclut en lui dévorant la chatte afin qu'elle jouisse tout son soûl.

Emma hurla, cambrée à mort, alors qu'il lui plantait la langue dans le sexe. Le corps de la jeune femme était une fournaise humide qui menaçait de la consumer tout entière. Elle sanglota, l'implorant d'en finir. Jake aspira son petit bouton dans sa bouche, l'effleura avec les dents. Sa partenaire, tétanisée, sanglota de plus belle, les ongles plantés dans ses épaules de lutteur, puis fondit littéralement, dévastée par l'orgasme.

Son calme retrouvé, elle vit qu'il était au-dessus d'elle et lui présentait son membre gonflé à éclater. Alors qu'elle ouvrait les cuisses, il l'obligea à se mettre à genoux en secouant la tête malgré son envie lancinante de la pénétrer.

— Non, dit-il à voix basse mais ferme, voire autoritaire. Pas cette fois. C'est ta bouche que je veux, Emma. J'ai besoin de savoir que tu m'acceptes tel que je suis.

Emma avait beau lui avoir tout donné, il fallait qu'elle abdique. Totalement. Elle lui *appartenait*. Il fallait qu'elle s'en persuade, et le plus tôt serait le mieux. De quel droit osait-elle affirmer qu'il ne l'aimait pas ?

Il avait besoin d'être dans sa bouche si chaude, si sexy, bien au-delà de l'explicable. Elle n'avait pas encore rendu les armes. Le croyait-elle incapable de percevoir son conflit intérieur ? Elle était à lui de corps mais ni d'esprit ni de cœur… et il n'aurait de cesse qu'elle s'abandonne à lui. Intégralement. Il fallait qu'elle sache à qui elle appartenait. Quelle était la vraie raison de sa venue au monde.

Son léopard grondait, griffait, l'assaillait mentalement sans relâche. *Prends-la. Prends-la, merde ! Elle est à moi. Il faut qu'elle l'accepte.* Cette idée fixe bouillonnait dans son cœur, dans toute sa carcasse. Un rugissement d'appel à la domination complète. Le fauve était furieux de voir qu'elle refusait de se livrer entièrement.

— Emma.

Il s'arrêta à ce nom, qui claqua comme un ordre. La jeune femme baissa les yeux sur son sexe en érection.

Elle reprit son souffle, tellement excitée qu'elle aurait fait n'importe quoi pour lui, affamée de ce corps au point d'avoir autant envie de le prendre dans sa bouche que lui de s'y retrouver. Elle avait soif du goût de son sexe, du contact de sa chair, de son incandescence. Là se tenait l'intimité ultime : une femme caressant son homme, le vénérant, lui faisant l'offrande d'un plaisir exquis. Les traits durs de Jake témoignaient de son désir. Elle crut lire dans ses yeux… qu'il avait besoin d'une chose qu'elle seule pouvait lui procurer.

Fascinée, elle se pencha en avant et fit courir sa langue sur son gland large et dégoulinant. Il frissonna des pieds à la tête et poussa un grognement si bestial, rauque et profond qu'elle fut victime d'un nouvel orgasme.

— Bordel de merde, Emma, vas-y avant que j'explose !

Il l'empoigna par les cheveux et lui tira la tête vers lui. Quand elle voulut refermer la main sur la base de sa queue, il opposa un « non » catégorique.

— Plaque les mains sur mes hanches et n'en bouge plus.

Le cœur d'Emma bondit dans sa poitrine. Elle l'observa : ses yeux n'étaient plus cerclés d'or mais entièrement ambrés, comme ceux d'un chat. Elle y vit briller la puissance et le désir. Un appétit sexuel plus fort que jamais. La sauvagerie qu'elle perçut en Jake fit réagir quelque chose dans ses entrailles. Une présence qui semblait prête à bondir à sa rencontre. Elle céda à l'envie de lécher les gouttes à sa portée avant qu'il raffermisse sa prise et introduise sa verge, dure comme du bois et brûlante, dans le fourreau divin qu'était sa bouche.

Il tressaillit en hoquetant, les dents serrées sur un grognement plus guttural encore. La langue d'Emma, s'enroulant avec paresse, lui envoya des décharges jusque dans les orteils. Les sensations procurées par cette bouche humide et chaude étaient extraordinaires. Il s'étonna d'être aussi dur après avoir joui deux fois et s'en voulut de donner de violents coups de reins alors qu'elle était épuisée. Mais, quand elle fit mine de lever les mains, il grogna pour rester maître du jeu, ce qui ne fit qu'accentuer encore son excitation.

Elle lui planta ses ongles pointus dans les cuisses, mais sans retirer ses mains ni faire mine de reculer. Il la sentit explorer ses cicatrices, les effleurer, frotter, caresser. Sa queue reçut de nouvelles décharges. Dans sa bouche avide résonnaient de petits gémissements dont le vibrato menaça de le rendre fou. Les poumons en feu, il se mit à haleter. Tout en lui se crispait, brûlait : chaque muscle et chaque cellule, jusqu'au capteur nerveux le plus minuscule. La chaleur enfla, enfla. L'orgasme menaçait de déferler.

Le fauve désirait répandre son odeur partout sur elle, en elle, afin que tous ceux qui s'approcheraient sachent qu'elle était à lui et à lui seul. Et Jake, pauvre de lui, voulait la même chose. Comme s'il ne faisait plus qu'un avec son *alter ego* bestial. Il ne pouvait plus arrêter ses coups de reins, obligeant Emma à le prendre tout entier, submergé par le raz-de-marée qui menaçait de l'emporter à la vue de cette femme. *Sa* compagne. Il fallait qu'il la marque, c'était obligé. L'imprègne de son odeur, la marque avec ses crocs, avec sa semence. *À moi.*

Il s'obligea à quitter le paradis qu'était cette bouche pour la marquer en l'inondant de son sperme.

— Tu es à moi, Emma. Rien qu'à moi.

Cette dernière phrase résonna comme un râle d'exultation bestiale alors que le sperme chaud giclait partout sur son Emma.

Chapitre 12

Une colère noire habitait les yeux d'Emma quand elle leva la tête vers lui. Jake crut un instant qu'elle allait lui griffer les cuisses jusqu'au sang. Ils s'observèrent. Les yeux verts de la jeune femme avaient l'éclat de deux émeraudes, ses pupilles étaient si dilatées que les iris se devinaient à peine. La honte s'afficha sur son visage. Le rouge lui monta aux joues depuis la gorge. Elle posa la main sur sa morsure à l'épaule, comme si c'était douloureux, et resta à le dévisager sans baisser la tête ni se détourner tandis qu'il finissait de jouir.

Cette colère prit le pas à mesure que refluaient les hormones et l'adrénaline. Il ne restait plus que l'épuisement, l'humiliation et la douleur physique. Les larmes aux yeux, elle se releva – et refusa la main qu'il lui tendit.

—Emma.

Debout sur des appuis tremblants, elle le vit faire un pas vers elle et l'arrêta d'un geste impérieux.

—Pas un mot de plus ! Tu en as assez dit. Je sais très exactement ce que tu penses de moi, Jake.

—Qu'est-ce que ça veut dire ?

Emma l'esquiva et mit le cap sur la salle de bains attenante. Jake la retint sans brusquerie. Elle tremblait. Il la caressa du bout du pouce dans un geste d'apaisement mais elle se dégagea d'une ruade, piquée au vif, les traits tendus.

— Va au diable, voilà ce que ça veut dire !

Elle acheva de le contourner, claqua la porte de la salle de bains et ferma à clé. Qu'il aille se doucher ailleurs ! Elle le *détestait*. Il lui avait dit qu'il s'était fait sucer par une nana une ou deux fois avant de la baiser. Et elle ressentait qu'elle aussi s'était fait baiser. Dans les grandes largeurs, même. Il avait traité cette femme de traînée… avant de tout faire pour qu'elle-même en devienne une. Qu'il soit maudit. Et elle avec pour avoir succombé à ses bas instincts. Pour l'aimer au point de ne pas pouvoir lui résister. Au diable Jake, elle-même et tout le reste.

Tout son corps était douloureux, y compris aux endroits les plus intimes. Sa tête menaçait d'éclater, son cœur saignait et son âme était au supplice. Elle venait de tout lui donner et lui, après l'avoir humiliée, avait eu le culot d'afficher sa satisfaction de mâle. Rien d'étonnant à ce qu'il considère toutes les nanas comme des putains : il prenait un malin plaisir à les avilir. À l'avilir, *elle*, qui avait été prête à tout pour lui plaire. Aux pires bassesses.

Debout sous le jet, elle sanglota si fort que tout son corps en fut secoué. Elle venait de bousiller sa vie. Et celle des enfants avec. Il fallait qu'elle parte, prenant avec elle la petite Andraya, renonçant à jamais à Kyle. Le processus d'adoption n'était pas bouclé, et elle n'avait aucun droit sur lui. Comment avait-elle pu se montrer idiote et égoïste à ce point, sans une pensée pour les enfants, seulement gouvernée par ses hormones ? Quelle mère était-elle ?

Jake, lui, ne doutait de rien. Il se savait doté d'un magnétisme puissant auquel Emma avait succombé presque malgré elle. La jeune femme se laissa glisser le long de la paroi de la douche et se recroquevilla par terre, en boule, tandis que l'eau chaude continuait d'arroser son corps meurtri. Partir. Sa décision était prise ; c'était ça ou risquer une nouvelle humiliation. Comment pourrait-elle de nouveau le regarder en face ? Elle avait vu sur ses traits et perçu dans sa voix le mépris qu'il éprouvait quand il parlait au téléphone avec ces femmes qui le suppliaient de remettre le couvert. Il était exclu qu'elle devienne à son tour une femme répudiée. Or, si elle restait, jamais elle ne pourrait résister à son pouvoir de séduction. L'émoi la gagnait à la simple idée qu'il la touche encore… alors qu'elle était furieuse après lui. Qu'avait-elle fait ? Quelle triple buse…

Emma eut envie de hurler. Elle d'ordinaire si rationnelle, rarement attirée par les hommes, étrangère à cette fièvre obsédante qui s'était emparée d'elle à propos de Jake. Comment était-ce arrivé ? Il n'était même pas son type ! Greg Patterson, à la rigueur. Et bien sûr Andrew. Son bien-aimé avec ce sourire timide, cette douceur, qui lui demandait la permission avant de l'embrasser.

Qu'était-il arrivé pour qu'elle tombe dans ce piège sexuel tendu par Jake Bannaconni ? Alors qu'elle s'en était méfiée comme de la peste ! Il avait fière allure, possédait un magnétisme tel qu'il avait fallu qu'elle reste sur ses gardes afin de ne pas tomber sous le charme. Et, patatras, elle gisait dans cette cabine de douche avec la semence de Jake en elle et une existence qui tombait en miettes.

La jeune femme pleura longuement, résignée à assumer les conséquences de sa folie. Puis elle s'agenouilla et entreprit de se frictionner, consciente des marques qu'il avait laissées sur elle au moindre geste. Elle fit de son mieux pour se débarrasser de son odeur et, avec elle, de sa propre obsession. L'urgence commandait de réfléchir. Jake était un homme à part. Elle avait vu ses innombrables cicatrices : sur les cuisses, dans le dos, jusque sur les bras et le ventre. Il ne faisait confiance à personne, rechignait en particulier à ce qu'une femme s'approche trop, ne parlait jamais de ses parents et refusait qu'ils touchent aux enfants. Elle n'avait vu qu'une fois sa mère. Douloureuse expérience…

Son amour pour Jake n'était pas celui qu'elle avait ressenti envers Andrew. En toute honnêteté, Andy avait été son premier amour. Une amourette entre adolescents, douce, pure, parfaite. Jake, lui, avait été privé d'enfance. Il ignorait tout de l'amour et de la confiance. Elle avait pourtant appris à l'aimer au fil de ces deux ans en le voyant s'échiner à devenir père, prendre soin des âmes brisées qui l'entouraient. Ce qu'elle éprouvait n'était pas uniquement d'ordre sexuel et cela rendait d'autant plus douloureuse l'absence totale d'émotions qu'il éprouvait pour elle. C'était à prévoir : il en bavait avec les sentiments. Elle s'était attachée à lui parce qu'il ne la traitait pas comme les autres, et aussi parce qu'il n'avait pas de prise sur elle. Le contrôle qu'il avait cru exercer n'était qu'une illusion… du moins l'avait-elle cru. Se serait-elle laissé berner tout ce temps ?

Elle s'était laissé prendre en charge par Jake quand il avait suggéré qu'elle s'installe chez lui, au Texas. Il s'était en outre arrangé pour qu'elle s'attache à Kyle. Or, s'il faisait l'effet d'un roc inébranlable à tous ceux de son entourage, Emma le savait vulnérable, démuni. Elle avait conscience de combler un vide chez lui. D'une certaine manière, en cédant à ses bas instincts, elle l'avait trahi tout autant qu'elle trahissait les enfants et se trahissait elle-même.

Il fallait qu'elle souffle. Si elle trouvait refuge dans sa chambre, Jake l'y rejoindrait pour parler. Or elle n'avait pas de réponses à lui offrir et sa personnalité tourmentée l'empêcherait de raisonner sereinement. Emma avait besoin d'être seule. Qu'il s'occupe des enfants, pour une fois. Elle avait décidé d'un plan : rouler longtemps puis s'arrêter dans le premier motel venu. En lui laissant un mot expliquant qu'elle serait rentrée le lendemain en fin de journée. Il n'était pas question qu'elle chamboule leurs vies sans avoir pris le temps de mûrir sa décision.

Jake, transi d'effroi, plaqua la main sur la porte de la salle de bains à la hauteur exacte d'Emma. Il avait laissé les rênes à son léopard et trop exigé d'elle. Beaucoup trop. Presque vierge tant elle manquait d'expérience en la matière, elle venait de vivre des actes sexuels trop intenses et bestiaux. *Quelle connerie!* fulmina-t-il. La pire chose à faire était de saper la confiance qu'il avait mis tant de temps à bâtir. Il s'était pris à croire qu'il avait suffisamment changé pour la mériter. Alors que la bête était toujours tapie au fond de lui, prête à bondir… et à dicter sa loi.

Il assena un coup de poing au battant de la porte puis s'éloigna à grandes enjambées vers sa propre salle de bains. Il connaissait bien Emma et se devait de prédire ce qu'elle allait faire afin de garder un temps d'avance. Elle devait penser à partir. Il avait vu l'humiliation et le dégoût de soi dans ses yeux. Ce n'était pas dirigé contre lui, elle avait déjà excusé son comportement, c'était elle-même qu'elle tenait responsable. Ne pouvant plus lui tenir tête, il ne lui restait qu'une seule issue : la fuite.

Il mit le jet aussi chaud que possible et resta debout sous l'eau presque brûlante en souhaitant voir sa peau se dissoudre et le léopard s'embraser, afin d'être enfin capable de ressentir ce que cela faisait de blesser la femme qu'il… Jake interrompit le fil de ses pensées. Non, l'amour lui était étranger. Il n'existait pas, d'ailleurs. L'amour était une pure invention conçue pour que les êtres humains se piègent mutuellement. Emma avait une très haute opinion de l'amour mais Jake, pour sa part, n'était pas dupe. La loyauté. C'était tout ce qui comptait. Il tenait à Emma à sa manière. Son corps la désirait ; on pouvait même parler de besoin. Le sexe était un acte basique. Animal. Concret. Un déferlement d'émotions. Il pouvait se montrer loyal envers elle et la satisfaire sur le plan physique. Ne restait plus que le moyen de la convaincre que cela seul importait : la sécurité, le dévouement. Et qu'il était inégalable sur ce terrain-là.

Elle n'avait pas confiance en lui. Cela le mettait en rage même si, d'un point de vue rationnel, c'était compréhensible. Emma ne pouvait pas comprendre qu'à cause de son *alter ego* animal, il souffrait toute la journée, dur comme du bois, avide d'être soulagé. Elle n'imaginait pas davantage combien de nanas se proposaient à lui. Jamais il n'avait eu besoin de courir après une femme… hormis Emma. Laquelle était en outre sa première oie blanche. Les femmes qui avaient couché avec lui s'intéressaient plus à son fric qu'à son corps. Elles se fichaient éperdument de l'univers dans lequel il vivait, de ses enfants. Seuls comptaient l'argent et le plaisir physique qu'il leur procurait.

— Emma.

Ce nom murmuré en disait long sur la soif qu'il avait d'elle, de son sourire, du son de sa voix, de ce rire clair qui ne résonnait jamais à ses dépens.

Emma lui avait bâti un foyer. Il lui tardait chaque jour d'ouvrir la porte de la cuisine pour y trouver un petit plat mitonné à son intention. Elle faisait grand cas de ses préférences en la matière, aménageait la maison afin qu'il y soit le plus à son aise, l'aidait à mieux s'occuper des enfants… le tout en douceur, sans jamais brusquer personne.

À tel point qu'il n'avait pas d'emblée remarqué la différence. Jake se remémora l'instant précis où cela l'avait frappé : son entrée dans une maison vivante, pas dans le mausolée silencieux d'autrefois. Le ranch, immense et monumental, était naguère froid et exempt de vie. Méfiant de nature, il n'avait jamais engagé de cuisinier. Puis Emma était arrivée et avec elle les rires, la joie, la musique, les odeurs et les bruits de pas.

Andraya et Kyle l'étreignaient, le visage radieux, chaque fois qu'il rentrait – grâce à elle. Son Emma. Les petits étaient à bonne école. Si lui s'occupait d'elle, Emma tenait à lui et enseignait aux enfants à faire de même. Son joli minois s'éclairait quand elle le voyait arriver. Elle s'adressait à lui avec ce timbre doux et accueillant qui lui était devenu si cher. Quand il rentrait de mauvaise humeur ou sur les nerfs et se comportait en parfait enfoiré, au lieu de s'emporter, elle restait souriante et lui disait qu'elle allait coucher les enfants à l'étage afin qu'il soit au calme. Puis elle se moquait gentiment de lui ou lui massait les épaules. Sans jamais le critiquer. Quand, parfois, elle allait jusqu'à lui suggérer d'aller voir ailleurs si elle y était, il jubilait : ces moments-là lui donnaient le sentiment d'être à sa place. Et aimé.

La chambre d'Emma était sa pièce préférée. Son odeur de rousse était partout, et, quand il s'allongeait sur son lit pour se nicher contre l'oreiller, il pouvait la respirer à pleins poumons. Avant sa venue, il passait ses nuits à marcher et à courir pour épuiser son excès d'énergie, tant sexuelle qu'émotionnelle. Ses trop nombreux souvenirs étaient alors plus difficiles à juguler après la tombée du jour. Mais désormais, chaque fois qu'il s'étendait auprès de ce petit corps chaud et doux, parlant des heures, il se sentait en paix avec lui-même. Pour la première fois de sa vie. Perdre Emma, ce serait aussi faire une croix sur cette paix de l'âme. Et voilà qu'il avait tout flanqué par terre en se montrant trop abrupt et en faisant fi de son inexpérience.

Jake enfila un jean et un tee-shirt puis se rendit dans la chambre d'Emma, pieds nus pour qu'elle ne l'entende pas venir. La porte était entrouverte. Il entra et sut immédiatement que la pièce était inoccupée. Une légère trace de son odeur flottait dans l'air, le silence régnait et au milieu du lit non défait trônait une feuille blanche. Il s'en empara, lut en diagonale et ressentit comme un coup au ventre.

Maudite soit-elle, il n'était pas question qu'elle quitte le ranch, pas ce soir. Pas alors qu'elle était aux quatre cents coups et qu'il n'avait pas eu l'occasion de plaider sa cause. Homme d'affaires chevronné, il avait pris part à mille conseils d'administration. Il était de taille à trouver un terrain d'entente… à condition de l'intercepter avant qu'elle quitte le ranch. Il décrocha son téléphone, les mâchoires serrées, l'air farouche.

Emma passa la tête par la portière et adressa un sourire forcé à Jerico.

— Merci de m'ouvrir le portail.

À son plus grand étonnement, Jerico secoua la tête, maussade.

— Pas possible, mademoiselle Emma. Où vous comptez aller, en pleine nuit ?

— Ça me regarde, répondit-elle en lui lançant un regard noir.

— Et moi je suis de garde. Et je n'ai pas envie de perdre mon job.

La jeune femme expira lentement en s'exhortant au calme. Jerico ne faisait qu'obéir aux consignes, comme tout le monde.

— Je pars juste faire un tour.

Ce n'était pas la faute de Jerico si elle était dans tous ses états, mais la sienne. Elle se faisait horreur et parvint cependant à afficher un sourire qu'elle espéra charmeur.

— Allez, quoi, ouvre.

— C'est non, désolé. Le boss a dit de ne pas vous laisser sortir.

Emma haussa un sourcil.

— Contrairement à ce que tout le monde peut croire, Jerico, je ne suis pas l'employée de Jake. Il n'a pas d'ordre à me donner. Ouvre ce portail.

Jerico secoua la tête de plus belle, l'air penaud.

— Vous n'avez même pas de garde du corps avec vous, mademoiselle… M. Jake a interdit qu'on vous laisse sortir sans autorisation expresse. Si vous êtes en bisbille avec lui…

Emma sortit de la Jeep et claqua la portière.

— Jake a osé donner l'ordre de m'empêcher de quitter le ranch ? Je suis sa prisonnière ? Ouvre ce foutu portail, Jerico. Je veux sortir. Je suis une adulte, au cas où tu ne l'aurais pas remarqué. Pas une gamine.

— Mademoiselle Emma…

— Un problème, Emma ? lança Drake, arrivé derrière elle sans un bruit comme à l'accoutumée.

Elle fit volte-face vers l'arrivant, à demi aveuglée par l'éclat des phares de sa voiture. Donovan remarqua sans peine les marques violacées qui lui marbraient le cou et la morsure au creux de son épaule. Il inhala et se figea, le regard tourné vers Jerico puis tout autour de lui, l'air inquiet. Il prit même un peu de champ tout en continuant de loucher sur ces stigmates de possession évidents. Et regarda de nouveau alentour, comme à l'affût d'un danger invisible.

Se sentant piquer un fard, Emma releva la tête dans une posture de défi.

— Jerico refuse de m'ouvrir le portail alors que je veux sortir faire un tour, déclara-t-elle, autoritaire.

— C'est un coup à ce qu'il se fasse virer, Emma. Si le boss a dit non, quel mal y a-t-il ? Le domaine s'étend sur trois mille kilomètres carrés. Ça suffit pour une balade, non ?

Emma crispa les poings avant de répliquer.

— J'ai le droit de sortir quand j'en ai envie, Drake. Point final. Qu'on m'ouvre ce fichu portail !

Rester sur un terrain appartenant à Jake ? Jamais de la vie. Il secoua la tête, très calme.

— Il faut voir ça avec Jake, Emma. Il est très protecteur. Ce n'est un secret pour personne. Il s'inquiète de ce qui pourrait t'arriver et…

— C'est surtout un maniaque du contrôle, l'interrompit elle. Sauf que je ne suis pas un pion qu'on manipule.

Elle entendit un moteur de pick-up qui roulait tous phares éteints. Quand Jake arriva à sa hauteur, Emma sentit son cœur battre plus fort et la peur lui nouer la gorge. L'escogriffe sortit sans se presser de la cabine, lança les clés à

Drake puis claqua la portière assez violemment pour qu'elle sente sa bouche s'assécher. Comment ne pas être intimidée par ses larges épaules, sa démarche fluide et assurée, la musculature qui saillait sous son tee-shirt, témoin d'une puissance physique hors du commun ? Aurait-elle peur de lui, en fin de compte ?

La chaleur qui s'empara d'elle trahit le fait qu'elle s'inquiétait davantage de ses propres réactions que de celles de Jake. Elle n'avait plus aucune volonté en sa présence. Rien. Elle se détesta pour l'envie qu'elle éprouvait d'effacer la douleur dans ce regard, mais aussi ses blessures à l'âme. Sans oublier ce désir viscéral, irrationnel. Elle ne pouvait pourtant pas confier son existence à quelqu'un d'aussi cruel. Jake était impitoyable en affaires. Anéantissait ses ennemis. Consommait les femmes puis les jetait. Ne faisait confiance à personne. Comment pourrait-elle se respecter en se livrant à lui ?

— J'ai la situation en main. Merci Jerico et Drake, dit-il calmement tandis qu'il s'approchait d'Emma à longues enjambées.

Tout, chez lui, témoignait de son assurance. Il envahit son espace sans gêne aucune jusqu'à la dominer de sa haute stature et vint poser la main au creux de ses reins.

Emma aurait bien voulu prendre le large mais s'en découvrit incapable, comme clouée sur place. Il pencha la tête et lui glissa à l'oreille :

— Allez, ma belle, je te ramène à la maison.

Le grand battoir calé sur ses reins descendit lui effleurer les fesses, le plus naturellement du monde, puis il la guida jusqu'à la portière côté passager de la Jeep, qu'il ouvrit galamment. Il attendit qu'elle ait bouclé sa ceinture, fit le tour du véhicule et s'installa au volant. Un signe de remerciement aux deux lascars plus tard, il s'engagea dans un demi-tour.

— Je ne veux pas rentrer, déclara Emma à mi-voix mais sur le ton de la révolte. (Elle loucha sur son maxillaire crispé avant de contempler ses propres mains.) J'ai besoin de temps à moi pour réfléchir. Tu es partout à la fois dans cette maison.

Son aura était trop puissante, trop dominatrice. Or la jeune femme avait des décisions cruciales à prendre, et, pour cela, il fallait qu'elle ait les idées claires.

Il donna un brusque coup de volant qui entraîna la Jeep dans une autre direction, loin des bâtiments principaux, au cœur du domaine.

— Tu as peur que tout change, Emma, j'en suis conscient. Mais, rassure-toi, fort peu de choses vont changer.

— Jake, je n'ai même pas pu franchir le portail. C'est déjà un sacré changement, tu ne trouves pas ?

Tourné vers elle, il remarqua sa posture de défi et le tremblement de ses lèvres.

— Tu n'aurais jamais dû pouvoir sortir sans mon autorisation, Emma. Jerico et Drake ont commis une faute. Ils ont compris, à présent. J'ai des ennemis. Ils savent que ça bardera pour eux s'il t'arrive quelque chose en raison d'une nouvelle négligence.

Elle rassembla ses mèches et voulut les discipliner à l'aide d'une barrette, plus pour s'occuper les mains qu'autre chose.

— Laisse-les détachés.

La jeune femme fit les yeux ronds.

— Et voilà, je t'y reprends ! Encore à me donner des ordres. C'est intolérable, Jake. Tu n'as pas le droit de me mener à la baguette. J'étouffe, tu comprends ? J'ai besoin d'espace. De comprendre ce qui est en train de m'arriver. Ton truc à toi, c'est de prendre le pouvoir. Je t'ai vu faire sur d'autres et maintenant c'est mon tour. Tu m'as humiliée. Délibérément.

Consciente que sa voix déraillait, elle détourna la tête et contempla l'obscurité par la vitre.

— Comment ? Comment et pourquoi aurais-je tenu à t'humilier ?

Emma se retourna vers lui en s'efforçant d'occulter le timbre hypnotique de sa voix, qui lui faisait toujours un effet bœuf.

— Tu le sais très bien. Tu aurais pu jouir dans ma bouche.

Elle rougit et évita de croiser son regard. Il perçut quand même son émoi et comprit qu'il l'avait blessée, qu'elle s'était sentie rejetée.

— Au lieu de quoi tu as joui sur moi. Je n'appelle pas ça faire l'amour avec respect, Jake. J'ai eu l'impression d'être une… une actrice de porno.

— C'est pourtant ce que, moi, j'appelle faire l'amour, Emma. En te témoignant bien plus que du respect. Je l'ai fait pour te revendiquer. Pour que tu sois à moi. (Debout sur les freins, il immobilisa le véhicule.) Tu n'as pas vu le plaisir que j'ai pris ? Bon sang ! Emma, je viens de vivre la plus belle nuit de toute ma vie. Personne ne m'avait jamais fait cet effet-là. Personne. Je suis sincère.

Ne sachant que lui répondre, elle ne pipa mot, les bras serrés contre elle, se balançant un peu et s'efforçant de masquer son manque d'expérience. Quelque chose l'avait possédée quand ils avaient fait l'amour. Elle avait… fait des choses… dont elle ignorait tout. Jake les lui avait enseignées au fil de l'eau et elle, toute à sa fièvre de le satisfaire, avait suivi ses instructions à la lettre.

— Je suis conscient d'être un amant exigeant. Et j'aimerais pouvoir te dire que ça ne se reproduira pas mais ce serait mentir. Je suis ainsi. Sauvage, mû par des envies précises. Et puis le sexe est tellement intense avec toi, que jusqu'au terme « intense » apparaît fade. Insipide.

La sincérité totale du propos serait apparue ridicule dans une autre bouche que la sienne. Sauf qu'en l'entendant Emma eut un frisson qui n'était pas entièrement étranger à son ton de basse bigrement sexy.

— Incapable de ne pas te toucher, je me sais en revanche capable de te donner envie de moi. (Les yeux rivés sur ceux d'Emma, il refusa qu'elle se détourne.) Il m'arrive d'être brutal, bestial même, et d'exiger de toi des choses qui t'effraient. Mais sache une chose, Emma : jamais je ne te ferai du mal ni ne te manquerai de respect. S'il y a une personne sur cette terre que je respecte plus que les autres, c'est toi.

Son cœur battait si fort qu'elle en eut mal. Il n'était plus question de ce qui s'était passé entre eux mais d'avenir. À deux. Cela se devinait sur ce visage dur, incroyablement intense. Jake possédait une volonté de fer qui faisait de lui un rouleau compresseur. Il était à l'affût de sa proie : elle.

— L'amour tel qu'on l'a fait me met mal à l'aise…

Il passa la main dans l'ample chevelure rousse de la jeune femme.

— J'en suis conscient, ma beauté, mais je sais aussi que ça t'a plu. Et je ferai toujours en sorte que ça te plaise.

Le sexe avec lui était un truc de dingue, aucun doute là-dessus. Jake lui donnait à chaque instant le sentiment qu'il la voulait et ce sans attendre. Il lui avait fait éprouver plus de plaisir que tout ce qu'elle avait connu auparavant.

— Je ne suis pas la nana d'un soir. As-tu idée de ce qui va se passer le jour où on va se séparer ? Il y a les enfants aussi. Et puis c'est ici ta maison. Mais j'y vis.

Un muscle de son maxillaire tressaillit. Son regard se fit aussi dur que le diamant.

— Je n'ai aucunement l'intention qu'on se sépare.

— Enfin, Jake, les femmes ne te satisfont jamais longtemps, tu passes vite de l'une à l'autre. Qu'arrivera-t-il quand je t'exciterai moins, quand je serai reléguée au rang de… de vieille chaussette ? On fera comment ? Je ne suis pas comme tes autres nanas. L'idée de partager m'est insupportable.

Il crispa les mains sur le volant à s'en blanchir les jointures.

— Dans ce cas, on trouvera le moyen d'épicer nos ébats, même si je doute que le problème se présente un jour. Comment diable font les autres couples ? Je ne veux pas d'une autre femme dans ma vie. Et pas davantage qu'un autre homme entre dans la tienne.

Emma poussa un soupir et contempla ses mains. Elle tenait toujours sa barrette, dont elle ne s'était pas servie pour se faire un chignon. Pourquoi ? Elle la brandit.

— Regarde ça. J'ai fait comme tu m'as demandé et je ne sais même pas pourquoi.

Elle le savait, pourtant, et la réponse l'effrayait. C'était pour lui plaire. Pour être celle qui ferait disparaître la douleur dans son regard.

— Quel mal y a-t-il à faire quelque chose qui m'importe quand cela te coûte si peu ? dit-il en lui prenant la barrette, qu'il laissa choir.

— Le problème, c'est que tu me fais perdre la tête et que je ne peux pas me le permettre. Je risquerais de tomber amoureuse de toi. Je le suis déjà un peu, en fait.

Beaucoup, même.

Au regard acéré qu'il lui lança, on aurait juré qu'il lisait dans ses pensées.

— Et tu me briserais le cœur. Sans le faire exprès, peut-être, mais c'est couru d'avance.

Jake fit taire la bouffée d'orgueil qu'il sentait enfler en lui. Emma était en train d'étaler ses tripes en toute franchise et venait de déclarer qu'elle l'aimait. S'il existait une personne au monde capable d'un tel amour, c'était bien elle.

— Jamais je ne te briserai le cœur. Je te l'ai dit, tu es en sécurité avec moi.

— Pas de manière intentionnelle, d'accord, mais les hommes à femmes ne changent pas, Jake, lui exposa-t-elle avec un accent de regret. Tu as besoin de sexe à tout bout de champ. Qu'arrivera-t-il si l'envie te vient alors que tu es à ton bureau en ville et moi au ranch, ou, pire, lors d'un voyage d'affaires ?

Il se fendit d'un demi-sourire sans joie, seulement destiné à faire étalage de la blancheur de ses dents.

— Si je suis en ville et que j'ai soudain très envie de toi, il me suffira d'envoyer une voiture te chercher. Et au cas où tu ne pourrais pas quitter le ranch alors que je suis en déplacement dans un autre État, je pense avoir les nerfs assez solides pour tenir quelques jours. Je ne cède pas à tous mes caprices, tu sais. Cela s'appelle l'autodiscipline.

Et j'en possède plus que la moyenne. Ma parole donnée vaut de l'or, Emma. Tu le sais.

— Et si je tombe enceinte et que ma grossesse nécessite le repos forcé ? Que les médecins m'interdisent tout rapport sexuel ? Parce que ça risque d'arriver, tu sais…

— Dans pareille éventualité, ta délicieuse petite bouche ne va pas chômer, rétorqua-t-il.

Elle se sentit rougir comme une pivoine. Il loucha sur ses lèvres pleines et les effleura du bout du pouce. Cette caresse suggestive envoya une onde électrique polissonne dans les seins de la jeune femme et jusque dans son entrecuisse. Emma reprit son souffle avant de poursuivre :

— Où veux-tu en venir, Jake ? Où tout ça va-t-il nous mener ?

— Toi et moi, marions-nous. On peut négocier ce que tu souhaites tout de suite, et je ne parle pas d'argent. Je sais que tu t'en fiches mais il n'est pas question qu'on établisse un contrat de mariage, car sache une chose qui n'est pas négociable : je ne crois pas au divorce. Si tu m'épouses, c'est pour de bon. Chaque fois qu'un truc te déplaira, tu viendras m'en parler et je me fais fort de remédier à tous les problèmes.

— Nous *marier* ?

Terrifiante perspective que celle de devenir l'épouse de Jake. Il était trop intense pour être supportable au quotidien même si, bien sûr, elle en rêvait depuis quelque temps. Sauf qu'entre fantasme et réalité il y avait un gouffre…

— Jamais je ne ferai le poids et tu le sais.

— Je sais surtout que tu as peur.

— Tes parents, ton milieu… jamais ces gens ne m'accepteront…

— Qu'ils aillent au diable. Ils ne font pas partie de ma vie, toi si. Et les enfants. Ne laisse pas la peur t'empêcher de faire ce que tu estimes juste. Ça marchera, Emma. Tu me connais. Je serai là pour t'aider. Dis-moi juste ce que tu veux.

— Je ne sais pas, dit-elle, nerveuse, en se passant la main dans les cheveux. Que tu prennes soin de moi, bien sûr. Et que tu me considères comme quelqu'un de spécial.

L'habitacle lui parut soudain trop étriqué. Elle n'arrivait plus à respirer ni à penser clairement. C'était reparti : il la mettait en porte-à-faux, lui forçait la main sans lui laisser le temps de la réflexion. Elle défit sa ceinture et ouvrit grand la portière, descendit de la Jeep et s'engagea dans la nuit noire. La fraîcheur nocturne apaisa son épiderme surchauffé.

Jake sortit à son tour, s'étira et sentit son estomac se dénouer un peu. Elle avait peur, plus que jamais auparavant, mais elle ne le fuyait pas. Il était convaincu de pouvoir la rendre heureuse et ne lâchait pas l'affaire quand il voulait quelque chose. Or il la désirait plus que tout. Habile négociateur sachant tirer le meilleur profit de ce qui se présentait, il se sut tout près d'aboutir.

— Emma, tu sais très bien à quel point je tiens à toi. Tu n'es pas aveugle. C'est la toute première fois que je ressens l'envie et le besoin de marquer une femme comme je l'ai fait. J'ai ressenti le désir urgent, viscéral, de te couvrir de mon odeur afin que tous ceux qui pourraient t'approcher sachent que tu m'appartiens. J'ai trente-cinq ans, Emma. Jamais je n'ai souhaité me marier. Je ne suis ni doux ni romantique, d'accord, mais sache que tu peux compter sur ma loyauté indéfectible. Je veillerai sur toi. Et je m'assurerai jour après jour que tes moindres désirs soient satisfaits.

Jake restait Jake : il n'avait pas prononcé le mot « amour ». Le terme aurait sonné à ses propres oreilles comme un mensonge. Il n'avait pas dit une seule fois qu'il aimait Kyle ou Andraya. Emma, pour autant, avait été témoin de sa dévotion paternelle. Se sentait-elle assez forte pour l'accepter tel qu'il était ? Difficile à dire. Si elle ne l'avait pas aimé, les choses auraient été plus simples. Mais elle était accro, incapable de poser le regard sur lui sans avoir envie de le rendre heureux. Emma se savait trop généreuse en matière de sentiments. C'était tout ou rien, chez elle. Amoureuse de Jake, elle était prête à s'abandonner totalement.

— Qu'est-ce que tu entends par loyauté ? Que tu comptes coucher avec d'autres femmes et toujours me revenir, ou que tu envisages une relation strictement monogame ?

— Je tordrai le cou à tous les hommes qui oseraient te toucher, Emma. Ce que j'attends de toi vaut aussi pour moi. Par loyauté, j'entends une fidélité absolue. Et mutuelle. Si je te trompais, comment pourrais-je l'exiger de ta part ?

Elle prit une profonde inspiration. Jake était tout à fait capable de tordre le cou d'un rival potentiel à la première occasion : la violence était palpable chez lui. Elle soupçonnait une enfance difficile sur laquelle il ne s'était jamais ouvert. Il y avait ces nombreuses cicatrices… et le fait qu'il parle de ses parents comme d'ennemis dont il fallait se méfier comme la peste.

— Tâchons d'évacuer quelques-unes de tes inquiétudes, ma belle. Ça m'apparaît utile. À quoi penses-tu à l'instant ? Je vois de la peur dans ton regard…

Emma détourna un instant les yeux puis revint sur son visage, comme si elle craignait de le mettre en colère.

— Quand je te vois planer au-dessus de moi, je me sens menacée. Physiquement. Tu es très intimidant, Jake. Tu peux me crier après mais promets-moi de ne jamais me frapper.

Il fit le geste d'acquiescer mais s'interrompit.

— Tu fais bien d'aborder ce sujet. Si jamais je m'en prends à toi ou aux petits sous le coup de la colère, prends-les avec toi et file voir Drake ou Joshua. Dis-leur ce qui s'est passé et ils t'aideront à fuir. Promets-moi de ne jamais revenir, Emma. Il le faut. Drake et Josh auront pour ordre de t'aider. Ils te conduiront en un lieu hors de ma portée.

Elle l'observa, intriguée, puis hocha la tête.

— Cela étant… (Il afficha son sourire ravageur et Emma s'en inquiéta.) Cela étant, reprit-il, il existe certaines choses que l'on fait dans une chambre qui n'ont rien à voir avec la colère. Mais qui peuvent être très excitantes.

Emma apparut partagée entre indignation et… curiosité.

— Se faire cogner n'est jamais excitant. Jamais.

— Tout à fait d'accord, mais la fessée c'est autre chose. Et ce n'est pas la seule. Ne rejette pas tout en bloc avant d'avoir essayé. Si un truc te déplaît, on laissera tomber, promis, mais sache qu'il n'y a aucun faux-fuyant possible entre nous. Si une pratique te procure du plaisir et t'effraie à la fois, on continuera. Si tu tiens vraiment à me dire non, assure-toi d'abord que ton petit corps délicieux n'est pas trempé à un certain endroit.

— Ce n'est pas juste, protesta Emma. Tu me fais toujours mouiller. Même quand tu me terrifies.

Comme à l'instant. Elle le pensa si fort qu'elle se sentit devenir cramoisie, craignant de l'avoir dit à voix haute.

Il encadra son visage des deux mains et l'embrassa. Sa langue vint la titiller jusqu'à ce qu'elle consente à s'ouvrir à lui. Il embrassait merveilleusement. Emma se sentit chavirer. Jake fut le premier à rompre leur étreinte et lui caressa les pommettes.

— Ça me plaît de t'exciter. Ne sois jamais gênée d'avoir envie de moi. (Il porta la main à l'érection de mule qui tendait l'étoffe de son jean.) Regarde-moi, je bande comme pas possible et ça ne me gêne en rien. N'est-ce pas logique que tu sois un brin émoustillée par l'homme appelé à devenir ton époux ?

— Ce n'est pas normal, confessa-t-elle d'une toute petite voix. On vient… (Elle fit la grimace.) Je suis encore fâchée après toi.

— Il n'y a aucune raison, Emma. Tu as mal interprété mon geste. C'est compréhensible, on vient d'en parler, mais n'y pense plus, je t'assure. Tu m'appartiens. Comment pourrais-je vouloir de toi si je ne te respectais pas ?

Il sortit un coffret de la poche de son jean.

— C'est pour toi. Fait spécialement à ton intention. Mais attention, Emma, si tu la passes à ton doigt, il n'y a plus de retour en arrière possible.

Il ouvrit l'étui, révélant une bague originale sertie de diamants dorés dont l'éclat comme la forme rappelaient un œil de chat. La jeune femme retint son souffle et mit les mains derrière le dos pour s'empêcher de bondir dessus.

— Jake, dit-elle en secouant la tête, si j'accepte, tu sais comme moi que ce sera pire. Tu tiens toujours à tout contrôler, c'est plus fort que toi… et ça m'est franchement insupportable.

— J'ai conscience d'être différent, Emma.

Il s'exprimait de sa voix de basse, avec ce timbre hypnotique qu'elle trouvait tellement sexy. Penché sur elle, il l'obligea avec douceur à relever la tête.

— C'est si terrible, vraiment ?

Cette question inquiète fit à Emma l'effet d'un torrent de lave brûlante. Sa réaction lui fit peur : elle éprouvait l'envie presque irrésistible de répondre par la négative alors qu'en son for intérieur elle pensait le contraire.

— Nos deux années ensemble ont donc été si pénibles ? Chaque fois que tu es venue te plaindre de quelque chose, n'ai-je pas immédiatement pris les mesures nécessaires ?

— Et le portail, Jake ? Je n'ai pas eu le droit de sortir. Je peux savoir pourquoi ?

Emma s'en voulut de son ton implorant. Elle le connaissait bien : dans beaucoup de domaines, il était têtu comme une mule. Inflexible. Quoi qu'il puisse lui promettre, comment pourrait-il changer à ce point ?

— J'aurais dû mieux t'expliquer la situation mais j'avais peur de t'effrayer. J'ai eu tort. Le hic, c'est que tu n'as jamais exprimé le vœu de quitter le ranch sans préavis, et, comme j'étais toujours prévenu longtemps à l'avance, j'avais le temps d'organiser ta sécurité et celle des enfants. Il se trouve, hélas, que j'ai des ennemis. Qui se feraient une joie de te faire du mal et de nous enlever les petits.

— Quels ennemis, Jake ? Tu es sûr de ne pas être un peu parano ? Ça n'aurait rien d'étonnant, vu que tu ne fais confiance à personne…

— J'ai mes raisons. Non, ce n'est pas de la paranoïa et crois bien que je le regrette. Il a même fallu que j'accroisse les mesures de sécurité ces derniers temps parce que j'ai eu confirmation que l'on comptait m'atteindre à travers toi et les enfants.

Elle fronça les sourcils.

— T'atteindre à travers moi ? Ça n'a pas de sens…

Il soupira et passa le pouce sur les lèvres de la jeune femme, comme pour y effacer sa moue dubitative.

— Tu es bien la seule personne à t'en étonner. Hormis Kyle et Andraya, à qui je tiens, d'après toi ? Tout le monde est au courant à part toi.

— Jake.

Elle loucha sur la bague qu'il présentait devant lui, comme si c'était son cœur battant. Il avait l'air très seul. Cependant…

— J'ai besoin de toi. Bien plus qu'un type comme ce Greg Patterson ou même que ton Andrew. Regarde-moi, Emma. J'ai *besoin* de toi. C'est la première fois que je l'avoue à un autre être humain. Ça ne va pas être facile : je suis très branché cul et je ne te laisserai jamais seule. Protecteur et dominant ou, comme tu dis, maniaque du contrôle, je ne suis pas doué pour le contact social. S'il m'est impossible de te promettre que je ne serai pas super pénible à vivre, je fais vœu de faire tout ce qui est en mon pouvoir pour te rendre heureuse. (Il sortit la bague de son étui tendu de velours et le glissa dans sa poche arrière.) Marions-nous. Pour de bon. Ton bonheur passera avant tout.

Il lui passa la bague au doigt. Emma en sentit le poids. C'était lui qui lui avait ôté celle qu'Andrew lui avait offerte quand, alors qu'elle était au repos forcé, ses doigts avaient commencé à enfler et qu'elle craignait de devoir la faire couper pour la retirer. Jake avait procédé avec grand soin et l'avait rangée dans son tiroir de table de nuit. Il procédait avec la même douceur pour lui faire enfiler celle-ci.

— Jake, tu es vraiment sûr que c'est ce que tu veux ?

Le bras tendu, elle posa la main sur son visage. Sa peau était chaude, comme toujours, malgré le froid qui régnait dehors. Comme si sa température interne était très supérieure à celle de tout le monde.

Jake plongea la main dans ses mèches soyeuses aux reflets roux, rejeta la tête en arrière et l'embrassa sur la bouche. Il triomphait intérieurement. C'était fait, enfin ! Emma était sienne. Il introduisit sa langue qui, en glissant sur celle d'Emma, lui permit d'apprécier son goût sucré. Ses mains trouvèrent le petit haut de la jeune femme, qu'il souleva sans se soucier d'en déchirer l'étoffe. Puis il dégrafa son soutien-gorge et l'envoya au loin.

— Ton jean. Enlève ton jean, pressa-t-il tout en commençant à se désaper.

Elle observa les parages, un peu inquiète.

— On est à découvert, Jake. Il n'y a pas un arbre. Si l'un des gars...

Ayant fini de se déshabiller, il se débarrassa de ses frusques d'un coup de pied puis l'attira à lui en l'étreignant par les hanches.

— Si quelqu'un approche, je le saurai, rétorqua-t-il d'une voix redevenue gutturale.

Il la souleva et la déposa sur le capot de la Jeep, plaça les jambes de la jeune femme sur ses épaules et fondit sur son sexe brûlant. Elle avait encore meilleur goût que dans son souvenir. Il était déjà accro.

Emma gémit et poussa contre sa bouche, fondant déjà de plaisir. En dépit du fait qu'elle réagisse au quart de tour, Jake perçut son léger frisson et vit qu'elle avait la chair de poule.

— Je passerais volontiers toute la nuit dehors avec toi, ma belle, mais tu as froid, il faut te reconduire à la maison. Et puis on n'a pas encore fait l'amour au lit.

Il la souleva de nouveau et la positionna juste au-dessus de son sexe en érection.

— Tiens bon, gronda-t-il avant de la laisser s'empaler sur sa queue.

Son gland évasé pénétra ses replis intimes. Enfoncé jusqu'à la garde, il rejeta la tête en arrière tant c'était divin. Elle était merveilleusement étroite et brûlante. Jake eut le sentiment d'avoir la queue étranglée dans un gant de velours chauffé à blanc. Et d'être – enfin – à sa place.

— Chevauche-moi, Emma. Cambre-toi et bouge. Oui, comme ça. En douceur jusqu'à ce que tu aies trouvé ton rythme. Tu es née pour ça. L'emboîtement est parfait. Je te jure, ma belle, j'ai l'impression qu'on l'a déjà fait un million de fois et que chaque fois c'est une première.

Emma se déhancha à l'aplomb de Jake, sans se presser, mais, quand il l'empoigna par les hanches pour l'inciter à y aller plus franchement, elle secoua la tête et lui prit le visage à deux mains.

— Regarde-moi, mon grand, murmura-t-elle.

Jake la serra plus fort, déterminé à reprendre le contrôle de la situation. Les longs cheveux d'Emma formaient une corolle autour d'eux. Ses mèches épaisses se balançaient au gré du vent, caressant son corps nu, l'excitant un peu plus encore, mais le plaisir physique n'était rien par rapport aux émotions qui le submergeaient. Impossible. Trop dangereux.

Il refusait d'en savoir plus sur l'effet que lui faisait la jeune femme. Ce qu'elle exigeait de lui était très au-dessus de ses moyens. Il fallait détourner son attention, les noyer tous les deux dans la jouissance corporelle. Ils étaient en train de tirer un coup fabuleux, d'accord, mais ça n'avait rien à voir avec faire l'amour.

Emma secoua la tête de plus belle.

— Non, Jake. Regarde-moi.

Sa voix était douce. Persuasive. Insistante. Il sentit son estomac se nouer sans oser la regarder dans les yeux : s'il cédait à cet instant précis, alors qu'il était en elle et éprouvait un plaisir indicible, il ne serait plus possible d'occulter ce qu'ils éprouvaient l'un pour l'autre. Elle verrait. Il serait contraint de faire face.

— Jake.

Son prénom susurré lui fit l'effet d'une coulée de miel chaud. Une question affleurait. Une angoisse.

Il ressentit cette angoisse tout au fond de sa poitrine et cela lui serra le cœur à la manière d'un étau. Plus question de résister. La vérité devait sortir. Elle enflait comme un raz-de-marée. Il leva la tête lentement, croisa les yeux de sa belle et la vit reprendre son souffle. Emma se détendit. S'offrit à lui corps et âme.

Le colosse en eut les larmes aux yeux. *L'amour*. C'était donc ça. Physique et émotionnel à la fois. Tout bien ficelé ensemble, formant un paquet serré, une femme qui était tout. Le regard rivé à celui d'Emma dans cette poussière d'éternité, il s'ouvrit à elle afin qu'elle sache que, pour la toute première fois de sa vie, il était entièrement à la merci d'un autre être humain. Elle pouvait l'anéantir et en avait désormais *conscience.* Il ravala la boule qui s'était formée dans sa gorge et se nicha dans son cou.

Emma l'enlaça dans un geste protecteur tant elle le devinait fragile. Elle se savait assez forte pour leur faire traverser cette épreuve. Jake allait se montrer réticent, difficile, bien qu'il vienne de s'abandonner à elle.

Alors qu'Andrew s'était montré tendre, gentil et avait vénéré son corps, Jake était tout l'opposé. Mais il disait vrai : il avait davantage besoin de lui qu'un homme comme son cher Andy. La vie de Jake était un déchaînement perpétuel. Il avait pour habitude d'user du sexe pour la contrôler mais, à cet instant, après avoir décelé une profonde révérence dans ses yeux cerclés d'or, elle avait eu la révélation : Jake l'idolâtrait. Il la dévorait des yeux comme si elle comptait plus que l'air qu'il respirait ou le sol sous ses pieds.

— Tu es en sécurité avec moi, lui murmura-t-elle à l'oreille avant de rejeter la tête en arrière et de crisper les muscles vaginaux sur son sexe.

Le plaisir de Jake déferla dans son être, incandescent. Elle l'entendit rugir à pleins poumons. Emma le serra fort contre elle et lui donna tout, lui faisant comprendre de la seule manière qu'il comprenait, en s'abandonnant, qu'elle était entièrement à lui.

Jake prit une longue inspiration pour mieux lutter contre l'afflux d'émotions qui menaçait de le submerger comme chaque fois qu'il se trouvait près d'elle. Il ne pouvait plus faire fi de la vérité : en s'efforçant à obliger la jeune femme à l'aimer, il s'était trouvé piégé dans la toile qu'il avait tissée. Emma lui avait volé le cœur, l'âme et l'esprit. Elle était si intimement mêlée à lui qu'il n'était plus question de les séparer. Il allait falloir vivre avec. Emma. Elle le rendait si vulnérable qu'il en était terrifié. Terrifié à l'idée qu'elle le détruise. De la perdre. Terrifié par ce qu'il ressentait.

Secoué, il laissa sa compagne toucher terre tout en continuant à la soutenir ; à ses tremblements, il était manifeste qu'elle tenait à peine debout. Le vent tourna. Jusqu'ici submergé par l'odeur enivrante de cette femme et de leur passion, un parfum puissant, aphrodisiaque et entêtant, il perçut subitement… un rival. Un ennemi potentiel. L'odeur du danger.

Il se crispa, leva la tête et scruta patiemment les alentours, un bras passé autour d'elle, le nez en l'air afin de mieux humer les signaux olfactifs.

— Qu'y a-t-il ? s'inquiéta Emma.

Elle tenta vainement de se retourner pour l'imiter, mais il la tenait fermement à l'abri contre son ample carcasse.

— Ramasse tes fringues et grimpe dans la Jeep. Ferme la portière. Tu t'habilleras à l'intérieur.

Emma ramassa ce qui restait de sa tenue et monta à bord. Jake opéra un tour complet sur lui-même, toujours attentif à ce que charriait le vent. Seul, il se serait changé en léopard mais le risque était trop grand. Aussi prit-il le talkie agrafé à la ceinture de son jean.

— Drake, envoie-moi Joshua. À ces coordonnées. J'ai flairé un intrus.

Le canal crachota, puis son mentor répondit :

— C'est Conner ? Il est parti courir ce soir.

Jake flaira de nouveau l'odeur ténue.

— Possible. Je ne le connais pas assez. Je suis avec Emma. Je la ramène à la maison. Toi et Joshua, patrouillez la zone. Prévenez-moi au moindre problème.

Quand le grand escogriffe s'installa au volant, Emma se racla la gorge.

— Il y a un souci ?

— Il y a des chevaux laissés libres à huit kilomètres environ au nord d'ici, dans le cadre d'une petite expérience, et je crois avoir repéré un puma.

Il la vit papillonner des paupières et porter la main à son cou. L'histoire des traces autour de la voiture de ses parents, se souvint-il.

— Pas de quoi s'inquiéter, ma belle. Drake et Joshua sont sur le coup. Ils interviendront si un prédateur menace les bêtes.

Chapitre 13

— Maman!

Emma se blottit un peu plus contre le corps chaud et ferme étendu près d'elle, peau contre peau. Jake sentait le sexe et les épices. Elle rouvrit les paupières et vit ses yeux rieurs, cerclés d'or, posés sur elle.

Il se pencha pour l'embrasser sur la bouche, tête-bêche, profitant du mouvement pour couvrir ses seins nus.

— Je crois qu'on est grillés, lui confia-t-il dans un souffle avant de tourner la tête vers les intrus.

Emma suivit son regard jusqu'à la porte ouverte de sa chambre. Kyle se tenait debout au pied du lit. Ses yeux si semblables à ceux du paternel arrondis par la surprise, un large sourire aux lèvres. Andraya était sur le seuil, sa petite menotte dans celle de Susan. Les deux tombaient des nues. La fille du sénateur se mordait la lèvre inférieure et s'efforçait de ne pas rougir.

— Bonjour, lança Emma de la voix la plus neutre possible.

Sans faire mention du fait que Jake, collé à elle et nu comme un ver, bandait comme un cerf contre ses fesses.

— Maman, répéta Kyle, papa est dans *ton* lit.

La jeune femme prit une profonde inspiration, là encore afin de ne pas piquer un fard. Jake accentua sa gêne en venant plaquer ses immenses battoirs sur ses seins sous la couverture et lui caresser les tétons avec les pouces.

— C'est assez fréquent qu'un papa et une maman dorment dans le même lit, Kyle, déclara-t-il d'une voix égale. Viens faire la bise à ta mère, ajouta-t-il en l'embrassant, espiègle, au creux du cou. Je le fais moi-même, tu vois ? Il n'y a rien de mieux pour bien commencer la journée.

Il se surprit à sourire tant c'était juste. Les matins où il avait trouvé le temps de passer un moment avec Emma avant d'aller travailler, il s'était senti mieux toute la journée. À cet instant, il ne rêvait que d'une chose : plaquer la jeune femme sur le matelas et plonger son sexe douloureux dans le paradis sur terre qu'était sa chatte. Mais, étrangement, l'entendre rire aux éclats, certaine qu'il saurait empêcher le drap de tomber alors qu'elle ouvrait les bras aux enfants et les couvrait de baisers, lui fit éprouver une satisfaction presque aussi grande.

Il eut la gorge serrée quand Andraya et Kyle, grimpés sur le lit, se pendirent à son cou pour l'embrasser. Pris d'une subite envie de leur rendre la pareille, Jake, embarrassé d'être sous le regard de Susan, dut se résoudre à les serrer dans ses bras et à leur souffler dans le cou, au plus grand plaisir des petits monstres.

— Quels sont tes plans pour aujourd'hui ? demanda-t-il à Emma.

— Qu'en dites-vous, les enfants, on emmène Susie faire une balade à cheval pour lui montrer nos coins préférés ?

Kyle hocha gravement la tête ; Andraya, quant à elle, prit un air important, descendit du lit et reprit Susan par la main.

— À condition que ce soit possible ? ajouta-t-elle en référence au puma que Jake avait cru percevoir.

— Drake et Joshua m'ont dit qu'ils n'avaient même pas relevé de traces. J'ai dû rêver, répondit-il, conscient que son léopard avait été trop près de la surface le soir précédent. Tout va bien.

— Parfait. On partira après le petit déjeuner, alors. À tout à l'heure au rez-de-chaussée, Susan, conclut Emma en s'efforçant de ne pas rougir.

La jeune fille, qui n'avait pas dit un mot, n'avait pu manquer de remarquer les marques dans le cou d'Emma, qui s'empressa de disparaître sous les couvertures. Susan hocha la tête, prit les deux enfants par la main et sortit.

Emma se couvrit le visage à deux mains.

— Je suis mal barrée pour m'expliquer, là… Susan m'a vue partir en rendez-vous avec un type puis me réveiller avec toi dans mon lit.

Il roula au-dessus d'elle et lui écarta les jambes avec un genou.

— La porte n'est pas verrouillée, protesta-t-elle, ils risquent de revenir.

Trop tard : il avait déjà glissé la main vers son entrecuisse où l'attendait un accueil chaleureux. Jake fondit sur elle en lui faisant plier les genoux afin de la pénétrer bien à fond. Il ferma les yeux, tout à la sensation divine de ce fourreau serré. Entendant hoqueter sa partenaire, il resta immobile le temps qu'elle s'adapte au gabarit du délicieux intrus. Sa chatte était brûlante et merveilleusement étroite. Il la couvrit de longs baisers fiévreux, attentif au regard de sa belle qui se perdait peu à peu dans les limbes. Elle était si sexy qu'il sentit sa queue entrer en fusion.

— N'oublie pas de fermer à clé ce soir, j'ai la ferme intention de te réveiller en fanfare demain matin. (Il lui lécha le coin de la bouche.) J'adore le goût que tu as, ma beauté. Tout ce miel délectable qui va se perdre ce matin, alors que je pourrais m'en régaler…

Jake adora la voir rougir et commença à aller et venir en elle, tout doucement. C'était la première fois de son existence qu'il profitait ainsi du corps d'une femme, car jamais il ne s'était éveillé autrement que seul et Emma était si douce, si chaude, si bigrement désirable ! Il avait enfin goûté au bonheur simple de s'éveiller au contact d'un petit corps blotti contre le sien. Ils s'étaient endormis en cuillère, peau contre peau, Emma nichée au creux de ses bras, lui le visage enfoui dans sa sublime crinière rousse.

L'ampleur de ses sentiments pour elle le terrifiait mais comment diable aurait-il pu renoncer à elle ? Emma était sienne. Sa seule faiblesse, son unique échec. Sa vulnérabilité absolue. Personne au monde n'avait eu d'emprise sur lui… jusqu'à Emma Reynolds. Il s'en était assuré. Fort des ressources financières et mentales suffisantes pour anéantir tout ce qui se mettait en travers de son chemin, il avait vu « l'expérience Emma » se retourner contre lui. La jeune femme était censée devenir dingue de lui, le vénérer, le désirer jour et nuit. Il aurait su satisfaire tous ses besoins, prendre soin d'elle… sauf qu'il n'avait pas vu venir son propre attachement pour elle. Comment était-ce arrivé ? À lui, qui s'était toujours cru incapable d'aimer ?

Jake la sentit s'agripper à ses cheveux. Il aimait l'entendre haleter et la façon qu'elle avait de se cambrer pour se coller à lui. Généreuse et attentive, elle faisait tout pour qu'il éprouve un plaisir maximal. Cela aussi, c'était nouveau. Aucune femme ne l'avait fait. Membre du peuple léopard, il détectait aisément le mensonge, la duplicité. Emma, elle, était l'honnêteté même. Elle s'ouvrait à lui, s'abandonnait tout entière. Sans la plus petite idée de ce qu'elle exigeait de lui en retour ni de ce que cela avait d'exorbitant.

Il l'empoigna par la cheville et lui poussa le genou un peu plus contre la poitrine afin de changer d'angle d'attaque, à l'affût du petit cri signifiant qu'elle voyageait vers le septième ciel. Chaque fois qu'il remuait en elle, c'était comme s'il entrait dans une nouvelle dimension, dans un autre plan d'existence. Sans trop s'appesantir sur ses émotions, il vivait un truc quasi mystique en la pénétrant, désireux plus que tout qu'elle hurle de plaisir.

Conscient d'être en train de se perdre, il n'en avait cure, tout entier tourné vers l'orgasme qu'il sentait enfler en lui comme en elle, vers les gémissements d'abandon d'Emma, ses petits cris d'orfraie, la façon qu'elle avait de ronronner d'extase et l'afflux d'émotions qui menaçait de le submerger, lui, aussi puissant que le plaisir physique. C'était ahurissant : il ne faisait plus le distinguo.

Amour. Un mot détestable parce que galvaudé, vide de signification. Devenu trivial. Qui ne voulait plus rien dire du tout. *Rien.* Sauf qu'à cet instant le cœur battant à tout rompre et bien au chaud dans ce fourreau soyeux, il savait qu'il n'était plus question que de sexe entre eux. Cela allait infiniment plus loin : il ne lui était plus possible d'imaginer la vie sans elle, et c'était terrifiant de songer qu'elle puisse le découvrir.

Il l'embrassa au coin des lèvres et se retira sans un regard, de peur qu'elle le perce à jour.

Emma servit une deuxième tasse de café à Jake, qui terminait son petit déjeuner. Susan n'avait pas décroché un mot de tout le repas. Était-elle trop intimidée par Jake pour oser ouvrir la bouche ? Avait-elle, au contraire, tant de questions qui se pressaient au portillon qu'elle préférait se taire plutôt que de poser n'importe laquelle par mégarde ?

Elle fronça les sourcils à l'adresse de Jake et désigna Susan d'un mouvement de tête. Il fit la grimace, but une solide rasade de noir breuvage puis se lança.

— Alors, Susan, combien de temps comptes-tu rester parmi nous ?

L'intéressée laissa choir sa fourchette et piqua un fard.

— Plus très longtemps.

Le maître de céans poussa un soupir forcé.

— Ce n'était pas pour t'inciter à partir, au contraire, j'essayais de me montrer agréable.

Emma lui balança un coup de pied sous la table. Bien appuyé.

— Aïe !

Il rétracta son tibia endolori puis baissa les yeux sur sa chemise immaculée : son bras n'avait pas tremblé, l'étoffe n'était pas tachée de café. Puis il adressa à Emma un regard qui signifiait « Ça se paiera ». Parce que, d'accord, peut-être s'était-il exprimé sur un ton un brin condescendant mais l'essentiel était bien de lui avoir parlé, non ?

Emma se pencha vers lui.

— Au fait, Jake, j'oubliais, le père de Susan a demandé à son prof particulier, Harold Givens, de venir ce matin. Tu veux bien l'ajouter à la liste du portail pour l'équipe de Jerico ?

— Combien de temps il va rester ?

Le ton était mordant. Jake n'aimait pas du tout que des étrangers viennent au ranch. La sécurité avait beau procéder à une fouille complète toutes les semaines, changeant chaque fois d'heure et de jour, il n'en avait cure depuis qu'un mouchard avait été trouvé. Quiconque venait à la propriété était suspect. Surtout ce Givens, l'un des deux coupables potentiels. La règle voulait que tout employé du ranch signe un contrat garantissant la plus totale discrétion avant d'être engagé. Ce n'était hélas pas possible avec les visiteurs non sollicités. À son plus grand dam.

— Je peux lui dire de ne pas venir, s'empressa Susan, la tête basse.

Jake lui lança un regard noir.

— J'ai dit que je ne voulais pas de lui ici ?

Cette remarque acerbe lui valut un nouveau coup de pied. Il s'écarta de nouveau et, cette fois, tendit le bras sous la table pour poser la main sur la cuisse d'Emma. Près de sa culotte. Elle se tourna vers lui et la lueur qu'elle vit dans ses yeux la dissuada de bouger.

— C'est juste pour quelques heures, Jake, dit-elle. Evan et Joshua doivent nous retrouver aux écuries à 13 heures. Il sera déjà reparti. Et bien sûr qu'il va venir, Susie, j'ai promis à ton père que nous allions faire en sorte que tu étudies.

— Il ferait peut-être aussi bien de rester chez lui et de mieux s'occuper de sa fille. Au lieu de quoi il nous la confie et c'est à nous de veiller à ce qu'elle suive ses cours.

Susan éclata en sanglots, se leva si vite qu'elle renversa sa chaise et partit en courant.

Jake poussa un juron. Emma le fusilla du regard.

— Franchement, Jake, tu pourrais faire preuve d'empathie envers cette gamine. As-tu idée à quel point elle vit seule ? Son père n'est jamais à la maison, sa mère est morte, elle se retrouve tout le temps chez des inconnus, et subit des gens comme cette Dana Anderson qui ne trouve rien de mieux à faire que la rabaisser. Susan est très brillante mais ne fréquente jamais personne de son âge et elle est trop jeune pour être prise au sérieux par les adultes.

— C'est bon, Emma, dit Jake, qui se leva et redressa la chaise renversée. Je vais travailler ici au lieu d'aller au bureau. Quand son prof particulier arrive, fais venir Joshua et Drake.

Il se faisait l'effet d'être un monstre. Il était bien placé pour savoir l'effet que cela produisait d'être un enfant isolé... pour peu que l'on puisse qualifier d'enfance ses jeunes années. Il plaqua les deux mains sur la table, de part et d'autre d'Emma, et se pencha vers elle.

— J'irai lui parler, ma belle, mais, toi, tu ne perds rien pour attendre.

Il lui fit ses yeux de braise, promesse de ce qui n'allait pas manquer de suivre.

— Tu n'as pas volé mes coups de pied, fit-elle valoir, mi-inquiète mi-embrasée.

— J'en suis conscient.

Il se pencha davantage et lui lécha la commissure des lèvres.

— Il va falloir que tu passes en ville te choisir une robe pour le truc, chez les Bingley.

— « Le truc » ? Quel truc ? glapit-elle, reculant pour darder sur lui des yeux arrondis par l'inquiétude.

— Une réception importante, Emma. Je déteste ces soirées et celle-ci promet d'être particulièrement pénible. J'ai de ce fait besoin que tu m'y accompagnes.

Elle secoua la tête.

— Sans façon, merci. Je déteste les fêtes. Surtout dans ce milieu. Il n'en est pas question, mon grand, même pour tes beaux yeux.

Elle paraissait vraiment effrayée. Jake l'embrassa avec tendresse mais insistance.

— J'ai besoin de toi, ma beauté. Mes ennemis y seront. Je veux être avec quelqu'un en qui j'ai confiance, qui veille sur mes arrières.

D'abord incrédule – cela se devinait aisément dans ses yeux –, elle continua à le dévisager en tirant nerveusement sur sa manche de chemise.

— Vrai de vrai ?

— Oui. Je tiens à ce que tu m'accompagnes.

Il en avait déjà assez d'insister. Emma reprit son souffle… et Jake sentit son cœur près d'exploser quand il vit qu'elle capitulait. Les épaules voûtées, elle réprimait la peur et le dégoût que lui inspirait ce type d'événement. Ils allaient tout faire pour la mettre dans l'embarras, pour l'humilier, c'était sûr. Et elle acceptait pourtant de s'exposer. Pour lui. C'était une nouvelle victoire, et de taille. Une preuve de plus d'affection, d'engagement. Combien de fois allait-il falloir qu'elle recommence pour qu'il y croie enfin ?

— Quoi, comme robe ?

— Une tenue sophistiquée et sexy. Genre robe de cocktail. Je m'occupe des bijoux. Et des talons hauts, Emma. Ce n'est pas ton truc non plus, je sais, mais je me régale à l'avance de l'effet produit sur tes jambes. Tu n'as pas idée de ce que j'ai pu fantasmer sur tes gambettes, ma beauté.

Il déposa plusieurs baisers sur sa bouche avant de lui effleurer l'oreille du bout des lèvres.

— Choisis-la plissée et juste au-dessus du genou, et tu pourras porter un porte-jarretelles, des bas et te dispenser de culotte.

Elle vira à l'écarlate, comme escompté.

— Je refuse.

— On verra, dit-il, malicieux, en faisant courir sa langue sur l'ourlet de son oreille. Es-tu mouillée pour moi ? murmura-t-il. Si je glissais un doigt, te trouverais-je chaude et prête ?

Emma poussa sur ses pectoraux, partagée entre rire et embarras.

— Oui. Allez, file.

Il s'éloigna, le pas souple et élastique, immensément satisfait. Elle paraissait résolue à se plier en quatre pour s'accommoder de ses requêtes les plus extravagantes, y compris quand cela l'effrayait un peu. Jake allait devoir refréner ses envies de tout régenter sous peine d'aller trop loin. Deux de ses défauts majeurs s'exprimaient dans cette envie – non, ce besoin irrépressible – de glaner des preuves de sa loyauté envers lui, faute de quoi il aurait du mal à la croire et, par ricochet, à lui faire totalement confiance.

Il mit le cap sur la chambre d'amis où logeait Susan. Son ouïe fine lui permit de l'entendre sangloter à travers l'épaisse porte en chêne. Son talkie crépita.

— Monsieur Bannaconni, le prof particulier est arrivé. Accompagné de la gouvernante de Mlle Hindman.

Jake perçut une pointe de répugnance dans la voix de Drake malgré la déformation du son. Les deux arrivants, de toute évidence, lui déplaisaient.

— Fais-les entrer mais ne laisse ni Emma ni les enfants seuls avec eux. Dis à Conner de les garder à l'œil tant qu'ils seront à la maison.

Il remit l'appareil à sa place et frappa à la porte de Susan. Il l'avait promis à Emma. Il sourit : il lui avait aussi promis qu'elle allait payer pour ses deux coups de pied, et il tenait toujours parole. Un silence, un bruit de mouchage, puis Susan ouvrit timidement.

Jake lui sourit.

— Accompagne-moi une minute, Susan, il faut qu'on discute.

Il lui tendit la main après avoir usé de sa voix douce mais autoritaire. Susan hésita, accepta la main tendue et le suivit jusqu'à l'immense cage d'escalier. Jake prit place sur une marche, tapota le degré pour signifier à la jeune femme de s'asseoir à côté de lui et attendit qu'elle soit installée.

— Je t'ai mal parlé ce matin. Mon travail m'absorbe tellement que j'en oublie parfois toutes mes manières. Je tenais à te remercier pour l'aide que tu fournis à Emma. Elle m'a dit que tu te débrouillais très bien avec nos enfants et je t'en sais gré.

Susan renifla un peu et se fendit d'un sourire timide.

— C'est très gentil, merci. Et Emma est si cool avec moi. Elle me parle…

Elle s'interrompit. Jake hocha la tête et fit mine de ne pas voir qu'elle avait les larmes aux yeux.

— C'est mon Emma tout craché. Elle t'a montré la bague ?

Le regard de Susan s'illumina.

— Je l'ai remarquée à son doigt mais je n'ai pas osé demander. Vous allez vous marier ?

— Nous avons deux enfants. Il est grand temps, non ? Et, comme j'en veux d'autres, le mieux c'est qu'on se marie avant qu'elle soit de nouveau enceinte, tu n'es pas d'accord ?

Il se leva quand elle eut hoché la tête.

— Je tiens à ce que tu sois présente au mariage, dit Jake en lui tendant de nouveau la main.

Elle l'accepta. Il l'aida à se relever d'une traction.

— Je suis très heureux qu'Emma t'ait pour amie, Susan. Tu seras toujours la bienvenue au ranch et tu peux y rester autant qu'il te plaira. Et j'espère qu'avec le temps tu t'habitueras à mes sales manières.

— Merci beaucoup, monsieur Bannaconni.

— Jake, corrigea-t-il sur son timbre le plus cordial.

Après s'être éloigné, il se retourna vers elle et ajouta :

— Au fait, c'est formidable, que tu parles d'autres langues aux enfants. On s'efforce de les y exposer au maximum. Tu es très à l'aise. Bravo.

Elle rayonna, fit mine d'ouvrir sa porte jusqu'à ce qu'il soit hors de vue, puis se précipita vers la cuisine.

— Emma ! fais-moi voir la bague ! Jake a dit que…

La jeune fille freina des quatre fers en découvrant qui était avec Emma. Toute joie quitta son visage.

— Est-ce ainsi que se comporte une jeune fille bien élevée ? releva Dana, sa gouvernante, après un « tss » de dépit. Tu dois t'adresser au personnel avec beaucoup plus de décorum, Susan, et moins d'enthousiasme. Et c'est « M. Bannaconni », jeune fille.

Susan devint cramoisie. Elle porta le regard sur Joshua et Drake, tranquillement adossés à l'évier. Andraya avait les bras passés autour de la jambe de Joshua et Kyle se tenait en retrait, presque invisible aux yeux des visiteurs.

Un troisième homme se tenait debout, contre la porte. Bien caché et tellement immobile que la jeune fille sentit son cœur trembler.

Joshua ricana et lui décocha un clin d'œil.

— Ça doit être moi le « personnel » ici, Susan.

Emma, impassible, lui lança :

— Ta gouvernante est venue te voir, Susan, avec ton précepteur.

Elle se tourna vers Drake, incertaine quant à la façon de gérer les visiteurs et l'attaque frontale dont venait d'être victime Susan. Ces deux-là la mettaient mal à l'aise et la pauvre petite avait les larmes aux yeux. Pas étonnant que le sénateur lui ait confié qu'il s'inquiétait pour sa fille.

Elle perçut un léger cliquetis de talkie puis un crépitement bref. C'était Drake ou Joshua s'adressant à Jake.

— Il aurait fallu nous prévenir que vous veniez avec M. Givens, mademoiselle Anderson, énonça Donovan, le timbre dur et autoritaire. M. Bannaconni n'aime pas les surprises. Il m'a chargé de vous dire qu'à la prochaine visite inopinée vous resteriez à la porte.

Il avait pris soin de réprimander publiquement la gouvernante comme celle-ci l'avait fait envers Susan. Dana, piquée au vif, eut le rouge qui lui monta aux joues et pinça les lèvres d'un air mauvais. Elle détailla Drake des pieds à la tête : jean délavé, tee-shirt tendu sur de larges épaules et torse musclé. La pimbêche se fendit d'un léger reniflement dédaigneux pour lui signifier qu'il n'était personne.

— Veuillez nous conduire à une pièce adaptée à l'étude, ordonna-t-elle à Emma. Nous n'aimons pas attendre. Jim, le sénateur Hindman, exige d'être obéi avec promptitude.

Il ne faudrait pas que Susan soit *encore* en retard sur le programme.

Fine mouche, elle était parvenue à balancer une vacherie tout en impliquant qu'elle était à tu et à toi avec le sénateur.

— Enfin, Dana, protesta Susan, je ne suis pas du tout en retard ! Quand j'ai voulu le préciser à papa, vous…

— Je t'interdis de contredire une adulte, l'interrompit la gouvernante en lui lançant un regard noir. Il importe que tu connaisses ta place, Susan. Ton père est un homme très en vue. Ce serait mal de lui porter préjudice.

Un grognement sourd, qui n'était pas sans rappeler celui d'un chat en pétard, emplit la pièce. Il était si sonore que plusieurs personnes sentirent les cheveux de leur nuque se hérisser et d'autres leur rythme cardiaque s'accélérer. Le silence se fit. Toute l'assistance, d'abord pétrifiée, se tourna d'un bloc vers la haute silhouette de Jake, qui s'encadrait dans l'embrasure. Le maître de céans était parfaitement immobile, comme toujours, le regard fixe et concentré, la tête penchée à la manière de quelque fauve à l'affût, prêt à fondre sur sa proie. Emma retint son souffle, bien en peine de trancher si ce cri bestial qui lui avait fait froid dans le dos émanait ou non de lui. Elle tenta de juguler sa peur. Mais, connaissant Jake, elle le sut plus dangereux que jamais.

Joshua et Drake se décalèrent d'ailleurs d'une façon presque imperceptible afin de placer les petits derrière eux. Les yeux de Jake n'étaient plus que deux blocs d'ambre et luisaient d'un éclat sauvage.

— Joshua, dit-il, j'apprécierais beaucoup que tu conduises les enfants à l'extérieur.

Sans un mot, l'intéressé souleva Kyle et Andraya à hauteur de hanches et se dirigea vers la sortie. Conner lui ouvrit la porte et Joshua disparut.

— Susan ? lança Jake en lui faisant signe d'approcher.

Dès qu'elle fut à sa hauteur, il posa un bras protecteur sur les épaules de la jeune fille. Le silence qui suivit mit les nerfs d'Emma à vif ; il gardait les yeux rivés sur Dana.

— J'ai quelque chose qui vous appartient, je crois. Mes gars n'ont pas leur pareil pour identifier l'origine d'un gadget électronique.

Il sortit un petit étui en plastique de sa poche. Le mouchard était bien en vue. Il le lança avec mépris vers Dana et délibérément trop court, afin que la preuve accablante atterrisse à ses pieds. Au vu de tout le monde.

La gouvernante se raidit, livide, les traits figés, sans piper mot mais en lançant des éclairs avec ses yeux. L'homme-léopard tout en muscles plaça très doucement Susan derrière lui et traversa la cuisine à grandes enjambées fluides et silencieuses, sans détacher un instant son regard du visage de Dana. Il inhala, comme pour la renifler.

— Vous puez la traîtrise. Vous et votre ami allez quitter ma propriété *illico*, sous bonne escorte. Ne commettez pas l'erreur de revenir.

Harold Givens se baissa pour ramasser le mouchard. Dana claqua des doigts.

— Susan, suis-nous, et vite. Ce… ranch n'est pas un endroit pour toi. Pas avec cet homme et la petite moins que rien qui s'imagine présenter ses bâtards dans le monde. Dieu du ciel, regardez-moi les suçons qu'elle a dans le cou ! Une vraie putain.

Emma retint son souffle, horrifiée par la possible réaction de Jake. Elle porta la main à son cou mais, sans un regard, il lui saisit le poignet et l'obligea à garder le bras le long du corps. Un long silence se fit qui mit les nerfs de tous à rude épreuve.

Jake afficha un sourire sans joie, à glacer le sang, les dents étincelantes. Toujours sans quitter sa proie des yeux.

— Susan reste ici. Le sénateur vous enverra vos affaires. Je doute fort que vous retrouviez un travail ailleurs que chez les Trent ou les Bannaconni. Lesquels vous emploient déjà, c'est manifeste.

— Et, moi, je me fais fort de vous faire coller un procès pour enlèvement !

— Drake, fous-moi dehors ces deux rebuts de l'humanité.

Jake tourna le dos au couple en guise de congé, prit Emma par le coude et fit signe à Susan de se diriger vers le couloir. Derrière eux, ils entendirent Dana éructer :

— Bas les pattes !

— Je me fiche de la façon de procéder, chérie, rétorqua Drake. Moi, tout ce que je vois, c'est des poubelles à sortir. Pourquoi je prendrais des gants ?

Dana hurla de plus belle. On entendit un bruit de bousculade, Harold poussa un cri de douleur, puis la porte claqua et les sons s'atténuèrent.

— Ça va, Susan ? demanda Jake.

Elle hocha la tête.

— Mais elle va raconter des craques à mon père. Comme toujours.

Jake sortit son téléphone.

— Pas cette fois. Tu as besoin d'un prof particulier ? Je peux en faire venir un ici dans l'heure.

Elle secoua la tête.

— J'en sais plus long en maths que ce pauvre type. C'est l'ami de Dana mais mon père gobe tout ce qu'elle dit.

— Ton père va m'écouter, lui assura Jake, catégorique. Va faire une balade à cheval avec Emma. Amusez-vous. Ne t'en fais pas pour si peu. Les gens comme eux font toujours tout pour rabaisser leur auditoire. Ils ont tout faux, Susan, tu es cent fois plus futée qu'eux deux réunis. Et puis tu es forte. Bien trop pour te laisser miner par ces deux abrutis.

— Elle me fait un peu peur, admit la jeune fille.

— C'est fait exprès. Afin que tu n'ailles jamais te plaindre auprès de ton père de crainte qu'il ne te croie pas. Cette femme a détruit ta confiance en lui. C'est comme ça que procèdent les vermines de son espèce. Mais c'est terminé, je vais m'occuper d'elle. Va passer ta tenue d'équitation.

Il tendit le bras pour empêcher Emma de suivre la jeune fille qui s'éloignait.

— Susan.

Elle s'arrêta. Il attendit qu'elle se soit retournée pour ajouter :

— Si jamais tu te retrouves confrontée à un problème quelconque, *n'importe quel* problème, y compris lors d'un rencard avec un garçon, appelle-moi. Je vais te confier mon numéro privé mais, attention, ne le transmets à personne. Je dis bien personne. Compris ?

Le sourire revint sur le visage de Susan.

— Compris. Merci.

Jake patienta jusqu'à ce que la jeune fille ait refermé sa porte avant d'étreindre Emma. Il déposa sur ses lèvres un baiser délicat, tendre même.

— Elle t'a fait de la peine ?

— En me traitant de pute ou en traitant les enfants de bâtards ?

— Les enfants ont un père. Moi. Mon nom figure sur leurs certificats de naissance. Quant à toi, tu es *ma* chose, non une pute ou une traînée. La nuance est de taille, ma beauté. (Il l'embrassa de nouveau, un sourire charmeur aux lèvres.) Tu es tout pour moi. Qu'elle aille se faire foutre.

— Elle ne m'a pas fait de peine, Jake, déclara Emma en toute sincérité. Et le sénateur Hindman, tu penses qu'il va te croire ? Cette Dana va tout faire pour te causer des ennuis, ainsi qu'à Susan et à nous tous.

— N'aie plus rien à craindre de cette vendue, répondit-il d'une voix caverneuse qui la terrifia. Elle va bientôt savoir ce que ça fait de tout perdre et de se retrouver à la rue, à tailler des pipes pour une misère.

— Jake…

— Elle t'a traitée de putain, Emma. Et mes enfants de bâtards. Après avoir joué les espionnes. Et il y a pire : cette moins que rien a abusé de sa position dominante sur une gamine de seize ans. Je vais l'anéantir.

Quand il se remit à l'embrasser, ses baisers avaient le goût de la colère. Un goût sauvage, primitif, très masculin. Elle ouvrit la bouche pour tenter de l'apaiser mais il lui inonda le visage de petits bisous.

— Ce qui me met le plus en rage, c'est de ne pas avoir su te protéger d'une engeance pareille ici même, dans notre maison.

— Que cherchait-elle à obtenir avec ce mouchard téléphonique ?

— Mes ennemis doivent chercher à s'emparer d'un de nos enfants, voire des deux. J'ai fait du ranch une forteresse et, à leurs yeux, tu es un mystère complet. Il fallait qu'ils trouvent un moyen de glaner des infos.

Emma fronça les sourcils.

— Hindman est impliqué, d'après toi ?

— Non, réfuta Jake en sortant son téléphone. Une vipère a fait son nid chez lui. Ça fait des années que Trent et les Bannaconni cherchent une ouverture pour le faire chanter. Il résiste à leur mainmise. Du coup, ils ont fait entrer Dana Anderson dans son foyer.

Cela coulait peut-être de source pour Jake, mais pas pour elle.

— Je suis contente de ne pas être celle qui doit lire entre les lignes…

Jake l'embrassa encore.

— Va faire cette balade à cheval avec Susan et les petits, ma belle. Ne te tracasse plus pour cette affaire.

Il l'observa s'éloigner puis se retourner vers lui avec, dans son regard habituellement confiant, quelque chose comme de la timidité.

— Qu'y a-t-il, Emma ?

Il l'aimait ainsi, douce, vulnérable.

— Je tenais juste à m'assurer que tout allait bien pour toi. Tu t'occupes toujours de tout pour nous autres… mais, toi, ça t'a fait du mal ce qu'elle a dit ?

Il s'approcha d'elle, de sa chaleur, l'attira lentement dans ses bras et pressa son petit corps tendre contre le sien. Ils restèrent ainsi, lui le menton appuyé sur le sommet du crâne d'Emma, une main pressée contre sa nuque, l'autre jouant avec la cascade soyeuse de ses longs cheveux roux. La jeune femme l'enlaça et se serra contre lui, comme pour tenter de le réconforter.

Ses souvenirs d'enfance avaient dû refaire surface quand il avait vu la façon dont Susan était rabaissée. Il n'en étreignit que plus fort Emma, conscient de vivre un autre moment inédit : c'était la première fois qu'un être humain s'offrait de lui réchauffer le cœur. Il n'avait pas besoin d'être consolé, pas à cause d'ordures comme Dana Anderson, en tout cas, mais pour avoir été privé d'enfance puis pour avoir vécu de longues années de solitude en tant qu'adulte.

Emma abattait trop vite ses digues de protection patiemment bâties. Il fallait y mettre un terme avant qu'il soit trop tard. Son cœur battait à tout rompre, et l'adrénaline coulait à flots dans ses veines. Des nœuds se formaient dans son ventre. Il prit peur en constatant qu'une partie de lui-même désirait la frapper, la repousser, reprendre le contrôle qu'elle n'avait même pas conscience de lui avoir soustrait. Déjà ses doigts se resserraient sur ses cheveux, fort, près du crâne, et tiraient sur son cuir chevelu fragile pour la forcer à rejeter la tête en arrière. Il respirait bruyamment, à grandes goulées, tout en la dévisageant.

Emma perçut immédiatement la différence en lui. Jake s'était mué en une créature acculée ; ses yeux avaient pris cette teinte vieil or typique des instants où il luttait pour sa survie. Elle se garda de lui résister, plutôt encline à pleurer pour l'animal indomptable qu'elle devinait dans ce regard de fauve.

— Je t'aime, Jake, lui avoua-t-elle à mi-voix.

Ses yeux pétillèrent. Il grogna, les babines retroussées sur une dentition immaculée et menaçante.

— Ne me dis pas ça.

— Je t'aime, insista-t-elle, refusant d'avoir peur.

Alors que ses traits durs formaient un masque de fureur noire, elle sentit son grand corps frémir. Comme s'il capitulait. Il accentua la pression sur les cheveux de la jeune femme, au point qu'elle eut les larmes aux yeux.

— Ne dis pas ça, cracha-t-il, le cœur mort.

La panique afflua. Elle était si fragile ! Un faux mouvement suffirait à lui briser la nuque. Il pouvait d'un geste lui arracher le cœur, la détruire, et pourtant elle le regardait sans peur. Avec, dans le regard, une lumière inébranlable.

— On dirait ces foutus films, murmura-t-il avant de coller leurs deux bouches de peur qu'elle le découvre lui aussi au bord des larmes et la gorge nouée.

Elle s'abandonna à lui. Peu lui importait qu'il soit sauvage, presque brutal. Elle y mit toute sa fougue, flamme contre flamme, jusqu'à ce qu'il s'apaise… et cesse enfin de vouloir endiguer l'océan de tendresse qu'elle faisait sourdre en lui.

— Tu me détruis, Emma, murmura-t-il, front contre front. Tu m'anéantis à petit feu.

— Je te rends plus fort, répondit la jeune femme. Et, toi aussi, tu me rends plus forte. C'est ainsi que ça fonctionne.

Il l'espéra. Pourvu qu'elle sache ce qu'elle disait, songea-t-il, conscient d'avancer en territoire vierge.

La porte de la cuisine s'ouvrit à la volée.

— Emma ! cria Joshua à pleins poumons, les mômes sont en train de perdre la tête. Fais quelque chose, la rébellion couve !

Le pauvre Josh n'en pouvait plus. Jake et Emma échangèrent un regard et éclatèrent de rire. La jeune femme traversa la maison en courant.

— Débrouille-toi, je file… J'avais à faire, figure-toi.

— J'imagine le genre, râla Joshua en élevant la voix afin que Jake entende. Je ne suis pas baby-sitter !

— Chochotte, railla Emma. Deux bambins sur les bras et tu couines comme un bébé.

Elle prit les rênes que lui tendait Conner et grimpa sur la petite jument que lui avait offerte Jake. Un cheval racé mais surtout très bien dressé, qui réagissait à la plus petite sollicitation et toujours tout en souplesse.

Conner installa Andraya devant lui. La fillette avait les joues roses de plaisir, de la teinte exacte de sa bombe et de ses bottines préférées. Elle rechignait parfois à les ôter, au point de vouloir dormir avec. Kyle, lui, attendait impatiemment d'être autorisé à monter derrière Joshua. Il était tout de noir vêtu, à l'image de son père, même si lui aussi était casqué.

— Ça va barder pour toi, Joshua, lança Emma. Tu n'es pas censé faire venir les chevaux si près de la maison. Le jardinier déteste ça, les canassons piétinent les plates-bandes et déposent de gros paquets qui puent.

— Je dirai que c'est ta faute.

Joshua lui en voulait toujours. Il savait que le jardinier allait fulminer pendant des heures, hurler en italien et balancer du terreau en tous sens. Seule Emma parvenait à le calmer quand il enrageait qu'on ait saccagé ses plates-bandes chéries.

Taddio travaillait pour Jake depuis plusieurs années. Celui-ci l'avait engagé après avoir entendu plusieurs personnes vanter ses talents de paysagiste dans trois États… puis le lâcher quand il avait perdu un bras dans un accident. L'homme n'avait rien perdu de son génie. Le hic, c'est qu'aucun de ses anciens clients ne pouvait plus tolérer la vue d'un « estropié ». Taddio travaillait depuis pour le seul Jake Bannaconni. Il concevait les jardins autour des immeubles et maisons que Jake achetait et vendait, ainsi qu'au ranch.

Ils chevauchèrent en file indienne, Emma prêtant l'oreille au bavardage entre Susan et Josh. La jeune fille se tenait bien droite sur sa selle, le menton relevé, forte d'une confiance en elle inédite. Andraya et Kyle, ballottés, tenaient les rênes chaque fois que leur cavalier respectif les y autorisait, ravis de faire « comme les grands ».

Emma n'avait jamais pratiqué l'équitation avant l'année précédente, quand Jake s'était décidé à lui apprendre – Kyle aussi avait eu droit à ses premières expériences en selle. Jake s'était d'abord montré protecteur puis l'avait incitée à dompter ses peurs, jusqu'à ce qu'elle se sente à l'aise sur le dos de ces puissants animaux.

La piste étroite les conduisit à travers le sous-bois jusqu'à un petit ruisseau que les montures traversèrent avec force éclaboussures. C'était l'itinéraire le plus facile, celui qu'ils suivaient toujours quand Andraya et Kyle étaient de la partie. Une plaine immense sans dénivelé prononcé avec, au loin, la silhouette de collines basses. Le vent était mordant. Emma se félicita d'avoir insisté pour que les enfants soient toujours en manteau quand ils chevauchaient.

Alors qu'elle atteignait le sommet d'un mamelon, elle remarqua dans le lointain un gros nuage de poussière. Elle orienta sa jument vers le nuage afin d'en découvrir l'origine. Un coup d'œil en arrière lui permit de voir que Joshua et Conner expliquaient aux enfants comment bien tenir les rênes. Elle déporta son poids vers l'avant en soulevant un peu la bride. La jument s'élança, vive et souple comme à son habitude. Emma se laissa bercer, toute à sa joie de galoper, de sentir le vent dans ses cheveux. Elle incita sa monture à forcer l'allure d'une pression des genoux, comme Jake le lui avait appris. L'instant suivant elle était seule sur la plaine, lancée au triple galop et riant aux éclats.

Tournant la tête au son d'une cavalcade, elle vit Susan qui la rejoignait. Elles chevauchèrent côte à côte, un large sourire aux lèvres, échevelées, confiantes dans leurs montures.

Le cheval d'Emma fit un brusque écart, les yeux fous, la tête rejetée en arrière. Elle tira sur les rênes au moment exact où celui de Susan s'emballait lui aussi. Emma voulut lever la tête pour capter une odeur mais sa jument rua, l'obligeant à s'escrimer pour l'apaiser. Elle dut l'obliger à tourner la tête pour que le cheval accepte de faire volte-face. Sitôt dans la direction du ranch, Emma piqua des deux.

Le vacarme s'amplifia et le sol se mit à trembler. Elle perçut les vibrations à travers les jambes de sa monture et se déhancha : le nuage de poussière était presque sur elle. La jument, terrifiée, se cabra de plus belle. Emma l'éperonna durement et se coucha sur l'encolure. La lisière de la forêt, gage de relative sécurité, était toute proche.

Alors qu'elle chevauchait seule, l'instant suivant, elle se retrouva au beau milieu d'une mer de chevaux fous. L'un d'eux percuta sa jument, lui heurtant la jambe. Le temps se figea. Sa monture trébucha, baissa la tête… et rua du postérieur. Emma s'envola et chuta lourdement. Les sabots s'abattirent sur elle. Elle se roula en boule, les mains sur la tête. Le sol était meuble en raison d'une pluie récente, et elle parvint à se couler dans un trou, à côté d'un rocher de taille modeste.

Des coups de feu claquèrent. Un homme vociféra. C'était Joshua qui, après avoir déposé Kyle aux bons soins de Conner, s'était élancé bride abattue au milieu de la horde, devant

Emma, et tirait en l'air pour dévier le troupeau de chevaux. Quand le vacarme cessa enfin et que le sol ne trembla plus, la jeune femme roula sur le dos pour contempler le ciel d'orage, les yeux emplis de larmes. Tout son corps était endolori.

— Ne bouge surtout pas, lui ordonna Joshua.

Il n'avait pas du tout sa voix ordinaire, et, quand elle le regarda, elle vit que de petites lueurs rouges dansaient dans ses yeux.

— Drake envoie l'hélico te récupérer.

Elle voulut lui dire que c'était ridicule, qu'elle n'avait rien, mais, quand elle ouvrit la bouche, aucun son n'en sortit. Elle entendit Andraya crier et leva la main pour faire signe à Conner d'amener les enfants, histoire de les rassurer. Mais Josh secoua la tête, accroupi, veillant sur elle à la façon d'un bouledogue. Quand elle le vit signifier à Susan de s'éloigner, elle tenta de bouger.

Un grognement. Puis ce fut le noir total.

Chapitre 14

— Arrête de bouger tout le temps.

Emma laissa échapper un long soupir.

— Le prochain qui me ressort ça, je lui cogne sur la tête, dit-elle en adressant un regard noir à Jake. Surtout si c'est toi. Tu n'as pas du travail à faire ? Je vais très bien. Deux jours que je suis assise au salon à me tourner les pouces. Tu m'interdis même de jouer avec les enfants. Si tu grognes encore une fois après Andraya, elle va croire que tu t'es transformé en vieil ours mal léché.

Les lèvres pincées, Emma sut qu'elle se comportait en peste mais ne pouvait s'en empêcher. Elle se sentait piégée, comme si les murs de la pièce se refermaient sur elle.

— Tu t'es vue, ma belle ? Tu es couverte de bleus.

Jake lui caressa doucement l'épaule gauche et le bras, violacés à la suite d'un méchant coup de sabot. Elle était chanceuse de ne s'être rien cassé. La jambe qui s'était retrouvée écrasée entre sa jument et le cheval qui lui avait foncé dessus était couverte d'ecchymoses. *Idem* pour la hanche qui avait encaissé la chute.

— Tu n'as pas l'impression de réagir de façon excessive ?

— Pas du tout, réfuta Jake.

— Tu étais à deux doigts d'aller flinguer tous les chevaux du domaine, espèce de taré ! J'appelle ça en faire trop, excuse-moi. Tout comme m'obliger à rester assise sans rien faire.

Constatant qu'il restait debout au-dessus d'elle, à la manière d'un homme de Néandertal, elle soupira de plus belle.

— Jake, enfin… tu veux me rendre folle ou quoi ?

Elle grimaça en entendant la note geignarde dans sa voix. À cran et d'humeur maussade, elle avait envie de casser ou déchirer quelque chose. Jake avait insisté pour qu'elle soit conduite à l'hôpital pour un check-up complet. Il prenait les instructions du médecin très au sérieux… trop même. Le toubib avait demandé qu'elle se tienne tranquille, pas inerte comme une statue. Il laissait les enfants venir l'embrasser et lui parler mais à petites doses. Elle dormait dans son lit, les bras de Jake passés autour d'elle – et c'était tout. Ses baisers la rendaient dingue, elle le désirait plus fort que tout mais il se comportait comme si elle risquait de se briser à tout moment.

— Ton mal de tête est passé ?

— Oui. Complètement.

Elle voulut se lever. Il plaqua un immense battoir sur son épaule, lui interdisant tout mouvement.

— Le toubib passe aujourd'hui. S'il dit que tu es OK, on verra.

— C'est tout vu.

Emma hésita puis décida de changer de sujet.

— Jake, juste avant que ma jument panique, j'ai senti quelque chose. Ça va te paraître idiot mais j'ai l'odorat très aiguisé. Le vent a tourné et j'ai cru percevoir une odeur de gros félin. Un puma, peut-être. Il y en a dans le coin ? (Le voyant se figer, Emma baissa la tête et haussa les épaules.) C'est ridicule, j'imagine, mais je sens réellement des odeurs qui échappent à d'autres. J'ai toujours eu l'odorat sensible et, dernièrement, j'ai l'impression qu'il s'est encore développé. Je sais qui entre dans la maison avant que l'arrivant se retrouve dans la même pièce que moi, par exemple.

Il l'obligea à relever la tête.

— Ne fais pas ça, ma belle. N'hésite jamais à me faire part de ce qui te pèse. Jamais je ne chercherai à te rabaisser. Ça doit faire deux jours que ce truc te trotte dans la tête, j'ai bien vu qu'un problème te tenaillait. Tu ne dois rien me cacher. Ni tes peurs ni tes opinions. Y compris quand elles diffèrent des miennes.

Jake fit aller et venir la pulpe de son pouce sur le menton d'Emma.

— Je sais que tu trouves ma réaction un peu dingue, mais tu es toute violacée. Tu aurais pu te faire tuer. Et je te crois quand tu me dis avoir flairé un félin. Drake et Conner sont allés vérifier s'il y avait des traces. Ces chevaux ne se sont pas emballés tout seuls. On laisse le troupeau libre de ses allées et venues sur le domaine mais ils auraient dû se trouver à des kilomètres de là. L'étalon qui les dirige les maintient sur un territoire à cinquante bornes environ de la maison et le troupeau ne sort jamais de ce périmètre.

Quelque chose, dans la voix de Jake, retint son attention.

— Qu'est-ce que tu insinues… Que les chevaux auraient été délibérément poussés vers la piste qu'on emprunte avec les enfants ?

— Je n'en sais rien, Emma, mais j'ai la ferme intention de le découvrir. J'estime plus prudent que les enfants restent dans les parages immédiats. Je vais doubler les mesures de sécurité chaque fois qu'ils sortent.

Le cœur battant à tout rompre, Emma se trouva un instant sans pouvoir respirer.

— Dis-moi la vérité, Jake. Il faut m'expliquer ce qui se passe. Je n'aime pas quand tu me laisses dans le flou comme si j'étais une enfant.

Il se laissa choir dans un fauteuil à haut dossier, face au canapé, et poussa un gros soupir.

— Je ne veux pas t'effrayer…

— Jake, si quelqu'un ou quelque chose doit m'effrayer, c'est toi. Tu es super intimidant. Mais ai-je l'air d'avoir peur de toi ?

Une lueur amusée éclaira ses yeux cerclés d'or. Il se fendit d'un rictus.

— Ça arrive.

— OK, c'est vrai, répondit-elle, souriante. Mais ça n'a pas l'air de te miner.

— Si je ne te flanquais pas la trouille une fois de temps en temps, tu me tyranniserais comme tu le fais avec tout le monde.

Elle refusa de se laisser distraire du sujet.

— Je promets de ne pas m'enfuir en hurlant. Dis-moi tout.

Il tira son siège jusqu'à ce que leurs genoux se touchent.

— Mes géniteurs ont pris part à une expérience bizarroïde. Ce qu'ils essayaient de faire importe peu. Le truc, c'est qu'ils souhaitaient avoir un enfant doté de certains talents et qu'à ma naissance ils m'ont considéré comme étant un échec. Ils sont alliés aux Trent et je crois que ces derniers ont mené les mêmes expériences de croisement. Un genre de rivalité amicale. Les deux familles sont très puissantes, tant au niveau politique que financier. Tu as certainement dû lire des articles à propos des soupçons qui pèsent sur ces deux clans. Rien n'a jamais été prouvé mais Bannaconni comme Trent sont soupçonnés d'avoir fait disparaître des jeunes femmes.

Elle nota qu'il disait « Bannaconni » pour désigner son père. Jamais « père » et encore moins « papa ». C'était une constante chez lui. Elle mêla leurs mains tandis qu'il reprenait.

— Disons que non seulement je crois les Bannaconni et les Trent coupables de ces disparitions mais qu'en outre ils ont dû supprimer d'autres jeunes femmes à l'insu des enquêteurs. Des femmes les ont accusés de viol et de torture dans deux dossiers distincts mais ils ont été acquittés alors que leur culpabilité était criante. Comment je le sais ? Parce que je les connais. Et aussi pour les avoir vus tuer quelqu'un, une nounou à moi, à qui ils ont fait porter le chapeau pour maltraitance. Les épouses sont tout aussi cruelles, dépravées et sanguinaires que leurs maris. Ce sont des tueurs en série qui ne se sont jamais fait pincer.

Il retira ses mains, comme s'il lui était pénible d'avoir un contact physique en parlant de son enfance. Emma se sentit devenir livide. Elle le croyait, et prit une profonde inspiration avant de lui demander :

— Et toi, Jake, ils ont essayé de te tuer ?

— Il m'est arrivé de le souhaiter.

— Toutes tes cicatrices ?

Il hocha lentement la tête.

— Pas nécessairement toutes mais, oui, ils aimaient me faire souffrir. Par goût du pouvoir et de l'excitation. Tout est toujours une affaire de pouvoir.

Il attendit l'espace d'un battement de cœur. Deux. Afin qu'elle sache. Qu'elle comprenne dans quel milieu de tarés elle mettait les pieds… à moins qu'il souhaite la voir affirmer qu'elle était à lui.

— Je possède les mêmes gènes. Leur sang vicié coule dans mes veines.

Emma s'efforça de ne pas voir l'attrait déviant du pouvoir dans les yeux de Jake. Ce regard froid et distant qu'il arborait souvent, surtout quand il était déterminé à écraser un ennemi. Ce caractère impitoyable, qui avait fait de lui un adversaire sans pitié, était imprimé sur son visage dur. Il dépeçait les sociétés comme d'autres sortaient les poubelles. Il adorait sa capacité à flairer les faiblesses et décrivait des cercles, tel un squale alerté par l'odeur du sang, avant de fondre sur sa proie. Ses attaques étaient toujours foudroyantes, imprévisibles et féroces à l'extrême. Emma s'humecta des lèvres devenues subitement sèches et s'efforça de respirer normalement.

— Ça te plaît de faire mal, Jake ? Pour l'attrait du pouvoir ? l'excitation ?

Il la regarda droit dans les yeux.

— Oui.

Mieux valait qu'elle sache la vérité sur lui, sur le monstre qui vivait en lui. Pas au plus profond de ses entrailles, non : tout près de la surface. Elle devait savoir. Il n'avait pas encore réfléchi à la façon dont il s'y prendrait pour révéler sa laideur intime à qui que ce soit, mais Emma méritait de savoir. Il lui devait la vérité sans fard.

La jeune femme avait le souffle coupé, comme après avoir reçu un coup de poing à l'estomac. Il reprit ses mains dans les siennes et les serra. Emma dut lutter pour ne pas tenter de se dégager. Elle avait les yeux rivés sur ceux de Jake et sur le dégoût qu'elle y décelait. Il venait de mettre son âme à nu et s'attendait à ce qu'elle le rejette… peut-être même l'espérait-il.

— Tu as déjà tué quelqu'un ? Commis un acte qui ressemble à ce que font tes parents ?

— Mes ennemis, corrigea-t-il. Pas mes parents.

Elle respira superficiellement, les poumons presque bloqués.

— D'accord, tes ennemis. T'est-il arrivé de t'en prendre physiquement à un autre être humain ?

— Pas comme mes ennemis l'ont fait, non, mais j'ai tué un type qui était sur le point d'assassiner Drake. Je n'ai pas eu le choix. Tout est allé très vite, et le temps m'a manqué pour réfléchir.

Emma, silencieuse, s'efforça d'appréhender le tour inattendu et brutal qu'avait pris cette conversation… et découvrit que sa teneur ne la choquait pas vraiment.

— Emma (Jake attendit qu'elle soit entièrement concentrée sur lui), je n'ai pas eu le choix.

Il disait vrai. Elle le sut rien qu'à son odeur.

— T'es-tu déjà montré cruel envers des animaux ?

— Non, bien sûr que non. Jamais je ne ferais un truc pareil. Ça n'a aucun sens.

— Et les enfants ? As-tu déjà eu envie de leur faire du mal ?

Elle retint son souffle, terrifiée par ce qui allait suivre. Cette question l'avait blessé ; l'estomac noué, il garda cependant les yeux rivés sur elle.

— *Jamais*. Jamais, Emma. Tu te rappelles quand je t'ai dit que s'il m'arrivait de m'en prendre aux enfants, ou à toi, il fallait que tu partes, que tu alertes Drake et Joshua ? J'étais sincère.

— Et moi, Jake ? Tu as déjà songé à me faire du mal ?

Aïe ! la question tant redoutée, qu'il avait espéré ne jamais entendre sortir de la bouche de la jeune femme. Il continua à la regarder dans les yeux. Sans se défiler. Même en le voulant très fort, il n'y serait pas arrivé. Il fallait qu'il juge sa réaction à sa réponse. Qu'il soit témoin du dégoût et de l'horreur que celle-ci n'allait pas manquer de susciter.

— De temps en temps.

Elle ne broncha pas. Emma était très courageuse ; il le savait déjà. Elle cilla le temps de digérer sa réponse, consciente qu'il disait vrai là encore. Sans le dévisager comme s'il était un monstre, ni tenter de se dégager. Juste en tremblant un peu.

— Pourquoi ?

Jake rassembla tout son courage pour continuer à la dévisager, à lui répondre. Pour lui permettre de contempler cette face obscure, hideuse, de son être profond.

— Afin d'éprouver ta loyauté envers moi. D'avoir l'assurance que tu ne me quitteras pas quoi qu'il arrive, que tu me désires assez pour tolérer mes pires travers. En d'autres occasions, c'est parce qu'un type te colle d'un peu trop près et que je meurs d'envie de lui montrer que tu m'appartiens.

Nouveau silence de la part d'Emma qui, pour autant, continua à le regarder droit dans les yeux. Toujours sans flancher.

— Jamais tu n'as levé la main sur moi, fit-elle valoir.

— Ça ne signifie pas que je n'y ai jamais songé, Emma. Seulement que j'ai choisi de ne pas me comporter comme l'ennemi. Ce parti pris délibéré, je le réitère jour après jour. Mes cibles, en tant qu'homme d'affaires, sont toujours des sociétés dirigées par des gens néfastes. Jamais par plus faible que moi ni par d'honnêtes citoyens. J'ai pris cette décision il y a longtemps : il y a un monstre en moi, d'accord, mais il n'est pas question qu'il gouverne ma vie.

— Je ne me laisserai pas faire, Jake. Jamais, tu m'entends ?

— Je le sais.

— Il m'arrive de te voir essayer de me manipuler et de plier quand ça n'a que peu d'incidence sur ma vie, mais, dès qu'il y aura un enjeu véritable, tu peux compter sur moi pour prendre les mesures qui s'imposent. (Elle se pencha vers lui.) Réfléchis bien avant de me frapper, Jake, parce que je partirai aussi sec. Je me respecte trop pour tolérer ce genre de connerie, quel que soit l'amour que j'aie pour toi. Parce que je t'aime, tu sais. Que tu le croies ou non.

— Si un jour je levais la main sur toi, Emma, tu aurais cent fois raison de partir. Parce que ça voudrait dire que je ne vaudrais plus grand-chose en tant qu'être humain.

— Et je ne tolérerai pas davantage que tu t'en tapes une autre. Pour quelque raison que ce soit. S'il te prend l'envie de me blesser sur le plan émotionnel ou de choisir cette voie pour éprouver l'amour que j'ai pour toi, sache que je partirai pour de bon. Je te dis tout ça histoire d'être aussi sincère que tu l'as été.

Elle était en train de l'anéantir. De le rendre si vulnérable qu'il se faisait l'impression d'être une feuille de papier ballottée par le vent. Emma était imprévisible : alors qu'elle aurait dû le mépriser, haïr tout ce qu'il représentait, elle le regardait tendrement, lui ouvrait son cœur et lui déclarait sa flamme. Il était là. Ce regard, celui qu'il avait tant attendu. Qu'elle ne faisait aucun effort pour dissimuler. Mise à nu devant lui, sans peur, elle lui laissait voir toute la profondeur de ses sentiments. Quitte à le rendre faible, effrayé. Plus que cela, même, proprement *terrorisé*.

Il lui lâcha les mains et se leva, renversant au passage le lourd fauteuil, avant de se mettre à faire les cent pas tel un fauve en cage.

— C'est quoi ton putain de problème, Emma ? Tu aurais dû sortir d'ici en hurlant après ce que je t'ai dit de mon patrimoine génétique. J'ai beau t'avouer qu'il m'arrive d'avoir envie de te cogner, rien que pour te mettre à l'épreuve, tu restes là avec tes grands yeux de biche, comme ces pucelles qui s'imaginent que l'amour est plus fort que tout. Je n'y crois même pas, à l'amour ! Tu le sais, non ? Pourquoi tu ne fuis pas ? Tu t'imagines capable de me supporter ? Avec tout ce que je vais exiger de toi ? Ta vision de l'amour est…

— Un truc d'adolescente ? le coupa-t-elle, un sourcil arqué. Parce que je suis ignare en matière de sexe, contrairement à toi ? le pressa-t-elle sans élever la voix.

Elle se leva à son tour et franchit les quelques enjambées qui les séparaient. Il se tenait la tête basse, en mode prédateur, le regard féroce et concentré, d'une intensité terrifiante. Elle ignora le mur qu'il s'efforçait d'ériger entre eux et alla droit vers lui, sourde aux signaux d'alarme, le visage levé vers Jake, l'enveloppant de sa chaleur et de son odeur de femme. Puis elle reprit à mi-voix, sur le ton de l'intimité mais en prenant soin de détacher chaque syllabe :

— Je n'y connais pas grand-chose question cul, c'est vrai, mais je sais ce que c'est qu'aimer, Jake. Contrairement à toi. Apprends-moi tout ce que tu sais en matière de sexe torride et, moi, je t'enseignerai à faire l'amour. À te sentir amoureux. L'amour vrai, celui qui est fait pour tenir quoi qu'il arrive. Auquel on s'accroche quoi qu'il en coûte. Un sentiment si fort que, chaque fois qu'on se regarde dans les yeux, on sait tout de l'autre, jusqu'aux secrets les mieux gardés, et que tout nous apparaît clairement. Le bien, le mal, les forces et les faiblesses… tout ce qui nous constitue. C'est ainsi que l'on sait en fin de compte qu'on vit un amour vrai.

Emma plaqua la paume sur le torse de Jake. À l'endroit du cœur.

— Je n'ai pas peur d'aller où tu me mèneras. J'ai foi en toi. Au point de te confier ma vie et, plus encore, celles de nos enfants. Je me sens prête à tout déposer entre tes mains parce que j'ai entièrement confiance en toi, mon grand. Je sais que tu me feras toujours passer avant tout, que tu sauras me protéger, t'occuper de moi. Je n'ai ni peur d'où tu viens ni du monstre que tu crois être. Tu en as appris beaucoup sur ce que la vie a de plus moche, mais tu ne m'effraies pas pour autant. Et tu sais pourquoi ? Parce que je te connais. Je sais tout de toi. Ça fait deux ans qu'on vit ensemble. Tu n'as plus rien à me cacher.

Elle pencha la tête de côté et scruta son visage.

— Et *toi*, tu as foi en moi ? C'est la question cruciale, Jake. As-tu suffisamment foi en moi pour placer *ta* vie entre *mes* mains et aller où je te mènerai ? Possèdes-tu le courage de te laisser aimer ? Voilà le type d'homme dont j'ai besoin : d'un homme assez brave pour accepter d'apprendre à mon contact. Parce que, s'il existe une chose que je sais faire, c'est aimer. (Hissée sur la pointe des pieds, elle l'embrassa sur le coin de la bouche.) À toi de voir. Là tout de suite, je monte à l'étage me préparer pour la visite du médecin, afin qu'il m'autorise à reprendre la maison en main. Comme ça je pourrai aller acheter la plus jolie robe de cocktail qui soit. Le genre qui te donnera des idées intéressantes. Un dernier détail, au cas où tu l'ignorerais : je suis très fière de celui que tu es devenu.

Alors qu'elle tournait les talons, il la rattrapa par le poignet.

— Emma, une seconde. On verra s'il est temps que tu sortes. Ne te mets pas martel en tête.

Elle lui fit la grimace.

— C'est tout vu. Mlle l'infirmière-qui-m'interdit-tout peut rentrer chez elle et, moi, je reprends possession de mon foyer.

— On verra, répéta-t-il.

— Si le médecin me déclare rétablie, j'irai en ville me choisir une robe pour cette fête. (Le voyant froncer les sourcils, elle lui lança un regard noir.) Sauf si tu as changé d'avis, le relança-t-elle, pleine d'espoir, et décidé que je n'avais pas à t'accompagner.

Robe ou pas, elle était bien décidée à sortir prendre l'air en dehors de la propriété. Jake lui massa la nuque.

— Tu n'y couperas pas, ma belle. On ira ensemble. Je refuse d'en baver seul.

— Entendu comme ça. Il me faut une robe, donc. Je n'ai jamais possédé quoi que ce soit qui ressemble à ce qu'il faut porter dans ce genre d'occasion.

Il pianota avec un stylo sur une desserte, le menton barré par un pli soucieux, signe avant-coureur évident de ce qui allait suivre.

— Tu n'as pas à te déplacer. On fera expédier des modèles depuis plusieurs boutiques, tu pourras les essayer ici.

Elle faillit grincer des dents.

— Je veux aller faire les boutiques. Susan et moi en mourons d'envie. J'en ai marre d'être enfermée ici.

— « Enfermée » ? C'est bien la première fois que tu t'en plains.

— Il faudra t'y faire. Je souhaite aller en ville, faire du lèche-vitrines, échapper à ce…

À cet excès de testostérone. Il l'étouffait parfois, surtout lorsqu'il restait à lui tourner autour quand elle était mal en point. Elle n'était plus une enfant ! Quoique… C'était l'impression qu'elle avait à force de rester allongée tout près de lui sans qu'il la touche. Ou plutôt à se faire cajoler sans arrêt mais sans que cela aille plus loin. Elle afficha une moue de défi.

— Je vais faire les boutiques.

Il arqua un sourcil.

— Ah oui ? Attends d'en avoir discuté avec Drake. (Il contacta l'intéressé avec son talkie.) Emma veut aller en ville… faire du shopping.

Jake entendit Donovan grogner, croisa les bras sur la poitrine, prit appui contre le mur et patienta, ravi à l'idée que Drake devrait encaisser le courroux de la jeune femme à sa place. C'était une bonne chose ; elle était de nouveau sur les nerfs et l'expérience lui avait appris qu'acculée au-delà d'un certain point elle sortait facilement ses petites griffes.

L'équipe de sécurité était prête – celle chargée de veiller sur Emma. Si elle tenait vraiment à aller en ville au lieu que les robes soient livrées au ranch, il allait falloir qu'elle accepte les conditions édictées par Drake. La situation avait beaucoup évolué depuis qu'il lui avait passé la bague au doigt… et elle n'allait pas apprécier du tout. Il soupira. Pourquoi sa vie était-elle si compliquée ? La pression promettait d'augmenter d'un cran. Au grand dam d'Emma.

Elle avait repris place sur le canapé et ne pipa mot jusqu'à ce que Drake arrive, accompagné par Joshua. Il vint s'asseoir en face de la jeune femme. Josh, pour sa part, referma la porte et resta debout.

Emma releva la tête et observa le visage fermé de Donovan avant de revenir sur celui de Jake. De toute évidence, c'est lui qui essuierait ses récriminations.

— Tu veux aller faire des courses aujourd'hui ? lui demanda Drake.

— Oui, répondit-elle avec la plus grande fermeté. Si je ne sors pas d'ici, je jure que je vais perdre les pédales et que le sang va couler… Celui de Jake, de préférence.

En proie à d'atroces fourmillements, Emma dut faire un gros effort pour rester assise et ne pas sauter sur le premier venu pour lui arracher la tête à coups de griffe. Les bouffées de chaleur étaient telles qu'elle ressentit le besoin d'arracher ses fringues et de sortir dans l'air frais.

— C'est vrai, quoi, je commence à être à cran avec les enfants et, plus d'une fois, j'ai songé à arracher les yeux à quelqu'un, ajouta-t-elle en louchant vers Jake.

Drake arqua les sourcils et jeta un rapide coup d'œil à Joshua, puis à Jake.

Celui-ci haussa les épaules.

— Elle était super calme il n'y a pas deux minutes, Drake. Je n'y suis pour rien.

— Si le toubib dit que tu peux sortir…

— Je te jure, Drake, grogna Emma, que le prochain qui me répète ça prend un grand coup sur la tête. Ça m'est égal ce que dira ce crétin de toubib. Je ne veux pas rester dans cette pièce une minute de plus. J'ai envie de m'occuper des enfants moi-même. Et j'en ai marre de m'entendre dire sans arrêt ce que j'ai le droit de faire ou pas !

Elle commençait à se sentir dans la peau d'une môme, entourée d'adultes lui donnant des ordres.

— Et toi, Joshua, écarte-toi de cette maudite porte avant que je te lance un truc à la figure.

La jeune femme entendait sa voix dérailler mais elle se sentait piégée au milieu de ces trois grands gaillards intimidants.

— Ma chérie, lança Jake à voix basse, c'est moi ta cible, pas lui.

Il cherchait quoi, à lui faire honte ? Elle se fit l'impression d'une gamine piquant sa crise. Alors qu'elle ne voulait qu'une chose : sortir. Prendre l'air.

— Emma.

La voix de Drake, grave à l'extrême, possédait ce timbre impérieux dont Jake usait souvent pour imposer son propos.

— Tu es fiancée à Jake, reprit-il, ce qui fait de toi une cible. Personne n'aime ça mais c'est, hélas, une réalité. Jake ne quitte jamais la maison sans escorte et cela vaut aussi pour toi. Tu veux aller faire du shopping ? Entendu, mais à condition qu'on puisse garantir ta sécurité. Il n'a jamais été question que tu te sentes prisonnière au ranch.

— J'ai l'habitude que tu m'accompagnes quand je conduis les enfants quelque part, Drake, et je ne m'y suis jamais opposée. Mais, aujourd'hui, l'idée, c'est d'aller faire du lèche-vitrines avec Susan. Je ne vois aucun problème à ce que tu viennes avec nous.

Il secoua la tête.

— Pas avec Susan, c'est trop risqué. Elle est encore gamine, ingérable, et en plus c'est la fille d'un sénateur. Si jamais les ennemis de Jake tentent quelque chose, elle sera dans leur ligne de mire. Tu as vraiment envie de l'exposer ?

— C'est idiot, protesta-t-elle en se passant les mains dans les cheveux. Personne n'est au courant, rien n'a changé. Je demande juste à aller faire un tour…

Elle eut envie de pleurer. La gorge serrée, respirant avec peine, elle savait qu'en insistant elle passait pour une sale gamine refusant que les adultes veillent sur elle. Toute cette affaire était grotesque.

— Si c'est comme ça, j'enlève la bague.

— Garde cette foutue bague au doigt, Emma, gronda Jake. (Ses yeux lançaient des éclairs, et il s'était redressé, son apparente nonchalance envolée.) Et il n'est pas question que tu sortes.

— Dans ce cas je n'irai pas à la fête, contra Emma en se levant de son siège.

Avant que Jake puisse répondre, Donovan intervint en dardant un regard d'avertissement sur son ami.

— Emma, je ne vois aucune objection à te conduire en ville. C'est bon, Jake, je prends la relève.

Personne, hormis Drake, ne pouvait congédier Jake de la sorte. Son mentor s'efforçait de l'aider. De le sauver de lui-même. Jake prit sur lui pour rester de marbre alors qu'il allait laisser son Emma seule avec deux léopards dans la fleur de l'âge.

Son fauve était tout près. Trop près. Il s'acharnait sur son ventre à grands coups de griffe afin de lui prendre les rênes. Ses mains l'élancèrent. Il sentit ses doigts se replier, ses jointures durcir. Tout son corps réclamait de la saillir séance tenante. S'agissait-il de domination ? d'amour ?

Aucune idée. Seule certitude : la jeune femme, à sa manière, était aussi dangereuse que lui.

Elle pensait le connaître, avoir percé à jours ses moindres secrets. Si elle avait eu vent du félin qui menaçait de sortir à l'instant même pour lui fondre dessus, serait-il si sûre d'elle-même ou de lui ? Emma avait admis avoir vu des traces de fauve près de la voiture de ses parents ; plus jamais elle n'aurait confiance en lui si elle venait à apprendre la vérité. Et même si, par miracle, elle était une femme léopard, elle pourrait en venir à se demander quel rôle avait pu jouer Jake dans la mort de ses parents, s'il n'avait pas planifié leur rencontre depuis le début car elle savait qu'il avait intrigué pour qu'elle vienne vivre avec lui. Le fossé entre cette manipulation-là et un complot plus tordu n'était pas si grand…

Il avait tenté de la mettre en garde en levant un coin du voile sur la laideur qui était tapie en lui. Elle en avait entrevu une partie… mais comment pourrait-il un jour lui montrer le reste ? Vivre avec lui, pour Emma, signifierait côtoyer la folie de ce bas monde. Jake s'y était blindé, c'était son univers depuis toujours, mais il allait falloir qu'elle s'y frotte. Et leurs enfants aussi. Il secoua la tête, conscient de lui demander beaucoup. L'urgence commandait de s'abandonner à son *alter ego*. De fuir un temps qui il était.

— Entendu, je sors un peu, il me prend l'envie d'aller courir. (Il regarda Drake dans le blanc des yeux. D'homme à homme.) Je te la confie.

Là se tenait son plus grand défi à ce jour : faire confiance à un autre homme pour s'occuper d'Emma. Soit, ni plus ni moins, lui confier sa vie.

Donovan acquiesça. Il vit Jake embrasser Emma sur le sommet du crâne en se demandant s'il avait conscience du chemin parcouru depuis leur première rencontre, tout là-bas, à Bornéo.

— Finissons-en, Drake, déclara Emma, au bord des larmes. Je ferai comme vous voudrez. Quitte à essayer les robes ici.

Il secoua la tête.

— Pas question. Tu veux aller en ville ? Allons-y. Je ne te laisserai pas commencer ta vie avec Jake en gardant dans un coin de ta tête que c'est la croix et la bannière pour quitter le ranch. Passons juste quelques points en revue. Je tiens à ce que tu m'écoutes attentivement, Emma. Hors du domaine, c'est moi qui commande. Toujours. Quand je dis « stop », tu t'arrêtes. Quand je dis *« go »*, tu avances. Quand je t'ordonne de te baisser, tu le fais sans hésiter ni poser de question. Si tu as des questions, justement, c'est le moment. L'idée, c'est que tu sois à l'aise avec les mesures de sécurité, pas qu'elles te fassent peur et surtout pas que tu t'y opposes.

Elle hocha la tête.

— Je comprends. Ça n'a pas l'air trop sorcier.

Les mains croisées sur les genoux, elle effleura à plusieurs reprises sa bague comme si sa présence l'embarrassait.

— Tu ne dois en aucun cas fausser compagnie à l'équipe. C'est impératif. Ce serait te faire courir des risques superflus, tout comme aux gars.

— Bien sûr, Drake, mais pourquoi parles-tu d'équipe ? Il s'agit seulement d'aller faire les boutiques.

— Non, Emma, on ne va pas passer inaperçus et la menace qui pèse sur toi est bien réelle. Vos fiançailles ont été annoncées dans les journaux. Le chauffeur nous attendra dans la voiture. J'ouvrirai la marche, Joshua sera derrière toi, Evan et Sean seront de part et d'autre. On va rester groupés pendant les déplacements et tu dois être au centre du dispositif à tout moment. L'objectif, c'est de suivre le flot de piétons mais en essayant de ne jamais s'arrêter. Il n'y a pas de nana dans l'équipe, hélas. Il va falloir que Jake en embauche une.

Emma s'agita et détourna les yeux, soudain mal à l'aise. Sans raison particulière, la perspective d'une… rivale tournant sans cesse autour de Jake la mettait en rogne.

— Est-ce bien nécessaire ?

— Ça l'est si tu dois aller aux toilettes. Imagine ta tête en nous voyant y faire irruption pour sécuriser le périmètre… *Idem* pour les cabines d'essayage.

Enfin autorisée à reprendre une activité normale par le docteur, Emma se découvrit navrée d'avoir décidé cette virée shopping. Elle était encore plus à cran et à deux doigts de pleurer. Joshua et Drake, devenus des amis presque à son insu, en étaient réduits à veiller sur elle à tout moment à cause d'une bague passée à son doigt. Elle avait pris place dans le gros SUV noir Cadillac et tournait l'anneau, plus seule que jamais.

C'était censé être une sortie sympa, un moyen d'échapper aux enfants et à la personnalité écrasante de Jake… au lieu de quoi elle se faisait l'impression d'être un poids mort, et, pire encore, elle allait devoir marcher dans la rue entourée d'une escorte. D'ordinaire tout à fait ravie de rester au ranch, elle subissait brusquement ce qu'elle avait redouté : un changement radical, Jake lui serrant la vis. Assise seule au milieu non pas d'amis avec lesquels elle aurait en d'autres circonstances ri et plaisanté mais de gardes du corps auxquels elle était tenue d'obéir, elle se sentit très isolée.

Sitôt la voiture à l'arrêt sur un parking, Drake sortit seul du SUV. Elle le vit épier les parages, scruter les passants un à un puis s'attarder sur un van garé à l'angle avec le moteur qui tournait. Il attendit que le véhicule suspect ait redémarré et disparu avant de lui ouvrir la portière.

— C'est parti, Emma. Lançons-nous et tu verras très vite que ce n'est pas si terrible.

Placée au centre d'une formation en losange, soit derrière Drake avec Joshua sur les talons et un autre malabar de chaque côté, Emma adopta l'allure du groupe compact, la tête basse, sans un regard pour les gens alentour, seulement consciente du va-et-vient des voitures et des piétons. C'était le début d'une nouvelle vie… Pire, celle qui attendait ses enfants.

Jake. Elle soupira en songeant à lui, à l'existence archi-pénible qui devait être la sienne sans qu'une seule fois, au cours des deux années écoulées, elle y ait accordé une pensée.

— Arrête de jouer avec cette bague, grogna Joshua dans son dos tandis qu'ils attendaient que Drake ait fini d'inspecter les abords de la première boutique figurant sur la liste.

Elle l'observa par-dessus son épaule.

— C'est machinal, je ne m'en rendais même pas compte.

Ça la foutrait mal qu'on se retrouve tous à quatre pattes pour retrouver cette babiole.

Il badinait, c'était perceptible. Pour autant, Emma sentit son estomac se serrer. Tenait-elle réellement à la perdre ? Était-ce son subconscient qui lui jouait une sale tour ? Elle était à cran. Plus encore qu'escompté. Drake lui fit signe d'entrer dans le magasin. Elle y pénétra, très consciente que leur petite troupe attirait les regards. Josh et Donovan ne se donnaient même pas la peine d'être discrets : ils avaient l'air de gorilles, ni plus ni moins. Evan faisait le guet à l'entrée de derrière tandis que Sean veillait à la porte principale.

Ayant grand-peine à se concentrer sur les articles en rayon, elle leur accorda à peine un regard, prise d'une furieuse envie de rentrer.

— Il n'y a rien pour moi ici. Peut-être parce que je ne suis pas d'humeur.

— D'autres boutiques figurent sur ma liste, Emma, dit Drake en prenant la direction de la sortie.

Il parla à voix basse dans son oreillette Bluetooth, certainement pour dire à Evan de les rejoindre. Alors que la troupe passait devant deux vitrines en direction d'une petite boutique d'habillement dont Emma avait entendu parler, elle aperçut une paire de chaussures, oublia les consignes et fit demi-tour. Joshua lui plaqua une main dans le dos et la fit dévier vers l'équipe.

— Emma a vu un truc, indiqua-t-il.

Ce n'était pas au programme. Drake lui avait expliqué la marche à suivre en insistant sur le fait qu'il n'était pas question d'improviser. Elle secoua la tête, se sentant devenir rouge pivoine.

— Pas la peine, j'ai surtout besoin d'une robe.

Elle détesta cette situation. Comment pouvait-on s'y habituer ?

Le magasin suivant ne proposant rien d'intéressant et le troisième étant fermé, ils durent traverser la rue pour mettre le cap sur la petite boutique française où Jake l'avait emmenée après la naissance d'Andraya. Emma reprit espoir : les marques qui y étaient présentées faisaient partie de ses préférées. Elle dénicha une robe noire près du corps et archisophistiquée avec un décolleté en V plongeant jusqu'à la taille et un dos nu très osé, ce qui rendait exclu de porter un soutien-gorge. Elle la brandit, hésitant à l'essayer. C'était un brin excessif.

Sans un mot, Drake se dirigea vers les cabines, en trouva une vide et lui fit signe d'y entrer. Emma ne vit pas de vendeuse et suivit son instruction. Elle se glissa dans l'étoffe soyeuse qui lui collait à la peau comme du sur-mesure. La boutique proposant par bonheur toutes sortes d'accessoires, elle trouva sans peine un porte-jarretelles en dentelle noire et des bas. Le magasin mitoyen vendait des escarpins merveilleusement assortis. Avant qu'elle s'empare de ses emplettes, Drake ordonna qu'un livreur apporte le tout au ranch.

Emma suivit Drake pas à pas, Sean et Evan sur les flancs, Joshua fermant la marche.

— On dirait un défilé, fit-elle observer en jetant des coups d'œil alentour.

Le quatuor regardait tout sauf la jeune femme sous leur protection : les véhicules, les passants et jusqu'aux bâtiments. Elle soupira alors qu'ils arrivaient à un feu qui les obligea à s'arrêter. Les regards des badauds pesaient sur elle. Emma fit machinalement rouler la bague autour de son annulaire, consciente de ne pas être faite pour cette vie-là. Elle se sentait parfaitement ridicule et mal à l'aise. Il allait falloir qu'elle parle à Jake ; toutes ces mesures de sécurité étaient peut-être requises pour les enfants ou pour lui, mais pas pour elle. Un seul garde du corps aurait suffi.

Ils s'engagèrent sur la chaussée en direction du trottoir opposé, entourés de piétons anonymes. Formant comme un îlot mouvant, songea-t-elle. Le vrombissement d'une moto s'entendait à peine quand elle sentit la main de Drake s'appesantir sur son avant-bras. Il la tira en avant, l'éloignant des deux malabars qui occupaient les flancs du dispositif. La moto fila droit sur Sean. Son pilote casqué sauta à terre, laissant l'engin se coucher afin qu'il aille faucher Sean et Evan comme deux quilles de bowling. Joshua dégagea Evan tandis que Sean sautait pour esquiver la charge et qu'une Mini Cooper, jaillissant sur le trottoir, entamait un dérapage contrôlé, les portières ouvertes. Une deuxième moto déboula en fendant la foule, en direction d'Emma. Le pilote tendit le bras afin de l'attraper par l'épaule, probablement pour la pousser vers la Mini.

—À terre, Emma ! hurla Drake en opérant une volte-face vers cette nouvelle menace.

La jeune femme se laissa choir. La main qui tentait de l'agripper se referma sur du vide. Drake, déjà prêt à en découdre, arracha le motard à son véhicule d'une seule main, le retourna comme une crêpe et, recourant à sa force de fauve, lui planta dans le corps jusqu'à la garde le poignard qu'il avait dégainé. Du sang gicla, y compris sur Emma. Donovan sortit son flingue, penché au-dessus d'elle, un bras tendu pour faire rempart autant que possible tout en visant le conducteur de la Mini Cooper. Celui-ci redémarra en trombe, opéra un virage serré avec la petite auto et fonça vers la foule. Drake pressa la détente. Le pare-brise s'étoila. La Mini continua en zigzag et finit sa course folle en butant contre un trottoir.

Alors que le chaos se déchaînait alentour, qui hurlant, qui courant, le bloc se reforma, bien soudé. Joshua dégomma le premier motard alors que leur pesant SUV pilait à l'intersection dans un concert de pneus maltraités. Evan ouvrit la portière. Drake balança Emma à l'intérieur et bondit à côté d'elle tandis qu'Evan prenait place à l'avant et que Sean se glissait à l'arrière, du côté opposé. Ils démarrèrent *illico*, laissant Joshua se débrouiller avec la police.

Drake reporta l'incident aux autorités puis appela Jake pour l'informer qu'ils rentraient en quatrième vitesse.

—Ça va, Emma ? Pas trop secouée ? demanda-t-il à mi-voix.

Elle hocha la tête, les larmes aux yeux, refusant de lui rendre son regard.

—Je ne pige pas ce qui s'est passé…

Elle tremblait comme une feuille et, quand il voulut la toucher, elle se dégagea d'une ruade. Voulait-elle seulement rentrer au ranch ? Tout son petit univers jusqu'ici si sûr, si tranquille, s'écroulait. Ceux qui avaient été ses amis, des hommes qu'elle admirait, auxquels elle tenait, lui apparaissaient sous un jour nouveau et inquiétant.

—Qu'est-ce qu'ils me voulaient, ces types ?

—Tu es le seul talon d'Achille de Jake. Ils n'ont jamais trouvé le moyen de l'atteindre. Et, désormais, ils ont trouvé un biais pour le détruire.

—Ces types sur lesquels vous avez tiré… ils sont morts ?

—Oui, répondit-il, abrupt. On n'a pas l'habitude de rater nos cibles.

Elle déglutit à grand-peine et leva les yeux vers Sean.

Ça va ?

—Quelques égratignures, rien de méchant, lui assura-t-il.

Emma ramena les genoux sous son menton et commença à se balancer d'avant en arrière, les bras serrés autour des jambes. Drake lui posa la main sur l'épaule dans un geste de réconfort.

— Je sais ce que la violence peut avoir de choquant, Emma, quand on n'y est pas habitué.

— C'est dingue, répondit-elle. Tellement dingue que je n'y comprends rien. (Elle leva la tête et le regarda, les larmes aux yeux.) Tu as idée de ce que ça va déclencher chez Jake ? Il va perdre les pédales. C'est sûr, Drake, tu le connais. Il va me prendre dans ses bras et affirmer que ça suffit à tout effacer.

Un sanglot lui échappa. Elle pressa la figure contre ses genoux en secouant la tête.

— Quand un homme passe toute sa vie sans rien, Emma, et qu'il tombe sur une femme qui est tout pour lui, il est prêt à tout pour la protéger, énonça Donovan. Que tu ôtes ou non cette bague sur laquelle tu tires sans arrêt, ça ne changera rien à ce qu'il éprouve pour toi. Et ça ne les empêchera pas non plus de vouloir l'atteindre en s'en prenant à toi.

— Je n'ai pas l'intention d'ôter ma bague, dit-elle en le regardant dans les yeux, l'air féroce. Mais, toi, fais en sorte qu'il ne lui arrive rien. Je sais que cette soirée est importante, qu'il va insister pour qu'on y aille et te répéter que je suis sa priorité, mais, Drake, je te conjure, protège-le. Il risquerait tout pour moi. Je le sais. Tu n'as pas besoin de me le dire. Ça ne rend rien de toute cette merde plus facile à vivre mais je ne le quitterai pas pour autant. Je l'aime. Et là, moi aussi, ils m'ont mise très en colère.

Elle se frotta le menton contre le sommet des genoux, les poings crispés, toujours en larmes.

— Ne laisse rien lui arriver.

Jake faisait les cent pas devant la maison quand la Cadillac arriva.

— Qu'est-ce qui s'est passé, Drake, bordel !?

— Jake, intervint Emma avant que Donovan puisse répondre, tu es censé me serrer dans tes bras et me réconforter. C'est ce que font les fiancés quand leur nana a failli être victime d'un enlèvement. Drake a fait son job, je n'ai rien, trois hommes sont morts et, au cas où tu ne l'aurais pas remarqué, Sean est blessé.

Jake s'autorisa à la regarder. Le temps suspendit son vol. Elle vivait. Elle était sauve. Le visage strié de larmes… et couverte de sang. Il se tourna vers Drake.

— Ce n'est pas le sien, confirma son mentor.

Jake sentit ses genoux flancher. Tenant à peine debout, il s'efforça d'arrêter le rugissement dans sa tête et les coups sourds dans son cœur. Puis il tendit les bras vers elle, mû par le besoin de la toucher, d'éprouver sa chaleur, d'avoir l'assurance qu'elle n'avait rien. Dès qu'il put la soulever de la banquette pour la tenir dans ses bras, il retrouva sa plénitude.

— Merci à toi, Drake.

La voix rendue rauque par l'émotion, il se détourna d'eux et nicha le visage dans la masse de cheveux soyeux d'Emma tout en la portant vers la maison.

— Je suis désolé, Emma. C'est ma faute. Je n'aurais pas dû publier nos fiançailles dans les journaux.

— Ça n'aurait rien changé, Jake, dit Drake, qui suivait le mouvement. On sait au moins que le ranch est surveillé : comment ils auraient su qu'on allait en ville sinon ? Et puis ils n'ont pas envoyé des pros. C'était une bande d'amateurs.

— La police est en route, annonça Jake tout à trac. Les avocats attendent ton rapport. Raconte-leur tout sans rien omettre. Quand les flics seront là, répète-leur bien ce qu'ils t'auront dit de dire. (Il embrassa de nouveau Emma sur la tête.) Ils vont vouloir te parler, Emma. Toi aussi, il va falloir que tu voies les avocats, et ne réponds à aucune question sans leur feu vert.

Elle hocha la tête, un peu effrayée. Jake l'embrassa sur la bouche avec ferveur en la sentant trembler dans ses bras.

L'entrevue avec les avocats et les policiers s'étira sur plusieurs heures. Emma finit par s'endormir, épuisée, roulée en boule dans un fauteuil. Les questions avaient fusé par centaines alors qu'en toute honnêteté tout s'était passé si vite qu'elle n'avait pas grand-chose à leur dire hormis qu'elle avait eu la trouille de sa vie. Jake étendit une couverture sur elle puis retourna répondre aux questions avec Drake et sa batterie d'avocats.

Quand tout le monde fut enfin parti, dans cette maison redevenue silencieuse et plongée dans le noir, Jake resta longtemps debout à la regarder dormir. Les poumons en feu du simple fait de respirer, le regard trouble, il la prit dans ses bras, tout contre son cœur. Emma murmura en sourdine, nichée au creux de sa grande carcasse.

— Je te conduis à l'étage, dit-il, le cœur battant.

Si c'était cela, l'amour, c'était salement douloureux.

Chapitre 15

— Tu es superbe, Emma. Absolument superbe.

Elle sut gré à Jake de ne rien dire de son chignon. Il préférait qu'elle les laisse libres mais ça n'allait pas avec la sophistication de l'ensemble. Emma se découvrit beaucoup plus nerveuse qu'escompté. Ces gens n'étaient rien pour elle ; seul comptait de prêter main-forte à Jake.

Les bijoux qu'elle portait étaient tous en or tressé : boucles d'oreilles, collier étincelant et bracelet. Une parure spectaculaire, à la fois originale et de facture très épurée.

Elle lui prit la main lorsqu'il l'aida à sortir de la voiture, en s'efforçant de ne pas trembler pour lui cacher sa nervosité extrême puisqu'elle était là pour l'aider et non pour être un tracas de plus. Peine perdue, rien n'échappait à Jake, aussi ne fut-elle pas surprise qu'il lui saisisse le menton. Son regard était acéré. Concentré. Intense.

— Tout va bien se passer, ma belle. N'oublie pas les règles et reste près de moi. Ne fais confiance à personne sur place. Vraiment personne. Drake et Joshua seront là ; je me suis débrouillé pour qu'ils soient invités. Ils veilleront sur toi.

Elle porta la main à son estomac noué.

— J'ai les nerfs en pelote, Jake. Je doute de me faire beaucoup d'amis à cette soirée.

— Tu m'as dit que tu pouvais sentir les gens qui mentent. Fie-toi à ça. Sers-toi de tous tes sens.

Elle glissa la main dans son immense battoir.

— Ça ira, t'inquiète. Allons-y.

Jake leva sa petite main jusqu'à sa bouche.

— Ils seront là ce soir.

— Tu as un truc important à faire si j'ai bien compris.

— Oui. Découvrir ce qu'ils mijotent. Je sais qu'ils pensent que je vais leur abandonner l'un des enfants. Il faut qu'ils s'imaginent en position de force, qu'ils croient que je pourrais leur céder.

Emma se raidit.

— Je ne comprends pas… Ils t'ont menacé ? ou nous ? Ils essaient de te faire chanter ? Ce sont eux, d'après toi, qui ont commandité la tentative d'enlèvement ?

Jake secoua la tête.

— C'est certain mais j'ignore dans quel but précis. Ils ont travaillé d'arrache-pied, se croyant sous les radars, et je n'ai pas la moindre idée de ce qu'ils complotent ni pourquoi ils essaient de s'emparer de ma société. Celle qui possède les terrains pétrolifères. Ils n'ont pas l'ombre d'une chance, pourtant : même en soudoyant le gérant, la boîte est imprenable car je ne suis pas né de la dernière pluie en affaires. Il faut que je découvre ce qu'ils savent et ce qui m'a échappé. Le savoir est une arme redoutable, tu sais.

— Qu'est-ce qu'ils s'imaginent ? Que tu vas leur vendre un de nos enfants ou payer le prix fort pour ma sécurité ?

Jake était prêt au sacrifice ultime pour sauver Emma ou les enfants. Peut-être était-ce leur objectif. Il ne voyait pas ce que préparait l'ennemi et cela l'inquiétait plus que tout.

— Mes ennemis renonceraient dans l'instant à récupérer un enfant si cela leur permettait de tout savoir sur mon compte. Il est possible que tu en apprennes davantage que moi car je les estime enclins à croire qu'ils peuvent parler librement devant toi. Grands amateurs de sous-entendus, ils s'imaginent très futés avec leurs commentaires venimeux. (Il fit courir sa main le long de son bras jusqu'à son épaule et l'attira contre lui.) Sois prudente, Emma. Si tu te sens mal à l'aise, fais-moi signe et on s'en va.

Il était inquiet. Très inquiet. Ce qui ne lui ressemblait pas. Cela cachait quelque chose qui échappait à Emma. Le voir flipper à ce point lui retourna l'estomac alors qu'ils se dirigeaient vers l'entrée, main dans la main.

— Si on se trouve séparés – et ça va se produire, ils y veilleront –, assieds-toi sur le premier siège venu au centre de la salle. Je garderai un œil sur toi. N'accepte à boire de personne et, quand tu seras servie au bar, ne laisse jamais ton verre sans surveillance.

Emma hocha la tête, incertaine. Faisait-il de la parano ou lui taisait-il certaines informations ? Quoi qu'il en soit, elle était très nerveuse alors qu'ils approchaient du manoir tarabiscoté. Le brouhaha lui parvint, écorchant ses tympans hypersensibles. Elle eut soudain trop chaud, comme sous l'effet de la fièvre, et sentit monter sa température corporelle jusqu'à ce que des perles de sueur se forment entre ses seins. Tout son corps était en feu. La proximité de Jake, songea-t-elle amèrement. Elle devenait aussi obsédée que lui, et il lui fallait se soulager sexuellement sous peine de surchauffe.

Jake l'observa à la dérobée. Elle dégageait une odeur enivrante et ses formes luisaient presque. La chaleur qui émanait d'elle le fit bander. Douloureusement. Emma lui faisait un effet bœuf, décidément… Il prit conscience qu'aucune autre ne pourrait plus jamais le satisfaire. C'était de ce petit corps souple dont il avait besoin ; elle le mettait au bord de la rupture rien qu'en passant une robe de cocktail.

Arrivé près de l'entrée, il laissa sa main glisser le long du dos puis du cul ferme et rond de la jeune femme, en quête de ses sous-vêtements. Emma était en porte-jarretelles et en talons hauts, conformément à ses instructions, mais il effleura l'élastique d'une culotte hyperfine qui lui collait à la peau. Il fut ébahi de découvrir qu'en dépit de l'enjeu son fauve tienne tant à avoir la preuve du dévouement d'Emma envers lui, de sa loyauté sans faille. Il lui fallait à tout moment l'assurance qu'elle était bien à lui.

Que diable lui arrivait-il ? Où étaient son self-control et sa discipline de fer ? Cela faisait plus d'une heure qu'il se sentait fébrile… et cela empirait. Plus il était en sa compagnie, pire devenait son état. Si cette réception n'avait pas été cruciale, il aurait volontiers tourné les talons pour la ramener à la maison, hors de danger, mais ses sociétés étaient sous le feu ennemi. On s'acharnait à soudoyer ses employés. L'une de ses secrétaires de direction, sous ses ordres depuis maintes années, lui avait signalé qu'un avocat de Trent avait cherché à lui soutirer des informations. Puis on s'en était pris à Emma. Dans quel dessein ?

Jake n'avait pas été surpris d'apprendre que la gouvernante de Susan Hindman était apparentée à Josiah Trent et suivait ses ordres. Elle puait le fauve. Une change-forme incapable de se métamorphoser. Il avait appris par ses détectives qu'elle était la nièce de Trent et qu'elle couchait avec lui. Elle était prête à tout, y compris à se taper le sénateur pour qu'il tombe dans l'escarcelle de son oncle. Cela n'expliquait pas pourquoi elle avait posé un mouchard sur le téléphone fixe du ranch car Trent devait se douter qu'il ne parlait jamais affaire sur cette ligne. Que cherchaient-ils à apprendre ? Quelles étaient les infos dont ils disposaient et pas lui ?

Penché vers Emma, il colla sa bouche à l'oreille de la jeune femme en se demandant qui de lui ou elle avait le plus besoin de contact.

— Tu es prête, ma beauté ?

Elle leva les yeux vers lui et sourit. Il sentit son estomac se nouer. Elle parvenait à avoir l'air serein malgré sa nervosité.

— Oui, allons-y, qu'on puisse vite se retrouver seuls. C'est pour toi que je suis habillée ce soir, pas pour eux.

Il afficha un petit sourire tandis que ses tripes se dénouaient.

— Tu as mis une culotte.

— C'est vrai, mais je peux l'enlever dès qu'on sortira.

Il comprit qu'elle disait cela pour qu'il pense à autre chose, à leur petit secret. Son cœur fit un salto arrière.

— Ta vision des choses me plaît.

Sa main erra sur le dos nu d'Emma puis remonta le long de son flanc, sous l'étoffe légère, jusqu'à ce qu'il effleure la naissance d'un sein.

— Je suis bon pour bander toute la soirée rien qu'en t'imaginant ôtant ta petite culotte.

— Pense au bonheur que ce sera juste après, le provoqua-t-elle.

Jake n'eut pas à frapper à la porte, qui s'ouvrit devant eux alors que Joshua, Conner et Drake arrivaient à leur tour. Sa main était revenue à sa place, au niveau des reins d'Emma, afin de l'inciter à entrer. Dès le seuil, il perçut la puissante odeur de fauve mâle qui flottait dans la salle.

Même la fragrance des eaux de toilette ne parvenait pas à masquer ce relent. Le léopard de Jake s'agita sous sa peau, pris de frénésie, avide d'éloigner Emma d'un autre mâle éventuel. Il allait en baver ce soir. Elle sentait divinement bon, son corps était brûlant tandis qu'ils avançaient dans la salle, sa main plaquée dans le dos de la jeune femme, un grognement résonnant en sourdine dans sa poitrine.

Ils avaient fait venir des léopards ! Des rivaux. Ils l'avaient sûrement fait exprès. Pour qu'il perde les pédales. La soirée promettait décidément d'être une épreuve pour ses nerfs avec, à la clé, un enjeu énorme. Combien d'ennemis étaient présents ? Les Bingley n'étaient pas des léopards. Seuls les Bannaconni et les Trent l'étaient, mais Drake et Joshua l'avaient prévenu qu'il existait des mercenaires changeforme, au service du plus offrant.

Drake désigna d'un mouvement de tête les deux jeunes types affalés dans un angle de la salle qui les observaient. Et qu'il semblait connaître de vue.

La salle était bondée. Jake fut immédiatement salué alors qu'ils fendaient la foule en direction du bar. Cathy et Ryan Bannaconni discutaient avec Josiah Trent, tout au fond de la salle. Il savait qu'ils seraient présents et se crispa en les apercevant.

— Dans l'angle, là-bas, dit-il à Emma. Mes ennemis. Dont le pire de tous, Josiah Trent. Ne commets pas l'erreur de te retrouver seule avec eux. Reste bien au milieu de la salle.

Une foule s'était massée autour d'eux dans sa hâte de faire connaissance avec Emma. Jake n'en fut pas surpris. Il la garda près de lui alors qu'ils progressaient dans l'assistance en s'efforçant de saluer le plus de monde possible tout en restant à l'affût de l'ambiance sous-jacente. Là, le relent aigre du complot. Son goût amer. Tandis que la nuit tombait à l'extérieur, Jake eut la satisfaction de percevoir l'écho diffus d'une sombre machination.

— Je crois que j'ai trouvé ce que je cherchais, Emma. Je vais saluer ce groupe de gentlemen près de la fenêtre et les convaincre de discuter immobilier. Tôt ou tard, l'un d'eux va me demander si je souhaite vendre ma société. Tu nous distrairais trop, ma belle. Surtout moi. Or j'ai besoin de rester attentif aux moindres détails. Je te prends un verre de vin et j'attends que tu sois assise au centre de la pièce. Des gens vont venir te parler, y compris mes ennemis, probablement. Fais-moi signe au moindre problème et je vole à ton secours.

— Mais tu as besoin de temps…

— Autant que tu pourras m'en fournir, oui.

— Donc, si je comprends bien, tu m'as amenée pour que je distraie tes ennemis.

Il hocha la tête.

— Je déteste devoir t'utiliser ainsi, mais personne ne parlera si Trent, Cathy ou Ryan prend part à la conversation. Dès que tu vas t'asseoir et que je m'éloigne, ces trois-là ne vont pas résister à l'envie de te fondre dessus, comme des mouches sur du miel.

— C'est pour ça que tu me gardes tout près de toi. Pour décider du moment où ils vont m'approcher.

Jake étudia le frais minois levé vers lui. Il avait parfois grand-peine à la déchiffrer. Habituellement transparente, elle lui opposait pour l'heure une opacité totale. Il lui saisit le menton.

— Tu es fâchée ?

— Non, Jake, je sais à quel point c'est important pour toi. (Elle fit rouler sa bague de fiançailles autour de son annulaire.) Mais puisqu'il est question qu'on se marie il va falloir que tu commences à me faire suffisamment confiance pour m'exposer tes plans de bataille.

— C'est pour éviter que ce genre de tracas t'atteigne que je ne dis rien.

Elle balaya l'assistance d'un mouvement ample.

— Sauf que ça m'atteint déjà, mon grand. Et les enfants aussi. Je veux être ta compagne, pas un fardeau de plus. (Elle se dressa sur la pointe des pieds pour l'embrasser sur le menton.) File me chercher un verre. Plus tôt on en aura fini, mieux ce sera.

Il la prit par la main et l'entraîna à sa suite au milieu des convives. La foule s'ouvrit devant lui jusqu'au bar. Plusieurs extras étaient commis au service. L'un d'eux était disponible mais Jake ne se dirigea pas vers lui. Un autre leva la tête pour indiquer qu'il était libre. Jake l'ignora, préférant attendre son tour derrière deux personnes pour se faire servir par un troisième serveur qui n'était autre qu'Evan. Cela surprit Emma, car Jake ne faisait jamais la queue.

— Un verre de rouge, commanda-t-il à voix basse. Du bon.

Evan dédaigna les bouteilles ouvertes, se baissa pour en récupérer une, emplit deux verres et les tendit à Jake sans un regard pour Emma. Le flacon disparut aussitôt.

Emma, son verre à la main, se laissa conduire jusqu'à un canapé en cuir déjà occupé par plusieurs personnes. Jake les dévisagea jusqu'à ce qu'ils se lèvent. Il l'installa et l'embrassa au sommet du crâne.

— Attends-moi ici bien sagement, ma belle.

La jeune femme acquiesça puis goûta avec appréhension sa boisson. Elle n'y connaissait pas grand-chose mais, sans conteste, c'était du *très* bon vin. Jake s'éloigna. Sa démarche était fluide et pleine d'assurance, comme une eau vive glissant sur un rocher en faisant fi des obstacles. Quel adversaire implacable il devait être, songea-t-elle une fois de plus, convaincue de ne pas jouer du tout dans la même catégorie.

— Mademoiselle Reynolds ?

Emma sentit son estomac se nouer. Elle se composa un sourire forcé à l'adresse de Cathy Bannaconni.

— Puis-je vous appeler Emma, chère enfant ? Je m'en veux tellement de notre regrettable première rencontre. Quelle chance de pouvoir enfin vous présenter mes excuses, et peut-être aussi de m'expliquer.

Un large sourire aux lèvres, son aînée lui tendit la main. Emma l'accepta machinalement. Cathy lui pressa les doigts puis se rétracta mais, ce faisant, lui écorcha le poignet avec la pointe d'un ongle laqué de rouge vif.

Emma sursauta, mais, par chance, ne renversa pas son verre. Du sang perlait d'une longue estafilade le long de son poignet. Cathy eut l'air affolée.

— Oh non ! Désolée, pauvre enfant, quelle maladroite je suis... Je file chercher une serviette.

Cathy s'éloigna au trot avant qu'Emma puisse protester puis revint avec, à la main, une serviette en coton imbibée d'eau froide.

— Je devrais vraiment me couper les ongles plus court. C'est une sale habitude que j'ai prise.

La jeune femme plaqua cette compresse improvisée sur l'écorchure qui la picotait vivement. Le froid apaisa aussitôt la douleur cuisante.

— Ça ira, ne vous inquiétez pas.

— C'est si gentil à vous, rétorqua Cathy avant de pousser un long soupir. Je suis sûre que mon fils vous a raconté toutes sortes d'histoires à mon sujet. Et, par malheur, j'ai aggravé mon cas lors de notre affreuse prise de bec.

— Jake ne parle jamais de vous, la détrompa Emma.

Cathy plissa les paupières et inspira vivement. Un sourire sans joie naquit lentement aux coins de sa bouche.

— C'est parfait, ma chérie. J'ai conscience que nous sommes parties du mauvais pied mais je me faisais du souci pour mon petit-fils. Jake peut se montrer très cruel.

Son regard s'appesantit sur les bleus qui, bien qu'estompés, se devinaient encore sur l'épiderme d'Emma.

— Mais je ne vous apprends rien, à vous qui vivez depuis deux ans sous son toit.

Emma se fendit d'un murmure évasif tout en levant les yeux vers Jake au moment précis où il se tournait vers elle. Le voyant hausser un sourcil, elle lui signala d'un signe de tête qu'elle gérait la crise avec sa mère. Cathy Bannaconni devait avoir une bonne raison de s'être dérangée et elle comptait découvrir laquelle.

— J'ai quelque chose qui devrait vous plaire, chère enfant, maintenant que vous êtes amenée à devenir ma belle-fille. Je l'ai su par les journaux, figurez-vous. La nouvelle a fait sensation. Pourtant, j'ai lu fort peu de choses sur vos parents et leur milieu… C'est bizarre, vous ne trouvez pas ?

La jeune femme se crispa et s'exhorta au calme. Puis elle prit une gorgée du vin que Jake lui avait donné. Il s'était montré catégorique : n'accepter aucun autre verre et ne pas lâcher le sien des yeux, fût-ce un instant. Quand Cathy l'avait égratignée, elle était parvenue à retenir son superbe verre à pied, et, quand il lui avait fallu le poser pour appliquer le linge humide sur sa plaie, elle l'avait surveillé de près. Que pouvait savoir Cathy à son propos ?

— Vous n'êtes pas curieuse de savoir ce que j'ai ? Un objet qui a appartenu à votre père ?

Elle laissa passer un battement de cœur. Un autre. Soit le temps nécessaire pour répondre d'une voix égale :

— Comment se fait-il que vous ayez quelque chose qui a appartenu à mon père ?

— Un petit quelque chose à grignoter, mademoiselle ?

C'était un jeune serveur muni d'un plateau qu'il présenta d'abord à Emma puis, quand elle eut fait « non » de la tête, à Cathy. La jeune femme se retint de sourire : ledit serveur était Sean. Elle se sentit rassurée. Son estomac se dénoua.

— Votre père était un bon ami à moi, déclara Cathy après avoir congédié le serveur d'un geste impatient.

Ses paroles puaient le mensonge.

Une ombre l'enveloppa. Un homme immense, d'une beauté frappante, venait de se poster juste derrière Cathy. La soixantaine passée mais paraissant plus jeune, l'arrivant dégageait la même aura de sensualité et de danger que Jake, et avait la même bouche cruelle… mais la ressemblance s'arrêtait là. Elle le regarda dans les yeux. Il lui parut vaguement familier bien qu'elle fût certaine de ne l'avoir jamais rencontré. Il puait la dépravation, constata-t-elle en inhalant à fond.

— Je vous présente Josiah Trent, ma chérie. Josiah, voici Emma, la délicieuse fiancée de Jake. Josiah est l'oncle de votre père.

L'air se raréfia dans ses poumons. Elle fut prise de vertiges, et la salle se mit à tourner de façon alarmante.

Elle voyait flou. Sean, au lieu de déambuler, était resté à un mètre à peine. Cela l'aida à se stabiliser. Deux hommes, à quelques enjambées derrière le canapé, la dévisageaient avec intensité, les paupières plissées. Elle perçut le mal en eux. Drake se tenait à sa droite, adossé à la paroi, et faisait mine de bavarder mais elle sut qu'il la surveillait de près. Joshua n'était pas en vue. Il était en fait derrière elle. Jake, enfin, était à l'autre extrémité de la salle, soit à distance de cri bien que la musique d'ambiance et le brouhaha des conversations lui paraissent soudain anormalement forts. La jeune femme expira. Surtout ne pas paniquer ; tant qu'elle restait en vue, elle ne risquait rien.

— L'oncle de mon père, *vous* ?

Trent prit sa main dans les siennes et la caressa, comme pour tenter de l'apaiser. Un de ses doigts appuya plus fort sur l'écorchure et Emma fut prise d'un soubresaut.

— On vous cherche depuis longtemps, vous savez. Après la mort de mon neveu, nous avons perdu votre trace. Jake semble parvenu à vous trouver et à… (il hésita, comme s'il cherchait le mot juste) à vous mettre le grappin dessus.

La jeune femme retira sa main et prit une nouvelle gorgée de vin. Son regard croisa celui de Sean, qui se redressa aussitôt et s'empressa de lui présenter son plateau. Elle prit tout son temps pour réfléchir et jeta son dévolu sur une quiche au bacon.

— Merci. Ça a l'air délicieux.

Elle était consciente que ce petit manège la mettait en défaut vis-à-vis de Cathy et Trent, qui risquaient d'en tirer parti.

— Allez, ouste, du balai, balança Cathy au serveur.

Un son étrange et vaguement menaçant émana de sa gorge, à mi-chemin entre un grognement et un gargouillis. Ses yeux brillaient d'un éclat rubis dans la lumière tamisée.

— Bien, madame, dit Sean avant de s'éloigner.

Emma, qui venait de perdre un allié, décida de ne pas appeler Jake à la rescousse. Il fallait qu'elle fasse confiance à Drake et à son équipe. Jake se détachait aisément dans cette foule de gens influents grâce à sa haute stature. Quelles que soient les révélations que Cathy gardait dans sa manche, Jake avait mieux à faire là-bas. Elle reprit son souffle et adressa un sourire torve aux deux affreux qui la dominaient. Leurs regards étaient durs, calculateurs. Elle vit qu'elle avait affaire à deux prédateurs aussi redoutables que Jake.

La respiration bloquée, elle fut prise d'une subite envie de s'enfuir en courant. Ces gens lui étaient étrangers. Et bigrement hostiles.

— Vous me cherchiez ? murmura-t-elle pour les inciter à en dire davantage.

Trent changea d'appui juste ce qu'il fallait pour l'empêcher de voir Jake… et inversement. Un très léger déplacement qui n'avait pas échappé à Emma, aux aguets.

— Longtemps avant votre naissance, votre père, Bradley, était un homme à femmes. Très joli garçon, charmeur, tout à fait irrésistible. Nous souhaitions une femme particulière dans la famille. Une… (il sourit en montrant les dents et elle frissonna) une femme d'une lignée digne de la nôtre, disons. J'ai payé Bradley une forte somme pour qu'il la trouve et me la ramène.

— Nous possédons un contrat signé de sa main, ma chérie, déclara Cathy en se penchant vers elle. Vous plairait-il de le voir ? Ce document vous concerne de près.

Emma, prise au piège, se sentit basculer entre la peur et l'instinct de survie. Elle posa avec soin le verre de vin sur la table à côté d'elle et leva les yeux vers Cathy.

— En quoi un contrat signé par mon père avant que je naisse pourrait-il me concerner ?

Trent se balança imperceptiblement. Sa tête bougea mais pas ses yeux.

— Mais parce qu'il m'est toujours redevable.

Emma arqua les sourcils.

— Mon père vous doit quoi ? Et, puisqu'il est mort, qu'est-ce que j'ai à voir dans cette affaire ?

— C'est *toi* qu'il me doit.

Josiah sourit de plus belle et se pencha vers Emma afin de faire courir sa main sur son poignet qu'enrobait toujours le linge. Elle réagit en haussant de nouveau les sourcils.

— Mon père… vous devait son enfant ?

— Sa femme, plus exactement. C'est moi qui ai financé son voyage en forêt pluviale afin qu'il me ramène une jeune femme appropriée. Au lieu de quoi il m'a trahi et l'a épousée. Il a gardé l'argent et a pris la fuite avec elle. Il m'a *volé*. La nana et le fric.

Le bizarre sixième sens d'Emma la prévint qu'il disait vrai. Toute son enfance, ils avaient fui, déménageant sans cesse, n'achetant jamais de maison, la privant d'aller à l'école comme les autres mômes. Ils s'installaient quelques semaines puis, sans crier gare, partaient pour quelque raison mystérieuse. Et peut-être, lui souffla une petite voix glaçante, était-ce là l'explication du fait qu'on ait torturé son père. Parce qu'on la cherchait, elle… ou simplement pour le punir. Était-elle en train de contempler l'assassin de ses parents ?

— Je vois.

Que dire d'autre ? Se découvrir apparentée à Josiah Trent la rendait malade. Elle commençait à comprendre ce que pouvait ressentir Jake en sachant que ses veines charriaient un sang vicié. Quant à son père bien-aimé, il s'était rendu en forêt pluviale pour y séduire sa mère dans l'intention de la *vendre* à Trent. C'était choquant au-delà de l'imaginable.

— Jake n'a pas plus de principes que ton père. Je me sens responsable de toi, reprit Trent, radouci, le timbre presque hypnotique. C'est un type hyperdangereux. J'ai fait mon possible pour minimiser les dégâts qu'il inflige mais je me doute que tu l'as vu à l'œuvre. Rares sont ceux qui lui résistent. Il a su, pour toi et tes parents, en lisant le contrat. Et décidé de t'avoir. Quand il a largué ma…

Josiah s'étrangla et poursuivit d'une voix censément éraillée par le chagrin :

— … ma fille, la pauvre petite ne s'en est jamais remise. Elle a sombré dans l'alcool pour tenter de noyer son désespoir.

Cathy posa la main sur l'avant-bras de Trent dans un geste de réconfort.

Cette fable était très plausible, certes, mais Emma avait tous les sens en alerte et son instinct, qui flairait le bobard, lui cria que ces deux-là jouaient la comédie. Ni Josiah ni Cathy n'avaient souffert le moins du monde du décès tragique de Shaina. La jeune femme changea légèrement de position dans l'intention de se lever. La tête lui tourna, son cortex resta sans réaction, elle sentit son cœur lui tambouriner dans la poitrine et prit conscience qu'elle avait été droguée. Soit dans le vin, soit… Elle arracha le linge collé sur son écorchure et il tomba par terre.

— Jake est mon fils, déplora Cathy en portant la main à sa gorge. Mais il est né avec la cruauté dans le cœur. Dieu seul sait ce qu'il te réserve. Je ne cherche qu'à te protéger, plaida-t-elle en passant elle aussi au tutoiement.

Le regard d'Emma se fixa sur les ongles longs et effilés avec lesquels Cathy tambourinait sur son épiderme. Fascinée par ce geste fluide, hypnotisant, elle sentit son champ visuel se réduire, ses bras devenus trop lourds lui pendre le long du corps. L'aurait-elle empoisonnée à l'aide de ces… griffes ? Était-ce possible ?

— Je n'ai pas besoin de protection, murmura-t-elle d'une voix indistincte.

Josiah se fendit d'un rictus de bête féroce s'apprêtant à dévorer sa proie.

— Que tu crois, petite.

Il lui prit la main, la souleva et la laissa retomber. Son bras était en plomb. Contrôler le mouvement était au-dessus de ses forces. Prise de panique, elle voulut appeler Jake à l'aide mais sa gorge se noua. Elle n'avait pas flairé de drogue, le vin n'avait pas pu être trafiqué car c'était Evan qui l'avait servie et Jake lui-même qui lui avait tendu le verre. C'était soit la plaie, soit la serviette imbibée. Le produit était allé directement dans son système sanguin.

Elle fit l'effort de lever la tête afin de localiser Jake. Trop de gens, hélas, lui bouchaient la vue. Les deux affreux debout près du canapé fonçaient sur elle, presque flous tant ils allaient vite, un éclat mauvais dans le regard. Son effroi s'accentua. Où diable étaient Drake et Joshua ?

Trent l'aida à se relever, un bras passé autour de sa taille, tandis que Cathy prenait place du côté opposé. Ils se retrouvèrent très vite dans un salon attenant, fermèrent la porte à clé en toute hâte et la balancèrent sur un autre canapé. Ce n'était ni Josiah ni la mère de Jake qui lui faisait le plus peur mais le troisième arrivant, l'un des deux affreux, son comparse restant en retrait près de la porte… et la dévorant du regard.

Cathy plaqua la main sur Emma, au niveau des ovaires.

— Elle est tout près de ses premières chaleurs, Josiah. J'ignore si elle est déjà prête mais il faut qu'on tente le coup.

La jeune femme contempla l'homme qui s'approchait. Des grognements sourds émanaient de son torse puissant. Il balançait sa tête d'avant en arrière, le regard fiévreux rivé sur sa proie.

Trent et Cathy s'empressèrent de déposer Emma par terre puis prirent du champ alors que le type commençait à décrire des cercles autour d'elle.

— Rory, annonça Trent, pour que ça marche, il faut que tu l'imprègnes de ton odeur sur tout le corps. Elle est en chaleur. Jake va devenir complètement dingue. Dès qu'il sentira ton odeur sur elle, s'il ne la tue pas tout de suite, il va la rejeter ou lui flanquer une telle frousse qu'elle ne songera plus qu'à détaler. La loyauté compte plus que tout à ses yeux. Privée de sa protection, elle tombera dans notre escarcelle comme un fruit mûr. On la fera disparaître sans que personne ne s'en soucie.

Emma ouvrit la bouche pour crier au secours. En vain, aucun son n'en sortit. Celui qu'ils appelaient Rory grogna, les lèvres retroussées sur une denture menaçante, et se pencha sur elle.

Le type posté à l'entrée grogna à son tour et s'avança en adoptant une posture de défi.

— Pourquoi lui ? Je suis le plus massif. Le plus fort. C'est à moi de la féconder.

Trent leva la main et contourna le corps d'Emma dans le même sens que Rory.

— OK, les garçons, on va se passer de vos services. C'est moi qui vais l'imprégner.

— Non ! vociféra Cathy en bondissant pour l'attraper par le bras. Il nous faut un petit. Eux sont de vrais métamorphes. Ils y arriveront.

Josiah se dégagea en la giflant à toute volée. Cathy tournoya sur elle-même et s'affala sur le canapé.

— Là, tu vois ? Elle vous fait de l'effet à tous, glapit-elle.

Puis, tournée vers celui qui venait de quitter son poste pour protester :

— Clayton, retourne à ta place. On te paie pour surveiller la porte, pas pour la baiser.

Emma, horrifiée, vit Rory lui sauter dessus. À califourchon sur elle, il entreprit de lui déchirer ses vêtements, se frotta contre sa robe et lui lécha la figure à grands coups de langue, utilisant ses glandes pour l'imprégner de son odeur de mâle. Puis il la retourna comme une crêpe, faisant fi de son corps engourdi, et répéta l'opération sur son dos et ses fesses.

Cathy, pendant ce temps, prenait des photos.

— On enverra ça à un tabloïd, ils vont adorer.

Emma fit appel à toutes les ressources qui lui restaient, puisant dans sa part sauvage habituellement en sommeil mais dont elle avait plus que jamais besoin. Sa violente ruade envoya l'arrière de son crâne percuter Rory en pleine figure, puis elle profita de ce qu'il reculait pour rouler sur elle-même le plus loin possible. Elle ramena ensuite les genoux sous sa poitrine tout en s'inquiétant de bouger au ralenti, et resta sourde au rugissement qui lui vrillait les oreilles afin de ne pas céder à la brume mentale qui menaçait de la submerger.

Jake tourna la tête et découvrit qu'un mur compact de convives l'empêchait de voir Emma à l'instant précis où Conner annonçait « Je l'ai perdue » dans son oreillette.

— Joshua, tu l'as en visu ? grinça Drake, déjà en mouvement, bousculant tous ceux qui se trouvaient entre lui et le canapé central.

Jake parla à son tour dans son oreillette Bluetooth.

— Evan, tu vois Emma ?

Le pseudo-barman secoua la tête.

— Trent et la femme Bannaconni se sont éclipsés. *Idem* pour les deux voyous qu'ils ont recrutés pour la soirée.

Jake poussa un juron.

— Drake, Joshua, rappliquez. Tout de suite.

Il fendait déjà la foule. Très grand et immensément fort, il se fichait de blesser quelqu'un. Les gens se poussèrent et il vit qu'Emma n'était plus sur le canapé. Il grogna, furieux qu'elle ne l'ait pas écouté.

À deux doigts de perdre son sang-froid, il prit conscience que, si elle était bien une femme-léopard, elle devait être proche de ses premières chaleurs. Pour avoir fait l'expérience d'une première crise de possession, Jake en reconnut les symptômes : son fauve lui labourait le ventre sous l'effet d'une colère noire, tout son corps lui faisait mal à force de se crisper et la métamorphose était plus difficile que jamais à contrôler. Emma avait disparu et la puanteur de léopard mâle était très forte.

Ses gars affluèrent de tous les côtés à la fois en fendant la foule. D'abord Drake, Conner et Joshua, puis Evan, qui bondit par-dessus le bar, et Sean, qui balança son plateau pour accourir. Jake désigna une porte située à quelques mètres du canapé déserté par Emma.

— La piste olfactive mène par là.

C'était fermé à clé. Il s'y attendait. Doué d'une force physique considérable, il voyait celle-ci se décupler quand il faisait appel à son fauve. Défoncer la porte ne lui prit qu'une seconde. Emma gisait au sol, à genoux, plus pâle qu'un spectre. Les bas déchirés, les cheveux hirsutes. Le type qui fonçait sur elle s'immobilisa en voyant débouler Jake et sa bande. Son visage était en sang et il semblait avoir le nez cassé.

Jake était déjà plié en deux. Les coutures de ses vêtements commençaient à céder.

— Emmène-la, gronda Drake alors que Conner et Joshua s'interposaient entre leur boss et la jeune femme. Sors-la d'ici.

Jake embrassa la salle du regard.

— Je vais vous tuer, dit-il à voix basse, tendu vers Emma.

Comme elle avait grand-peine à prendre appui sur ses jambes, il la souleva, la tint tout contre lui, fit volte-face et sortit, précédé par Sean et suivi par Evan. Drake, Joshua et Conner tenaient en respect les deux mercenaires en poussant force grognements. Jake fendit la foule des convives ébahis, sans s'inquiéter des hoquets de stupeur et des questions qui fusaient. Ses gars tout près de lui, les trois autres les rattrapant alors qu'ils sortaient du manoir.

Jake plaça Emma dans sa Ferrari, claqua la portière plus violemment que nécessaire, grimpa et fit démarrer le véhicule.

— Attache ta ceinture.

La découvrant maladroite, il grogna et lui boucla lui-même sa ceinture. Puis il regarda droit devant et s'élança dans la rue déserte, précédé par un véhicule contenant deux de ses gars, talonné par le reste de la troupe dans une troisième voiture.

— Qu'est-ce qui t'a pris, bordel, de suivre ces types !?

Dans l'atmosphère confinée de l'habitacle, la puanteur de l'autre mâle était suffocante. Emma empestait le mi-homme mi-léopard. Une odeur qui rendait son propre fauve fou de rage. Il tenait difficilement le cap avec ses doigts meurtris par la brusque poussée de ses griffes.

Emma s'humecta les lèvres, la bouche sèche et l'esprit embrumé. La colère enflait en Jake, c'était criant, mais elle n'arrivait pas à trouver les mots. Ses bras pesaient toujours des tonnes. L'effet de la drogue se faisait encore sentir malgré ses efforts pour s'en dépêtrer.

Elle avait les larmes aux yeux. Il s'en était fallu de peu pour que Rory la viole. Il en avait eu l'intention tandis que Trent, Cathy Bannaconni et l'autre malabar, Clayton, tenaient la chandelle. Si ce dernier et Josiah n'avaient pas manifesté la volonté de prendre sa place, Rory serait passé à l'action tandis que Cathy filmait. Presque hors de contrôle, le monstre avait poussé d'horribles grognements.

Emma avait besoin de réconfort, pas d'une engueulade. Or Jake était tout près d'exploser.

— Je t'avais pourtant dit de rester bien en vue. Tu te croyais où ? Après ce qui s'est passé hier, tu t'imaginais quoi, qu'il s'agissait d'un genre de jeu innocent ?

Sa vision changeait. Jake ne percevait plus que les différences de chaleur, l'éclat des phares lui faisait mal aux yeux. Sa mâchoire aussi était douloureuse. Il respira fort par le nez pour tenter d'endiguer sa métamorphose. Son *alter ego*, assailli par l'odeur de l'autre mâle, pétait les plombs.

Il sut gré à Emma de ne pas répondre : en se cherchant des excuses, elle n'aurait fait qu'accentuer sa fureur. Aussi roula-t-il en silence jusqu'à ce qu'ils aient franchi le poste de contrôle à l'entrée du ranch puis, au lieu de prendre la direction de la maison, obliqua-t-il vers l'extrémité du domaine, aussi loin que possible des enfants et de son équipe de sécurité. Il n'avait pas confiance en lui-même. Son intention était de sortir de la voiture, de dire à Emma de rentrer sans lui puis de courir jusqu'à ce que son fauve soit épuisé. Il était trop dangereux dans son état actuel.

Jake écrasa le frein. Dès que la Ferrari se fut immobilisée au terme d'un dérapage, il ouvrit la portière et manqua de tomber en sortant tant son fauve poussait fort pour émerger. Il arracha sa veste, qu'il balança sur le capot avant de faire subir le même sort à sa chemise, dont les boutons volèrent en tous sens.

Le souffle rauque, il contourna ensuite la voiture et ouvrit la portière côté passager afin d'obliger Emma à s'installer au volant. La puanteur de l'autre mâle revint à la charge. Elle sentait le… *léopard*. Sur tout le corps. Sans avoir conscience de son geste, Jake tira la jeune femme hors de la voiture. Emma tenta de se dégager et s'écroula contre la Ferrari, luttant toujours contre la léthargie induite par la drogue.

Sa résistance lui fit l'effet d'un électrochoc. Il poussa un grognement bestial et entreprit de lacérer sa robe souillée à grands coups de griffe. Les lambeaux d'étoffe s'envolèrent, portés par le vent, avant d'aller s'accrocher dans les branches. Emma ne bougea pas un muscle, se contentant de l'observer, morte d'inquiétude. Ses yeux avaient viré au vert vif. Sa peau était plus douce et chaude que jamais et son épiderme luisait presque. Jake dut se faire violence tant il avait envie de la baiser sur le capot de la voiture.

La métamorphose était enclenchée, désormais. Pris de convulsions, il entendit ses os craquer, ses muscles et ses tendons se tendre à l'extrême. C'était inexorable. Il hurla en silence, terrifié pour elle. *« Monte dans la bagnole et file. »* Il eut beau le penser très fort pour lui épargner la jalousie aveugle de son fauve, ses mots se réduisirent à un grognement indistinct. Des griffes lui jaillirent de l'extrémité des doigts. Il voulut s'acharner sur ce qui lui restait de chemise mais, déjà, sa grande carcasse se pliait en deux. Ses pattes arrière, prisonnières de ses chaussures, le firent affreusement souffrir.

Emma, qui aurait dû s'enfuir en hurlant, se baissa à son tour pour l'aider à se débarrasser de ses chaussures et de sa chemise. Le léopard, plus présent que l'homme désormais, renifla la drogue dans son organisme. Le désespoir le frappa comme la foudre. Alors qu'elle avait été droguée et presque violée, il se comportait comme une bête fauve, lui déchirant sa robe de cocktail au lieu de la prendre dans ses bras pour tenter de la réconforter. Il avait échoué à veiller sur elle. Et voilà que son *alter ego* surgissait devant elle, tout en crocs et en griffes, d'humeur féroce.

Emma, ma chérie, je t'en prie. Monte dans la voiture et file. Il tenta de le lui dire tout en faisant son possible pour la repousser sans lui faire mal. Peine perdue. Ses cordes vocales ne répondaient plus.

Parviendrait-il à contenir le fauve ? Rien n'était moins sûr. Il avait blessé Drake, s'acharnant sur son torse à grands coups de griffe. Donovan n'avait pas eu un mot de protestation après cet incident mais Jake, lui, n'oublierait jamais les zébrures sanguinolentes qui lui striaient la poitrine.

Emma s'escrima sur son pantalon afin qu'il puisse s'en défaire. Il prit de profondes inspirations, s'obligeant à tenir le plus longtemps possible, à gagner du temps. Ses griffes creusaient de profonds sillons dans le sol meuble. Il sentit la fourrure pousser sur son épiderme et grogna pour tenter de retenir le monstre. Trop tard. Beaucoup trop tard.

Emma ! Il cria son nom dans sa tête, supplia son fauve d'épargner la jeune femme.

Celle-ci était assise par terre, adossée à un pneu de la voiture, épuisée, au milieu des vêtements de Jake éparpillés. Quelques lambeaux de sa robe gisaient là également. Elle n'avait plus sur elle que sa culotte, le porte-jarretelles et des bas déchirés. Ses escarpins s'étaient perdus quand Jake l'avait extraite de l'habitacle. L'air froid du dehors lui avait durci les tétons et elle ne portait pas de soutien-gorge. Elle assista à la métamorphose du colosse, vit ses os se ressouder, un museau s'allonger, une gueule se garnir de crocs et ce regard de fauve implacable qui ne la quittait pas.

Le léopard, pleinement formé, s'avança vers elle. Il frotta son mufle contre le visage d'Emma, qui sentit son souffle chaud sur sa peau, puis une patte énorme vint peser sur l'épaule de la jeune femme, lui meurtrissant les chairs. L'immense félin grogna en reniflant l'odeur d'un autre mâle. Il passa sa langue râpeuse sur le visage de l'humaine puis frotta ses joues sur tout son corps, usant de ses glandes odoriférantes pour couvrir la puanteur de son rival. Emma recula et le regarda dans les yeux. Ses propres pupilles luisaient, vert émeraude, tandis que celles du léopard, couleur vieil or, témoignaient de sa colère noire. Ils s'observèrent un moment puis Emma plongea les doigts dans son épaisse fourrure et tenta de le repousser.

— Va-t'en, Jake. Je t'ai assez vu pour l'instant.

Sa voix lui parut bizarre, lointaine. Elle voulut serrer plus fort la fourrure du fauve mais ses doigts glissèrent. Le sol chavira. Elle glissa le long de la roue et se retrouva à contempler le ventre du léopard. Elle papillonna des paupières, qui devenaient trop lourdes pour rester ouvertes.

Le félin lui donna un coup de museau tandis qu'elle fermait les yeux et s'abandonnait à l'effet de la drogue.

Chapitre 16

Emma s'éveilla lentement, la bouche sèche, en proie à un mal de tête lancinant. Elle se blottit dans la tiédeur environnante avant de comprendre que c'était Jake qui la berçait sur le grand rocking-chair qu'il avait fait installer dans sa chambre un an plus tôt, à la naissance d'Andraya. Il aimait s'y asseoir pour nourrir Kyle au biberon tandis qu'elle allaitait la petite.

— Je ne t'aime plus beaucoup, là tout de suite, murmura-t-elle en gardant les yeux fermés.

La pièce était sombre et la maison silencieuse. Elle perçut son torse nu sous sa joue.

— Je m'en doute, répondit-il à voix basse. Rendors-toi. Le médecin m'a dit que tu allais avoir la migraine et te sentir aussi mal que si un camion t'avait renversée.

Elle était surtout épuisée. Et aussi un peu choquée d'apprendre qu'un toubib l'avait auscultée sans que cela la sorte de sa torpeur.

— Tu aurais dû penser à moi, Jake, pas à toi-même. J'ai vécu un truc horrible. J'aurais pu me faire violer par ce type. Voire par les trois.

Il nicha son visage au sommet de sa tête.

— Je ne pensais pas comme un homme, Emma. Ce n'est pas une excuse, je le sais, mais c'est vrai.

— Ma mère était une femme-léopard, Jake. Il n'y avait aucune différence entre elle et son fauve. Je ne vois pas pourquoi ce serait différent avec toi. Ton félin te sert d'excuse commode.

Le ton légèrement mordant d'Emma le fit sourire, et il enfouit de nouveau son nez dans les cheveux de la jeune femme.

— Tu aurais pu me le dire, pour ta mère.

— Comment et pourquoi ? Ce n'est pas très normal, comme truc. Et puis, toi non plus, tu ne m'as rien dit.

Emma se passa la main sur le visage. Son bras pesait toujours une tonne.

— Tu n'as pas eu peur du tout en me voyant me transformer…

— Ça fait deux ans qu'on vit sous le même toit, mon grand. Tu croyais quoi ? Que je n'avais pas remarqué les griffures au sol et sur les murs, surtout dans ton bureau ? Que j'étais innocente au point de ne rien voir quand tu partais courir de nuit et revenais avec tes fringues en lambeaux ? Ou cette fois où ta mère… je veux dire l'ennemi, se corrigea-t-elle, est passée ici ? Rappelle-toi, tu avais laissé des traces toutes neuves sur le plancher de la nurserie et tes paumes étaient en sang. J'ai vécu dix-neuf ans auprès de ma mère. Ça m'a appris à reconnaître les signes. Et l'odeur de fauve. Comme tu ne tenais visiblement pas à m'en parler, il n'était pas question que je te l'avoue.

— Et puis ta famille a été pourchassée. Tu ne m'as pas fait entièrement confiance, comme à tout le monde, lança Jake, sûr de son fait.

Elle haussa les épaules et leva la tête vers lui en ouvrant enfin les paupières. Les yeux de Jake étaient encore ceux d'un félin et brillaient d'un éclat rougeâtre.

— C'est une sacrée coïncidence, admets-le. Ma mère léopard, mes parents pourchassés et tués, puis toi qui m'amènes ici. Avec en prime Drake, Joshua et Conner. Je n'avais jamais rencontré aucun autre change-forme jusqu'à notre rencontre. Il fallait que je connaisse tes intentions.

Au moins ne l'avait-elle pas fui. Emma avait eu le courage de rester, lui offrant l'occasion de faire ses preuves. Et ce bien qu'elle ait su qu'il devait agir en sous-main avec une idée en tête.

— Trent et l'ennemi ont dû t'en dire, des choses, à mon propos, dit-il amèrement, convaincu qu'ils avaient dû prendre un malin plaisir à semer les germes du doute dans son esprit.

— Ils m'ont dit ce qu'ils voulaient que je croie. Et je sais ce qu'ils veulent, ils ont été très clairs là-dessus. Ils pensent que je suis une métamorphe ou que je suis au moins capable d'en mettre au monde. Et qu'en avoir un sous leur coupe leur fournirait un avantage décisif dans l'exploitation pétrolière… sauf que je doute que tous les change-forme soient aptes à renifler le pétrole dans le sous-sol, sans quoi plusieurs l'auraient déjà fait. Ils ont essayé de me convaincre que c'était la seule chose qui t'intéressait chez moi. En plus de les priver de bébé-léopard, bien sûr. (Elle leva les yeux vers lui.) Le plus bizarre, c'est qu'ils n'ont même pas eu l'air de trouver ça déplacé, ces histoires de gros sous versés pour acheter quelqu'un… Comme si c'était normal. Genre parce qu'ils sont supérieurs.

— Tout ce temps, l'ennemi s'est joué de moi, admit Jake. J'ai cru qu'ils en avaient après une poche de pétrole ou de gaz naturel inconnue. Je savais qu'ils voulaient contrôler un change-forme mais j'avais beau me douter que tu étais d'une lignée de métamorphes, ça ne m'a pas traversé l'esprit une seconde qu'ils puissent avoir des vues sur toi. Cette offre de rachat de la société immobilière était un écran de fumée efficace. Je m'y suis laissé prendre.

— Tu savais pour ma famille ? réagit-elle avec, dans la voix, un peu d'inquiétude.

— C'est assez récent, depuis que tu as commencé à… à fleurir. Le développement des femmes-léopards est difficile à cerner. On ignore ce qui déclenche la première métamorphose comme les premières chaleurs.

— Je ne suis pas une change-forme. Membre de la lignée, je ressens certaines choses et j'en ai l'odorat, mais je n'ai pas de léopard en moi, lui annonça-t-elle avec une pointe de regret.

— Il se peut aussi que ton fauve ne se soit pas encore manifesté, dit Jake en lui effleurant le sommet du crâne du bout des lèvres puis en fourrageant dans ses mèches soyeuses avec douceur.

— L'important, Jake, c'est qu'en dépit de l'image que tu as de toi tu n'as rien en commun avec eux. J'ai vécu assez longtemps à ton côté pour en avoir la certitude. Tu es l'exact opposé de ces gens-là, martela-t-elle, les yeux rivés sur ceux de Jake. Quoi que tu puisses penser du sang qui coule dans tes veines, il faut me croire, je suis bien placée pour le savoir.

— Je me suis servi de toi comme appât, dit-il en se haïssant.

— Il fallait qu'on découvre leur but afin de protéger notre famille, les enfants. J'affronte la vie les yeux ouverts, tu sais.

Son cœur se serra douloureusement.

— Referme-les pour l'instant. Rendors-toi, ma belle. On reparlera demain matin.

Emma, blottie dans ses bras, fut surprise de se sentir en sécurité. Elle se laissa dériver, consciente de sa force, de sa respiration régulière et du mouvement du rocking-chair. Quand elle rouvrit les yeux, ils étaient au chaud dans son lit, sous les couvertures, son grand corps collé contre elle. Elle perçut ses grandes mains qui allaient et venaient doucement sur ses flancs.

— Jake ? lança-t-elle, plus à l'aise de l'affronter dans le noir. Merci de m'avoir secourue.

Il embrassa son épaule nue.

— Tu t'es très bien défendue, tu sais.

— Ils m'ont dit que mon père était le neveu de Trent et qu'il lui avait soutiré un gros paquet de fric contre la promesse de lui procurer une femme change-forme. Qu'il aurait fait venir ma mère aux USA puis qu'il aurait gardé l'argent sans la céder à Trent.

— Ton père l'a épousée et s'est occupé de sa sécurité.

— Mais j'ai le sentiment qu'ils m'ont dit la vérité, Jake, reprit-elle en sentant son cœur s'emballer. Mon père l'a ramenée avec l'intention de la livrer et a changé d'avis. Qu'est-ce que ça dit de lui ? Qu'il était partant pour vendre une femme à son oncle ?

— Ne les laisse pas ternir la mémoire de tes parents, ma beauté. Tu m'as dit toi-même qu'ils s'aimaient. Et qu'ils t'aimaient, toi. Quelles que soient les erreurs de jeunesse que ton père a pu commettre, il s'est largement racheté. Trent est encore pire que mes ennemis et ça ne date pas d'hier. Ton père a certainement été puni comme je l'ai été chaque fois que je désobéissais.

Elle resta un long moment sans mot dire.

— Jake ? je t'ai trouvé super effrayant à mon réveil. À quoi tu pensais ?

Il grogna et roula sur le flanc.

— Pourquoi faut-il toujours que tu me poses les questions auxquelles je n'ai pas envie de répondre ?

Emma sourit dans l'obscurité. Il n'était pas dur comme du bois, pour une fois, mais flippait d'être obligé à cet effort d'introspection.

— Allez, dis-moi.

— Je te montre toujours ma face la plus sombre, commença-t-il, hésitant. Je n'ai pas envie de noircir encore le tableau. Laisse filer pour cette fois, d'accord ?

Elle se retourna à son tour et profita de son excellente vision nocturne pour étudier ses traits. Il avait vraiment l'air à cran. Elle effleura ses rides d'inquiétude du bout des doigts.

— Dis-le-moi quand même. Je ne t'ai pas encore fui, que je sache.

Il lui prit la main et lui embrassa le bout des doigts, qu'il garda tout contre sa bouche.

— Tu aurais dû, Emma. Tu as vu juste pour la soirée d'hier, tu sais, et j'ai beaucoup réfléchi à tes propos. Je n'ai fait que penser à moi. À la rage qu'éprouvait mon fauve en sentant l'odeur d'un autre sur ta peau. Alors que j'aurais dû te prendre dans mes bras pour te réconforter, m'assurer que tu étais indemne. Tu n'as même pas pu en placer une. Je ne comprends pas que tu veuilles encore me regarder en face.

— Tu apprends vite, mon grand. Comment peux-tu espérer savoir comment il faut réagir à quelque chose que tu n'as jamais vu faire bien ? Tout n'est pas régi par l'instinct.

— Mon félin se laisse guider par son instinct.

Elle lui sourit.

— Ton félin et toi ne faites qu'un. Il est protecteur, et toi aussi. Fort. Toi aussi. Tout ce que tu éprouves, ton léopard l'éprouve aussi. Il n'y a pas toi d'un côté et lui de l'autre. Vous ne faites qu'un.

Il resta silencieux un long moment, à lui mâchonner le bout des doigts.

— Ce que tu essaies de me dire, c'est que mon léopard sert d'excuse commode à tous mes pires défauts.

— Possible, en effet. Je sais comment était ma mère. Oui, elle avait mauvais caractère et se montrait parfois jalouse ou possessive, mais jamais elle n'a laissé son fauve lui dicter sa loi. Tu es ton fauve et inversement. Vous n'êtes pas deux êtres séparés, il faut apprendre à l'accepter.

— Tu te mets à parler comme Drake. (Il roula sur le dos et garda la main d'Emma dans la sienne.) Beaucoup de traits de caractère animaux sont détestables, Emma. Je n'aime pas cette idée.

— Il y en a aussi qui sont positifs.

— Pendant que j'étais étendu à te regarder dormir, j'ai songé à les tuer. Mes ennemis. Ce que j'aurais dû faire il y a longtemps déjà. C'est normal d'envisager un truc pareil ? Qui pense dans ce cas-là : moi ou mon léopard ?

— Toi et ton léopard ne faites qu'un, répéta-t-elle. Tu es plus agressif qu'un humain lambda, d'accord. Ce qui signifie que tu dois mieux te surveiller. Tout un chacun songe à éliminer les menaces qui pèsent sur sa famille. Il y a un gouffre entre envisager de tuer quelqu'un et passer à l'acte. Commettre un meurtre fait partie des choses inacceptables qu'il faut tout faire pour éviter.

— Sauf que personne d'autre ne peut les empêcher de nuire. Ils vont recommencer, c'est couru. (Il lui caressa les cheveux.) Très franchement, je ne sais pas comment je réagirais s'il t'arrivait quelque chose.

— Tu prendrais soin de nos enfants, dit-elle en se redressant sur un coude avant de chasser les mèches noires qui lui barraient le front. Voilà ce que tu ferais, Jake.

Il plaça sa main derrière la nuque de la jeune femme. Elle sentit sa grande carcasse trembler tandis qu'il l'obligeait à courber la tête afin d'accéder à sa bouche. Son baiser avait le goût des larmes. De l'amour. De tout ce qu'il n'arrivait pas dire à voix haute. Il se montra tendre, incroyablement doux.

— Tu es si belle, Emma. Et pas seulement du point de vue physique. J'ignore d'où tu peux venir. Pas de ce monde, c'est évident.

Elle posa la tête sur son torse et écouta battre son cœur.

— Du sang de léopard coule dans mes veines, Jake. Crois-moi quand je te dis que j'ai aussi mauvais caractère que toi. Y compris rayon jalousie.

— Je me sens perdu, murmura-t-il, serré contre elle dans la nuit.

— Tout va bien se passer, répondit-elle à voix basse. Je suis là et je ne laisserai rien de fâcheux t'arriver.

Les yeux clos, elle se laissa aller contre sa grande carcasse.

— Maman ?

Ils se tournèrent vers la porte de la chambre et découvrirent Kyle, debout, qui tremblait un peu.

— J'ai peur.

L'un et l'autre lui tendirent la main d'un même geste.

— Approche, fils, l'encouragea Jake.

Kyle grimpa sur le matelas. Son père le cala entre eux deux.

— Tu vois ? il n'y a pas de raison d'avoir peur. Tu es à l'abri.

— Papa ?

Andraya avait pris la place de son frère sur le seuil. Soit elle l'avait entendu sortir de sa chambre soit, plus probablement, il l'avait réveillée pour qu'elle vienne avec lui.

Jake poussa un petit grognement, lui fit signe d'approcher et afficha un large sourire en se tournant vers Emma. La gamine grimpa sur son père, fit comme si Kyle n'existait pas et se cala entre ses parents en gigotant comme un ver jusqu'à ce qu'elle soit bien à son aise. Jake passa un bras autour d'eux tous, sa famille, et s'étendit, les doigts joints à ceux d'Emma, en songeant qu'il vivait seul dans cette maison peu de temps auparavant. Et voilà qu'un lit double devenait étroit…

— Il va en falloir un troisième pour occuper cet espace, là, dit Jake en tapotant l'unique endroit disponible.

Emma le serra plus fort.

— C'est surtout d'un lit plus grand dont on va vite avoir besoin.

Jake fut le premier à s'endormir. Emma l'observa, assoupi comme les petits. Il n'avait pas l'air rajeuni, seulement plus détendu. Elle sentit son cœur se serrer. Il s'efforçait de devenir celui qu'elle espérait tant… tout en freinant des quatre fers, terrifié à l'idée de présenter le flanc à l'ennemi. Elle aurait pu lui dire qu'il était trop tard, qu'il *était* déjà vulnérable, exposé, mais il fallait qu'il s'en rende compte par lui-même.

Pas en pleine nuit alors qu'il faisait trop sombre pour qu'ils se regardent dans le blanc des yeux. Il allait falloir qu'il fasse sienne la perspective de savoir aimer. L'aimer, elle. Les enfants. Leur vie ensemble.

Elle s'endormit à son tour et rêva de sa mère, avec laquelle elle avait toujours voulu partir courir. À ces moments fabuleux où celle-ci, acceptant de prendre sa forme animale, se lovait contre elle. La jeune Emma prenait sa fourrure douce à pleines mains, toute au bonheur extraordinaire d'être si proche d'une créature sauvage et puissante. Son père n'étant pas change-forme, il était très improbable qu'elle le devienne un jour. Au moins avait-elle Jake. Elle pourrait ainsi se frotter contre sa toison de fauve et avoir sa dose de sauvagerie.

Emma s'éveilla au son d'éclats de rire entrecoupés de messes basses. Ça complotait ferme. Elle tourna la tête et les vit tous alignés. Les trois élus de son cœur. Jake, entre Kyle et Andraya. Lui brandissant un plateau, les petits tenant chacun une fleur. Elle s'assit. Jake afficha un grand sourire quand le drap glissa, révélant la courbe d'un sein, obligeant Emma à se couvrir précipitamment. Il posa le plateau sur le matelas et lui tendit une chemise tirée du placard. Un modèle d'homme qu'elle enfila à la hâte puis boutonna sous son regard narquois.

— On t'a préparé à manger, maman, annonça Kyle.

Andraya hocha la tête gravement.

— Ptidéjné, abonda-t-elle.

— Formidable, fit Emma. Merci beaucoup, c'est trop gentil.

Jake installa le plateau sur ses genoux. La jeune mère cacha son désarroi en découvrant l'étrange mixture… possiblement à base d'œufs.

— C'est vous deux qui avez cuisiné ?

— Papa a un peu aidé, répondit Kyle, solennel.

— C'est papa qui a choisi ce que vous avez mis dans les œufs de maman ? demanda-t-elle, les yeux rivés sur Jake.

Il s'était bien amusé. Un point pour lui, il apprenait à passer la matinée avec ses enfants et à les laisser incorporer des… ingrédients… aux œufs brouillés. Il avait l'air plus reposé. Elle les imagina dans la cuisine, penchés sur un saladier, Jake content de sa blague.

— Les enfants savent très exactement ce qu'il faut mettre dans des œufs brouillés, déclara-t-il en prenant un air faussement innocent.

La joie espiègle dans son regard fit fondre le cœur d'Emma. Alors qu'il n'avait jamais appris à badiner, il était là, avec deux bambins accrochés à lui, tandis que trois visages radieux avaient le regard fixé sur elle.

— T'as pas faim ? demanda Kyle, anxieux.

— J'étais en train de me dire que papa aussi avait droit de goûter, dit-elle en levant une cuillerée de la mixture.

Les deux enfants se tournèrent vers Jake, qui contempla la cuillère comme si celle-ci risquait de le mordre.

— Papa a déjà mangé, tenta-t-il.

— Tu as toujours faim et les enfants se sont donné de la peine, rétorqua-t-elle.

— Je retrouve ta perfidie, fit valoir Jake, perché sur le rebord du lit. Tu me le paieras et tu le sais.

Sur ces bonnes paroles, il empoigna la cuillère à contrecœur.

— Tu ne me fais pas peur, répondit-elle, consciente que cette vengeance aurait un caractère sexuel.

Elle lui adressa un sourire satisfait alors que les enfants l'observaient porter la cuillère à sa bouche, et lui tendit un verre de jus d'orange afin qu'il puisse faire glisser ce qu'il était en train d'ingurgiter bien malgré lui. Jake s'étrangla un peu, sourit aux enfants et éleva la voix.

— Susan ! tu peux voir si l'infirmière est là pour surveiller les enfants pendant qu'Emma prend sa douche ?

Il avait adopté sa voix de velours érotique en diable. Susan accourut et prit les petits par la main.

— Je les emmène en bas, dit-elle, cramoisie jusqu'à la racine des cheveux, d'évidence convaincue que Jake souhaitait se retrouver seul avec Emma.

— Tu ne peux pas manger ça, dit-il dès qu'Andraya et Kyle furent partis. C'est un coup à tomber malade une semaine entière.

Il souleva le plateau et le déposa à côté du lit. Alors qu'Emma s'apprêtait à se lever, il l'en empêcha en la prenant par la main.

— Je veux qu'on se marie.

Elle le dévisagea, interdite.

— On vient à peine de se fiancer !

— J'en suis conscient, ma belle, mais nous sommes parents de deux enfants. Faisons-le au plus vite. Je peux arranger ça en deux coups de cuillère à pot. Au fait, j'ai reçu les papiers que tu dois signer pour l'adoption.

Emma récupéra sa main puis tira la couverture vers son côté du lit où l'attendait une robe de chambre. Il lui était difficile de formuler une pensée cohérente quand elle était nue et lui tout habillé : chaque fois qu'il louchait sur ses formes, elle sentait son corps passer en surchauffe et sa cervelle refusait de fonctionner. Elle n'allait quand même pas lui dire oui sous le seul prétexte qu'elle avait envie de coucher avec lui… ce qui était le cas. Le simple fait de le regarder suffisait à la mettre en appétit.

Jake se sentait perdu. Il venait de le lui avouer avant l'irruption des enfants. Parce qu'il luttait contre les sentiments croissants qu'il éprouvait pour elle. C'était sa façon d'être : se garder de toute émotion forte, la considérer, elle et les petits, comme des bibelots qui lui appartenaient. Des objets à chérir, à protéger, auxquels fournir ce qu'il y avait de meilleur… et sans trop s'investir sur le plan émotionnel. Mais Jake se connaissait mal. Il tenait beaucoup à tous ceux qui travaillaient pour lui : Drake, Joshua et tous les autres canards boiteux du ranch. Il aimait Kyle et Andraya du fond du cœur. Et dans le regard qu'il posait sur elle, dans le son de sa voix lorsqu'ils discutaient au beau milieu de la nuit, Emma percevait l'amour qu'il lui portait. Un amour tangible, qu'il le reconnaisse ou non.

— Emma, cesse de tergiverser. C'est si dur de dire oui ? Pourquoi on ne se marierait pas ?

— Mais enfin, Jake, tu es multimilliardaire ! Il faut qu'on établisse un contrat de mariage qui te protège. C'est long à rédiger, un truc pareil, surtout quand on possède autant de fric et de sociétés.

Il arqua un sourcil.

— C'est Stillman qui t'a contactée ? soupçonna-t-il.

Emma haussa les épaules et s'essaya à la désinvolture.

— C'est moi qui l'ai appelé.

Il se dressa sur ses ergots, immense, terriblement intimidant. La jeune femme refusa de lui céder un pouce de terrain et le dévisagea, sûre de son bon droit.

— Tu as fait quoi ? gronda-t-il.

— C'était important dans l'optique de protéger tes intérêts, répliqua-t-elle d'une voix égale.

— N'importe quoi.

Emma voulut se rendre dans la salle de bains tant elle craquait de voir tressaillir le muscle de son maxillaire. Jake mit un terme abrupt à sa fuite en la retenant par le bras.

— Je refuse d'en discuter, dit-elle, les lèvres pincées.

— Pas la peine, c'est moi qui vais toucher deux mots à Stillman. Il n'est pas question de contrat de mariage, tu m'entends ? C'est déjà assez compliqué comme ça ; si en plus, tu t'imagines qu'on n'est pas à égalité… Tout ce qui est à moi t'appartient. J'étais sincère la première fois que nous avons parlé de mariage. Je ne crois pas au divorce. Si tu m'épouses, c'est pour de bon, il faudra qu'on trouve le moyen de s'en arranger.

Elle sentit son cœur bondir.

— Jake, si tu essayais d'être un minimum romantique quand tu parles mariage au lieu d'être un rouleau compresseur ? J'ai l'impression que tu me menaces, là. Pas que tu veux m'épouser.

Il lui saisit le menton.

— Je fais l'effort de ne rien te cacher, qu'il s'agisse de ma face la plus noire ou de mon caractère de chien. Je sais que je me plierai en quatre pour toi… et aussi que j'aurai besoin de tout contrôler. Tu es douce et gentille, Emma, et, chaque fois que tu me laisseras faire, j'en profiterai pour m'imposer. L'idéal, ce serait que j'arrive à tout façonner de manière que tu ne te rendes jamais compte que je te mène en bateau.

Elle secoua la tête.

— Ta logique m'échappe, là…

— J'ai l'intention de te faire cinq ou six gosses de plus. Pourquoi ? Pour te garder au ranch, pardi, pour t'empêcher de fuir. La voilà, ma logique.

— Les enfants, on les fait parce qu'on a *envie* d'en avoir, Jake, rétorqua-t-elle, exaspérée. Pas pour empêcher quelqu'un de s'en aller !

— Je les veux parce que je sais que tu les aimeras. Et parce que j'ai envie de te voir les aimer. De le lire sur ton visage chaque fois que tu les regardes. De l'entendre au son de ta voix, cette inflexion spéciale que tu réserves aux enfants. Je pourrais rester éternellement à t'écouter leur parler.

Ce qu'il ne pouvait pas lui avouer, c'était l'effet que cela produisait sur lui. Un bonheur tendre. Idiot. Totalement flippant.

— Jake, il faudra qu'un jour tu comprennes que je ne reste pas avec toi parce que tu m'y obliges. Tu t'imagines depuis le début que tu me manipules mais je n'ai jamais été dupe. Si je reste, c'est par amour pour toi…

— *À condition* que l'amour existe, Emma, et, permets-moi d'en douter, c'est moi qui t'ai tendu un piège.

La jeune femme éclata de rire, se pendit à son cou qu'elle serra fort et l'embrassa à pleine bouche. Un long baiser, langoureux à souhait.

Tout en lui rendant son étreinte, Jake sentit son cœur mollir, ce qui déclenchait chaque fois un signal d'alarme. C'était impossible. Défendu. Il n'avait pas le droit d'être ainsi. Elle le rendait si vulnérable qu'il avait grand-peine à respirer. L'urgence commandait de reprendre le contrôle de la situation.

Il rompit leur étreinte d'une main ferme en s'efforçant de ne rien laisser voir de sa respiration hachée.

— Pas de contrat de mariage, Emma. Finissons-en avec ce truc.

— Ce « truc » ? Tu parles de notre mariage, là ? Quel romantisme, décidément… Tire-toi. Tu recommences à m'agacer juste au moment où j'avais envie de t'aimer.

Il était criant que Jake, outre le recours à un toubib, s'était attelé à la récurer afin de faire disparaître l'odeur de l'autre affreux. C'était compréhensible ; en tant qu'homme-léopard, il était hypersensible à ce qu'il considérait comme une puanteur intolérable. Sauf qu'elle avait l'épiderme à vif par endroits…

Jake, bien sûr, ne partit pas comme elle le lui avait demandé. Il l'observa s'habiller et s'autorisa même un soupir quand elle passa un soutien-gorge.

— Pourquoi tu portes ça ?

— Parce que je n'ai pas envie que mes seins pendouillent plus tard. Et puis je ne suis pas ton objet sexuel, sale obsédé. J'ai du travail qui m'attend.

— Qu'est-ce qui t'empêche d'être les deux ? Je t'imagine très bien en objet sexuel pendant les tâches ménagères…

Le ton était chargé de sous-entendus et témoignait d'un intérêt trop soutenu. Emma fronça les sourcils tout en finissant de s'habiller à la hâte, puis se noua les cheveux.

— Tu sais que je les préfère détachés.

— C'est pour toi que je les laisse pousser. C'est déjà bien, non ? Imagine-toi avec les cheveux qui tombent jusqu'aux fesses et qui t'encombrent quand tu dois t'occuper des enfants. (Elle dut se faufiler pour passer.) Je te confie une mission pour aujourd'hui, mon grand. Renseigne-toi sur la signification du mot « romance ».

— C'est moi tout craché, protesta-t-il en la suivant dans l'escalier. Demande à Susan. Elle te le confirmera.

Emma s'arrêta devant la fenêtre de l'alcôve où elle s'était changée la veille au soir pour aller à la réception.

— Susan n'a que seize ans et ses hormones lui jouent des tours. La preuve, elle te trouve irrésistible.

— Je le suis. Tu devrais l'écouter.

Un vague relent de moufette entra par la fenêtre ouverte. Emma fit la grimace.

— Ce n'est pas en cette saison que les moufettes viennent rôder autour des maisons, je me trompe ? On dirait qu'un spécimen a crépi le mur avec ses glandes… (Elle ferma la croisée pour couper court à l'odeur.) Cette alcôve mérite que j'y installe un pot-pourri.

— Trop d'infos à la fois pour moi, s'esclaffa Jake. Tu es chez toi, ma beauté. Fais comme bon te semble. Je pars bosser dans mon bureau toute la journée, si possible sans odeur de moufette ni de pot-pourri, mais je pourrais avoir envie de te voir tout à l'heure.

Il se fendit d'un sourire malicieux assorti à l'éclat vieil or de ses yeux et lui mit la main aux fesses.

— Quand tu voudras, mon grand, convint-elle, toute chaude à l'idée tout en lui décochant une tape sur la main.

Ce diable de Jake avait décidément le don de faire monter sa température en flèche.

— Susan, lança-t-il en faisant signe à l'ado qui déboulait au détour d'un couloir. Tu tombes bien, je voulais te montrer la bibliothèque.

— Il y en a une au ranch ? Première nouvelle, glapit Susan, surexcitée.

Elle le suivit dans le long couloir qui desservait toute l'aile de ses bureaux privés.

— C'est la première fois que je viens par ici, dit-elle. Je reste soit à l'étage, soit en bas avec Emma.

Jake ouvrit la porte à double battant qui donnait sur une salle immense. Derrière lui, Susan poussa un hoquet de stupeur en découvrant les rayonnages qui couraient du sol au plafond sur tous les murs, avec des échelles coulissantes pour accéder aux hauteurs.

— Tu es libre de venir ici à ta guise, Susie. Intelligente comme tu l'es, toutes les carrières possibles s'offrent à toi. Peu importe que ton père soit souvent à la maison ou pas, tu seras toujours la bienvenue au ranch. Je vais faire venir un prof particulier et un moniteur de self-défense. Si tu as besoin de quoi que ce soit d'autre, tu n'as qu'un mot à dire. Mais ici… (il embrassa la bibliothèque d'un geste ample) ici, c'est mon sanctuaire. L'endroit où j'ai appris à survivre.

— J'adore lire, déclara Susan.

— Je tiens le catalogue à jour. S'il te manque un ouvrage sur un sujet précis que tu souhaites approfondir, n'hésite pas à me le demander. Tout est bien classé. Tu peux aussi te servir des ordinateurs qui sont ici. Le ranch abrite aussi une vidéothèque.

— Jake, c'est incroyable ! Un immense merci.

Susan entra et se mit à papillonner d'un bout à l'autre de la salle avant de consulter les rayons de la section dévolue à l'histoire.

— Ne néglige aucun sujet. Tu seras étonnée de ce que le savoir peut t'apporter.

La jeune fille choisit un ouvrage grand format, l'ouvrit et le feuilleta.

— J'adore lire, répéta-t-elle. Je n'avais pas idée qu'il puisse y avoir une bibliothèque pareille ici.

— Susan, dit Jake, resté près de la porte, attendant qu'elle lève le nez de son livre, ne laisse jamais personne te rabaisser. Fort peu de gens possèdent ton don pour les langues. Tu as l'esprit vif et le cœur tendre. Certains voudront te pousser à te sentir toute petite afin de mieux se hisser vers les sommets. C'est leur problème, pas le tien.

Susan hocha la tête, l'ouvrage ramené sur la poitrine.

— Et je tiens à ce que tu apprennes à te défendre. Emma aussi. Vous pourriez en avoir besoin un jour ou l'autre.

La jeune fille acquiesça de plus belle, des étincelles dans le regard.

— Merci pour tout, Jake.

— Je file à mon bureau. Passe par l'interphone si tu as besoin d'un truc.

Susan attendit qu'il ait disparu avant de courir rejoindre Emma pour tout lui raconter.

— Des cours de self-défense ? Un prof particulier ? Il compte t'installer ici pour de bon ou quoi ?

Susan joignit les deux mains sur la poitrine.

— J'ai l'impression de faire partie de la famille, dit-elle, les larmes aux yeux. C'est la première fois que je ressens ça depuis que ma mère est morte. Papa est toujours en voyage, il me laisse seule, je ne suis pas scolarisée normalement et je n'ai personne à qui parler. Mon père emploie des gens mais ce n'est pas pareil.

Emma la serra dans ses bras.

— Tu connais Jake, ma chérie. Il prend bien soin des gens qu'il recueille… et il les surveille de près. Tu déchanteras le jour où tu sortiras avec un garçon.

— Je pourrais sortir avec un des vigiles, qu'est-ce que tu en dis ? Ils me plaisent bien.

— Oublie cette idée, ma chérie. J'ai promis aux enfants de les laisser jouer sur les balançoires. Tu m'accompagnes ?

Elle actionna le bouton d'appel radio qui équipait sa montre afin d'annoncer à Drake qu'elle sortait de la maison avec les enfants.

— Si ça ne te fait rien, dit Susan, j'aimerais rester un peu à la bibliothèque. Elle est immense.

Emma ne lui jeta pas la pierre. Pousser deux gamins exigeants sur une balançoire n'était pas l'activité rêvée pour une ado. Elle héla Andraya et Kyle, qui la suivirent avec joie dehors jusqu'au terrain de jeu élaboré que Jake avait fait construire à leur intention.

Il faisait frais et le vent soufflait fort mais le terrain était à l'abri et Emma avait pris soin de les vêtir chaudement. Kyle courut vers le toboggan tandis que sa sœur tendait les bras afin d'être hissée sur la balançoire pour tout-petits. Emma s'assura d'avoir bouclé la ceinture de sécurité avant de pousser la gamine qui, ravie, se mit à rire aux éclats. Kyle cria « Maman ! » à maintes reprises pour être sûr qu'il avait sa part d'attention.

Emma s'étonna de l'absence du vigile habituel. Ils étaient prompts à rappliquer d'ordinaire, mais, comme les deux enfants ne risquaient rien, elle ne prit pas la peine de l'appeler, sans quoi un malheureux risquait de se faire passer un savon pour avoir traîné.

— Maman, regarde !

Kyle désigna l'angle de la maison où le jardinier avait planté des herbes hautes qu'elle appréciait beaucoup. Les enfants, pour leur part, adoraient jouer dans cette jungle miniature.

— Qu'y a-t-il, mon bébé ? demanda-t-elle, n'ayant rien vu hormis le vent qui agitait les herbes hautes.

Kyle se renfrogna.

— Je suis Kyle, pas un bébé.

Emma prit un air contrit.

— Bien sûr, tu es Kyle, voyons.

Il tenait beaucoup à son prénom. L'enfant fit un nouveau tour de toboggan sans quitter les hautes herbes des yeux. Emma s'efforça de voir ce qui l'intéressait tant mais il n'y avait rien dans ce taillis multicolore, hormis peut-être une espèce de caillou brillant.

Andraya agita les pieds et cria :

— Plus fort, plus fort !

Emma s'exécuta. La gamine, aux anges, poussa de petits cris de joie. La jeune femme se tourna vers Kyle et le vit s'enfoncer dans le taillis.

— Kyle, attends, dit-elle en s'élançant vers lui après avoir appuyé de nouveau sur le bouton d'appel de sa montre.

Sourd à l'injonction maternelle comme il fallait s'y attendre, l'enfant disparut dans l'épais massif. Emma observa un instant Andraya et décida de courir après Kyle tout en continuant à l'appeler. Elle aperçut un pan de sa tenue tandis qu'il progressait dans l'herbe haute. L'enfant, presque à plat ventre, paraissait suivre quelque chose.

— Kyle, je suis sérieuse. Arrête. Qu'est-ce que tu as vu ?

Le vent tourna. Un court instant, elle crut avoir décelé un relent de félin. Son cœur rata un battement, et elle eut le souffle coupé sous l'effet de la terreur. L'odeur dans ses narines était la même que celle de l'affreux qui l'avait agressé la veille au soir : Rory. Jamais elle n'oublierait cette puanteur.

— Kyle !

Elle s'élança à vive allure. Le vent forcit, lui soufflant au visage. Assaillie par une odeur atroce de moufette, elle perdit celle de son assaillant.

— Ne touche à rien, tu m'entends ? Reviens immédiatement !

Tout en courant, elle pressa encore le bouton d'appel radio. Où diable étaient-ils tous ?

— Evan ! Drake !

L'hystérie la gagnait. Elle crut revoir Kyle et repartit à fond de train. Il ne s'était même pas retourné au son de sa voix. Devant lui, dans l'herbe haute, elle aperçut un petit animal à fourrure qui détalait. Alors que les doigts d'Emma se refermaient sur le col de son sweat, Andraya poussa un long cri très aigu qui lui donna la chair de poule.

Elle tira fermement Kyle par la peau du dos, sourde à ses protestations. Puis, l'ayant calé sous son bras, elle fit volte-face et repartit, effrayée d'avoir laissé la petite hors de vue ne serait-ce qu'un court instant. Kyle commença par se débattre puis se laissa pendre, aussi lourdement que possible, déterminé à retourner après la bestiole qu'il avait remarquée.

Alors qu'Emma sortait du taillis, elle vit Evan se précipiter vers Andraya. La gamine, en larmes, tendit ses bras potelés vers le grand gaillard qui la souleva, oubliant dans sa hâte de déboucler la ceinture sur laquelle il dut s'escrimer tout en tenant l'enfant qui sanglotait.

— Pourquoi vous êtes sortis sans nous prévenir ?

Elle lui lança un regard noir en arrivant devant lui avec, dans les bras, Kyle qui se débattait toujours.

— Mais *j'ai* appelé. Plusieurs fois. Sans résultat.

Son cœur lui tambourinait encore dans les oreilles. L'odeur de félin, depuis longtemps noyée par celle de la moufette, continuait à l'obséder. Elle en avait l'estomac noué.

— Appelle Drake et Joshua. Et Jake. Appelle Jake.

Elle tremblait comme une feuille. Evan l'observa, l'air étonné, mais obéit et indiqua par radio aux autres de venir avant de tendre la main.

— Laissez-moi regarder cette montre. Il doit y avoir un problème.

Emma resta prostrée, comme paralysée, jusqu'à ce que Jake arrive à grandes enjambées, aussi invincible qu'un bloc de granit en mouvement. Elle confia Kyle à Joshua quand celui-ci se présenta à son tour, puis se jeta dans les bras de Jake et fondit en larmes.

Jake quêta du regard une explication auprès de ses gars, qui secouèrent la tête.

— Josh, conduis les enfants à l'intérieur. L'infirmière va s'en occuper. Reste avec eux dans la salle de jeu jusqu'à ce qu'elle arrive puis surveille-les tant que la situation ne s'est pas tassée. Kyle ! va avec Joshua et tiens-toi tranquille. Sinon tu seras privé de sortie.

L'enfant cessa immédiatement de se débattre et suivit Joshua. Andraya, elle, cessa de pleurer à l'instant où Jake afficha sa mine sévère. Tous deux se pendirent au cou de Josh, qui les conduisit à l'intérieur.

— Raconte-moi ce qui s'est passé, dit Jake en massant les épaules d'Emma.

— Sa radio était en panne, intervint Evan. J'ai accouru en entendant Andraya hurler. Emma et Kyle n'étaient nulle part ; je les ai vus sortir du buisson, là-bas. Elle m'a dit qu'elle avait sonné mais je n'ai rien reçu.

— Il était là, Jake, pressa Emma en levant les yeux vers lui. Je le sais. Le type d'hier soir. Je l'ai flairé mais Kyle était après une moufette, et quand sa puanteur m'a sauté à la figure je me suis mise à douter de ce que j'avais senti…

Avait-elle rêvé ? Peut-être était-ce une crise de parano, l'effet combiné du traumatisme subi et de la drogue…

— On va vérifier, lui assura Drake. Je mets Conner sur le coup. Il peut suivre n'importe quoi à la trace.

Jake inspecta la zone avec précaution puis raccompagna Emma jusqu'à la cuisine, l'installa sur une chaise et lui prépara un thé tandis qu'ils patientaient. Il prit place en face d'elle en lui tenant la main, son pouce allant et venant le long du poignet de la jeune femme.

La radio crépita.

— Pas trace de léopard, Jake. Des empreintes de moufette. Conner a trouvé le terrier mais la bestiole n'y était pas. Aucune odeur de fauve à signaler.

Emma pencha la tête, les deux mains crispées sur sa tasse.

— J'ai dû faire un accès de paranoïa. Désolée, Jake.

— Pas de souci. Après l'enfer que tu as vécu, c'est normal que tu sois sens dessus dessous.

— Même sans ce crétin d'homme-léopard dans les parages, la moufette aurait pu asperger Kyle ou, pire, le mordre et lui filer la rage. J'aurais dû faire plus attention…

Jake l'enlaça tendrement.

— Il ne s'est rien passé, Emma. Kyle est indemne. Andraya aussi. Tu es juste secouée après ce qui s'est passé hier soir. L'infirmière est là pour nous aider. Laisse-les jouer tranquilles, ils sont à l'abri.

— Arrête de l'appeler l'infirmière. Elle a un nom, quoi ? Brenda. Je n'arrive pas à comprendre pourquoi tu as refait appel à cette nana qui n'est même pas qualifiée en pédiatrie. C'est idiot, Jake.

Elle se couvrit aussitôt la bouche, horrifiée par son ton mordant et cette sortie de peste.

— Je n'aime pas voir des inconnus débarquer ici, tu le sais bien. Or Brenda intervient au ranch depuis près de deux ans, elle a l'habitude de la maison, aime les enfants et s'entend bien avec toi.

— Je sais, je sais. Désolée. Je ne suis pas moi-même ce matin. J'ai besoin de… j'ignore de quoi, en fait. Il aurait pu arriver n'importe quoi à Kyle. Imagine qu'il soit allé à l'écurie, Jake. Un cheval aurait pu lui lancer une ruade.

— Sauf que rien n'est arrivé. Tu l'as rattrapé avant qu'il aille trop loin. Ça arrive tout le temps que les parents s'inquiètent. J'ai lu ça dans un bouquin de conseils aux jeunes parents.

— Un livre de conseil aux jeunes parents ? répéta-t-elle, médusée. Tu lis ça, *toi* ?

Il prit un air piteux.

— Comment veux-tu que je me renseigne ? Et puis ça n'arrête pas de changer à mesure qu'ils grandissent. Hier encore, il suffisait que je les prenne dans mes bras pour qu'ils soient aux anges. Mais ça c'était avant… Je n'ai pas la moindre idée de ce qui rend un môme heureux.

Emma l'embrassa sur la pointe du menton.

— Tu m'étonneras toujours.

Il se pencha vers elle et accrocha son regard.

— Tu sais qu'il est possible que tu sois une change-forme comme ta mère, n'est-ce pas ? Tu y as songé ? Tu diffuses l'odeur, très nette, d'une femme pendant ses premières chaleurs.

— Beurk! dit-elle en fronçant les ailes du nez. Tu veux dire que je pue?

Jake frotta son ombre de barbe.

— Si seulement… Ton odeur fait un effet bœuf aux hommes. À *tous* les hommes du peuple léopard, qu'ils puissent ou non se transformer. Drake, Joshua et Conner sont mal à l'aise quand ils sont près de toi. Quant à moi, je suis à deux doigts de péter les plombs.

— Sans blague?

Elle était consciente de ne pas être aussi scandalisée qu'elle aurait dû. Et pour cause: sentant parfois une présence sauvage en elle, elle espérait souvent qu'il s'agissait de son fauve tout en émettant de sérieux doutes. D'un autre côté… elle était ravie de faire de l'effet à Jake.

— Je retourne à mon bureau, dit-il, renfrogné. Tu n'es pas désolée de me faire bander comme un âne, on dirait…

— Pas du tout, en effet, répondit-elle, un large sourire aux lèvres.

— Il va falloir que tu fasses quelque chose, la prévint-il.

Elle hocha la tête.

— Vivement ce soir, alors.

Chapitre 17

La douleur physique lui satura l'esprit pour la millionième fois. Il n'arrivait pas à se concentrer. C'était tout bonnement impossible. Aussi se frotta-t-il la queue dans l'espoir d'atténuer la sensation de brûlure. Si son sexe gonflait encore, il allait éclater, c'était sûr. Il avait passé son temps à fantasmer au lieu de travailler, à souhaiter qu'Emma soit dans son bureau avec lui au lieu de s'occuper des enfants.

Pensait-elle à lui ? En bavait-elle autant ? Il pria pour qu'il en soit ainsi. Résolu à occuper l'essentiel de ses pensées, il se découvrait quelque peu jaloux chaque fois qu'elle consacrait son temps à quelqu'un d'autre que lui. Pire : le peu de temps qu'ils passaient ensemble était en partie gâché quand ses propres émotions le submergeaient. Il pianota sur le bureau avec son stylo. Il existait forcément un moyen de lier le sort d'Emma au sien une bonne fois pour toutes. La mettre enceinte à répétition ne suffirait pas à s'attacher sa loyauté. Comment s'y prendre, alors ?

Sa main revint au contact de son long sexe, qui se gonflait par spasmes. Tellement gorgé de sang qu'il craignait de voir craquer son pantalon. Le soir était encore loin, jamais il ne tiendrait tout ce temps… Il avait toutes les nanas de la terre à ses pieds mais aucune ne le satisfaisait comme Emma. Il n'éprouvait pas ce besoin viscéral de leur peau douce, de leur corps collé au sien. C'était comme si tout son être avait gardé le souvenir d'Emma dans une vie antérieure. Les légendes insensées de Drake commençaient à prendre corps : pour quelque raison mystérieuse, son désir était tout entier tendu vers la jeune femme.

Fort de mille astuces sexuelles, Jake se savait apte à rendre les nanas folles de lui. Tenaillées par l'envie de remettre le couvert. Il suffirait qu'il l'initie à certaines pratiques pour qu'elle ait à jamais besoin de ses services. Qu'elle soit pieds et poings liés.

Il se frotta le maxillaire un long moment puis se prit le visage à deux mains, ne sachant plus que faire. Amer constat : il n'était plus question de vivre sans elle… et pas davantage de faire durer cet état de fragilité émotionnelle. L'urgence lui commandait de reprendre la main afin que leur relation redevienne supportable.

Emma sortit plusieurs types de salade du réfrigérateur en s'efforçant d'ignorer la tension qui s'accentuait dans son corps. Sa température grimpait en flèche ; elle sentait la chaleur émaner d'elle, et plus particulièrement de son intimité. Elle brûlait de désir et son humeur s'en ressentait. Son entrejambe détrempé la maintenait sur les nerfs. Elle avait engueulé Brenda quand celle-ci était venue avec les enfants en quête d'un en-cas. Ces derniers mangeaient, juchés sur leur chaise haute, tandis qu'elle préparait le dîner.

Elle ne mangerait pas ce soir. Une douche froide, voilà tout ce qui lui faisait envie.

— Emma.

La voix de Jake, posée, à travers l'interphone. Elle leva les yeux par automatisme bien qu'il ne soit pas présent physiquement. C'était l'effet du timbre employé. Langoureux. Excitant. Autoritaire. Elle se crispa aussitôt, sa fièvre augmentant d'un cran supplémentaire. Il allait falloir qu'il fasse installer des ventilateurs dans toute la maison…

— Oui ?

À coup sûr, il mijotait quelque chose.

— Dis à Brenda de s'occuper des mômes pendant deux heures et rapplique dans mon bureau. Tu as dix minutes.

Elle hésita à répondre. Trop tard, il avait déjà raccroché. Emma perçut en un clin d'œil la différence dans son degré d'excitation, sur la face intérieure de ses cuisses et jusque dans son sexe agité de spasmes. Rien qu'à entendre sa voix. C'était effrayant, cette façon qu'il avait de mettre sa libido en ébullition. Un simple changement de timbre suffisait à la mettre au supplice.

Elle contempla ses préparatifs culinaires. Dix minutes ? Trop court pour terminer. Elle appela Joshua pour le prévenir qu'elle ne serait plus avec les enfants et qu'il fallait quelqu'un pour être présent avec Brenda. Puis elle rangea tout. Elle avait terminé bien avant qu'il arrive. Andraya et Kyle étaient toujours occupés à manger leur en-cas. Quelques minutes plus tard, une fois les enfants confiés aux bons soins de Brenda et Joshua, elle fut enfin libérée.

Emma frappa à la porte du bureau et entra. Jake travaillait. La pièce était spacieuse et toute l'aile insonorisée. Sitôt la porte refermée, elle ne pourrait plus entendre les enfants. Son tableau trônait en bonne place, en face de lui. Jake ne leva pas les yeux.

— Tu es en retard.

— De deux minutes, Jake. Tu crois que ça se fait si vite de s'occuper de deux enfants ?

Les yeux toujours rivés sur ses papiers, il reprit :

— Je ne t'ai pas demandé de t'occuper d'eux mais d'être ici dans les dix minutes. Joshua est tout à faire capable de les prendre en charge.

Ça s'annonçait tendu. Elle ne pipa mot et attendit, refusant de continuer à s'excuser comme à mordre à l'appât. Les minutes défilèrent. Quand enfin il daigna lever les yeux, ceux-ci pétillaient, quelque part entre menace et lubricité. Une boule de feu claqua dans l'estomac d'Emma.

— Ferme à clé et déshabille-toi. Plie tes vêtements et dépose-les sur le siège, près de la cheminée.

Chauffée à blanc, elle n'en laissa rien voir et l'observa. Traits tirés, mâchoires serrées, regard ténébreux et fixe, au fond duquel brasillait le désir. Elle le laissa poireauter une bonne minute avant d'envoyer voler ses sandales d'intérieur puis entreprit de déboutonner son corsage. Lentement. Quand les pans s'ouvrirent, elle s'en défit d'un haussement d'épaules et prit son temps pour plier le corsage. Puis, après l'avoir posé avec soin sur le siège, elle tendit les bras dans le dos afin de dégrafer son soutien-gorge.

— Tourne-toi face à moi.

Le velours de sa voix se faisait râpeux. Emma se retourna et le regarda, fit s'égrener quelques secondes et laissa glisser les bretelles jusqu'à ce que les bonnets lui tombent dans les paumes tendues. Ses seins avaient pris du volume depuis la naissance d'Andraya. Elle entendit sa respiration heurtée et vit ses yeux se voiler. Le feu couvait dans ses pupilles, et elle sentit ses tétons durcir et son excitation culminer.

Au plus profond d'elle-même, elle ressentait toujours une énergie primitive s'éveiller quand il était ainsi. Elle respira plus fort, ce qui lui souleva les seins tandis que l'odeur musquée de l'excitation de Jake lui emplissait les poumons. Cette sauvagerie intime se déroula, griffa, jusqu'à ce qu'elle souhaite et même ressente le besoin de porter les mains à sa poitrine afin de lui en faire l'offrande puis d'autoriser ses doigts à glisser vers la fente détrempée et son sexe qu'elle sentait se contracter.

— Enlève ta jupe et ta culotte. Puis plie-les.

Bonne idée, le contact de l'étoffe lui était pratiquement insupportable. Une chose se mouvait juste sous la surface, comme une onde de désir, un picotement qui la parcourut très vite avant de se déchaîner sous la ceinture. Ardent, presque douloureux. Elle prit son temps afin de l'exciter au maximum, au plus près possible de la perte de contrôle, histoire qu'il cesse d'être si sûr de lui ou d'elle.

Elle lui tourna délibérément le dos, lui offrant son postérieur en spectacle tandis qu'elle marchait nue sur le parquet afin d'ajouter jupe et culotte à la pile de vêtements. Elle opéra ensuite une lente volte-face dans un tourbillon de mèches rousses. La caresse des cheveux sur la courbe de ses hanches l'électrisa un peu plus.

— Viens ici et déshabille-moi, lui ordonna-t-il, la voix toujours plus caverneuse.

Il était déjà pieds nus, ayant pris soin de préparer le terrain à son fantasme. Emma ne put manquer la bosse oblongue qui gonflait son pantalon.

Elle marcha jusqu'à lui dans un doux balancement de seins lourds, lui déboutonna sa chemise, dégagea ses épaules de lutteur et alla sagement poser le vêtement plié sans attendre qu'il lui en donne l'ordre.

— Reviens et agenouille-toi.

Elle retourna devant lui, tomba à genoux et défit sa ceinture, consciente de l'image qu'elle donnait d'elle-même et d'accentuer son érection à chaque geste docile. L'expérience la faisait mouiller comme jamais. Elle était prête à l'accueillir. Ses doigts effleurèrent son membre dur à plusieurs reprises tandis qu'elle ouvrait son pantalon et le débarrassait ensuite de son caleçon. À hauteur d'œil, son érection était intimidante. Une queue longue, épaisse et comme affamée qui venait de surgir, au garde-à-vous.

La jeune femme plia le pantalon et alla le poser sur la chaise.

— Grimpe sur mon bureau, Emma. Et mets-toi à quatre pattes.

— Jake…

Elle loucha vers la porte, les sourcils légèrement froncés.

— Sur le bureau. Regarde-moi, pas cette foutue porte.

Elle croisa son regard et fut aussitôt prise au piège. S'humectant les lèvres, elle grimpa à gestes lents sur le meuble et s'y campa à quatre pattes, comme ordonné. Il y avait quelque chose d'infiniment sensuel à être ainsi, le corps offert, alors qu'il tournait autour d'elle et la scrutait sous toutes les coutures, comme il l'aurait fait d'un trophée précieux.

— Écarte les cuisses.

Elle avait le plus beau cul du monde. Rond. Ferme. Doux comme un pétale de rose.

— Encore, Emma.

Le timbre de sa voix se faisait rauque. Il lui caressa les fesses avec la paume, frottant sa peau satinée.

— Tu es si belle. Je pourrais rester tout le jour à t'admirer.

Jake continua à tourner lentement autour du bureau, le souffle court tant elle lui faisait d'effet. Sa beauté était celle d'un félin racé. Elle en avait la grâce, la sensualité, jusqu'à la fluidité quand ses muscles roulaient sans effort sous son épiderme. Sa lourde crinière rousse tombait en cascade. Ses seins étaient superbes, les tétons tout durs, comme suppliant qu'on s'occupe d'eux. Et ce cul, mazette ! Il ne pouvait s'empêcher de caresser cette peau lisse, laiteuse, qui lui aimantait le regard et menaçait de lui faire exploser le cœur.

Il la caressa un long moment, tout au bonheur d'éprouver ce grain de peau, cette douceur soyeuse. Puis, sciemment, il la fessa avec vigueur, prodigua de tendres caresses à sa peau rougie et récidiva.

— Et de deux, Emma, pour tes deux minutes de retard.

Elle poussa un sifflement de bête outragée et tourna vers lui un regard courroucé.

— C'est ça, ton idée de fessée sensuelle ? Parce que j'ai trouvé ça tout sauf sexy.

Ses doigts glissèrent jusqu'à sa fente. Elle hoqueta.

— Au contraire, je dirais que tu as trouvé ça très excitant, dit-il en lui montrant ses phalanges enduites d'épaisses sécrétions intimes.

Elle eut envie de nier en bloc mais Jake était si bigrement sexy quand il tournait ainsi autour d'elle à la façon d'un prédateur, le regard habité, tandis qu'un grognement sourd émanait de son torse hypermusclé. Ses yeux d'or étaient hypnotiques. Elle crut jouir en le voyant se lécher les doigts.

Emma rejeta la tête en arrière, consciente du désir ardent qui la consumait. Et cette façon qu'il avait de l'observer, comme si elle lui appartenait corps et âme, achevait de la faire mouiller.

D'un point de vue extérieur, elle trouvait sa propre réaction intéressante. Son corps exigeait qu'elle se soumette à lui. Ses hanches poussaient contre la main de Jake, désireuses qu'il poursuive son massage érotique. Elle laissa échapper un petit cri quand il la fessa une troisième fois. Pas de douleur, mais parce que sa fournaise intime atteignait une température vertigineuse.

— Et là, c'était pour quelle raison ?

— Pour tout le temps que tu as mis à te déshabiller.

— C'est aujourd'hui que tu comptes m'apprendre tout ce qu'il y a à savoir sur le sexe ? demanda-t-elle faiblement. Le sexe auquel je ne connais rien ?

Elle commençait à trouver un réel intérêt dans de telles leçons tout en continuant à jouer à la plus fine. Tout son être était en feu, ses terminaisons nerveuses entièrement tournées vers lui, ses sens comme décuplés.

— Oui ma belle. Alors épargne-moi tes sarcasmes.

— Jake…

Il lui massait toujours les fesses, alternant caresses et frictions vigoureuses. Une combinaison fatale qui menaçait de la rendre folle.

— Oui ?

— Tu vas me faire languir combien de temps avant de me baiser ? Je n'en peux déjà plus, là.

« Deux heures », avait-il précisé. Soit une éternité de tourments s'il tardait à passer aux choses sérieuses.

— *Très* longtemps, s'esclaffa-t-il.

— Et si je finis par me lasser, tu feras quoi ?

— Tu n'es pas censée t'exprimer. Sauf pour répondre à mes questions.

Elle rejeta la tête en arrière, des étincelles dans le regard.

— Vraiment ? Je croyais qu'il s'agissait de faire mon éducation. Comment veux-tu que j'apprenne si je n'ai pas le droit de poser des questions ?

— Emma…

Elle l'observa par-dessus son épaule en s'efforçant de ne pas rire.

— Oui ?

— Tu te rappelles, la fessée sensuelle dont je t'ai parlé ? Encore un mot et tu finis en travers de mes genoux.

Elle cacha son sourire et tenta d'apparaître soumise. L'épiderme survolté, elle percevait son souffle sur sa peau, la chaleur qui irradiait de son grand corps alors qu'il ne la touchait même pas.

— Allonge-toi pour moi, ma belle. Sur le dos. En travers du bureau avec les fesses vers moi, tout au bord du plateau.

Après l'avoir aidée à s'installer, il lui écarta les cuisses, un pied calé sur le bord latéral et l'autre jambe repliée, afin qu'elle se présente à lui tel un festin. Son pied glissa sur le bois poli.

— C'est dingue, protesta-t-elle. Je ne peux pas garder cette position. Et tu ferais bien de fermer le bureau à clé.

Il fit tourner sa langue dans le nombril de la jeune femme.

— Pourquoi, tu ne veux pas qu'on nous découvre pendant que je te dévore ?

Jake fit glisser sa main jusqu'au pied d'Emma, qu'il guida jusqu'à une petite boucle de cuir qu'il avait nouée au pied du bureau. Puis il fit de même avec l'autre jambe afin que sa partenaire n'ait pas à forcer pour tenir la pose.

Sa poitrine était si tentante, ainsi dressée vers lui, qu'il céda à l'envie de lui empoigner les seins. Ils étaient lourds. Incroyablement soyeux. Il caressa ses mamelons avec les pouces tout en collant le visage au creux de sa nuque, mordant d'instinct à la manière des léopards en rut.

Elle haleta, prise de frissons, tandis qu'il léchait la marque de morsure. Sa part indomptable en voulait davantage, exigeait qu'il la touche, qu'il la domine. Emma était chaude comme la braise, ce qui ne lui ressemblait guère – et, paradoxalement, lui donnait le sentiment qu'elle était venue au monde rien que pour lui. Pour le satisfaire.

Il lui pinça les tétons tout en lui malaxant les seins, puis sa bouche avide couvrit un mamelon et sa langue entra dans la danse. Douce et brûlante torture. Emma sentit ses parois vaginales se contracter sous l'effet du désir. Elle s'entendit pousser un cri rauque qui n'entrait pas dans son registre vocal habituel.

Jake leva vers elle des yeux où brillait son orgueil de mâle et lui glissa la main dans une boucle.

— Tiens-toi bien. Ne lâche pas, surtout.

Il plaça ensuite son autre main dans une poignée de cuir souple située du côté opposé.

— Tu as ça en tête depuis des heures, pas vrai ? demanda-t-elle, fermement agrippée. C'est ça, ma leçon du jour ? Le *bondage* ?

— « Des heures » ? lui fit-il écho en arquant un sourcil. Non, ma belle. Des semaines. Des mois.

Il pencha la tête et recommença à lui lécher les tétons, d'abord l'un puis l'autre, les aspirant dans sa bouche brûlante, mordillant, donnant de grands coups de langue tandis qu'Emma se cambrait à l'extrême pour être au plus près de ses lèvres. Elle voulut jouer des hanches afin de se frotter contre la jambe ou, mieux encore, la queue de Jake, car tout lui était bon pour apaiser cette tension inexorable. Mais ses cuisses étaient trop écartées. Rester dans cette position, c'était être à sa merci.

— Tu n'es pas encore prête pour le *bondage*, ma belle. Je ne t'ai pas attachée pour que tu puisses te libérer au premier signe d'inconfort. Il est exclu que tu prennes peur. Tout ce que je veux, c'est te rendre folle de désir. T'obliger à ne plus penser qu'à une chose : moi te pénétrant, te faisant connaître ton prochain orgasme.

Il se fendit d'un sourire malicieux, presque narquois.

— Jusqu'à ce que tu me supplies de te baiser, par exemple. Ce serait un bon début.

La langue collée à sa lèvre supérieure, haletante, Emma s'exhorta au calme alors qu'elle rêvait de lâcher la bride et de se jeter sur lui. Elle tenta un petit rire de dérision alors qu'elle était déjà mûre à point pour commencer à le supplier.

— Et… tu comptes faire quoi, là tout de suite ?

— Sur ce beau bureau doté de son nouvel ornement ? dit-il en lui léchant le ventre jusqu'au mont de Vénus. Mais travailler, pardi ! Tu m'inspires.

Nu comme un ver, il se laissa choir dans son fauteuil et ralluma son ordi portable. Puis il lut un rapport tout en lui massant la face intérieure de la cuisse. Emma crut défaillir tant ses nerfs étaient à vif. Elle prit conscience à quel point l'attente pouvait être érotique, surtout alors qu'elle était étendue sur son bureau, entièrement offerte, tandis qu'il fronçait les sourcils sur son écran et que ses doigts caressaient presque machinalement sa peau lisse et satinée de plus en plus haut, jusqu'à…

Il mit fin au contact pour pianoter quelque chose. Emma reprit son souffle, vaguement déçue : il avait beau ne pas lui avoir effleuré le sexe, elle mouillait comme jamais auparavant. Chaque fibre de sa peau était tendue vers la caresse à venir. Les seins douloureux, la gorge sèche et la bouche encore plus, elle n'attendait qu'une chose : qu'il la comble. Au sens physique. Son vagin était en feu. Elle n'aurait pas été surprise de voir le meuble s'embraser sous elle alors que Jake lui prêtait à peine attention.

Elle ferma les paupières, bien décidée à lui résister. La pulpe de ses doigts revint à l'assaut, la caressant toujours plus haut, plus près. Son pouce effleura sa fente détrempée et décrivit des cercles paresseux sur son petit bouton jusqu'à ce qu'elle gémisse et tressaute. Il retira alors sa main et reprit sa lecture.

Quelques minutes plus tard, la douce torture recommença en reprenant le même itinéraire, d'abord de simples caresses sur le haut des cuisses… puis il plongea deux doigts en elle. Elle poussa de petits cris quand il se mit à aller et venir, étirant ses parois vaginales, furetant, venant titiller son clitoris. Le feu couvait en elle, inlassable, mais jamais jusqu'à l'orgasme. Il faisait simplement grimper la tension au-delà du supportable, jouant avec sa créature écartelée qui hurlait désormais sans retenue aucune.

La jouissance était là, imminente… mais il retira sa main et se lécha les doigts, sans y penser, tout en continuant à lire.

— Le mot « enfoiré » me vient à l'esprit, maugréa la jeune femme.

— J'ai eu du mal à me concentrer toute la journée, ma belle. À cause de toi. Ça méritait bien une petite séance de torture sexuelle.

— Jake…

Emma était bien trop excitée pour songer à s'empêcher de geindre. Tempêter ne mènerait à rien, certes, mais elle craignait sérieusement de perdre les pédales. Il avait insinué qu'il fallait qu'elle le supplie. Eh bien, ça n'arriverait pas.

Jake appuya sur un bouton. La musique inonda la pièce. Voyant qu'il l'ignorait toujours, elle referma les paupières et prêta l'oreille à la mélodie plaintive qui résonna jusque dans son sexe secoué de spasmes. Emma songea un instant à lâcher une courroie pour se soulager. Sauf que ce serait tricher et il n'en était pas question.

Ses grandes mains se refermèrent sur ses cuisses, puis elle sentit son ombre de barbe frotter contre son épiderme hypersensible. Elle rouvrit les yeux : la tête passée entre ses jambes, le beau ténébreux faisait courir sa langue sur la face intérieure de ses cuisses. Le contact de ses dents la fit se raidir. Des vagues de volupté enflèrent dans tout son être, inondant son sexe de désir à l'état liquide. Les cheveux de Jake, en glissant sur sa peau, excitèrent les terminaisons nerveuses de ses cuisses, son mont de Vénus et son clitoris chauffé à blanc.

Un coup de langue suffit à la faire crier. Tous ses muscles se crispèrent, comme sous l'effet d'une brusque surtension. Son sourire était machiavélique, ses yeux deux billes d'or pur voilées par la tension sexuelle. Il baissa la tête et lui enfonça la langue dans la chatte. Bien profond. Cambrée à mort, Emma poussa un cri étouffé, survoltée par l'assaut, poussant pour qu'il la pénètre davantage. Il lui plaqua les cuisses sur le bois du bureau pour se repaître plus à son aise en prenant soin d'éviter son clitoris turgescent afin que le supplice se poursuive. Tout au plus le titillait-il de temps à autre avec la langue ou les dents. La jeune femme réagissait chaque fois en se déhanchant comme une diablesse.

— Jake, plaida-t-elle, suppliante. Je n'en peux plus…

Il pressa ses lèvres contre son sexe chaud et détrempé.

— Que veux-tu, ma belle ?

— Toi. Dans ma chatte. Fais-moi…

Elle rua de plus belle sous l'assaut périphérique de sa langue, frissonnant des pieds à la tête. L'orgasme était, là, si proche… et hors d'atteinte. Un contact de plus et, c'était sûr, elle allait défaillir.

Il se leva brusquement, la laissant hors d'haleine.

— Jake, qu'est-ce que tu fais ?

Emma leva la tête et l'aperçut qui faisait le tour du meuble.

— Reviens ici tout de suite et fais quelque chose avant que je m'enflamme.

— Pas question. Tu n'as pas été assez gentille.

Il lui effleura le ventre et lui pinça un mamelon, provoquant un sifflement rauque.

— Tu vas devoir attendre encore.

— Je n'ai pas le droit à un mot pour dire stop ? Parce que c'est de la torture, là…

Il rit doucement et la fit glisser vers le haut de quelques centimètres, ce qui tira un peu sur les liens qui lui retenaient les bras et les jambes, jusqu'à ce que la tête de la jeune femme pende librement. Elle était entièrement à sa merci.

— Il va falloir utiliser ta jolie bouche pour autre chose que m'envoyer des piques, ma belle.

Le colosse lui prit la figure à deux mains et l'embrassa longuement. Un baiser langoureux, affamé.

Puis il se plaça debout derrière elle, sa queue en érection à l'aplomb de son visage. Emma sentit son cœur s'emballer, son entrecuisse se crisper de désir et en eut l'eau à la bouche : quel morceau c'était, ce sexe long et épais, tout excité pour elle ! Elle comprit son manège : l'idée, c'était de la revendiquer. De lui montrer qui était le boss, qui contrôlait la situation.

Emma n'en était plus à consentir à sa volonté de domination ; elle voulait qu'il éprouve du plaisir. Plus que tout, y compris sa propre jouissance. Il fallait qu'elle assure. Quitte à le faire sans les mains. Elle devait œuvrer à comprendre son désir. Avec, en toile de fond, l'idée qu'il n'oublie jamais ce qui allait suivre ni qui faisait son bonheur. Quand elle vit cette queue énorme planer au-dessus d'elle, Emma s'y frotta la figure, presque comme un chat qui ronronne. Jake, surpris, cessa aussitôt son petit jeu de dominant et se laissa faire.

Il était ébahi par la violence des sensations qui naissaient en lui au simple contact de ce frais minois venant se frotter contre son sexe tendu – et par la sensualité de ce geste. C'était hallucinant, elle l'aimait vraiment pour n'avoir pas songé un instant à se détourner. Le regard d'Emma se voila. En lui procurant du plaisir, elle paraissait prendre son pied, adorer ce jeu peau contre peau. Il eut le souffle coupé quand elle le prit dans sa bouche – pas beaucoup, juste ce qu'il fallait pour qu'il éprouve sa douce chaleur et un léger effet de succion – pour faire rouler sa langue autour du gland hypersensible.

Emma le faisait se liquéfier à l'intérieur alors même qu'il bandait ferme. Il étudia ce doux visage, ces yeux mi-clos dont les cils, longs et épais, lui faisaient un effet bœuf en papillonnant. Cette bouche, enfin, qui le vénérait. Tel un *dieu vivant*. Des très nombreuses femmes qu'il avait connues, jamais aucune n'avait mis autant d'ardeur à lui donner du plaisir. À l'envoyer au septième ciel. Toutes les nanas tombées sous sa coupe avaient tenu à ce que soit *lui* qui les fasse jouir. En s'imaginant déjà la bague au doigt avec, à la clé, un compte en banque bien garni.

Elle embrassa son gland large et plat puis déposa des baisers sur toute la longueur de sa queue avant de le sucer langoureusement. C'était si bon qui faillit tomber à genoux. Elle aspira avec douceur. Le contact de ces lèvres brûlantes fit jaillir des étincelles dans l'immense carcasse de Jake. Puis elle délaissa sa queue pour faire subir le même traitement à ses testicules dont le sac était déjà tendu à se rompre. Emma caressa, embrassa, lécha avec ce même ronronnement dont les vibrations menaçaient de le rendre fou.

Il perdait les pédales, merde ! Emma prenait l'ascendant. Lui faisait l'amour. L'émoi qu'il ressentait formait un linceul de soie chaque seconde plus tendu, lui serrant le cœur aussi fort que cette bouche qui se refermait sur sa queue, l'étranglait, le faisait suffoquer de plaisir.

Jake empoigna les longs cheveux roux d'Emma, qu'il enroula autour de ses poings, ce qui intrigua la jeune femme. Son cœur risquait d'éclater tant il battait vite et fort. Le manque d'air lui brûlait les poumons. Il reprit les commandes à sa manière, soit en obligeant Emma à céder ce qu'elle lui aurait donné de bonne grâce, faute de quoi il serait perdu à jamais. Il s'enfonça dans sa bouche. D'un grand coup de reins, la tête rejetée en arrière tant c'était divin.

— Allez, ma beauté, tu peux le faire. Respire. Prends-moi tout entier. J'adore être dans ta bouche, dans ta gorge si serrée. Tu en as autant envie que moi. Retiens bien cette leçon, elle compte beaucoup. Détends-toi.

Il n'était pas question qu'elle sache qu'elle lui avait coupé les jambes en lui faisant l'amour. C'était exclu.

Emma se sentit perdue. Alors qu'elle prenait son pied à lui faire l'amour et à éprouver sa réaction, en un instant, Jake s'était mis à la traiter en objet sexuel dont l'unique fonction serait d'être à son service. Était-ce là sa seule vision du plaisir sexuel ? Elle fit de son mieux pour accueillir ce sexe énorme dont elle percevait la tension extrême. Sa gorge lui faisait mal et il contrôlait le moindre mouvement, ce qui était assez flippant et, en même temps, un brin excitant. Il serrait les poings de chaque côté de sa tête tout en allant et venant dans sa bouche, restait quelques instants enfoncé puis se retirait juste assez pour qu'elle puisse reprendre son souffle.

La sonnerie du téléphone la fit se figer. Jake la lâcha d'une main, actionna le mode haut-parleur et lui empoigna derechef les cheveux avant de pousser, plus doucement cette fois, pour inciter la jeune femme à continuer.

— Allô ?

Son intonation était rauque. Emma sourit, soulagée de constater qu'il jouait les blasés mais qu'il n'en était rien. Elle fit sciemment rouler sa langue autour de son gland incandescent, qu'elle lécha par en dessous. S'il pensait pouvoir discuter affaires alors qu'elle gisait, nue et offerte sur son bureau et que sa queue allait et venait jusqu'au fond de sa gorge, elle était bien déterminée à lui rendre la tâche ardue.

— Monsieur Bannaconni, ils sont revenus à la charge avec une contre-proposition que je trouve très alléchante et que je vous conseille d'accepter.

C'était Dean Hopkins, le gestionnaire de la société immobilière, rappelant pour tenter de le pousser à vendre.

— J'ai pris sur moi de rédiger le contrat, monsieur. Vous n'avez plus qu'à signer.

—N-non.

La voix de Jake était hachée, gutturale. Il rejeta la tête en arrière et joua des hanches, si près de l'extase qu'il avait des bourdonnements d'oreilles.

—Mais, monsieur Bannaconni, nous perdons de l'argent mois après mois. Les frais sont énormes pour couvrir les hypothèques consenties sur tous les terrains que vous avez achetés et rien ne rentre. Une offre pareille ne se représentera pas…

—Non.

Le timbre de sa voix était éraillé. Emma pompait en fredonnant tandis que Jake s'enfonçait en elle, et les vibrations produites allaient crescendo. Elle recommençait à lui faire l'amour. Il laissa échapper un petit soupir de plaisir. Désormais détendue, Emma se concentra pleinement sur cette érection qui devint tout son univers, un terrain de jeux sexuels où plus rien d'autre n'existait. Elle mit ses lèvres, sa langue et ses dents à contribution, tout son amour pour lui, jusqu'à ce que même le son de la conversation lui paraisse très lointain.

Elle pencha la tête un peu plus en arrière et prit conscience à quel point ses bras et jambes, son cou, étaient tendus. Elle gémit. Il avait compris et sa queue enfla encore.

—Au revoir, Hopkins, cracha Jake avant de raccrocher.

Ce mouvement brusque provoqua un spasme musculaire chez Emma. Elle ne lutta pas alors qu'elle avait certainement dû souffrir, avoir peur et suffoquer. C'était involontaire. Il se retira, lui-même à peine capable de respirer et encore moins de marcher tant son désir était puissant. Elle l'observait, passive, sans la plus petite lueur de haine ou de condamnation dans ses immenses yeux émeraude. Le corps offert. Prête à tout pour lui. Pas pour l'argent ni pour le plaisir. Uniquement par amour.

— Bon sang, Emma ! gronda-t-il à voix basse en venant se placer devant son entrecuisse béant, tu me tues à petit feu.

— C'est peut-être à toi qu'il aurait fallu un mot pour dire stop, Jake, dit-elle de sa voix de velours.

— Et quel serait ce mot ?

Il lui libéra un pied, enroula une de ses jambes autour de sa taille, puis répéta le geste.

— Amour. (Elle afficha ce lent sourire si doux qui le faisait fondre.) Je sais que tu refuses de l'employer et que ce petit jeu peut durer indéfiniment. Je te veux en moi. Pour toujours.

— Que diable vais-je faire de toi ?

La voix de Jake s'était teintée d'une touche de désespoir avec, en contrepoint, une note de passion étranglée qui l'effleura comme l'auraient fait les doigts caressants d'Emma.

Il pénétra ses replis intimes, tout au besoin d'être en elle, de la sentir autour de sa queue, peau contre peau. Les flammes enflaient dans ses jambes, ses cuisses, convergeant dans son sexe tendu à mesure que leurs corps fusionnaient.

— Reste avec moi, ma beauté. Je suis là.

Il adopta un rythme lent pour mieux goûter sa chaleur, la façon dont il bougeait en elle, mieux jouir de la magie de l'instant, presque comme si c'étaient leurs deux âmes qui entraient en collision.

— Donne-moi tes mains.

Jake se pencha sur elle et, quand elle leva les mains, il entrelaça leurs doigts puis lui plaça les bras au-dessus de la tête de façon à l'envelopper totalement, désireux d'établir un contact intime aussi puissant que celui qu'il éprouvait.

Emma joua des hanches au rythme imposé par son bel étalon, se soulevant à chaque nouveau coup de boutoir. Membré comme il l'était, Jake avait conscience de venir buter contre le col de son utérus mais y allait à fond, insistant afin qu'elle l'accepte tout entier. Et elle y parvenait. Quoi qu'il exige d'elle, la jeune femme lui donnait tout et même un peu plus. C'était lui, cette fois, qui ressentait le besoin de scruter l'âme de sa partenaire.

— Regarde-moi.

Il tenait à en avoir le cœur net, que ce qu'il cherchait à voir existe ou non. Peu importait, désormais : seule comptait la présence de l'amour dans les yeux d'Emma.

Elle croisa son regard… et il s'y noya. Encore. Celui qu'il avait été naguère – homme, fauve ou les deux à la fois, allez savoir – n'existait plus. Il ignorait *qui* se reflétait dans les pupilles de sa compagne.

— Qui suis-je, Emma ? la questionna-t-il à voix basse. Ce type qui est en toi, si profondément que nous ne faisons qu'un… qui est-ce ?

Nouveau coup de reins dans ce fourreau serré, brûlant, qui menaçait de l'anéantir. Emma siffla entre ses dents et son regard se brouilla mais sans qu'elle se détourne. Leurs yeux étaient comme aimantés.

— Jake. Tu es Jake. L'homme que j'aime de toutes mes forces.

— Peux-tu vraiment aimer l'homme que je suis, Emma ? dit-il avant de jeter un nouveau coup de boutoir qui fit se voiler les yeux de sa belle.

— Oui, haleta-t-elle, le bassin cambré.

— L'homme et le félin ? La rage ? La domination ? Tu peux vivre avec tout ça ?

Il la pilonna. À la hussarde. Sans retenue.

Emma se garda de grimacer. Mieux : elle afficha ce doux sourire qui lui faisait tant d'effet.

— J'aime tout ce que tu es, Jake. *Absolument tout.* Et, toi, tu peux supporter d'être aimé ? et de m'aimer en retour ?

Ses yeux le brûlaient, sa gorge se serra. Il la tenait clouée sous sa grande carcasse, allait et venait en elle alors que son sang chantait et qu'un feu liquide remontait de son ventre à sa poitrine, lui brûlant les poumons et le cœur. Il s'entendit pousser un cri guttural. « Emma ». Sa vie, son monde. Son Emma. Rien d'autre n'existait.

Il sentit une brusque pression s'exercer sur sa queue. C'était chaud, divin… et entièrement inédit. Comment diable s'y prenait-elle ? Mystère total. Alors qu'il était enfoncé en elle jusqu'à la garde, Emma lui fit découvrir des sensations incroyables, dépassant l'imagination. Elle poussa des petits cris. Ne pouvant plus se retenir, il s'abandonna à l'extase absolue que lui procurait ce petit corps brûlant. Il éjacula à longs traits, foudroyé par un orgasme homérique qui lui parut durer une éternité, telle une parenthèse magique. Le temps suspendit son vol, ils ne faisaient plus qu'un. Corps et âme.

Jake resta au-dessus d'elle, la pénétrant toujours. Épuisé, le souffle court, le corps rassasié et souple, étendu sur Emma, en appui sur les coudes, le visage enfoui au creux de son cou. Ses yeux étaient en feu, son grand corps secoué de spasmes. Il la serra fort contre lui, les lèvres plaquées contre ce pouls qui battait à tout rompre, contre son Emma qui pleurait pour lui. Si c'était cela, l'amour, il était résolu à s'y accrocher de toutes ses forces.

— Jake.

Emma dissocia leurs mains. Son cou était mouillé. Elle lui caressa la tête, peu désireuse de le voir bouger mais à peine capable de respirer tant il l'écrasait entre son torse immense et le bois du bureau.

— Ça va, mon grand ?

Il se redressa et lui prit la figure à deux mains. L'air dévasté et les yeux bordés de… de larmes ?

— Je te jure, Emma, que chaque fois que je suis en toi c'est un foutu tremblement de terre.

Il se baissa pour l'embrasser. Pas ses élans habituels de macho exigeant, non : un long baiser tout en douceur, qui laissa la jeune femme toute remuée.

Jake se retira avec soin puis l'aida à s'asseoir au bord du meuble, la soutenant quand il vit qu'elle tanguait un peu.

— Tu peux te relever, Emma ?

— Jake ?

Emma se pendit à son cou et tenta de se lever mais sentit que ses jambes flageolaient.

— La prochaine fois, je veux qu'on fasse ça dans un lit. Sérieux. Ni par terre ni dehors ni sur un bureau ou un plan de travail, dans un vrai lit.

Il s'esclaffa doucement et la tint tout contre lui.

— Promis, ma beauté.

Elle leva la tête pour réclamer un autre baiser.

— C'est une sacrée aventure de coucher avec toi… Je crains d'être déjà trop vieille. Fournis-moi un matelas et je serai la plus heureuse du monde.

Elle loucha du côté de la salle de bains, qui lui parut à des kilomètres.

— Il va falloir que tu me portes.

— Parce que tu me crois beaucoup plus vaillant ?

Il se redressa prudemment puis, une fois redevenu lui-même, posa sur elle un regard inquiet.

— Je ne t'ai pas fait mal, au moins ?

Emma lissa les plis anxieux qui lui barraient la figure.

— Si un jour tu me fais mal, Jake, je te promets que tu seras très vite au courant. (Elle l'enlaça tendrement.) Je n'ai pas l'intention de fuir.

— Tu devrais, pourtant…

Il enfouit son visage dans sa masse de cheveux roux. Elle sentait le sexe mais surtout Emma. *Son* Emma.

— Pourquoi tu ne veux pas m'épouser tout de suite ?

La jeune femme soupira, toute au bonheur d'être dans ses bras.

— Parce que tu crois encore qu'il faut me piéger pour que je reste, Jake. Quand vas-tu te décider à croire en l'amour que j'ai pour toi et t'accepter tel que tu es ? À savoir un homme qui mérite d'être aimé ?

Il la souleva de terre et l'enlaça.

— Tu n'as pas leur sang vicié qui court dans tes veines, Emma. C'est difficile de se faire confiance quand on est le fruit de deux monstres…

Elle releva le menton.

— Eh bien si, figure-toi. Justement. Mon père était le neveu de Trent. Il est parti en forêt pluviale en quête d'une femme qu'il a séduite afin de la ramener aux USA pour la vendre à son oncle. Je n'ai pas l'impression que ma lignée soit beaucoup plus valable que la tienne. Ce même Trent était décidé à me violer, l'autre soir, ainsi qu'à regarder un autre affreux me violer. Il est tout aussi pourri que tes ennemis personnels.

Elle lui lissa les cheveux puis se pencha pour déposer des baisers sur son maxillaire et jusqu'à la commissure de ses lèvres.

— Si tu es devenu quelqu'un de bien, Jake, c'est parce que tu t'es forgé un code de conduite que tu suis à la lettre. Il y a de la force d'âme en toi, de la bonté. Et ça vaut aussi pour ton *alter ego* félin. Les traits de caractère qui te déplaisent seront toujours présents, comme chez tout un chacun ; les juguler est et restera un défi quotidien. De ce point de vue, nous sommes tous logés à la même enseigne.

— À t'entendre, Emma, la vie est un conte de fées. Il n'en est rien, hélas ! Tu as besoin de moi pour te protéger de toi-même. Faute de quoi des types comme Trent – ou comme moi – te dévoreront toute crue, dit-il en la déposant sur le sol carrelé de la vaste cabine de douche.

— Tant que c'est toi, je dis oui, convint-elle en se blottissant contre lui.

Chapitre 18

Kyle était officiellement son fils ! Emma dansa de joie dans la cuisine avant de se jeter dans les bras de Jake, radieux, qu'elle faillit renverser. Les papiers d'adoption étaient arrivés par coursier depuis le cabinet d'avocats en fin d'après-midi. Emma avait fondu en larmes en les découvrant.

— C'est allé si vite, Jake ! Un vrai miracle. J'ai signé ces papiers il y a à peine deux ou trois jours…

— Je savais combien ça comptait pour toi, ma beauté, et il n'y avait aucune raison de laisser traîner. Heureusement que le juge était aussi de cet avis.

Il la tint sans ses bras et chassa ses larmes du bout des doigts puis l'embrassa sur le nez.

— J'aimerais beaucoup pouvoir rester fêter ça avec toi, mais il faut que j'aille virer Hopkins et m'assurer qu'il n'a pas trop abîmé mon affaire immobilière. J'ai chargé mes deux secrétaires, Ida et Clara, d'éplucher la paperasse. Ida, surtout, qui n'a pas son pareil pour repérer les incohérences. Hopkins a surtout dû servir à me détourner de leur objectif principal, c'est-à-dire toi. Mais, en bon traître, cet imbécile n'aura pas résisté à l'envie de maquiller les comptes. D'autant que la boîte perdait déjà de l'argent. Je vais pouvoir lui intenter un procès.

Elle cacha son sourire derrière l'épaule de Jake. Lui et ses employés pas comme les autres… Ida, presque octogénaire, était alerte et affûtée. Il l'avait dénichée douze ans plus tôt alors qu'elle travaillait pour un modeste cabinet de comptabilité. Plaquée par son mari, elle avait été contrainte de reprendre le collier et, en dépit d'un talent indéniable, on la traitait – et payait – assez mal. Personne ne voulait l'embaucher à cause de son âge et, comme le cabinet la faisait trimer au salaire minimum, Jake n'avait pas hésité une seconde à la leur souffler.

Le mari de Clara, un autre cas social, avait lui aussi mis les voiles quand leur quatrième enfant avait été déclaré autiste. Mariée très jeune, elle n'avait aucune expérience professionnelle. Avec quatre marmots sur les bras dont un cadet difficile, trouver une baby-sitter relevait de la gageure. Sans autre domicile qu'une voiture à bout de souffle, Clara s'échinait à ne pas perdre la garde de ses enfants tout en allant aux cours du soir dès qu'elle le pouvait afin de se constituer un semblant de bagage. Jake avait repéré les gamins dans la voiture et, révolté, l'avait embauchée sur-le-champ. Puis il lui avait trouvé un logement et installé une crèche *ad hoc* dans l'un de ses immeubles de bureaux.

Emma était certaine que ces deux-là allaient éplucher jusqu'au dernier document comptable, et, si Dean Hopkins volait effectivement Jake, elles en trouveraient la trace. Elle l'embrassa de nouveau. Juste parce qu'il était Jake, le type qui ne se rendait même pas compte qu'il avait bon cœur. Il lui aurait dit que, s'il avait engagé Ida et Clara, c'était parce qu'elles étaient brillantes et loyales. Refusant de voir qu'il était le principal architecte de cette loyauté.

— Ils ont dit aux infos que la tempête allait être terrible, lui rappela-t-elle. Avec des inondations à grande échelle. Reste dormir en ville si tu vois que les routes sont coupées. Je serai plus tranquille.

Jake la serra plus fort, tout heureux d'entendre cette intonation chargée d'amour et de sollicitude qu'il espérait depuis si longtemps. La perspective d'aller au bureau liquider le dossier Hopkins venait de perdre une grande partie de son charme ; il serait volontiers resté à la maison avec Emma et les enfants mais, hélas, cette confrontation n'avait que trop tardé.

— Tout va bien se passer, ma belle. Je t'appelle si l'état des routes se dégrade trop.

Emma pressa de nouveau les documents contre son cœur.

— Je n'en reviens pas de voir mon nom écrit sur son certificat de naissance. Merci mille fois, Jake, ça me soulage d'un poids immense.

— C'est moi qui te sais gré d'être la mère de Kyle, Emma. (Il l'embrassa une dernière fois puis empoigna son attaché-case.) N'hésite pas à appeler Drake en cas de problème.

— Les orages ne me font pas peur.

Emma le regarda partir. Le ciel était déjà très sombre en ce milieu d'après-midi et le vent avait forci. La jeune femme, qui appréciait d'ordinaire le mauvais temps, sentit son estomac se nouer. Andraya surgit à cet instant dans la pièce, talonnée par Susan.

— Maman, glapit la gamine en lui tendant ses bras potelés.

Emma la prit dans ses bras mais, alors qu'Andraya se nichait contre sa hanche, elle lui effleura la poitrine. Cela lui fit mal. Tellement mal qu'elle reposa aussitôt sa fille à terre et inspira à pleins poumons. Ses muscles étaient endoloris. La grippe, peut-être. Autant éviter de la refiler aux enfants.

Au fil de l'après-midi, les symptômes s'aggravèrent. Elle devint hypersensible au moindre son. La lumière aussi l'incommodait. Sa vision se brouillait par moments, et des bandes colorées apparaissaient sans crier gare. Ses articulations lui faisaient mal et craquaient au moindre mouvement. Mais plus encore que ces problèmes physiques pris séparément, ce qui l'inquiétait le plus, c'était un phénomène insidieux, comme une extrême sensibilité générale.

Tout son être était douloureux. Chaque jointure, chaque centimètre carré d'épiderme. La fièvre aussi grimpait en flèche. Ses nerfs étaient à vif. Elle se frotta les bras sous l'effet de démangeaisons étranges : pas à fleur de peau mais *en profondeur*, comme si quelque chose s'éveillait en elle.

Emma tenta de jouer avec les enfants mais, à l'approche du soir, elle se surprit à jeter de fréquents coups d'œil à l'horloge, les mâchoires crispées, priant pour que le temps s'écoule plus vite et qu'enfin vienne l'heure de les coucher. Son humeur partait dans toutes les directions imaginables : un instant au bord des larmes, elle aboyait après tout le monde la minute suivante. Susan lui demanda à plusieurs reprises ce qui n'allait pas. Elle surprit même l'ado à la dévisager, comme si son apparence avait changé.

Quand vint enfin l'heure du dîner, Emma était convaincue d'avoir perdu la boule. Le désir la tenaillait comme jamais. Si Jake n'était pas parti en ville, elle l'aurait supplié de la baiser séance tenante. Sa poitrine, notamment, était archidouloureuse : à chaque pas, l'étoffe frottait contre ses tétons qui pointaient dans son soutien-gorge, lui donnant une furieuse envie d'arracher ses vêtements. Elle avait l'impression qu'une armée de fourmis lui sillonnait inlassablement l'épiderme, mettant à vif ses terminaisons nerveuses. Son intimité était une fournaise qu'il aurait fallu combler de toute urgence. Sa température corporelle atteignait des sommets inédits, au point que même un paquet de glaçons sur la nuque échouait à l'apaiser.

L'orage qui couvait ajoutait à son sentiment de profond malaise. Par deux fois, elle décrocha le combiné téléphonique avant de le reposer. Elle n'allait quand même pas faire courir un risque à Jake sous prétexte qu'elle avait peur ! Les services météo diffusaient des bulletins d'alerte inondation. Il pleuvait déjà, presque à l'horizontale en raison des bourrasques. C'eût été irresponsable et dangereux d'appeler Jake à la rescousse.

Emma prépara un bon dîner histoire de mettre à profit l'énergie débridée qu'elle sentait monter en elle mais les démangeaisons devenaient intolérables. Le contact des vêtements sur sa peau était une torture. Quant au désir sexuel, il affluait par vagues chaque fois plus fortes. Le rouge lui montait aux joues. Elle n'avait plus qu'une envie : se déshabiller et se frotter contre le premier truc apte à la soulager.

— Susan, quand les enfants auront fini et pendant que je fais la vaisselle, ça t'embêterait de leur donner leur bain ? Ils adorent jouer dans l'eau, et ça devrait les tenir occupés le temps que je finisse. Je n'aurai plus qu'à leur faire la lecture.

Elle aurait ainsi le champ libre pour tâcher d'en savoir plus sur ce qui lui arrivait.

— Pas de souci. Ils s'amusent bien dans la baignoire, en effet. Je sais où sont rangés leurs jouets.

Emma se méfiait de sa propre voix. Il lui fallait se déshabiller de toute urgence, faute de quoi elle allait se mettre à hurler. Le désir l'empêchait de se tenir tranquille. Tout son corps ondulait. La chaleur s'intensifiait, la pression exercée sur son paquet de nerfs le plus sensible lui faisait remuer les hanches, et son entrejambe la crucifiait littéralement.

Elle embrassa Kyle et Andraya sur le sommet du crâne et fut soulagée de les voir monter les marches. Puis, agrippée à l'évier, elle releva la tête et prit de profondes inspirations. Marcher devenait presque impossible tant ses pieds lui faisaient mal, à l'image de ses mains et même de ses ongles. Elle se défit de ses chaussures sur le carrelage de la cuisine puis rampa vers l'interphone, terrifiée, prise du besoin impérieux de Jake.

Ses hanches et ses bras se mirent à onduler de manière sensuelle, comme si son corps agissait indépendamment de sa tête et qu'elle ne pouvait plus le contrôler. Elle ressentit l'envie de se caresser, de suivre ses courbes jusqu'au centre de cette fournaise qui l'embrasait afin d'apaiser la douleur. « Jake ! » hurlait son moi intérieur. Il lui fallait Jake.

Une pluie cinglante giflait les vitres, et son pouls battait au rythme sauvage des bourrasques. Tout son être était en ébullition. Dans sa tête défilaient des images de Jake, nu, de son corps d'athlète, avide de la conquérir. Pas en lui faisant l'amour ainsi qu'elle l'aimait tant mais d'une manière profondément différente. Elle sentit son cœur battre plus fort, son sang se figer par endroits, le chaos envahir ses pensées et ses mains – misère, ses pauvres mains – se tordre, se déformer, griffant le sol sous le coup de la frustration.

En sanglots, elle pressa la touche d'appel de l'interphone.

— Drake.

Sa voix avait mué. Sa gorge, à vif, lui faisait un mal de chien. Tout son corps était douloureux. Si l'étoffe pourtant légère de son soutien-gorge venait frotter une fois de plus sur ses tétons, elle risquait de devenir folle.

— Qu'y a-t-il, Emma ? répondit Donovan, tendu.

Il était en train de préparer le ranch à affronter la tempête, comme tous les gars disponibles. Elle toussa, se rendit compte qu'elle se tripotait les seins pour tenter d'apaiser les tiraillements et s'empressa d'arrêter.

— J'ai besoin d'aide. À la cuisine.

Pourvu que ce soit lui qui vienne, songea-t-elle. Lui seul pouvait lui dire ce qui était en train de lui arriver car il connaissait tout de leur peuple. Elle savait qu'il conseillait Jake. Sa mère ne lui avait jamais parlé de la métamorphose mais quelque chose de terrifiant se préparait… et ce devait être le fait de son léopard.

Les minutes passèrent. Comme autant d'heures. Chaque vague d'appétit sexuel était pire que la précédente. Elle sanglotait quand, enfin, la porte s'ouvrit.

— Emma ?

— Drake ! glapit-elle, soulagée.

C'est seulement alors qu'elle se rendit compte à quel point elle comptait sur son aide. Une fois qu'il lui aurait expliqué les choses, elle devrait être capable de maîtriser ce désir brûlant en dépit de son intensité. Si c'était similaire à ce que ressentait Jake, elle comprenait son besoin constant d'être soulagé.

— Emma, il y a un problème ?

Donovan entra dans la cuisine, fit quelques pas… et fut assailli par l'odeur. Il se figea aussitôt, les poings serrés. Son léopard bondit, grogna, griffa, pressé de sortir.

— Drake, il faut me dire ce qui se passe quand une femme a ses chaleurs. Jake a commencé à m'en parler mais j'étais certaine de ne pas avoir de léopard. Aide-moi, je t'en supplie.

Il l'observa à distance, les mains crispées sur un dossier de chaise qu'il faillit broyer, et se racla la gorge avant de répondre :

— C'est Jake qu'il te faut.

— Je sais, merci. Mais, comme il n'est pas là, il faut que tu m'aides. Dis-moi quoi faire. Je vais craquer…

Il fit grincer ses dents tant son envie était forte de bondir par-dessus la table.

— Aucun de nous ne doit entrer ici, Emma. Ça vaut aussi pour moi. C'est trop dangereux. Fais descendre les enfants pour cette nuit et enferme-toi dans ta chambre. Ne laisse pas Susan approcher. Tout homme, qu'il soit léopard ou humain lambda, risque de virer maboul en ta présence. Tu dois garder tes distances.

— Tu ne m'aides pas, là…

— Bon sang ! Emma, je suis un mâle léopard, que je puisse ou non me transformer. Je ne vais pas pouvoir rester.

Ses ongles s'enfoncèrent dans le dossier de chaise. Quand elle l'observa par-delà la table, Emma en eut le souffle coupé. Ses yeux avaient… fondu… et il posait sur elle un regard de prédateur à l'affût. Il remuait la tête sans que ce regard dévie d'un pouce. Son corps parut enfler. Une masse de muscles compacte. Elle perçut le vide qui palpitait dans son entrecuisse au rythme de la respiration de l'homme-fauve.

Drake se mit à reculer, presque jusqu'à la porte, en la voyant approcher.

— Il faut que je parte, Emma. Ton léopard femelle veut sortir. Elle est en chaleur et tu vas ressentir tout ce qu'elle ressent. Ça va être intense. Difficile. Tu vas avoir besoin de Jake.

Encore cette rengaine ? La jeune femme s'étendit par terre et se mit à pleurer, terrifiée à l'idée d'être assez égoïste pour appeler Jake à la rescousse alors que faisait rage l'une des pires tempêtes de la saison. Il fallait qu'elle se domine. C'était la seule issue. Elle entendit la porte se refermer et resta allongée le temps que la crise reflue. Puis elle s'endormit, épuisée, et rêva de Jake, d'une forêt où il faisait chaud et moite, d'eux deux roulant ensemble sur le sol, dévorés par le besoin d'être aussi proches que possible l'un de l'autre.

— Emma !

C'était Susan. Une main lui effleura l'épaule et la secoua doucement.

— Tu es malade ? J'appelle Drake ?

Emma rouvrit les yeux à contrecœur et battit rapidement des paupières. Il faisait sombre. Dehors, le vent hurlait. Elle perçut le frottement des branches malmenées contre la maison. Son palais avait la consistance du coton. Prudemment, elle se passa la langue sur les dents.

— Emma, la pressa Susan, qui faisait son possible pour l'aider à se relever. Tu es brûlante.

Ce contact avait beau être douloureux, Emma s'obligea à n'en rien montrer.

— J'ai dû prendre froid, pas la peine de s'affoler.

Il y avait de quoi, pourtant. Chacune de ses articulations, chacun de ses muscles était endolori. Elle prit une profonde inspiration et se releva en se servant du bord de la table.

Susan se rua sur le réfrigérateur et lui tendit un verre d'eau très fraîche.

— Les enfants sont prêts à aller se coucher. Je les ferais bien descendre mais ils ont un peu peur de l'orage.

Emma but une longue rasade. L'eau froide apaisa son mal de gorge. Les symptômes internes avaient cessé, la laissant meurtrie et à cran, mais au moins pouvait-elle s'en accommoder.

— Je vais les border et leur lire une histoire. Merci à toi, Susan.

Alors qu'elle grimpait les marches, elle observa l'extérieur par la fenêtre en souhaitant s'y trouver, au milieu des éléments déchaînés. Elle se sentit brusquement piégée. À l'étroit. Sa peau était si tendue qu'elle craignit de la voir craquer.

Kyle courut vers elle et passa les bras autour de ses jambes, suivi comme d'habitude par la petite Andraya. Tous deux l'observèrent, l'air apeurés.

— Ce n'est rien qu'un petit orage. Allez, les enfants, venez. Je vais vous raconter l'une de mes histoires où il est question de deux enfants magiques. Allons dans le lit de Kyle.

Elle les prit par la main et les conduisit dans la chambre de l'aîné. Tous trois se retrouvèrent sur le petit matelas. La tempête atteignit son paroxysme alors qu'elle commençait son récit. Les éclairs zébraient le ciel nocturne dans un fracas de tonnerre, des nuages noirs défilaient, et le vent furieux rabattait la pluie contre les vitres. Kyle et Andraya se mirent à pleurer quand le tonnerre claqua juste au-dessus de la maison, faisant vibrer toute la bâtisse.

Emma prit les deux petits dans ses bras et leva les yeux en voyant Susan débouler, elle aussi passablement secouée.

— Je veux mon papa, sanglota Andraya.

— Papa est au bureau, mon bébé, répondit Emma en l'embrassant sur le front. Il sera bientôt rentré.

Elle espérait le contraire, priant pour qu'il ait la bonne idée de rester à l'abri le temps que l'orage cesse plutôt que de se risquer sur la route sous une pluie torrentielle. Elle tapota le matelas de Kyle.

— Je commence à peine l'histoire, Susan. Assieds-toi avec nous.

La jeune fille ne se fit pas prier, prit Andraya sur ses genoux et entreprit de la bercer tandis qu'Emma faisait de même avec Kyle.

— Emma ? (C'était Drake.) Tout va bien là-haut ?

Il n'était pas question qu'il monte, le léopard d'Emma était trop proche et la fièvre l'avait presque consumée. C'était déjà énorme qu'elle parvienne à rester assise avec les enfants pour les rassurer.

— Ça va, Drake, merci.

Tout son corps était hypersensible et l'orage n'arrangeait rien. Elle percevait le moindre coup de vent contre les carreaux, les éléments déchaînés qui paraissaient vouloir qu'elle sorte, qu'elle soit aussi libre que la tempête.

Un nouvel éclair illumina la chambre. Andraya se réfugia dans les bras de Susan quand la foudre claqua, tonitruante. Un cheval piaffa au loin. Emma sentit son sang se figer : ce n'était pas un simple cri d'effroi mais de terreur abjecte…

mâtinée d'agonie. Elle fut debout d'un bond. D'autres chevaux poussèrent des hennissements terrifiés.

— Drake !

— Reste à l'intérieur, Emma, lança-t-il depuis la cage d'escalier. Je condamne la maison.

La condamnation automatique était un dispositif d'alarme qui provoquait la fermeture à double tour de toutes les issues, portes et fenêtres. Pour la première fois, Drake ne donna pas l'ordre à des gardes du corps de rester dans la maison, craignant pour la sécurité d'Emma – et pour la vie de quiconque serait assez cinglé pour la toucher, car Jake tuerait de ses mains celui qui oserait poser le petit doigt sur elle.

Kyle et Andraya se bouchèrent les oreilles pour ne pas entendre hurler les chevaux.

— Qu'est-ce que c'est ? Un incendie ? demanda Susan. J'ai peur…

— Drake est sur le coup, lui assura Emma.

Elle borda Kyle et se lança dans le récit des deux enfants magiques.

Le plus bruyant des chevaux cessa brusquement de hennir mais des bruits de détresse retentissaient toujours dans l'écurie. Le vent forcit encore et l'éclairage se mit à clignoter. Une fois. Deux. Puis la maison fut plongée dans le noir. Les deux enfants gémirent. La respiration sifflante de Susan apprit à Emma qu'elle aussi avait les nerfs à vif.

— Le générateur va se mettre en route d'ici quelques secondes, déclara la jeune femme avec assurance en prenant soin de ne rien laisser filtrer des nœuds qui se formaient dans son estomac et de son cœur qui s'emballait.

Elle compta dans sa tête. Le temps s'égrena avec une lenteur incroyable puis la lumière revint. D'abord vive, un court instant. Nouvelle coupure. Lueurs maigrelettes et retour à l'obscurité totale.

Emma pressa le bouton de l'interphone. Sans résultat. Son malaise se mua en trouille bleue.

— Très bien, les enfants, leur exposa-t-elle avec calme, l'aventure nous attend. Je vais vous montrer un endroit secret et vous y resterez avec Susan jusqu'au retour de papa. On peut même y dormir. Susie, prends leurs couvertures préférées.

— Je n'y vois rien, chevrota la jeune fille.

Emma, pour sa part, y voyait bien... en vagues de chaleur mais plus ou moins comme en plein jour. Les informations affluaient comme si elle était dotée d'antennes, et elle sut d'emblée s'orienter dans la chambre et où se trouvaient Susan et les petits. Aussi se chargea-t-elle de rassembler couvertures et oreillers, qu'elle confia à la fille du sénateur.

— Tout le monde se tient par la main. En route pour la grande aventure.

— Pas envie, geignit Andraya. C'est papa que je veux.

— Il arrive, mon cœur.

Rien n'était moins sûr et la peur que ressentait Emma prit soudain un tour très différent. Elle leva la tête et renifla une odeur... de félin. *Lui*. L'homme-léopard qui l'avait agressée lors de la réception donnée chez les Bingley. Il était chez elle, lancé sur la piste de ses enfants.

Son propre fauve bondit et la percuta violemment de l'intérieur.

— Dépêchons-nous, pressa-t-elle.

Se retrouver enfermée avec les enfants dans la pièce sécurisée paraissait trop risqué. Le peu qu'elle savait des léopards n'augurait rien de bon : libérée, la bête serait folle furieuse à l'idée que l'on cherche à faire du mal à ses petits.

Un bambin sous chaque bras, elle quitta la chambre de Kyle au pas de course en direction de l'aile réservée à Jake tandis que Susan faisait de son mieux pour la suivre. L'intrus allait les entendre et les sentir mais, dès qu'ils seraient à l'abri, il lui faudrait un chalumeau pour forcer l'entrée du réduit. Elle ouvrit à la volée la porte du dressing de Jake et se fraya un chemin à travers ses vêtements jusqu'au passage secret.

— Entre là-dedans, Susie. La place ne manque pas. Il y a une lanterne, installe les enfants sur les matelas. Verrouille la porte et n'ouvre sous aucun prétexte. Tu ne risques rien là-dedans. Tu trouveras des réserves d'eau et de vivres.

— Mais… tu dois rester avec nous.

Emma la poussa doucement à l'intérieur et alluma le lumignon. Les petits voulurent s'agripper à elle mais elle s'en défit et les confia à Susan.

— Je te les confie, Susan. Ils sont tout pour nous. Prends-en grand soin.

Elle referma elle-même. Aussitôt, la porte blindée et insonorisée fit taire les gémissements de Kyle et d'Andraya.

Emma se retourna lentement en faisant jouer les muscles de ses membres et de ses mains, à l'écoute du craquement de ses os. La métamorphose était imminente désormais. Son léopard. Son *alter ego*.

— Il en a après nos enfants, murmura-t-elle tout bas, sa peur envolée.

Déjà pieds nus, elle arpenta la chambre de Jake, réconfortée de situer l'intrus à l'odeur. Elle savait exactement où était ce fumier : sous sa forme féline, se dirigeant vers l'escalier, confiant dans sa discrétion naturelle et certain de pouvoir agir à sa guise. Il était fort, comme tous les mâles de leur espèce, mais Emma était une mère défendant sa portée. Elle déboutonna son corsage qu'elle laissa choir au sol, dégrafa son soutien-gorge et le balança sur le lit de Jake tout en se dirigeant vers la porte ouverte.

Sitôt dans le couloir, elle ôta sa jupe et sa culotte, heureuse de sentir l'air frais sur sa peau hypersensible. Puis elle s'étira de nouveau, pleine d'une détermination toute neuve. Il risquait de la tuer mais elle-même ferait tout pour qu'il meure avec elle. Et ses enfants étaient à l'abri. Elle arpenta le couloir sans un bruit, y voyant comme en plein jour, les muscles relâchés. Elle posa la main sur la rambarde, sauta par-dessus et se reçut en douceur sur le premier palier, à l'aplomb de la volée de marches principale.

L'intrus était là, une patte énorme sur un degré, ses yeux luisants rivés sur elle. Il recula, alarmé de la découvrir à quatre pattes. Elle rejeta la tête en arrière, sa longue crinière rousse lui faisant comme une cape.

Le museau du mâle reprit une forme humaine en même temps que son torse et ses mains. Il se retrouva debout sur des pattes arrière de léopard, mi-homme mi-fauve. C'était bien Rory, celui qui avait été payé pour la féconder de force. Qui posait sur elle un regard haineux et calculateur.

— Tu m'appartiens. On t'a offerte à moi.

La fièvre d'Emma culminait à une température presque intolérable. Elle aurait dû se sentir gênée d'être nue devant ce salopard mais son fauve était déjà trop présent pour qu'elle s'en soucie.

— Sors de ma maison.

Un éclair zébra le ciel, illuminant le palier sur lequel elle se tenait accroupie. Des perles de sueur affleuraient sur son épiderme. Elle savait son sexe gonflé et humide, dégageant une odeur irrésistible. Ses seins lui faisaient mal, ses tétons étaient durs et sa respiration haletante.

— Regarde-toi. Tu es en chaleur. Tu as besoin de moi, déclara-t-il avec morgue. Ton fauve va bientôt émerger, le cul tendu vers moi, et je vous baiserai. Toi et ta féline. Tu es mienne et aucun d'eux n'y pourra rien.

Le timbre de sa voix était rendu rauque par la tension sexuelle.

— Je refuserai.

Il ricana.

— Tu n'auras pas le choix. Je suis beaucoup plus massif que toi, au cas où tu ne l'aurais pas remarqué.

— Drake va venir.

— Drake ? se gaussa Rory. Il ne peut même pas se transformer. Aussi pathétique que toi.

— Il va venir, tu peux me croire, et accompagné.

— Les types dont tu parles sont aux écuries où un léopard sauvage massacre les canassons. Ils en ont pour un bon moment à tâcher de sauver les précieux chevaux du ranch Bannaconni.

— Ton complice, j'imagine.

— Tout juste. En plus, ils ne pourront même pas entrer, car la maison est bouclée. Sauf que j'étais déjà à l'intérieur. Ton fidèle Drake ne m'a pas repéré à l'odeur.

— Tu utilises d'autres odeurs pour maquiller la tienne.

— Comme la moufette, oui.

Il semblait ravi d'avoir berné ses congénères.

— Jake va te pourchasser et te tuer.

— Faudrait encore qu'il me trouve. Je suis de la forêt, petite. S'il y va, il sera sur mon territoire.

Emma sentit ses mains se tordre, s'incurver, ses muscles s'étirer. Elle se tendit vers son léopard et l'appela sans peur aucune. L'accepta. Elles seraient plus intelligentes ensemble. Plus fortes. Elle avait grand besoin de sa part féline.

Le Han Vol Dan était lancé. Elle le fit sien au lieu de le combattre. Peu lui importait de sentir son crâne enfler, lui provoquant une vive douleur au niveau des tempes. Elle était partante pour se transformer.

À la faveur d'un nouvel éclair, elle vit ses muscles qui gonflaient à leur tour. Dès que Rory constata qu'elle se métamorphosait, il reprit sa forme de fauve, paré à se battre et à revendiquer cette femelle léopard. Fasciné par son regard aigue-marine, il resta à la dévisager fixement pour bien lui faire comprendre qu'il allait la conquérir.

Emma passa la langue sur ses crocs effilés tout en soutenant le regard du mâle. Consciente de l'effet bœuf qu'elle lui faisait, elle en profita pour le garder captivé tandis que les spasmes, sous sa peau, gagnaient son ventre et ses bras. L'adrénaline coulait à flots et avec elle venait la force musculaire – une énergie dont elle aurait grand besoin pour terrasser ce spécimen beaucoup plus lourd et massif qu'elle. Une fourrure entre fauve et roux lui poussa, tachetée de noir. Plutôt que d'éprouver du dégoût à se voir à demi transformée, Emma trouva cela sexy et s'étira sciemment afin de répandre ses effluves de femelle en chaleur.

Ses sens s'aiguisèrent plus encore, et la sauvagerie s'empara d'elle. Elle tourna la tête alors que son museau s'allongeait et qu'une épaisse fourrure lui couvrait tout le corps. La panthère apparut, pleinement formée, dans toute sa grâce fluide. Emma, qui s'était attendue à être réduite au rôle de spectatrice, s'étonna d'être bien présente quoique dédoublée avec, désormais, sa détermination renforcée par l'agressivité de sa part animale.

Au plus fort de ses chaleurs, la femelle léopard se frotta contre la rambarde, répandant partout des phéromones aphrodisiaques, en premier lieu dans les fosses nasales de Rory. Celui-ci dardait fixement ses yeux jaune-vert sur elle. Les narines et les babines retroussées, la gueule ouverte sur un rictus, il bâilla comme le font tous les fauves prêts à revendiquer une femelle.

Emma montra les crocs et claqua des dents pour lui signifier de garder ses distances puis se plaqua au sol, le postérieur tendu afin de l'exciter. Dès qu'il fit un pas, elle cracha, tous crocs dehors, telle une femelle réticente, l'obligeant à reculer.

L'idée était de gagner du temps tout en l'éloignant de l'escalier et de la chambre où étaient cachés les petits. Drake finirait bien par venir aux nouvelles. Il devait déjà avoir remarqué que le générateur était en panne. Même si les chevaux étaient en piteux état, le fait qu'ils aient subi l'attaque d'un léopard allait très vite le faire accourir avec toute la troupe. Chaque seconde gagnée jouait en sa faveur. Au pire, elle pouvait toujours attirer Rory dans le grand salon, percé d'immenses fenêtres, et, en dernière extrémité, sauter à travers l'une d'elles. Cela déclencherait l'alarme et ferait venir tous les gars.

Un regard inquiet posé sur l'intrus, elle descendit une marche en continuant à se frotter contre les barreaux du garde-corps. Rory, tout aussi prudent, ne la quittait pas des yeux. Elle tendit la patte et cracha. Le message était clair : « Dégage, je ne suis pas prête. » Le mâle, comme escompté, recula.

Les léopards qui se respectent ne tentent jamais de forcer une femelle non réceptive – sauf à vouloir risquer leur peau.

Pour avoir beaucoup lu sur le sujet, Emma savait que la parade amoureuse entre panthères était très bruyante… mais les sons qu'elle s'entendait émettre la choquèrent. Le mâle, au contraire, trouvait ces vocalises très excitantes. Elle cracha de nouveau. Il se replia, lui laissant plus d'espace. Elle continua à se frotter à tout ce qui se présentait. Puis, arrivée au bas des marches, elle roula sur le flanc et s'étira, séductrice.

Le mâle approcha en haletant pour montrer ses « bonnes » intentions. Emma se releva aussitôt et balança un coup de griffe dans sa direction. Rory entama le mouvement tournant propre aux manœuvres d'approche de la parade amoureuse. Elle renifla son odeur, mélange de fauve, d'homme et de sexe à parts égales.

Elle roula de nouveau, s'éloignant au passage de l'escalier, en direction de la grande salle aux nombreuses fenêtres. S'aplatissant tous les trois ou quatre pas, s'offrant presque à lui… mais, dès qu'il venait dans l'intention de se frotter à elle, faisant volte-face, crachant, griffant, l'obligeant à reculer.

Il décrivit des cercles de plus en plus serrés à mesure qu'ils approchaient de l'immense salon. À la faveur d'un énième éclair, le sol étincela un court instant, marbre blanc veiné d'or. Galvanisé par la fureur de l'orage et par l'odeur enivrante qu'Emma dégageait, le léopard s'élança sans crier gare et la heurta sur le flanc.

Elle vacilla mais la souplesse de sa colonne vertébrale lui permit de se rétablir. Las, déjà plaqué sur elle, Rory lui mordit le cou jusqu'au sang et mit à profit son poids très supérieur pour la plaquer au sol. Emma multiplia les coups de griffe, tentant d'abord de lui lacérer le ventre ou les flancs puis les pattes arrière mais il planta plus fort ses crocs, l'obligeant à se soumettre.

Elle se débattit comme elle put, ruant sans arrêt pour tenter de le désarçonner à l'aide de ses muscles noueux de panthère. L'odeur du sang qui lui coulait dans le dos et maculait sa fourrure satura bientôt la pièce. Le mâle s'éloigna d'un bond pour éviter de la tuer et esquiver ses coups de griffe désordonnés. Il abattit sa lourde patte avant, lui labourant le flanc au passage, avec tant de force qu'il la renversa. La femme-panthère roula sur elle-même et se retrouva à quatre pattes, la tête baissée, à bout de souffle.

Emma comprit qu'un autre assaut était imminent et qu'elle n'était pas de taille. Il lui fallait trouver un moyen de le tuer. Elle s'était fait surprendre par sa force phénoménale. Se sentant puissante sous sa forme féline, elle avait cru pouvoir lui tenir tête. Mais Rory possédait une longue expérience de change-forme qu'il avait mise en pratique dans la forêt vierge. Elle, pour sa part, débutait et ne savait pas vraiment se battre.

Elle tourna lentement la tête et le regarda dans les yeux. Son cœur battait à tout rompre. Son fauve non plus n'en menait pas large car une joie mauvaise animait les yeux jaune-vert du mercenaire. Il jubilait, certain d'arriver à ses fins quand il aurait fini de l'épuiser. Devenu léopard à cent pour cent, Rory n'avait plus grand-chose de l'humain calculateur. La frénésie sexuelle avait pris le dessus.

Il recommença à lui tourner autour en manifestant son intérêt par des grognements sans quitter sa proie des yeux. Emma cracha pour le tenir à distance tout en tournant avec lui pour éviter qu'il lui saute encore sur le dos. Un autre mâle rugit derrière elle. Rory fit volte-face, presque plié en portefeuille tant sa colonne vertébrale était souple. Ayant identifié l'origine du son, il s'élançait déjà à l'assaut de l'importun.

Emma reconnut Drake à l'odeur avant d'avoir identifié sa voix. Elle se jeta sur Rory, le percutant sur le flanc dans l'espoir de l'empêcher de fondre sur Donovan, qui n'était qu'en partie léopard : ses jambes étaient restées humaines, le mettant en fâcheuse posture. Il avait heureusement laissé les portes de la maison ouvertes, et ses alliés léopards n'allaient pas manquer d'entendre le fracas du combat.

Le mercenaire reporta sa rage sur Emma. Sonnée par un monumental coup de patte, la femme-panthère reçut le mâle immense sur le dos et il lui referma la gueule sur le cou afin de l'asphyxier. Consciente qu'il risquait de la tuer, elle cessa aussitôt de se débattre. Drake, qui avait repris sa forme humaine, arrêta d'un geste Conner et Joshua qui déboulaient.

— Lâche-la, Rory, déclara Donovan.

Il avait reconnu l'homme de la forêt pluviale. Un vil traître qui faisait fi du code d'honneur de son peuple et négociait ses services au plus offrant.

Joshua et Conner, sous leur forme féline, opérèrent un mouvement de tenaille en rugissant le plus fort possible.

Emma sentit le mâle immense qui se collait à elle, la pressant d'avancer vers l'accès défendu par Drake. Elle fit un pas, puis un second, mais ses pattes ne la soutenaient plus. Le mercenaire cessa de lui mordre le cou, referma ses crocs dans la chair de son épaule et la rétablit sur ses pattes avant.

Sa fourrure était poisseuse de sang noir. À bout de souffle, elle avait grand-peine à progresser vers la porte.

— Bon sang, Rory, lâche-la ! gronda Drake.

Il s'écarta juste ce qu'il fallait pour laisser passer l'étrange attelage de léopards. Rory raffermit sa prise sur Emma, qu'il traîna à demi vers le couloir. Il la lâcha au dernier moment, fit volte-face et lacéra la cuisse de Drake d'un puissant coup de patte qui atteignit l'os, déchirant au passage muscles et tendons. Donovan tomba comme une pierre et du sang gicla par terre et sur le mur.

Emma planta ses crocs dans la patte arrière du mercenaire. Alors que Conner et Joshua s'élançaient, Rory la mordit à la gorge, de toutes ses forces désormais, comme décidé à la tuer. Conner se transforma pour tenter de sauver Drake, qui perdait beaucoup de sang.

Celui-ci ne voulut rien savoir.

— Pas moi. Emma. S'il s'enfuit avec elle, soit il va la tuer par dépit, soit il va la livrer.

— Désolé, mec, rétorqua Conner, qui arrachait déjà sa ceinture à Donovan pour lui faire un garrot. C'est à Joshua de jouer. Il peut régler le compte de ce salopard à lui seul.

Emma sentit son cœur sombrer en entendant Drake. Il n'était pas question de laisser Rory l'emmener loin du ranch. Si son complice l'attendait quelque part, ils allaient se liguer contre Joshua à la faveur de la nuit et la jeune femme refusait de le voir mourir pour elle. Il fallait tenter quelque chose. Elle se laissa guider le long du vaste couloir, puis à travers la cuisine vers la porte de service restée béante. Joshua suivait en poussant des grognements rauques.

Emma rassembla ses forces et sa résolution. Sitôt dehors, elle allait obliger Rory à la tuer ou à la lâcher. Pendant qu'elle lutterait, Joshua en profiterait pour lui sauter dessus et, si elle vivait encore, elle pourrait l'aider. Tout était préférable à se laisser entraîner loin de la maison. Dieu seul savait où était son complice.

Rory sentit la femelle se raidir et sut qu'elle s'apprêtait à résister. Aussi ouvrit-il la gueule pour la refermer instantanément, plantant plus profondément ses crocs afin de s'assurer une prise plus solide. Le sang chaud lui inonda la bouche tandis que l'air nocturne lui giflait le museau. Le vent soufflait fort dans sa fourrure, et la pluie battante le cinglait. Emma hoquetait, les poumons en feu, le souffle court. Le mercenaire avait conscience qu'un mâle était sur ses talons – un rival – et que l'urgence lui commandait d'éloigner sa proie des autres afin de pouvoir lutter à armes égales.

Le coup qui le cueillit de côté était d'une puissance phénoménale. Un troisième léopard entrait dans la danse à l'improviste. Le vent avait trahi Rory, masquant l'arrivée de ce mâle énorme et tout en muscles, aux yeux d'ambre injectés d'une lueur assassine. Le mercenaire lâcha Emma. Quelque chose s'était brisé en lui. Son fauve hurlait, et il retomba sur ses pattes au terme d'un vol plané, prêt à combattre jusqu'à la mort.

L'appel désespéré de Drake, un peu plus tôt, avait lancé instantanément Jake sur les routes au mépris des éléments déchaînés. Il était arrivé pour tomber sur une odeur prégnante de léopards mâles et les cris de douleur d'Emma. Puis il avait entendu le râle de Drake et compris qu'il avait son compte. Après avoir caché ses affaires à la va-vite, il s'était transformé afin d'intercepter l'agresseur d'Emma. Rory, qui tenait la femelle panthère entre ses crocs, avait subi un assaut surprise à pleine puissance.

Jake bondit, changeant de cap à mi-hauteur pour suivre Rory au prix d'une contorsion acrobatique qui lui permit de porter un nouveau coup latéral à son adversaire. L'épaisse fourrure de ce dernier n'y résista pas, pas plus que ses muscles et ses tendons, et les griffes de Jake vinrent lui racler l'os. Rendu à moitié fou de rage par l'odeur du sang d'Emma, Jake sauta sur le dos du mercenaire, y planta ses griffes et lui fouailla le ventre avec les pattes arrière tout en visant sa gorge avec sa gueule.

Le féroce Rory lutta bec et ongles à un contre deux. Emma, qui s'était relevée sur des appuis incertains, se tourna vers le trio virevoltant et fit un pas pour se porter à la rescousse de son compagnon mais s'effondra. Rory se rua aussitôt vers celle qui constituait son ultime planche de salut.

Lors de cette fraction de seconde, Jake comprit qu'il n'avait qu'un seul recours : faire confiance à son léopard. Aussi abandonna-t-il les rênes à son fauve assoiffé de sang, qui prit possession de lui. Le félin fut sur Rory bien plus vite que ce que Jake aurait cru possible, plantant ses crocs dans la gorge de sa proie. Puis il demeura d'une immobilité parfaite, en mâle dominant qu'il était.

Chapitre 19

Rory eut beau se débattre et griffer le sol, Jake tint bon. Après avoir cédé les rênes à son léopard, il constata qu'il n'avait rien perdu de son self-control. C'était donc vrai : le fauve et lui ne faisaient qu'un. Son *alter ego* n'était pas plus cruel que lui et ni plus ni moins dominant. Quelle que soit sa forme, Jake gardait ses qualités, ses défauts et sa grande maîtrise.

Il continua à serrer la trachée du mâle jusqu'à ce qu'il ne respire plus et que son cœur ait cessé de battre. Puis il attendit que le corps inerte s'affaisse tout à fait, afin qu'il n'y ait pas d'erreur possible. Le fumier qui avait voulu tuer son Emma, ou la lui ravir, était bien mort. Il consentit enfin à lâcher prise et rejoignit Emma sous sa forme féline. Elle saignait au niveau de la gorge, du cou, d'une épaule et des flancs. Joshua, penché sur elle, s'écarta en le voyant arriver.

Jake reprit sa forme humaine, insensible à la pluie qui ruisselait sur son corps nu. Il prit Emma dans ses bras et la porta jusqu'à la maison. La femelle léopard leva les yeux vers lui et secoua faiblement la tête. Il sentit les spasmes musculaires de la métamorphose qui se produisait sous ses yeux. Il n'en revint pas qu'elle en soit capable dans cet état. La jeune femme poussa des sanglots étouffés contre la poitrine de Jake ; tout son être protestait contre le surcroît de douleur engendré par la métamorphose.

— Où sont les enfants, bébé ? s'étrangla-t-il, mort d'inquiétude.

— Salle sécurisée, coassa-t-elle en portant la main à sa gorge.

Jake se détendit… le temps de déboucher dans le couloir.

— Bordel de merde ! glapit-il, pétrifié par le spectacle qu'offraient Drake étendu et Conner, nu, penché sur lui. Comment il va ?

— Il se vide de son sang. J'ai contacté l'hélico. Le pilote va le prendre en charge dès que le vent aura un peu faibli ; on a rencard à l'héliport.

— Les hommes ?

Soit tous ses employés strictement humains. Conner haussa les épaules.

— Beaucoup de chevaux ont fui, quelques-uns sont très amochés. Les gars s'occupent de rattraper les fuyards et de soigner les autres. Un léopard s'est bien amusé avec ces pauvres canassons coincés dans leurs box.

— Joshua ! héla Jake, trouve des fringues pour tout le monde, Emma y compris. On va avoir besoin de serviettes et d'eau chaude. Qui est notre meilleur homme pour veiller sur les enfants et Susan ?

— Evan.

— Fais-le venir. Qu'il voie le léopard mort. Il va falloir qu'on trouve une explication à tout ce merdier. Conner, reste ici jusqu'à ce que j'aie ausculté Emma. Je veux connaître la gravité de ses blessures.

— T'inquiète, je veille sur Drake.

— L'enfoiré de merde ! marmonna Jake en se penchant pour déposer Emma sur le canapé.

Elle s'agrippa à son cou.

— Je saigne. Ça va tout saloper.

— Ne sois pas bête, qui se soucie d'un malheureux canapé ? Il faut que je t'examine. Ne bouge pas, ma belle.

Très précautionneusement, il entreprit de tâter ses vilaines plaies. Pas trace de sang artériel ; les griffures, quoique profondes, ne devraient pas laisser de cicatrices. Les morsures au cou et à la gorge étaient plus inquiétantes mais Rory avait pris soin d'éviter les zones vitales. Il n'avait pas eu l'intention de tuer.

Après l'avoir enveloppée d'une couverture sans se soucier qu'elle soit tachée de sang, il s'accroupit à côté de Conner.

— Combien de temps depuis que ce garrot est posé ? Il faut faire gaffe à ce qu'il ne perde pas sa jambe.

— Ça fait un bail que je l'ai perdue, déclara Drake, épuisé, en fermant les yeux. Mon léopard ne peut pas rester bloqué éternellement, Jake, et puis ce n'est pas la pire façon de mourir.

— Tais-toi, grinça Jake. Je t'ai dit qu'on allait faire soigner cette jambe. À ton réveil, tu seras plus fort. Le chirurgien avec lequel j'ai discuté de ton problème est prêt à intervenir.

Donovan rouvrit brusquement les paupières.

— Il ne faut pas parler de nous à un humain.

— Je suis au courant, répondit Jake. Aie foi en moi. (Il donna une tape sur l'épaule de Conner.) Tu l'accompagnes ?

Le grand échalas hocha la tête.

— Te bile pas, Jake. Je vais avec lui.

Joshua arriva en trombe, pieds nus et seulement vêtu d'un jean. Il passa un pantalon à Jake et un autre à Conner.

— Faut le charger sur un brancard et foncer. La fenêtre de tir est courte d'après le pilote. C'est maintenant ou jamais. Evan arrive. Il dit que c'est très moche aux écuries. (Il plaça des lanternes dans les deux pièces et alluma quelques bougies pour faire bon poids.) Quelqu'un a saboté le générateur. Je m'en occupe plus tard.

— Monte libérer les gamins. Avec de la lumière, sinon les petits vont s'affoler. Dis à Susan de les mettre au lit ensemble et de veiller sur eux, qu'Evan sera là dans deux minutes, et aussi que papa et maman vont bientôt passer les voir. Evan n'aura qu'à leur dire que Drake est blessé, et que c'est pour ça qu'on ne vient pas tout de suite.

Joshua acquiesça puis grimpa les marches en suivant la trace olfactive d'Emma jusqu'à sa chambre, où il fit provision de serviettes et de linge humide avant de lancer à Jake :

— Voilà la robe de chambre d'Emma et tout ce que tu as demandé.

Jake récupéra les affaires, linge humide compris.

— Il va falloir désinfecter ces plaies et te faire une piqûre d'antibiotiques, ma beauté. Les morsures et les griffures de félin sont source d'infections qui peuvent être fatales.

Emma hocha la tête.

— Ça ira, mon grand. Occupe-toi plutôt de Drake.

— Tout ce qu'on peut faire pour lui, c'est le charger dans l'hélico. Laisse-moi au moins te nettoyer un peu et te passer cette robe de chambre. Les enfants ont eu assez peur comme ça, ce n'est pas la peine qu'ils te voient dans cet état.

Il tenait en outre à l'ausculter sous toutes les coutures afin de s'assurer qu'elle n'avait aucune blessure grave. Aussi nettoya-t-il jusqu'aux plus petites plaies avant d'y appliquer du désinfectant qui la brûla si fort qu'elle se redressa sur le canapé pour le griffer, puis la pansa du mieux qu'il put et termina en l'aidant à enfiler sa robe de chambre.

— C'est le moment, Jake ! le héla Joshua. Les gamins sont couchés. Ils pleurent beaucoup mais n'ont rien. Evan est avec eux. Transportons Drake *illico* ; le pilote dit que l'accalmie ne va pas durer.

Il se pencha à côté de Conner. Les deux hommes glissèrent une planche dorsale sous le corps de Donovan, puis le hissèrent sur une civière.

— Reste avec tes mômes, Jake, déclara Drake.

— Tais-toi, lui répéta son disciple en détestant la boule dans sa gorge. Je te conduis jusqu'à l'héliport pour m'assurer que tu survis, que ça te plaise ou non.

S'il existait un type qu'il puisse qualifier d'ami, c'était bien Drake Donovan, et, après tout ce qu'il avait fait pour sauver Emma, il n'allait confier à personne le soin de veiller sur lui.

Il prit les devants en s'efforçant de rester sourd aux sanglots de Kyle et d'Andraya couchés à l'étage. Peine perdue : le son lui parvint, éveillant la rage qui couvait chez son léopard. Il bouillait intérieurement tandis que les deux compères suivaient avec la civière en direction de l'hélicoptère.

Sous la cuisine, dans la vaste cave à vin, une créature tapie dans les ténèbres remonta les marches dès qu'il entendit les autres s'éloigner et sentit leur puanteur s'estomper. L'animal gravit les degrés sans bruit et leva une patte gigantesque vers la poignée de la porte. Il avait suivi Drake depuis les écuries dans l'intention de le tuer mais, quand il avait capté le musc des autres mâles qui se métamorphosaient en accourant, il avait jugé plus sage de se mettre à l'abri. Les portes déverrouillées lui avaient permis de trouver refuge dans la cave.

Le parfum de la femelle était un puissant aphrodisiaque qui poussait le léopard à lever la tête, les babines retroussées, afin d'en inhaler un maximum. Les pleurs des enfants l'agaçaient mais l'odeur du sang, qui était partout, attisait sa sauvagerie. Ses priorités étaient claires. La femelle adulte d'abord. La petite ensuite. L'enfant mâle en dernier ressort. Sa patte se mua en main qui empoigna le bouton de la porte. Il tourna celui-ci sans un bruit, entrouvrit juste ce qu'il fallait et se glissa dans l'interstice.

Il n'y avait qu'un garde du corps, un certain Evan, pour veiller sur Susan, Emma et les deux petits. Il arpenta les pièces enténébrées en prenant soin d'éviter les zones de lumière dispensée par les lanternes. Le groupe cible était à l'étage. Les bébés sanglotaient. Emma les avait dans les bras et s'efforçait de les rassurer en faisant les cent pas.

— Ne t'inquiète pas, Andraya, papa va bientôt revenir.

Puis, par le biais de la radio :

— Dis que tu reviens vite, Jake, qu'elle entende le son de ta voix.

Jake se passa la main dans ses cheveux détrempés. L'eau froide lui ruisselait dans les yeux. L'hélico chauffait déjà, et le rotor tournait vite. Justin Right, son pilote, courut à leur rencontre.

— Je t'en prie, Jake. Les enfants sont aux quatre cents coups.

La jeune femme l'était aussi. Il fallait qu'elle reprenne le contrôle des événements, que les enfants soient rassurés.

Jake poussa un gros soupir, fâché de ne pas pouvoir être en deux endroits à la fois.

— Draya, sois courageuse pour maman, d'accord ? Je reviens tout de suite.

Quel merdier… Emma et les enfants avaient besoin de lui, il allait falloir envoyer Conner avec Drake à l'hôpital alors qu'il aurait dû lui-même accompagner son ami. L'amour était un sentiment cruel qui tiraillait le cœur.

— Tu vois, Andraya ? Tu as entendu papa ?

Les deux enfants dans les bras, Emma s'efforçait de rester sourde à la douleur que lui causaient leurs petits corps en venant appuyer sur ses nombreuses plaies. Pendus à son cou, ils pesaient sur les traces de morsure mais rien n'importait hormis les réconforter. Même Susan était en pleurs. Elle avait tenu le coup seule avec les petits dans la salle sécurisée, s'efforçant d'apparaître d'humeur réjouie, mais, dès l'arrivée de Joshua, elle avait craqué.

Emma embrassa tour à tour Andraya et Kyle.

— Allez, zou, dit-elle, chocolat chaud pour tout le monde.

— Emma, intervint Evan, le générateur n'est pas encore reparti. C'est impossible.

Elle le fusilla du regard quand les enfants gémirent de plus belle.

— Pas grave, ce sera du chocolat froid. On va bien s'amuser, tous assis autour de la table. Allez, Susan, installe-toi avec nous.

Andraya poussa un hoquet sonore et la serra plus fort.

— Me lâche pas.

— C'est promis, répondit Emma à mi-voix. On y va tous ensemble.

— Et toi, Kyle, tu n'as pas envie de chocolat ? demanda Evan.

L'enfant hocha la tête à plusieurs reprises mais sans la lever. Evan tendit les bras pour le prendre. Peine perdue : aucun des mômes ne voulait lâcher sa maman. Emma haussa les épaules et entreprit de descendre les marches, un enfant dans chaque bras, en priant pour que sa robe de chambre ne glisse pas. Arrivée dans le grand hall, elle évita la zone encore maculée par le sang de Drake. Les lanternes diffusant peu de lumière, les enfants ne virent pas grand-chose mais Susan, qui suivait le mouvement, poussa un cri étouffé. Evan posa une main réconfortante sur son épaule tandis qu'ils se dirigeaient vers la cuisine.

Emma se pencha pour déposer Kyle dans sa chaise haute. Les fenêtres grincèrent sous l'effet d'une bourrasque qui fit qu'Andraya se nicha dans le cou d'Emma. Kyle, lui, hurla et se jeta dans les bras d'Evan, qui étreignit le bout de chou.

— Le vent souffle plus fort, on dirait, déclara Emma, mal à l'aise. L'hélico a pu décoller ?

— Je vérifie, répondit le cow-boy, qui se posta à la fenêtre pour regarder du côté de l'héliport. Les lumières sont coupées, Emma. Jake doit être en train de revenir.

— Dieu soit loué ! dit-elle, détendue pour la toute première fois de la journée.

Elle se rendit compte à quel point elle comptait sur la présence rassurante de Jake. Si puissant qu'il paraissait parfois invincible.

Kyle gigota puis se fit tout mou dans les bras d'Evan pour tenter de lui échapper et de retrouver les bras de sa mère. Le garde du corps le posa au sol mais l'empêcha de courir vers elle.

— Allons, bonhomme, laisse un peu souffler ta maman. Je vais te réinstaller dans ta chaise haute, d'accord ? Emma, vous m'avez l'air sur le point de vous écrouler. Et vous saignez du cou.

La jeune femme porta la main aux pansements qui couvraient ses morsures et constata que ses doigts étaient rougis.

Susan hoqueta de stupeur.

— Tiens, Emma, dit-elle en lui passant un petit mouchoir.

Alors qu'elle était à demi tournée vers la fille du sénateur, Emma entendit Evan grogner, fit volte-face et vit le grand gaillard tituber. Elle courut vers Kyle tandis que le garde du corps s'effondrait en tirant avec un pistolet sur le fauve énorme qui s'élançait vers l'enfant en grondant. Emma manqua de peu d'attraper son fils par le col mais déjà le léopard s'était saisi de l'enfant puis alla presque cogner contre la porte, une main tendue pour l'ouvrir. Evan roula sur lui-même et mit en joue le félin mais Emma cria :

— Non ! Ne tire pas ! Tu risques de toucher Kyle.

Le fauve franchit le seuil avec son fils, bondit par-dessus la plate-bande et le muret au fond du jardin… et fut avalé par la nuit.

Susan poussa de hauts cris, déclenchant l'hystérie d'Andraya. Emma saisit la jeune fille aux épaules.

— Verrouille la maison et fais de ton mieux pour aider Evan. Raconte à Jake ce qui vient de se passer. Je pars à sa poursuite.

— Non ! protesta Susan avec véhémence. Attends Jake. C'est un coup à te faire tuer.

Evan essaya de l'attraper par la jambe au passage, la rata et poussa un juron sonore. Puis il voulut se relever mais ses côtes cassées lui coupaient le souffle. Susan s'accroupit à côté du cow-boy blessé et scruta la nuit avec angoisse.

— Je ne la vois plus…

— T'inquiète, haleta Evan. Jake et les autres vont arriver au trot, le coup de feu a dû les alerter.

Bien en peine de se lever, il se traîna jusqu'à la porte afin de la refermer.

Jake, Conner et Joshua surgirent de l'obscurité, comme portés par le vent qui hurlait de plus belle. Tous les trois trempés, pieds nus et seulement vêtus d'un jean, ils couraient à toute allure et n'étaient même pas essoufflés. Susan hurla derechef et recula tandis que Jake arrivait devant Evan, le visage déformé par la fureur.

Accroupi près d'Evan, il l'empoigna par le col et le secoua durement, une lueur de meurtre dans les yeux.

— Où est-elle ? beugla-t-il en détachant chaque syllabe, ses canines allongées saillant dans la pénombre.

— Partie… aux trousses… du léopard, haleta le cow-boy. Il a pris Kyle. Pas pu l'en empêcher, Jake.

Jake grogna et le laissa choir.

— Susan, verrouille cette foutue porte.

Puis, après avoir contraint Evan à fermer la main sur son arme :

— Tire pour tuer la prochaine fois.

Là-dessus, il fit volte-face et s'enfonça dans la nuit, suivi de près par Conner et Joshua. Ils trouvèrent la robe de chambre d'Emma devant la plate-bande et forcèrent l'allure, déchirant leur jean juste après avoir franchi le muret et se métamorphosant sans ralentir.

Le trio capta l'odeur du sang à deux ou trois reprises et celle d'un léopard mâle. Sûrement Clayton, l'autre mercenaire à la solde de Trent. Celui-ci était lancé à vive allure avec le mouflet dans la gueule. Une tâche malaisée car le bambin se démenait comme un beau diable alors qu'il aurait dû être liquéfié de trouille.

Jake courait, le cœur au bord des lèvres et la peur au ventre. Son fils. Kyle. Qu'il avait tenu au creux de sa main. Changé, nourri, regardé dans les yeux, si semblables aux siens. Il s'était dit et répété qu'il n'aimait rien ni personne. Et pourtant son fils était parvenu à se faire une place au chaud dans son cœur et refusait de lâcher prise. Qu'il l'ait ou non admis à voix haute, voire à lui-même, n'y changeait rien. Sa vie n'aurait plus ni rime ni raison sans la confiance aveugle et l'amour inconditionnel de ce petit, jour après jour.

Il se répéta que, si tel en était le but, Kyle serait déjà mort. Non, il s'agissait d'un enlèvement destiné à s'emparer d'un change-forme. Ou à faire pression sur lui. C'était réussi, car il était prêt à tout pour récupérer Kyle. Vraiment à tout. S'il fallait qu'il échange sa vie contre celle de son fils, il le ferait sans hésitation ni regret.

L'urgence commandait de ne surtout pas penser au petit cœur de Kyle qui devait battre beaucoup trop fort, à la morsure de crocs effilés sur son épiderme fragile, au souffle chaud et fétide sur sa peau. Sentant la bile refluer, Jake s'obligea à ne plus songer à son fils. Il s'agissait de garder la tête froide et de ne pas perdre la trace olfactive.

La direction prise par Clayton était bizarre : il ne courait pas vers une zone dégagée d'où il lui serait facile de quitter les terres de Jake mais s'enfonçait vers le cœur du domaine. Par deux fois, ils tombèrent sur la trace jumelle des talons de Kyle, qui avait traîné des pieds sur le sol meuble. De petites taches de sang attestaient que l'épiderme de l'enfant avait cédé à la pression exercée par les crocs de son ravisseur. Le trio évita d'échanger des regards et continua à vive allure.

Le déplacement sous forme féline autorisait une vitesse prodigieuse, les muscles des fauves leur permettant de courir au grand galop, sans toucher le sol ou presque… mais au prix d'une grosse dépense énergétique. Clayton, qui transportait un enfant de deux ans dans sa gueule, devait fréquemment ajuster la position de son fardeau sous peine de tuer le bambin, ce qui le ralentissait beaucoup.

Jake eut un violent coup au cœur en songeant qu'Emma aurait rejoint le ravisseur avant que lui-même l'ait rattrapée. Étant plus petite, elle devait bouger les pattes plus souvent pour couvrir la même distance, et donc brûler plus d'énergie, mais elle courait sans entrave… et Jake la connaissait. Têtue comme une mule, elle aussi était prête à troquer sa vie contre celle de leur fils.

Quelle était l'avance de Clayton et d'Emma ? Pas grand-chose. Jake et ses gars avaient accouru dès qu'ils avaient entendu le coup de feu claquer alors qu'ils avaient déjà quitté l'héliport.

Le vent déchaîné faisait plier les troncs. Des branches cédaient à grand fracas. La tempête avait repris à plein régime, soit au diapason de l'humeur de Jake, de la rage qui était sienne depuis l'enfance et qui enflait à la manière d'un bouchon de lave. Un matériau chaud et épais. Puant la mort. Ses larges pattes plongeaient dans le torrent en crue sans la moindre hésitation tandis qu'il grimaçait en pensant à son fils, aux prises avec cette eau glaciale. Avait-il la tête hors de l'eau ? Clayton y veillait-il seulement ?

Jake grimpa la rive opposée en force et suivit la trace, à peine conscient de ses deux comparses qui couraient avec lui. Il comprenait désormais ce que Drake avait essayé de lui transmettre à demi-mot : qu'il fallait faire sa part, prendre soin des siens du mieux possible, veilleur sur eux avec, pour seule boussole, l'idée de faire le bien. Tout le reste – coups de gueule, petits tracas du quotidien – n'existait pas. Seul comptait de ne faire qu'un avec son *alter ego*, face aux joies de l'existence comme au danger. D'être l'architecte de ses choix de vie.

Le léopard s'inquiétait autant que Jake du sort de Kyle et d'Emma. Il courait, faisant fi de la boue et des flaques d'eau, n'hésitant pas à plonger dans les torrents, qu'une crue soudaine pouvait rendre mortels.

Il tomba sur un lieu où le léopard mâle avait dû déposer Kyle et où son fils avait tenté de fuir. Pas trace de sang dans les parages, fort heureusement, comme si le ravisseur avait pris soin de ne pas blesser l'enfant en le reprenant dans sa gueule. Puis il vit les traces plus petites laissées par Emma dans celles du fuyard massif. Elle gagnait beaucoup de terrain. Jake pressa l'allure, poussant ses compagnons à faire de même.

Emma perçut le pas lourd du léopard mâle dans une flaque de boue à l'abord d'une clairière. Il se savait talonné et gardait le cap, sans faire l'effort d'essayer de la semer ni déposer Kyle et rebrousser chemin pour combattre. Il devait donc avoir un but précis, quel qu'il puisse être… un but sur lequel il comptait pour lui redonner l'avantage.

Sa peur pour Kyle était telle que son cœur menaçait d'éclater. Elle l'entendait pleurer de temps à autre ; cela allait des cris perçants aux gémissements étouffés. Le museau de son fauve avait beau être trempé par la pluie et les larmes, elle insistait, même quand elle voyait flou, se fiant à ses vibrisses pour tout savoir de son environnement immédiat.

Le vent qui soufflait fort, de front, lui apporta l'odeur des humains – des ennemis – tapis dans des 4x4 de luxe, attendant qu'on leur livre l'enfant volé à sa mère. Cathy et Ryan Bannaconni, sans oublier ce chien galeux de Trent, probablement prêt à en découdre pour son bébé. Le plan initial devait avoir consisté à s'emparer des deux enfants, Andraya dans la gueule de Rory, le garçon dans celle de Clayton.

Elle montra les crocs et suivit sans hésiter le léopard massif et son fils dans la clairière. Son fauve s'arrêta à quelque distance du groupe. Ils l'attendaient de pied ferme, Trent avait un fusil braqué sur elle tandis que Ryan Bannaconni soulevait Kyle, indifférent à ses gesticulations. Cathy, un rictus aux lèvres, posa un regard fasciné sur Clayton, qui resta un instant pris de soubresauts avant de se relever sous sa forme humaine, entièrement nu, tout en muscles et en organes génitaux massifs. Il resta là, sans une pensée pour sa nudité, à inspecter son épaule éraflée par le coup de feu d'Evan.

Le mercenaire porta un regard gourmand sur Emma quand elle s'immobilisa. Celle-ci n'en eut cure. Toute son attention était rivée sur Kyle. Elle se métamorphosa de façon plus lente et difficile que Clayton puis se redressa, ses appâts seulement masqués par sa longue tignasse rousse.

Cathy hoqueta. Ryan posa Kyle au sol, le tenant toujours prisonnier.

Trent observa la lisière du sous-bois, secoua la tête et abaissa son arme, un sourire mauvais aux lèvres.

— Je le savais. J'étais sûr d'avoir raison à propos de cette greluche.

Puis, tourné vers Cathy :

— Et toi qui disais qu'elle ne pouvait pas se transformer ! Que ses gènes étaient forts mais pas assez. Ma lignée a bel et bien produit un change-forme, en définitive. Et femelle avec ça ! Elle me revient.

— Je ne crois pas, Trent, objecta Ryan. C'est moi qui suis en position de négocier, dit-il en serrant plus fort l'enfant, qui se mit à pleurer.

— Passez-le-moi, ordonna Emma, très calme. Vous lui faites peur.

Elle refusa de se couvrir, préférant se présenter aussi grande et confiante que possible. Jake allait arriver. En avoir conscience était son armure. Il allait venir et arracher Kyle coûte que coûte à ces horribles monstres.

— Viens à moi et je le laisserai partir, proposa Ryan en tenant Kyle par les cheveux. Une femelle adulte nous est bien plus précieuse que ce petit roquet.

Il souleva l'enfant de plusieurs centimètres. Kyle hurla et tenta d'envoyer des coups de pied à son tourmenteur, les yeux révulsés par l'effroi. Cathy éclata de rire.

— Pas aussi stoïque que Jake, n'est-ce pas, ma chérie ? Ce n'est sûrement pas un léopard. Mon fils Jake, lui, n'a jamais émis la plus petite plainte. Quoi qu'on lui fasse subir. (Elle pencha la tête vers Emma.) Et avec toi, ma chérie, qu'en est-il ? Quand tu sentiras la morsure du fouet ou de la canne, vas-tu pleurnicher comme ce bâtard sans valeur ou rester aussi silencieuse que Jake ?

Emma ne se laissa pas intimider. Elle laissa cette folle furieuse lire la mort dans ses yeux. Quitte à mourir cette nuit, elle se promit de tuer Cathy Bannaconni avant. Il n'était pas question de laisser son fils aux mains de cette dingue.

— Vous êtes folle. Je ne vous apprends rien, j'imagine ?

Cathy, toujours souriante, laissa briller un éclat de cruauté dans ses yeux… juste avant de décocher un méchant coup de pied dans le ventre de Kyle. L'enfant se plia en deux et serait tombé si Ryan ne l'avait pas retenu par les cheveux.

Emma poussa un grognement lourd de menace. Elle sentit ses muscles s'étirer et ses mains se tordre. Une vague de picotements naquit sous son épiderme ; elle dut respirer fort pour lutter contre la métamorphose puis afficha un sourire forcé.

— Je me demande comment vous couinerez quand je vous arracherai le cœur pour vous le montrer, promit-elle, très calme et à voix basse.

Cathy, blême, regarda brièvement Clayton, comme pour s'assurer qu'il pourrait stopper la femelle léopard plus petite si nécessaire. Elle fit deux ou trois pas dans la direction du mercenaire, qui la toisa avec mépris. Une façon de lui répondre qu'il ne bougerait pas le petit doigt.

— Elle m'appartient, insista Trent. C'est grâce à mon fric que mon neveu est revenu avec sa mère.

Emma loucha vers Clayton, qui ne cherchait pas à masquer son dégoût : ces trois-là avaient du sang du peuple léopard dans les veines mais n'étaient pas des change-forme, et, bien qu'il se soit mis à leur service, il n'éprouvait ni respect ni sympathie pour eux. En outre, son fauve réagissait à la proximité immédiate d'une femelle en chaleur – qu'il le veuille ou non. Emma se fendit d'un petit sourire amical, presque aguicheur, et fit onduler sa croupe comme si sa panthère avait grand besoin de sortir, dans l'espoir de trouver en Clayton un allié pour la bataille à venir. Elle n'allait pas pouvoir les tuer tous sans aide.

La jeune femme reporta son attention sur ses ennemis, peu désireuse de connaître la réaction de Clayton.

— Notre peuple n'appartient à personne, Trent. Vous n'avez pas appris grand-chose malgré toutes ces années à nous étudier. Quelle arrogance de vous croire supérieur avec le pauvre filet de sang de léopard qui court dans vos veines ! Clayton vous a *permis* d'acheter ses services. Tout comme Jake, enfant, vous a *laissés* le tourmenter. Il aurait pu s'introduire en douce dans votre chambre n'importe quelle nuit et vous liquider tous les deux. L'idée vous a déjà traversé l'esprit ? J'en doute, en vérité ; pour ça, il faudrait être plus intelligent que vous l'êtes.

» Nous possédons des griffes rétractiles très effilées, Cathy. Les plus effilées qui soient du règne animal. Vous le saviez ? De vrais rasoirs. Cinq par patte avant, quatre par patte arrière. C'est plus qu'assez pour vous déchiqueter à la table du petit déjeuner, non ? Et puis il y a nos crocs. Qui tranchent dans la chair comme des couteaux de boucher. Je parie que Clayton a plus d'une fois songé à vous tuer pour couper court à vos propos insultants. Jake lui aussi y a pensé. Très souvent. Le léopard est un prédateur silencieux et rusé qu'on repère quand il est trop tard. Et qu'il est impossible de dresser.

Cathy fit un pas vers elle, le regard mauvais, les dents serrées, presque pointues comme si elle s'apprêtait à changer de forme, ses mains recourbées faisant saillir ses ongles rouge sang.

— Alors, petite pute, ça t'a plu, tous ces hommes qui voulaient te baiser l'autre soir ?

Elle pencha la tête de côté mais, comme la pluie battante avait eu raison de sa coiffure sophistiquée, Emma eut l'impression de contempler un rat noyé.

— Et ça te plairait que je t'arrache ton joli minois avec mes ongles ?

Emma contempla ses propres mains, qu'elle tendit devant elle et obligea à se métamorphoser. La jeune femme admira la pousse soudaine d'une fourrure épaisse sur toute la longueur de ses bras et des griffes incroyablement effilées qui surgirent à l'extrémité de ses doigts. Elle présenta le résultat à Cathy.

— Vos pauvres petits ongles ne font pas le poids. Épargnez-moi vos menaces en l'air…

Clayton ricana et Trent éclata de rire. Même Ryan laissa fuser un grognement de dérision.

Les traits déformés par la rage, Cathy Bannaconni poussa un cri d'orfraie, arracha Kyle des mains de son mari et se mit à gifler l'enfant comme une furie. Kyle hurla. Ryan pesta. Clayton, lui, s'élança à une vitesse incroyable en même temps qu'Emma et opéra une métamorphose éclair. Le mercenaire atteignit Cathy une fraction de seconde avant Emma. Sa patte gigantesque ouvrit le crâne de la mégère, qui fut projetée contre Ryan. Le couple s'effondra. Puis il planta ses crocs dans la gorge de Cathy et serra à l'étouffer.

Emma prit Kyle dans ses bras alors que Josiah épaulait son fusil. Elle s'élançait vers la lisière du sous-bois quand un grand léopard aux yeux d'ambre, surgi du couvert à toute allure, fondit sur Trent. Suivi de près par deux autres mâles. Un coup de feu claqua dans la nuit, assourdissant malgré la pluie battante et les bourrasques. Elle entendit Clayton rugir, puis ce fut un concert affreux de grondements et de cris d'agonie.

La jeune femme courut sans se retourner avec Kyle dans les bras, droit vers la maison. L'enfant sanglotait, agrippé à elle, à moitié amorphe et à demi fou de peur et de douleur.

— Elle ne peut plus te faire mal, elle ne peut plus te faire mal, lui répéta-t-elle pour tenter de l'apaiser tout en trébuchant sur le sol inégal.

Elle le tenait tout contre elle pour le protéger, les cheveux plaqués sur le crâne et la figure, de longues mèches collées dans le dos.

Le vent furieux charriait les bruits atroces de la bataille. Mais aussi une odeur de sang, de chairs à vif et de félin détrempé. Puis elle capta une autre odeur… et le son ténu d'une botte frottant contre de l'écorce. Emma couvrit la bouche de Kyle et s'immobilisa. Elle lui intima de garder le silence en se repassant la réaction de Trent quand elle était redevenue humaine : ce n'était pas elle qu'ils attendaient. Ils ne la croyaient pas métamorphe. C'était Jake qui, dans leur esprit, aurait dû se pointer pour sauver Kyle. Et ils n'étaient pas pressés de fuir…

L'enfant se figea à son tour, comme s'il comprenait l'urgence de la situation et le besoin de ne pas faire de bruit. Il posa sur elle un regard d'adulte où l'on lisait un mélange de peur et de détermination. Emma l'embrassa. Le serra contre son cœur qui commençait à battre la chamade. Le mercenaire avait conduit Kyle jusqu'à la clairière à dessein, pour y attirer Jake. Elle reposa l'enfant et lui plaqua un index sur la bouche. Le pauvre petit avait tellement peur qu'il ne risquait pas de bouger. Elle s'accroupit à côté de lui.

— Maman doit aller aider papa, mon chéri. Ne bouge surtout pas. Je sais que tu as peur mais promets-moi de rester bien sage, sans faire de bruit.

Elle coucha le petit être dans l'herbe haute. Il l'observa avec ces yeux si semblables à ceux de Jake, où brillait une intelligence en complet décalage avec ses deux ans. Il prit une profonde inspiration et hocha lentement la tête. Emma le camoufla avec des branchages et coucha l'herbe sur lui. L'opération ne lui prit qu'une poignée de secondes.

Puis elle s'élança vers l'odeur tout en changeant de forme, bientôt à quatre pattes et couverte de fourrure, le museau s'arrondissant et s'allongeant pour accueillir une profusion de crocs. L'expérience devenait moins pénible et plus rapide. La jeune femme prenait possession de ce corps souple aux muscles noueux qui facilitait grandement les déplacements.

Elle décrivit un cercle et arriva par l'arrière. Là, dans l'arbre. Un type en train de s'installer sur une grosse branche pour bénéficier d'un meilleur angle de tir. Elle se figura le chaos qu'il devait voir dans le réticule de visée. Quatre léopards et trois humains combattant à mort dans un tourbillon de crocs et de griffes. L'homme épaula le fusil, l'œil rivé à la lunette, l'index sur la queue de détente. Elle grimpa derrière lui sans un bruit, le regard rivé sur ce chasseur devenu proie.

— Je te vois, grand salopard, murmura l'homme, content de lui.

Emma bondit sans effort sur le dos du type, qu'elle plaqua sur la branche noueuse. Le tireur grogna sans lâcher son fusil tandis qu'elle lui mordait l'épaule, en déchirant sans peine l'épiderme fragile et le muscle. La gueule inondée de sang chaud, elle se rétracta, horrifiée.

Le mouvement de recul d'Emma précipita le type au sol et il tira dans sa chute. Elle sentit la brûlure du projectile et s'élança de nouveau, le heurtant en pleine poitrine. L'homme voulut lever son arme mais, n'y parvenant pas, s'en servit comme d'un gourdin. La panthère, touchée à l'épaule, recula et riposta aussitôt, d'abord à coups de griffe dans le ventre, puis en le mordant à la gorge, plus par peur que pour tuer.

Emma serra néanmoins, déterminée à en finir, en larmes. Un reflux de bile faillit la faire vomir. Sa détresse était telle qu'elle dut lutter pour ne pas revenir à sa forme humaine. Le type luttait toujours, frappant le léopard à coups de crosse, essayant retourner son arme pour tirer. À l'instant précis où Emma allait flancher, Jake accourut.

Il fut sur le type en un éclair. Emma recula, à la fois épuisée, nauséeuse et horrifiée. Elle tituba, tomba sur le flanc et rampa, toujours dans sa peau de léopard, loin de cette scène de meurtre. Refusant d'assister à une exécution de plus ou même de l'entendre. Une fois loin du massacre, elle reprit sa forme humaine et sanglota puis, pliée en deux, vomit tout son soûl afin d'évacuer ce qu'elle venait de vivre.

Elle avait encore le goût du sang dans la bouche et désespérait de s'en débarrasser. Aussi leva-t-elle la tête vers le ciel pour que l'averse la purifie. Elle ne regrettait rien mais détestait d'avoir eu à décider de la mort d'un être humain. Emma racla comme elle put le sang qui la maculait sans jamais cesser de trembler, incapable de savoir si c'était à cause du froid ou d'un dégoût viscéral.

— Emma, l'appela Jake à mi-voix.

Elle se tourna vers lui. Il avait l'air d'un guerrier avec ses yeux luisants et des traces de sang sur tout le corps, couvert de nombreuses écorchures mais apparemment indemne.

— Où est notre fils ?

La jeune femme lut l'effroi dans son regard. Ses mains tendues tremblaient. Elle désigna le talus herbeux où elle avait caché Kyle. Jake la prit par la main et s'élança à vive allure. Dans son état d'épuisement, Emma eut grand-peine à le suivre et trébucha à plusieurs reprises jusqu'à ce qu'il l'enlace et la soulève presque de terre pour franchir les derniers mètres de terrain boueux. Il s'arrêta devant le tertre minuscule, hors d'haleine, et tomba à genoux.

— Kyle ! brailla-t-il en arrachant le camouflage installé par Emma.

Puis il prit et palpa l'enfant, essuya ses pleurs sans se rendre compte qu'il était lui-même en larmes, et constata que son fils vivait.

— Tu es couvert de bleus. Désolé, Kyle, tout ça n'était pas censé arriver. J'aurais dû… (Il secoua la tête et serra le gamin contre son cœur.) Tu ne risques plus rien, fils.

Il embrassa Kyle sur le sommet du crâne et, presque incrédule, le menton niché dans l'épaisse tignasse de l'enfant, lui murmura des paroles incohérentes.

Kyle se pendit au cou de son père, la figure enfouie contre sa gorge. Jake entoura Emma de son bras. Enfin réunis, ils pleurèrent ensemble, accroupis. Emma fut la première à se remettre de ses émotions et s'efforça au pragmatisme.

— Jake, il faut mettre Kyle à l'abri. Comment va-t-on s'y prendre ?

L'intéressé se frotta la figure dans la tignasse du petit bonhomme une dernière fois et le respira, tout heureux qu'il vive. Puis il soupira et se reconcentra sur le plan déjà en mouvement.

— On a des fringues planquées çà et là. Conner est en train d'en réunir pour nous et Joshua est parti dare-dare nous trouver une voiture. Il ne devrait pas tarder.

— Les gars du ranch doivent être sur le pied de guerre, fit valoir Emma, inquiète pour la sécurité de Josh. S'ils aperçoivent un léopard, ils vont tirer…

— Personne ne le verra, lui assura Jake. Sauf s'il souhaite être vu.

— Qu'est-ce qu'on va raconter aux flics ? dit Emma, certaine de ce qu'il était advenu de leurs ennemis comme de Trent. Ce sont des gens puissants. On ne peut pas faire disparaître les corps.

— On dira que des léopards ont attaqué les chevaux, échappés de chez un collectionneur privé ou d'un ranch qui les élève illégalement pour la chasse, et que l'orage a rendus fous.

— J'ai lu quelque part que ce genre de truc arrivait parfois, convint Emma. Les orages affectent beaucoup les bêtes sauvages. Et tout le monde sait qu'il existe d'horribles programmes de reproduction clandestine.

Jake hocha la tête.

— Ça nous affecte, abonda-t-il, un petit sourire aux lèvres. Et ça nous tape sur les nerfs. Toi et Drake avez volé au secours des chevaux, accompagnés des grands-parents et de notre bon ami Josiah Trent, tous venus en visite avec leurs gardes du corps. Les léopards ont attaqué. Drake a été grièvement blessé, et il a fallu qu'on fasse voler l'hélico malgré la tempête.

— C'est bien ce qui s'est passé, dit Emma. Nos plaies concordent. Et Drake, tu crois qu'il va s'en sortir ?

— J'avais déjà trouvé un chirurgien orthopédique pour sa jambe. Un type qui connaît le peuple léopard et qui pense pouvoir permettre à Drake de se métamorphoser de nouveau. Sa blessure a précipité l'opération et l'a peut-être rendue plus compliquée, mais, l'essentiel, c'est qu'on ait le bon spécialiste. Winston doit le rencontrer à l'hôpital. Je lui ai fourni des fonds suffisants pour mener ses recherches le temps nécessaire à ce qu'il mette au point un traitement de pointe. Il y a tellement de fric à se faire avec un protocole cent pour cent efficace que Drake, non content de survivre, va se retrouver avec une jambe toute neuve.

Emma, soulagée, ferma brièvement les yeux.

— Je m'inquiétais tellement pour lui que je n'osais même pas y penser.

— La suite de l'histoire, ce sera que Kyle a été attaqué en notre absence et que ses grands-parents, Trent et leurs gros bras ont pourchassé les léopards. Kyle porte sur lui des traces de morsures, et ses talons écorchés prouvent qu'il a été traîné.

Jake berça doucement l'enfant, plus pour s'apaiser lui-même et désireux de le tenir toujours dans ses bras, de ne plus jamais le perdre de vue. Les sanglots de Kyle s'étaient tus. Il s'était endormi, épuisé par cette série d'épreuves.

— Le temps qu'on arrive, reprit-il, les fauves les avaient massacrés. Il a fallu qu'on abatte les léopards et qu'on brûle les carcasses. Toutes les blessures concorderont.

— Tu penses sincèrement qu'ils vont gober cette fable ?

— Quelle autre explication ? Il y a des morts et des blessés parmi les chevaux. Drake est à l'hosto, Kyle et toi avez failli y passer et en portez les traces, et enfin quatre humains ont péri : trois ensemble, le dernier un peu plus loin, surpris dans un arbre par un félin en maraude. Toutes les blessures ont été faites par des léopards. Ça va passer comme une lettre à la poste, aie confiance. Les flics vont râler qu'on ait brûlé les carcasses des fauves, c'est sûr, mais je les vois mal se formaliser : quoi de plus normal, au fond, de la part d'un type qui vient de perdre ses parents ? Et tous les employés du ranch soutiendront cette thèse puisqu'ils y croient déjà.

— J'ai juste envie de rentrer, Jake. Je suis à bout et j'ai besoin de voir Andraya. Il faut aussi prévenir le père de Susan. Et rassurer la pauvre petite.

Il tint son fils d'une main et caressa la joue de la jeune femme.

— Je suis désolé, ma belle. Jamais je n'aurais dû te mêler à tout ça.

Emma se frotta contre sa paume offerte et lui effleura le pouce du bout des lèvres.

— Kyle est mon fils. Et toi aussi tu es à moi. Je ne laisserai personne vous faire du mal. Ce que j'ai fait, Jake, je l'ai décidé toute seule.

Le cœur serré, il se pencha pour l'embrasser et l'enlaça, avec Kyle entre eux. Il était encore trop tôt pour l'avouer à voix haute, mais il était terrifié à l'idée que le sort vienne lui soustraire ceux qu'il aimait. Car enfin, enfin, il savait ce qu'était qu'aimer. Des êtres bien vivants. Blottis contre son cœur.

Chapitre 20

Jake contempla longuement la cage d'escalier après avoir raccroché. Emma n'allait pas bien. Encore. Les nouvelles concernant Drake étaient pourtant excellentes. Tout le monde aurait dû sauter au plafond mais Emma s'était contentée de quelques paroles encourageantes à l'adresse de Donovan avant de repasser le téléphone à Jake… et cela ne lui ressemblait pas du tout.

Les flics étaient venus et repartis, l'enquête apparemment bouclée au terme de quelques journées intenses. Hopkins, quant à lui, avait déjà plaidé coupable de détournement de fonds dans l'espoir de s'attirer la clémence du juge. Les enfants s'étaient calmés et Susan était retournée auprès de son sénateur de père. La vie courante aurait en résumé pu reprendre un cours normal, sauf qu'Emma n'était plus la même. Il l'avait surprise en pleurs à deux reprises mais elle avait soutenu que ce n'était rien. Elle couvait Andraya et Kyle comme si elle craignait qu'il puisse leur arriver malheur. N'avait émis aucune objection quand Jake avait relevé le niveau de sécurité et demandé à Brenda de venir plus souvent, ce qui, là encore, était signe que quelque chose ne tournait pas rond : d'ordinaire, il n'était pas question qu'on s'occupe de la maison à sa place.

D'humeur maussade et irritable, elle l'avait engueulé plusieurs fois depuis ce matin. Il soupira et s'engagea dans l'escalier en frottant la rambarde. Les enfants étaient couchés – Emma leur lisait une histoire jusqu'à ce qu'ils s'endorment – et plus aucun obstacle ne les empêchait de parler. Pour autant, elle s'obstinait à ne pas le rejoindre et refusait de lui dire ce qui n'allait pas.

Il inspira à fond et expira, conscient que l'appréhension faisait battre son cœur trop fort. Elle avait dû avoir une peur bleue et ils avaient failli perdre leurs deux enfants. Jake ne l'avait pas assez prévenue pour ses parents. Il ne lui avait jamais raconté ses jeunes années. Faute de lui faire confiance, il s'était refusé à se livrer tout en espérant qu'elle partage sa vie… et les périls qui allaient avec. Il se laissa choir sur les dernières marches et se prit la tête à deux mains.

La perdre était exclu. Pas alors qu'il savait qu'elle était tout pour lui. Il avait opéré un long cheminement, alors qu'il était autrefois assez égoïste pour manipuler Emma, et ce au nom de très mauvaises raisons. Il avait commencé par faire semblant d'aimer son fils et fini par s'attacher vraiment à lui. Grâce à elle. C'était Emma qui lui avait tout appris : la joie de vivre, la tendresse, le rire. Chaque soir était une fête. Chaque lever du jour aussi. La vie entière, en résumé.

Elle n'avait pas le droit de le quitter. Point final. Il fallait qu'il trouve le moyen de lui faire savoir à quel point elle comptait pour lui. Était-il seulement capable de lui faire cet aveu ? Il se l'était avoué à lui-même, certes… mais n'était-ce pas trop tard ? Non. Impossible. Il releva la tête, plus déterminé que jamais. Femme-léopard depuis peu, Emma paraissait lutter bec et ongles contre son fauve… à tel point qu'elle gardait ses distances vis-à-vis de Jake.

S'agissait-il du nœud du problème ? Après lui avoir dit et répété d'accepter son *alter ego*, de fusionner avec lui, aurait-elle peur de sa propre part animale ? Comment diable faisaient les hommes pour comprendre les sautes d'humeur des nanas ?

Il grimpa les marches deux par deux, résolu à engager le dialogue coûte que coûte. Et la trouva assise dans son siège favori. La lumière était éteinte dans sa chambre, et seul le clair de lune filtrant par la fenêtre éclairait le visage d'Emma, occupée à scruter la nuit. Jake ferma la porte et tourna le verrou, attirant aussitôt son attention.

— Qu'y a-t-il, Emma ? demanda-t-il à mi-voix.

Elle fit la moue puis poussa un soupir et fourragea dans ses cheveux hirsutes.

— Rien. J'avais juste envie d'être seule un moment.

Soit, en clair : « Fiche-moi la paix. » Il pencha la tête de côté et loucha sur le corps de la jeune femme. Tout, dans sa posture, trahissait le besoin de s'accoupler. Quand il respira son odeur, son sang ne fit qu'un tour. Elle était carrément en chaleur et plus que mûre mais résistait de tout son être, assise bien droite à se triturer les doigts.

— Arrête de me mater, Jake, dit-elle en lui lançant un regard noir. Je ne suis pas d'humeur.

— Ô que si, ma beauté ! Tu refuses simplement de l'admettre. (Sa voix se fit plus rauque.) Si tu as envie de moi, bébé, tu sais que tu n'as qu'un mot à dire. Il n'y a pas de raison de me faire la gueule.

Elle le regarda dans les yeux.

— C'est *elle* qui en a envie, qui n'y tient plus. Pas moi ! Elle est comme folle. Il n'est plus question que je la laisse sortir : elle s'est comportée comme une chatte en chaleur, se frottant sur tout et n'importe quoi. Il était moins une, je te jure, qu'elle se laisse baiser par ce type immonde. C'était à ce point.

Voilà, c'était dit. Sa panthère avait attiré le mâle loin des enfants en usant de son pouvoir de séduction, et Emma en était mortifiée. Son odeur de… femelle… avait imprégné la rambarde de l'escalier. En s'en rendant compte, elle avait tout lessivé. Trois fois de suite.

— Elle et toi ne faites qu'une, lui rappela-t-il avec douceur. Ta part animale n'aurait pas plus accepté que toi d'être fécondée par un autre mâle.

— Je *déteste* être ainsi.

C'était sincère. Elle haïssait se sentir en chaleur, à cran, hors de contrôle. Tout juste bonne à vouloir l'agresser et à se faire baiser dans les grandes largeurs… L'avenir allait-il se limiter à cela ? À du sexe sans amour ? Si c'était le cas, elle ne voulait pas de cette vie-là. Qu'une autre s'y colle.

Jake déboutonna lentement sa chemise, qu'il laissa choir au sol, à côté du siège d'Emma. La jeune femme, fascinée, contempla ce torse ciselé en dépit de sa volonté de garder la tête froide. Il était tout en muscles noueux : larges épaules, pectoraux massifs, tétons dressés. Emma se crispa à mesure qu'elle baissait les yeux sur sa taille fine et ses tablettes de chocolat.

Elle eut soudain envie de grogner. Son être rationnel protestait mais son corps s'embrasait, en proie à une bouffée de désir. Et Jake jetait de l'huile sur le feu. Elle avait beau se dégoûter à l'idée d'être réduite au rôle de bête de sexe, sans la plus petite place pour l'amour, comment pouvait-elle empêcher ses hormones de la trahir ?

— Qu'est-ce que tu veux, Jake ?

Le timbre de sa voix était rauque et ses nerfs à vif.

— Toi, ma belle. (Elle le dévisagea, sidérée par l'effet que lui faisait chaque fois sa voix de mâle en rut. Il haussa les sourcils, déjà prêt à se défaire de son jean.) Si tu tiens à tes fringues, je te suggère de les ôter avant que je te les arrache.

Elle détesta la façon dont son corps réagit à cet ordre un brin canaille, détesta la chaleur moite qui s'empara de son intimité et se diffusa dans tout son être comme une traînée de poudre. Il se déboutonna d'un geste sûr, libérant un sexe long, épais et très, très raide. Fascinant. Emma éprouva la sensation désormais familière de son vagin qui, en se contractant, faisait naître un courant électrique dans son entrecuisse détrempé.

— Je refuse. Il n'y en a que pour le cul avec toi. Range ton engin. Très peu pour moi.

Pour être plus crédible, il aurait fallu qu'elle cesse de loucher sur lui avec appétit, mais c'était plus fort qu'elle. Viscéral. L'envie la rongeait à tout instant de la journée ces derniers temps. Elle ne pensait plus qu'à son sexe la pénétrant. Pas de façon douce et aimante comme elle en rêvait, non : à la hussarde. Dieu fasse qu'elle ne tombe pas si bas ! Elle voulait éprouver son amour quand il la touchait, pas cette folie furieuse, cette frénésie obsessionnelle.

Sans jamais la quitter des yeux, Jake fit coulisser son jean et le balança au loin.

— Qu'est-ce que tu t'imagines, Emma ? Que je ne sais pas ce dont tu as besoin ?

Il exsudait la confiance absolue du mâle sûr de son fait.

— Très peu pour moi, dit-elle en se passant la main dans les cheveux. Je suis sérieuse. As-tu idée de l'effet que ça me fait quand je me découvre me frottant contre le lit comme une chatte en chaleur ? Quand je…

Les lèvres pincées, elle détourna la tête.

— Oui, ma beauté. J'en ai idée. Chaque fois que je te vois passer dans la maison, il me prend l'envie de soulever ta jupe et de te sauter. N'importe où. Au beau milieu de la cuisine, par terre… Alors, oui, je sais l'effet que ça fait. (Il s'approcha d'elle.) Et je sais aussi que c'est toi qui me fais cet effet. Pas les autres femmes. Je suis en rut parce que tu m'excites. *Toi*, Emma. Et toi seule.

Elle leva la main histoire d'en placer une.

— Il faut que je me reprenne.

— Non. Ce qu'il faut, c'est me laisser m'occuper de toi.

Forte de son agilité de fauve, Emma sauta de l'autre côté du siège. Il pouvait voir et sentir l'effet qu'il exerçait sur son corps perfide. Ses tétons pointaient, et ses seins étaient gonflés, douloureux. Sa culotte, trempée, offrait une barrière aussi dérisoire que sa jupe longue.

— C'est de l'obsession sexuelle, Jake.

Il contourna le siège. Sa queue, ballottée à chaque pas, venait buter contre son ventre, arme fatale épaisse et dure d'où perlaient des gouttes de liquide séminal. Dégageant un parfum aussi aphrodisiaque que superflu tant elle salivait déjà. Elle aurait voulu faire comme Jake, tout mettre sur le dos de son léopard, mais elle n'était pas dupe. Elle et sa part animale étaient une seule et même personne. Elle le désirait. À en crever. Ce grand corps musclé était sa drogue, son terrible secret, dont jamais elle ne pourrait se défaire.

— Je me moque pas mal du nom que tu lui donnes, Emma.

Elle grogna tandis qu'il s'empoignait le sexe et s'astiquait avec vigueur. Sans complexe. Son sang ne fit qu'un tour, et le désir enfla en elle, lui provoquant un léger vertige. Elle se félicita de ne plus être assise, sans quoi sa jupe aussi aurait été trempée. Elle avait tellement chaud qu'une combustion spontanée était à craindre.

Son Emma. Complètement perdue, luttant contre son excitation sexuelle. En butte contre elle-même et son fauve pour la première fois. Elle avait besoin ; il fournirait. Telle était la loi de la jungle. La voie de leur peuple. Sa façon d'être.

— Arrête d'essayer de me fuir, ma belle. Tu n'y arriveras pas.

Jake bondit sur le fauteuil, où il atterrit accroupi. Emma, alertée par cette soudaine agression, se leva et recula prestement jusqu'à se retrouver dos au mur. D'un nouveau bond, il fut devant elle, tout près, si près que des gouttes de liquide séminal perlèrent sur son top. Il la tenait prisonnière, sciemment dominateur, quitte à provoquer un duel. Sa poigne de fer se referma sur les avant-bras d'Emma, qu'il tira vers lui, et il la souleva sur la pointe des pieds de façon à sceller leurs bouches. Un baiser rugueux, presque brutal. Soit très exactement ce qu'elle attendait de lui.

Elle lui rendit ce baiser avec la même fougue, allant jusqu'à lui mordre la lèvre inférieure et lui griffer le dos. Jusqu'au sang.

Il grogna, partagé entre passion et douleur.

— C'est ça, ma beauté, vas-y. Marque-moi.

Sa queue durcit encore, et ses yeux se voilèrent sous l'effet d'un désir violent.

— Plus fort. Imprime ta possession. Je t'appartiens, Emma. J'en ai besoin autant que toi. Marque-moi bien partout.

Le grondement sourd qui enfla dans son torse massif provoqua un nouveau spasme vaginal à la jeune femme. C'était horrible qu'il ait raison, qu'elle se retrouve à le griffer et à le mordre, bien en peine de juguler ses pulsions bestiales. Elle voulut s'écarter, calmer le jeu. En vain : il revint à la charge, balayant ses velléités de maîtrise d'elle-même rien qu'avec sa bouche avide. Aussi le mordit-elle sans plus de retenue, conquise par sa puissante odeur de mâle, rendue vorace par le goût du sang.

Prise de frénésie sexuelle, Emma se frotta contre lui tant il lui tardait qu'il la pénètre. Jake fit courir ses mains de haut en bas de son dos puis la souleva par les fesses, venant presser son mont de Vénus contre sa queue. Elle s'y branla avec abandon en l'étreignant par les épaules et poussa un cri de plaisir.

Il cracha un juron et la balança sur le matelas. Ses yeux d'or brillaient d'un éclat animal, et l'homme et la bête se dressèrent au-dessus d'elle, si intimement mêlés qu'elle vit les deux en superposition sur son beau visage tiraillé par le désir. Il avait faim d'elle. Une faim dévorante. Elle éprouvait la même chose ; son propre fauve affleurait, la faisant onduler de manière lascive sur le drap de soie, invitant son compagnon à venir la rejoindre en usant de toutes les courbes de son corps de femme.

Le spectacle de Jake léchant le sang qui lui perlait à la lèvre fit se durcir le souffle d'Emma. Un nouveau coup de langue… puis, vif comme un cobra, il lui arracha son chemisier. La soudaineté de son geste provoqua une nouvelle montée de désir chez la jeune femme. L'étoffe, elle, céda sans peine. Le soutien-gorge en dentelle subit le même sort, libérant la poitrine d'Emma au plus vif plaisir du colosse.

Il déchira ensuite sa jupe et sa culotte jusqu'à ce que sa belle tremble sous l'effet du manque. Elle se tortilla sur le lit, l'épiderme si sensible que le simple contact du drap lui envoyait des décharges de félicité dans tout le corps.

Jake se laissa choir au-dessus d'elle, la piégeant sous sa grande carcasse toute en muscles et s'aboucha violemment à elle, lui comprimant les lèvres tandis que sa langue s'insinuait dans sa bouche, dure, tendue, impérieuse. S'engagea alors un duel de langues féroce, implacable, comme s'ils se dévoraient mutuellement. Les gémissements d'Emma attisèrent la frénésie de Jake, qui lui écarta les cuisses afin d'y glisser les hanches tout en continuant à se repaître de sa partenaire.

Celle-ci gémit de plus belle en sentant le gland large et brûlant de Jake pousser contre sa fente étroite et releva les genoux pour qu'il puisse manœuvrer à son aise. Elle haletait déjà, le corps pris de frissons, toute à la hâte qu'il la pénètre.

La bouche de Jake quitta la sienne. Il lui lécha d'abord la commissure des lèvres, puis le menton, continua dans le cou juste sous l'oreille dont il lui mordilla le lobe. Son souffle chaud la fit vibrer. Il marqua sa gorge, léchant au passage les cicatrices résiduelles avant d'y apposer une nouvelle morsure. Ce petit manège continua jusqu'entre les seins d'Emma tandis qu'une main ferme venait se refermer sur un de ses mamelons. Il fit rouler celui-ci entre le pouce et l'index tout en suçotant l'autre téton, alternant coups de langue et morsures.

Emma poussa un cri, crispa les poings dans ses cheveux et l'attira plus près encore. Elle geignit et se tortilla sous ses assauts furieux, arc-boutée de façon à faire entrer sa chair surchauffée dans la bouche avide de son bel amant, qui continuait en parallèle à lui triturer l'autre mamelon, la pinçant jusqu'à ce qu'elle sanglote presque et le supplie de la baiser. La jeune femme écarta les cuisses au maximum et donna un coup de reins afin que le gland énorme de son partenaire force l'entrée de son sexe détrempé.

Jamais elle ne s'était sentie plus excitée, si avide de lui alors qu'il lui mordillait toujours les seins, l'enflammant chaque fois un peu plus. Le liquide chaud qui s'écoulait en elle vint lui couronner le gland. Elle crispa à mort ses muscles vaginaux, prête à tout pour lui aspirer la queue, n'en pouvant plus de cette envie lancinante qui enflait, enflait, sans jamais être satisfaite.

—Jake, je t'en prie. *Baise-moi.*

Aux abois, elle craignit de ne plus pouvoir tenir un instant de plus. Avec l'impression d'être soumise à la torture. Son désir s'accentuait sans issue favorable à l'horizon.

—Jake, le supplia-t-elle.

Il se dressa sur les genoux et la retourna sur le ventre à la vitesse de l'éclair. Un bras glissé sous ses hanches pour la stabiliser à quatre pattes, il la pénétra d'un coup, sans pitié. Son fourreau était chaud, parfaitement lubrifié… et si étroit qu'il siffla entre ses dents. Le plaisir irradia dans ses muscles qui se crispèrent, comme sous l'effet d'un fer rouge. Le vagin d'Emma le serrait comme un poing. C'était divin. Il remua en elle, trop impatient pour attendre qu'elle se dilate. Bien profond puis se retirant, à l'écoute de sa respiration heurtée. L'extase absolue. Nouveau coup de reins, plus appuyé, en la tirant vers lui dans le même mouvement.

Emma hurla. Qu'elle soit trempée ou pas, il était trop bien monté pour elle dans cette position, et ça la tiraillait jusqu'à la brûlure.

— Ta queue est trop grosse, protesta-t-elle, la tête basse, hors d'haleine, tout en se sentant pousser contre son sexe pour qu'il y aille à fond. C'est trop.

Et pas qu'un peu. Sauf que le cul d'Emma, comme malgré elle, allait de lui-même buter contre Jake pour mieux s'y empaler.

À bout de souffle, elle poussa un cri rauque, plaintif.

— Pitié, Jake, c'est vraiment trop…

Tout son corps était en feu, et son état d'excitation allait au-delà de l'imaginable.

Il se retira, la laissant respirer un peu, puis revint à la charge. Plus profond encore. Jusqu'à la garde. Et gronda :

— C'est…

Nouveau va-et-vient brutal. Les cris de douleur d'Emma se muèrent en cris de plaisir. Les dents serrées, il la tint plus fermement par les hanches.

— Ce dont on a… (il l'attira à lui et la pilonna) besoin.

Il avait raison. Toutes les terminaisons nerveuses d'Emma étaient en feu, son plaisir immense, indescriptible, d'un autre monde. Il la baisa sans merci ni retenue jusqu'à ce qu'elle se crispe sur son sexe et retienne son souffle, attendant, attendant… sauf que l'orgasme se refusait à elle. Incompréhensible. Le plaisir était pourtant là, tout proche, mais hors de portée.

— Jake, je n'y arrive pas, sanglota-t-elle. Je ne jouis pas alors que tout mon corps brûle ! Qu'est-ce qui cloche chez moi ? J'en crève d'envie, c'est à devenir dingue ! Je n'arrive pas…

Il lui relâcha les hanches et se retira. Emma eut beau s'égosiller, il la retourna de nouveau, cette fois sur le dos, et lui écarta les cuisses. Puis il posa les chevilles d'Emma sur ses épaules et la pénétra, plus violemment que jamais. Il l'emplissait entièrement… voire un peu plus. Son sexe chaud et épais était tellement planté en elle que c'était comme s'ils avaient fusionné. Mais il eut beau la pilonner avec la dernière énergie, lui envoyant des décharges électriques, le sexe d'Emma se contractait chaque fois davantage.

— Je ne peux pas.

Jake s'empara de ses mains, emmêla leurs doigts et fit passer les bras d'Emma derrière son cou de taureau.

— Regarde-moi, ma belle. Ouvre les yeux et regarde-moi.

La jeune femme balança sa tête d'un côté et de l'autre, les mains jointes à celles de Jake, ses hanches remuant au rythme du va-et-vient qu'il lui imprimait, désespérant d'aboutir.

— Emma, bébé, ouvre les yeux et regarde-moi. Vraiment.

Sa voix de basse lui fit l'effet d'un baume apaisant sur son épiderme à vif. Une voix de velours. Tendre.

— On a laissé quelque chose de côté et tu en as besoin. Tout comme moi.

— Je deviens dingue, Jake. Je te jure. *Elle* me rend marteau.

Elle gémissait comme une possédée, jouant des hanches, se branlant sur sa queue dans l'espoir d'atteindre un plaisir qui se refusait à elle.

— Emma, murmura Jake. Aime-moi. Je veux que tu m'aimes. (Le timbre de sa voix était rauque et tendre à la fois.) Tu te crois distincte de ton fauve parce qu'elle a fait quelque chose qui te révolte, sauf qu'elle a sauvé notre enfant. Et moi avec. Elle est toi, Emma. Et tu m'aimes. Chaque fois que tu m'effleures, c'est un acte d'amour. Regarde-moi. Que je puisse te voir m'aimer.

Les yeux emplis de larmes brûlantes, elle obligea néanmoins ses paupières à se lever et contempla Jake. Chaque trait de son visage criait le mot amour. *Idem* dans ses yeux. Il se pencha et déposa un baiser sur ses lèvres tremblantes, les mains crispées sur les poignets de sa compagne.

— Je t'aime, Emma. Et, grâce au ciel, toi aussi tu m'aimes.

Ce disant, il continua à distribuer les coups de boutoir en orientant les hanches d'Emma dans l'angle souhaité sans cesser de la dévisager, pour être sûr d'y voir l'amour y éclore.

Emma vit trouble. La jouissance fut brutale et dévastatrice. Anéantie par un plaisir exquis, elle s'abandonna tout entière à son bel étalon. Hurla tant son squelette paraissait fondre pour mieux se mêler à lui. Ils ne faisaient plus qu'un. Corps et âme.

Jake éjacula en elle, à son tour victime d'un orgasme d'une violence insoupçonnée. Il s'effondra, tenant sa partenaire tout contre lui alors qu'elle était prise de spasmes violents. Le visage strié de larmes, il se nicha au creux de sa gorge constellée de blessures reçues en défendant leur fils. Emma lui caressa la cuisse, effleurant une à une ses nombreuses cicatrices.

— Je t'aime, Emma. Je ne peux ni ne veux vivre sans toi. Sexe et amour sont indissociables. Ça, tu me l'as appris. Peu importe que nous le fassions comme des fauves, à la hussarde, ou tout en douceur comme tu aimes tant, mon Emma : cela s'appelle faire l'amour. C'est la même chose. Ta bravoure nous a sauvé la vie. Et tu m'as donné le courage de t'aimer.

Il redressa la tête, lui prit le visage à deux mains et reprit, le timbre enroué par l'émotion :

— As-tu seulement idée de tout ce que tu m'as donné ? C'est grâce à toi que j'aime nos deux enfants. Que je *ressens* de l'amour pour eux. Que j'ai des amis. Et puis surtout je t'ai, toi. J'aime la façon que tu as de m'aimer, Emma. Tu acceptes tout ce que je te donne et tu en fais quelque chose de spécial. C'est ce genre de miracle que j'ai envie d'accomplir pour toi.

Il lui effleura les lèvres du bout des doigts.

— Emma, je ne serai jamais facile à vivre. Jamais. Je ne te promets pas une existence tous les jours jonchée de roses mais, ce dont je suis sûr, c'est qu'aucun homme ne pourra jamais avoir autant besoin de toi, envie de toi, et ne t'aimera autant que moi.

Elle contempla son visage bien-aimé à travers un rideau de larmes.

— On devient dingues parfois, Jake. Ce n'est pas normal.

— Pourquoi faudrait-il qu'on soit normaux ? La normalité, c'est ce qu'on vit tous les jours. Les enfants sont heureux. Je promets de te rendre heureuse toi aussi. Toi, c'est sûr, tu y arrives avec moi. La voilà, notre normalité.

Emma ferma les yeux de toutes ses forces.

— Elle… elle a tué cet homme. J'ai eu le goût de son sang dans la bouche. (Elle se remit à pleurer comme une madeleine, cette fois en se nichant dans son cou.) Il n'y a rien de normal là-dedans.

Jake la serra fort contre lui en s'aidant d'une main pour que leurs hanches adhèrent au maximum.

— Bébé, c'est mon fauve, enfin c'est moi qui ai tué ce type. Sans ton intervention, j'étais un homme mort. Ou alors il aurait abattu Joshua ou Conner. Tu as fait ce qu'il fallait pour l'empêcher de nuire. Nous ne sommes pas obligés d'aimer blesser ou tuer, ma belle. Mais, là, c'était un cas de force majeure. C'était lui ou nous.

— J'ignorais que j'avais ce pouvoir-là en moi, dit-elle en levant la tête pour le regarder dans les yeux. Parce que je l'ai, n'est-ce pas ?

— Oui. Et j'en suis très heureux. Je l'ai vu en toi le jour où Cathy est venue tenter d'enlever Kyle. Je te sais apte à protéger les enfants si nécessaire. Et que tu m'aimes assez pour faire quelque chose qui te révulse. Personne ne m'a jamais aimé, Emma. Personne. Crois-moi quand je t'affirme que je suis le mieux placé au monde pour apprécier pareil don du ciel. Consacre ta vie entière à m'aimer, Emma, et je te jure que tu ne le regretteras pas.

— Je t'ai déjà dit oui.

— Dis-le encore. Qu'on puisse se lancer tout de suite dans les préparatifs de mariage.

— Quand tu tiens à quelque chose, il n'y a vraiment rien à faire pour que tu lâches le morceau.

Ses dents blanches étincelèrent et ses yeux d'or brillèrent d'un éclat liquide alors qu'il recommençait à remuer en elle.

— Rien, en effet, convint-il. Sauf se laisser porter.

Emma laissa fuser un rire clair et se mit au diapason de ses déhanchements.

— Alors oui, mon grand fauve. Un million de fois oui.

Remerciements

Merci du fond du cœur, Jack et Lisset, pour les heures consacrées à m'enseigner tout ce qu'il y a à savoir sur la procédure en matière de protection rapprochée. Vous m'avez tant appris que cela ajoute beaucoup au réalisme de certaines scènes. Mes plus plates excuses en ce qui concerne les libertés prises dans la scène de fête ; j'espère sincèrement que le reste répond à vos attentes. Toutes les erreurs éventuelles sont de mon fait exclusif.

Merci à Brian Feehan, l'infatigable traqueur de détails, pour toutes les heures que nous avons passées à discuter de certaines situations, parfois jusqu'au milieu de la nuit, quand il m'arrivait de « coincer ». Et bien sûr un grand merci à Domini, qui a sacrifié quelques week-ends afin de m'aider à boucler dans les délais. Enfin et surtout un immense merci à mon mari qui toujours, *toujours*, me soutient du début à la fin de chaque roman. Tu sais combien tu comptes à mes yeux.

Achevé d'imprimer en juillet 2021
Par CPI Brodard & Taupin à La Flèche
N° d'impression : 3043798
Dépôt légal : août 2021
Imprimé en France
81123241-1